KB050801

이의산시집 ㊤

李義山詩集

이 책은 (재)한국연구재단의 지원으로 학고방출판사에서 출간, 유통합니다.

한국연구재단 학술명저번역총서 동양편 618

이의산시집

李義山詩集

上

이상은 李商隱 저 / 이지운 李智芸 · 김준연 金俊淵 역

學古房

해제

| 해설 |

1. 이상은 시 번역의 의미

당시唐詩가 중국 고전문학의 가장 우수한 성취를 대표하는 분야라는 데에 이견을 달 사람은 없을 것이다. 그 중 이상은李商隱은 이백李白과 두보杜甫, 왕유王維, 백거이白居易 등과 함께 어깨를 나란히 하며 대시인의 반열에 올라 있다. 그의 시는 섬세한 감수성을 바탕으로 나라의 중대사에 대한 관심과 자신의 비극적 운명 등을 주로 다루고 있으며, 유미주의唯美主義를 대표하는 시인이라는 평가를 받을 만큼 화려한 전고典故와 상징적 표현을 잘 구사했다. 그 결과 시가 난해해졌다는 비판도 없지 않으나, 시라는 장르에서 기본적으로 갖추어야 할 서정성, 형상성, 함축성, 음악성, 상징성 등이 뛰어난 것은 여전히 높이 평가할 만하다. 이는 당시의 대표적 선집이라 할 『당시삼백수唐詩三百首』를 통해서도 확인된다. 이 책에 수록된 320수의 당시 가운데 이상은의 시가 24수로, 두보와 이백 다음으로 많은 수를 차지하고 있다.

그런데 이상은의 시에는 '아름답지만 난해한' 작품이 많다. 이는 그가 비유와 상징의 수법에 능했던 데다 궁벽窮僻한 전고를 자주 사용했기 때문이다. 비교적 평이한 시를 썼던 시인, 이를테면 백거이와 같은 작가의 시는 바로 원문을 읽어도 크게 어려움을 느끼지 않는다. 이와 달리 이상은의 시는 주석이 없이는 읽기 어려울 뿐만 아니라, 주석의 도움으로 대략의 뜻을 이해했다해도 시인의 작시 의도를 알아채기 어려운 경우가 태반이다. 따라서 이러한 특징을 보이는 이상은의 시를 제대로 감상하기 위해서는 꼼꼼한 주석과 더불어 여러 설들을 종합하여 유력한 독법讀法을 제시하는 번역서가 필요하다. 이러한 요구에 부응하고자 본서에서는 『이의산시집李義山詩集』을 저본으로 600수에 달하는 이상은의 시를 우리말로 완역했다. 독창적인 예술적 성취를 펼쳐 보인 이상은의 시 세계를 전반적으로 파악하기 위해 첫걸음을 내디딘 의미가 있다고 생각한다.

2. 이상은에 대하여

『이의산시집』의 저자인 이상은(812-858)은 만당晩唐을 대표하는 시인이다. 자는 의산義山이고 호는 옥계생玉溪生 또는 번남생樊南生이며, 회주懷州 하내河內(지금의 하남성 심양沁陽) 사람이다. 그는 시와 변려문騈儷文에 모두 뛰어난 재주를 가지고 있었으나, 당쟁의 소용돌이에 휘말려 일생의 상당 기간 동안 막부幕府를 전전하다 47세라는 비교적 이른 나이에 세상을 떠났다. 이러한 그의 활동시기를 더 세분해보면 다음과 같이 세 시기로 요약된다.

첫 번째 시기는 태화大和 2년(828)부터 개성開成 2년(837)까지 십 년 동안 과거에 응시했던 시기이다. 이때 이상은은 영호초令狐楚와 최융

崔戎의 막부에서 공문서를 작성하는 일에 종사하며 과거시험을 준비했다. 두 번째 시기는 개성 3년(838)부터 회창會昌 6년(846)까지 장안長安에서 벼슬을 구했던 시기이다. 이때 이상은은 과거에 급제한 뒤에 비서성秘書省 교서랑校書郎, 홍농현위弘農縣尉, 비서성 정자正字 등 미관말직을 전전하며 요직에 오르는 꿈을 꾸었다. 그러나 영호초令狐楚와 당파를 달리 했던 왕무원王茂元의 사위가 된 일이 배은망덕한 행위로 몰려 배척당했고, 그 와중에 모친상으로 3년간 관직에서 물러나 있었다. 세 번째 시기는 대중大中 원년(847)부터 12년(858)까지 막부를 떠돌았던 시기이다. 중앙 정계 진출이 여의치 않던 이상은은 정아鄭亞, 노홍정盧弘正, 유중영柳仲郢 등의 막부를 따라 지금의 광서성廣西省, 사천성四川省, 강소성江蘇省 등지를 전전하다 생을 마감했다.

이런 일생의 이력으로 인해 이상은의 시에는 뜻을 펴지 못한 지식인의 비극적 운명과 고통스러운 생활을 담은 것이 많다. 또 환관의 전횡, 부패한 관료들의 이전투구식 당쟁, 번진藩鎭의 군사적 위협 등으로 대표되는 정치적 모순이 백성들의 삶을 짓누르던 당나라 말기의 어지러운 모습도 빠뜨리지 않고 시로 옮겼다. 청나라 오교吳喬는 이상은의 이런 시 세계를 높이 평가해 "이백과 두보 이후에 새로운 길을 열어 스스로 일가를 이룬 사람은 이상은 하나뿐"이라고도 했다.

3. 『이의산시집』과 관련 주석서에 대하여

이상은의 시는 『옥계생시玉谿生詩』 3권이라는 이름으로 『신당서新唐書·예문지藝文志』에 수록되었으나 송나라 때 이미 사라졌다. 그 후 양억楊億과 전약수錢若水 등이 공들여 이상은의 시를 수집한 것이 송나라 판본 이상은시집의 근간을 이룬다. 송나라 판본은 『이의산시李義山詩』,

『이상은시집李商隱詩集』, 『이의산집李義山集』 등의 세 가지 명칭으로 유통되었던 것으로 보이는데, 이들 판본의 원각본原刻本이 모두 전하지 않아 정확한 상황은 가늠하기 어렵다. 현재는 이들의 초본抄本과 번각본翻刻本이 전해지고 있으며, 대략 네 가지로 계통을 달리하는 것으로 파악된다.

본서의 저본은 그 가운데 『송사宋史·예문지藝文志』에 처음 보이는 『이상은시집李商隱詩集』 3권본 계통이다. 이 계통의 판본이 청대까지 보존되어 문연각文淵閣 사고전서四庫全書 내부장본內府藏本 『이의산시집李義山詩集』 3권본으로 전해지고 있다. 이 『이의산시집』은 상, 중, 하 3권으로 구성되어 있으며, 〈금슬錦瑟〉로부터 〈우물 속 진흙井泥〉까지 566수를 수록했다. 그리고 〈우물 속 진흙〉 시 뒤에 '새로 더한 26수를 이어 붙임續新添二十六首'이라 하여 〈한밤의 그리움夜思〉로부터 〈안평공시安平公詩〉까지 26수를 덧붙였다. 따라서 『이의산시집』에 수록된 이상은의 시는 모두 536제題 592수가 된다[1].

이 592수는 이상은의 독창적인 시 세계를 보여주는 보고寶庫이다. 100수를 헤아리는 '무제(류)' 시에서 애정을 주제로 시인의 깊은 내면세계를 드러냈을 뿐만 아니라 영물시, 영사시, 영회시, 사경시 등에서도 함축적인 시어詩語와 암시와 상징으로 몽롱한 풍격을 형성하여 독자의 이목을 끌기에 충분하다. 이런 의미에서 평자들은 이상은의 시가 당시唐詩의 서정 예술을 새로운 경지로 끌어올렸다는 평가를 내렸던 것이다.

이상은 시는 그 난해함 때문에 다양한 주석서가 있다. 이상은 연구

1) 〈안평공시〉 이후로 4수의 시가 더 있어 이 책에 덧붙여 번역해 두었으나 이상은의 작품으로 보기 어렵고, 그중 2수는 두목(杜牧)의 작품이다.

는 특히 청대清代에 활발하게 이루어졌는데, 아마도 중국고전문학 전반을 되짚어보는 고증학 융성의 분위기 속에서 성당盛唐의 시만 앞세우던 명대明代 당시학唐詩學에 대한 반발심리가 작용한 결과로 풀이된다. 본서에서는 이 가운데 아래와 같은 주석서를 참고하였다.

① 주학령朱鶴齡의 『이의산시집전주李義山詩集箋注』 : 이 책은 청대 주석서로는 가장 이른 1659년에 간행되었다. 이상은의 시에 대한 최초의 완정한 주석서로서 이후의 주석서에 많은 영향을 주었으며, 이상은의 인품과 시의 성취를 모두 높이 평가함으로써 더 많은 학자들이 이상은 시에 관심을 보이는 데 일조했다.

② 요배겸姚培謙의 『이의산시집전주李義山詩集箋注』 : 이 책은 1739년에 완성되었다. 장법章法 분석에서 장점을 보여 시의 대의를 파악하는 데 크게 도움이 된다. 억지스러운 설명이 적은 대신 구절의 의미를 두루뭉술하게 풀이하고 넘어가는 부분도 없지 않은 것이 단점으로 지적된다.

③ 굴복屈復의 『옥계생시의玉谿生詩意』 : 이 책은 1739년에 완성되었다. 요배겸의 『이의산시집전주』와 마찬가지로 시를 체식體式에 따라 배열하였다. 주석보다는 대의 설명에 중점을 두면서 예술적 특징을 적절하게 짚어내는 안목을 보여주었으나, 더러 서로 다른 여러 작품을 같은 방식으로 설명했다는 점이 아쉽다.

④ 정몽성程夢星의 『중정이의산시집전주重訂李義山詩集箋注』 : 이 책은 1743년에 완성되었으며 주학령의 작업을 보완한 성격을 띠고 있다. 작시 의도를 설명하는 데 주안점을 두었는데, 정세한 의견과 견강부회가 섞여 있어 주의 깊게 취사선택할 필요가 있다.

⑤ 기윤紀昀의 『옥계생시설玉谿生詩說』 : 이 책은 1750년에 완성되었다. 온유돈후溫柔敦厚한 '시교詩敎'를 품평 기준으로 내세워 이상은 시

를 평가한 것이 특징이다. 이상은 시의 성취와 폐단을 두루 잘 지적했으나 편파적인 견해를 고집한 부분도 없지 않아 비판적으로 검토해야 한다.

⑥ 풍호馮浩의 『옥계생시전주玉谿生詩箋注』: 이 책은 1763년에 초판본이 나오고 1780년에 다시 수정본이 나왔다. 청대의 주석서로는 가장 정세하게 이상은의 시를 주해했다. 방대한 주석과 정밀한 편년 작업이 장점이라면, 대부분의 이상은 시를 영호도令狐綯와 연관시켜 설명하려 한 점은 폐단으로 지적된다.

이 외에도 현대에 간행된 주석서 역시 참고하였다. 참고 가치가 높은 현대 주석서는 다음과 같다.

① 섭총기葉葱奇의 『이상은시집소주李商隱詩集疏注』: 이 책은 1985년에 출간되었다. 청대 주석을 두루 검토하여 시의 이해에 긴요한 부분을 취하면서 자신의 견해를 덧붙인 것이 특징이다. 작품의 핵심을 파악하는 안목을 보여주는 대목이 적지 않으나 더러 지나친 천착이라 할 부분도 발견된다.

② 유학개劉學鍇와 여서성余恕誠의 『이상은시가집해李商隱詩歌集解』: 이 책은 1988년에 출간되었고 2004년에 다시 수정본이 나왔다. 이전까지의 교감, 주석, 장법 분석, 대의 설명 등을 총망라해 이상은 시 연구의 토대 역할을 하고 있다. 다만 편년에 대한 설명이 지나치게 번다하고 작품에 따라 편자의 대의 설명의 길이가 들쭉날쭉한 점이 아쉽다.

③ 정재영鄭在瀛의 『이상은시집금주李商隱詩集今注』: 이 책은 2001년에 출간되었다. 일반 독자를 대상으로 이상은 시를 평이하게 소개할 목적으로 '금주今注'와 '간석簡釋'을 붙였다. 전체적으로는 이전의 주석서를 답습한 감이 있으나, 작품의 요지를 파악하는 간명한 대의 설

명은 참고할 만하다.

④ 황세중黃世中의 『유찬이상은시전주소해類纂李商隱詩箋注疏解』: 이 책은 2009년에 출간되었다. 체례는 『이상은시가집해李商隱詩歌集解』와 유사하나 제가의 전평箋評을 대의, 구절 풀이, 시평으로 나누어 알기 쉽게 정리한 것이 장점이다. 편자 자신의 견해를 제시한 '소해疏解'도 자세하나 참신한 견해가 많지 않은 것이 아쉽다.

4. 이상은 시의 내용과 특징에 대하여

이상은은 각종 형식의 시에 두루 능했으며, 특히 근체시近體詩에서 특출한 성과를 보여주었다. 제재題材 면에서도 폭넓은 다양성을 갖추어 대가의 반열에 오르기에 부족함이 없다. 『이의산시집』에 실린 이상은 시의 내용과 특징을 간략하게 살펴보면 다음과 같다.

이상은의 시에서 먼저 눈에 띄는 것은 당시의 사회와 정치 상황을 직접 언급한 시가 상당한 비중을 차지한다는 점이다. 사회시 또는 정치시로 분류될 이들 작품은 다룬 범위가 넓을 뿐만 아니라 식견의 깊이를 갖추어 음미할 부분이 많다. 예컨대 〈느낀 바가 있어 2수有感二首〉와 〈거듭 느낀 바가 있어重有感〉는 태화 연간에 정국을 진동시켰던 '감로사변甘露事變'을 다룬 것으로, 환관들이 문종文宗을 구금하고 문신들을 살육한 만행을 비판했다. 〈수나라 군대의 동쪽 정벌隨師東〉, 〈수안공주의 출가壽安公主出降〉 등은 번진藩鎭의 할거에 반대하는 한편 조정의 잘못된 정책을 꼬집은 작품이다. 또 〈수주의 소시랑을 곡하다哭遂州蕭侍郎二十四韻〉 등의 시에서는 당쟁黨爭의 폐해를 지적했고, 〈양양에서 시사를 적다漢南書事〉 등의 시에서는 변방 정책에 대한 시인의 의견을 제시했다. 특히 〈서쪽 교외에 유숙하다行次西郊作一百韻〉 시는 당나라 왕조 200년의 치란성쇠治亂盛衰를 담아, 두보의 〈북정北征〉을 뒤이은 대작이라는 평가를 받는다.

이상은의 시 세계에서 역사를 노래한 영사시詠史詩도 빼놓을 수 없는 부분이다. 이상은의 영사시에서는 먼저 나라의 흥망성쇠가 대개 최고 통치자의 덕망德望에 따라 좌우된다는 생각을 바탕으로 역대의 군주들을 대상으로 엄정한 비판을 가했다. 이러한 시로는 〈북제 2수北齊二首〉, 〈진후주의 궁궐陳後宮〉, 〈마외馬嵬〉 등이 있다. 또 여러 역사적 인물들을 제재로 하여 국운의 회복에 대한 의지를 표명하기도 하고, '회재불우懷才不遇'라는 개인적 감회를 표출하기도 했다. 이를테면 〈가의賈生〉, 〈옛날 장군舊將軍〉, 〈느낀 바가 있어有感〉 시 등이 그러하다. 이러한 영사시는 반고班固의 〈영사詠史〉시 이후로 꾸준히 창작된 영사시의 여러 체제를 다양하게 구사하여 이전까지의 영사시를 집대성하는 한편, 창작기교에서 여러 가지 다양한 수법들을 동원함으로써 자칫 무미건조해지기 쉬운 영사시에 시적인 정감을 불어넣어 왕성한 생명력을 가질 수 있도록 했다는 점에서 영사시의 새로운 길을 열어놓았다고 평가된다.

'무제시無題詩'는 이상은의 독창성이 돋보이는 부분이다. 대개 남녀 간의 사랑과 그리움을 소재로 삼고 있는 이들 무제시는 상징적이고 화려한 시어로 몽롱한 의경意境을 담아, 역대로 많은 관심과 평론의 대상이 되었다. 무제시의 성격과 특징에 대해서는 일찍이 청나라 기윤紀昀이 『사고전서총목제요四庫全書總目提要』에서 『이의산시집』을 평하면서 일목요연하게 정리한 바 있다. 그에 따르면 이상은의 무제시는 다섯 가지로 분류된다. 확실히 기탁寄託이 있는 것, 장난삼아 염정체艶情體로 지은 것, 실제로 있었던 남녀 간의 애정 행각을 노래한 것, 본래 제목이 있었던 것이 일실되면서 '무제시'가 된 것, 다른 무제시와 잘못

연작시로 묶인 것 등이다. 무제시 가운데 일부는 다소 경박한 어투에 퇴폐적이고 유희적인 내용을 담은 것이 있으나, 대부분의 작품은 사랑을 소재로 기대와 실망, 고통과 미련, 집착과 방황 등 인간의 정감 세계를 깊이 있게 탐색해 중국 애정시의 수준을 한 단계 끌어올린 공로를 인정받는다. "몸엔 채색 봉황처럼 한 쌍의 날개 없어도, 마음엔 영험한 무소같이 한 점으로 통함이 있었지身無彩鳳雙飛翼, 心有靈犀一點通"라든가 "봄 마음은 꽃과 함께 피어나려 다투지 마라, 한 줌의 그리움은 한 줌의 재가 되리니春心莫共花爭發, 一寸相思一寸灰" 등처럼 널리 인구에 회자되는 이상은 애정시의 명구들이 이를 증명한다.

이상은의 영물시에도 가작이 많다. 그는 영물시에 대한 일반적 관념에 도전해 새로운 작법을 시도했다. 그 가운데 하나로 종전 영물시에서 서정抒情의 성분을 결미에 일부 제시했던 것을 전편에 확대한 점을 들 수 있다. 사물에 대한 객관적 묘사를 줄이는 대신 그것에 대한 시인이 느낀 이미지 또는 인상으로 이루어진 영물시를 개척한 것이다. 이로써 이상은의 영물시에서 사물은 감정 전달을 위한 부수적인 존재가 되고, 시인은 사물에 대한 풍부한 연상 작용을 통해 자신의 느낌을 전달하는 데 집중하며 시의詩意를 확장시켰다. 한편으로 영물시에 전고典故를 많이 사용하면서 유희적 성격도 크게 증가했다. 이는 전고가 가진 특성을 활용해 독자의 상상력을 확대시킨다는 장점이 있는 반면 유희성이 지나쳐 시로서의 매력을 떨어뜨리는 요소로 작용하기도 했다. 이상은 영물시의 대표작으로는 〈낙화落花〉, 〈꾀꼬리流鶯〉, 〈매미蟬〉, 〈키 큰 소나무高松〉 등이 손꼽힌다.

『이의산시집李義山詩集』 3권 내부장본內府藏本

기윤紀昀

당나라 이상은 지음. 이상은은 자가 의산義山으로 회주懷州 하내河內 사람이다. 개성開成 2년(837) 진사가 되어 이부吏部 시험에 합격하고 비서성秘書省 교서랑校書郎이 되었다가 홍농현위弘農縣尉로 전근되었다. 회창會昌 2년(842) 다시 서판발췌書判拔萃에 응시했다. 왕무원王茂元이 하양河陽에 진주해 장서기掌書記로 초빙했다. 막부를 두루 거치다 동천절도사東川節度使 막부의 판관判官 검교공부낭중檢校工部郎中으로 마쳤다. 사적이 『신당서新唐書 · 문예전文藝傳』에 자세하다. 이상은의 시는 온정균溫庭筠과 이름을 나란히 했는데, 시어가 모두 화려했다. 그러나 온정균의 시에는 여인의 분 같은 시어가 많았지만 이상은은 시사時事에 대한 감상을 담아 오히려 자못 『시경詩經』 시인의 취지를 얻었다. 그래서 채관부蔡寬夫의 『시화詩話』에서는 왕안석王安石의 말을 인용하여 "당나라 시인 가운데 두보를 배워 울타리까지 얻은 사람은 오직 이상은 하나다"라고 했다. 송나라 양억楊億과 유균劉筠 등이 그 흐름을 계승하여 『서곤수창집西昆酬唱集』을 지으면서 시인들에게 마침내 서곤체西昆體가 있게 되었다. (이상은으로 분장한) 배우가 (서곤체 시인들에게) 잡아당겨지고 찢겼다고 놀리기에 이르러, 유반劉攽이 그 말을 『중산시화中山詩話』에 실어 우스갯소리로 삼았다.[2] 원우元祐 연간[3])에 여러 시인들이 일어나 그것을 바로잡았고, 송나라 말까지 시를 짓는 이들은 (이상은의 시를) 종주로 삼지 않았다. 호자胡仔의 『초계어은총화苕溪漁隱叢話』에서는 이상은의 〈마외馬嵬〉[4]) 시와 〈혼하중渾河中〉[5]) 시를 지적하여 천근淺近하다고 비판했다. 이후 강서시파江西詩派의 지류가 점차 생경하고 거친 쪽으로 흐르면서, 시인들이 다시 온정균과 이상은으로 돌아가 본받고자 했다. 석도원釋道源[6]) 이후로 그의 시에 주석을 붙인 이가 모두 여러 사람이었다. 대체로 심혈을 기울여 추구하며 깊이 이해하고자 힘써, 한 글자 한 구절이 모두 우언寓言에 속한다고 보았고, '무제無題'시 여러 편에 대해서는 천착이 특히 심했다. 지금 이상은의 〈재주 막부를 그만두고 읊은 시를 동료에게 부치다梓州罷吟寄同舍〉 시 가운데 "초나라 비는 정을 품어 모두 기탁이 있다"는 구절이 있음을 고찰해 보면, 부부 관계를 빌려 군신君臣을 비유한 것은 본디 스스로 밝힌 적이 있는 바이다. 그러나 '무제'시 중에도 확실히 기탁한 것이 있으니, "온다던 말 빈말 되고 한번 가곤 발길 끊겨來是空言去絕蹤"와 같은 부류가 그러하다. 장난삼아 염정체艷情體로 지은 것이 있으니, "이름이 아후라는 걸 이제야 알았는데近知名阿侯"와 같은 부류가 그러하다. 실제로 염정에 속하는 것이 있으니, "어제 밤 별

2) 祥符天喜中, 楊大年錢文僖晏元獻劉子儀以文章立朝, 爲詩皆宗尙李義山, 號西崑體, 後進多竊義山語句. 賜宴, 優人有爲義山者, 衣服敗敝, 告人曰, 我爲諸館職挦撦至此.

3) 송나라 哲宗의 연호(1086~1094). 黃庭堅과 陳師道 등의 시가 유행해 이른바 '江西詩派'를 형성했다. 이들은 "학문으로 시를 짓는다"는 평가를 받았다.

4) '마외지변(馬嵬之變)'으로 불리는 역사적 사건을 읊은 영사시(詠史詩). 직설적으로 玄宗의 무능을 질타해 논란이 되었다.

5) 河中節度使 渾瑊의 품덕을 칭송한 시.

6) 明末 사람으로 이상은의 시에 처음 주석을 달았으나 그의 주석본은 현재 전하지 않는다. 일부 내용이 다른 주석본에 인용되어 있다.

어제 밤 바람昨夜星辰昨夜風"과 같은 부류가 그러하다. 본래의 제목이 일실佚失된 것이 있으니, "만 리 풍파에 한 조각 배萬里風波一葉舟"와 같은 부류가 그러하다. '무제'시와 연결되어 하나로 잘못 합쳐진 것이 있으니, "은자인 그대는 감상에 싫증내지 않으니幽人不倦賞"[7]와 같은 부류가 그러하다. 첫 두 글자를 따 제목으로 삼은 시, 이를테면 〈벽성碧城〉, 〈금슬錦瑟〉 등의 여러 편 또한 이러한 예와 같다. 그러므로 일률적으로 '미인향초美人香草'로 이들을 풀이하면 본래의 의도에서 크게 어긋나게 된다. 세상에 전해져 낭송되는 시를 보면 대부분 염정적인 작품을 수록하고, 시집 가운데 〈느낀 바가 있어 2수有感二首〉[8]와 같은 부류는 선집에서 전혀 언급하지 않으니, 이는 단점을 취하고 장점을 버리는 것으로서 더 큰 잘못이다.

唐李商隱撰. 商隱字義山, 懷州河內人. 開成二年進士. 釋褐秘書省校書郎, 調弘農尉. 會昌二年又以書判拔萃. 王茂元鎭河陽, 辟爲掌書記. 歷佐幕府, 終於東川節度判官檢校工部郎中. 事跡具唐書文藝傳. 商隱詩與溫庭筠齊名, 詞皆縟麗. 然庭筠多綺羅脂粉之詞, 而商隱感時傷事, 尙頗得風人之旨. 故蔡寬夫詩話載王安石之語, 以爲唐人能學老杜而得其藩籬者, 惟商隱一人. 自宋楊億劉子儀等沿其流波, 作西昆酬唱集, 詩家遂有西昆體. 致伶官有撏撦之譏. 劉攽載之中山詩話以爲口實. 元祐諸人, 起而矯之, 終宋之世, 作詩者不以爲宗. 胡仔漁隱叢話至摘其馬嵬詩渾河中詩詆爲淺近. 後江西一派漸流於生硬粗鄙, 詩家又返而講溫李. 自釋道源以後, 注其詩者凡數家. 大抵刻意推求, 務爲深解, 以爲一字一句皆屬寓言, 而無題諸篇穿鑿尤甚. 今考商隱府罷詩中有楚雨含情皆有托句, 則借夫婦以喻君臣, 固嘗自道. 然無題之中確有寄托者, 來是空言去絶蹤之類是也. 有戲爲豔體者, 近知名阿侯之類是也. 有實屬狎邪者, 昨夜星辰昨夜風之類是也. 有失去本題者, 萬里風波一葉舟之類是也. 有

7) 이 시는 무제시(八歲偸照鏡)와 연작시로 묶여 둘째 수로 실려 있다.
8) 835년에 일어난 甘露事變의 경과를 개략적으로 언급하면서 用人의 문제점을 지적한 시다.

與無題相連誤合爲一者，幽人不倦賞之類是也. 其摘首二字爲題，如碧城錦瑟諸篇，亦同此例. 一概以美人香草解之，殊乖本旨. 至於流俗傳誦，多錄其綺豔之作. 如集中有感二首之類，選本從無及之者. 取所短而遺所長，益失之矣. 然無題之中確有寄托者，來是空言去絕蹤之類是也. 有戲爲豔體者，近知名阿侯之類是也. 有實屬狎邪者，昨夜星辰昨夜風之類是也. 有失去本題者，萬里風波一葉舟之類是也. 有與無題相連誤合爲一者，幽人不倦賞之類是也. 其摘首二字爲題，如碧城錦瑟諸篇，亦同此例. 一概以美人香草解之，殊乖本旨. 至於流俗傳誦，多錄其綺豔之作，如集中有感二首之類，選本從無及之者，取所短而遺所長，益失之矣.

주학령朱鶴齡[9)]

신유년(1681)[10)]에 나는 목재牧齋 전겸익錢謙益[11)] 선생의 홍두장紅豆莊[12)]에서 두보杜甫의 시에 주석을 붙였다. 작업을 다 마치자 선생이 내게 말했다. "옥계생玉溪生[13)] 이상은李商隱의 시는 학문이 깊고 매우 아름다워서 왕안석王安石도 두보를 잘 배웠다고 칭송했지만, 애석하게도 이전에 그것에 주석을 붙인 사람이 없었네. 원호문元好問도 '시인들이 모두 서곤체의 훌륭함을 사랑한다 하지만, 아무도 주석을 붙이지 않은 것이 다만 한스럽다'[14)]고 했으니, 자네가 두보 시와 아울러 완성해서 후학들에게 혜택을 베푸는 것이 어떤가?" 나는 『신당서新唐書』와

9) 주학령(1606~1683)은 명나라 遺民으로 清朝가 들어서자 재야에 머물며 저술에 몰두했다. 주학령의 『李義山詩注』는 『李義山詩集』에 대한 최초의 주석서로, 이후 程夢星, 姚培謙, 馮浩 등의 주석서는 모두 주학령의 『이의산시주』를 수정, 보완하는 형태로 편찬되었다. 주학령은 이상은의 품행에 문제가 있다고 기술한 『唐書』의 내용에 이의를 제기하고, 이상은의 시가 『詩經』과 『離騷』를 계승하여 풍자와 비유의 수법으로 忠心과 激憤을 전달했다고 보았다.

10) 정유년(1657)의 잘못이 아닌가 한다. 주학령의 『杜工部詩集輯注』가 이 해에 완성되었다. 1681년이면 전겸익이 죽은 지(1664년) 한참 후이므로 문맥상 맞지 않는다.

11) 錢謙益(1582~1664)은 明末清初의 문인으로 호는 牧齋이다. 여러 학문에 두루 정통하였으며, 두보 시에 주석을 붙인 『杜工部詩集輯注』를 펴냈다.

12) 宋末元初에 건립된 별장으로 지금의 江蘇省 常熟市에 있었다.

13) 李商隱의 號로 고향 근처의 시내인 玉溪에서 따온 것이다.

14) 元好問, 〈論詩三十首〉 其十二.

『구당서舊唐書』의 전기, 그리고 『문원영화文苑英華』와 『당문수唐文粹』에 실린 전箋, 계啓, 서序, 장狀을 읽고 대조하면서 반복해 참고하고 나서 이렇게 슬피 탄식했다. "아아, 이상은은 대체로 재주를 믿고 자부했으나 당파싸움에 휘말려 앞길이 막혔던 것이니, 전기[15]에서 '이득을 보려고 구차하게 영합하고', '거짓되고 천박해 볼 만한 품행이 없다'고 한 것은 사실이 아니다."

무릇 영호도令狐綯가 이상은을 미워한 것은 그가 왕무원王茂元과 정아鄭亞의 초빙에 응했기 때문이고, 왕무원과 정아를 미워한 것은 그들이 찬황贊皇 사람 이덕유李德裕와 친했기 때문이다. 이덕유가 재상이 된 것은 진공晉公 배도裴度의 추천에 의해서이고 사직에 공적을 남겼기에 역사가들의 논쟁은 매양 우승유牛僧孺를 비난하고 이덕유를 칭찬한다. 왕무원 등의 여러 사람들은 모두 한때의 대단한 인물들인데, 영호도가 어찌 개인적인 은혜를 입었다는 죄목을 이상은에게 뒤집어 씌워 평생 등용되지 않게 만들었겠는가? 영호도는 다만 이덕유에 대한 원한이 있어 미움이 그 당인黨人에게까지 미치고, 아울러 이덕유의 당인에게 합세하는 자까지 미워한 것이지, 진정으로 이상은에게 서운함이 있었던 것은 아니다. 태뢰공太牢公[16] 우승유가 곧은 선비들과 원수가 되자, 영호도의 부친 영호초令狐楚는 우승유와 가까워졌고 이종민李宗閔, 양사복楊嗣復과도 깊은 교분을 가졌다. 영호도가 아버지를 뒤이어서는 깊이와 음험함이 더욱 심했다. 회창會昌 연간에 이덕유가 영호도를 조정에 발탁했는데, 하루아침에 세력을 잃자 영호도와 못된

15) 주학령이 인용한 부분은 모두 『新唐書 · 文藝傳』에 보인다.
16) 임금이 제사를 지낼 때 희생으로 소, 양, 돼지를 모두 마련했을 때 '태뢰(太牢)'라 한다. 따라서 태뢰는 이덕유의 당인들이 우승유의 성 '牛'를 얕잡아 부른 말이다.

무리들이 힘껏 그를 배척하고 음해하였으니, 이럴 때 그의 사람이 죽은 당파에 의지할 수 있었겠는가? 이상은이 왕무원과 정아에게 간 것이 꼭 나무를 고르는 지혜나 언덕을 떠나는 공정함이 아니라고 할 수 없다. 이런데도 '이득을 보려고 구차하게 영합하고', '거짓되고 천박해 볼 만한 품행이 없다'고 평가한다면, 반드시 장차 '팔관십육자八關十六子'[17]의 소행처럼 간사한 무리와 결탁해 조정을 좌지우지하고 어지럽히고 난 다음에는 구차하게 영합한 것이 아니고 볼 만한 품행이 없는 것도 아니라고 할 것인가?

게다가 내가 보기에 그는 홍농현위弘農縣尉로 있으면서 죄수를 풀어줘 관찰사 손간孫簡의 비위를 거스르고, 〈구일九日〉이라는 시를 지어 정부의 비위를 거슬렀다. 유분劉蕡의 좌천에 대해서는 무함巫咸[18]의 원통함을 품었고, 을묘년(835)의 감로사변甘露事變[19]에 대해서는 진晉 땅의 돌에 원망을 품었다. 태화大和 연간에 지은 고구려 정벌 시에는 "쌓인 해골이 덤불을 이루었다"[20]는 슬픔을 품었고, 당항黨項 토벌에 군대를 동원할 때에는 "무력의 남용이 화근"[21]이라는 경계를 내놓았다. 〈한궁漢宮〉, 〈요지瑤池〉, 〈화청華清〉, 〈마외馬嵬〉 등의 여러 작품에 이르러서는 방사方士가 이치에 어긋남을 풍자하거나 여색에 빠져 나

17) 唐 穆宗 때 재상을 지낸 李逢吉과 결탁한 당인들을 말한다. 이봉길에게 영합한 8명과 다시 이들에게 영합한 8명이 여덟 개의 인연으로 엮여 있다는 데서 붙여진 명칭이다.

18) 神巫의 이름. 굴원의 〈離騷〉에 "무함이 저녁에 내려오려 하니, 산초와 정미를 품고 그를 맞이하련다(巫咸將夕降兮, 懷椒糈而要之.)"는 내용이 보인다.

19) 감로사변은 문종 태화 9년(835) 11월 李訓과 鄭注 등이 金吾衛의 석류나무에 감로가 내렸다고 상주하여 환관 仇士良 일파를 척살하려 했다가 사전에 발각되어 도리어 주모자들이 해를 입은 사건이다.

20) 〈隨師東〉

21) 〈漢南書事〉

라를 망치는 것을 경계하지 않은 것이 없다. 이는 그가 사리를 밝히면서 충심을 품고 완곡하게 묘사하거나 격정적으로 토해낸 것으로, 곧장 곡강曲江의 노인 두보杜甫와 서로 바라보며 웃을 수 있으니, 결코 '이득을 보려고 구차하게 영합하고', '거짓되고 천박해 볼 만한 품행이 없다'고 비웃고 손가락질할 수 있는 것이 아니다.

혹자가 이렇게 물었다. "이상은의 시는 태반이 규방閨房을 언급하여 독자들은 옥대체玉臺體[22]나 향렴체香奩體[23]의 일례라 일컫는데, 두보를 잘 배웠다는 왕안석의 생각은 무엇에 근거한 것인가?"

나는 이렇게 답했다. "남녀간의 정은 군신君臣, 친구와 통하기에 〈국풍國風〉의 '매미 이마와 나방 눈썹'[24], '구름 같은 머리'[25], '박씨 같은 이'[26]는 그 말이 매우 외설스러운데도 성인은 도리어 이를 취했다. 『이소離騷』에서 향기로운 풀에 기탁해 왕손王孫을 원망하고 미인을 빌려 군자를 비유한 것은 마침내 한위육조 악부樂府의 원조가 되었다. 옛사람 가운데 군신과 친구에게서 뜻을 얻지 못한 자는 왕왕 여인에게 아득한 마음을 기탁하고, 복희씨伏羲氏의 신하인 건수蹇修와 깊은 원한을 맺음으로써, 그의 충심과 격분, 무기력함, 번민과 자유로움의 지향을 표현했다. 당나라 대화 연간 이후로는 환관이 전횡하고 당쟁이 만연하면서 이상은은 실권자들에게 길이 막혀 막부幕府의 서기書記로 전전했다. 그 자신이 위태로워도 드러내는 말이 불가하여 완곡하

22) 南朝의 徐陵이 편찬한 시집 『玉臺新詠』에 규방과 여인을 소재로 한 시가 많아, 이후 이를 소재로 한 시를 '옥대체'라 불렀다.

23) 晩唐의 시인 韓偓이 남긴 시집인 『香奩集』에 여인을 소재로 한 시가 많아, 송나라 嚴羽가 『滄浪詩話』에서 이런 부류의 시를 향렴체라 불렀다.

24) 『詩 · 衛風 · 碩人』

25) 『詩 · 鄘風 · 君子偕老』: 鬒髮如雲.

26) 『詩 · 衛風 · 碩人』: 齒如瓠犀.

게 말하고, 그 생각이 괴로워도 바른 말이 불가하여 거짓으로 말했다. 따져보니 요대瑤臺와 천궁天宮, 가무가 벌어지는 연회석만한 곳이 없었으니, 말하는 사람은 죄가 없을 수 있으나 듣는 사람은 감동하기에 충분했다. 그가 〈재주 막부를 그만두고 읊은 시를 동료에게 부치다〉라는 시[27]에서 말하기를 '초나라 비는 정을 품어 모두 기탁이 있다'고 했으니, 일찌감치 스스로 자세한 풀이를 해두었던 것이다. 그래서 내가 이상은의 시는 『시경』 시인의 여음餘音이고 굴원屈原과 송옥宋玉의 후계로서, 대체로 두보의 깊이를 얻어 바꾸어 내놓은 것이라고 하는 것이다. 어찌 단지 고사를 심오하고 넓게 끌어다 쓰고 예쁘고 화려한 말만 따온다고 온정균溫庭筠이나 단성식段成式[28]과 한때 자웅을 겨루었겠는가? 배우는 자들이 본말을 살피지 않은 채 다들 '재주꾼'이나 '난봉꾼'[29]으로 이상은을 지목하고, 그의 시를 좋아하는 사람도 또한 규방에서 가볍게 던진 말로 여기는 데 지나지 않았으니, 이는 세상을 논해 사람을 알지 못한 까닭이다."

내가 그래서 당시의 사적을 널리 고찰하고 미세한 것까지 탐색하여 주석을 완성함으로써 그것을 밝혀 목재 선생에게 드리고, 또 『이의산시집』을 읽는 세상의 독자에게 알리는 말로 삼고자 한다.

순치제順治帝 기해년(1659) 2월 그믐

의란당猗蘭堂에서 주학령 씀

27) 〈梓州罷吟寄同舍〉

28) 『新唐書·藝文志』에 李商隱, 溫庭筠, 段成式 세 사람이 수사가 화려하고 치밀한 騈儷文을 잘 지어 당시에 '三十六體'라 불렸다고 했다. 宋 王應麟의 설명에 따르면 '삼십육체'는 세 사람의 항렬이 모두 '十六'인 데서 따왔다고 한다.

29) 胡應麟, 『詩藪·外篇』 卷4: 飛卿北里名倡, 義山狹邪浪子.

申酉之歲，予箋注杜工部詩於牧齋先生之紅豆莊．旣卒業，先生謂予曰，玉溪生詩，沈博絶麗，王介甫稱爲善學老杜，惜從前未有爲之注者．元遺山云，詩家總愛西昆好，只恨無人作鄭箋．子何不幷成之，以嘉惠來學．予因繙覈新舊唐書本傳，以及箋啓序狀諸作所載，於英華文粹者，反覆參考，乃喟然歎曰，嗟乎義山蓋負才傲兀，抑塞於鉤黨之禍，而傳所云放利偸合，詭薄無行者，非其實也．

夫令狐綯之惡義山，以其就王茂元鄭亞之辟也，其惡茂元鄭亞，以其爲贊皇所善也．贊皇入相，薦自晉公，功流社稷，史家之論，每曲牛而直李．茂元諸人，皆一時翹楚，綯安得以私恩之故，牢籠義山，使終身不爲之用乎．綯特以仇怨贊皇，惡及其黨，因幷惡其黨贊皇之黨者，非眞有憾於義山也．太牢與正士爲讎，綯父楚比太牢而深結李宗閔楊嗣復．綯之繼父，深險尤甚．會昌中贊皇擢綯臺閣，一旦失勢，綯與不逞之徒竭力排陷之，此其人可附離爲死黨乎．義山之就王鄭，未必非擇木之智，渙邱之公．此而目爲放利偸合，詭薄無行，則必將朋比奸邪，擅朝亂政如八關十六子之所爲，而後謂之非偸合，非無行乎．

且吾觀其活獄弘農，則忤廉察，題詩九日，則忤政府．於劉蕡之斥則抱痛巫咸，於乙卯之變則銜寃晉石．太和東討，懷積骸成莽之悲，黨項興師，有窮兵禍胎之戒．以至漢宮瑤池華清馬嵬諸作，無非諷方士爲不經，警色荒之覆國．此其指事懷忠，鬱紆激切，直可與曲江老人相視而笑，斷不得以放利偸合詭薄無行嗤摘之者也．

或曰，義山之詩半及閨闥，讀者與玉臺香奩例稱，荊公以爲善學老杜，何居．予曰，男女之情，通於君臣朋友，國風之螓首蛾眉，雲髮瓠齒，其辭甚褻，聖人顧有取焉．離騷托芳草以怨王孫，借美人以喩君子，遂爲漢魏六朝樂府之祖．古人之不得志於君臣朋友者，往往寄遙情於婉孌，結深怨於蹇修,以序其忠憤無聊，纏綿宕往之致．唐至太和以後，閹人暴橫，黨禍蔓延，義山阨塞當塗，沈淪記室，其身危，則顯言不可而曲言之，其思苦，則莊語不可而謾語之．計莫若瑤臺璚宇，歌筵舞榭之間，言之可無罪，而聞之足以動．其梓州吟云，楚雨含情俱有托，早巳自下箋解矣．吾故曰，義山之詩，乃風人之緒音，屈宋之遺響．蓋得子美之深而變出之者也．豈徒以徵事奧博，擷采妍華，與飛卿柯古爭覇一時哉．學者不察本末，類以才人浪子目義山，卽愛其詩者，亦不過以爲帷房昵媟之詞而已，此不能論世知人之故也．予故博考時事，推求至隱，因箋成而發之，以復於先生，且以爲世之讀義山集者告焉．

順治己亥二月朔，朱鶴齡書於猗蘭堂．

| 목 차 |

권상卷上

권상

卷上

001

錦瑟

비단 거문고

錦瑟無端五十絃,[1] 비단 거문고는 까닭 없이 오십 줄
一絃一柱思華年.[2] 줄 하나 기러기발 하나에 젊었던 시절 생각난다.
莊生曉夢迷蝴蝶,[3] 장자는 새벽꿈에서 나비에 미혹되었고
望帝春心託杜鵑.[4] 망제는 봄 마음을 두견에 기탁했지.
滄海月明珠有淚,[5] 푸른 바다에 달이 밝아 진주는 눈물 흘리고
藍田日暖玉生煙.[6] 남전산에 해가 따뜻해 옥에선 연기가 난다.
此情可待成追憶,[7] 이러한 정이 추억이 되리라 어찌 기대했으랴
只是當時已惘然.[8] 그저 당시에는 너무나 망연자실했을 뿐.

주석

1) 錦瑟(금슬) : 비단 거문고. 아름다운 거문고.

《주례(周禮)·악기도(樂器圖)》 아의 거문고는 23현이고, 송의 거문고는 25현인데, 보옥으로 꾸민 것은 보물 거문고라 하고, 비단같이 무늬를 그린 것은 비단 거문고라 한다.(雅瑟二十三絃, 頌瑟二十五絃, 飾以寶玉者曰寶瑟, 繪文如錦曰錦瑟.)

無端(무단) : 까닭 없이. 우연히.

五十絃(오십현) : 오십 줄.

《사기(史記)·봉선서(封禪書)》 황제가 진녀에게 50현 거문고를 연주하게 했는데 슬퍼서 황제가 그만두게 했으나 그치지 않았다. 그 때문에 그 거문고를 부수어 25현으로 만들었다.(太帝使秦女鼓五十弦, 悲, 帝禁不止. 故破其瑟爲二十五弦.) 장채전(張采田)의 고증에 따르면 이 시는 대중(大中) 12년(858)에 지은 것이라고 하는데 이때는 이상은이 약 47세로 50세에 가까운 때였다. 따라서 오십 현으로 자신의 인생을 비유했다고 보는 것이다.

2) 柱(주) : 기러기 발. 거문고에서 현을 고르는 기구.
華年(화년) : 꽃다운 시절. 젊었던 시절을 이른다.

3) 夢迷蝴蝶(몽미호접) : 꿈에서 나비에게 미혹되다. 《장자·제물론(齊物論)》에 장자가 꿈에 나비가 된 내용이 나온다. 장자는 나비가 되어 매우 즐거웠는데 깨어보니 나비가 아니라 자신이었다. 그는 자기가 꿈에 나비가 된 것인지 나비가 꿈에 자신이 된 것인지 알 수 없었다고 한다. 이 구절은 자신에게 호접몽에서의 나비처럼 미혹될 만한 즐거운 과거가 있었으나, 지금은 꿈과 같이 느껴진다는 의미로 풀이된다.

4) 望帝(망제) : 전설상의 옛날 촉국(蜀國)의 왕으로, 이름은 두우(杜宇). 전설에 따르면 그는 제왕의 지위를 잃고 쫓겨난 뒤 나라를 그리워하며 비통해하다 죽어서 혼이 두견새가 되었다 한다. 이 새는 그 울음소리가 매우 슬펐는데 특히 봄이 되면 더욱 슬프게 울었다. 이 구절은 두우처럼 슬픈 과거가 있었다는 의미로 풀이된다.

5) 滄海(창해) : 푸른 바다.
月明(월명) : 달이 밝다. 여기서는 달이 차서 밝은 것을 이르는데, 옛날 사람들은 진주와 달이 서로 연관되어서 달이 차면 진주도 찬다고 믿었다.
珠有淚(주유루) : 진주가 눈물을 흘리다.

《박물기(博物記)》 남해 밖에 인어가 있는데 물에 살면 물고기가 되었다. 끊임없이 실을 잣는데 그 눈에서 눈물이 나면 진주가 되었다.(南海外有鮫人, 水居爲魚, 不廢織績, 其眼泣則能出珠.) 이 구절은 진주와 같은 빛나는 재능이 있지만, 그것을 지닌 이의 슬픔과 적막함을 이른 것으로 보인다.

6) 藍田(남전) : 남전산(藍田山). 지금의 섬서성(陝西省) 남전현(藍田縣) 동남쪽에 있다. 고대의 저명한 옥 산지이다.

玉生煙(옥생연) : 옥에서 연기가 피어오르다. 좋은 옥은 멀리서 보면 연기가 나는 것 같다고 한다. 송나라 왕응린(王應麟)이 《곤학기문(困學紀聞)》에서 "대숙륜(戴叔倫)이 말하기를 '시인이 묘사하는 경치는 마치 남전에 햇볕이 따뜻해지면 좋은 옥에서 연기가 피어나는 것과 같아 멀리서 바라볼 수는 있지만 눈앞에 둘 수는 없는 것이다'라고 했는데, 이상은의 옥에서 연기가 핀다는 구절은 아마도 여기에 뿌리를 두고 있을 것(戴容州謂, 詩家之景, 如藍田日暖良玉生煙, 可望而不可置於眉睫前也. 李義山玉生煙之句, 蓋本於此.)"이라고 했듯이 이 구절은 눈에 보이긴 하나 잡히지는 않는 그 무엇, 혹은 귀한 능력이 있으나 쓰일 수는 없는 허망함 등을 이른 듯하다.

7) 可待(가대) : 어찌 기대하겠는가. '여길 수 있다'로 풀이하기도 하는데, 그러면 '이 정이 추억이 되리라 여길 수도 있었거늘'로 옮길 수 있을 것이다. 의미상으로 큰 차이는 없다.

8) 已(이) : 너무. 지나치게.
惘然(망연) : 망연자실함. 어리둥절함. 이 연은 과거의 일들이 추억이 될 때까지 초연하게 기다릴 수도 있었을 텐데 당시에는 망연자실하여 그저 실의에 젖었을 뿐이었다는 뜻이다.

해설

이 시의 정확한 의미에 대해서는 역대로 이설이 많았고 현재도 이렇다 할 정설이 없다. 거문고의 곡조를 읊은 영물시 또는 처 왕씨(王氏)나 이덕유(李德裕)의 죽음을 애도한 시로 보기도 한다. 처 왕씨나 젊어서 사귀었던 다른 여인을 대상으로 한 염정시로 보는 설도 있다. 그 외에 시인 자신의 일생을 동정한 내용이라 여긴 이도 있고, 쇠퇴해 가는 당 왕실을 읊은 것으로 여기기도 했으며, 나그네로 떠돌며 고향과 집을 떠올리는 시로 여기기도 했다. 또 시집의 맨 앞에 실린 것에 착안해 일종의 자서(自序) 역할을 한다고 본 견해도 있다.

여기서는 비단 거문고 소리를 매개로 시인의 일생을 회고하며 떠오른 복잡한 감정을 담은 작품으로 보았다. 제1-2구에서는 50현 거문고를 들어 시인 자신의 일생을 반추하고 있다. 줄 하나 기러기 발 하나를 짚으며 인생의 굽이굽이를 생각하는데, 시인이 사연이 많았다는 것을 추측할 수 있다. 제3-6구에서는 곡진한 사연을 전고와 형상으로 나타내고 있는데, 이것이 무엇을 뜻하는지 모호하고, 전고 간의 상관성이 약하기 때문에 해석이 분분하다. 따라서 여기서의 번역 또한 하나의 견해일 뿐이다. 본서에서는 전고가 주는 느낌이나 정서를 통해 감정의 흐름을 연상하게 한 독특한 시도로 보았다. 장자의 이야기는 젊은 날의 미혹됨을, 망제의 이야기는 젊은 날에 대한 원망과 후회를, 진주의 눈물은 슬픔과 적막함을, 옥의 연기는 허망하고 손에 잡히지 않는 그 무엇을 읊은 것으로 이해된다. 제7-8구에서 '이러한 정'은 앞 두 연에서 말한 미혹됨, 원망과 후회, 이별과 슬픔, 허망함 등을 가리키는데, 이 일이 훗날 추억이 될 줄 알았더라면 더 의연하게 대처했겠지만 당시에는 어쩔 줄 몰라 망연자실했노라고 했다.

청나라 육차운(陸次雲)은 《당시선명집(唐詩善鳴集)》에서 "이상은은 만당의 고수인데 이 작품보다 잘된 것은 없을 것이다. 의취가 아련하여 알 듯 모를 듯 그 사이에 있으니, 초당이나 성당의 여러 시인들에게는 일찍이 없었던 시(義山晚唐佳手, 佳莫佳于此矣. 意致迷離, 在可解不可解之間, 于初盛諸家中得未曾有.)"라며, 이 시의 남다른 특성에 대해 지적했다. 이 시는 모호하지만 아름답고 서글픈 감정을 여러 가지 전고를 통해 제시하여 독자에게 많은 해석의 가능성을 열어준 독특한 작품이라 할 것이다.

002

重過聖女祠[1]

다시 성녀사를 지나다

白石巖扉碧蘚滋,[2]	하얀 돌문에 파란 이끼 무성해졌는데
上清淪謫得歸遲.[3]	하늘에서 쫓겨나 돌아갈 날은 더디기만 하다.
一春夢雨常飄瓦,[4]	봄 내내 꿈결 같은 가랑비 항상 기와에 날리고
盡日靈風不滿旗.[5]	종일 부는 신령한 바람 깃발조차 날리지 못한다.
萼綠華來無定所,[6]	악록화처럼 와서는 정처 없이 지내다
杜蘭香去未移時.[7]	두란향처럼 가버려 얼마 있지 못했다.
玉郎會此通仙籍,[8]	옥랑을 여기서 만나면 신선의 명부에 이름 올려줄 터라
憶向天階問紫芝.[9]	하늘계단에서 자줏빛 영지 묻던 것 떠올린다.

주석

1) 聖女祠(성녀사) : 성녀사가 무엇인가에 대한 의견이 분분하나, 도관(道觀)의 이명으로 보는 것이 좋겠다.

2) 滋(자) : 무성하다.

3) 上淸(상청) : 도교에서 이르는 하늘. 도교에서는 하늘을 삼천(三天)으로 구분하고, 이를 옥청(玉淸) · 태청(太淸)과 함께 삼청으로 불렀다.
淪謫(윤적) : 쫓겨나다. 폄적되다.

4) 夢雨(몽우) : 꿈결 같은 비. 고당(高唐)의 운우(雲雨)를 뜻하기도 하는데, 여기서는 왕약허(王若虛)의 말을 따라 오는 듯 마는 듯 내리는 비로 보았다.(《호남시화(滹南詩話)》)
5) 靈風(영풍) : 신풍(神風). 일반적으로 사묘(祠廟) 앞에 깃발을 꽂아두는데, 이를 영기(靈旗)라 한다. 영풍은 이 영기에 부는 바람이다. 여기서는 성녀가 올 때의 가물거리며 있는 듯 없는 듯한 자취를 비유한다.
6) 萼綠華(악록화) : 선녀 이름. 악록화는 푸른 옷을 입고 얼굴이 몹시 고왔는데, 양관(羊權)의 집에 내려와 함께 살겠다고 하면서 한 달 동안 여섯 번이나 그의 집을 찾았다고 한다.
7) 杜蘭香(두란향) : 선녀 이름. 《용성선록(墉城仙錄)》에 의하면 어부가 상강(湘江) 가에서 여자아이를 발견하고는 그 아이를 거두었다. 10여 세가 되자 용모가 매우 아름다웠다. 그런데 어느 날 푸른 동자가 하늘에서 내려와 그 딸을 데리고 가버렸다. 승천하려 할 때 어부에게 "나는 선녀인데 잘못을 저질러 인간 세상에 귀양 왔다 지금 돌아가는 것"이라고 했다. 그 후에 그녀는 장석(張碩)의 집에 내려왔다고 했다. 《태평어람(太平御覽)》에서는 이 이야기에 이어 두란향이 장석과 혼인을 했다 떠났고, 나중에 만나서 잠시 즐거워한 뒤 다시 떠났다고 했다.
8) 玉郎(옥랑) : 천부(天府)의 신선 명부를 관장했던 직위.
仙籍(선적) : 신선의 명부.
9) 天階(천계) : 천궁(天宮)의 계단. 여기서는 황궁의 계단을 비유한다.
紫芝(자지) : 자주색 영지. 전설상의 신선초로, 먹으면 신선이 된다고 한다.

해설

이 시는 시인이 성녀사를 다시 찾은 후 성녀의 적막하고 처량한 처지에 깊은 동정을 느껴 지은 것이다. 성녀가 누구를 가리키는 지에 대해서는 의견이 둘로 갈린다. 하나는 여도사를 지칭한다는 것이고, 다른 하나는 시인 자신을 기탁했다는 것이다. 그러나 굳이 나누어 볼 필요 없이 성녀를 묘사하면서 여도사를 읊고, 또 이를 통해 작자의 심정을 전달했다고 보아도 무방할 것이다.

이 시를 창작한 경위에 대해서는 알려진 바가 없지만, 아마도 시인과 어떤 여도사의 인연이 창작의 촉매로 작용했을 것이다. 그녀는 장안에서 이곳까지 쫓겨 온 여도사였고, 그녀의 처지에 시인은 동정심을 가졌던 것 같다. 이곳을 다시 지나면서 그녀를 만나게 되었는데, 퇴락한 도관을 홀로 지키고 있는 것을 목도했다. 그녀를 동정하면서 이리저리 세파에 밀려 언제 돌아갈지 모르는 시인 자신의 처지에 대해서도 함께 슬픔을 느꼈던 모양이다.

제1-2구에서는 성녀가 하늘에서 쫓겨나 지금까지 머뭇거리며 돌아가지 못했다고 했다. 이끼가 무성하다는 것은 오가는 이 없이 세월이 지났다는 말이다. 제3-4구는 성녀사의 주변 환경과 분위기를 묘사한 것이다. 가랑비가 날리고 신령한 바람이 부는 장면은 성녀가 쫓겨난 후 돌아가지 못하는 처지에서 느끼는 적막감과 외로움을 연상하게 한다. 제5-6구에서는 악록화와 두란향이라는 두 선녀의 고사를 통해 쫓겨난 성녀가 정처가 없고 오래 머물지 않음을 말했다. 제7-8구에서는 신선의 명부를 관리하는 옥랑이 성녀를 명부에 다시 올려줄 것을 기대하면서 예전에 성녀가 하늘계단에서 자줏빛 영지 캤던 것을 회상했다. 현재의 적막한 처지를 개탄하면서 과거와 대비시켜 슬픔을 배가시킨 효과가 있다. 장채전(張采田)은 시인이 재주(梓州) 막부를 그만두고 돌아오는 도중에 지은 것으로 보아, 영호도가 더 이상 자신을 이끌어주지 않음을 개탄한 것이라 했는데 참고할 만하다.

003

寄羅劭興[1]

나소여에게 부치다

棠棣黃花發,[2]	산앵두나무에는 노란 꽃이 피었고
忘憂碧葉齊.[3]	원추리는 푸른 잎과 나란히 하고 있다.
人閒微病酒,	한가한 사람은 술병을 좀 앓고 있지만
燕重遠兼泥.[4]	분주한 제비는 멀리서 진흙을 나른다.
混沌何由鑿?[5]	혼돈에 어떻게 구멍을 뚫었을까?
青冥未有梯.[6]	푸른 하늘에 오르려 해도 아직 사다리가 없다.
高陽舊徒侶,[7]	고양에 살았던 옛 벗과 같이
時復一相攜.	때때로 다시 함께 손잡고 노닐 수 있기를.

주석

1) 羅劭興(나소여) : 누구인지 미상이나, 어조로 보아 시인의 벗인 듯하다.

2) 棠棣(당체) : 산앵두나무. 체당(棣棠)이라고도 하며 늦봄에 노란 꽃을 피운다.

《시경 · 소아(小雅) · 당체》 산앵두꽃 그 꽃송이 밝게 빛나네. 요즘 사람 가운데 형제보다 좋은 것은 없다네.(棠棣之華, 鄂不韡韡. 凡今之人, 莫如兄弟.) 산앵두꽃은 많은 형제가 있어 다복함을 비유하는 데 쓰인다.

3) 忘憂(망우) : 훤초(萱草). 원추리. 훤당(萱堂)은 어머니의 거처나 어머니

를 지칭한다.

4) 重(중) : 거듭하다. 여기서는 분주하다는 의미이다.
兼(겸) : 얻다.

5) 混沌(혼돈) : 천지개벽 초에 천지가 아직 갈라지지 않았던 때의 상태. 곧 우주의 비밀. 혼륜(混淪). 《장자 · 응제왕(應帝王)》에 따르면, 남해(南海)의 제왕(帝王)을 숙(儵)이라 하고 북해의 제왕은 홀(忽)이며 중앙의 제왕이 혼돈(渾沌)인데, 숙과 홀이 때로 혼돈의 땅에서 만나니, 혼돈이 매우 잘 대접하므로 숙과 홀이 혼돈의 은덕을 갚으려고 "사람에게는 모두 7개의 구멍이 있어 보고, 듣고, 먹고, 숨을 쉬는데 혼돈에는 그것이 없으므로 구멍을 뚫어주자"고 하여 매일 혼돈에게 구멍을 하나씩 뚫어주었다. 그런데 칠 일째 마지막 구멍을 뚫자 혼돈은 죽고 말았다.
鑿(착) : 뚫다. 이 구는 정국이 혼란스러워 타개할 방법이 없음을 이른 것이다.

6) 青冥(청명) : 푸른 하늘.

7) 高陽(고양) : 고양현(高陽縣). 지금의 하북성(河北省) 보정(保定) 동쪽임. 여기서는 역이기(酈食其)를 가리킨다. 역이기는 진류(陳留) 고양(高陽) 사람으로, 진(秦)나라 말기의 변론가다. 처음에는 고양의 술꾼, 즉 '고양주도(高陽酒徒)'라 자처했으나 유방(劉邦)을 도와 제(齊) 나라를 달래 제의 70여 성이 항복하도록 이끌었다.
徒侶(도려) : 친구. 벗.

해설

이 시는 벗인 나소여에게 보내는 시로, 시인 자신의 감개를 드러내며 언젠가 함께 만날 것을 희망하고 있다. 제1-2구에서는 화초가 무성한 경치를 묘사했다. '당체(棠棣)'와 '망우(忘憂)'는 형제간의 우애와 어머니를 의미하므로, 이와 관련해 자신의 안부를 넌지시 비유했다고도 볼 수 있다. 제3-4구에서는 시인이 한가하여 일없이 술에 의지해 시간을 보내느라 술병이 조금 있지만, 제비는 멀리서 진흙을 물고 날아다니며 둥지를 짓느라 분주하다 했다. 한가한 사람과 분주한 제비를 선명하게 대조하여 시인의 적막함과 무료함을 부각시켰다. 제5-6구에서는 어지러운 정국을 타개할 술책도 없고, 벼슬길에서 승진하려 해도 다리 역할을 해줄 이가 없다고 하여 제3구의 이유를 말했다. 스스로의 처지를 개탄하는 중에 억울함의 정서가 묻어난다. 제7-8구에서는 벗에게 시를 보낸 뜻을 드러냈는데, 종종 함께 손을 잡고 노닐 것을 희망했다. 청나라 풍호(馮浩)나 근인 장채전(張采田)은 이 시의 내용으로 보아 시인이 "과거에 아직 급제하지 못했을 때(未第時)"의 감개를 담은 것으로 여겼다.

004

令狐舍人說昨夜西掖翫月因戲贈

중서사인 영호도가 어젯밤 중서성에서 달빛을 완상했다기에 장난삼아 보내다

昨夜玉輪明,[1]	어젯밤 옥 바퀴가 밝더니
傳聞近太清.[2]	듣건대 태청에 가까웠다 하더라.
凉波衝碧瓦,[3]	서늘한 물결은 푸른 기와에 부딪히고
曉暈落金莖.[4]	새벽 달무리는 쇠기둥에 떨어졌겠지.
露索秦宮井,[5]	진나라 궁전 우물에는 두레 줄 있었고,
風絃漢殿箏.[6]	한나라 궁전 풍경에는 끈이 달려 있었지.
幾時綿竹頌,[7]	언제나 〈면죽송〉을 불러
擬薦子虛名.[8]	〈자허부〉의 이름을 추천하실까?

주석

1) 玉輪(옥륜) : 옥 바퀴. 달의 미칭이다.
2) 太淸(태청) : 도교에서 말하는 삼청(三淸)의 하나로, 옥청(玉淸)과 상청(上淸) 위에 신선이 되어야만 들어갈 수 있는 태청이 있다고 한다. 흔히 선경(仙境)을 가리키는 말로 쓰인다.
3) 凉波(양파) : 서늘한 물결. 여기서는 달빛을 가리킨다.
碧瓦(벽와) : 푸른 기와. 청록색의 유리기와를 가리킨다.
4) 曉暈(효운) : 새벽 달무리.

金莖(금경) : 쇠기둥. 승로반(承露盤)을 가리킨다.

5) 露索(노삭) : 우물의 두레 줄.

6) 箏(쟁) : 처마에 매단 풍경.

7) 綿竹頌(면죽송) : 양웅(揚雄)이 지은 노래. 숙직하던 양장(楊莊)이 이 노래를 부르는 것을 한나라 성제(成帝)가 듣고 원작자인 양웅을 불러 황문시랑(黃門侍郎)에 임명했다고 한다.

8) 擬(의) : ~하려 하다.

子虛(자허) : 사마상여(司馬相如)가 지은 〈자허부(子虛賦)〉.

《사기 · 사마상여전》 촉 지방 사람인 양득의가 구감이 되었는데, 임금이 〈자허부〉를 읽고 마음에 들어 했다. 양득의가 '신의 고향 사람인 사마상여가 이 부를 지었다고 스스로 말하더라' 하니 임금이 놀라며 사마상여를 불러 물었다.(蜀人楊得意爲狗監, 上讀子虛賦而善之, 得意曰, 召問相如.)

해설

이 시는 대중 3년(849) 중서사인에 임명된 영호도가 '서액(西掖)'이라는 별칭이 있는 중서성에서 숙직을 서며 달을 감상했다는 말을 듣고 그에게 보낸 것이다. 추천을 바라는 말을 덧붙인 것이 겸연쩍었던지 '장난삼아 보낸다'고 했다. 제1-2구는 어젯밤의 밝은 달을 묘사한 것이다. 휘영청 밝은 달이 선계에 다가가는 듯 높이 떠올랐을 것이라 했다. 제3-4구는 중서성을 내리 비췄을 달빛을 상상한 것이다. 새벽녘까지 중서성의 푸른 기와를 비추는 아름다운 달빛을 감상했지 않았겠느냐고 했다. 제5-6구는 화려한 궁전의 모습으로 영호도의 현달(顯達)한 지위를 암시한 것이다. 궁전 안의 우물과 풍경을 빌려 청고(淸高)한 중서사인의 직무를 나타내면서 '두레 줄'과 '끈'에 주목하여 마지막 연에서 다룰 '추천'의 복선으로 삼았다. 제7-8구는 장난삼아 주는 말에 추천을 바라는 뜻을 담은 것이다. 영호도에게 언제쯤 숙직하며 〈면죽송〉을 불러 사마상여와 같은 재주꾼인 자신을 추천하겠느냐며 농담 반 진담 반 희망사항을 전달했다. 정교한 용전(用典)이 눈에 띄는 대목이다. 일종의 간알시(干謁詩)라 할 것이 '달빛 완상'과 '장난'이라는 말로 적절히 희석된 작품이라 평가된다.

005

崔處士

최처사

眞人塞其內,[1]	진인은 자신의 안을 막고
夫子入於機.[2]	선생님은 조화로 들어간다.
未肯投竿起,[3]	낚싯대를 던지고 벼슬살이 하지 않고
唯歡負米歸.[4]	오직 쌀을 짊어지고 돌아옴을 좋아한다.
雪中東郭履,[5]	눈 속에는 동곽선생의 신
堂上老萊衣.[6]	대청 위에는 노래자의 저고리,
讀遍先賢傳,	선대 현인들의 전기를 두루 읽어도
如君事者稀.	그대처럼 섬기는 이 드물다.

주석

1) 眞人(진인) : 도가에서 득도한 이를 일컫는 말.
塞其內(색기내) : 안을 막다.
《노자》 52장 구멍을 막고 문을 닫으면 평생 힘쓸 일이 없어진다.(塞其兌, 閉其門, 終身不勤.)

2) 入於機(입어기) : 조화로 들어가다. '기(機)'는 조화를 이른다.
《장자 · 지락(至樂)》 만물은 모두 조화에서 나와 조화로 들어간다.(萬物皆出於機, 皆入於機.)

3) 投竿(투간) : 낚싯대를 집어던지다. 낚시를 그만두고 출사한다는 말이다.

起(기) : 일어나다. 여기서는 일어나 벼슬살이하다는 의미로 쓰였다.

4) 負米(부미) : 쌀을 짊어지다. 밖에 나가 돈을 벌어 부모를 봉양한다는 말이다.

《공자가어(孔子家語) · 치사(致思)》 자로가 공자를 만나 이르되 '무거운 짐을 지고 먼 길을 갈 때에는 땅을 고르지 않고 쉬며, 집안이 가난하고 부모가 늙었을 때에는 봉록을 고르지 않고 벼슬을 해야 한다 했습니다. 지난 날 제가 두 어버이를 섬길 때에는 늘 명아주와 콩잎을 먹고 어버이를 위하여 백리 밖에서 쌀을 지고 왔습니다.'라 했다.(子路見於孔子曰, 負重涉遠, 不擇地而休. 家貧親老, 不擇祿而仕. 昔由也, 事二親之時, 常食藜藿之實, 爲親負米百里之外.)

5) 東郭履(동곽리) : 밑창이 없는 동곽선생의 신. 처지가 곤궁함을 비유하는 말로 쓰인다.

《사기 · 골계열전(滑稽列傳)》 동곽선생은 오랫동안 공거에서 조서를 기다렸으므로 굶주리고 추위에 떨었으며, 옷은 떨어지고 신발도 온전치 못하여 눈 속을 걸어가면 신발 위는 있어도 밑바닥이 없어서 발은 그대로 땅에 닿았다. 지나가던 사람들이 그것을 보고 웃었다.(東郭先生久待詔公車, 貧困饑寒, 衣敝, 履不完, 行雪中, 履有上無下, 足盡踐地, 道中人笑之.)

6) 老萊衣(노래의) : 노래자(老萊子)의 저고리. 노래자는 중국 24효자 중의 한 사람이다. 중국 춘추 시대 초(楚)나라의 현인으로 난을 피하여 몽산(蒙山) 남쪽에서 농사를 짓고 살면서, 70세의 나이에도 색동저고리를 입고 어린애 장난을 하면서 늙은 부모를 즐겁게 해 주었다고 전해진다.

해설

이 시는 대체로 모친상 때문에 영락(永樂)에 머물 때 쓴 듯한데, 최처사의 안빈(安貧)하며 벼슬에 나가지 않는 태도와 지극한 효성을 칭송하고 있다. 제1-2구가 처사로서 득도한 모습을 그려냈다면, 아래 두 연은 그 구체적인 모습을 제시하고 있다. 제3구와 제5구는 가난하지만 안분지족을 느끼며 벼슬살이에 연연하지 않는 모습을 묘사했고, 제4구와 제6구는 부모님께 효성을 다하는 모습을 묘사했다. 제7-8구에서는 선대 현인들보다 최처사의 행실이 훨씬 낫다고 찬양했다.

006

自喜

내가 좋아하여

自喜蝸牛舍,[1]	달팽이 집 같은 작은 집 좋아해
兼容燕子巢.	제비의 둥지도 받아들일 정도.
綠筠遺粉籜,[2]	푸른 대나무는 분 같은 대껍질이 벗겨지고
紅藥綻香苞,[3]	붉은 작약은 향기로운 봉오리를 터뜨린다.
虎過遙知穽,[4]	호랑이 어슬렁대니 어딘가에 함정 있겠고
魚來且佐庖.[5]	물고기가 있어 요리에 도움이 된다.
慢行成酩酊,[6]	천천히 걸어 다녀도 흠뻑 취하는 것은
隣壁有松醪.[7]	이웃집에 소나무 술이 있기 때문.

주석

1) 蝸牛舍(와우사) : 달팽이 집. 좁은 집을 비유한다.
2) 遺(유) : 떨어지다. 벗겨지다.
   粉籜(분택) : 분 같은 대껍질. 죽순의 바깥 껍질을 말한다.
3) 紅藥(홍약) : 붉은 작약.
   綻(탄) : 봉오리가 벌어지다.
   香苞(향포) : 향기로운 꽃봉오리.
4) 穽(정) : 함정.

5) 佐庖(좌포) : 요리에 도움이 되다. 요리감이 되다.
6) 慢行(만행) : 마음대로 천천히 걷다.
酩酊(명정) : 흠뻑 취하다.
7) 隣壁(인벽) : 이웃집.
松醪(송료) : 소나무를 원료로 빚은 막걸리. 원본에는 '교(膠)'라 되어 있으나 뜻이 통하지 않아 다른 판본에 의거해 '술'이라는 의미의 '료(醪)'로 바꾸었다.

해설

이 시는 한가로이 기거하는 정경을 묘사한 내용으로 보아 대체로 영락(永樂)에 머물 때 창작한 것인 듯하다. 제1-2구는 안분지족을 말한 것이다. 달팽이집처럼 좁기는 하지만 제비집도 맞아들이며 즐겁게 지낸다고 했다. 제3-4구는 집 주변 가까운 곳의 환경을 둘러본 것이다. 푸른 대나무와 붉은 작약이 어우러져 향기롭고 예쁘다고 했다. 제5-6구는 집에서 더 떨어진 곳의 산수를 묘사한 것이다. 산에는 호랑이가 출몰하지만 위험할 정도는 아니고, 강에는 물고기가 많아 식탁에 올릴 수 있다고 했다. 안전한 지대에서 명리(名利)를 탐하지 않으며 소박하게 살아가는 모습이다. 제7-8구는 한가로이 기거하는 장면을 형상화한 것이다. 아늑하고 평화로운 곳에서 자유롭게 지내면서 이웃과도 술을 나누며 정겹게 살아가는 모습을 스케치했다. 별다른 전고의 사용이나 기탁(寄託) 없이 백묘(白描)의 수법으로 잠시나마 분주함에서 벗어난 심정을 그린 것으로 평가된다.

007

題僧壁

승벽에 제하다

捨生求道有前蹤,[1]	삶을 버리고 구도함에 옛사람의 자취가 있으니
乞腦剜身結願重.[2]	뇌를 주고 몸을 잘라 두터운 인연을 맺었다.
大去便應欺粟顆,[3]	크다 해도 한 톨의 좁쌀 안에 넣을 수 있고
小來兼恐隱針鋒.[4]	작다 해도 바늘 끝 속에 사람이 앉을 수 있다.
蚌胎未滿思新桂,[5]	태가 다 차지 못한 방합은 떠오를 달 생각하고
琥珀初成憶舊松.[6]	막 만들어진 호박은 옛 송진을 떠올리나니,
若信貝多眞實語,[7]	만약 불경의 진실한 말을 믿는다면
三生同德一樓鐘.[8]	삼세에 성불하여 해탈로 들어가리.

주석

1) 前蹤(전종) : 옛 사람의 사적(事蹟). 남긴 자취.

2) 乞腦(기뇌) : 뇌를 주다.

剜身(완신) : 몸을 도려내다.

《인과경(因果經)》 보살이 옛날에 머리, 눈, 머리와 골을 사람들에게 베풀어 준 것은, 진실하고 참된 부처의 깨달음을 구하기 위함이었다.(菩薩昔日以頭目髓腦以施於人, 爲求無上正眞之道.)

3) 去(거) : 어조사로 별 뜻은 없다. 전종서(錢鍾書)는 원작이 '소거(小去)'와

'대래(大來)'일 것이라며, 어느 때 두 글자가 서로 위치를 바꾸었는지 모르겠다고 한 바 있다. 따라서 이 연은 다소 난해한데, 여기서는 별 뜻이 없는 어조사로 보았다.

欺(기) : 속이다. 업신여기다. 여기서는 양을 따지지만 그것을 뛰어 넘는다는 뜻이다.

粟顆(속과) : 좁쌀 낟알. 불게(佛偈) 중에 "한 톨의 조 속에 세상이 감춰져 있다(一粒粟中藏世界)"는 말이 있고, 《불장경(佛藏經)》에는 큰 수미산을 조그만 겨자 속에 넣었다는 구절이 있는데, 이는 우주의 진리는 대소(大小)를 초월한다는 의미이다.

4) 恐(공) : 아마도.

針鋒(침봉) : 바늘 끝.

《열반경(涅槃經)》 뾰족한 침 끝에 셀 수 없이 많은 사람들이 담겨 있다.(尖頭針鋒受無量衆.)

5) 蚌胎(방태) : 방합의 태. 방합은 구슬을 품고 있어서 마치 그것이 회임한 것 같다고 하여 '태', 즉 '태아'라 한 것이다. 달이 차고 기우는 것에 따라 방합도 차고 비어진다 했다.

新桂(신계) : 달 속에 있다는 계수나무. 막 뜬 달을 가리킨다. 이 구는 미래를 가리킨다.

6) 琥珀(호박) : 나무의 송진 따위가 땅속에 파묻혀서 돌처럼 굳어진 광물. 대개 누른빛을 띠고, 윤이 나며 투명함. 여러 가지 장식으로 쓰임. 이 구는 과거를 가리킨다.

7) 貝多(패다) : 고대 인도에서 종이 대신 나뭇잎에 쓴 불경.

8) 三生(삼생) : 과거, 현재, 미래.

一樓鐘(일루종) : 누각 가득히 울려 퍼지는 종소리. 불가에서 종소리는 깨달음의 의미가 있다.

해설

이 시는 시인이 동천(東川)에 있을 때 지은 것이다. 제목에서는 승벽에 제했다 했으나, 승벽에 대한 묘사보다는 불교 경전의 내용이 주를 이루고 있다. 경전 내용이 구체적으로 무엇을 가리키는 지 명확하지 않아 시를 이해하는 데 어려움이 따른다. 그래서 하작(何焯)은 옛 고사만 늘어놓았을 뿐 별다른 맛이 없다고 평했다. 제1-2구에서는 지금도 옛날도 구도를 함에 뇌를 주고 몸을 자르는 등 고통스러운 과정과 정성이 있었음을 말했다. 제3-4구는 불법의 묘함에 대해 썼는데, 크고 작음을 초월한 것이 불법임을 밝혔다. 제5-6구에서는 방합이 때를 기다려 태가 차고 호박은 송진 때문에 완성이 되듯, 불법이란 묘오(妙悟)를 통해 완성되는 것이라 했다. 제7-8구에서는 만약 불경을 믿는 마음이 있다면 자연스레 도에 이를 것이라 했다.

008

霜月

서리 맞는 달

初聞征雁已無蟬,[1]	기러기 소리 막 들리자 매미 소린 이미 들리지 않고
百尺樓南水接天.[2]	백 척 누대 남쪽에는 물빛 같은 달빛이 하늘에 닿아 있다.
青女素娥俱耐冷,[3]	청녀와 항아 다들 추위를 견디면서
月中霜裏鬪嬋娟.[4]	달 속과 서리 안에서 아름다움을 다툰다.

주석

1) 征雁(정안) : 먼 곳으로 날아가는 기러기.

《예기 · 월령(月令)》 음력 7월에는 가을 매미가 울고, 8월에는 기러기가 날아오며, 9월에는 서리가 내리기 시작한다.(孟秋之月寒蟬鳴, 仲秋之月鴻雁來, 季秋之月霜始降.)

2) 水(수) : 물. 여기서는 물빛 같은 달빛을 가리킨다.

3) 青女素娥(청녀소아) : 서리와 눈을 주관하는 신인 청녀와 달 속에 있다는 여신인 항아(嫦娥).

4) 嬋娟(선연) : 곱고 아름답다.

해설

이 시는 가을 날 서리 내린 밤의 달을 묘사하고 있다. 제1-2구는 깊은 가을 높은 누대에 올라가 달빛을 바라보았다고 했다. 달빛을 물에 비유하여 청량하면서도 맑은 느낌을 전달하고 있다. 제3-4구에서는 신화 속의 청녀와 항아를 들어 서리와 달을 말했다. 서리와 달의 모습을 정면으로 묘사한 것이 아니라, 그것을 보며 일어난 느낌과 상상을 신화 속 인물을 통해 담아냈다. 청녀와 항아가 아름다움을 다투는 장면을 설정하여 싸늘한 가을밤의 청명함과 아름다움을 환상적으로 그려낸 특색이 있다.

이 시가 담고 있는 함의에 대해서는 의견이 엇갈린다. 청나라 풍호(馮浩)는 '염정(艷情)'을 담은 것으로 보았고, 굴복(屈復)은 "세태와 나라가 어지럽고 위태로울 때마다 도리어 권력을 다투는 소인에 대한 개탄"으로 보았는데, 어느 것이 옳다고 단정하기 어렵다.

009-1

異俗 二首(其一)

특이한 풍속 2수 1

鬼瘧朝朝避,[1]	학질을 아침마다 피하는데
春寒夜夜添.	봄추위는 밤마다 더해진다.
未驚雷破柱,	벼락이 기둥을 부숴도 놀라지 않고
不報水齊櫩.[2]	물이 처마까지 차도 알리지 않는다.
虎箭侵膚毒,	호랑이 잡는 화살엔 가죽을 뚫는 독
魚鉤刺骨銛.[3]	물고기 잡는 바늘엔 뼈를 찌르는 작살,
鳥言成諜訴,[4]	새소리 같은 말로 문서를 만드는데
多是恨彤襜.[5]	대부분 붉은 수레 휘장에 대한 원망이다.

주석

* 〔원주〕: 이때는 영남에서 근무하고 있었다.(時從事嶺南.)

1) 鬼瘧(귀학) : 학질. 말라리아.

2) 櫩(염) : 처마. 이 두 구는 벼락이나 홍수로 인한 피해가 무시로 일어나니 놀랄 만한 일이 아니라는 의미이다.

3) 銛(섬) : 작살.

4) 鳥言(조언) : 새소리 같은 말. 알아듣기 어려운 이방의 말을 가리킨다. 諜訴(첩소) : 공문서와 소장(訴狀). '첩(諜)'은 '첩(牒, 공문서)'과 통한다.

5) 彤襜(동첨) : 붉은 색 수레 휘장. '동첨(彤幨)'과 같은 뜻으로, 여기서는 위정자들을 가리킨다.

해설

이 두 시는 남쪽 지방의 색다른 경물과 풍속을 담아낸 것이다. 첫째 수에서는 기후가 특이하여 비와 천둥이 빈번하고 학질이 창궐한다고 했다. 사람들은 호랑이를 잡거나 물고기를 잡아 생계로 삼고 있으며 방언이 심해 말이 통하지 않는다고 했다. 제7-8구에는 이곳의 관리가 탐욕스러워 백성들이 그 지방관에 대해 불만이 많다고 하였으니, 여기서 시인의 우의(寓意)가 느껴진다.

009-2

異俗 二首(其二)

특이한 풍속 2수 2

戶盡懸秦網,[1]	가구마다 모두 그물을 내걸었고
家多事越巫.[2]	집에서는 월 땅의 무당을 섬기는 일 많다.
未曾容獺祭,[3]	수달의 제사를 기다리지도 않고
只是縱豬都.[4]	그저 호저만 풀어준다.
點對連鼇餌,[5]	자라를 줄줄이 낚을 떡밥을 점검하고
搜求縛虎符.[6]	호랑이 잡을 부적을 찾는다.
賈生兼事鬼,[7]	가의가 귀신을 섬기기도 하며
不信有洪罏.[8]	거대한 화로가 있다는 것 믿지 않는다.

주석

1) 秦網(진망) : 그물. 그물을 이용한 고기잡이가 진나라에서 시작되었다 하여 붙여진 이름이다.
2) 越巫(월무) : 월 땅의 무당.
3) 獺祭(달제) : 수달의 제사. 절기상 우수에 수달이 물고기를 잡아 제사를 지내듯 늘어놓기 시작한다. 《예기 · 월령(月令)》에 따르면 수달이 제사를 지낸 후에 우인(虞人)은 어량(魚梁)을 쳐놓은 연못에 들어갔다 한다.
4) 縱(종) : 풀어주다. '제멋대로이다'라고 풀이하기도 한다.

豬都(저도) : 호저(豪豬, porcupine). 요괴의 일종으로 보는 견해도 있다.

5) 點對(점대) : 점검하다. 검사하다.

連鼈(연별) : 자라를 줄줄이 낚다. 《열자(列子)》에 한 거인이 발해에 있는 신선의 섬을 떠받치고 있던 자라 중 여섯 마리를 낚시 하나로 단숨에 줄줄이 낚았다는 내용이 있다.

6) 縛虎(박호) : 호랑이를 묶다. 어려운 상대를 제압함을 뜻하기도 한다.

符(부) : 부적. 남쪽지방에는 호랑이가 많아 부적으로 피해를 방지하고자 함을 이른 것이다.

7) 賈生(가생) : 가의(賈誼). 《한서(漢書) · 가의전》에 문제(文帝)가 귀신의 일이 궁금하여 귀신의 근본에 대해 묻자 가의가 잘 설명해주었다고 했다.

8) 洪鑪(홍로) : 거대한 화로. 천지나 조화를 비유한다. 여기서는 왕의 교화가 미치지 않아 무풍이 성하고 문사들도 귀신을 섬기며 천지조화를 믿지 않음을 이른 것이다.

해설

둘째 수에서는 이 지역의 백성들이 어업에 종사하며 무풍이 성행하고 있음을 말했다. 그래서 수달이 물고기를 늘어놓는 우수를 기다리지 않고 바로 어량에 들어가 자라 낚을 떡밥을 점검해 자라를 낚는다. 호저가 해가 되어도 화살로 쏘지 않고 호랑이가 출몰하여도 그저 부적만 찾을 뿐이다. 제7-8구에서는 무풍이 성하여 문사들도 귀신을 믿고 자연의 조화에 대해서는 불신하니, 남쪽 지방에는 왕의 교화가 미치지 못하여 미신의 영향이 강한 것에 대해 개탄했다.

청나라 기윤(紀昀)은 이 시가 가작(佳作)은 아니나 중만당 시의 전형성을 갖추고 있다고 하면서 "골법(骨法, 형체를 그려내는 필력)이 모두 노숙하며 마지막 구절에 풍자의 의미가 있다(骨法俱老, 結句各有所刺.)"고 했다.

010

歸墅[1]

초가로 돌아가다

行李踰南極,[2]	길손은 남쪽 지방을 넘어
旬時到舊鄕.[3]	열흘이면 고향에 다다르리라.
楚芝應徧紫,[4]	초 땅의 영지는 응당 다 자주색일 터인데
鄧橘未全黃.[5]	등현의 귤은 아직 완전히 누렇지 않다.
渠濁村舂急,[6]	탁한 도랑물 흐르자 마을의 물레방아 소리 급하고
旗高社酒香.[7]	높은 깃발 날리는 곳 사일의 술이 향기롭다.
故山歸夢喜,[8]	옛날의 산으로 돌아가는 꿈 즐거워라
先入讀書堂.	가장 먼저 책 읽는 방으로 들어가야지.

주석

1) 歸墅(귀서) : 초가로 돌아가다. '서(墅)'는 여기서 고향의 초가를 가리킨다.
2) 行李(행리) : 여정. 또는 여정 중에 있는 사람.
踰(유) : 넘다.
南極(남극) : 남방.
3) 旬時(순시) : 열흘 정도의 기일.
4) 楚芝(초지) : 초 땅의 영지. '초(楚)'는 여기서 상락산(商洛山) 일대를 가리킨다. 상락산은 상주(商州) 동남쪽 90리 지점에 있었으며 초산(楚山)으

로도 불렸다.

《고사전(高士傳)》 사호가 진나라를 피해 상락산으로 들어가 노래를 지어 부르니, '무성한 자줏빛 영지, 굶주림을 고칠 수 있네.'라 했다.(四皓避秦入商洛山, 作歌曰, 曄曄紫芝, 可以療饑.)

5) 鄧橘(등귤) : 한나라 때 남양군(南陽郡) 등현(鄧縣)에서 나던 귤.

6) 渠(거) : 도랑. 이 구는 비가 내려 불은 흙탕물이 상류로부터 쏟아져 내려오자 물방아가 급히 도는 것을 이른다.

村舂(촌용) : 마을에서 곡식을 찧는 물레방아 소리.

7) 旗(기) : 술집의 깃발.

社酒(사주) : 봄가을 사일(社日)을 축하하려고 마련한 술. 가을의 사일은 입추 후 다섯 번째 무일(戊日)이다. 대중 2년 8월 22-23일 경으로 추산된다.

8) 故山(고산) : 옛날의 산. 고향을 비유하는데, 여기서는 시인이 돌아갈 곳인 장안을 가리킨다.

해설

이 시는 계림에서 수도로 돌아가다 등주(鄧州) 일대에 이르러 쓴 것으로, 아직 상락(商洛)에는 도달하지 못한 때인 것으로 추정된다. 제1-2구에서 시인이 이른 곳이 장안에서 950리 떨어져 있는 곳으로, 열흘이면 장안에 도착할 것이라 했다. 제3-4구에서는 아직 도달하지 못한 상락을 상상하며 눈앞에 보이는 등주의 경치를 묘사했다. 자주색 영지와 아직 덜 노란 귤의 색채 대비가 선명하다. 제5-6구에서는 등주의 마을 풍경으로, 시각과 청각, 청각과 후각 등의 감각 대비로 생동적인 모습을 그려냈다. 제7-8구에서는 귀향의 즐거움을 말했다. 계림의 막부에서 노심초사하던 상황에서 벗어나 가족이 있는 곳으로 돌아가는 것은 꿈만 꾸어도 즐겁다며, 모든 시름을 접고 자신의 집의 책방으로 들어가 마음 놓고 책을 읽었으면 하는 바람을 드러냈다. 청나라 하작(何焯)은 이 시를 두고 "고향으로 돌아가는 기쁨의 정이 매우 생동적으로 묘사되었다(喜歸情味極其生動)"며 칭찬했다.

011
和孫朴韋蟾孔雀詠

손박과 위섬의 공작 노래에 화답하다

此去三梁遠,[1]	여기서 삼량은 머나먼 길
今來萬里攜.	이제 만 리를 데리고 왔는데,
西施因網得,[2]	서시를 그물질하여 얻자
秦客被花迷.[3]	진나라 길손은 꽃에 미혹되었지.
可在青鸚鵡,[4]	어찌 푸른 앵무새를 마음에 두랴
非關碧野雞.[5]	파란 멧닭도 상관할 바 아니거늘,
約眉憐翠羽,[6]	눈썹을 찡그리니 푸른 깃털 떠오르고
刮膜想金篦.[7]	망막을 긁어내니 금비녀 생각난다.
瘴氣籠飛遠,[8]	독한 기운의 우리에서 멀리 날아와
蠻花向坐低.[9]	남방의 꽃이 자리로 내려왔는데,
輕於趙皇后,[10]	조황후보다 가볍고
貴極楚懸黎.[11]	초나라 현서보다 귀하다.
都護矜羅幕,[12]	도호가 비단 장막을 자랑하고

佳人炫繡袿.[13] 가인이 수놓은 저고리를 뽐내는데,
屛風臨燭釦,[14] 병풍은 금테 두른 촛대를 마주하고
捍撥倚香臍.[15] 술대로 향기 나는 배꼽에 기댄다.
舊思牽雲葉,[16] 옛 생각은 구름 조각에 매여 있고
新愁待雪泥.[17] 새로운 근심은 눈 내린 진흙 길을 맞이하는 일,
愛堪通夢寐,[18] 좋아하여 꿈결에도 나타나건만
畫得不端倪.[19] 그림으로는 그려낼 수가 없다.
地錦排蒼雁,[20] 양탄자에는 푸른 기러기 줄지어 있고
簾釘鏤白犀.[21] 발의 못에는 흰 물소 새겨져 있는데,
曙霞星斗外,[22] 아침노을은 별들의 바깥에 있고
凉月露盤西.[23] 서늘한 달은 승로반의 서쪽에 떠있다.
妒好休誇舞,[24] 질투하기 좋으니 자랑삼아 춤추지 말고
經寒且少啼. 추위가 지날 때까지 잠시 적게 울다가,
紅樓三十級,[25] 붉은 누각의 서른 계단
穩穩上丹梯.[26] 차근차근 붉은 섬돌을 오르렴.

주석

1) 三梁(삼량) : 지명으로 계관관찰사(桂管觀察使) 관할 지역이다.
2) 西施(서시) : 춘추시대 월나라의 미녀. 오나라 왕이 미인계에 빠져 나라가 망하자, 오나라 사람들이 서시를 강물에 빠뜨려 죽였다는 이야기가 전해진다. 여기서는 깃털이 아름다운 공작을 서시에 빗댄 것이다.
   網得(망득) : 그물질하여 얻다.
3) 秦客(진객) : 피리를 잘 불었다는 소사(簫史). 여기서는 손박과 위섬을 가리킨다.
4) 可在(가재) : 어찌 마음에 두겠는가?

鸚鵡(앵무) : 앵무새.

5) 野雞(야계) : 멧닭. 들꿩과의 새.

6) 約眉(약미) : 눈썹을 찡그리다.

翠羽(취우) : 푸른 깃털.

송옥(宋玉), 〈등도자호색부 登徒子好色賦〉 눈썹이 푸른 깃털 같다(眉如翠羽.)

7) 刮膜(괄막) : 망막을 긁어내다.

金鎞(금비) : 금비녀. 고대에 눈병을 치료했던 도구로, 비녀처럼 생긴 이것으로 눈의 망막을 긁으면 맹인이 다시 앞을 보았다고 한다. 여기서는 공작의 금색에서 금비녀를 연상한 것이다.

8) 瘴氣(장기) : 남방의 습하고 독한 기운.

9) 蠻花(만화) : 남방의 꽃.

10) 趙皇后(조황후) : 한나라 성제(成帝)의 황후였던 조비연(趙飛燕). 몸이 가벼워 손바닥 위에서 춤을 출 정도였다고 한다.

11) 懸黎(현서) : 아름다운 옥의 일종.

12) 都護(도호) : 변방 지역의 사령관. 여기서는 공작의 울음소리가 '도호' 같다는 데서 따온 것이다.

《태평광기(太平廣記)》에 인용된 《기문(紀聞)》 공작의 소리는 도호라고 하는 것 같다.(孔雀聲若曰都護.)

矜(긍) : 자랑하다.

羅幕(나막) : 비단 장막. 여기서는 공작의 깃털을 비유한다.

13) 炫(현) : 뽐내다.

繡袿(수규) : 수놓은 저고리. 여기서는 공작의 깃털을 비유한다.

14) 屛風(병풍) : 공작의 깃털로 장식한 병풍.

燭釦(촉구) : 금테를 두른 촛대. 여기서는 공작의 깃털을 가리킨다.

15) 捍撥(한발) : 비파를 뜯는 술대. 여기서는 공작의 부리를 가리킨다.

香臍(향제) : 향기 나는 배꼽. 여기서는 공작의 배 부위를 가리킨다.

16) 雲葉(운엽) : 구름 조각.

17) 雪泥(설니) : 눈이 내린 뒤의 진흙 길.

18) 夢寐(몽매) : 꿈결.

19) 端倪(단예) : 포착하다.
20) 地錦(지금) : 양탄자.
21) 簾釘(염정) : 발을 거는 못.
鏤(누) : 새기다.
白犀(백서) : 흰 물소.
22) 曙霞(서하) : 아침노을.
星斗(성두) : 하늘의 별.
23) 凉月(양월) : 서늘한 달.
露盤(노반) : 승로반(承露盤).
24) 妒(투) : 질투하다.
誇(과) : 자랑하다.
25) 紅樓(홍루) : 붉은 누각. 흔히 궁전을 가리킨다.
級(급) : 계단.
26) 穩穩(온온) : 착실한 모습.
丹梯(단제) : 붉은 층계.

해설

이 시는 손박(孫朴)과 위섬(韋蟾)이 공작을 제재로 지은 시에 화답한 것이다. 이들은 이상은이 경조부(京兆府)에서 참군사(參軍事)로 있을 때의 동료이므로, 이 시는 이상은이 계림(桂林)의 계관관찰사 막부에서 돌아온 대중 3년(849)에 창작된 것으로 보인다. 화답시라고는 하나 원창(原唱)에 구애받지 않고 공작을 소재로 한 영물시를 지으면서 자신의 처지를 투영한 것으로 생각된다. 다시 말해서 이 시에 묘사된 공작은 곧 시인의 모습이기도 하다는 것이다.

이 시는 모두 일곱 단락으로 나누어 살펴볼 수 있다. 제1단락(제1-4구)은 공작의 이력을 소개한 것이다. 남방에서 온 공작이 서시처럼 아름다워 여러 사람들의 볼거리가 되었다고 했다. 제2단락(제5-8구)은 일반 새들과 다름을 묘사한 것이다. 비취빛과 금빛 깃털이 빼어나다고 했다. 제3단락(제9-12구)은 앞 두 단락의 내용을 재차 부연한 것이다. 남방에서 온 공작이 가볍고

귀하다고 했다. 제4단락(제13-16구)은 깃털의 아름다움을 묘사한 것이고, 제5단락(제17-20구)은 남방을 떠나 북쪽으로 온 감회를 서술한 것이다. 제6단락(제21-24구)은 공작의 거처와 환경을 소개한 것이다. 화려하기는 하나 다소 쓸쓸한 감도 없지 않다고 했다. 제7단락(제25-28구)은 새로운 환경에서 살아남기 위한 당부의 말을 전한 것이다. 시기하는 새들도 많고 추위도 심할 것이니 행동거지를 단속하면서 한 계단씩 오르라 했다.

이 시는 시인이 계주(桂州)의 막부에서 장안으로 귀환하여 자신의 존재와 가치를 널리 알리고 싶어 하면서도 한편으로는 험악한 정치적 환경을 의식하며 몸조심하는 내용을 담은 것으로 정리된다. 중언부언한 폐단이 없지 않으나 시인의 솔직한 심정을 담았다는 점에서 참고할 만하다.

012

人欲

사람이 하고자 하다

人欲天從竟不疑,[1]	사람이 하고자 하면 하늘도 따른다는 것 의심치 않지만
莫言圓蓋便無私.[2]	하늘이 편애하지 않는다고는 말하지 말라.
秦中已久烏頭白,[3]	진나라에서는 이미 오래전에 까마귀 머리 희어졌는데
却是君王未備知.[4]	어찌 군왕께서 하나도 몰랐겠는가.

주석

1) 人欲天從(인욕천종) : 사람이 하고자 하면 하늘도 따른다.
《좌전 · 양왕(襄王) 30년조》 백성이 하고자 하는 바를 하늘은 반드시 따를 것이다.(民之所欲, 天必從之.)

2) 圓蓋(원개) : 하늘.
無私(무사) : 사심 없이 공평하다.

3) 烏頭白(오두백) : 까마귀 머리가 희어지다. 《사기》에 따르면, 연나라 태자 단(丹)이 진(秦)에 억류되어 있었는데, 돌아가고자 하자 진왕이 "까마귀 머리가 희어지고 말에 뿔이 나야 가능하다."고 했다. 태자가 하늘을 보며 탄식하자 과연 까마귀 머리가 희어지고 말에 뿔이 생겨 진왕이 부득불 그를 보낼 수밖에 없었다.

4) 却(각) : 어찌.
備知(비지) : 두루 알다. 다 알다.

해설

이 시는 사람의 바람과 하늘이 합치되지 않음에 대한 원망을 쓴 것으로, 하늘에게 사사로움이 있듯 군왕도 불공평함이 있다는 분만을 표현하고 있다. 제1-2구에서는 사람이 하고자 하는 바가 있으면 하늘도 돕는다고 하나, 실제로는 그렇지 않으니 하늘에게도 사사로운 애증과 편애가 있다고 했다. 제3-4구에서는 그 실례를 들었다. 진나라에 인질로 잡힌 연 태자 단이 이미 갇힌지 오래 되었고 까마귀 머리도 변했지만 아직 돌아가지 못하고 있으니, 이는 군왕이 몰랐던 것이 아니라 그를 보내고 싶어 하지 않기 때문이라 했다. 군왕도 하늘처럼 사사로운 감정이 있다면서 하늘을 원망하는 것에서 군주를 원망하는 데까지 이르렀다. 시인이 구체적으로 무엇을 염두에 두고 이 시를 썼는지는 알 수 없으나, 청나라 주이준(朱彝尊)이 말한 대로 "슬픔과 원망이 깊다(哀怨深矣)"고 하겠다.

013

華山題王母祠

화산에서 서왕모의 사당에 쓰다

蓮花峰下鎖雕梁,[1]	연화봉 아래 조각한 대들보 잠겨 있는데
此去瑤池地共長.[2]	여기서 요지까지는 지극히도 멀구나.
好爲麻姑到東海,[3]	동해에 가거든 마고선녀에게 전해주오,
勸栽黃竹莫栽桑.[4]	황죽을 심되 뽕나무는 심지 말라고.

주석

1) 蓮花峰(연화봉) : 화산 정상에 있는 봉우리. 화산은 장안에서 동쪽으로 300리 정도 되는 곳에 있다.
   雕梁(조량) : 부조나 그림이 그려진 대들보.
2) 共(공) : 매우.
   瑤池(요지) : 곤륜산에 있다는 못. 주 목왕이 서왕모를 만났다고 하는 곳이다.
3) 好爲(호위) : ~해주시오. 당부하는 말이다.
   麻姑(마고) : 도교 신화 중 선녀(仙女).
4) 黃竹(황죽) : 대나무의 일종. 《목천자전(穆天子傳)》에 따르면 주 목왕이 백성이 추위에 떠는 것을 가엽게 여겨 〈황죽가(黃竹歌)〉를 지었다고 한다.

해설

이 시는 신선 추구의 허망함을 풍자하는 내용을 담은 것이다. 제1-2구에서는 연화봉 아래 들보는 잠긴 듯 고요하고 요지가 있는 선경(仙境)은 멀어 도달하기 어렵다며 신선이 되는 길이 매우 아득하다고 했다. 제3-4구에서 서왕모가 만약 동해에 가서 마고를 만난다면 황죽을 심지, 뽕나무는 심지 말 것을 당부하고 있다. 황죽은 목왕이 지은 〈황죽가(黃竹歌)〉를 연상하게 한다. 이 노래는 백성을 불쌍히 여겨 지은 것이므로, 황죽을 심는 것은 백성을 생각하는 마음을 의미하는 것이다. 뽕나무를 심는다는 것은 상전벽해(桑田碧海)의 고사를 이용한 것으로, 그 땅이 창해(滄海)로 변할지 모른다는 의미이다. 즉 신선이나 장생은 기대할 수 없는 요원한 것인 반면 백성의 어려움은 긴박한 것이니, 제왕이라면 당연히 백성을 위해야 함을 언외에 기탁했다. 이 시에 대해 청나라 풍호(馮浩)는 영호도(令狐綯)와의 교분을 오래 지속하고자 함을 기탁했다고 했으나 이는 지나친 천착이며, 대체로 무종(武宗)의 신선 추구를 완곡하게 풍자한 것이라는 정몽성(程夢星)의 견해를 따른다.

014

商於[1]

상오

商於朝雨霽,[2]	상오에는 아침에 비가 개고
歸路有秋光.	돌아가는 길에 가을빛이 있는데
背塢猿收果,[3]	둔덕을 등진 원숭이가 과일을 거두고
投巖麝退香.[4]	바위에 뛰어내린 사향노루가 향을 떼어낸다.
建瓴眞得勢,[5]	병 안의 물을 쏟듯 참으로 형세를 얻었으니
橫戟豈能當.[6]	창을 옆으로 누인들 어찌 당해 내리오?
割地張儀詐,[7]	땅을 분할한 것 장의의 속임수였고
謀身綺季良.[8]	자신을 위한 도모는 기리계가 뛰어났지.
淸渠州外月,[9]	상주(商州) 밖 맑은 도랑에는 달이 떠 있고
黃葉廟前霜.[10]	사호(四皓)의 사당 앞 노란 잎에는 서리 내렸는데,
今日看雲意,	오늘 구름의 뜻을 보건대
依依入帝鄕.[11]	어렴풋하게 장안으로 들어가리.

주석

1) 商於(상오) : 옛날 지명. 지금의 섬서성 상남현(商南縣), 하남성 석천현(淅川縣), 내향현(內鄕縣) 일대. 전국 시대에 장의(張儀)가 초(楚) 나라

회왕(懷王)에게 상오의 땅 6백리를 바치겠다고 약속했다가 나중에는 이를 6리로 번복하여 회왕을 속인 일이 있다.

2) 霽(제) : 개다. 비나 눈이 그치다.

3) 塢(오) : 움푹 파인 곳. 둔덕.

4) 投巖(투암) : 바위에서 몸을 던져 뛰어내리다.

麝(사) : 사향노루.

退香(퇴향) : 향을 떼어내다. 사향노루는 사람들이 쫓아와 위급함을 느끼게 되면 스스로 높은 바위에 몸을 날리며 스스로 배꼽의 향을 떼어내 잡히지 않는다고 한다.

5) 建瓴(건령) : 건령수(建瓴水), 즉 병 속의 물을 쏟는다. '건(建)'은 '건(瀽, 쏟다)'과 통한다. 높은 곳에서 굽어보고 있어 막아내기 어려운 것을 가리킨다.

《사기 · 고조본기(高祖本紀)》 (진나라의 지세는) 비유컨대 높은 집 위에서 병 속의 물을 쏟는 것 같다.(譬猶居高屋之上建瓴水也.)

得勢(득세) : 기세를 얻다.

6) 橫戟(횡극) : 창을 옆으로 누이다. 이 두 구는 초 회왕이 진나라로 들어간 것을 지적한 것이다. 진나라는 지세가 이로운 데다가 술책도 뛰어나 초 회왕이 걸려들었다. 말 앞에서 창을 누이고 그를 저지했으나 결국 회왕은 진나라로 들어가 억류되었다.

7) 詐(사) : 속이다.

割地(할지) 구 : 장의(張儀)는 초(楚)를 찾아와 회왕(懷王)에게 제(齊)와 국교를 끊으면 진(秦)의 상오(商於) 600여리 땅을 할양하겠다고 제안했다. 진진(陣軫)이 그렇게 하면 진(秦)과 제(齊)가 연합하여 오히려 초(楚)가 궁지에 몰린다며 반대했지만, 회왕(懷王)은 눈앞의 이익에 눈이 멀어 제와의 동맹 관계를 끊었다. 그러나 장의는 약속을 지키지 않았고, 화가 난 회왕(懷王)은 진(秦)을 공격했다가 크게 패배했다. 세 차례의 전투에서 모두 패한 초는 그 이후로 국력이 급속히 쇠퇴했다.(《사기 · 초세가(楚世家)》)

8) 謀身(모신) : 자신을 위해 계획을 세우다.

綺季(기계) : 상산사호(商山四皓)의 한 사람인 기리계(綺里季). 상산사호는 진시황(秦始皇) 시절에 무도한 정치에 염증이 나 남전산(藍田山)으로 들어가 은거했던 동원공(東園公), 녹리선생(甪里先生), 하황공(夏黃公), 기리계 등의 네 사람을 말한다.

9) 渠(거) : 도랑.

州(주) : 여기서는 상주(商州)를 가리킨다.

10) 廟(묘) : 사당. 여기서는 사호의 사당을 가리킨다.

11) 依依(의의) : 가볍게 나부끼는 모양. 어렴풋한 모양.

帝鄕(제향) : 천제의 고향. 본래 천궁(天宮)이나 신선세계를 가리키나 전하여 황제가 사는 수도를 의미하기도 한다.

《장자 · 천지(天地)》 천 년을 살다가 싫으면 세상을 떠나 선경으로 올라가 저 흰 구름을 타고 하늘고향에 이를 것이다.(千歲厭世, 去而上僊. 乘彼白雲, 至於帝鄕.)

해설

시인은 계관(桂管)에서 장안으로 돌아가면서 상락(商洛)에 이르렀는데, 이 시에서는 상오 땅의 경치와 옛 사실을 담는 동시에 그에 따른 감회도 서술하고 있다. 작품은 전체적으로 세 단락으로 나뉘며 각 단락은 4구로 구성되어 있다. 제1단락(제1-4구)은 상오 땅의 경치와 계절에 대해 말했다. 가을 아침에 보는 상오의 풍경은 원숭이와 사향노루가 있는 한가로운 모습이다. 제2단락(제5-8구)에서는 상오와 관련된 역사적 사실을 제시했는데, 다소 우의(寓意)가 있는 듯하다. 제5-6구에서는 진나라의 유리한 지세와 힘에 굴복하고만 초나라에 대해 말했는데, 여기서 조정에서 득세한 이에 대한 시인의 비판적인 시각이 느껴진다. 제7-8구에서는 초왕을 속였던 장의와 폭정이 싫어 은거해버렸던 상산사호에 대해 썼는데, 이에 대해서도 개탄의 어조가 담겨 있다. 재3단락(제9-12구)에서는 다시 경물을 그려냈다. 가을밤 달이 떠 있고 사호묘 앞 노랗게 진 단풍에는 서리가 내렸다. 옛 사람은 이제 없고 세월은 계속 흘러만 가는데 구름이 아득하게 장안 쪽으로 흘러가는 것이 보인다. 이 마지막 장면은 시인 자신도 황제 가까이에 있고자 하는 바람이 있음을 암시한다.

015

華清宮[1]

화청궁

華清恩幸古無倫,[2]	화청궁에서 받은 은총 예부터 비길 바가 없는데도
猶恐蛾眉不勝人.	아름다운 눈썹 지닌 미인은 남보다 못할까 두려워했다.
未免被他褒女笑,[3]	그녀를 포사(褒姒)처럼 웃게 하려다
只敎天子暫蒙塵.[4]	천자는 잠시 몽진 길에 오르고 말았다.

주석

1) 華清宮(화청궁) : 여산(驪山) 아래 있다는 궁 이름. 본래 이름은 온천궁(溫泉宮)이었으나 천보(天寶) 6년에 화청궁으로 이름을 바꿨다.(《신당서(新唐書)》)

2) 恩幸(은행) : 제왕의 은총.

3) 褒女(포녀) : 포사(褒姒). 주(周) 유왕(幽王)이 총애하던 비로 포인(褒人)이 바친 여자. 허리가 가늘기로 유명하다. 평생 웃는 일이 없었는데, 한 번은 실수로 여산(驪山)에 봉화를 올리니 사방 제후들이 군사를 거느리고 구원하러 왔다가 헛걸음을 하는 모습을 보고 그제야 포사가 웃어서, 유왕은 포사를 웃기기 위해 간혹 거짓 봉화를 올렸다. 그 후 외적(外賊)이 정말로 침입해 오매, 봉화를 들어도 제후들이 오지 않아 도성이 함락

되었으며, 유왕은 견융(犬戎)에게 피살되고 포사는 포로가 되었다.

4) 蒙塵(몽진) : 머리에 티끌을 뒤집어쓴다는 뜻으로, 나라에 난리가 있어 임금이 나라 밖으로 도주함을 이른다.

해설

이 시는 양귀비가 현종의 은총을 받아 결국 나라가 어지러워진 것을 읊은 영사시이다. 나라가 위태로워진 이유를 왕이 아닌 왕의 총애를 받은 여인에게서 찾고 그에게 책임을 돌리고 있다. 제1-2구에서는 양귀비에 대해 쓰고 있는데, 황제의 은총을 듬뿍 받은 양귀비는 그 미색이 매우 뛰어났지만 혹시라도 다른 이보다 못할까 두려워했다고 했다. 제3-4구에서는 포사의 고사를 써서 양귀비를 비판했다. 포사가 유왕을 미혹시켜 결국 유왕을 죽게 만든 것처럼 현종은 양귀비 때문에 잠시 몽진을 가게 되었다고 했다. 청나라 기윤(紀昀)이나 굴복(屈復)은 이 시가 경박하다고 혹평을 했지만, 대체로 시어가 소박하고 의미가 깊어 만당의 특색을 갖추고 있다고 여겨진다.

016

楚澤

초나라 연못

夕陽歸路後,	석양은 돌아가는 길 뒤로 지고
霜野物聲乾.[1]	가을 들녘에는 사물의 소리 상쾌하다.
集鳥翻漁艇,[2]	모여 있던 새들 고깃배에서 날아가고
殘虹拂馬鞍.[3]	잦아드는 무지개가 말안장에 스친다.
劉楨元抱病,[4]	유정은 원래 병을 앓았고
虞寄數辭官.[5]	우기는 자주 관직을 그만두었지.
白袷經年卷,[6]	흰 겹옷을 해가 지나도록 말아두었는데
西來及早寒.	서쪽으로 오니 이른 추위가 이르렀다.

주석

1) 霜野(상야) : 서리 내리는 가을의 들녘.
   乾(건) : 눅눅하지 않고 상쾌하다.
2) 翻(번) : 날아가는 모양. 여기서는 사람이 오는 것을 보고 새가 놀라 날아간다는 말이다.
   漁艇(어정) : 작고 빠른 고깃배.
3) 殘虹(잔홍) : 다 사라지지 않은 무지개.
4) 劉楨(유정) : 유정(?-?)은 후한 말기의 문인으로 건안칠자(建安七子)의 한

사람이다. 자는 공간(公幹)이다. 건안(建安) 연간에 조조(曹操)에게 불려가 승상연속(丞相掾屬)이 되었다. 박학하고 문재(文才)가 있어 조비(曹丕)를 모시게 했다.

抱病(포병) : 병을 앓다.

5) 虞寄(우기) : 우기(510-579)는 남조 양(梁) · 진(陳) 사이의 사람이다. 자는 차안(次安)이며 선성왕국좌상시(宣城王國左常侍)로 있다가 대동(大同) 연간에 병으로 사임했고, 후에 다시 국자박사(國子博士)에 제수되었다가 또 병으로 사임했다.

辭官(사관) : 관직을 그만두다.

6) 白袷(백겁) : 흰 겹옷. 솜이 들어가지 않은 춘추복.

해설

이 시는 계림에서 북쪽으로 돌아가는 도중에 지은 것으로, 따뜻한 곳에서 점차 추위를 느끼게 되는 곳으로 올라가면서 보이는 경치와 감회를 묘사했다. 시 전반부에서는 경치를 주로 담고 있다. 제1-2구에서는 석양이 지는 가을 들녘의 모습을 묘사했고, 제3-4구에서는 고깃배의 기척에 놀라 날아가는 새와 말안장에 걸려 있는 무지개를 그려냈다. 후반부에서는 시상을 전환하여 전고를 통해 시인 자신의 처지를 기탁했다. 제5-6구에서는 유정과 우기의 전고를 사용하여 병을 앓고 관직이 뜻대로 되지 않는 상황을, 제7-8구에서는 겹옷 입을 필요 없는 따뜻한 곳에 있다가 이른 추위를 경험하게 된 것에 대해 말했다. 병마와 잦은 관직의 이동 때문에 시인에게는 그 추위가 더욱 사무치게 느껴지는 듯하다.

017

蟬

매미

本以高難飽,[1]	본디 높은 곳에서는 배부르기 어려운데
徒勞恨費聲.[2]	부질없이 소리 지르며 한탄한다.
五更疏欲斷,[3]	오경이 되니 뜸해지다 멈추려 하지만
一樹碧無情.	한 그루 나무는 푸르러 무정하기만 하다.
薄宦梗猶泛,[4]	하찮은 벼슬아치 나뭇가지처럼 여전히 떠다니고
故園蕪已平.[5]	옛 동산은 황무지처럼 이미 평평해졌다.
煩君最相警,[6]	그대 수고롭게도 가장 나를 일깨워주지만
我亦擧家淸.[7]	나 또한 온 집안이 청빈하다오.

주석

1) 難飽(난포) : 배부르기 어렵다. 매미가 이슬만 받아먹는다고 전해지기에 한 말이다.

2) 徒勞(도로) : 부질없이 애를 쓰다.
   費聲(비성) : 소리를 낭비하다.

3) 疏(소) : 뜸해지다. 잦아들다.

4) 薄宦(박환) : 미관말직.
   梗泛(경범) : 나뭇가지가 물에 뜨다. 흔히 떠도는 것을 가리킨다.

《전국책(戰國策)·제책(齊策)》 흙 인형과 복숭아 나뭇가지가 서로 대화를 나누었다. 흙 인형이 이렇게 말했다. '이제 그대는 동쪽 나라의 복숭아 나뭇가지인데, 그대를 깎아서 사람을 만들면 빗물에 떠내려가고 치수가 이르러 그대를 흘려보내면 그대가 둥둥 떠다니는 것이 장차 어떠하겠는가?' (有土偶人與桃梗相與語……土偶曰, '今子, 東國之桃梗也, 刻削子以爲人, 降雨下, 淄水至, 流子而去, 則子漂漂者將何如耳.')

5) 故園(고원) : 옛 동산. 고향. 여기서는 매미의 유충이 지하에 굴을 파거나 지상에 진흙으로 집을 만들어 생활하는 것을 말한다.
6) 煩(번) : 수고롭다.
君(군) : 그대. 여기서는 매미를 가리킨다.
警(경) : 일깨우다.
7) 擧家淸(거가청) : 온 집안 살림이 극히 청빈하다.

해설

이 시는 매미를 노래한 영물시다. 제1-2구는 매미의 습성을 말했다. 맑은 이슬만 마시는 까닭에 배불리 먹기가 어렵고, 관심을 가지고 들어주는 이도 없는데 부질없이 '맴맴' 소리를 내지르느라 애쓴다고 했다. 제3-4구는 매미가 우는 소리를 더 자세하게 묘사하고 있다. 매미의 울음소리는 새벽이 다 되어서야 그치는데, 매미가 머무는 나무는 여전히 푸를 뿐 안타까운 매미의 울음에 아무 관심이 없어 보인다고 했다. 제5-6구는 매미와 연관 지어 시인 자신의 신세를 토로한 것이다. 지금 매미는 유충 때 살던 진흙 집을 떠나 나무에 매달려 있다. 시인은 이를 통해 벼슬살이를 위해 떠나온 고향이 이미 황폐해졌을 텐데도 자신은 여전히 강물에 떠가는 나뭇가지처럼 정처 없이 떠돌고 있다고 했다. 제7-8구는 매미와의 동병상련을 이야기한 것이다. 매미가 시끄럽게 울면서 시인에게 고결하고 청빈한 삶을 일깨워주지만, 시인은 지금까지 매미와 같은 삶을 살고 있기에 일부러 그럴 것까지 없다고 했다. 이슬을 마시며 고결하고 청빈하게 산다지만 그 울음소리에는 잔뜩 한이 맺혀 있는 매미를 빌려 고상하게만 살기에는 고단한 삶이 짓누르는 무게를 감당하기 어려운 현실을 잘 표현했다.

이 시의 창작 시점을 확정할 단서가 부족하나, 시에 표출된 정서로 보아 노홍정(盧弘正)의 막부에 머물던 시기에 지은 것이라는 설이 유력하다. 청나라 기윤(紀昀)이 "전반부는 매미를 읊으면서 자신을 비유했고, 후반부는 자신을 읊으면서 다시 매미로 돌아갔다(前半寫蟬, 卽自喩, 後半自寫, 仍歸到蟬.)"고 한 말이 이 시의 구조적 특징을 잘 설명해준다.

018

江亭散席循柳路吟歸官舍

강의 정자에서 연회를 마치고 버드나무 길을 따라가며 읊다가 관사로 돌아오다

春詠敢輕裁,[1]	봄노래를 어찌 감히 쉬이 지을까?
銜詞入半盃.[2]	입도 떼지 못하고는 반은 술잔으로 들어간다.
已遭江映柳,[3]	강가에 버드나무가 어른거린 것 보았었는데
更被雪藏梅.[4]	다시 눈이 덮여 매화를 감추었다.
寡和眞徒爾,[5]	적게 화답하는 어려운 시 쓰는 것은 참으로 공연한 짓이니
殷憂動卽來.[6]	근심과 괴로움이 툭하면 몰려온다.
從詩得何報,[7]	시작에 종사한들 무슨 보답이 있던가?
唯感二毛催.[8]	오직 백발이 서둘러 오는 것 느껴질 뿐.

주석

1) 春詠(춘영) : 봄노래. 봄을 묘사한 시를 말한다.
   敢(감) : 어찌 감히 ~하랴?
   輕裁(경재) : 가벼이 짓다.
2) 銜詞(함사) : 말을 머금다. 시를 지으면서 더 좋은 표현을 찾느라 쉽게 내뱉지 못하는 것을 말한다.

3) 遭(조) : 만나다. 어떤 일을 당하다.
4) 雪藏梅(설장매) : 눈이 매화를 감추다. 매화가 눈에 뒤덮였다는 말이다.
5) 寡和(과화) : 화답하는 이가 적다. 수준이 높은 시를 짓는 것을 말한다.
徒爾(도이) : 부질없다.
6) 殷憂(은우) : 근심과 괴로움.
動卽(동즉) : 툭하면. 걸핏하면.
7) 從詩(종시) : 시작(詩作)에 종사하다.
8) 二毛(이모) : 검고 흰 두 가지 색의 머리카락. 반백(斑白). 흔히 노년을 가리킨다.

해설

이 시는 봄날 버드나무 심은 길을 따라 걸으며 느낀 허탈한 감정을 쓴 것이다. 제1-2구는 연회석에서의 시작(詩作)을 말한 것이다. 봄을 노래한 시를 쉽게 짓지 못하고 한 구절 읊으려다 다시 술을 마신다고 했다. 제3-4구는 시를 짓기가 쉽지 않은 이유를 밝힌 것이다. 길옆의 버드나무가 파릇파릇 강물에 비치는데, 한켠에서는 눈에 덮인 매화가 보이는 봄날의 풍경이 오묘하다고 했다. 제5-6구는 고음(苦吟)이 부질없다는 것이다. 설령 퇴고를 거듭해 화답하기 어려운 좋은 시를 짓는다 해도 체험이 담긴 시를 짓다 보면 근심과 괴로움이 밀려들 뿐이라고 했다. 제7-8구는 시인된 자의 허탈함을 거듭 토로한 것이다. 온갖 생각을 짜내 훌륭한 구절을 만든 결과는 그만큼 더 늘어난 백발 외에 다른 보답이 없다고 했다.

이 시에 대한 후대의 평가는 극명하게 엇갈린다. 청나라 기윤(紀昀)이 어불성설의 시라고 일축한 반면, 오개생(吳闓生)은 다음과 같이 극찬을 아끼지 않았다. "후반부는 큰 기운이 감돌고 침울돈좌하니 진정 대가의 수법이다. 이것이 이상은이 이백과 두보의 뒤에 우뚝 솟은 까닭이다.(後半大氣盤旋, 沈鬱頓挫, 眞大家手筆. 此義山所以崛起於李杜之後也.)" 무엇보다도 시인으로서의 자의식이 잘 드러난 시라는 점이 주목된다.

019
潭州[1]
담주

潭州官舍暮樓空, 담주의 관사 저녁이 되자 누각은 비었는데
今古無端入望中.[2] 지금과 옛 일들 까닭 없이 눈에 들어온다.
湘淚淺深滋竹色,[3] 상부인의 눈물은 알록달록하게 대나무 색을 물들였고
楚歌重疊怨蘭叢.[4] 초나라 노래에선 여러 차례 난초더미를 원망했지.
陶公戰艦空灘雨,[5] 도간의 전함 있던 곳 텅 빈 여울 되어 비 내리고
賈傅承塵破廟風.[6] 가의가 머물던 방 부서진 묘당 되어 바람 맞는다.
目斷故園人不至,[7] 옛 동산을 끝까지 바라보아도 오는 사람 없으니
松醪一醉與誰同.[8] 소나무 술에 뉘와 함께 한번 취해볼까?

주석

1) 潭州(담주) : 지금의 호남성(湖南省) 장사시(長沙市).
《원화군현지(元和郡縣志)》 수나라가 진나라를 평정한 뒤 상주를 담주로 고쳤는데, 소담에서 딴 이름이다.(隋平陳, 改湘州曰潭州, 取昭潭爲名.)

2) 今古(금고) : 지금과 옛 일. 여기서는 담주의 관사[古]에 머물고 있는 자신[今]을 슬퍼한다는 말이다.

無端(무단) : 까닭 없이. 이유 없이.

望中(망중) : 시야(의 범위 안).

3) 湘淚(상루) : 상부인(湘夫人)의 눈물. 순(舜)임금의 두 비인 아황(娥皇)과 여영(女英)의 눈물. 《술이기(述異記)》에 따르면, 순임금의 부인이 순임금이 죽자 통곡했는데 그 눈물이 대나무를 적셔 반점이 생겼고, 슬픔을 못 이겨 소상강 강물에 투신해 죽어 소상강의 여신이 되었다고 한다.

淺深(천심) : 진하고 옅음. 알록달록하다.

滋(자) : 촉촉하게 하다. 적시다.

4) 楚歌(초가) : 초나라 노래. 굴원(屈原)의 〈이소(離騷)〉, 〈구가(九歌)〉 등을 가리킨다.

重疊(중첩) : 반복해서. 수차.

蘭(난) : 난초. 〈이소(離騷)〉에 자주 보이는데, 대개 초나라의 영윤(令尹)이었던 자란(子蘭)을 비유하는 데 쓰였다. 여기서는 당시의 집정자인 백민중(白敏中), 영호도(令狐綯) 등을 가리키는 것으로 보인다.

5) 陶公(도공) : 장사군공(長沙郡公)에 봉해진 진(晉)의 명장 도간(陶侃)을 이른다.

《진서 · 도간전(陶侃傳)》 유홍은 형주자사가 되어 도간을 강하태수로 삼고 독호 벼슬도 주어 여러 군대와 힘을 합쳐 진회에 대항토록 했다. 도간은 화물선을 전함으로 만들어 가는 곳마다 쳐부수었다. 나중에 두도를 토벌하고 장사에 입성하여 장사군공에 봉해졌다.(劉弘爲荊州刺史, 以侃爲江夏太守, 又加督護, 使與諸軍幷力拒陳恢. 侃乃以運船爲戰艦, 所向必破. 後討杜弢, 進克長沙, 封長沙郡公.)

6) 賈傅(가부) : 가의(賈誼). 가의는 효문제(孝文帝) 때 태중대부(太中大夫)를 지내다 모함을 받고 좌천되어 장사왕(長沙王)의 태부(太傅)로 있었다.

承塵(승진) : 천장에서 먼지, 흙 같은 것이 떨어지지 않도록 반자처럼 방위에 판자 등을 대는 장치. 여기서는 가의가 머물던 방을 가리킨다.

《서경잡기(西京雜記)》 가의가 장사에 있을 때 복조가 먼지받이에 모여 있었다. 세속에 복조가 인가에 오면 주인이 죽는다는 말이 있었다. 가의는 〈복조부〉를 지었다.(賈誼在長沙, 鵩鳥集其承塵. 俗以鵩鳥至人家, 主人死. 誼作鵩鳥賦.)

7) 目斷(목단) : 보이지 않을 때까지 계속 바라보다.
8) 松醪(송료) : 소나무를 원료로 빚은 막걸리. 당대 담주의 특산물로 시문에 자주 인용되었다.

해설

대중 2년 이회(李回)가 서천절도사(西川節度使)로서 호남관찰사(湖南觀察史)에 제수되었는데, 이상은은 담주에 들렀다가 그의 막부에 잠시 머물렀다. 이 시에서 시인은 담주의 누각에 올라 상강 지역의 역사적 인물에 대해 말하면서 자신의 회포를 서술하고 있다. 제1-2구에서는 저물녘에 오른 누각은 텅 비었고 외로운데 사념은 끝이 없어 옛 일과 지금의 일이 계속하여 떠오른다고 했다. 특히 제2구의 '까닭 없이(無端)'에는 옛날을 슬퍼하고 현 상황에 마음 아파하는 뜻이 집약되어 있어, 하작(何焯)은 "절묘한 장법(絶妙章法)"이라고 칭찬했다. 제3-4구에서는 상부인의 슬픈 눈물 전고를 통해 옛 군주를 그리워하는 정을, 애달픈 초나라 노래를 통해 당시의 집정자가 자신을 멀리하고 있음을 말해 그것에 대한 원망을 은근히 드러냈다. 제5-6구에서는 도간의 전고를 통해 무공이 있으나 냉대 받았던 경우를 암시했고, 가의의 전고를 통해 공이 있는 신하가 폄적을 당한 것을 말했다. 이 두 연에서는 주로 비극적인 인물 전고를 사용하면서 슬픔과 애석함, 쓸쓸함과 외로움의 분위기를 돌출시켜 시인 자신의 처지와 심정을 연상하게 했다. 제7-8구에서는 수련과 조응하면서 시인 자신의 고적한 정회를 드러냈다. 누각에 올라 끝없이 바라보아도 자신의 심사를 이해해주는 사람은 오지 않는다 했으니, 시인 자신의 외로움과 감개를 풀 길이 없음을 알 수 있다.

020

贈劉司戶蕡[1]

사호 유분에게 주다

江風揚浪動雲根,[2]	강바람이 파도를 일으켜 돌을 움직이고
重碇危檣白日昏.[3]	높이 돛을 올린 배 묵직한 닻을 내리니 흰 해가 저문다.
已斷燕鴻初起勢,[4]	연나라의 기러기 처음 날아오르던 기세 이미 꺾인 데다
更驚騷客後歸魂.[5]	시인처럼 돌아가기 어려운 혼백 되어 더욱 놀란다.
漢廷急詔誰先入?[6]	한나라 조정의 다급한 조서에 누가 먼저 입궐할까?
楚路高歌自欲翻.[7]	초나라 길에서 고상한 노래로 스스로를 토로하고자 했다.
萬里相逢歡復泣,	만 리 밖에서 서로 만나 기쁘면서도 눈물이 났던 것은
鳳巢西隔九重門.[8]	봉황의 둥지가 서쪽으로 아홉 겹 문이나 떨어져 있어서다.

주석

1) 司戶(사호) : 관직명. 호조(户曹)의 속관(屬官). 부(府)에서는 호조참군(戶曹參軍), 주(州)에서는 사호참군(司戶參軍), 현(縣)에서는 사호라 불렀다.
   劉蕡(유분) : 당나라 유주(幽州) 창평(昌平, 지금의 북경시 창평현(昌平縣)) 사람으로 자는 거화(去華). 대화(大和) 2년에 현량방정직언극간(賢良方正直言極諫) 시험에 응시, 환관이 정치를 어지럽히고 있음을 신랄하게 비판하여 시험관이 칭찬을 했으나 환관이 두려워 뽑지 못했다. 이 일이 있은 후 7년이 지나 감로지변이 일어나자 영호초(令狐楚), 우승유(牛僧孺) 모두 그를 높이 평가해 비서랑(秘書郞)으로 임명했으나, 환관들이 계속 그를 모함하여 유주사호참군(柳州司戶參軍)으로 폄적시켰다. 이 시는 유분이 유주로 폄적될 때 이상은이 그와 이별하며 쓴 것이다.
2) 雲根(운근) : 돌. 구름은 돌에 부딪쳐 생겨나므로 이렇게 이른다.
3) 碇(정) : 닻을 내리다.
   危檣(위장) : 높은 돛을 올린 배.
4) 燕鴻(연홍) : 연나라의 기러기. 유분의 고향이 유연(幽燕, 지금의 하북성(河北省))이어서 연나라 기러기에 그를 비유했다.
5) 騷客(소객) : 시인. 원래는 굴원(屈原)을 가리키나 여기서는 유분을 지칭한다.
   後歸(후귀) : 나중에 돌아가다. 유분이 유주사호(柳州司戶)에서 예주사호(澧州司戶)로 옮겨가서 더욱 돌아오기 어렵게 된 것을 말한다.
6) 漢廷(한정) : 한나라 궁정.
   《한서 · 가의전(賈誼傳)》 가의가 폄적되어 떠난 지 3년이 되었는데, 세밑에 문제는 가의를 떠올리고 그를 불러들였다. 도착하여 들어가 알현했다.(誼旣以謫去三年. 後歲餘, 文帝思誼, 徵之. 至, 入見.)
7) 楚路(초로) : 초나라 길. 여기서는 앞에서 소객에게 유분을 빗댄 것을 이어서 유분이 돌아오는 중에 시를 노래하여 자신의 감개를 펴낸 것을 말한다.
   翻(번) : 묘사하다. 노래 부르다.
8) 鳳巢(봉소) : 봉황의 둥지. 황제(黃帝) 때 봉황이 동쪽 정원에 머물며 쉬

다가 아각에 둥지를 틀었다.(《제왕세기(帝王世紀)》)

해설

이 시는 이상은이 유주로 폄적되어 가는 유분을 만나 칭송과 동정을 담아 그에게 써준 것이다. 유분은 환관을 신랄하게 비판한 바 있어, 이상은이 평소에 매우 존경하면서 깊은 우의를 나누었다. 그는 유분을 위해 시 다섯 수를 썼는데, 이 작품이 가장 최초의 것이다. 제1-2구는 둘이 함께 만났던 곳의 경물을 묘사하고 있다. 강바람이 거세 파도를 일으키고 돌을 움직이며 해가 저무는 어둑어둑한 때이다. 이러한 분위기는 유분을 실의에 빠지게 한 위태로운 정국을 암시한다고 볼 수 있다. 제3-4구에서는 기러기와 굴원에 유분을 빗대고 있다. 기러기가 막 날아오르다 꺾인 것으로 유분이 낙방한 것을 비유하고, 굴원이 쫓겨난 것으로 유분이 멀리 내쳐져 옛 땅으로 돌아가기 어려워지게 된 것을 비유했다. 제5-6구에서도 유분에 대해 쓰고 있는데, 가의와 유분을 대비하여 한나라 조정에서 불러준 가의보다 더 불행한 처지임을 드러냈다. 제6구에서는 그에 굴하지 않고 고상한 노래를 부르며 자신의 심경을 토로하고자 하는 유분의 굳센 의지를 언급했다. 제7-8구에서는 서로 만나 희비가 교차하는 가운데 어지러운 나랏일에 대해 근심하고 있다고 했다. 청나라 요내(姚鼐)는 "두보(杜甫)의 정신을 거의 담고 있다."며 극찬했는데, 전체적으로 감정이 침통하면서도 분격(憤激)한 기운이 느껴져서 침울비장(沈鬱悲壯)한 풍격을 띠고 있다고 하겠다.

021-1

哭劉司戶 二首(其一)

유주사호참군 유분을 곡하다 2수 1

離居星歲易,[1]	헤어진 뒤로 한 해가 바뀌면서
失望死生分.[2]	예기치 못하게 삶과 죽음이 나뉘었다.
酒甕凝餘桂,[3]	술동이에는 남은 계피가 엉기었고
書籤冷舊芸.[4]	서책에는 옛날의 운향이 차갑다.
江風吹雁急,	강바람이 기러기에 불어 급하고
山木帶蟬曛.[5]	산의 나무에 매미가 붙은 저녁,
一叫千迴首,[6]	한 번 곡하며 천 번을 돌아봐도
天高不爲聞.	하늘은 높기만 하여 들어주지 않는다.

주석

1) 離居(이거) : 헤어지다.
星歲(성세) : 한 해.
易(역) : 바뀌다.

2) 失望(실망) : 예측하지 못하다.

3) 酒甕(주옹) : 술동이.
凝餘桂(응여계) : 남은 계피가 엉기다. 계피를 잘라 넣어 계피주를 만들기에 이렇게 말한 것이다.

4) 書籤(서첨) : 종이나 비단에 책의 서명을 써 붙인 쪽지. '서첨(書簽)'이라고도 쓴다. 여기서는 책을 가리킨다.
   芸(운) : 운향. 향초의 일종이며 '궁궁이'라고도 부르며 책 속에 넣으면 좀이 슬지 않는다.
5) 曛(훈) : 석양빛. 여기서는 저녁을 말한다.
6) 叫(규) : 곡하다.

해설

이 시는 유주사호참군(柳州司戶參軍)으로 좌천되었다 심양(潯陽)에서 객사한 유분을 곡한 두 수 가운데 첫째 수이다. 제1-2구에서는 마지막으로 만난 지 일 년 만에 유분이 죽었다고 했다. 시인은 대중 2년(848) 유주사호참군으로 좌천된 유분을 황릉에서 만났다 헤어졌는데, 유분은 이듬해 심양에서 죽었다. 제3-4구는 유분의 유품을 묘사하며 그를 추모했다. 그가 마시던 술동이에는 아직 계피향이 남아 있고, 그가 읽던 서책에서도 운향이 느껴진다고 했다. 제5-6구는 쓸쓸한 저녁의 경물을 묘사했다. 강에 불어오는 세찬 바람은 기러기의 행렬을 끊을 기세이고, 산의 나무에서는 매미의 슬픈 울음소리가 들려온다고 했다. 청나라 요배겸(姚培謙)은 이 두 구절이 선량한 이가 배척당하고 비방이 끊이지 않는 모습을 비유한 것이라 했다. 제7-8구는 그의 죽음을 슬퍼하는 안타까운 심정을 전하고 있다. 쓰라린 마음으로 하염없이 그가 죽은 심양을 바라보나 창생을 굽어 살필 하늘은 멀기만 하여 하소연할 데가 없다고 했다. 앞에서 본 〈유주사호참군 유분을 곡하다(哭劉司戶蕡)〉 시의 '하늘은 높다(天高)'와 마찬가지로 여기에는 강직한 신하의 억울한 죽음을 방기하는 위정자에 대한 불만이 담겨 있다.

021-2

哭劉司戶 二首(其二)

유주사호참군 유분을 곡하다 2수 2

有美扶皇運,[1]	아름다운 사람이 황제의 운수를 도우려 했건만
無誰薦直言.[2]	아무도 바른말 하는 이를 천거하지 않았다.
已爲秦逐客,[3]	이미 진나라의 쫓겨난 객경(客卿)이 되었다가
復作楚寃魂.[4]	다시 초나라의 원한 맺힌 혼령이 되었구나.
湓浦應分派,[5]	분포에서 응당 물줄기가 나뉘어졌더라도
荊江有會源.[6]	형강에는 모이는 수원이 있으리니,
併將添恨淚,[7]	함께 한을 더한 눈물에 합쳐
一灑問乾坤.[8]	한번 뿌리며 하늘과 땅에 물어보자꾸나.

주석

1) 有美(유미) : 아름다운 사람.

《시경 · 정풍(鄭風) · 야유만초(野有蔓草)》 아름다운 한 사람이 있는데 맑은 눈에 넓은 이마가 예쁘기도 하네.(有美一人, 淸揚婉兮.) 여기서는 유분을 가리킨다.

皇運(황운) : 황제의 지위를 누릴 운수.

2) 無誰(무수) : 사람이 없다.

3) 逐客(축객) : 쫓겨난 객경(客卿, 다른 나라에서 와서 경상(卿相)의 자리에 있는 사람). 진나라 때 한나라에서 수리(水利) 전문가인 정국(鄭國)이 진나

라에 파견되었는데, 진나라 귀족들이 정국을 간첩으로 몰아 일체의 객경을 쫓아내야 한다고 주장했다. 여기서는 유분이 폄적된 것을 가리킨다.

4) 冤魂(원혼) : 원한 맺힌 혼령. 멱라강(汨羅江)에 투신해 자살한 굴원의 혼을 말한다. 여기서는 유분이 심양(潯陽)에서 객사한 것을 가리킨다.

5) 湓浦(분포) : 분구(湓口)라고도 부르며 지금의 강서성 구강시(九江市)에 있다. 유분의 부음이 이곳으로부터 전해왔다.
 分派(분파) : 작은 물줄기로 나뉘다.

6) 荊江(형강) : 형주(荊州) 일대의 강. 여기서는 두 사람이 만났다 헤어졌던 황릉을 가리킨다.

7) 倂(병) : 더하다. 합치다. 분포와 형강을 한스러운 눈물에 더한다는 말이다.

8) 灑(쇄) : 뿌리다.

해설

이 시는 유주사호참군(柳州司戶參軍)으로 좌천되었다 심양(潯陽)에서 객사한 유분을 곡한 두 수 가운데 둘째 수이다. 제1-2구는 임금에게 충언을 고할 유분을 추천한 사람이 없었다는 것이다. 유분이 현량방정과(賢良方正科)에 응시해 환관을 제거해야 한다는 대책(對策)을 올렸으나, 환관의 보복을 두려워한 풍숙(馮宿), 가속(賈餗), 방엄(龐嚴) 등의 시험관들이 그를 합격시키지 못했다고 지적했다. 제3-4구는 유분의 폄적과 객사를 서술한 것이다. 유분이 진나라의 객경처럼 쫓겨나 유주사호참군으로 폄적되었다가 굴원처럼 심양에서 객사했다고 했다. 제5-6구는 유분의 부음을 듣고 그와의 마지막 만남을 회상한 것이다. 그가 분포에서 죽어 마치 물길이 나뉘듯 삶과 죽음의 길로 갈라졌지만, 그와 황릉(黃陵)에서 마지막으로 만나 한마음으로 의기투합했던 추억은 변치 않으리라 했다. 제7-8구는 유분의 억울한 죽음을 애도한 것이다. 분포와 형강의 물을 원한이 담긴 눈물로 바꿔 천지에 뿌리며 억울함을 호소해보자고 했다. 유분의 죽음을 애도하는 시인의 침통한 심정이 여과 없이 잘 드러나 있다.

● 이상은은 위의 두 수를 포함하여 유분을 곡하는 시를 네 수나 지었다. 네 수의 내용

은 대체로 유분이 환관의 전횡을 비판하는 대책을 올렸다가 부당하게 폄적되고 억울하게 죽었다는 것이어서 다소 중복된다. 아마도 유분의 부음을 접한 이상은이 북받치는 감정을 억제할 수 없어서 거듭하여 토로하였던 듯하다. 이상은과 유분의 개인적 친분이나 당파 관계를 떠나서 유분은 환관에게 희생된 문인의 전형이었고, 평소 환관 척결을 주장한 이상은도 동지를 잃은 심정이었을 것으로 추정된다. 이상은 외에는 유분의 죽음에 별다른 반응을 보인 문인이 없다는 사실을 볼 때 이상은이 유분을 곡한 네 수의 시는 그의 현실주의적 작시 태도를 여실히 보여준다. 청나라 관세명(管世銘)은 이런 말을 남겼다. "그 사람을 모르겠거든 그 친구를 보라고 했다. 이상은이 유분을 곡한 시를 보면 단순히 시부에 능한 자만은 아니라는 것을 알게 된다.(不知其人觀其友. 觀義山哭劉蕡詩, 知非僅工詞賦者.)" 옳은 지적이다.

022
悼傷後赴東蜀辟至散關遇雪
애도한 뒤에 동촉의 초빙에 응해 가다가 대산관에 이르러 눈을 만나다

劍外從軍遠,[1]	검문관 밖 멀리서 종군하는데도
無家與寄衣.	옷을 부쳐줄 집사람이 없구나.
散關三尺雪,[2]	산관에 내린 눈 석 자
迴夢舊鴛機.[3]	예전의 베틀을 회상하며 꿈을 꾸었다.

주석

1) 劍外(검외) : 지금의 사천성 검각현(劍閣縣)에 있는 검문관(劍門關)의 밖. 당나라 때에는 동천(東川)과 서천(西川)을 모두 '검외'라 불렀다.
2) 散關(산관) : 대산관(大散關). 지금의 섬서성 보계시(寶雞市) 서남쪽 대산령(大散嶺) 위에 있다.
   《방여승람(方輿勝覽)》 대산관은 양천현에 있으며 진과 촉을 잇는 주요 도로이다.(大散關在梁泉縣, 爲秦蜀要路.)
3) 鴛機(원기) : 베틀.

해설

이 시는 대중 5년(851) 가을 아내 왕씨를 잃은 시인이 유중영(柳仲郢)의 초빙에 응해 동천절도사(東川節度使) 막부가 있는 동촉(東蜀), 즉 동천(東川)으로 가던 길에 대산관에 눈이 내리는 것을 보고 지은 것으로 외로움을 토로

하고 있다. 제1-2구에서는 날이 추워지는 시점에 막부로 가면서 겨울옷을 생각하고 있다. 동천절도사 막부가 있던 재주(梓州)까지 먼 길을 가건만 아내가 세상을 떠난 뒤라 겨울옷을 부쳐줄 사람이 없다며 외롭고 쓸쓸한 마음을 드러냈다. 제3-4구에서는 대산관에 내린 눈을 보고 아내 왕씨가 생전에 길쌈을 하던 베틀을 떠올렸다. 석 자나 내린 함박눈으로부터 베틀에서 만들어지던 흰 천을 연상했을 것이다. 그러나 이제는 그 베틀도 주인을 잃고 덩그러니 놓여 있을 것이 틀림없다. 청나라 요배겸(姚培謙)은 "슬픔이 '구(舊)'자 하나에 있다(悲在一舊字)"고 이 시의 시안(詩眼)을 잘 지적했다.

023

樂遊[1]

낙유원

向晩意不適,[2]	해질 무렵 마음이 편치 않아
驅車登古原.[3]	수레 몰아 옛 들판에 올랐다.
夕陽無限好,	석양빛은 한없이 좋지만
只是近黃昏.	다만 황혼이 가까웠다.

주석

1) 樂遊(낙유) : 낙유원(樂遊原). 장안(長安) 부근에 있었던 높고 넓은 벌판의 유원지.
2) 不適(부적) : 맞지 않음. 울적함.
3) 古原(고원) : 예부터 있는 들판이나 높은 지대. 여기서는 낙유원을 가리킨다.

해설

이 시는 낙유원에 올라 석양이 지는 모습을 보고 떠오른 생각을 쓴 것이다. 제1-2구에서는 마음이 우울하여 해질 무렵 낙유원에 올랐다 했고, 제3-4구에서는 낙유원에 올라 석양의 아름다운 모습을 보고 '한없이 좋다'고 했는데, 그것이 금방 사라질 것임을 알기에 더욱 슬프고 아쉽다 했다. 평자에 따라 황혼이 가까워온 석양을 두고 당나라의 쇠퇴나 몰락한 시인의 신세, 혹은 세월이 속절없이 흘러가버림 등으로 해석하는데, 굳이 한 가지로 한정해 볼 필요는 없는 듯하다. 청나라 기윤(紀昀)이 "온갖 감정이 아득하여 한꺼번에 모아지니 신세를 슬퍼한 것으로 보아도 되고 시사를 근심하는 것으로 보아도 된다(百感茫茫, 一時交集, 謂之悲身世可, 謂之憂時事亦可.)"고 한 평이 타당한 듯하다.

● 1942년 『국민문학(國民文學)』에 실린 상허(尙虛) 이태준의 단편소설 〈석양〉은 이상은의 이 시를 주요 모티프로 삼고 있다. 소설의 주인공 매헌은 작가 자신의 분신과 같은 인물이며, 자연 풍경 묘사를 통해 삶의 허무함을 형상화하고 있는데, 석양의 모습은 타옥이 떠남으로 매헌이 맞게 되는 황혼을 암시하며 쓸쓸한 분위기를 자아낸다.

024-1

北齊 二首(其一)

북제 2수 1

一笑相傾國便亡,[1]	한 번의 웃음에 나라가 기울어 곧장 망했으니
何勞荊棘始堪傷.[2]	가시나무가 자라고 나서야 마음 아파한들 무슨 소용인가.
小蓮玉體橫陳夜,[3]	소련의 옥 같은 몸이 가로 누웠던 날 밤
已報周師入晉陽.[4]	벌써 북주의 군대가 진양으로 들어왔다고 알려왔다.

주석

1) 傾(경) : 기울다. 마음이 홀리다.
2) 荊棘(형극) : 가시나무. 고난이나 폐허를 비유한다.
3) 小蓮(소련) : 북제(北齊)의 후주(後主)가 총애했던 풍숙비(馮淑妃)의 어릴 적 이름이다. 《북제서(北齊書)》에는 '소련(小憐)'으로 되어있는데 '련(憐)'은 동음 '련(蓮)'으로 쓰는 것이 가능하다. 그녀는 원래 목황후(穆皇后)의 시녀였는데, 타고난 총명함과 비파(琵琶) 그리고 가무(歌舞)에 능했기 때문에 후주(後主)의 눈에 들었고, 그 후에 후궁(後宮)이 되었다.
   橫陳(횡진) : 가로 눕다.
4) 周師(주사) : 북주(北周)의 군대.
   晉陽(진양) : 북제의 군사적 중심지로서 지금의 산서성(山西省) 태원시

(太原市).

해설

이 시는 북제의 후주가 풍숙비에게 빠져 나라를 돌보지 않았던 옛 사실을 읊은 작품이다. 역사적 사실을 통해 현실의 무엇을 풍자하려 했는지는 분명치 않다. 그러나 당시 무종(武宗)이 수렵을 좋아하고 신선술에 빠졌으며 여색을 좋아했던 것을 고려해보면, 그에 대한 비판이 기탁되어 있으리라는 것을 짐작할 수 있다. 첫 번째 시의 전반부는 경국지색에 빠진 것이 망국의 원인이었음을 주장했고, 후반부에서는 그에 대한 구체적인 내용을 제시했다. 제3구에서는 풍숙비가 왕을 모신 것을 말했는데, 이는 제1구의 '한 번의 웃음에 기울어짐(一笑相傾)'과 호응이 되고, 제4구에서는 북제가 망하는 장면을 말했는데, 이는 제2구의 '가시나무(荊棘)'와 호응이 된다. 풍숙비가 왕을 모신 날 군사들이 쳐들어 온 것은 아니었으나, 이 두 사건을 나란히 배치하는 수법으로 비판에 더 강렬한 효과를 끌어냈다.

024-1

北齊 二首(其二)

북제 2수 2

巧笑知堪敵萬機,[1]	교태 넘치는 웃음이 나라의 정사와 대적할 만함을 알겠으니
傾城最在著戎衣.[2]	경국지색은 군복을 입고 있을 때가 최고였지.
晉陽已陷休迴顧,	진양은 이미 함락되었으나 돌아보지도 않고
更請君王獵一圍.[3]	다시금 임금에게 한바탕 사냥이나 할 것을 청했다.

주석

1) 萬機(만기) : 정치상 온갖 중요한 기틀, 천하의 큰 정사(政事).

2) 傾城(경성) : 미녀. 여기서는 숙비(淑妃)를 가리킴.

戎衣(융의) : 군복. 융복(戎服).

3) 更請(갱청) 구

《북제서(北齊書)》 북주의 군사가 평양을 함락할 때 북제의 왕은 삼퇴에서 사냥을 하고 있었다. 진주가 위급하다고 고하자 왕은 돌아가려 했다. 숙비가 사냥을 한바탕 더할 것을 청하자 왕은 그에 따랐다.(周師取平陽, 帝獵於三堆. 晉州告急, 帝將還. 淑妃請更殺一圍, 從之.)

해설

두 번째 시의 제1구에서는 '교태 넘치는 웃음(巧笑)'과 '나라의 정사(萬機)'를 병렬하여 후주의 어리석음에 대하여 냉소했고, 제2구에서는 더 나아가 군복을 입은 모습이 당당하고 멋있는 것이 장수가 아니라 숙비라 하면서, 병사들을 경시하는 왕의 무지함을 풍자했다. 후반부에서는 왕과 숙비가 나라가 위태로운 지경에도 사냥을 그치지 않고 더 즐겼다는 구체적인 사건을 통해 그들의 무책임하고 황음한 태도가 나라를 망치는 데 결정적 이유가 되었음을 분명하게 밝혔다.

025

街西池館

주작대가 서쪽 연못가의 관사

白閣他年別,[1]	백각봉과 연전에 이별하고
朱門此夜過.[2]	붉은 문에 오늘 밤 찾아왔는데,
疎簾留月魄,[3]	성긴 발에 달빛이 남아 있고
珍簟接煙波.[4]	고운 대자리에 안개 어린 물결이 이어진다.
太守三刀夢,[5]	태수의 칼 세 자루 꿈
將軍一箭歌.[6]	장군의 화살 한 발 노래.
國租容客旅,[7]	직전의 세금으로 나그네를 받아주시어
香熟玉山禾.[8]	곤륜산 목화가 익어가는 향기.

주석

1) 白閣(백각) : 섬서성에 있는 산봉우리 이름으로 삼림이 우거져 눈이 쌓여도 녹지 않는다고 한다.(《통지(通志)》) 여기서는 장안(長安)을 가리킨다.
2) 朱門(주문) : 붉은 문. 여기서는 시제에 보이는 '연못가의 관사'를 가리킨다.
3) 月魄(월백) : 달빛.
4) 珍簟(진점) : 고운 대자리.
煙波(연파) : 안개가 자욱한 수면. 여기서는 연못을 가리킨다.
5) 三刀夢(삼도몽) : 칼 세 자루가 나오는 꿈.

《진서 · 왕준전(王濬傳)》 왕준이 밤에 침실 대들보 위에 칼 세 자루를 매달고 얼마 후 다시 한 자루를 더하는 꿈을 꾸었다. 왕준은 놀라 잠에서 깨어 마음속으로 대단한 악몽이라 생각했다. 주부 이의가 재배하고 축하하기를 '칼 세 자루는 '주'자이고 또 한 자루를 더했으니 현령께서 아마 익주로 부임하시려나 봅니다'라 했다. 반란군 장홍이 익주자사 황보안을 죽이자 과연 왕준이 익주자사로 옮기게 되었다.(濬夜夢懸三刀於臥屋梁上, 須臾又益一刀, 濬驚覺, 意甚惡之. 主簿李毅再拜賀曰, 三刀爲州字, 又益一者, 明府其臨益州乎. 及賊張弘殺益州刺史皇甫晏, 果遷濬爲益州刺史.)

6) 一箭(일전) : 화살 한 발. 《책부원구(冊府元龜)》에 의하면 당나라 정원(貞元) 연간의 왕서요(王栖曜)는 먼저 화살 한 발을 쏘고 다시 한 발을 더 쏴서 앞의 화살을 관통했다고 한다.

7) 國租(국조) : 관리가 직전(職田)에서 거두는 세금.
客旅(객려) : 나그네.

8) 玉山禾(옥산화) : 곤륜산에서 난다는 목화(木禾).

해설

이 시는 주작대가(朱雀大街) 서쪽 연못가에 있는 관사에서 하룻밤 유숙하며 지은 것이다. 제1-2구는 장안을 떠났다 다시 돌아와 관사에 유숙함을 말한 것이다. '백각봉'은 장안을 나타내고 '붉은 문'은 관사를 나타낸다고 보는 것이 일반적이나, '백각'을 흰 누각, 즉 관사를 가리키는 것으로 보아 장안을 떠나고 돌아올 때 모두 같은 관사에 묵었다고 생각할 수도 있다. 제3-4구는 관사의 쓸쓸한 정경을 묘사한 것이다. 성긴 발 틈으로 달빛이 새어들고 대자리의 물결무늬는 연못의 물결인가도 한다고 했다. 제5-6구는 관사의 주인을 소개한 것이다. 주인은 태수를 역임한 장군으로 보이며, 시인은 이 주인과 면식이 있었던 듯하다. '꿈'이나 '노래'라는 시어로 보아 현직에서 내내 영달한 사람이라기보다 관도(官途)에서 부침을 겪은 사람이 아닌가 한다. 제7-8구는 관사에서 유숙하게 해준 데 감사함을 표한 것이다. 관사가 여관 역할을 하고 직전(職田)에서 거둔 세금 덕분에 맛난 식사도 제공된다고 했다. 감사의 인사 이상의 큰 의미를 부여하려 한 작품은 아니라고 판단된다.

026

南朝

남조

玄武湖中玉漏催,[1]	현무호 안에서는 물시계가 재촉하고
雞鳴埭口繡襦迴.[2]	계명태 입구에서는 수놓인 저고리의 여인들 돌아왔다.
誰言瓊樹朝朝見,[3]	누가 말했는가, 구슬나무 아침마다 만났던 것이
不及金蓮步步來.[4]	금빛 연꽃 걸음마다 피게 한 것에 못 미친다고.
敵國軍營漂木柹,[5]	적국의 군영에서 대팻밥을 띄우자
前朝神廟鎖煙煤.[6]	전대의 종묘는 연기 그을음 속에 잠기게 되었다.
滿宮學士皆顔色,[7]	궁궐에 가득한 여학사들은 모두 아름다워
江令當年只費才.[8]	강총은 그때 그저 재주만 허비했었지.

주석

1) 玄武湖(현무호) : 지금 남경(南京) 시에 위치한 호수. 송(宋) 원가(元嘉) 23년에 북쪽 둑을 쌓고 현무호를 세웠다.

2) 雞鳴埭(계명태) : 현무호의 물이 도랑을 통해 진회하(秦淮河)로 들어가는데 도랑 위를 계명태라고 한다.

繡襦(수유) : 수를 놓은 짧은 저고리로 여기서는 궁녀를 가리킨다.

3) 瓊樹(경수) : 옥나무. 구슬나무. 《진서(陳書)》에 따르면, 진후주(陳後主)

가 지은 신곡으로 〈옥수후정화(玉樹後庭花)〉, 〈임강악(臨江樂)〉 등이 있었다. 〈옥수후정화〉에 "옥 같은 달 밤마다 둥글고, 구슬나무 아침마다 새롭다(璧月夜夜滿, 瓊樹朝朝新.)"는 구절이 있는데, 진후주의 두 비빈인 장귀비(張貴妃)와 공귀빈(孔貴嬪)의 용모를 찬양한 것이다.

4) 金蓮(금련) : 금빛 연꽃. 《남사(南史)》에 따르면 제폐제(齊廢帝) 동혼후(東昏侯)가 금으로 연꽃을 만들어 땅에 뿌리고 반비(潘妃)로 하여금 그 위를 지나가게 하면서 말하기를 "이것이 걸음마다 연꽃이 생겨난다는 것이다."라고 했다. 이 두 구는 황제의 황음함이 후대로 갈수록 더한다는 것을 말한다.

5) 敵國(적국) : 적국. 여기서는 수(隋) 나라를 가리킨다.
木柹(목폐) : 대팻밥. 《남사》에 따르면 수문제(隋文帝)가 전함을 대규모로 건조하라는 명을 내리자 어떤 이가 그것을 비밀리에 할 것을 청했다. 문제가 이르기를 "나는 장차 하늘의 주벌을 널리 알리고 행하려 하는데, 어째서 비밀리에 할 것이냐? 만약 대팻밥을 강물에 던져 저들이 바뀔 수 있다면 내가 어찌 굳이 하겠는가?"라 했다.

6) 前朝(전조) : 진(陳)나라 이전의 왕조. 동진(東晋), 송(宋), 제(齊), 양(梁) 등 남조의 여러 왕조를 가리킨다.
神廟(신묘) : 조상의 신주를 모신 사당.
煙煤(연매) : 그을음.

7) 滿宮學士(만궁학사) : 궁에 가득한 여학사(女學士). 《진서》에 따르면, 진후주(陳後主)는 빈객을 초청해 귀비와 함께 놀게 했고 놀러 나가게 되면 여러 귀인과 여학사들로 하여금 빈객과 시를 써서 서로 주고받게 했다. 용모가 아름다운 궁녀 천여 명을 뽑아 그 시가를 연습하여 노래로 부르게 했다.

8) 江令(강령) : 강총(江總, 519-594). 남조 진(陳)나라 제양(齊陽) 고성(考城) 사람으로, 자는 총지(總持)고, 강부(江紑)의 아들이다. 어려서부터 총명하고 문재(文才)가 있었다. 진후주가 즉위하자 상서령(尙書令)이 되었는데, 정무에 힘쓰기보다는 진후주와 연회만 일삼아서 당시 그를 '압객(狎客, 임금의 뜻에 부합되는 행동만 하는 사람)'이라 불렀다. 여기서는 진

후주의 후궁과 비빈들이 모두 용모가 뛰어나 강총과 같은 압객이 재능을 낭비하며 그녀들의 용모만 읊은 것을 이른다.

해설

이 시는 남조 군주의 황음과 실정을 풍자한 영사시다. 대체로 진나라 사건을 중심으로 하여 남조와 그 위 시대까지 아우르고 있어 풍부한 함의를 지닌다. 제1-2구에서는 현무호와 계명태를 들어 남조의 수도에 대해 말했고, 물시계와 수놓인 저고리를 들어 궁정과 궁녀를 떠올렸다. 제3-4구에서는 진후주와 제 폐제의 고사를 사용하여 황제의 황음함을 비판하고 있다. 문면만 보자면 후주가 폐제보다 심하다고 나무라는 듯 보이지만, 사실은 남조 군주의 황음함이 날이 갈수록 더해짐을 의미한다. 후반부에서는 주로 진나라의 일만을 말해 남조가 반드시 망할 수밖에 없었던 형세를 암시했다. 제5-6구에서는 남조의 군주가 정사를 제대로 돌보지 않았던 사실을 언급했는데, 적군의 함대에서 대팻밥이 날아와도 모르고 결국 종묘에는 그을음만 날린다고 하여 군사와 정치에 모두 어두웠던 군주를 비판하고 있다. 제7-8구에서는 아름다운 여학사와 그들의 용모를 읊는 데 재능을 써버린 강총을 들어 진후주의 황음함과 무능함을 다시 한 번 지적했다.

이 시는 첫 연을 제외하고 전체에 전고가 나열되어 있다. 이런 작법은 시 전체를 산만하게 할 수 있어 일반적으로 피하지만, 이상은은 과감하게 옛 사실을 늘어놓고 있다. 이는 독자로 하여금 남조 뿐 아니라 이후 황음한 군주에 대하여 시인이 냉정하고 엄정한 비판과 경고를 하고 있음을 깨닫게 한다. 청나라 전양택(錢良擇)은 《당음심체(唐音審體)》에서 "이 격식은 이상은이 처음 만들었다(義山創此格)"고 하면서, 서곤파 시인이 이상은을 종주로 삼아 이런 수법을 학습하려 했으나 결국 실패했다고 했다.

027

復京[1]

장안을 수복하다

虜騎胡兵一戰摧,[2]	오랑캐 같은 반란군을 한번 싸움으로 꺾어놓으니
萬靈廻首賀軒臺.[3]	만민이 고개를 돌려 조정에 경하했다.
天敎李令心如日,[4]	하늘이 이성(李晟)에게 해와 같은 마음 되게 했으니
可要昭陵石馬來.[5]	어찌 소릉의 석마를 오게 할 필요 있으리?

주석

1) 復京(복경) : 장안을 수복하다. 건중(建中) 4년(783)에 주차(朱泚)가 반란을 일으키자 덕종은 여기저기로 난을 피해 다니다 흥원(興元) 원년(784)에 장안을 수복하고 나서야 돌아왔다. 이때 이성(李晟)은 반란을 제압하고 장안을 수복하는 데 공을 세워 서평군왕(西平郡王)에 봉해졌다.

2) 摧(최) : 꺾이다. 부러지다.

3) 萬靈(만령) : 만인. 만백성.
軒臺(헌대) : 황제(黃帝)의 헌원대(軒轅臺). 서왕모(西王母)가 사는 산에 있다고 한다. 여기서는 조정을 비유한다.

4) 李令(이령) : 이성(李晟). 장안을 수복한 뒤 이성이 사도(司徒) 겸 중서령(中書令)에 제수되어 이렇게 부른 것이다.

5) 可要(가요) : 어찌 ~할 필요가 있겠는가.
昭陵(소릉) : 태종(太宗)의 능묘.
石馬(석마) : 돌로 만든 말. 태종의 묘 앞에는 돌로 만든 말이 늘어서 있다. 《안녹산사적(安祿山事蹟)》에 따르면 동관(潼關)에서 가서한(哥舒翰)과 반란군 최건우(崔乾佑)가 전투를 벌였다. 당나라 군사는 번번이 지다가 돌연 반란군을 물리치면서 전세가 역전되었다. 며칠 후 싸움이 있던 날 소릉의 석인과 석마가 땀을 뻘뻘 흘렸다는 것을 알게 되었는데, 사람들은 이들이 전투를 도운 것이라 여겼다. 이 전고는 반란군과의 전투에서 왕실을 수호한 것을 형용하는 데 주로 쓰인다.

해설

이 시는 이성(李晟)이 반란군인 주차를 물리치고 장안을 수복한 것을 찬양하고 있다. 제1-2구에서는 반란군을 격파하여 장안을 수복했고, 이에 감동한 백성들이 조정에 경하했다고 했다. 제3-4구에서는 이성이 충성심을 가지고 나라를 위기에서 벗어나게 할 수 있었으니, 다른 도움은 필요 없었다고 했다. 당시에 오랑캐의 침입이 있으나 조정에서는 논의만 계속할 뿐 별 대책을 세우지 못하자, 시인이 영웅을 찬미하는 시로 안타까운 심정을 기탁한 듯하다. 청나라 굴복(屈復)은 이렇게 평했다. "안녹산의 반군을 소릉의 석마도 이기지 못했으니, 지금 이성의 공로는 그 위대함이 어떤가.(安祿山之叛, 昭陵石馬猶不能勝, 今李令之功, 其大何如.)"

028

鄠杜馬上念漢書[1]

호현과 두릉을 지나며 말 위에서 한서를 읽다

世上蒼龍種,[2]	세상에서는 청룡의 종자요
人間武帝孫.[3]	인간 세상에서는 무제의 자손.
小來惟射獵,[4]	어려서는 활을 쏘며 사냥만 했었는데
興罷得乾坤.	흥이 다하자 세상을 얻었다.
渭水天開苑,[5]	위수에서는 하늘이 동산을 펼쳐주었고
咸陽地獻原.[6]	함양의 땅은 들판을 바쳤다.
英靈殊未已,[7]	영령이 아직 사라지지도 않았는데
丁傅漸華軒.[8]	정씨와 부씨는 점차 화려한 수레를 타게 되었다.

주석

1) 鄠杜(호두) : 호현(鄠縣)과 두릉(杜陵). 한대 우부풍(右扶風)에 속했던 현 이름. 두릉은 한 선제(漢宣帝)의 능묘이기도 하다.

2) 蒼龍(창룡) : 청룡. 박희(薄姬)가 창룡이 배 위에 누워 있는 꿈을 꾸었다 하자, 한왕은 이를 귀한 징조라 여겨 동침하여 아들을 낳았으니 그가 바로 대를 잇는 왕이 되었다고 한다.(《사기》)

3) 武帝孫(무제손) : 무제의 자손. 선제(宣帝)는 무제의 증손이요, 방태자(房太子)의 손자이다. 방태자가 죄를 짓자 선제도 어려서 민간을 떠돌며 자랐

는데, 소제(昭帝)에 후사가 없자 곽광(霍光)의 주청으로 선제로 즉위했다.

4) 射獵(사렵) : 활을 쏘아 하는 사냥. 선제는 재주가 많았으나 한편으로는 유협 기질이 있어 사냥을 비롯해 투계와 승마를 좋아했다고 한다.

5) 開苑(개원) : 동산을 열다. 동산을 펼쳐주다. 선제는 낙유원(樂遊苑)을 지었다.

6) 獻原(헌원) : 들판을 바치다. 선제는 두(杜) 땅의 동쪽 들판에 능을 지었고, 두현을 두릉으로 바꾸었다. 원제(元帝)는 선제를 두릉에 장사지냈다. 이 두 구는 정원과 능 건설이라는 것으로 선제 재위시의 흥성함을 쓴 것이다.

7) 英靈(영령) : 죽은 사람의 영혼의 높임말. 여기서는 선제의 영을 뜻한다.

8) 丁傅(정부) : 전한(前漢) 애제(哀帝)의 외척인 정씨(丁氏)와 부씨(傅氏). 華軒(화헌) : 부귀한 이가 타는 화려한 수레.

해설

이 시는 한나라 선제에 대해 쓴 영사시다. 선제의 영특하고 용감함에 대해 쓴 뒤 그가 죽은 뒤 외척의 세력이 점차 강성하게 되었음을 말하여 은근히 풍자의 의미를 기탁하고 있다. 무엇을 풍자하고 있는지, 그 풍자 대상에 대해서는 분명치 않다. 어떤 이는 선종(宣宗)을 지칭한다고 보았으나, 적절하지 않고 대체로 무종(武宗)을 염두에 둔 것으로 본다. 그 역시 엉겁결에 황제에 즉위했고 무공을 중시하여 잠시 부흥기를 이룩했으며 수렵을 좋아하는 등의 공통점이 있기 때문이다. 제1-2구에서는 선제가 특별한 태생임을 말했고, 제3-4구에서는 수렵을 좋아하는 무인의 기질이 있었는데, 결국 황제가 되었음을 말했다. 제5-6구에서는 황제가 큰 정원을 짓고 능을 건축한 것에 대해 썼다. 이는 군주가 영민하고 용맹하여 나라가 흥성해져 하늘과 땅도 호응한다는 의미가 포함되어 있다. 제7-8구에서는 황제가 죽은 뒤 얼마 되지 않아 외척이 득세하여 부귀를 누리게 되었음을 말했다.

029

柳

버들

動春何限葉,	얼마나 많은 잎이 봄에 떨 것이며
撼曉幾多枝?	얼마나 많은 가지가 새벽에 흔들리랴?
解有相思否?	그리워하는지 아닌지 어찌 알겠는가?
應無不舞時.	그대는 춤추지 않은 적이 없는데.
絮飛藏皓蝶,[1]	버들 솜 날아다니며 흰 나비 숨기고
帶弱露黃鸝.	가지 약하여 노란 꾀꼬리 드러낸다.
傾國宜通體,[2]	경국지색은 마땅히 몸 전체가 아름다울 것인데
誰來獨賞眉?	누가 눈썹 같은 잎만을 즐기는가?

주석

1) 皓蝶(호접) : 흰 나비.

2) 通體(통체) : 전체. 여기서는 버들의 잎, 가지, 버들솜 모두를 이른다.

해설

이 시는 버들을 읊고 있으나, 내용과 어조로 보건대 기녀를 버들에 빗대어 희롱하고 있는 듯하다. 제1-2구는 봄이 와서 입이 생동하고 가지가 흔들린다고 하여 풍류(風流)가 있음을 기탁했다. 제3-4구에서는 늘 춤을 추고 있어 상사의 정을 품고 있는지 없는지를 알 수 없다고 했는데, 이는 기녀가 눈앞에서 춤을 추고 있지만 진정을 가지고 있는지 없는지 알 수 없다고 한 것이다. 제5-6구에서는 버들솜이 바람에 날려 흰나비를 숨기고 버들가지는 부드럽고 약해 때때로 꾀꼬리를 드러내는 모습을 묘사했다. 이는 기녀의 생애를 빗댄 듯하다. 제7-8구에서는 경국지색은 응당 몸 전체가 아름다울 것인데 누가 눈썹 같은 버들잎만 감상하겠냐며, 기녀의 눈썹뿐 아니라 몸 전체를 감상해야 한다며 기녀를 희롱했다. 청나라 기윤(紀昀)은 이 시의 격이 낮다고 비판하면서 특히 마지막 두 구가 "방정맞고 경박하다(佻薄)"며 혹평했다.

030

渾河中[1]

하중절도사 혼감

九廟無塵八馬廻,[2]	종묘에 먼지 잦아들고 황제의 수레도 돌아왔으니
奉天城壘長春苔.[3]	봉천의 성루에는 봄 이끼가 자랐겠지.
咸陽原上英雄骨,	함양의 들판 위에 뒹구는 영웅의 뼈는
半向君家養馬來.[4]	태반이 천자에게 온 말 돌보던 이들이리라.

주석

1) 渾河中(혼하중) : 혼감(渾瑊). 당 덕종(德宗) 때의 명장. 《구당서(舊唐書)》에 따르면, 본래 철륵(鐵勒) 구성부락(九姓部落)의 혼부(渾部)에 속했는데, 덕종이 봉천(奉天)에 갔을 때 집안가솔을 이끌고 따라가서 행재도지병마사(行在都知兵馬使)가 되었다. 흥원(興元) 원년에 동중서평장사(同中書平章事)가 더해졌다. 덕종이 환궁하자 하중절도사(河中節度使)를 겸하게 했다. 혼감은 하중절도사를 16년간 역임하여 '혼하중'이라 칭한 것이다.

2) 九廟(구묘) : 고대 제왕의 아홉 종묘.
八馬(팔마) : 팔준마(八駿馬). 여기서는 황제의 수레를 이른다.

3) 奉天(봉천) : 지금의 섬서성 건현(乾縣). 덕종이 난을 피해 봉천으로 갔었다.

4) 養馬(양마) : 말을 기르다. 여기서는 말을 돌보는 벼슬을 한 김일제(金日

磾)와 그의 부하들을 이른다. 김일제는 전한 때 흉노(匈奴)인으로, 자는 옹숙(翁叔)이다. 흉노 휴도왕(休屠王)의 태자로, 무제(武帝) 원수(元狩) 연간에 무리를 이끌고 한나라에 항복했다. 처음에 마감(馬監)이 되었다가 나중에 시중(侍中)에 올랐다. 무제가 죽자 곽광(霍光)과 함께 유조(遺詔)를 받들어 소제(昭帝)를 보필했다. 이 두 구는 황제에게 충성하며 말을 기르던 김일제에 빗대어 혼감의 충성스러움을 찬송했다.

해설

이 시는 혼감(渾瑊)을 칭송한 것으로 그의 충성스러움과 믿음직한 품덕을 노래하고 있다. 제1-2구에서는 반란이 진압되고 황제도 궁으로 돌아와 피난지였던 봉천에도 이끼가 자랄 만큼 오가는 이가 뜸해졌다고 했다. 제3-4구에서는 한나라 때의 장군인 김일제가 사람들을 몰고 와 왕에게 투항하고 전장에서 공을 세웠던 것을 들어, 혼감의 충성심과 용기, 기개와 업적을 찬양했다. 청나라 정몽성(程夢星)은 "옛날의 명장을 빌려 지금 그러한 이가 없음을 탄식한 것(借往日之名將, 以歎今日之無人.)"이라며 기탁된 뜻이 있다고 보았다.

031

巴江柳

파강의 버드나무

巴江可惜柳,[1]	파강의 어여쁜 버드나무
柳色綠侵江.	버드나무 색이 푸르게 강으로 스며든다.
好向金鑾殿,[2]	금란전에서
移陰入綺窓.[3]	그늘을 옮겨 비단 창으로 들어가면 좋겠다.

주석

1) 巴江(파강) : 파(巴) 지역을 흐르는 강.
 可惜(가석) : 어여쁘다. '가엽다'로 풀이하기도 한다.
2) 金鑾殿(금란전) : 대명궁(大明宮) 서쪽에 있던 전각.
3) 移陰(이음) : 그늘을 옮기다.
 《남사(南史) · 장서전(張緖傳)》 장서는 어려서 맑은 명망이 있고 풍류를 발하여 매번 조회에 참석하면 무제는 눈으로 그를 전송하곤 했다. 유전지가 익주로 부임해 촉 지방의 버드나무 몇 그루를 바쳤는데, 가지와 줄기가 매우 길어 모습이 실 가닥 같았다. 무제는 태창의 영화전 앞에 심어놓고 항상 감상하며 탄식하기를 '이 버들의 풍류가 있고 사랑스러운 것이 마치 장서의 한창 때 모습 같도다.'라 했으니 그가 사랑받음이 이와 같았다.(張緖少有淸望, 吐納風流, 每朝見, 武帝目送之. 劉悛之爲益州, 獻蜀柳數株, 枝條甚長, 狀若絲縷. 帝植於太昌靈和殿前, 常賞玩咨嗟, 曰: 此柳風流可愛, 似張緖當年時. 其見賞愛如此.)

해설

이 시는 파강의 버드나무를 빌려 막부 생활에서 벗어나고픈 심정을 토로한 것이다. '파강'을 제재로 한 다른 시와 비교할 때 동천절도사 막부에 머물던 대중 6년(852) 무렵에 지은 시가 아닌가 한다. 제1-2구는 파강의 버드나무에 시인 자신을 기탁한 것이다. 〈장서전(張緖傳)〉의 전고를 염두에 둘 때 파강에 비친 버드나무의 파릇파릇한 색깔이 생기가 넘친다고 찬탄한 것이라 하겠다. 제3-4구는 버드나무가 더 좋은 곳으로 옮겨가기를 희망한 것이다. 버드나무가 파강에서 금란전으로 자리를 옮기면 좋겠다는 말에 동천절도사 막부에서 경직(京職)으로 옮기고픈 시인 자신의 바람을 불어넣었다. 청나라 원매(袁枚)는 이 시를 이렇게 요약했다. "버드나무를 빌려 자신을 비유했으니, 세상에 쓰이지 못함을 개탄하는 뜻이 있다.(借柳自比, 有慨世不用意.)"

032

咸陽

함양

咸陽宮闕鬱嵯峨,[1]	함양의 궁궐은 빽빽하게 우뚝 솟아 있고
六國樓臺艷綺羅.[2]	여섯 나라의 누대는 비단을 펼쳐 놓은 듯 아름답다.
自是當時天帝醉,[3]	당시 하늘이 취하여 그런 것이지
不關秦地有山河.	진나라 땅에 있었던 산하 때문이 아니었다.

주석

1) 咸陽(함양) : 중국 섬서성(陝西省) 위수(渭水) 유역(流域) 중부의 중심 도시. 진(秦)의 효공(孝公)이 이곳에 도읍을 정했고, 진시황(秦始皇)이 함양궁(咸陽宮)을 지었다.

嵯峨(차아) : 산이 높고 험함.

2) 六國(육국) : 전국 시대의 제후국 가운데 진(秦)나라를 제외한 여섯 나라. 초나라, 연나라, 제나라, 한나라, 위나라, 조나라를 가리킨다.

3) 天帝醉(천제취) : 하늘이 취하다.

《문선(文選)·서경부(西京賦)》 옛날 천제께서 진의 목공을 기뻐하여 그를 회견하고서 천상의 음악으로 잔치를 베풀어주었는데, 천제께서 취하시자 이에 황금 책문을 만들어 하사하시고서, 옹주 지역의 이 땅으로 하늘의 순수 별자리 구역에 해당하는 하계의 모든 토지를 다하게 하셨다.(昔者大帝悅秦繆公而覲之,

饗以鈞天廣樂, 帝有醉焉, 乃爲金策, 錫用此土, 而剪諸鶉首.)

4) 山河(산하) : 산천.

《사기 · 육국표(六國表)》 진나라는 처음에 소국이었으나 마침내 천하를 병탄하니, 이는 험하고 견고한 형세의 유리함뿐만 아니라 하늘의 도움도 있었다.(秦始小國, 卒幷天下, 非必險固便形勢利也, 蓋若天所助焉.) 이 두 구는 진나라가 육국을 멸하고 통일한 것은 하늘이 취하여 잘못 진나라에게 영토를 준 때문이지 진나라의 산하가 특별히 험난해서 얻어진 것은 아니라는 의미이다.

해설

이 시는 진나라의 수도였던 함양을 노래한 것이다. 진나라가 통일의 위업을 이루었으나 결국 백성의 뜻을 헤아리지 못해 망했던 사실을 담고 있다. 제1-2구는 육국의 누대와 진나라의 궁궐을 묘사했는데, 이는 육국의 제후가 백성의 재산을 약탈하여 아름다운 누대를 건축하여 멸망에 이르렀고 진나라도 백성의 것을 약탈하여 같은 운명에 이르렀다는 의미를 함축하고 있다. 제3-4구는 하늘이 취하여 진나라 영토를 목공(穆公)에게 주었지만 결국 망하게 되었음을 말했다. 이는 진나라처럼 백성을 괴롭히면 비록 지세의 이점이 있다고 해도 결코 안전하지 못함을 이른 것으로, 당시 군왕에 대한 경계의 뜻을 지니고 있다.

033

同崔八詣藥山訪融禪師[1]

최팔의 〈약산에 가 융선사를 방문하고〉에 화답하다

共受征南不次恩,[2]	정남장군의 파격적인 은혜를 함께 입었지만
報恩唯是有忘言.[3]	은혜를 갚는 것 오직 이 말을 잊는 것뿐.
巖花澗草西林路,[4]	바위틈의 꽃, 시냇물의 풀, 서림사 가는 길
未見高僧且見猿.	고승은 보이지 않고 그저 원숭이만 보인다.

주석

1) 崔八(최팔) : 누구인지 알 수 없다.
藥山(약산) : 예주(澧州, 지금의 호남성 예현(澧縣))에 있는 산 이름.
2) 征南(정남) : 정남장군(征南將軍). 여기서는 정아(鄭亞)를 가리킨다.
不次(불차) : 일반적인 순서를 따르지 않다. 파격적이다.
3) 忘言(망언) : 말을 잊다. 여기서는 말이 없어도 마음으로 아는 우의(友誼)를 의미한다. 이 두 구는 은혜를 느껴 보답하고자 하나 시인처럼 신세가 처량한 사람은 다만 불법(佛法)에서 그것을 구할 뿐이라는 것이다.
4) 西林(서림) : 서림사. 지금의 강서성(江西省) 성자현(星子縣) 여산(廬山) 기슭에 동림사(東林寺)와 마주하고 있었다. 진(晉)의 승려 혜영(慧永)이 세웠다. 흔히 일반적인 절을 가리키는 말로 쓰인다.

해설

이 시는 정남장군 정아(鄭亞)의 은혜를 기린 것이다. 최팔은 시인과 계림(桂林)에서 정아의 막부에 함께 있었고, 이번에 막부에서 나와 시인과 함께 배를 타고 북쪽으로 돌아가는 여정에 있는 듯하다. 융선사는 아마도 예전에 정아와 교분이 있던 자로 추측되는데, 최팔이 그를 찾아간 것에 대해 먼저 시를 쓰자 이상은도 이에 화답하여 시를 쓴 것이다. 제1-2구에서는 자신과 최팔이 정아의 후대를 받아 은혜를 갚고자 함을 말했다. '말을 잊다'라는 것은 은혜에 보답하려 하나 그것을 표현하지 못한다는 것과, 자신이 영락하여 은혜를 갚는 방법을 '망언'이라는 불법(佛法)에서 찾을 수밖에 없다는 뜻을 모두 내포하고 있다. 제3-4구에서는 융선사를 찾았으나 만나지 못함에 대해 썼다. 고승을 만났더라면 답답한 마음이 다소 안정이 되었을 것이나, 원숭이 울음소리만 들리니 애만 탈 뿐이라는 것이다. 청나라 하작(何焯)은 이 시를 두고 "우울함과 괴로움에 둘러싸여 있으니, 네 구에 곡절이 얼마나 많은가(縈紆鬱悶, 四句中多少曲折.)"라고 평했다.

034

聞著明凶問哭寄飛卿[1]

노헌경(盧獻卿)의 흉사를 듣고 곡하며 온정균(溫庭筠)에게 부치다

昔歎讒銷骨,[2]	옛날엔 참언이 뼈를 녹인다 탄식했었고
今傷淚滿膺.[3]	지금은 눈물이 가슴에 가득한 것에 마음 상한다.
空餘雙玉劍,[4]	부질없이 한 쌍의 보검만 남았고
無復一壺冰.[5]	다시는 얼음 같은 고결한 기개 없게 되었네.
江勢翻銀礫,	강물의 기세는 은빛 조약돌 뒤집을 듯 거셌고
天文露玉繩.[6]	천문은 옥승을 보여주었지.
何因攜庾信,[7]	언제야 유신을 이끌고 가서
同去哭徐陵?[8]	함께 가서 서릉을 위해 곡을 할까?

주석

1) 著明(저명) : 노헌경(盧獻卿)의 자. 맹계(孟棨)의 《본사시(本事詩)》에 따르면, 노헌경은 범양(范陽) 사람으로 대중 연간에 진사에 급제했다. 〈민정부(愍征賦)〉를 지었는데, 당시 사람들이 이를 유신(庾信)의 〈애강남부(哀江南賦)〉에 버금간다고 여겼다. 누차 과거에 급제하지 못하고 떠돌다 병들어 죽었다. 이상은은 그를 조문하며 시를 지어 온정균(溫庭筠)에게 부쳤다.
飛卿(비경) : 온정균의 자.

凶問(흉문) : 흉사(凶事), 즉 좋지 못한 일에 대한 위문.

2) 銷骨(소골) : 뼈를 녹이다. 이 구는 사공도(司空圖)의 〈민정부 주석에 대한 후술(注湣征賦後述)〉에서 "노헌경은 참언으로 내쳐졌다(盧君以讒擯)"고 한 것을 가리킨다.

3) 膺(응) : 가슴. 마음.

4) 玉劍(옥검) : 칼자루에 옥으로 상감이 된 보검. 암수 한 벌로 되어 있어 쌍옥검이라 한다. 여기서는 그의 유물을 가리킨다.

5) 一壺冰(일호빙) : 얼음 한 주전자.

   포조(鮑照), 〈백두음 白頭吟〉 맑기가 옥주전자에 담긴 얼음 같네.(淸如玉壺冰.) 여기서는 노헌경의 고결함을 형용했다.

6) 玉繩(옥승) : 별 이름. 옥형(玉衡), 곧 북두(北斗) 제5성의 북쪽에 있는 천을(天乙)·태을(太乙)의 두 별을 가리킨다.

7) 庾信(유신) : 남북조 시대 북주(北周)의 문인. 남양(南陽) 신야(新野) 사람이다. 자는 자산(子山)이고, 유견오(庾肩吾)의 아들이다. 양(梁)나라 원제(元帝)의 명으로 서위(西魏)에 사신으로 파견되었다가 억류당했다. 여기서는 온정균을 가리킨다.

8) 徐陵(서릉) : 남북조 시대의 문인. 자는 효목(孝穆)이다. 유신(庾信)과 함께 궁체(宮體)의 시를 일으켜 세칭 서유체(徐庾體)라 했다. 여기서는 노헌경을 가리킨다.

해설

이 시는 시인이 재주(梓州)의 막부에 있을 때 노헌경의 소식을 듣고 애통해 하며 장안에 있었던 온정균에게 보낸 것이다. 제1-2구에서는 노헌경이 겪었던 어려움을 떠올리며 아쉬움과 안타까움에 마음 상했음을 말했다. 노헌경은 생시에 참언 때문에 고초를 겪었다. 제3-4구에서는 보검과 주전자 속의 얼음으로 노헌경의 재능과 기개를 찬양하면서 이제는 그것을 다시 볼 수 없음을 상기했다. 제5-6구에서는 경물 묘사를 하고 있는데 기탁된 뜻이 있는 듯하다. 거센 강물은 노헌경의 높은 의기와 꼿꼿한 기세를 비유하고, 옥승이 보이는 하늘은 뛰어난 재주를 비유한다. 동시에 높은 파도는 시인의 내심의 비분을 느끼게 하며 옥승은 이 시가 가을에 지어졌음을 추측하게 한다. 제7-8구에서는 온정균을 유신에 비유하여 서릉과 같은 노헌경을 위해 슬픔을 같이 하자고 했다.

035

聽鼓

북소리를 듣다

城頭疊鼓聲,[1]	성 위에선 연달아 북소리 울리고
城下暮江清.	성 아래엔 저녁 강이 맑네.
欲問漁陽摻,[2]	〈어양참과〉곡을 물어보려 해도
時無禰正平.[3]	지금은 예형이 없다.

주석

1) 疊(첩) : 연달아. 예전에는 객선이 출발할 때 항상 북을 쳐서 승선을 재촉했다.

2) 漁陽摻(어양참) : 북으로 치는 곡조의 일종인 어양참과(漁陽摻撾).

《세설신어(世說新語)》 주에 인용된 《문사전(文士傳)》 공융(孔融)은 무제에게 여러 번 표를 올려 그의 재주를 칭찬했다. 그래서 무제는 진심으로 그를 만나 보고자 했으나 예형은 질병을 핑계로 가려 하지 않았으며, 도리어 여러 번 비판을 하자 무제는 그것을 매우 분하게 생각했다. 그러나 그의 재주와 명성 때문에 죽이지는 못하고 대신 그를 욕보이려고 고리에 등록하도록 했다. 그 후 8월 조회 때 북 연주를 대대적으로 관람하고자 3중으로 된 누각을 짓고 빈객들을 배석시켰다. 그리고 비단으로 저고리를 만들고 높다란 모자와 연두색 홑 겉옷과 바지를 만들었는데, 고리 중에 연주하는 자는 모두 입고 있던 옛 옷을 벗고 이 새 옷으로 갈아입어야 했다. 차례가 예형에 이르자 그는 북을 치며 〈어양참과곡〉을 연주했는데, 땅을 박차고 앞으로 나와 발을 급하게 구르는 모습이 남달랐다. 또한 북소리가 매우 구슬프고 박자가 특히 미묘하여 좌객 중에 감동하여 탄식하지 않는 자가 없었다. 그래서 틀림없이 예형이라는 것을 알 수 있었다. 이미 연주를 하면서도 그가 옷을 갈아입으려 하지 않자 관리가 꾸짖어 말하길 '이봐, 고리? 어찌하여 당신 혼자만 옷을 갈아입지 않지?'라고 했다. 이에 예형은 곧 북치던 것을 멈추고 무제 앞에 서서 먼저 바지를 벗은 다음에 나머지 옷을 벗고 알몸으로 섰다. 그리고 천천히 높다란 모자를 쓰고 다음으로 홑겉옷을 입고 마지막으로 바지를 입었다. 옷 입기를 다 마치자 다시 북을 치면서 〈참과곡〉을 다 연주하고 나서 나갔는데, 그의 얼굴에는 부끄러운 기색이 없었다. 이를 본 무제는 웃으면서 주위 사람들에게 말하길 '본래 예형을 욕보이려고 했는데 예형이 도리어 나를 욕보이고 말았군.'이라고 했다. 지금까지 〈어양참과곡〉이 남아 있는데 그것은 예형에서부터 비롯되었다. 예형은 황조에게 죽임을 당했다.(融數與武帝牋, 稱其才, 帝傾心欲見. 衡稱疾不肯往, 而數有言論. 帝甚忿之, 以其才名不殺, 圖欲辱之, 乃令錄爲鼓吏. 後至八月朝會, 大閱試鼓節, 作三重閣, 列坐賓客. 以帛絹製衣, 作一岑牟, 一單絞及小巾軍. 鼓吏度者, 皆當脫其故衣, 著此新衣. 次傳衡, 衡擊鼓爲漁陽摻撾, 蹋地來前, 躡馬殳脚足, 容態不常. 鼓聲甚悲, 音節殊妙. 坐客莫不忼慨, 知必衡也. 旣度, 不肯易衣. 吏呵之曰, 鼓吏何獨不易服, 衡便止. 當武帝前, 先脫巾軍, 次脫餘衣, 裸身而立. 徐徐乃著岑牟, 次著單絞, 後乃著巾軍. 畢, 後擊鼓摻撾而去, 顏色無怍. 武帝笑謂四坐曰, 欲辱衡, 衡反辱孤. 至今有漁陽摻撾, 自衡造也. 爲黃祖所殺.)

3) 正平(정평) : 예형(禰衡)의 자. 예형(173-198)은 후한(後漢)의 문인으로, 성품이 강직하면서 다소 오만하여 굽힐 줄 몰랐다. 문필에 뛰어나 붓을 잡기만 하면 단숨에 글을 완성시켰다. 재주를 믿고 오만하여 조조(曹操)를 모욕하다 쫓겨나 강하태수(江夏太守) 황조(黃祖)에게 의지해 〈앵무부(鸚鵡賦)〉를 지어 칭찬을 받기도 했으나, 황조의 비위를 거슬러 피살당했다.

해설

이 시는 북소리를 빌어 마음속의 분만(憤懣)을 펴낸 것이다. 시인은 본래 성격이 강직하고 아부할 줄 몰랐지만, 벼슬길이 순탄치 않고 현실도 어긋나기만 하여 뜻을 굽히며 현실에 타협하지 않을 수 없었다. 평소에는 그 답답함을 억누르고 있었으나 성의 북소리에 감정이 드러나게 된 것이다. 제1-2구에서는 성에서 들리는 북소리와 그 아래를 흐르는 강이 맑은 것에 대해 썼다. 저녁 무렵 맑은 강은 쓸쓸하고 공활한 느낌을 배가시킨다. 제3-4구에서는 북소리로 연상되는 예형의 전고를 썼다. 권세 있는 자를 멸시할 정도의 기상을 가진 예형이 이제 없음을 탄식하고 있는데, 이는 시인 자신이 예형과 같은 성격을 지녔으나 결코 그러한 행동은 하지 못하는 것에 대한 개탄으로 읽어도 좋을 것이다. 청나라 기윤(紀昀)은 "맑고 장대한 소리가 있어 기세와 격조가 뛰어나다(有淸壯之音, 以氣格勝.)"고 평했다.

036

送崔珏往西川[1]

서천으로 가는 최각을 전송하다

年少因何有旅愁?	나이도 젊은데 어찌 나그네 시름을 품고 있나?
欲爲東下更西遊.	동쪽으로 내려가고자 했지만 다시 서쪽에서 노닐기 때문.
一條雪浪吼巫峽,[2]	한 가닥 눈 같은 물결이 무협에서 포효하고
千里火雲燒益州.[3]	천 리에 불같은 구름이 익주를 태우겠지.
卜肆至今多寂寞,[4]	점치던 가게는 지금까지 쓸쓸하기 그지없고
酒壚從古擅風流.[5]	술집의 목로는 예로부터 풍류를 떨쳤다오.
浣花牋紙桃花色,[6]	완화의 편지지는 복사꽃 색깔이라니
好好題詩詠玉鉤.[7]	열심히 시를 지어 옥고리를 노래하시게.

주석

1) 崔珏(최각) : 당나라 사람으로 자는 몽지(夢之). 대중(大中) 연간에 진사에 급제하여 막부에서 비서랑(秘書郎)에 제수되었다. 기현(淇縣)의 현령을 지냈으며 어진 정치를 폈다고 한다. 관직은 시어(侍御)에 이르렀다.

2) 吼(후) : 포효하다.

3) 益州(익주) : 성도부(成都府). 서천(西川) 일대를 가리킨다.

4) 卜肆(복사) : 점치는 가게. 《한서(漢書)》에 따르면, 엄군평(嚴君平)은 성

도(成都)의 시장에서 점을 쳐서 생활했는데, 그는 '점쟁이는 천한 직업이기는 하지만, 사람들에게 도움이 된다'라 여겨 점으로 사람의 길을 설교했다고 한다.

5) 酒壚(주로) : 술집의 목로.

《사기 · 사마상여열전(司馬相如列傳)》 사마상여는 탁문군과 함께 임공으로 가서는 수레와 말을 죄다 팔아서 한 술집을 사서 술을 팔았다. 탁문군으로 하여금 목로에 앉아 술을 팔게 했고, 사마상여 자신은 스스로 잠방이를 입고 저자에서 그릇을 씻었다.(相如與文君俱之臨邛, 盡賣車騎買酒舍酤酒, 而令文君當壚, 相如自著犢鼻褌, 滌器於市中.)

6) 浣花(완화) : 완화계(浣花溪). 성도 서쪽 외곽에 있다.

牋紙(전지) : 편지지.

《자가록(資暇錄)》 원화 연간 초에 설도는 송화전에 짧은 시를 적기 좋아했다. 그 폭이 큰 것을 안타깝게 여겨 장인에게 명하여 폭을 좁게 하고 작게 만들어 촉 땅의 재자들이 사용하기에 편리하도록 했다. 나중에 편지지를 모두 이와 같이 만들었고, 특별히 이름을 붙여 설도전이라 했다.(元和初, 薛濤尙松花牋而好製小詩, 惜其幅大, 乃命匠狹小爲之, 蜀中才子以爲便. 後減諸牋亦如是, 特名曰薛濤箋.)

7) 好好(호호) : 열심히, 노력하다.

玉鉤(옥구) : 옥고리. 초승달을 비유한다. 이 두 구는 완화전이 매우 아름다워 술자리에서 시를 지어 쓰기 좋다는 의미이다.

해설

이 시는 대중(大中) 원년(847) 계주(桂州)로 가는 도중 강릉(江陵)을 거치면서 서천으로 떠나는 최각을 송별하며 지은 것이다. 시름에 빠진 최각을 전송하는 가운데 앞으로 당도할 서천의 여러 모습을 상상하며 그곳에서 잘 지내기를 바라는 내용으로 이루어져 있다. 제1-2구에서 시인은 젊은 최각에게 나그네 시름이 있음을 말하면서 그 이유를 밝히고 있다. 최각이 동쪽으로 내려가고자 하나 부득불 서쪽으로 가게 되었는데, 이것이 바라던 바가 아니었으므로 근심하게 된 것이라 했다. 이후 나머지 세 연에서는 최각이 도달할 곳의 아름다운 경물과 풍속과 인정에 대해 묘사하여 그의 근심을 위로하고자 했다. 제3-4구에서는 물결이 센 무협과 여름이 뜨거운 익주의 모습을 담아내었고, 제5-6구에서는 그곳의 유명한 인물인 엄군평과 사마상여의 고사를 소개했으며, 제7-8구에서는 그곳의 이름난 기녀이자 시인이었던 설도가 만든 편지지를 들면서 그곳에 가서도 풍류를 잃지 말고 시를 쓰라고 당부했다.

037

代贈

대신하여 주다

楊柳路盡處,	버드나무 우거진 길이 끊어진 곳
芙蓉湖上頭.	연꽃 핀 호숫가.
雖同錦步障,[1]	비록 비단 보장 함께 했었건만
獨映鈿箜篌.[2]	홀로 금장식한 공후만 비추고 있다.
鴛鴦可羨頭俱白,	원앙 한 쌍 함께 머리 희어지는 것 부러워하나니
飛去飛來煙雨秋.	안개비 자욱한 가을날 이리저리 날아다닌다.

주석

1) 步障(보장) : 출행할 때 바람과 먼지를 막기 위해 사용하던 이동식 가리개.
2) 鈿(전) : 금장식.
   箜篌(공후) : 고대의 현악기.

해설

이 시는 부귀한 집의 희첩(姬妾)을 대신하여 그녀가 호화로운 생활을 하고 있으나 외로운 처지임을 묘사한 것이다. 제1-2구에서는 버드나무 우거진 길 끝과 부용꽃 핀 호숫가를 들어 여인이 거하는 곳의 경치를 담아내었고, 제3-4구에서는 예전에는 님과 함께 했었지만 지금은 여인 홀로 쓸쓸하게 있다고 했다. 제5-6구에서는 원앙이 흰머리 되도록 함께 하며 자유로이 오가는 것을 보고는 그것을 부러워한다고 했다. 대개의 평자들은 가까이 있거나 혹은 함께 있어도 마음을 얻지 못한 것을 풍자하여 함께 해로하는 원앙을 부러워한 것이라고 보았다. 다만 근인 장채전(張采田)은 제1-2구를 쌍관(雙關)으로 보아, 이를 양사복(楊嗣復)과 그의 폄적지 호주(湖州)로 해석하고 기탁된 뜻이 있다고 하였는데, 다소 지나친 해석이라 여겨진다.

038

桂林[1]

계림

城窄山將壓,[2]	성은 좁아 산이 장차 누르려 하고
江寬地共浮.[3]	강은 넓어 땅이 함께 떠 있다.
東南通絶域,[4]	동남쪽으로는 먼 지역과 통하고
西北有高樓.	서북쪽으로는 높은 누각이 있다.
神護青楓岸,	신이 푸른 단풍나무 언덕을 보호하고
龍移白石湫.[5]	용이 백석추로 옮겨간다.
殊鄕竟何禱?[6]	타향에서는 도대체 무엇에 기도하는지
簫鼓不曾休.	피리와 북이 쉴 틈이 없다.

주석

1) 桂林(계림) : 지명. 《구당서(舊唐書)》에 따르면, 장강의 근원에는 계수나무가 많이 자라고 다른 잡목이 자라지 않아 진(秦) 나라 때 계림군(桂林郡)을 세웠고, 무덕(武德) 4년 계주총관부(桂州總管府)를 두었으며, 나중에 계관경략관찰사(桂管經略觀察使)를 두어 계주를 다스리게 했다고 한다.

2) 窄(착) : 좁다.

3) 江寬(강관) : 강이 넓다. 여기서는 계강(桂江)을 가리킨다.

4) 絶域(절역) : 아주 먼 곳.

5) 湫(추) : 연못. 백석추(白石湫)는 계림부성(桂林府城)의 북쪽 70리에 있으며 백석담(白石潭)이라고도 불린다.

6) 殊鄕(수향) : 타향.

해설

이 시는 계주에 막 도착하여 지은 것으로, 그곳의 형세와 풍속을 묘사하고 있다. 제1-2구는 산이 많고 강이 넓은 계림의 지세를 묘사했다. 제3-4구는 멀리서 본 지세로 동남쪽과 서북쪽의 모습이다. 제5-6구는 단풍나무 언덕과 백석추를 묘사하면서 신과 용을 통해 그곳의 풍속에 대해 말했다. 제7-8구는 기도하며 음악소리가 계속되는 것을 묘사하면서 타향의 낯선 모습을 담아냈다. 전체적으로는 계림의 여러 모습을 묘사하고 있는데, 행간에서 타향살이가 시작되는 나그네의 근심이 읽혀진다. 송나라 범희문(范晞文)은 《대상야어(對牀夜語)》에서 제1-2구를 두고 용사(用事)를 하지 않으면서도 공교하고 묘하다며 칭찬했다.

039

夜雨寄北

밤비 내릴 때 북쪽에 부치다

君問歸期未有期,[1]	그대 돌아올 기약 묻지만 아직 기약이 없고
巴山夜雨漲秋池.[2]	파산의 밤비에 가을 연못이 넘친다오.
何當共剪西窗燭,[3]	언제나 함께 서창의 촛불 심지 자르며
卻話巴山夜雨時.[4]	파산에 밤비 내리던 때를 이야기할까?

주석

1) 歸期(귀기) : 돌아올 기약. 돌아올 날짜.
2) 巴山(파산) : 파 지역의 산. 동천(東川) 일대의 산을 가리킨다.
   漲(창) : 물이 불다.
3) 何當(하당) : 언제.
   剪燭(전촉) : 촛불의 심지를 자르다.
4) 卻話(각화) : 회상하며 이야기하다.

해설

이 시는 대중 7년(853) 가을 시인이 동천절도사 막부에 머물 때 지은 것으로 보인다. 구설(舊說)은 이 시가 대중 2년(848) 기주(夔州)에서 장안에 있던 아내 왕씨에게 보낸 것이라 했는데, 이에 대한 반론이 꾸준히 제기되면서 거의 설득력을 잃은 상황이다. 제1-2구는 상대방의 질문에 대한 답변의 형식으로 현재의 근황을 전한 것이다. 언제쯤 동천절도사 막부 생활을 청산하고 장안에 돌아오느냐는 물음에 아직 기약이 없노라고 잘라 말하면서, 파산의 밤비가 주룩주룩 쏟아져 가을 연못의 물이 불었다는 말로 심정을 대신했다. 파산 지역은 지형상 비가 내리면 장시간 내리는 데다 파초(芭蕉) 등의 식물이 빗소리를 증폭시키는 곳이다. 그래서 시인은 밤비의 이미지로 파산 지역에 갇혀 지내는 답답함을 토로했다. 제3-4구는 동천절도사 막부를 떠난 시점을 가상하여 말한 것이다. 장안으로 돌아가고 나면 파산에서 밤비 소리를 들으며 외로움을 곱씹던 때를 추억의 한 장면으로 떠올릴 수도 있으련만 '언제나'라는 시어로 그럴 기미가 보이지 않음을 우회적으로 표현했다.

이 시는 궁벽한 전고나 난해한 상징 없이 시인의 진실한 감정을 토로했다는 점에서 역대로 많은 호평을 받았다. 예를 들어 청나라 굴복(屈復)은 "경치를 대하고는 정을 드러내니 맑고 깔끔하며 정묘하여 이상은 시집 가운데 으뜸(即景見情, 淸空妙微, 玉溪集中第一流也.)"이라고 극찬한 바 있다. 또 시어의 중복을 통해 과거, 현재, 미래를 넘나드는 시제의 변화가 인상적이다. 쌓여가는 고독과 그리움을 '밤비'라는 이미지에 담아 연못에 차고 넘쳐흐르는 시각적 효과를 극대화한 것도 이 시의 완성도를 높인 요인이라 할 것이다.

040

陳後宮

진후주의 궁궐

茂苑城如畵,[1]	무원의 성곽은 그림과 같고
閶門瓦欲流.[2]	창문의 기와는 흘러내릴 듯한데,
還依水光殿,[3]	수광전에 기대어 있다가는
更起月華樓.[4]	다시 월화루를 세웠다.
侵夜鸞開鏡,[5]	밤으로 접어들면 난새 거울을 열고
迎冬雉獻裘.[6]	겨울을 맞아 꿩 털로 장식한 옷을 바쳤다.
從臣皆半醉,	따르는 신하들 모두 반쯤 취했고
天子正無愁.[7]	천자는 바야흐로 근심이 없었다.

주석

1) 茂苑(무원) : 남조의 도읍인 건강(建康)에 있었던 궁원(宮苑).
2) 閶門(창문) : 창합(閶闔)이라고도 하며 신화 전설에 나오는 천문(天門)이다. 여기서는 궁궐의 문을 가리킨다.
3) 水光殿(수광전) : 진나라 궁전 이름.
4) 月華樓(월화루) : 진후주가 세운 누대 이름.
5) 侵夜(침야) : 한밤중.
鸞鏡(난경) : 화장 거울.

6) 雉裘(치구) : 치두구(雉頭裘). 꿩 머리의 예쁜 털로 장식한 털옷.
7) 無愁(무수) : 근심이 없다. 《북제서(北齊書)》에 따르면 비파를 타기 좋아 했던 진후주가 스스로 '무수지곡(無愁之曲)'을 짓자 백성들이 그를 '근심 없는 천자'라 불렀다고 한다.

해설

이 시는 진후주의 일을 빌어 만당의 우매한 군주인 경종(敬宗)을 풍자한 것으로 보인다. 제1-2구는 웅장하고 아름다운 성곽의 모습을 묘사한 것이다. 제3-4구는 화려하고 사치스런 궁실을 예시했다. 진후주는 백성들로부터 쉴새 없이 세금을 거두어 궁실을 새로 지었다고 하는데, 여기에서는 '수광전'과 '월화루'로 그 단면을 보여주었다. 제5-6구는 궁실 안으로 화면을 전환하여 진귀한 화장 거울과 털옷을 통해 향락과 사치의 일면을 드러냈다. 제7-8구는 주연을 베풀며 신하들과 어울려 흥청망청하는 광경이다. 진후주가 지었다는 '무수지곡'으로 그를 한껏 비꼰 풍자가 매섭다. 어려운 나라 사정도 아랑곳하지 않고 향락을 일삼는 통치계급에 대한 개탄이 은연중에 드러나므로, 청나라 굴복(屈復)은 "다가올 앞날을 깊이 경계한(深戒將來也.)" 의미가 있다고 했다.

041

屬疾

병가(病暇)를 내다

許靖猶羈宦,[1]	허정은 아직 타향에서 관리로 있고
安仁復悼亡.[2]	반악은 다시 도망시를 쓴다.
玆辰聊屬疾,[3]	이날은 잠시 병가를 냈지만
何日免殊方.[4]	언제나 타향을 벗어날까?
秋蝶無端麗,[5]	가을 나비는 까닭 없이 아름답고
寒花更不香.[6]	차가운 꽃은 다시 향기롭지 않다.
多情眞命薄,[7]	다정한 이는 참으로 운명이 박복하니
容易卽迴腸.[8]	금세라도 장이 뒤틀릴 듯.

주석

1) 許靖(허정) : 한나라 말기의 인물로 하남(河南) 출신이다. 촉으로 와 유비(劉備) 휘하에서 태부(太傅) 등의 벼슬을 지냈다. 여기서는 시인 자신을 비유한다.
羈宦(기신) : 타향에서 관리로 지내다.

2) 安仁(안인) : 서진의 문인인 반악(潘岳)의 자(字). 반악은 도망시(悼亡詩)로 유명하다. 여기서는 시인 자신을 비유한다.
悼亡(도망) : 망자를 애도하다.

3) 玆辰(자신) : 이날. 아내의 기일(忌日)을 가리킨다고 보는 설도 있다.
 屬疾(촉질) : 병가(病暇)를 내다.
4) 殊方(수방) : 타향.
5) 無端(무단) : 까닭 없이.
6) 寒花(한화) : 추운 계절에 피는 꽃. 흔히 국화를 가리킨다.
7) 命薄(명박) : 운명이 박복하다.
8) 容易(용이) : 금세.
 迴腸(회장) : 장이 뒤틀리다. 근심과 고통이 가슴에 맺혀 풀리지 않는 것을 비유한다.

해설

이 시는 대중 6년(852) 시인이 동천절도사 막부에 머물 때 지은 것으로 보인다. 아내의 기일을 맞아 병가를 낸 것이라고 추정하기도 하나, 확실한 근거가 있는 것은 아니다. 제1-2구는 대장(對仗)을 써서 현재의 처지를 밝힌 것이다. 허정(許靖)처럼 촉 땅에서 벼슬살이하며 반악(潘岳)처럼 세상을 뜬 아내를 추모한다고 했다. 제3-4구는 앞 두 구를 이어 받아 마음이 아파 병가를 내면서 언제나 타향살이에서 벗어날지 모르는 답답한 마음을 토로했다. 제5-6구는 고달픈 생활에 가을 풍경이 눈에 들어오지 않는 심리를 묘사한 것이다. 가을의 나비나 국화를 보아도 아름다움 또는 향기로움을 잘 느낄 수 없다고 했다. 청나라 정몽성(程夢星)은 이 '나비'와 '국화'가 유중영이 이상은에게 내려준 가기(歌妓)인 장의선(張懿仙)이라고 보았다. 지나친 천착이라는 평도 있으나 일설로 부기해둔다. 제7-8구는 상처(喪妻)와 타향살이에 지친 시인의 자조와 한탄을 내비친 것이다. 다정한 사람일수록 불운한 일을 자주 겪어 낙담하는 일이 많다고 했다. 청나라 기윤(紀昀)은 이 시를 이렇게 평했다. "앞의 네 구는 적당하고 제6구 또한 아름다우나, 끝 두 구는 지나치게 이류 시인의 기상이다.(前四句穩, 六句亦佳, 末二句太小家氣象.)"

042

石榴

석류

榴枝婀娜榴實繁,[1]	석류 가지는 아름답고 석류 열매는 주렁주렁
榴膜輕明榴子鮮.	석류 껍질은 가볍고 투명하며 석류 씨는 신선하다.
可羨瑤池碧桃樹,[2]	요지 가의 푸른 복숭아나무 부러워할 만하니
碧桃紅頰一千年.[3]	푸른 복숭아의 붉은 뺨 천 년 동안 한결같다.

주석

1) 婀娜(아나) : 아름답고 요염함.
2) 可羨(가선) : 부러워할 만하다. 이 단어의 해석에 따라 시의가 달라지는데, 여기서는 석류가 젊음을 유지하는 푸른 복숭아를 부러워한다고 보았다. 碧桃(벽도) : 푸른 복숭아. 선경(仙境)에 있다는 전설상의 복숭아.
3) 紅頰(홍협) : 붉은 뺨. 벽도에 붉은 점들이 꽃처럼 나타나는 것으로 효험이 가장 좋다고 한다.

해설

이 시는 석류를 노래한 영물시이나, 시의가 분명치 않아 평자마다 다른 견해를 보이고 있다. 청나라 굴복(屈復)은 도망시(悼亡詩)와 비슷하다고 했고, 하작(何焯)은 자상(自傷)과 자부(自負)를 나타낸다고 보았으며, 근인 장채전(張采田)은 부인이 아들을 낳았는데 홍안(紅顏)이 점차 쇠함을 깊이 개탄한 것으로 보았다. 여기서는 시인의 개인사와 연관 짓지 않고 모든 것이 아름다운 석류지만 세월은 붙잡아 둘 수 없는 것을 담은 시로 보았다. 제1-2구에서는 석류의 아름다운 모습을 썼다. 가지가 아름답고 열매가 풍성하며 껍질과 씨가 싱싱하다고 했다. 제3-4구에서는 다 갖춘 듯한 석류지만 선계의 선도(仙桃)를 부러워하니, 그것은 늘 한결같이 젊음을 유지하고 있기 때문이라 했다.

043

明日

다음날

天上參旗過,[1]	하늘에는 삼성(參星)이 기울고
人間燭燄銷.[2]	세상에는 촛불이 스러지는데,
誰言整雙履,[3]	신발 가지런히 놓은 것이
便是隔三橋?[4]	곧 은하수 너머로 가버린 것이라 누가 알랴.
知處黃金鏁,[5]	내 아는 것은 그대가 황금 자물쇠 달린 곳에 있고
曾來碧綺寮.[6]	푸른 비단 드리워진 방에서 왔다는 것.
憑欄明日意,	난간에 기대어 그대 떠난 다음 날 이런저런 생각을 하자니
池闊雨蕭蕭.[7]	넓은 연못에 비만 쓸쓸히 내린다.

주석

1) 參旗(삼기) : 별 이름. 필수(畢宿)에 속하며 모두 아홉 개의 별로 이루어져 있다. 천기(天旗), 천궁(天弓)이라고도 한다.

2) 燭燄(촉염) : 촛불.
   銷(소) : 녹다. 사라지다.

3) 整(정) : 가지런히 놓다. 정리하다. 이 구는 모임이 끝난 후 헤어지려 한다는 것을 암시한다.

4) 三橋(삼교) : 위수(渭水)에 있는 세 다리. 여기서는 은하수와 닮은 위수의 의미를 취하여 견우직녀와 같이 은하수를 사이에 두고 헤어지게 된 것을 이른 것이다.
5) 鏁(쇄) : 자물쇠.
6) 寮(료) : 작은 창문. 이 두 구는 상대방이 거하는 곳을 가리킨다.
7) 蕭蕭(소소) : 바람이나 빗소리가 쓸쓸하다.

해설

이 시는 어젯밤 만났다 헤어지고 난 후 이를 추억하는 염정시(艶情詩)다. 시 전반부에서는 어젯밤의 만남에 대해 쓰고 있다. 제1-2구에서는 별도 지고 불빛도 사그라진다 하여 밤이 매우 깊었음을 말했다. 제3-4구에서는 짧은 만남 후 상대가 은하수 너머로 가버리듯 헤어지게 되었다고 했다. 제5-6구는 상대가 거처하는 곳을 묘사한 것으로, 푸른 비단이 드리워진 방과 자물쇠 달린 곳에서 온 여인을 만났다고 했다. 제7-8구에서는 시인이 난간에 기대어 비 오는 것을 보고 있는데, 연못은 넓고 비 오는 소리가 쓸쓸하다고 하여 헤어진 다음날의 슬픔과 외로움을 드러냈다.

시에서 말한 염정의 상대에 관해서 청나라 정몽성(程夢星)은 '부귀한 여도사(富貴女冠)'라 했고, 풍호(馮浩)는 '존귀한 신분의 공주(貴主)'라 했지만 단정하기 어렵다. 다만 근인 장채전(張采田)은 이 시가 영호도(令狐綯)에 대한 마음을 기탁한 것으로 보아 남다른 함의가 있다고 했다.

044

飮席戱贈同舍[1]

술자리에서 동료에게 장난삼아 주다

洞中屐響省分攜,[2]	신선의 거처에 울리는 신발 소리, 이별을 알리는데
不是花迷客自迷.	꽃이 미혹시킨 것 아니라 객 스스로 미혹된 것.
珠樹重行憐翡翠,[3]	구슬 나무에 두 줄로 서 있으니 비취새보다 사랑스럽고
玉樓雙舞羨鵾雞.[4]	옥루에서 쌍쌍이 춤을 추니 곤계를 부러워할 정도였지.
蘭迴舊蕊緣屏綠,	옛 꽃술에서 돌아 나온 난은 병풍 따라 푸르고
椒綴新香和壁泥.[5]	신선한 향기 담은 산초는 벽과 어울려 발라졌다.
唱盡陽關無限疊,[6]	양관의 노래 무한히 반복하다 다 마치자
半盃松葉凍頗黎.[7]	파려 술잔에 반쯤 담긴 솔잎 술 차가워지더라.

주석

1) 同舍(동사) : 동료.

2) 洞中(동중) : 동부(洞府), 즉 신선의 거처. 여기서는 기녀가 머무는 곳을 가리킨다.

屐響(극향) : 신발 소리.

省(성) : 알다.

分攜(분휴) : 헤어짐.

3) 珠樹(주수) : 구슬 나무. 곤륜산에 있다고 한다.
   翡翠(비취) : 비취새.
4) 鵾雞(곤계) : 닭의 일종. 보통 닭보다 큰 애완용이다. 이 두 구는 술자리에서 기녀들이 나누어 춤을 추는 광경을 묘사한 것이다.
5) 椒(초) : 산초. 규방이나 황후의 방은 산초열매로 벽을 바르는데, 그 따뜻한 기운을 얻기 위해서라 한다.
6) 陽關(양관) : 왕유(王維)의 〈안서에 사신으로 가는 원이를 전송하다(送元二使安西)〉를 읊는 방법을 두고 양관삼첩(陽關三疊, 양관을 세 번 반복)이라는 말이 나왔다. 구양수(歐陽修)에 의하면 마지막 줄을 두 번 읊는다고 하고, 소식(蘇軾)은 각 구절마다 두 번씩 읊거나 제2구 이하를 반복하는 방법이 있다고 했다.
7) 松葉(송엽) : 솔잎으로 담근 술.
   頗黎(파려) : 파려(玻瓈)라고도 한다. 귀한 보석 이름. 여기서는 술잔을 가리킨다.

해설

이 시는 술자리를 파하기 아쉬워하는 동료에게 장난삼아 써 준 것이다. 제1-2구는 신선세계와 같은 기관에서 동료와 기녀가 헤어지려 하는데, 미녀에 미혹되어 차마 발길이 떨어지지 않음을 말했다. 여기서 '꽃'은 바로 기녀를 가리킨다. 제3-4구는 동료를 미혹시킨 기녀의 모습을 묘사하고 있다. 그녀들은 구슬나무에 앉은 비취새 같고 춤추는 곤계와 같은데, 동료들은 이 모습에 빠져 있다. 제5-6구는 기녀가 머무는 곳의 모습으로, 봄과 같이 따뜻해 옛 꽃술에서 난꽃이 피고, 벽에서는 산초향이 은은히 나고 있다. 제7-8구에서는 헤어지면서 부르는 양관곡을 몇 번이나 반복해서 불러 술잔의 술이 차갑게 식을 정도라 했다. 비록 양관곡은 다 불렀지만 잔의 술이 다하지 않았다는 것으로 동료들이 여전히 차마 헤어지지 못하고 있음을 내비쳤다. 다분히 장난기가 있는 시지만 근인 장채전(張采田)은 "음조가 유미하나 필력이 여전히 노련하면서도 깨끗하며 신미가 여전히 침착하다(音調流美, 而筆力仍自老潔, 神味仍自沈著.)"고 높이 평가했다.

045

憶梅

매화를 회상하며

定定住天涯,[1]	우두커니 하늘가에 머물며
依依向物華.[2]	아쉬움 속에 꽃다운 경치를 대한다.
寒梅最堪恨,[3]	한매는 몹시도 한스럽겠구나
長作去年花.	언제나 작년에 피었던 꽃이 되니.

주석

1) 定定(정정) : 가만히. 움직이지 않고. 당대(唐代)의 속어다.
   天涯(천애) : 하늘 끝. 여기서는 재주(梓州)를 가리킨다.
2) 依依(의의) : 아쉬워하는 모양. 그리워하거나 설레는 모양.
3) 寒梅(한매) : 엄동설한에 피는 조매(早梅).

해설

이 시는 하늘 끝에 머물며 꽃다운 봄 경치를 대하고는 작년에 피었던 매화를 떠올리면서 느낀 감개를 기탁한 것이다. 제1-2구에서는 시인이 하늘 끝에서 우두커니 봄 경치를 대하고 있는 모습을 묘사했다. 찬란한 봄 경치를 보며 아쉬운 마음이 드는데, 그 이유가 제3-4구에 제시되어 있다. 봄이 오기 전에 피었다 져버린 한매 때문이다. 일찍 피었다 먼저 지기에 다른 꽃과 같이 따뜻하고 아름다운 봄빛을 향유하지 못한다. 시인은 때를 맞추지 못하고 먼저 빼어났다 시들어버린 자신의 모습을 한매에 기탁하고 있다. '몹시도 한스럽겠다'는 말에서 하늘가에 머물며 어쩌지 못하는 시인이 조물주의 불공평함에 대해 원망하고 있음을 알 수 있다. 근인 전종서(錢鍾書)는 《관추편(管錐編)》에서 이 두 구를 두고 "언외(言外)에 함축되어 있어 맛을 느끼게 한다."고 칭찬했다.

046

贈柳

버들에게 주다

章臺從掩映,[1]	장대로에서 멋대로 가렸다 보여줬다 하고
郢路更參差.[2]	영로 부근에서는 더욱 들쭉날쭉 한데,
見說風流極,	풍류가 제일이라 들었다가
來當婀娜時.[3]	마침 아름다울 때 만났다.
橋迴行欲斷,[4]	다리 굽은 곳에서 버들 행렬은 끊어지려 하는데
堤遠意相隨.	방죽 멀리로 여전히 따르고자 하는 마음 있다.
忍放花如雪,	어찌 눈 같은 버들솜을 터뜨려
青樓撲酒旗.	청루의 깃발에 부딪히는가?

주석

1) 章臺(장대) : 장대로(章臺路). 장안(長安)에 있었던 번화한 거리로 기원(妓院)이 모여 있었다.
   掩映(엄영) : 서로 가렸다 드러냈다 하다.
2) 郢路(영로) : 초나라 도성이었던 영성(郢城)으로 가는 길. 여기서는 강릉(江陵)으로 가는 길을 가리킨다.
3) 婀娜(아나) : 아름답고 요염한 모양.
4) 行(항) : 항렬. 줄.

해설

이 시는 버들을 통해 가기(歌妓)의 풍류와 아름다움을 노래한 것이다. 평자에 따라서는 시인 자신을 읊은 것으로 보기도 한다. 제1-2구에서는 장대와 영로, 즉 장안과 강릉에 있는 버들의 자태를 묘사했다. 장대는 가기라는 신분을 암시한다고 하겠다. 제3-4구는 풍류가 뛰어나다고 예전에 들었는데, 지금 와서 보니 버들이 마침 한껏 피어오를 때임을 말했다. 제5-6구에서는 다리 굽은 곳에서 버들이 끊어지려 하다 제방에서 버들이 떠나지 못한다고 했다. 마치 가기가 객을 전송하며 연연해하는 모습인 듯하다는 것이다. 이 두 구를 두고 오앙현(吳仰賢)은 《소포암시화(小匏菴詩話)》에서 백묘(白描)로 빼어난 시경을 그려냈다고 하면서 한 글자도 덧붙이지 않아도 풍류를 다 드러내고 있다고 격찬했다. 제7-8구는 풍류 있고 아름다운 버들이 어찌 눈 같은 버들솜을 날려 청루에 부딪히느냐고 물었다. 시인은 이것을 두고 안타까워하는 어조로 읊고 있으니, 아마도 아름다운 청춘의 가기가 청루에서 시중을 들고 있는 것에 대한 아쉬움을 기탁한 듯하다.

047

謔柳

버들을 놀리다

已帶黃金縷,[1]	이미 황금빛 명주실을 감고
仍飛白玉花.	여전히 백옥 같은 꽃 드날린다.
長時須拂馬,	가지 길 때엔 말에 스쳐야 했건만
密處少藏鴉.	잎 무성한 곳에도 까마귀 숨기지 못했다.
眉細從他斂,	가는 눈썹은 그를 따라 모으고
腰輕莫自斜.	가는 허리로 절로 기대지 말아라.
玳梁誰道好?[2]	대모 들보한 집 누가 좋다고 했는가?
偏擬映盧家.[3]	하필이면 노씨네 집에 어른거리니.

주석

1) 縷(루) : 실, 명주실. 여기서는 버들가지를 가리킨다.
2) 玳梁(대량) : 대모량(玳瑁梁). 대모로 치장한 대들보. 아름다운 대들보를 말한다.
3) 盧家(노가) : 노씨네 집. 부귀한 집을 가리킨다.
   심전기(沈佺期), 〈고의 古意〉 노씨네 집의 젊은 아가씨 울금당에 있는데, 바다 제비 한 쌍이 대모 들보에 둥지를 틀었네.(盧家少婦鬱金堂, 海燕雙棲玳瑁梁.)

해설

이 시는 버들을 통해 가기(歌妓)를 희롱한 것이다. 그녀가 아름다운 자태를 지니고 있으나 부귀한 댁만 향하고 있다며 해학의 어조로 타박했다. 앞 세 연은 버들의 모습을 묘사하고 있는데, 제1-2구는 황금빛 가지를 드리우고 버들솜을 날리는 버들의 모습을 그리고 있다. 제3-4구에서는 가지 길 때 지나는 말을 스쳐 세워야 했고, 잎 무성할 때 까마귀를 숨겨야 하는데 그러지 못했다고 했다. 이 연에 대해 풍호는 '요염한 자태(冶態)'를 비유한 것이라 했는데, 이는 여인이 아름다울 때 남성을 잡았어야 했다는 의미로 풀이된다. 제5-6구에서는 버들의 잎과 가는 줄기로 그를 따르는 모습을 통해 가기가 아름다운 눈매와 몸매로 남성을 좇는 것을 빗댔다. 제7-8구에서는 버들이 부귀한 집 근처에서 어른거리는 모습을 통해 가기가 부귀한 사람들만 추종한다고 놀렸다.

048

北禽

북쪽에서 온 새

爲戀巴江暖,[1]	파강의 따뜻함을 연모했기에
無辭瘴霧蒸.[2]	독한 기운이 피어나는 것도 마다하지 않았네.
縱能朝杜宇,[3]	설령 두우에게 조회할 수 있다 해도
可得値蒼鷹.[4]	송골매를 어찌 당해낼 수 있으랴.
石小虛塡海,[5]	돌멩이가 작아 바다를 메우는 것 헛되고
蘆銛未破矰.[6]	갈대가 뾰족하여도 주살을 깨뜨리지는 못했지.
知來有乾鵲,[7]	올 것을 아는 새로 까치가 있다던데
何不向雕陵.[8]	어찌 조릉으로 향하지 않는가.

주석

1) 巴江(파강) : 파(巴) 지역을 흐르는 강. 여기서는 동천절도사 막부를 가리킨다.
2) 瘴霧(장무) : 장기(瘴氣). 독한 기운.
3) 縱(종) : 설령 ~하더라도.
杜宇(두우) : 두견새. 촉제(蜀帝)의 혼이 변한 것으로, 여기서는 동천절도사 유중영(柳仲郢)을 가리킨다.
4) 可得(가득) : 어찌 ~할 수 있겠는가.

值(치) : 당해내다.

蒼鷹(창응) : 푸른 매. 송골매. 흔히 가혹한 관리를 비유한다. 전한 경제(景帝) 때 중위(中尉)를 지낸 질도(郅都)는 지나치게 엄혹하여 '푸른 매'란 별명을 얻었다. 여기서는 이상은을 배척한 우당(牛黨) 인사를 가리킨다.

5) 塡海(전해) : 바다를 메우다.

《산해경 · 북산경(北山經)》 발구라는 산이 있는데, 그 산 위에는 산뽕나무가 많다. 여기에 새가 있는데 그 모습은 까마귀와 같고, 무늬가 있는 머리, 흰 부리, 붉은 다리를 가지고 있다. 이름은 정위라 하며 그 울음소리는 자기 이름을 부르는 듯하다. 이 새는 염제의 어린 딸로 이름이 여왜였다. 여왜는 동쪽 바다에서 노닐다가 물에 빠져 돌아오지 못했으며, 그런 까닭에 정위가 되었다. 항상 서산의 나뭇가지와 돌을 물어다 그것으로 동쪽 바다를 메우곤 했다.(發鳩之山, 其上多柘木, 有鳥焉, 其狀如烏, 文首, 白喙, 赤足, 名曰精衛, 其鳴自詨. 是炎帝之少女, 名曰女娃. 女娃游於東海, 溺而不返, 故爲精衛. 常銜西山之木石, 以堙於東海.)

6) 蘆(노) : 갈대. 이상은의 〈영호낭중이 보내준 시에 응수하다(酬令狐郎中見寄)〉라는 시에 "갈대를 문 기러기 보이지 않는다(不見銜蘆雁)"는 구절이 있다.

《회남자(淮南子) · 수무(修務)》 기러기는 바람을 따라 기력을 아끼고, 갈대를 머금고 날면서 주살에 대비한다.(鴈順風以愛氣力, 銜蘆而翔, 以備矰弋.)

銛(섬) : 날카롭다.

矰(증) : 주살. 줄을 매단 화살.

7) 知來(지래) : 올 것을 알다.

《회남자 · 범론훈(氾論訓)》 까치는 올 것을 알아도 갈 것은 모른다.(乾鵲知來, 而不知往.)

乾鵲(건작) : 까치.

8) 雕陵(조릉) : 밤나무 숲의 이름.

《장자 · 산목(山木)》 장자가 조릉이라는 밤나무 숲 울타리 안을 거닐다가 문득 남쪽에서 이상한 까치 한 마리가 날아오는 것을 보았다. 날개의 넓이가 일곱 자, 눈의 직경이 한 치나 되었다. 장자의 이마에 닿았다가 밤나무 숲에 가서

멎었다. 장자는 '저건 대체 무슨 새일까? 날개는 큰데 높이 날지 못하고 눈은 크나 보지 못하다니.'라고 말한 뒤 아랫도리를 걷어 올리고 재빨리 다가가 활을 쥐고 그 새를 쏘려 했다. 문득 보니, 매미 한 마리가 시원한 나무 그늘에 멎어 제 몸을 잊은 듯 울고 있었다. 사마귀 한 마리도 나뭇잎 그늘에 숨어서 이 매미를 잡으려고 정신이 팔려 스스로의 몸을 잊고 있었다. 이상한 까치는 이 기회에 사마귀를 노리면서 거기에 정신이 팔려 제 몸을 잊고 있었다. 장자는 깜짝 놀라서 '아, 사물이란 본래 서로 해를 끼치고 이익과 손해는 서로를 불러들이고 있구나'라고 말한 뒤 활을 버리고 도망쳐 나왔다. 밤나무 숲을 지키는 이가 쫓아와 그를 꾸짖었다.(莊周遊於雕陵之樊, 覩一異鵲自南方來者, 翼廣七尺, 目大運寸, 感周之顙而集於栗林. 莊周曰, 此何鳥哉, 翼殷不逝, 目大不覩. 蹇裳躩步, 執彈而留之. 覩一蟬, 方得美蔭而忘其身, 螳螂執翳而搏之, 見得而忘其形, 異鵲從而利之, 見利而忘其眞. 莊周怵然曰, 噫, 物固相累, 二類召也. 捐彈而反走, 虞人逐而誶之.)

해설

이 시는 재주(梓州) 막부에서 지은 것으로, 제목의 '북쪽에서 온 새'는 장안에서 막부에 합류한 시인 자신을 가리킨다. 새 막부에 들어온 후 자신의 어려운 처지를 토로하며 앞으로의 바람을 담고 있다. 제1-2구는 재주 막부로 온 연유를 밝힌 것이다. 남방의 독한 기운도 마다하지 않고 따뜻한 곳을 찾아왔다며 막주인 유중영의 간곡한 요청으로 우당(牛黨) 인사들의 곱지 않은 시선도 무릅쓰고 막부에 합류했음을 암시했다. 제3-4구는 주변 사람들의 따가운 시선을 의식한 것이다. 재주의 동천절도사 막부로 와 '촉제(蜀帝)'인 유중영에게 조회하기는 했으나, '송골매'같은 우당 인사들의 비난을 감당하기는 버겁다고 했다. 제5-6구는 험난한 시국을 헤쳐 나가기가 어려움을 토로한 것이다. 북쪽에서 온 새는 정위(精衛)처럼 바다를 메울 돌멩이도 부족하고, 갈대로 주살을 방어하려고 해도 쉽지 않다고 했다. 요컨대 중과부적의 형세라 어찌 할 도리가 없다는 것이다. 제7-8구는 비방과 중상을 피하고 싶다는 바람을 나타낸 것이다. 다가올 일을 미리 안다는 까치와 같이 예지력이 있다면 조릉으로 날아가 해를 멀리하겠다고 했다.

새와 관련된 전고를 끌어 모은 흠이 없지 않지만, 그로부터 심각한 주제의식을 표출한 공력은 응당 높이 평가해야 할 것이다. 청나라 주학령(朱鶴齡)은 이 시에 대해 "의미심장하여 두보의 시법과 흡사하다(意味深長, 逼眞老杜家法.)"고 했다.

049

初起

막 일어나다

想像咸池日欲光,[1] 함지에서 해가 빛날 것을 상상했지만
五更鐘後更迴腸.[2] 오경의 종소리 울린 뒤에도 장이 뒤틀린다.
三年苦霧巴江水,[3] 삼 년 동안 파강의 짙은 안개 때문에
不爲離人照屋梁.[4] 떠나온 사람 위해 대들보를 비춰주지 못한다.

주석

1) 咸池(함지) : 신화에서 해가 목욕하는 곳이라 전해지는 곳.

《회남자 · 천문훈(天文訓)》 해가 양곡에서 떠올라 함지에서 목욕한다.(日出於暘谷, 浴於咸池.)

2) 迴腸(회장) : 장이 뒤틀리다. 근심과 고통이 가슴에 맺혀 풀리지 않는 것을 비유한다.

3) 苦霧(고무) : 짙은 안개.

巴江(파강) : 파(巴) 지역을 흐르는 강. 여기서는 동천절도사 막부를 가리킨다.

4) 離人(이인) : 이별한 사람. 떠나온 사람.

屋梁(옥량) : 대들보.

송옥(宋玉), 〈신녀부 神女賦〉 하얀 해가 막 떠올라 대들보를 비추듯 빛난다.(耀乎如白日初出照屋梁.)

해설

이 시는 시인이 동천절도사 막부에 머무른 지 3년째 되는 대중 7년(853)에 창작된 것으로 보인다. 파강의 짙은 안개로 해가 보이지 않는 새벽의 감회를 시로 표현했다. 제1-2구는 새벽에 일어나서 느낀 실망감을 토로한 것이다. 날이 밝아 찬란한 햇살이 비치는 광경을 상상했지만, 오경을 알리는 종소리가 울린 뒤에도 그렇지 않아 속이 쓰리다고 했다. 제3-4구는 그 이유에 대해 시인 자신의 분석을 제시한 것이다. 동천절도사 막부 주변을 흐르는 파강의 짙은 안개로 인해 해가 떠올라도 햇빛이 비치지 않으니 집 떠나온 나그네 심사가 더욱 괴로울 수밖에 없다고 했다.

이 시는 이백의 시 〈금릉의 봉황대에 올라(登金陵鳳凰臺)〉의 마지막 연 "언제나 뜬 구름이 해를 가려 장안이 보이지 않으니 사람 근심스럽게 한다(總爲浮雲能蔽日, 長安不見使人愁.)"는 구절과 연결해 볼 수 있을 것이다. 해가 밝은 광명이라면 안개는 그것을 방해하는 훼방꾼으로 풀이된다. 청나라 요배겸(姚培謙)이 이 시를 두고 "해는 군주의 은혜를 비유하고, 짙은 안개는 배척하는 자를 비유한다(日喩君恩, 苦霧喩排擯者.)"고 풀이한 설명은 이런 생각을 더 구체화한 말이라 할 것이다.

050

楚宮

초나라 궁전

複壁交青鏁,[1]	이중벽에는 푸른 사슬무늬가 엇갈리고
重簾掛紫繩.	두 겹 발에는 자주색 끈이 매달려 있다.
如何一柱觀,[2]	어떻게 기둥이 하나인 누각이
不礙九枝燈?[3]	아홉 가지에 걸린 등불을 막지 않을까?
扇薄常規月,[4]	부채는 얄팍하여 언제나 둥근달 같고
釵斜只鏤冰.[5]	비녀 비스듬하니 그저 얼음을 새겨놓은 듯.
歌成猶未唱,	노래가 완성되고 채 부르지도 못했는데
秦火入夷陵.[6]	진나라의 횃불이 이릉으로 들어왔다.

주석

1) 複壁(복벽) : 이중의 벽. 두 겹이고 가운데가 비어 있다.
青鏁(청쇄) : 푸른색 사슬무늬. 문 가장자리에 쇠사슬 모양으로 조각한 후 푸른색으로 칠한 것을 이른다.

2) 一柱觀(일주관) : 기둥이 하나인 누각. 남조 송나라 임천왕(臨川王) 유의경(劉義慶)이 강릉(江陵)을 다스릴 때 나공주(羅公洲)에 세운 매우 큰 누각으로, 기둥이 하나밖에 없었다고 한다.

3) 九枝燈(구지등) : 하나의 몸체에 아홉 개의 촛대가 달려 초를 꽂을 수

있는 등. 이 두 구는 일주관은 기둥이 하나뿐이어서 구지등의 불빛을 가리지 않는다는 뜻이다.

4) 規月(규월) : 달을 모범으로 삼다. 여기서는 부채 모양이 달과 같다는 말이다.

5) 鏤(루): 아로새기다. 여기서는 옥으로 만든 비녀가 마치 얼음을 깎아 만든 듯 아름답다는 말이다.

6) 夷陵(이릉) : 지명. 당대(唐代)에는 협주(峽州)에 속했다. 《사기(史記)》에 따르면 초양왕(楚襄王) 21년에 백기(白起)가 초 땅을 정벌하고 이릉을 불태웠다고 한다.

해설

이 시는 초나라 옛 궁의 유적에 감회가 있어 지은 것으로, 창작 시점은 확실하지 않다. 다만 초궁이 강릉에 있는 것으로 보아 대중 원년(847) 겨울 강릉으로 사신 갈 때나 대중 2년 계림에서 장안으로 돌아올 때 쓴 것으로 보인다. 시의 전반부는 초나라 궁전의 화려함과 사치를 묘사하고 있다. 제1-2구는 벽과 벽장식, 발과 자주색 끈을 묘사했고, 제3-4구는 기둥이 하나인 큰 누각과 구지등을 묘사했다. 신기하고 아름다운 건축물과 찬란한 등불을 등장시켜 옛 영화의 찬란함을 상상하게 했다. 제5-6구는 초궁에 머물렀던 아름다운 궁녀와 그녀들의 화려한 복식에 대해 말했다. 제7-8구는 사치와 황음 때문에 나라가 망하게 되었음을 밝혀 역사에 대한 시인의 관점을 드러냈다.

051

柳

버들

柳映江潭底有情,[1] 강가에 비치는 버들에게 어찌 정이 있을까만
望中頻遣客心驚. 바라보다 자주 나그네 마음 놀란다.
巴雷隱隱千山外,[2] 파 땅의 우레 소리 뭇산 밖에서 은은하여
更作章臺走馬聲.[3] 더더욱 장대로에서 말 달리던 소리 같구나.

주석

1) 江潭(강담) : 강가와 물가.
底(저) : 어찌.
2) 隱隱(은은) : 먼 데로부터 울리어서 들려오는 소리가 똑똑하지 않음.
〈장문부 長門賦〉 우뢰소리 은은하게 울리니 그 소리 그대의 수레소리 같구나.
(雷隱隱而響起兮, 聲象君之車音.)
3) 章臺(장대) : 장대로(章臺路). 장안(長安)에 있었던 번화한 거리로 기원(妓院)이 모여 있었는데, 나중에는 버들을 상징하는 의미로 쓰였다.

해설

이 시는 시인이 파촉(巴蜀)에 머물며 버들을 보고 떠오른 감회를 담은 것이다. 제1-2구에서는 강에 비치는 버들을 보고 시인의 마음이 요동친다고 했다. 버들 자체에 감정이 있는 것이 아닌데, 나그네 신세이기 때문에 이러한 경치

만 보아도 고향생각이 나면서 그 고통이 새삼스럽게 다가온다는 것이다. 제3-4구에서는 파 땅의 우레 소리가 멀리서 들려오는 것을 듣고 예전 장안에 있었을 때 지났던 장대로를 떠올리며 그곳에서 말 달리던 소리와 비슷하다고 했다. 이는 제2구에서 마음이 놀라 이유이기도 한데, '더더욱'이란 표현을 써서 처량한 신세에 대한 감개와 장안을 그리워하는 마음을 연계시켜 기탁했다.

052

石城

석성

石城誇窈窕,[1]	석성의 막수(莫愁)보다 정숙하다 자랑했고
花縣更風流.[2]	화현의 남아보다 더욱 풍류가 있었지.
簟冰將飄枕,[3]	대자리의 한기가 베개에 스밀 듯하고
簾烘不隱鉤.[4]	주렴에 비친 불빛에 고리를 감추지 못한다.
玉童收夜鑰,[5]	어린 동자 밤 열쇠를 걸어 잠그고
金狄守更籌.[6]	금인은 물시계 바늘을 지키고 있는데,
共笑鴛鴦綺,	함께 비단이불에 수놓인 원앙새 보며 웃나니
鴛鴦兩白頭.	두 원앙새 모두 흰 머리네.

주석

1) 石城(석성) : 경릉(竟陵, 지금의 호북성(湖北省) 천문현(天門縣))에 있는 성 이름. 《구당서(舊唐書)》에 따르면, 〈석성악(石城樂)〉에서 〈막수악(莫愁樂)〉이 나왔는데, 석성 어떤 여인의 이름이 막수로 노래를 잘했다고 한다... 그래서 "막수는 어디에 있는가, 막수는 석성 서쪽에 있지(莫愁在

何處, 莫愁石城西.)"라 노래했다고 한다. 이로부터 막수는 아름다운 여인을 대표하게 되었다.

窈窕(요조) : 부녀의 행동이 얌전하고 정숙함.

2) 花縣(화현) : 하양현(河陽縣). 지금의 하남성(河南省) 맹주시(孟州市) 부근. 반악(潘岳)이 하양령일 때 복숭아나무와 자두나무만 심었고, 후에 유신(庾信)이 〈춘부(春賦)〉에서 "하양현은 온통 꽃(河陽一縣幷是花)"이라 했다.

3) 冰(빙) : 서늘하다. 여기서는 대자리가 시원하고 서늘한 기운이 있다는 것으로 보았다. 다른 판본에는 '수(水)'로 되어 있어 '물결무늬가 있는 대자리'로 번역하기도 한다.

飄(표) : 떨어지다. 흩날리다. 여기서는 한기가 베개에 스민다는 말이다.

4) 烘(홍) : (불을) 쬐다. 피우다. 여기서는 주렴에 불빛이 어른거려 고리까지 비춘다는 말이다.

5) 玉童(옥동) : 옥과 같이 맑고 아름다운 아이. 여기서는 문을 열고 닫는 것을 주관하는 아이를 가리킨다.

鑰(약) : 열쇠.

6) 金狄(금적) : 금인(金人). 장형(張衡)의 〈누수전혼천의제(漏水轉渾天儀制)〉에 따르면, 이를 금서도(金胥徒)라 하며 밤에 물시계를 관장하는 청동상을 가리킨다.

更籌(경주) : 물시계 바늘.

해설

이 시는 남녀가 즐거이 밤을 보내는 것을 담은 염정시다. 제1-2구에서는 여인은 덕이 있고 정숙하며 남자는 풍류가 있으니 잘 어울리는 한 쌍이라고 했다. 제3-4구는 실내의 정경을 묘사한 것으로, 자리는 시원하며 주렴 안의 불빛이 밝다고 했다. 제5-6구에서는 실외의 모습을 묘사한 것이다. 문이 닫히고 물시계는 시간이 오래 지났다고 하여, 이들이 깊은 밤에도 함께 즐거움을 나누고 있음을 암시했다. 제7-8구는 남녀가 이불 위의 원앙을 함께 보며 어찌 둘 다 흰 머리인가라며 웃는 모습을 그렸다. 이 구절은 청춘의 한때를 즐기고 있다고도 볼 수 있고, 흰 머리가 되도록 원앙처럼 해로하기를 바라는 것으로도 볼 수 있겠다.

이 시의 함의에 대해서는 평자에 따라 다른 견해가 있다. 청나라 요배겸(姚培謙)은 "두 젊은이가 합쳐지지 못한 것을 담은 말(兩美不得合之詞)"로 보았고, 근인 장채전(張采田)은 재주 많은 시인의 실의를 기탁한 것으로 보았으며, 등중룡(鄧中龍)은 염정시가 아니라 혼인을 축하하는 시로 축시로 보았다. 풍호(馮浩)가 이 시는 염정의 내용이 많지만, 세세한 부분에 대해서는 무엇을 가리키는 지 확정하기 어렵다고 하여, 이 시의 난해함을 지적한 바 있다.

053

韓碑

한유의 비문

元和天子神武姿,[1]	원화 시대 천자의 늠름하고 용감한 모습
彼何人哉軒與羲.[2]	저 분이 누군고 하니 헌원씨와 복희씨다.
誓將上雪列聖恥,[3]	맹세코 위로 여러 성군의 치욕을 씻고자
坐法宮中朝四夷.[4]	정전에 앉아 사방 번진을 조현하게 하셨다.
淮西有賊五十載,[5]	회서에 도적이 든 것이 오십 년이라
封狼生貙貙生羆.[6]	큰 이리가 살쾡이를 낳고 살쾡이가 말곰을 낳았다.
不據山河據平地,[7]	산이나 강에서 살지 않고 평지에서 살며
長戈利矛日可麾.[8]	긴 갈고리창과 날카로운 창이 해도 찌를 만했다.
帝得聖相相曰度,[9]	황제가 뛰어난 재상을 얻으니 그 재상의 이름은 배도
賊斫不死神扶持,[10]	자객이 베었어도 죽지 않은 것은 신명의 도움.
腰懸相印作都統,[11]	허리에 재상의 인장을 차고 도통이 되어
陰風慘淡天王旗.[12]	살벌한 바람 스산한 곳에 천자의 깃발을 나부꼈다.

愬武古通作牙爪,[13]	이소 한공무 이도고와 이문통이 장군이 되고
儀曹外郎載筆隨.[14]	예부원외랑도 붓을 들고 따라갔다.
行軍司馬智且勇,[15]	행군사마는 지혜롭고 용감하며
十四萬衆猶虎貔.[16]	십사만 군대는 호랑이나 비휴 같았다.
入蔡縛賊獻太廟,[17]	채주로 들어가 적을 포박하여 태묘에 바치니
功無與讓恩不訾.[18]	전공이 비할 데 없어 성은이 망극했다.

帝曰汝度功第一,	황제께서 "그대 배도의 전공이 으뜸이니
汝從事愈宜爲詞.[19]	그대의 종사관 한유가 마땅히 글을 지을 지어다" 하셨다.
愈拜稽首蹈且舞,[20]	한유가 절하고 머리를 조아린 뒤 발 구르고 손짓하며
金石刻畫臣能爲.[21]	"금석문으로 묘사하는 것은 신이 능히 할 수 있사오나
古者世稱大手筆,[22]	예로부터 세상에서 대수필이라 일컬은 바
此事不繫於職司.[23]	이 일은 직무와도 관련이 없습니다만
當仁自古有不讓,[24]	어진 일은 자고로 사용하지 않는 법입니다"라 하니
言訖屢頷天子頤.[25]	말을 마치자 천자는 누차 고개를 끄덕이셨다.

公退齋戒坐小閣,[26]	공은 물러나 재계하고 작은 전각에 앉아서
濡染大筆何淋漓,[27]	큰 붓을 적시매 얼마나 통쾌했던가.
點竄堯典舜典字,[28]	요전과 순전의 문장도 활용하고
塗改清廟生民詩,[29]	청묘와 생민시도 고쳐 썼다.
文成破體書在紙,[30]	글은 파격적인 문체로 종이에 써서

淸晨再拜鋪丹墀,[31]	맑은 새벽 재배한 뒤 돌계단에 펴놓았다.
表曰臣愈昧死上,[32]	표를 올려 아뢰기를 "신 한유가 죽음을 무릅쓰고 올리건대
詠神聖功書之碑,[33]	숭고한 전공을 노래하여 비석에 새겼나이다"라 했다.
碑高三丈字如手,[34]	비석의 높이는 세 길에 글자는 손 크기
負以靈鼇蟠以螭.[35]	신령한 거북이 등에 지고 이무기가 감쌌다.

句奇語重喩者少,[36]	문구가 특이하고 표현이 장중하니 이해하는 자 적어
讒之天子言其私.[37]	천자에게 참언하여 사사롭다 아뢰었다.
長繩百尺拽碑倒,[38]	백 척 긴 새끼줄로 비석을 당겨 넘어뜨리고
麤砂大石相磨治.[39]	거친 모래와 큰 돌로 갈고 다듬었다.
公之斯文若元氣,[40]	공의 이 글에는 원기가 있는 듯
先時已入人肝脾.[41]	이전에 벌써 사람들의 마음속에 스며들었다.
湯盤孔鼎有述作,[42]	탕임금의 대야와 공씨의 세발솥에 명문이 있었는데
今無其器存其詞.[43]	이제 그 기물은 없어졌어도 명문은 존재한다.

嗚呼聖皇及聖相,[44]	아 성스러운 임금과 성스러운 재상
相與烜赫流淳熙.[45]	나란히 명성이 찬란히 전해진다.
公之斯文不示後,[46]	공의 이 글을 후세에 보이지 않는다면
曷與三五相攀追.[47]	어찌 삼황오제와 업적을 견주겠는가?
願書萬本誦萬過,[48]	바라건대 만 편을 베껴 쓰고 만 번을 외워
口角流沫右手胝.[49]	입에서 거품이 나오고 오른손에 굳은살이 생

졌으면.

傳之七十有二代, 일흔두 세대가 지나도록 오래오래 전하여

以爲封禪玉檢明堂基.[50] 봉선할 때의 옥첩문이 되고 명당의 기초가 되기를.

주석

1) 元和天子(원화천자) : 당나라 원화 연간(806-820)에 재위했던 천자. 헌종(憲宗)을 가리킨다.
   神武(신무) : 늠름하고 용감하다.
2) 軒與羲(헌여희) : 중국의 전설적인 제왕인 삼황(三皇) 가운데 헌원씨(軒轅氏)와 복희씨(伏羲氏).
3) 雪恥(설치) : 치욕을 씻다.
   列聖(열성) : 여러 성군. 반란 등으로 수모를 겪었던 현종(玄宗), 숙종(肅宗), 대종(代宗), 순종(順宗) 등 선대 여러 임금들을 가리킨다.
4) 法宮(법궁) : 임금이 국사를 처리하는 정전(正殿).
   朝(조) : 조현(朝見). 신하가 조정에 나아가 임금을 뵙는 것을 말한다.
   四夷(사이) : 사방의 오랑캐. 여기서는 사방의 번진(藩鎭)을 가리킨다.
5) 淮西(회서) : 회하(淮河) 상류 지방. 당나라 때 창의군절도사(彰義軍節度使)가 신주(申州), 광주(光州), 채주(蔡州)를 관할하여 이를 회서진(淮西鎭)이라고 불렀다. 이 지역은 대종 때 이희열(李希烈)이 할거하여 반란을 일으킨 이래 수십 년 동안 번진의 수중에 있었다.
6) 封狼(봉랑) : 큰 이리.
   貙(추) : 살쾡이. 너구리라는 설도 있다.
   羆(비) : 큰곰. 말곰.
7) 據(거) : 차지하다. 살다.
8) 長戈(장과) : 긴 갈고리창.
   利矛(이모) : 날카로운 창.
   麾(휘) : 휘두르다.

9) 聖相(성상) : 뛰어난 재상.
度(도) : 배도(裴度, 765-839). 헌종 때 재상이 되어 회서 지역을 할거하던 오원제(吳元濟)를 토벌했다.
10) 賊斫(적작) : 자객이 베다. 배도는 이사도(李師道)가 보낸 자객에 등과 머리를 찔렸으나 목숨을 건졌다.
扶持(부지) : 돕다. 지지하다.
11) 相印(상인) : 재상의 인장.
都統(도통) : 제도행영도통(諸道行營都統). 각 도에서 출정한 군사를 통솔하는 번진 토벌군의 사령관이다.
12) 陰風(음풍) : 살벌한 기운의 바람.
慘澹(참담) : 스산하다. 처량하다.
天王(천왕) : 천자.
13) 愬武古通(소무고통) : 이소(李愬), 한공무(韓公武), 이도고(李道古)와 이문통(李文通) 등 배도를 도와 번진을 토벌했던 장수들을 가리킨다.
牙爪(아조) : 장군.
14) 儀曹外郎(의조외랑) : 예부원외랑(禮部員外郎). 배도가 출정할 때 장서기(掌書記)로 따라갔던 이종민(李宗閔)을 가리킨다.
15) 行軍司馬(행군사마) : 절도사 휘하에서 참모장 역할을 하는 직책이다. 여기서는 한유(韓愈)를 가리킨다. 한유는 배도에게 병사 5천으로 채주(蔡州)를 기습하자는 계책을 내놓았으나 배도가 받아들이지 않았다가 후에 이소(李愬)가 야음을 틈타 채주를 공략하자 배도가 한유의 지략을 높이 평가했다고 한다.
16) 十四萬(십사만) : 당시 배도 휘하에 있던 군대의 규모를 말한다.
虎貔(호비) : 호랑이와 비휴(貔貅). 비휴는 호랑이 또는 곰과 닮았다는 맹수이다. 여기서는 용맹한 군사를 비유한다.
17) 入蔡縛賊(입채박적) : 채주로 들어가 적을 포박하다. 원화 12년(817) 이소가 채주를 기습하여 오원제를 사로잡은 일을 말한다.
太廟(태묘) : 제왕의 사당.
18) 功無與讓(공무여양) : 공을 양보할 데가 없다. 전공이 가장 크다는 말이다.

不訾(불자) : 따질 수 없다. 한량없다.

19) 從事(종사) : 장군 휘하의 종사관.

爲辭(위사) : 글을 짓다. 전공을 칭송하는 글을 짓는 것을 말한다.

20) 稽首(계수) : 머리를 조아리다.

蹈且舞(도차무) : 발을 구르고 손짓하다. 신하가 군주를 알현할 때의 예절이다.

21) 金石(금석) : 금석문(金石文). 종정(鐘鼎)이나 비석에 새기는 글.

刻畫(각화) : 자세하게 묘사하다.

22) 大手筆(대수필) : 조정의 공문과 같은 중요한 글.

23) 繫於(계어) : ~와 관련이 있다.

職司(직사) : 직무.

24) 當仁不讓(당인불양) : 어진 일을 자기의 소임으로 여기는 데 양보함이 없다. 《논어 · 위령공(衛靈公)》에 "어진 일을 자기의 소임으로 여겨 스승에게도 양보하지 않는다"라는 말이 보인다.

25) 言訖(언흘) : 말을 마치다.

頷頤(함이) : 고개를 끄덕이다.

26) 齋戒(재계) : 재계하다. 큰일을 앞두고 몸과 마음을 깨끗이 하는 일을 말한다.

27) 濡染(유염) : 적시다.

淋漓(임리) : 통쾌하다.

28) 點竄(점찬) : 고치다. 여기서는 활용한다는 뜻이다.

堯典舜典(요전순전) : 〈요전〉과 〈순전〉. 모두 《서경》의 편명이다.

29) 塗改(도개) : 다시 쓰다.

淸廟生民(청묘생민) : 《시경》의 〈주송(周頌) · 청묘〉편과 〈대아(大雅) · 생민〉편.

30) 破體(파체) : 파격적인 문체. 한유가 쓴 〈평회서비(平淮西碑)〉는 당시에 유행한 변려문에 비해 고문(古文)의 정취가 강했다.

31) 鋪(포) : 펼쳐놓다.

丹墀(단지) : 붉게 칠한 궁전 앞의 돌계단.

32) 昧死(매사) : 죽음을 무릅쓰다.

33) 神聖(신성) : 숭고하다. 존귀하다.
書之碑(서지비) : 비석에 새기다.

34) 字如手(자여수) : 글자가 손 같다. 비석에 새긴 글자가 손만큼 크다는 말이다.

35) 靈鼇(영오) : 신령한 거북. 비석을 떠받치는 거북 모양의 돌을 가리킨다.
蟠(반) : 두르다.
螭(리) : 이무기.

36) 句奇語重(구기어중) : 문구가 특이하고 표현이 장중하다.
喩者(유자) : 이해하는 사람.

37) 讒(참) : 참언하다.
《구당서 · 한유전》 그 비문에서 배도의 사적을 많이 서술했다. 당시 먼저 채주로 들어가 오원제를 생포하는 데는 이소의 공이 제일 컸기에 이소가 이를 불평했다. 이소의 아내가 궁궐을 드나들며 비문이 사실에 어긋난다고 하소연하자 조서가 내려와 한유의 글을 갈아 없애라 했다. 헌종은 한림학사 단문창에게 비문을 다시 지으라 명했다.(其辭多敍裴度事. 時先入蔡州擒吳元濟, 李愬功第一, 愬不平之. 愬妻出入禁中, 因訴碑辭不實, 詔令磨愈文. 憲宗命翰林學士段文昌重撰文勒石.)

38) 長繩(장승) : 긴 새끼줄.
拽(예) : 끌다.

39) 麤砂(추사) : 거친 모래.
磨治(마치) : 갈아서 다듬다.

40) 斯文(사문) : 이 글. 한유의 〈평회서비〉를 가리킨다.
元氣(원기) : 사람의 정신 또는 정기(精氣).

41) 先時(선시) : 이전. 처음.
肝脾(간비) : 간과 지라. 사람의 마음을 비유한다.

42) 湯盤(탕반) : 상(商)나라 탕임금이 목욕할 때 쓰던 대야. 안쪽에 "진실로 하루를 새롭게 할 수 있거든 나날이 새롭게 하고 또 날로 새롭게 하라(苟日新, 日日新, 又日新)"는 명문(銘文)이 새겨져 있었다.

孔鼎(공정) : 공씨 집안의 세발솥. 공자의 7대조인 정고보(正考父) 사당의 세발솥. 역시 안쪽에 "처음 관직을 받으면 (겸손하게) 굽히고, 두 번째 관직을 받으면 또 굽히고, 세 번째 관직을 받으면 또 굽히라(一命而僂, 再命而傴, 三命而俯.)"는 명문이 새겨져 있었다.

述作(술작) : 저작. 작품. 여기서는 명문(銘文)을 가리킨다.

43) 其器(기기) : 그 기물(器物). 탕임금의 대야와 공씨의 세발솥을 가리킨다.

其辭(기사) : 그 문사(文辭). 기물에 쓰인 명문을 가리킨다.

44) 嗚呼(오호) : 아아. 감탄사.

聖皇(성황) : 성스러운 임금. 헌종을 가리킨다.

聖相(성상) : 성스러운 재상. 배도를 가리킨다.

45) 烜赫(훤혁) : 기세가 강한 모습. 명성이 두드러지는 것을 말한다.

流(유) : 유전(流轉)되다.

淳熙(순희) : 찬란하다.

46) 示後(시후) : 후세에 보이다.

47) 曷(갈) : 어찌.

三五(삼오) : 삼황오제(三皇五帝).

攀追(반추) : 견주어 따라가다.

48) 書(서) : 베끼다.

誦(송) : 외우다.

過(과) : 한 번.

49) 口角(구각) : 입가.

流沫(유말) : 거품이 나오다.

胝(지) : 굳은살.

50) 封禪(봉선) : 군왕이 산천에 제사를 지내는 일.

玉檢(옥검) : 옥으로 만든 문서함. 봉선에 쓰이는 옥첩(玉牒)을 보관하는 데 쓰이는데, 여기서는 옥첩에 새기는 글을 가리킨다.

明堂(명당) : 군왕이 조회를 하거나 제사를 지내는 전당.

해설

이 시는 당 헌종 원화 12년(817) 배도(裵度)가 회서(淮西) 지방의 번진 오원제(吳元濟)를 토벌한 공을 기린 한유(韓愈)의 〈평회서비(平淮西碑)〉를 소재로 한 것이다. 소년 시절 종숙(從叔)으로부터 고문을 배운 이상은은 평소 한유의 시문을 높이 평가했던 데다 정치적으로도 번진을 적극 토벌하자는 입장이어서 〈평회서비〉에 대해 깊은 관심을 가지고 있었던 것으로 보인다. 이 시는 내용상 여섯 개의 단락으로 나누어 살펴볼 수 있다. 제1단락(제1-8구)은 번진 토벌을 단행하려는 헌종의 결심과 번진의 득세를 서술한 것이다. 헌종은 50년 동안이나 번진이 회서 지역을 차지한 선왕의 치욕을 씻고자 번진 토벌에 나섰다고 했다. 제2단락(제9-18구)은 번진 토벌군의 주장(主將)인 배도의 전공을 소개한 것이다. 배도가 여러 부장들과 14만 대군을 이끌고 채주를 공략해 번진의 우두머리인 오원제를 사로잡는 혁혁한 전과를 올렸다고 했다. 제3단락(제19-26구)은 한유가 〈평회서비〉를 짓게 된 연유를 밝힌 것이다. 배도가 빛나는 전과를 거두자 이를 흡족히 여긴 헌종이 종사관 한유에게 공적비의 비문을 지으라 명한 것이라고 했다. 제4단락(제27-36구)은 한유가 지은 비문을 비석에 새겨 공적비를 세운 과정을 서술한 것이다. 한유가 고문투의 파격적인 글을 지었고 이를 거대한 비석에 대서특필하여 공적비를 세웠다고 했다. 제5단락(제37-44구)은 한유의 비문이 교체된 연유를 밝히고 비문의 우수성을 주장한 것이다. 논공행상에 불만을 품은 자의 참소로 한유의 비문이 교체되었으나 비문의 내용은 사람들의 심금을 울려 영원히 전해진다고 했다. 제6단락(제45-52구)은 헌종과 배도의 공덕을 칭송하고 〈평회서비〉의 가치를 높이 평가한 것이다. 번진 토벌을 명한 헌종과 이를 성공리에 수행한 배도는 물론이고 그 과정과 공덕을 유감없이 글로 전한 한유의 비문 모두 불후하리라고 했다.

이상은이 이처럼 배도의 공로와 한유의 〈평회서비〉를 추켜세운 것은 이덕유(李德裕)를 염두에 둔 것으로 보인다. 이덕유는 무종(武宗)의 신임 하에 번진 토벌에 역점을 두었기 때문이다. 그러나 선종이 즉위하면서 재상에서 파직되고 해남도로 폄적되어 임지에서 죽었다. 이상은은 이 시를 통해 그러한 선종의 처사를 비판했던 것이다. 이 시는 한유 고문의 힘찬 기세를 연상시킬 만큼 박력이 넘쳐 역대로 좋은 평가를 받았다. 만당의 고시(古詩)가 대체로 섬세함에 치우쳐 사(詞)에 가까워질 때라 이처럼 일필휘지로 시인의 주장을 펼친 작품을 만나기 어려운 까닭이다. 일례로 《당시삼백수》에 이 시를 선록한 손수(孫洙)는 "한유의 비문을 노래하면서 한유의 체식을 흉내 내었다. 재주가 크면 못하는 것이 없는 법(詠韓碑卽學韓體, 才大無所不可也.)"이라고 평했다.

054

令狐八拾遺見招送裴十四歸華州

좌습유 영호도의 초대를 받아 화주로 돌아가는 배십사를 전송하다

二十中郞未足稀,[1]	나이 스물에 중랑이 되는 것도 드물다 못하리니
驪駒先自有光輝.[2]	검은 말엔 본래부터 광채가 났었지.
蘭亭讌罷方回去,[3]	난정에서의 연회가 끝나자 극음은 떠나가고
雪夜詩成道蘊歸.[4]	눈 내린 밤 시가 이루어지자 사씨도 돌아갔지.
漢苑風煙催客夢,[5]	한원의 풍경은 나그네의 꿈 재촉하고
雲臺洞穴接郊扉.[6]	운대의 동굴은 교외의 주택과 잇닿아 있네.
嗟予久抱臨邛渴,[7]	아, 나는 오랫동안 사마상여의 갈증을 품고 있었으니
便欲因君問釣磯.[8]	그대 통해 낚시터나 물어보았으면.

주석

1) 中郞(중랑) : 관직 이름으로, 궁궐 내에서 호위와 시종을 담당한다. 《진서·순선전(荀羨傳)》에 의하면, 순선은 15세에 심양공주(尋陽公主)와 결혼해 북중랑장(北中郞將)에 제수되었을 때의 나이가 28세였다고 한다. 여기서는 영호초의 사위인 배십사를 가리킨다.

2) 驪駒(여구) : 검은 말.

〈고악부(古樂府)〉 어떻게 낭군을 알아볼까? 흰 말이 검은 말을 따르겠지.(何用

識夫壻, 白馬從驪駒.)

先自(선자) : 본래부터.

3) 蘭亭(난정) : 회계군(會稽郡) 산음현(山陰縣)에 있던 역정(驛亭). 이곳에서 왕희지(王羲之) 등이 모여 계사(禊事)를 지낸 바 있다.

方回(방회) : 왕희지의 처남인 극음(郄愔)의 자(字). 실제로는 난정에 모인 42인에 극음이 포함되지는 않았다.

4) 道蘊(도온) : 왕응지(王凝之)의 처인 사씨(謝氏)의 자. 사씨는 왕희지의 며느리가 된다. 《진서 · 열녀전(列女傳)》에 의하면, 갑자기 눈이 쏟아져 내린 어느 날 눈이 무엇과 비슷한가라는 숙부 왕안(王安)의 물음에 조카인 왕랑(王朗)이 "소금을 공중에서 뿌렸다고 하면 거의 비슷하겠습니다."라고 하자 사씨가 "버들솜이 바람에 날린다."고 함만 못하다고 했다 한다.

5) 漢苑(한원) : 화음현(華陰縣)에 있었다는 한궁관(漢宮觀)을 가리킨다.

6) 雲臺(운대) : 운대봉(雲臺峰). 화산의 산봉우리로 산 아래에 동굴이 있었다고 한다.

郊扉(교비) : 교외의 주택. 여기서는 화주의 교외를 가리킨다.

7) 臨邛渴(임공갈) : 사마상여(司馬相如)의 갈증. 《사기 · 사마상여열전》에 의하면, 사마상여는 임공현(臨邛縣) 탁왕손(卓王孫)의 딸 탁문군(卓文君)을 금(琴)으로 유혹해 야반도주했다고 한다. 또한 그는 소갈질(消渴疾)을 앓았다고 한다. 이 구는 관직과 배필을 간절히 원함을 의미한다.

8) 釣磯(조기) : 낚시터. 강태공(姜太公)의 낚시터가 화주에 있었다고 한다.

해설

이 시는 영호도(令狐綯)가 매제인 배십사를 위해 베푼 연회에 참석하여 지은 것이다. 영호도는 개성 2년(837)에 좌습유가 되었다. 이상은은 이 시에서 배십사를 전송하며 일찍 관직과 배필을 얻은 그의 처지를 부러워했다. 제1-2구는 약관의 나이에 화주에서 벼슬살이하는 배십사를 소개한 것이다. 제3-4구에서는 영호도가 베푼 송별연을 난정의 연회에 빗댔다. 이어서 왕희지의 처남인 극음과 며느리인 사씨를 배십사 부부에 견주어 가족들과의 단란한 한때를 묘사했다. 제5-6구는 배십사가 돌아갈 화주의 경관을 그려본 것이다. 한궁관과 화산의 아름다운 경치가 귀로를 재촉한다고 했다. 제7-8구는 배십사처럼 관직과 배필을 얻고 싶은 시인의 바람이다. 이상은은 영호도와 의형제 같은 사이였던 까닭에 그의 매제인 배십사에게도 스스럼없는 모습을 보인 듯하다.

055

離思

이별의 근심

氣盡前溪舞,[1]	전계의 춤에 기력 다하고
心酸子夜歌.[2]	자야의 노래에 마음 시리네.
峽雲尋不得,[3]	삼협의 구름 되어도 찾을 수 없고
溝水欲如何?[4]	도랑물은 어디로 가려 하는가?
朔雁傳書絶,[5]	편지 전해주는 북쪽 기러기 끊겼고
湘篁染淚多.[6]	눈물자국 번진 상수가의 대나무 많아라.
無由見顔色,[7]	얼굴을 볼 방도가 없어
還自託微波.[8]	다시 작은 물결에 맡기노라.

주석

1) 前溪舞(전계무) : 전계의 춤. 동진(東晉) 때의 춤으로, 전계촌, 즉 지금의 절강성 덕청현(德淸縣)에서 생겨 이렇게 부른다. 진나라 거기장군(車騎將軍) 심충(沈充)이 곡을 지었다. 춤은 부드럽고 온화하며 아름답다.
2) 子夜歌(자야가) : 악부 오성가곡(吳聲歌曲) 중 하나. 진(晉)나라 곡조로, 자야라는 여인이 이 노래를 불렀는데 그 소리가 매우 슬펐다고 한다. (《당서(唐書)·악지(樂志)》)
3) 峽雲(협운) : 삼협의 구름. 무산신녀를 가리키기도 한다.

4) 溝水(구수) : 도랑물, 개울물.

탁문군(卓文君), 〈백두음 白頭吟〉 하얗기는 산 위의 눈, 밝기는 구름 사이의 달. 당신께서 두 마음 가졌다고 하여 그래서 결별하러 왔어요. 오늘 술잔 기울이며 만나지만 내일 아침 개울가에서 헤어져야 하네요. 타박타박 궁궐 밖 개울가를 걸으면 개울물은 동쪽으로 흐를 테지요.(皚如山上雪, 皎若雲間月. 聞君有兩意, 故來相決絶. 今日斗酒會, 明日溝水頭. 躞蹀御溝上, 溝水東西流.)

5) 朔雁(삭안) : 북쪽에서 남쪽으로 날아가는 기러기.
傳書(전서) : 편지를 전하다.

6) 湘篁(상황) : 상죽(湘竹). 상수가의 대나무로 '상비죽(湘妃竹)'이라고도 부른다. 순(舜)임금이 죽자 두 비인 아황(娥皇)과 여영(女英)의 눈물이 대나무를 적셔 반점이 생겼다고 한다.

7) 無由(무유) : 방도가 없다.
顔色(안색) : 얼굴빛.

8) 微波(미파) : 작은 물결. 여자의 눈빛을 가리킨다.

조식, 〈낙신부 洛神賦〉 잔물결에 부쳐 말을 전하네.(託微波而通辭.)

해설

이 시는 규방의 여인이 이별을 슬퍼하며 원망하는 내용을 담은 것이다. 제1-2구에서는 노래하고 춤을 추지만 즐기지 못하고 오히려 지치고 마음마저 시리다고 하여 슬픔이 깊고 근심이 가득하다고 했다. 제3-4구에서는 전고를 사용하여 만나고자 해도 방도가 없어 슬퍼할 뿐이라 했다. 스스로 삼협의 구름이 되어 양왕(襄王)을 찾지만 찾을 수 없고, 나뉘어 흐르는 개울물처럼 다시 합쳐지기 어려운 것과 같은 형세임을 말했다. 제5-6구에서는 상대에게서 소식조차 없고 자신은 그저 슬픔을 품고 눈물을 흘릴 뿐이라 했다. 제7-8구에서는 비록 그대에게 가까이 다가갈 방도가 없어 잔물결에 의탁하여 말을 전하고자 한다고 했다.

이 시는 겉으로 보면 규방 여인이 말한 원망의 언사인 듯하나 달리 기탁하는 의미가 있다. 시인이 영호도에게 진정(陳情)하며 슬픔을 토로하고 있는 것으로 보아도 무방할 듯하다. '북쪽의 기러기'와 '상수가의 대나무'라는 두 시어를 근거로, 이 시가 시인이 계림에서 북쪽으로 돌아가다 담주에 들린 때 지은 것으로 추정할 수 있다. 이때 영호도는 궁궐에 있었고 이상은은 막부에서 나와 앞이 캄캄할 때여서, 편지를 보내 자신의 마음을 드러내며 소식이 끊긴 영호도와 다시 한 번 이어지길 바랐던 것이다.

056

宿駱氏亭寄懷崔雍崔兗

낙씨의 정자에서 자면서 최옹과 최연이 떠올라 부치다

竹塢無塵水檻清,[1]	대나무로 친 울담 티끌 없고 물가의 난간 맑은데
相思迢遞隔重城.[2]	그리움은 아득히 높은 성에 막혔다.
秋陰不散霜飛晚,[3]	가을 구름 걷히지 않고 서리는 느지막이 내리는데
留得枯荷聽雨聲.[4]	마른 연잎을 남겨 빗소리를 들려준다.

주석

1) 竹塢(죽오) : 대나무로 친 울담. 대나무로 지은 집, 대나무 숲의 물가, 대나무로 만든 선착장 등으로 보기도 한다.
   水檻(수함) : 물가의 난간. 여기서는 정자를 가리킨다.
2) 迢遞(초체) : 아득히 멀다.
   重城(중성) : 높은 성.
3) 秋陰(추음) : 가을 하늘에 낀 구름.
4) 留得(유득) : 남기다.
   枯荷(고하) : 마른 연잎.

해설

이 시는 이상은이 낙씨의 정자에서 유숙하면서 최융의 아들이자 외사촌인

최옹과 최연에게 보낸 것이다. 낙씨의 정자가 어디에 있었는지는 미상인데, 대체로 장안의 교외였을 것으로 추정된다. 혹자는 두목(杜牧)의 〈낙처사묘지(駱處士墓誌)〉를 근거로 원화 연간에 파릉(灞陵) 동쪽에 기거했던 낙준(駱峻)의 정자로 보기도 한다. 제1-2구는 대나무로 친 울담과 물가의 난간이 있는 낙씨의 정자에서 장안에 있는 최옹과 최연을 그리워하는 광경이다. 제3-4구는 금방이라도 비가 쏟아질 것 같은 음산한 가을 경치가 더욱 쓸쓸함을 자아낸다는 말이다. 한밤중 쉽게 잠을 이루지 못하고 빗방울이 마른 연잎을 때리는 소리를 듣는 시인의 심사를 그린 마지막 구절은 이상은 시 특유의 정취라 할 '쓰리고 아련한 맛'을 잘 전해주는 것으로 평가된다. 조설근(曹雪芹)의 《홍루몽(紅樓夢)》 제44회에서 여주인공 임대옥(林黛玉)이 "나는 이상은의 시를 제일 싫어하는데 그의 이 구절 하나만은 좋아한다"며 소개한 바로 그 구절이다. 청나라 기윤(紀昀)은 이 시를 두고 "그리움이란 한 마디는 살짝 단초를 드러내고, 회포를 부치는 마음은 전적으로 언외에 있다(相思二字, 微露端倪, 寄懷之意, 全在言外.)"고 평가했다.

057

風雨

비바람

凄涼寶劍篇,[1]	처량하도다, 〈보검편〉이여
羈泊欲窮年.[2]	나는 이렇게 이리저리 떠돌며 생을 마치려 한다.
黃葉仍風雨,	누런 잎은 여전히 풍우에 시달려도
青樓自管絃.[3]	청루에선 아직도 풍악소리 들린다오.
新知遭薄俗,[4]	새로 알게 된 이는 경박한 세태를 만났고
舊好隔良緣.[5]	옛 친구들과는 좋은 인연에서 멀어졌네.
心斷新豊酒,[6]	신풍주를 잊지 못하고 있으니
銷愁斗幾千?[7]	근심을 녹이려는데 한 말 술값이 얼마나 되려나?

주석

1) 寶劍篇(보검편) : 당나라 곽진(郭震, 656-713)이 지은 글. 곽진은 당나라 초기 위주(魏州) 귀향(貴鄉, 지금의 하북(河北) 대명현(大名縣) 부근) 사람이다. 자가 원진(元振)인데, 이름보다 자로 유명하다. 무측천이 그의 명성을 듣고 그를 찾아 옛 문장을 기록하게 했는데, 그가 〈보검편〉을 올리자 보고 좋아했다고 한다. 〈보검편〉은 묻혀 있는 보검으로 불우한 인재를 비유했는데, 곽원진 자신을 빗대고 있다.

2) 羈泊(기박) : 떠돌다.

窮年(궁년) : 일생을 마치다.

3) 靑樓(청루) : 본래 기생집을 의미하나 여기서는 부귀한 집을 비유했다.

4) 新知(신지) : 새로 알게 된 사람. 그가 누구인지는 의견이 분분하여, 왕무원(王茂元), 왕씨와 혼인한 것, 정아(鄭亞)나 이회(李回) 등이란 의견이 있는데, 대체로 권세를 잃은 자로 보는 것이 무난하다.

5) 舊好(구호) : 옛날에 알던 좋은 사람. 여기서는 영호도를 가리킨다.

6) 心斷(심단) : 마음이 찢어질 듯 슬프다. 자꾸 생각나 잊지 못하다.
新豊酒(신풍주) : 신풍의 술. 신풍은 지금의 섬서성 서안시 임동구(臨潼區) 북동쪽에 있는데 맛좋은 술로 유명하다.《구당서 · 마주전(馬周傳)》에 따르면, 마주가 장안을 유람하다 신풍의 여관에 묵게 되었는데, 주인이 냉담하게 굴어 혼자 술을 마셨다. 장안으로 가서 중장랑(中郞將) 상하(常何)의 집에 머물며 일을 봐주다 태종의 눈에 들어 감찰어사에 제수되었다.

7) 銷愁(소수) : 근심을 녹이다. 이 두 구에서는 신풍주를 마시며 근심을 녹이고자 하지만 그럴 수 없고, 시인 자신이 마주와 같이 임금에게 발탁될 수 없는 신세임을 말했다.
斗幾千(두기천) : 한 말에 몇 천 냥이나 될까.
왕유(王維), 〈소년행 少年行〉 신풍의 맛좋은 술 한 말에 몇 천 냥이나 될까.(新豊美酒斗幾千.) 술값이 매우 비쌈을 이른다.

해설

이 시는 시인이 타향을 떠돌며 현실에서의 좌절로 인해 느낀 근심을 토로한 것이다. 제1-2구에서는 임금의 인정을 받은 곽진과 이리저리 떠돌며 생을 마치려는 시인을 대조시켰다. 시인 자신도 곽진과 같은 포부와 재능을 가지고 있지만 운이 따라주지 않는 아쉬움이 있다고 했다. 제3-4구에서도 풍우에 시달리는 나뭇잎과 풍악 소리 들리는 청루를 대조시키고 있다. 전자는 시련에 고통 받는 자신을 비유하고, 후자는 좌절을 모르고 사는 부귀한 집안을 비유한 것으로, 평생 이리저리 떠도는 자신의 처지를 개탄했다. 제5-6구에서도 대조수법을 사용하여 새로 알게 된 이들은 어려움을 당했고 옛 인연들과도 적조해서 외로운 처지가 되었음을 말했다. 제7-8구에서는 마주의 전고를 써서 술을 빌어 근심을 풀고자 하나 마주처럼 결코 득의할 수는 없을 것이라 했다. 시인은 자신의 처량한 신세에 대해 고통스러워하고 있는데, 행간에는 여전히 회재불우(懷才不遇)에 대한 억울한 심사가 반영되어 있다.

058
夢澤[1]
몽택

夢澤悲風動白茅,[2]	몽택의 슬픈 바람 흰 띠풀을 흔드는데
楚王葬盡滿城嬌.[3]	초왕이 온 성의 미녀들을 모두 장사지내게 했지.
未知歌舞能多少,	가무를 몇 번이나 할 수 있을지 알지도 못하면서
虛減宮廚爲細腰.[4]	쓸데없이 궁궐의 음식을 줄여 가는 허리 만들었구나.

주석

1) 夢澤(몽택) : 지금의 호남성(湖南省) 북부와 호북성(湖北省) 남부에 걸쳐 있는 광대한 소택지(沼澤地)를 흔히 운몽(雲夢)이라 불렀다. 일설에는 강북을 운택(雲澤), 강남을 몽택(夢澤)이라 한다고도 한다.

2) 白茅(백모) : 흰 띠풀. 초나라에서는 매년 흰 띠풀을 주나라 천자에게 진상했다고 한다. 또한 흰 띠풀은 여성의 아름다움을 읊는 데 자주 쓰인다. 《시경 · 소남(召南) · 야유사균(野有死麕)》 흰 띠풀로 싸가니 옥같이 아름다운 여인 있네.(白茅純束, 有女如玉.) 여기서는 띠풀이 바람에 흔들리는 모습으로 초나라의 옛 일을 연상했다.

3) 楚王(초왕) 구 : 초왕은 영왕(靈王, B.C.540-529재위)를 가리키는데, 그가 여인의 가는 허리를 좋아하자 나라 안에 굶는 사람이 많았다고 한다. (《한비자(韓非子) · 이병(二柄)》)

4) 宮廚(궁주) : 궁중의 주방. 여기서는 궁인들이 먹는 음식을 이른다.

해설

이 시는 시인이 대중 원년(847) 계주(桂州)로 가는 도중 동정호 일대를 지나면서 쓴 것인 듯하다. 주변 경물에 촉발되어 역사와 인생에 대한 감개를 기탁하고 있다. 제1-2구에서는 가을날 몽택 주변에 흰 띠풀이 바람에 흔들리는 쓸쓸한 경치를 보고 그 옛날 초나라의 일을 떠올리고 있다. 초 영왕이 가는 허리를 좋아하여 여인들을 굶어죽게 했다는 옛 고사는 왕의 취향이 화를 불러일으켰음을 말한 것이다. 제3-4구에서는 이런 비극에 대한 시인의 느낌과 이해를 담아내었는데, 초왕의 취향이 젊은 여인들에게 얼마나 화를 초래할지 알지 못한 채 무작정 따라한 것을 풍자했다.

059-1

贈歌妓[1] 二首(其一)

가기(歌妓)에게 주다 2수 1

水精如意玉連環,[2]	수정 여의와 옥련환 같은 그대
下蔡城危莫破顔.[3]	하채성 위태로워지니 다시는 웃지 말지라.
紅綻櫻桃含白雪,[4]	붉게 핀 앵도꽃은 흰 눈을 품고 있고
斷腸聲裏唱陽關.[5]	애끓는 소리 가운데 양관의 노래 반복하는구나.

주석

1) 歌妓(가기) : 노래에 능한 기생. 가녀(歌女)라고도 하며, 관가나 관료 개인의 집에 갖추어져 있던 여악(女樂)을 이른다.

2) 水精如意(수정여의) : 수정으로 만든 여의. 여의는 길함을 상징하는 중국 전통 공예품인데, 본래 불교의 법회나 설법 때 법사가 손에 드는 도구로, 막대 끝이 갈고리 모양으로 휘어져 있다. 《습유기(拾遺記)》에 따르면, 손화(孫和)가 달 아래에서 수정여의를 들고 춤을 추다 자신이 사랑하는 등부인(鄧夫人)의 뺨에 상처를 입혔는데, 피가 흐르는 모습이 더욱 아름다웠다고 한다.

玉連環(옥련환) : 옥으로 이어 만든 목걸이. 《전국책(戰國策)》에 따르면, 진시황이 제나라의 왕후를 시험하고자 사신에게 옥련환을 바치게 했다. 사신이 "제나라에 지혜로운 이가 많다면 이 옥련환을 풀 수 있겠는가."라 하자 왕후는 망치를 가져다 옥련환을 부수고는 "삼가 풀었나이다."라 했다.

3) 下蔡城(하채) : 현 이름. 지금의 안휘성(安徽省) 봉대현(鳳臺縣).
   송옥(宋玉), 〈등도자호색부 登徒子好色賦〉 방긋하고 한번 웃으면 양성과 하채를 미혹시키네.(嫣然一笑, 惑陽城, 迷下蔡.)
   破顔(파안) : 굳어 있던 얼굴빛을 부드럽게 하여 활짝 웃다.
4) 綻(탄) : 터지다. (봉오리가) 벌어지다.
5) 陽關(양관) : 양관의 노래. 왕유(王維)의 〈안서에 사신으로 가는 원이를 전송하다(送元二使安西)〉를 읊는 방법을 두고 양관삼첩(陽關三疊, 양관을 세 번 반복)이라는 말이 나왔다. 구양수(歐陽修)에 의하면 마지막 줄을 두 번 읊는다고 하고 소식(蘇軾)은 각 구절마다 두 번씩 읊거나 제2구 이하를 반복하는 방법이 있다고 했다.

해설

이 시는 가기에게 장난삼아 써 준 것으로, 그녀의 아름다운 형상과 감동적인 노래 소리를 묘사했다. 제1-2구에서는 가기의 아름다움에 대해 썼는데, 수정여의와 옥련환으로 아름다우면서도 영롱한 모습을 담아냈다. 특히 송옥의 전고를 응용하여 치명적일 정도의 미모를 지녔다고 과장한 것이 독특하다. 제3-4구에서는 가기가 노래하는 모습을 묘사했는데, 붉은 입술과 흰 치아로 시선을 모은 다음, 그녀가 부르는 노래 소리가 감동적이어서 애끊게 할 정도이며 긴 여운이 남는다 했다.

059-2

贈歌妓[1] 二首(其二)

가기(歌妓)에게 주다 2수 2

白日相思可奈何,	대낮에도 서로 그리워하나 어찌할 수 있을까?
嚴城淸夜斷經過.[1]	맑게 갠 밤 삼엄한 성 안에는 인적마저 끊겼다.
只知解道春來瘦,	봄이 와 수척하다는 것만 알지
不道春來獨自多.[2]	봄이 오면 대개 홀로 있다는 것 알지 못한다.

주석

1) 嚴城(엄성) : 경계가 삼엄한 성. 여기서는 경성(京城)을 가리킨다.
淸夜(청야) : 맑게 갠 밤.

2) 不道(부도) : 알지 못하다.

해설

이 시는 서로 그리워하나 만날 수 없어 외로워하는 정을 담았는데, 가기에게 준 것이라 희롱의 어조가 있다. 제1-2구에서는 낮에 그리워하지만 만날 수 없고 인적 끊긴 밤엔 더욱 어쩔 수 없다고 했다. 제3-4구에서는 가기에게 시인이 봄이 오면 야윈다는 것만 알고 그것이 외로움 때문인 것을 알지 못한다고 하여, 홀로 지내며 만나지 못해 그리움의 고통이 있다고 했다.

060

謝書

감사의 서신

微意何曾有一毫,[1]	작은 성의라곤 언제 한 터럭이라도 있었습니까?
空攜筆硯奉龍韜.[2]	그저 붓과 벼루 들고 병서만 받들었지요.
自蒙半夜傳衣後,[3]	한밤중에 옷을 전해 받은 은혜를 입은 뒤로는
不羨王祥得佩刀.[4]	왕상이 허리에 차는 칼을 얻은 것도 부럽지 않았습니다.

주석

1) 微意(미의) : 작은 성의. 조그마한 보답. 영호초에게 보답하려는 마음을 가리킨다.

一毫(일호) : 한 가닥의 터럭. 아주 작은 것을 비유한다.

2) 攜(휴) : 들다.

筆硯(필연) : 붓과 벼루.

龍韜(용도) : 주나라 때 강상(姜尙)이 지은 병서인《육도(六韜)》의 하나. 여기서는 병서를 이른다.

3) 蒙(몽) : 은혜를 입다.

傳衣(전의) : 옷을 전하다. 불교 선종의 5조 홍인(弘忍)이 6조 혜능(慧能)에게 가사를 전달한 것을 말한다.

4) 羨(선) : 부러워하다.

王祥得佩刀(왕상득패도) : 왕상이 허리에 차는 칼을 얻다. 왕상은 동한 말에 계모를 극진히 모셔 효성으로 이름이 났던 사람이다. 위나라 서주자사(徐州刺史) 여건(呂虔)이 허리에 차는 칼을 가지고 있었는데, 장인이 그것을 보더니 반드시 삼공(三公)에 올라야 이 칼을 찰 수 있다고 했다. 그러자 여건이 별가인 왕상에게 이렇게 말했다. '그대에게 재상의 도량이 있으니 이 칼을 주네.' 왕상은 처음에 사양했지만 여건이 억지로 주기에 그것을 받았다는 내용이 있다. 왕상은 후에 태보(太保)의 벼슬에 올랐다.(《진서(晉書)·왕람전(王覽傳)》)

해설

이 시는 이상은이 영호초의 후의에 감사를 표한 것이다. 영호초는 가장 먼저 이상은의 재능을 알아주고 친자식처럼 아꼈던 사람이다. 이상은을 자신의 막부로 불러 순관에 임명하고 공문서 작성에 필요한 변려문을 손수 가르쳤다. 이 시에는 이러한 그의 지지와 후원에 감사하는 마음이 담겨 있다. 제1-2구는 영호초가 베풀어준 은혜에 보답하지 못해 부끄럽다는 것이다. 영호초는 이상은에게 순관의 직무를 충실히 수행할 것을 독려하기보다 더 큰 인재로 성장하도록 배려했고, 특히 고문(古文)만을 배웠던 이상은에게 변려체의 장주문(章奏文)을 짓는 법을 전수했다. 제3-4구는 이와 같은 영호초의 은혜에 감격한 시인의 감회이다. 그가 영호초로부터 변려문을 배운 것은 육조대사 혜능이 홍인으로부터 가사를 전수받은 것과도 같아서, 여건에게 패도를 받은 왕상도 부럽지 않다고 했다. 이상은은 후에 과거에 급제했지만 미관말직에 머무르고 대부분의 시간을 막부에서 보냈다. 따라서 그가 영호초에게 변려문을 배운 것은 실로 중요한 호구지책을 얻은 셈이었다.

061

寄令狐學士[1]

한림학사 영호도(令狐綯)에게 부치다

秘殿崔巍拂彩霓,[2]	깊은 궁전 우뚝 솟아 채색 무지개를 스치는데
曹司今在殿東西.[3]	낭중은 지금 궁전의 좌우로 계시는군요.
賡歌太液翻黃鵠,[4]	태액지에서 창화하며 황곡을 묘사하고
從獵陳倉獲碧鷄.[5]	진창에서 사냥을 따르며 푸른 닭을 잡으시겠지요.
曉飮豈知金掌迥,[6]	새벽 술자리에 어찌 금장이 먼 것을 아시겠어요
夜吟應訝玉繩低.[7]	한밤중 시 짓다 보면 옥승 별이 낮은 것 의아하시겠지요.
鈞天雖許人間聽,[8]	균천의 음악을 인간 세상에서도 듣도록 했다지만
閶闔門多夢自迷.[9]	하늘의 문은 많기도 하여 꿈에서도 홀로 헤맨답니다.

주석

1) 令狐學士(영호학사) : 한림학사(翰林學士) 영호도(令狐綯). 영호도는 대중(大中) 2년(848)에 고공낭중(考功郎中, 종5품상, 인사고과 담당)에 제수되었는데, 궐에 닿기도 전에 다시 한림학사에 제수되었다.

2) 秘殿(비전) : 깊은 궁전.

崔巍(최외) : 높고 가파른 모양.

3) 曹司(조사) : 조사는 육조(六曹)의 속관으로, 낭중(郎中)으로 통칭함. 당시 영호도는 이부(吏部) 고공낭중으로 한림학사를 임시로 겸직했다.

4) 賡歌(갱가): 남과 같이 노래를 서로 이어 부름. 창화하다.

太液(태액) : 태액지(太液池). 한대 태액지는 지금의 섬서성 장안현 서쪽에 있었고, 당대의 태액지는 대명궁(大明宮)의 함량전(含凉殿) 뒷편에 있었다.

《서경잡기(西京雜記)》 시원 원년(전한 선제(宣帝) B.C.86)에 황곡이 태액지에 내려오자 황제가 노래를 지어 이르기를 "황곡이 날아 건장궁에 내려왔도다"라 했다.(始元元年, 黃鵠下太液池, 帝爲歌曰: 黃鵠飛兮下建章.)

5) 陳倉(진창) : 지명. 지금의 섬서성 보계시(寶鷄市).

碧鷄(벽계) : 푸른 닭. 전설적인 동물이다.

《한서 · 교사지하(郊祀志下)》 어떤 이가 익주에 금마와 벽계신이 있어 초제를 지내면 온다고 하여 간대부 왕포를 보내 그것을 구하도록 했다.(或言益州有金馬碧雞之神, 可醮祭而致, 於是遣諫大夫王褒使持節而求之.)

6) 金掌(금장) : 승로반 위에 있는 신선상의 손바닥.

《삼보황도(三輔黃圖)》 건장궁에는 신명대가 있는데 무제가 만들었으며 신선을 제사지내던 곳이다. 위에 승로대가 있어 구리로 만든 신선이 손바닥을 펴고 구리쟁반과 옥잔을 받들어 구름의 이슬을 받으면 옥가루를 타서 마셨다.(建章宮有神明臺, 武帝造, 祭仙人處. 上有承露臺, 有銅仙人舒掌捧銅盤玉杯以承雲表之露, 和玉屑服之.)

7) 玉繩(옥승) : 별 이름. 《춘추원명포(春秋元命苞)》에 따르면, 옥승은 옥형(玉衡), 즉 북두칠성의 다섯 번째에서 일곱 번째의 별의 북쪽 두 별을 말한다.

8) 鈞天(균천) : 구천(九天)의 하나. 하늘의 중앙. 《사기(史記) · 편작창공열전(扁鵲倉公列傳)》에 따르면, 조간자(趙簡子)가 병이 나 편작(扁鵲)이 그것을 보고 "혈맥은 치료가 되었는데 어찌 그리 괴이한 일입니까? 옛날 진(秦) 무공(繆公)이 이와 같았는데 일주일 만에 깨어 공손지(公孫支)에

일러 가로되 '우리 황제가 매우 기뻐하셨다.'고 했는데, 지금 임금의 병의 이와 같습니다."고 했다. 이틀 반이 지나 조간자가 깨어나 대부에게 "우리 황제가 매우 기뻐하셨다. 여러 신들과 균천에서 노닐었고 광악(廣樂)이 연주되고 춤추어졌는데 삼대(三代)의 음악 같지는 않았고 마음을 감동시키는 소리였다."라 했다. 여기서 이 구는 조정의 관직에 있으면서 임금을 가까이에서 모시는 것을 비유한다.

9) 閶闔(창합) : 하늘의 문, 궁궐의 문.

해설

대중(大中) 2년(848) 시인은 계림에서 장안으로 되돌아 왔는데, 이 시는 이 여정 중 영호도가 한림학사에 제수된 소식을 듣고 쓴 것인 듯하다. 시의 대부분은 영호도를 칭송하는 데 할애되어 있고, 마지막에 자신을 이끌어줄 것을 바라는 내용을 담았다. 이 시의 앞 6구는 영호도가 귀하고 현달한 자리에서 총애를 받고 있음을 써 그를 칭송하며 선망하는 뜻을 드러내고 있다. 제1-2구에서는 깊고 높은 궁전에서 한림학사로 재직 중임을 말하여 영호도의 관직을 소개했다. 다음 두 연에서는 한림학사로서 하는 일을 말했는데, 제3-4구에서는 궁전 안에서는 창화를 하고 궁전 밖에서는 사냥을 따르는 일을 한다고 했다. 제5-6구에서는 깊은 궁전에서 밤을 새우며 술자리가 이어지며 시를 짓는 일이 새벽까지 계속된다고 했다. 마지막 연인 제7-8구에서는 균천의 음악을 인간세상에서 듣고자 하나 그곳에 들어가기 어렵다고 했다. 이는 영호도가 궁전에서 왕을 보필하고 있으므로, 헤매고 있는 시인 자신을 그곳에 들어갈 수 있도록 끌어주기를 바라는 마음을 드러낸 것이다.

062

酬令狐郎中見寄[1]

영호낭중이 보내준 시에 응수하다

望郎臨古郡,[2]	낭중께서 옛 마을에 부임해
佳句灑丹青.[3]	아름다운 구절을 오색지에 뿌리셨습니다.
應自丘遲宅,[4]	응당 구지의 저택으로부터 나와
仍過柳惲汀.[5]	다시 유운의 물가를 지나왔겠지요.
封來江渺渺,[6]	편지를 보내오셨을 때 강이 아득했는데
信去雨冥冥.[7]	회신을 보내자니 비 뿌려 어둡습니다.
句曲聞仙訣,[8]	구곡산 신선의 비결을 들은 듯하고
臨川得佛經.	임천 불가의 경전을 얻은 듯합니다.
朝吟搘客枕,[9]	아침에 읊조리며 나그네의 베개를 괴고
夜讀漱僧瓶.[10]	밤에 읽으며 스님의 항아리를 씻었습니다.
不見銜蘆雁,[11]	갈대를 문 기러기 보이지 않고
空流腐草螢.	부질없이 썩은 풀의 반딧불이만 흘러갑니다.
土宜悲坎井,[12]	토양의 특성상 얕은 우물을 슬퍼하고
天怒識雷霆.[13]	하늘이 노했음을 우레와 천둥으로 압니다.
象卉分疆近,[14]	코끼리 숲이 경계를 나누며 가까이 있고
蛟涎浸岸腥.[15]	교룡의 침이 강 언덕에 스미어 비리기만 합니다.

補羸貪紫桂,[16] 야윈 몸 보충하려고 자주색 계수나무를 탐내고
負氣託靑萍.[17] 의기에 의지하려 청평에 맡기렵니다.
萬里懸離抱,[18] 만 리에 내걸린 이별의 마음
危於訟閣鈴.[19] 관청의 풍경보다 높다랍니다.

주석

1) 令狐郎中(영호낭중) : 영호도(令狐綯)를 가리킨다. 당시 그는 호주자사(湖州刺史)였고, 이상은에게 시를 보내왔기에 이에 수창한 것이다.
2) 望郎(망랑) : 맑고 높은 명망을 갖춘 낭관(郎官).
   古郡(고군) : 옛 마을. 여기서는 호주(湖州)를 가리킨다.
3) 灑(쇄) : 뿌리다.
   丹靑(단청) : 울긋불긋한 종이. 여기서는 영호도가 써 보낸 시를 가리킨다.
4) 丘遲(구지) : 구지(464-508)의 자는 희범(希範)이고, 오흥(吳興, 지금의 절강(浙江省) 호주(湖州)) 사람이다. 남조 제량(齊梁) 사이의 문인이다. 8세에 글을 짓기 시작하여 양무제(梁武帝)가 건업(建鄴)을 평정하자 표기주부(驃騎主簿)가 되었고, 중서랑(中書郎), 중서시랑(中書侍郎), 사공종사중랑(司空從事中郎) 등을 지냈다. 《구사공집(丘司空集)》이 전한다.
5) 柳惲(유운) : 유운(465-517)의 자는 문창(文暢)이고, 하동(河東, 지금의 산서성(山西省) 운성(運城)) 사람으로, 남조 양나라의 저명한 문인이자 음악가이다. 시중(侍中)을 비롯하여 산기상시(散騎常侍), 좌민상서(左民尙書) , 평월중낭장(平越中郎將), 광주자사(廣州刺史) 등을 역임했다.
   汀(정) : 물가. 호주성 동남쪽에 삽계(霅溪)가 있는데, 정주(汀洲)와 연결되어 있었다. 이 정주의 이름은 백평(白苹)이라 했는데, 오흥태수(吳興太守)였던 유운이 여기서 지은 〈강남곡(江南曲)〉 때문에 붙여진 이름이다. 이 시에서 "강의 모래섬에서 흰 부평초를 따는데, 해질녘 강남엔 봄이 한창일세(汀洲采白苹, 日暮江南春.)"라고 했다. 이 두 구는 구지의 저택에서 시가 쓰여 유운의 물가를 지나 부쳐 왔다는 말로, 영호도의 시를 칭송한 것이다.

6) 渺渺(묘묘) : 넓고 아득한 모양.
7) 冥冥(명명) : 어둑어둑한 모양.
8) 句曲(구곡) : 구곡산. 지금 강소성(江蘇省) 구용현(句容縣) 동남쪽에 있다. 한나라 모영(茅盈)과 그의 동생이 여기서 수도했다고 하여 모산(茅山)이라 부르기도 한다.
9) 搘(지) : 버티다. 괴다.
10) 漱(수) : 씻다.
11) 銜蘆(함로) : 갈대를 물다. 기러기가 갈대를 물고 날면 주살로부터 자신의 날개를 방어할 수 있다고 한다. 이 두 구는 시인 자신이 갈대를 문 기러기처럼 몸을 방어해 해를 피할 수 없고, 날아다니는 반딧불이처럼 하늘 끝에서 떠돈다는 말이다.
12) 土宜(토의) : 각 지역의 성질이 다른 토양. 계림 지방은 초목이 우거지고 독사가 출몰하여 식수를 전적으로 우물에 의존한다.
    坎井(감정) : 얕은 우물.
13) 雷霆(뢰정) : 우레와 천둥.
14) 象卉(상훼) : 코끼리 숲. 코끼리가 서식하는 초목이 있는 곳.
    分疆近(분강근) : 경계를 나누며 가까이 있다. 코끼리 산지는 교지(交趾)로 광서(廣西) 지방의 인근이므로 이렇게 말한 것이다.
15) 蛟涎(교연) : 교룡의 침. 《묵객휘서(墨客揮犀)》에 따르면, 교룡은 뱀과 비슷한데 그 머리가 호랑이 같다고 한다. 교룡이 사람을 보면 먼저 비린 침으로 사람을 감아서 물에 떨어뜨린 후 겨드랑이 아래서 피를 빤다고 한다.
16) 羸(리) : 여위다. 약하다.
17) 負氣(부기) : 자기의 의기(意氣)를 믿음.
    靑萍(청평) : 칼 이름. 병권(兵權)을 비유하기도 한다. 이 두 구는 당시 빈곤하여 여유가 없다고 하면서 은혜를 갚고자 하는 마음을 드러낸 것이다. 영호도의 시에는 필시 이상은의 배은(背恩)을 꾸짖는 내용이 있었을 것이므로, 이에 대해 자신의 상황을 장황하게 설명한 것이다.
18) 離抱(리포) : 이별한 사람의 회포.

19) 訟閣(송각) : 관청.

鈴(령) : 풍경. 장수나 주군(州郡)의 우두머리가 머무는 관청 처마 끝에 풍경이 달려 있다.

해설

이상은이 정아(鄭亞)를 따라 계주로 가자 영호도(令狐綯)가 이에 대해 비판하는 시를 보냈고, 시인은 이에 응수하여 이 시를 지었다. 이 시로 보건대 당시 영호도는 이상은의 행위를 강도 높게 비판했던 듯하다. 이에 대해 이상은은 상대를 높이면서도 자신의 곤란한 처지를 서술하여 오해를 풀고 영호도의 분노를 식히려 했다. 제1단락(제1-4구)은 영호도가 소식을 보내 온 것에 대해 썼다. 전반부에서는 부임지에서 종이에 시구를 적어 보냈다고 했고, 후반부에서는 구지의 저택과 유운의 물가 등 영호도가 있는 호주(湖洲)의 옛 유적을 통해 영호도의 부임지에 대해 말했다. 제2단락(제5-8구)은 영호도가 보낸 시에 대해 썼다. 전반부에서는 그가 편지를 보내어 자신이 회신을 한다고 했는데, 함께 제시된 자연 경물을 통해 영호도와의 관계가 아득하고 자신의 심사가 어두움을 연상하게 했다. 후반부의 신선의 비결과 불가의 경전은 영호도의 시가 그만큼 소중한 것임을 비유한 것이다. 제3단락(제9-12구)은 조석으로 영호도의 시를 읽은 것과 그로 인해 돌아보게 된 자신의 처지에 대해 썼다. 어려움을 피할 수도 없고 어쩔 수 없이 하늘 끝을 떠돌고 있는 신세라고 했다. 제4단락(제13-15구)은 시인이 머물고 있는 계주의 모습을 말한 것이다. 토지가 척박하고 우레와 비가 많으며 코끼리며 교룡이 사는 매우 궁벽한 곳이라고 했다. 제5단락(제16-20구)은 시인 자신의 몸과 마음의 상태에 대해 서술한 것이다. 몸은 야위어 보약을 찾을 정도이지만 마음은 의기가 있어 그것을 영호도에게 보여주고자 했다. 멀리 떨어져 근심 속에 살고 있으니 상대가 그 마음을 알아주었으면 하는 바람을 기탁했다.

063

七月二十八日夜與王鄭二秀才聽雨後夢作

7월 28일 밤 왕, 정 두 수재와 빗소리를 들은 후 꿈을 꾸고 짓다

初夢龍宮寶焰燃,[1] 막 꿈을 꾸니 용궁의 보배가 불꽃처럼 타오르고

瑞霞明麗滿晴天.[2] 상서로운 노을이 밝고 아름답게 갠 하늘에 가득한데,

旋成醉倚蓬萊樹,[3] 이윽고 취하여 봉래산의 나무에 기댔더니

有箇仙人拍我肩.[4] 한 신선이 내 어깨를 쳤다.

少頃遠聞吹細管,[5] 얼마 후 멀리서 피리 부는 것 들려왔는데

聞聲不見隔飛煙.[6] 소리만 들리고 날리는 연무를 사이에 둔 듯 보이지 않고,

逡巡又過瀟湘雨,[7] 잠시 뒤 다시 소상의 비가 지나갔고

雨打湘靈五十絃.[8] 비는 상수 신의 오십 현의 슬을 때렸다.

瞥見馮夷殊悵望,[9] 빙이를 보았더니 아주 슬피 바라보고 있었고

鮫綃休賣海爲田.[10] 교인이 명주 팔기를 그만두니 바다는 밭이 되었으며,

亦逢毛女無憀極,[11] 또한 의지할 데 없었던 모녀를 만났고

龍伯擎將華岳蓮.[12] 용백은 화산의 연화봉을 들고 있었다.

恍惚無倪明又暗,[13]	어른어른 끝없이 밝았다가 또 어두워져
低迷不已斷還連.[14]	흐리멍덩함이 그침 없이 끊어졌다 다시 이어지는데,
覺來正是平階雨,[15]	깨어보니 벌써 계단까지 차오른 빗물
獨背寒燈枕手眠.[16]	홀로 차가운 등을 등진 채 팔베개를 하고 잠든 것이었다.

주석

1) 寶焰燃(보염연) : 보배가 불꽃처럼 타오르다. 구슬 등의 보배가 휘황찬란하여 불꽃이 타오르는 것 같다는 말이다.

2) 瑞霞(서하) : 상서로운 노을.
明麗(명려) : 밝고 아름답다.

3) 旋成(선성) : 이윽고. 얼마 지나지 않아.
倚(의) : 기대다.

4) 有箇(유개) : 어떤.
拍(박) : 치다.
肩(견) : 어깨.

5) 少頃(소경) : 얼마 후.
細管(세관) : 피리와 같이 가늘고 긴 관악기.

6) 飛煙(비연) : 떠다니는 연무.

7) 逡巡(준순) : 경각. 짧은 시간.

8) 湘靈(상령) : 상수의 신.

9) 暼見(별견) : 한번 보다.
馮夷(빙이) : 황하의 신 하백(河伯).
悵望(창망) : 슬프게 바라보다.

10) 鮫綃(교초) : 교인(鮫人)이 짜는 생사(명주).
임방(任昉), 《술이기(述異記)》 남해에서는 교초사가 나는데 물속에서 잠수하여 짠 것이라 용사라고도 한다. 그 값은 백여 금이나 하고 옷을 지어 입으면

물에 들어가도 젖지 않는다.(南海出鮫綃紗, 泉室潛織, 一名龍紗. 其價百餘金, 以爲服, 入水不濡.)

11) 毛女(모녀) : 화산(華山)에서 득도했다는 선녀.

유향(劉向), 《열선전(列仙傳) · 모녀(毛女)》 모녀는 자가 옥강이며 화음산 속에서 살았다. 사냥꾼들이 대대로 그녀를 보았는데 몸에 털이 나 있었다. 스스로 말하길 '(나는) 진시황의 궁녀로서 진나라가 망하자 떠돌아다니다가 산으로 들어가 난을 피했다. 도사 곡춘을 만났는데 소나무 잎을 먹는 법을 가르쳐 주어 마침내 배고픔과 추위를 느끼지 않고 몸이 날 듯이 가볍게 되었으며, 170여 살이나 되었다'고 했다. 머물던 바위 동굴 속에서 금을 타는 소리가 들렸다고 한다.(毛女者, 字玉薑, 在華陰山中, 獵師世世見之, 形體生毛, 自言秦始皇宮人也, 秦壞, 流亡入山避難, 遇道士穀春, 教食松葉, 遂不飢寒, 身輕如飛, 百七十餘年, 所止巖中有鼓琴聲云.)

無憀(무료) : 곤경에 처하여 살아갈 방도가 없다. 의지할 곳이 없다.

12) 龍伯(용백) : 용백국(龍伯國)에 산다는 거인.

擎(경) : 들다.

華岳(화악) : 화산.

《화산기(華山記)》 산정에 연못이 있고 연못에서 잎이 천 개인 연꽃이 자란다. 그것을 먹으면 신선이 되기에 화산이라 부른다.(山頭有池, 池中生千葉蓮花, 服之羽化, 因名華山.)

蓮(연) : 화산의 연화봉(蓮花峰).

13) 恍惚(황홀) : 어렴풋하다. 어른어른하다.

無倪(무예) : 끝이 없다.

14) 低迷(저미) : 어질어질하다. 흐리멍덩하다.

15) 覺(교) : 잠에서 깨다.

平階(평계) : 계단.

16) 枕手(침수) : 팔베개를 하다.

해설

이 시는 7월 28일 꿈에서 본 내용을 기록한 것이다. 어느 해 7월 28일인가는 분명치 않으나 대략 대중 5년(851) 전후일 것으로 추정된다. 시인과 함께 있었다는 왕수재와 정수재에 대해서는 알려진 바가 없다. 이 시는 대구를 쓰지 않은 변격의 칠언배율(칠언고시라고도 한다)로, 네 구씩 네 단락으로 나누어 살펴볼 수 있다.

제1단락(제1-4구)은 꿈에 용궁에 들어간 장면을 서술한 것이다. 노을이 아름다운 저녁에 잠이 들어 꿈에 봉래의 용궁에 들어가 신선을 만났다고 했다. 시인이 경원절도사(涇原節度使) 막부로 들어가 왕무원(王茂元)을 만났던 일을 빗댄 것이라는 설명을 참고할 만하다. 제2단락(제5-8구)은 신선과 헤어지고 남방을 떠도는 모습을 묘사한 것이다. 신선이 피리를 불며 사라진 후에 시인은 상수 일대를 떠돌며 비를 맞았다고 했다. 시인이 왕무원이 세상을 떠난 후 계주 막부를 전전했던 상황을 연상하기에 충분하다. 제3단락(제9-12구)은 신선을 떠나보낸 후의 의지할 데 없는 처지를 서술한 것이다. 하백인 빙이는 슬피 바라볼 뿐 상전벽해의 변화를 어쩔 수 없었기에 시인에게 관심을 주지 않는 모녀와 용백의 주위를 부질없이 맴돌았다고 했다. 이는 시인이 관직을 다시 얻고자 영호도(令狐綯)의 눈치를 살폈던 것을 언급한 내용인 듯하다. 제4단락(제13-16구)은 꿈에서 깨어난 뒤의 모습을 묘사한 것이다. 함께 있던 두 수재도 이미 떠난 후에 등불이 어른거리는 비몽사몽의 순간에서 현실로 돌아와 주룩주룩 비 오는 밤에 잠이 들어 꿈에 용궁을 다녀온 사실을 깨달았다고 했다. 요컨대 이 시는 꿈을 빌려 자신의 어려운 처지를 하소연한 것이라 하겠다. 용궁에 다녀온 이야기를 그린 〈유의전(柳毅傳)〉과 다점(茶店)에서 잠에 들어 꿈속의 세계를 경험한 이야기인 〈침중기(枕中記)〉 등 당대 전기(傳奇)에서 모티브를 취한 흔적이 엿보인다.

064
寄令狐郎中[1]

영호낭중에게 부치다

嵩雲秦樹久離居,[2]	숭산의 구름과 진 땅의 나무는 오랫동안 떨어져 지냈는데
雙鯉迢迢一紙書.[3]	두 마리 잉어에는 멀리서 보낸 편지 한 통.
休問梁園舊賓客,[4]	예전 양원의 빈객 생활은 묻지 마시지요
茂陵秋雨病相如.	무릉의 가을비에 병든 사마상여니까요.

주석

1) 令狐郎中(영호낭중) : 영호도(令狐綯). 영호도는 호부원외랑(戶部員外郎)에 재직 중이었다.
2) 嵩雲秦樹(숭운진수) : 숭산(嵩山)의 구름과 진(秦) 땅의 나무. 자신은 낙양 부근에 있고, 영호도는 장안에 있어 서로 떨어져 있음을 이른 것이다.
3) 雙鯉(쌍리) : 두 마리 잉어. 멀리서 보내온 두 마리의 잉어 뱃속에 편지가 들어있었다는 고사에서 편지나 소식을 의미하게 되었다.

   악부고사(樂府古辭) 〈음마장성굴행 飮馬長城窟行〉 손님이 먼 곳에서 찾아와, 나에게 두 마리 잉어를 남겼네. 아이를 불러 잉어를 삶으니, 그 가운데 한 자 되는 비단에 쓴 편지가 있었네.(客從遠方來, 遺我雙鯉魚. 呼兒烹鯉魚, 中有尺素書.)

   迢迢(초초) : 아득히 먼 모양.

4) 梁園(양원) : 양효왕(梁孝王)이 세운 유원(遊園). 양효왕이 내조(來朝)할 때 추양(鄒陽), 매승(枚乘), 장기(莊忌) 등이 따라왔는데, 사마상여(司馬相如)가 그들을 좋아하여 병을 핑계로 벼슬을 그만두고 객이 되어 양나라에 갔었다.(《사기 · 사마상여열전》) 여기서는 영호초(令狐楚)의 막부에 있었던 시절을 가리킨다.

3) 茂陵(무릉) : 지금의 섬서성(陜西省) 흥평시(興平市). 양효왕이 죽자 사마상여는 다시 촉(蜀)으로 돌아갔다. 한무제가 〈자허부(子虛賦)〉를 읽고 칭찬하며 불러들여 낭(郎)으로 임명했지만, 무릉에 한거하며 피했다.

해설

이 시는 회창(會昌) 5년(845) 시인이 낙양에 병거(病居)하고 있을 때 지은 것으로, 영호도의 편지에 대한 화답으로 보인다. 이상은과 영호도는 정치적으로나 사적으로 서로 껄끄러운 관계에 있었으나 이때는 그 관계가 다소 완화되어서 안부를 묻는 편지가 가고 이에 대해 화답할 수 있었다. 제1-2구는 영호도가 편지를 보내 문안한 것을 말했다. 시인은 낙양에 있고 영호도는 장안에 있어 멀리 떨어져 있으나 상대에 대한 정의(情意)를 '숭산의 구름(嵩雲)'과 '진땅의 나무(秦樹)'로 표현했으며, '멀리서(迢迢)' '한 통(一紙)'이란 말은 서신을 받았을 때의 반가움과 친밀함을 드러낸다. 제3-4구에서는 사마상여의 전고를 사용하면서 자신이 사마상여와 같이 병중에 한거하고 있는 신세임을 드러냈다. 여기에 쓸쓸한 가을비 정경까지 더해지니, 겉으로 드러내놓고 감개를 말하지 않아도 시인이 느끼는 슬픔과 적막을 느낄 수 있다. 그래서 청나라 기윤(紀昀)은 이 시에 대해 "한번 부르면 세 번 감탄하니 격조와 운치가 모두 고상하다(一唱三嘆, 格韻俱高.)"고 했던 것이다.

065-1

漫成 三首(其一)

즉흥시 3수 1

不妨何范盡詩家,[1]	서로 헐뜯지 않은 하손과 범운은 모두가 시인
未解當年重物華.[2]	당시에 자연경물을 소중히 한 것 이해 못 하지.
遠把龍山千里雪,[3]	멀리 용산의 천 리 눈을 가져와
將來擬竝洛陽花.[4]	장래에 낙양의 꽃과 나란히 하려 했다.

주석

1) 妨(방) : 질투하다. 측성자인 '妬(투)'자 대신 쓴 것으로 보인다.
何范(하범) : 하손(何孫, 약480-520)과 범운(范雲, 451-503). 범운은 하손의 대책(對策)을 보고 크게 칭찬하며 나이를 잊은 친구가 되었다. 두보도 〈북쪽 이웃(北鄰)〉이라는 시에서 하손의 시를 매우 높이 평가한 바 있다. "술을 좋아하기로는 진나라의 산간이요, 시에 능하기로는 수조참군 하손일세.(愛酒晉山簡 , 能詩何水曹.)"
詩家(시가) : 시인.

2) 未解(미해) : 이해하지 못하다. 지금 시인들은 하손과 범운이 서로 시기하지 않으면서 경물 묘사를 중시한 시를 지었던 것을 이해하지 못한다는 말이다.
當年(당년) : 당시.
重物華(중물화) : 자연경물을 소중히 하다. 경물 묘사를 중시하다.

3) 遠把(원파) : 멀리서 가져오다.

龍山(용산) : 지금의 산서성 혼원현(渾源縣) 서남쪽에 있는 산이다.

포조(鮑照), 〈유정의 풍격을 배운 시 學劉公幹體〉 다섯 수 가운데 셋째 수 오랑캐 바람이 북녘의 눈을 불어와, 천 리 용산을 넘는다.(胡風吹朔雪, 千里度龍山.)

4) 擬竝(의병) : 나란히 하려 하다.

洛陽花(낙양화) : 낙양의 꽃.

《하손집(何遜集)》, 〈광주자사 범운의 저택 연구 范廣州宅聯句〉 낙양성 동쪽과 서쪽에서 도리어 해를 넘긴 이별을 하네. 지난번에 떠날 때는 눈이 꽃 같더니 이번에 와보니 꽃이 눈 같네.(범운) 자욱하게 저녁 연기 피어나고 희미하게 석양이 사그러진다. 그대의 사랑이 집에 가득하지 않았다면, 어찌 내가 수레바퀴 자국을 안정시키리.(하손)(洛陽城東西, 却作經年別. 昔去雪如花, 今來花似雪.(雲) 濛濛夕煙起, 奄奄殘輝滅. 非君愛滿堂, 寧我安車轍.(遜)) 따라서 '원파(遠把)' 2구는 '용산의 눈'으로 '낙양의 꽃'을 비유한다는 말이다. 이 연구(聯句)에서 앞의 네 구는 범운이 지은 것인데, 이상은은 앞의 네 구까지 하손의 것으로 착각하고 이 구절을 들어 하손이 '경물 묘사를 중시한' 사례를 보여주려 한 것으로 보인다.

해설

이 시는 즉흥적으로 지은 세 수 가운데 첫째 수이다. 제1-2구는 남조 양(梁)나라의 시인인 하손(何遜)과 범운(范雲)을 들어 바람직한 문인의 관계를 소개한 것이다. 범운은 하손의 시재(詩才)를 인정하고 막역하게 지내며 나란히 자연경물을 읊은 시를 즐겨 지었다고 했다. 제3-4구는 하손이 범운과 더불어 지은 연구(聯句)를 배경으로 두 사람의 교분을 재차 드러낸 것이다. '용산의 눈'으로 '낙양의 꽃'을 비유한다고 하여 경물 묘사에 대한 공통의 관심도 강조했다. 이 시는 전체적인 내용으로 보아 시인이 자신을 하손에 비유하고, 은사인 영호초(令狐楚)를 범운에 비유한 것으로 이해된다. 애초에 영호초는 자신의 재능을 인정해 막부의 순관(巡官)으로 초빙했는데, 지금 당파와 같이 재능 외적인 부분을 중시하며 서로 헐뜯는 사람들은 그런 관계를 이해하지 못한다는 것이다. 시인은 모친상을 당해 산서성 영락(永樂)에 머문 적이 있고, 영호초는 동도유수(東都留守)를 지냈다. 따라서 '용산의 눈'과 '낙양의 꽃'의 비유도 시인이 영호초로부터 변려문(騈儷文)을 배워 결국 어깨를 나란히 하게 되었음을 말하는 것으로 보인다.

065-2

漫成 三首(其二)

즉흥시 3수 2

沈約憐何遜,[1]	심약은 하손을 아껴주었지만
延年毁謝莊.[2]	안연지는 사장을 비방했지.
清新俱有得,[3]	청신함은 모두 얻은 바이거늘
名譽底相傷.[4]	명예를 어찌 서로 중상하는가.

주석

1) 沈約(심약) : 심약(441-513)은 남조 양나라의 문인. 《남사(南史) · 하손전》에 심약이 하손에게 "나는 매번 자네의 시를 읽을 때마다 하루에 세 번을 반복하고도 여전히 그치질 못한다네."라 했다 한다.

憐(련) : 아끼다.

2) 延年(연년) : 남조 송나라의 문인 안연지(顏延之, 384-456). 연년은 그의 자(字)이다.

毁(훼) : 비방하다.

謝莊(사장) : 사장(421-466)은 남조 송나라의 문인. 자(字)는 희일(希逸)이다.

《남사 · 사장전》 효무제가 안연지에게 이렇게 물었다. "사장의 〈월부〉는 어떠한가?" 안연지가 대답했다. "아름답기는 아름답습니다만, 사장은 그저 '천 리 멀리서 밝은 달을 함께 한다'(〈월부〉의 한 구절)는 것만 압니다." 효무제가 사장을 불러 안연지의 말 그대로 말하니 사장이 말이 끝나기가 무섭게 이렇게 대답했다. "안연지가 〈추호〉라는 시를 지었는데 그저 '나서는 오래도록 이별하고, 죽어서는 영원히 돌아오지 않는다.'는 것만 알더이다." 효무제가 종일 좋다고 박수를 쳤다.(孝武嘗問顏延之曰, 謝希逸月賦何如, 答曰, 美則美矣, 但莊始知隔千里兮共明月. 帝召莊, 以延之語語之, 莊應聲曰, 延之作秋胡詩, 始知生爲久離別, 沒爲長不歸. 帝撫掌竟日.)

3) 淸新(청신) : 깨끗하고 산뜻함. 시어가 참신해 진부함에 빠지지 않은 것을 말한다.

4) 底(저) : 어찌. 왜.
傷(상) : 중상하다. 비방하다.

해설

이 시는 즉흥적으로 지은 세 수 가운데 둘째 수이다. 제1-2구는 남조의 문인들을 예로 들어 문인끼리 서로 인정해주는 경우와 그렇지 못한 경우를 대비시킨 것이다. 심약은 하손의 시를 칭찬해준 반면 안연지는 사장의 부(賦)를 비방했다고 했다. 제3-4구는 각자의 재능과 풍격을 인정하지 못하는 문단의 풍토를 개탄한 것이다. '청신'한 시를 짓기 위해 선의의 경쟁을 펼치면서 그 가운데 성취를 올린 시인의 명예에 흠집을 내지 않는 신사적인 태도를 촉구했다. 이 시에서도 하손은 시인 자신을 비유한 것으로 보인다. 그러나 둘째 구에서 비방을 주고받은 안연지와 사장은 구체적으로 누구를 가리키는지 알 수 없다.

065-3

漫成 三首(其三)

즉흥시 3수 3

霧夕詠芙蕖,[1] 안개 낀 저녁에 연꽃을 읊은 것은
何郎得意初.[2] 하손이 득의했던 젊을 때였지.
此時誰最賞,[3] 이 당시엔 누가 가장 칭찬해주었던가
沈范兩尚書.[4] 심약과 범운 두 상서였다.

주석

1) 霧夕(무석) : 안개 낀 저녁.

《옥대신영(玉臺新詠)》, 하손, 〈신부를 보고 看新婦〉 안개 낀 저녁 연꽃이 물에서 나오고, 노을 진 아침 해가 대들보를 비춘다. 화촉을 밝힌 밤, 가벼운 부채로 붉게 화장한 얼굴 가린 모습 어떨까?(霧夕蓮出水, 霞朝日照梁. 何如花燭夜, 輕扇掩紅粧.)

芙蕖(부거) : 연꽃.

2) 何郎(하랑) : 하손(何遜)을 가리킨다.

3) 賞(상) : 칭찬하다.

4) 沈范(심범) : 심약(沈約)과 범운(范雲). 두 사람은 모두 이부상서(吏部尚書)를 지냈다.

해설

이 시는 즉흥적으로 지은 세 수 가운데 셋째 수이다. 제1-2구는 하손이 시명(詩名)을 날리던 젊은 시절을 말한 것이다. 하손의 〈신부를 보고 看新婦〉와 같은 시는 청신한 구절로 인구에 회자되었다고 했다. 제3-4구는 하손의 재주를 인정해준 사람들을 구체적으로 열거한 것이다. 이부상서를 지낸 문단의 영수 심약과 범운이 그들이라고 했다. 이 시 역시 하손으로 시인 자신을 비유하여 득의했던 젊은 시절을 회상했다. '상서'로 지칭한 심약과 범운은 이부상서를 지낸 영호초와 예부상서(禮部尙書)에 추증된 최융(崔戎)을 가리키는 듯하다. 두 사람은 모두 시인이 과거에 급제하기 전 그의 재주를 높이 평가해주었다. 과거 시제를 써서 회상하는 듯 말하는 투로 미루어 보아 그렇게 영광스럽던 이전의 일들이 지금은 아무 소용없다는 푸념으로 이해된다.

● 이상의 세 수는 모두 하손을 중심인물로 삼아 시인 자신의 과거를 회상한 것이다. 당시에는 영호초와 최융과 같이 자신의 재주와 능력을 인정하고 칭찬해주었던 사람도 있고, 당파와 같은 이해관계에 얽혀 헐뜯고 비방하는 사람도 있었다고 했다. 그런데 현재 시점에서 돌이켜볼 때 자신이 명망 있는 사람들로부터 두루 인정받았던 일은 거의 잊혀진 과거지사가 된 반면, 자신의 능력을 질시하고 중상하는 사람들은 여전히 시인의 전도에 암운(暗雲)을 드리우고 있다는 것이 시인이 언외에 담고자 한 의도로 풀이할 수 있겠다. 이런 내용으로 보아 이 즉흥시 세 수 역시 대중 3년(849) 계주막부에서 돌아와 장안에서 궁색하게 지내던 시절에 창작된 것으로 추정된다.

066

無題

무제

白道縈廻入暮霞,[1]	하얀 길 굽이굽이 저녁노을 속으로 뻗어 있는데
斑騅嘶斷七香車.[2]	반추마 울음소리 멈춘 채 칠향거가 지나간다.
春風自共何人笑,	봄바람은 누구와 웃고 있나
枉破陽城十萬家.[3]	공연히 양성의 수많은 사람들만 망쳐놓을 미색이로다.

주석

* 〔원주〕: 양성이라 하기도 한다.(一云陽城.)

1) 白道(백도) : 흰 길. 길에 인적이 많으면 풀이 자라지 못해 멀리서 보면 희게 보여 이렇게 부른다.
   縈廻(영회) : 빙빙 휩싸여 돌아가다.
2) 斑騅(반추) : 푸른 털과 흰털이 섞인 준마.
   七香車(칠향거) : 귀인이 타는 아름다운 수레.
3) 陽城(양성) : 지명. 송옥 당시 초나라 귀족들의 봉지(封地).
   송옥(宋玉), 〈등도자호색부 登徒子好色賦〉 상긋 한번 웃으니 양성을 미혹케 하고 하채를 유혹케 한다.(嫣然一笑, 惑陽城, 迷下蔡.)

해설

이 시는 여인이 저물녘 가마를 타고 지나가는데, 그녀의 아름다운 웃음이 아무런 의미가 없음을 담은 것이다. 이 시가 무엇을 의미하는지에 대해서는 평자마다 의견이 분분하다. 영호도와 시인의 관계를 읊었다고 보기도 하고, 이별의 정을 읊었다고 보기도 하며, 무엇을 읊었는지 모르겠다고 하는 이도 있다. 여기서는 우연히 만난 한 여인을 통해 시인 자신의 신세에 대한 감개를 담고 있다고 보았다. 제1-2구는 시인이 우연히 마주친 여인을 묘사했는데, 여자가 칠향거를 타고 굽이굽이 펼쳐진 흰 길을 따라 노을 안으로 가고 있다. 반추마가 울지 않는 것은 수레가 빨리 지나가는 광경을 그린 것이다. 제3-4구는 수레의 아름다운 여인이 상긋 웃지만 그녀를 보아줄 사람 없으니 매우 적막하다고 함으로써 시인 자신이 재주는 있지만 적막하여 실의한 신세임을 내비쳤다.

067-1

槿花 二首(其一)

무궁화 2수 1

燕體傷風力,[1]	조비연의 몸은 바람에 상하고
雞香積露文.[2]	계설향에는 아름다운 이슬 쌓였는데
殷鮮一相雜,[3]	검붉은 색과 선홍색이 한데 섞여 있어
啼笑兩難分.	울음과 웃음을 분간하기 어렵다.
月裏寧無姊?	달 속에 어찌 누이가 없겠는가?
雲中亦有君.[4]	구름 속에는 운중군이 있는데.
三清與仙島,[5]	삼청과 선도에 있어야지
何事亦離群!	무슨 일로 또 무리와 떨어졌는가.

주석

1) 燕體(연체) : 조비연(趙飛燕)의 몸. 서한의 성제(成帝)가 조비연과 선상연(船上宴)을 베풀었는데 갑자기 강풍이 불어 조비연이 물로 떨어질 뻔하자, 성제는 푸른 비단 끈으로 조비연의 치마를 매어두려 했다. 여기서는 무궁화 가지의 연약함을 이른다.
2) 雞香(계향) : 계설향(雞舌香). 향료(香料)의 한 가지. 정향(丁香)나무의 꽃봉오리를 말린 것. 여기서는 무궁화의 색이 고움을 이른다.
3) 殷(안) : 검붉은 빛.

4) 君(군) : 운중군(雲中君). 초사 〈구가(九歌)〉에 나오는 구름 속의 신.
5) 三淸(삼청) : 도가(道家)에서 말하는 신선(神仙)이 사는 곳이라고 하는 옥청(玉淸), 상청(上淸), 태청(太淸)의 삼부(三府).
仙島(선도) : 봉래(蓬萊), 영주(瀛州), 방장(方丈)으로 이루어진 삼신산.

해설

이 시는 무궁화를 노래한 영물시다. 신선과 관련된 전고를 사용한 것으로 보아, 무궁화는 여도사를 빗댄 것일 수 있다. 제1-2구에서는 가지가 가녀리고 아름다운 색을 지닌 무궁화를 묘사했다. 제3-4구에서는 새로 핀 꽃과 이미 진 꽃이 섞여 있어 웃는 듯 우는 듯 구분하기 어렵다고 했는데, 이는 무궁화가 매우 빨리 피었다 지는 것을 말한 것이다. 제5-6구에서는 무궁화가 신선의 풍모를 지니고 있어 달과 구름에도 권속이 있다고 했고, 제7-8구에서는 마땅히 그들과 함께 해야 하는데 어째서 그들과 떨어져 이곳에 있느냐고 했다. 만약 무궁화가 여도사를 빗댄 것으로 본다면, 수련에서는 그녀의 아름답고 가녀린 용모를 묘사했고, 함련에서는 아름다웠다 빨리 시들어버리는 모습을 담았으며, 경련과 미련에서는 그녀의 신분에 맞게 신선 세계에 있어야 하는데 적막한 곳에 있게 되었음을 탄식한 것으로 이해할 수 있다.

067-2

槿花 二首(其二)

무궁화 2수 2

珠館熏燃久,[1]	아름다운 집에서 오랫동안 향을 쐬고
玉房梳掃餘.[2]	옥 장식된 방에서 단장을 마친 듯.
燒蘭纔作燭,[3]	난향 기름을 살라 초를 밝힌 듯 피었다가
襞錦不成書.[4]	비단이 구겨져 책이 되지 못한 듯 시들어버린다.
本以亭亭遠,[5]	본래는 아득히 멀리 달려 있었는데
翻嫌脈脈疎.[6]	문득 말없이 듬성듬성 져버려,
迴頭問殘照,	고개 돌려 지는 석양에 묻지만
殘照更空虛.	석양은 더욱 텅 비어 있다.

주석

1) 珠館(주관) : 아름다운 관사. 여기서는 도원(道院)을 가리킨다.
2) 玉房(옥방) : 옥으로 장식된 방, 규방.
　梳掃(소소) : 머리 빗고 단장하다.
3) 燒蘭(소란) : 난향 기름을 사르다.
　초사 〈초혼(招魂)〉 난향 기름의 촛불 밝다.(蘭膏明燭.)
4) 襞(벽) : 접다.
5) 亭亭(정정) : 멀리 아득한 모양.

6) 脈脈(맥맥) : 말없이 바라보는 모양.

해설

이 시 역시 위 시와 마찬가지로 무궁화를 노래한 영물시다. 제1-2구에서는 무궁화가 아침에 피었을 때의 모습이 미인이 아침에 향기를 쐬고 단장을 마친 모습 같다고 했다. 제3-4구에서는 무궁화가 피었다가 금방 지는 것을 담았는데, 난향 기름이 타듯 향이 짙고 색이 아름답게 피었다가 얼마 후 초췌해지고 시들어버려 마치 책을 만들 수 없는 구겨진 비단이 된 것 같다고 했다. 제5-6구에서는 무궁화가 본래 가지 높이 달려 있었는데 순식간에 꽃이 시들어 듬성듬성해졌음을 말했다. 제7-8구에서는 꽃이 지고 난 뒤의 공허함과 적막한 마음을 드러냈다. 위 시와 마찬가지로 무궁화가 여도사를 빗댄 것으로 본다면, 수련과 함련은 적막한 도관에서 쓸쓸하고 무료한 정서를 묘사한 것으로 풀이된다. 밤에는 향을 쐬고 등불을 밝히며 홀로 앉아 있고 아침에는 단장을 끝내고 홀로 거하는데, 비단에 무엇을 쓰려 해도 쓸 말이 없고 쓸 상대가 없는 쓸쓸한 처지임을 말했다. 경련에서는 도관이 있는 곳이 속세와 멀어 고결하지만 말없이 수양하며 홀로 있어야 하는 곳이라 했고, 미련에서는 아름다운 시절을 지나는 여인의 공허함과 적막함을 드러냈다.

여도사를 노래한 이상은의 시는 대개 시인 자신의 신세지감을 기탁하고 있다는 유학개(劉學鍇)의 분석처럼, 이 시 두 수 역시 훌륭한 바탕을 지니고 있으나 인정받지 못하고 쉬이 저버린 자신의 처지를 읊고 있다고 볼 여지가 충분하다.

068

哭劉蕡

유분을 곡하다

上帝深宮閉九閽,[1]	옥황상제의 깊은 궁궐은 아홉 문으로 잠겨 있고
巫咸不下問銜冤.[2]	무함도 원한 품은 사람에게 물어보려 내려오지 않는데,
黃陵別後春濤隔,[3]	황릉에서 헤어진 뒤 봄 강물을 사이에 두었고
湓浦書來秋雨翻.[4]	분포에서 부음이 올 때 가을비 쏟아졌다.
只有安仁能作誄,[5]	그저 반악이 있어 뇌문을 지을 뿐
何曾宋玉解招魂.[6]	언제 송옥이 혼을 부를 수 있었던가.
平生風義兼師友,[7]	평소의 풍채와 의기가 스승과 벗을 겸했으니
不敢同君哭寢門.[8]	그대와 동등하게 침실 문에서 곡할 수 없다.

주석

1) 九閽(구혼) : 구문(九門). 천제(天帝)의 궁에는 아홉 겹의 문이 있다고 한다. 여기서는 임금의 궁문을 가리킨다.

2) 巫咸(무함) : 신무(神巫)의 이름. 굴원의 〈이소(離騷)〉에 "무함이 저녁에 내려오려 하니, 산초와 정미를 품고 그를 맞이하련다(巫咸將夕降兮, 懷椒糈而要之.)"는 내용이 보이고, 양웅(揚雄)의 〈감천부(甘泉賦)〉에는 "이에 무함을 불러 천문의 앞에서 소리치게 하여 천정을 열고서 군신을 인

도해 들인다(選巫咸兮叫九閽, 開天庭兮延群神.)"는 내용이 보인다.
銜寃(함원) : 원한을 품다. 여기서는 명사로 쓰여 원한 품은 사람을 가리킨다.

3) 黃陵(황릉) : 산 이름. 지금의 호남성 상음현(湘陰縣)에 있으며, 상수(湘水)가 동정호로 들어가는 곳이다. 산 아래에 황릉묘(黃陵廟)가 있는데, 순(舜) 임금의 두 비인 아황(娥皇)과 여영(女英)이 묻힌 곳이라 전해진다.
春濤(춘도) : 봄 강물. '도(濤)'는 평측을 맞추려고 '수(水)' 대신 쓴 것으로 보인다.

4) 湓浦(분포) : 분구(湓口)라고도 부르며 지금의 강서성 구강시(九江市)에 있다.
書來(서래) : 편지가 오다. 여기서는 유분의 죽음을 알리는 부음이 온 것을 가리킨다.
翻(번) : 뒤엎다. 여기서는 동이를 뒤엎을 듯 세차게 쏟아진다는 의미이다.

5) 安仁(안인) : 서진(西晉)의 문인인 반악(潘岳)의 자(字). 그는 죽은 이를 애도하는 글을 잘 지었다고 한다.
誄(뇌) : 뇌문. 죽은 이를 애도하는 글.

6) 宋玉(송옥) : 전국시대 초나라의 문인. 굴원의 혼을 불러오기 위해 〈초혼(招魂)〉이라는 초사 작품을 지었다고 한다.
解(해) : ~할 수 있다.

7) 平生(평생) : 평소.
風義(풍의) : 풍채와 의기.

8) 哭寢門(곡침문): 침실 문에서 곡하다. 《예기(禮記) · 단궁상(檀弓上)》에 "공자께서 말씀하셨다. '스승이라면 나는 침실에서 곡하고, 친구라면 나는 침실 문밖에서 곡한다(孔子, 師吾哭諸寢, 朋友吾哭諸寢門之外.)"는 내용이 보인다. 여기서는 유분이 친구인 동시에 스승이기도 하여 친구처럼 침실 문밖에서 곡할 수 없다는 말이다.

해설

이 시는 대중 3년(849) 세상을 떠난 유분(劉蕡)을 곡하여 지은 것이다. 유분은 환관을 비판하다 그들의 미움을 사 유주사호참군(柳州司戶參軍)으로 좌천되었다. 그 후 호남성 소양(邵陽) 인근에서 은거하다 심양(潯陽)에서 객사했다. 제1-2구는 유분이 환관의 무고로 좌천되어 억울하게 죽었음을 말한 것이다. 마땅히 신하들의 사정을 살펴야 할 임금이 구중궁궐에 갇혀 유분의 억울함을 돌아보지 않았다고 비판했다. 제3-4구는 유분과 마지막으로 만난 후에 부음을 접한 시점을 밝힌 것이다. 한 해 전 봄에 유주로 좌천되어 가는 유분을 황릉에서 만났다 헤어진 후 강호로 흩어져 지내다 올 가을에 그가 분포에서 죽었다는 소식을 들었다고 했다. 제5-6구는 시인이 자신을 반악(潘岳)과 송옥(宋玉)에 비겨 추모의 심정을 전한 것이다. 유분의 억울한 죽음을 접하고 그를 추도하는 시나 지을 뿐 그의 혼을 다시 불러오지 못하는 것이 안타깝다고 했다. 제7-8구는 유분을 존경하는 마음을 표현한 것이다. 권세가를 두려워하지 않고 환관의 전횡을 속 시원하게 비판했던 그의 의기는 단순한 친구를 넘어 스승으로 삼기에 충분하기에 예법에 따라 침실에서 그를 곡해야 한다고 했다. 이상은도 환관이 정치를 농단하는 현실을 누구보다 질시했기에 유분의 죽음을 깊이 애도하며 군주에게까지 비난의 화살을 돌린 것으로 여겨진다. 현대 학자 정재영(鄭在瀛)은 《이상은시집금주(李商隱詩集今注)》에서 이 시를 두고 이렇게 표현했다. "이것은 부패한 임금과 어두운 조정에 대한 규탄이다. 이상은 말고는 대다수의 당대 시인이 결코 하지 못했던 일이다."

069

杜司勳

사훈원외랑 두목

高樓風雨感斯文,[1]	높은 누각에 비바람 치기에 이 문장에 느끼는 바 있으니
短翼差池不及群.[2]	짧은 날개가 차이 나 무리에 끼지 못했다.
刻意傷春復傷別,[3]	봄을 아파하고 이별을 아파하는 데 마음을 쓴 것은
人間惟有杜司勳.[4]	인간 세상에 오직 두목뿐이구나.

주석

1) 風雨(풍우) : 비바람. 험악한 정치적 환경을 비유한다.
感斯文(감사문) : 이 문장에 느끼는 바가 있다. 왕희지(王羲之)의 〈난정집서(蘭亭集序)〉에 "훗날 읽는 이들이 또한 이 문장에 느끼는 바가 있을 것(後之覽者, 亦將有感於斯文.)"이라고 했다. 여기서는 두목(杜牧)의 글에 공감할 것이라는 말이다.

2) 短翼(단익) : 짧은 날개.
差池(치지) : 나란하지 않다. 차이가 나다.
《시경 · 패풍(邶风) · 연연(燕燕)》 제비들이 나는데 그 날개 나란하지 않구나. (燕燕於飛, 差池其羽.)
不及群(불급군) : 무리에 끼지 못하다. 자신의 능력이 모자라 다른 사람들보 뒤처졌다는 말이다.

3) 刻意(각의) : 마음을 쓰다.

4) 人間(인간) : 인간세상.

杜司勳(두사훈) : 사훈원외랑(司勳員外郞) 두목. 두목은 대중 2년(848)에 사훈원외랑 겸 사관수찬(史館修撰)이 되었다.

해설

이 시는 두목의 시문(詩文)을 읽고 느낀 바가 있어 지은 것이다. 두목이 사훈원외랑에 제수된 후인 대중 3년 무렵에 창작된 것으로 보인다. 제1-2구는 두목의 시문을 읽고 느낀 감회를 피력한 것이다. 높은 누각에 비바람 치는 듯한 위태로운 정국을 맞아 평소 이런 문제를 다루었던 두목의 글을 읽고 나니, 능력이 부족해 좋은 기회를 얻지 못하고 막부를 전전하는 자신의 처지가 더 깊게 와 닿는다고 했다. 제3-4구는 두목 시문의 두 가지 주제를 소개한 것이다. 시인은 두목만큼 봄을 아파하고 이별을 아파하는 내용을 잘 다룬 이가 없다고 높이 평가했다. 사실 두목의 시문에는 나라의 안위를 걱정하고 자신의 불우함을 개탄하는 내용이 적지 않다. 이는 곧 시인 자신의 시 세계와도 일맥상통하는 부분이다. 그래서 시인은 두목에게 크게 공감을 표하면서 이 시에 두목이 자신의 지음(知音)이자 자신이 두목의 지음이라는 의미를 담았던 것이다. '상춘(傷春)'과 '상별(傷別)'의 상징적 의미에 대해서는 더 깊게 논의해볼 필요가 있을 것이다. 여기서는 일단 청나라 풍호(馮浩)의 설명을 따라 '상춘'은 '관도'를 가리키고 '상별'은 '멀리 떠나감'을 가리킨다고 정리해 두기로 한다.

070

荊門西下[1]

형주의 서쪽으로부터 내려가다

一夕南風一葉危,[2]	어느 날 저녁 남녘 바람에 일엽편주 위태로운데
荊雲迴望夏雲時.	형주의 구름 돌아보니 여름 구름 이는 때일세.
人生豈得輕離別,	인생살이 어찌 이별을 가볍게 볼 수 있겠으며
天意何嘗忌嶮巇?[3]	하늘의 뜻이 언제 어렵고 험함을 꺼린 적이 있던가?
骨肉書題安絶徼,[4]	가족의 편지는 멀리 타향에서도 편히 지내라 하지만
蕙蘭蹊徑失佳期.	향초 덮인 오솔길에서의 아름다운 기약은 멀기만 하다.
洞庭湖闊蛟龍惡,[5]	동정호는 드넓고 교룡 사나워서
却羨楊朱泣路歧.[6]	오히려 갈림길에서 울었던 양주가 부럽구나.

주석

1) 荊門(형문) : 형주(荊州). 지금의 호북성 중부를 이른다.

2) 一葉(일엽) : 일엽편주.

3) 嶮巇(험희) : 위험하고 험함. 이 구는 위험하고 험함은 하늘의 뜻이므로 피할 수 없다는 뜻이다.

4) 書題(서제) : 편지
   絶徼(절요) : 절새(絶塞), 멀리 떨어진 변방지역. 여기서는 계림(桂林)을 가리킨다.
5) 闊(활) : 드넓다.
   蛟龍(교룡) : 뱀과 비슷한 몸에 비늘과 사지가 있고, 머리에 흰 혹이 있는 전설상의 용. 물속에 산다고 한다.
6) 楊朱(양주) 구 : 《회남자(淮南子) · 설림(說林)》에 따르면, 양주가 갈림길에서 울었다는 고사가 있는데, 이는 근본은 같으나 말단에 가서 다름을 이른 것이다. 즉 사람도 갈림길에서 갈리듯이 마음 쓰기 여하에 따라서, 착한 사람도 되고 몹쓸 사람도 된다는 의미이다.

해설

이 시는 시인이 계주(桂州)로 가는 도중에 지은 것으로, 형문에서 강을 따라 내려오면서 험악한 풍파를 만나게 되자 감개가 있어 그것을 토로했다. 제1-2구에서는 어느 날 저녁 남풍으로 파도가 거세고 배가 위태로웠는데 지나온 형주를 돌아보니 이미 여름 구름 속에 묻혀 있다고 하여 시인이 지난밤에 꽤 놀랐음을 짐작할 수 있다. 제3-4구는 앞 연을 이어 느낀 감회를 담은 것이다. 위험하고 험함은 하늘의 뜻인데다가 이렇게 멀리 가게 된 어려움까지 생겼으니 이별을 결코 가벼이 여길 수 없다고 했다. 제5-6구에서는 앞에서의 '이별'을 이어 가족들은 편지에서 변방에서 편안히 지내라 하고 집 생각 때문에 근심하지 말라고 하지만, 향초 덮인 오솔길은 쉽게 때를 놓쳐 다시 만날 기약 어렵듯 가족과의 상봉이 쉽지 않음을 말했다. 제7-8구에서는 지나온 길도 위태로웠지만, 앞으로 갈 길도 파도 세차고 교룡 악하니, 갈림길에서 흐느껴 울었던 양주처럼 어려움을 피할 수 있었으면 하는 바람을 나타냈다. 갈림길에서 운 양주를 부러워한다는 말에는 기탁된 뜻이 있다. 당시 정국이 바뀌어 이당(李黨)이 실권하고 우당(牛黨)이 다시 권력을 쥐니, 이 두 당에 모두 관련이 있었던 시인은 마치 갈림길에 처한 듯한 어려움에 직면해 있었을 것이다. 비록 정아(鄭亞)를 따라 멀리 변방까지 가나 내심으로는 험난한 풍파를 두려워하지 않을 수 없었던 것이다.

071

碧瓦

푸른 기와

碧瓦銜珠樹,[1]	푸른 기와는 구슬 나무를 머금고
紅綸結綺寮.[2]	붉은 천을 아름다운 창에 매어두었는데,
無雙漢殿鬢,[3]	무쌍하구나, 한나라 궁전의 머리카락
第一楚宮腰.[4]	제일이로다, 초나라 궁전의 가는 허리.
霧唾香難盡,[5]	안개 같은 침은 향기가 사라지기 어렵고
珠啼冷易銷.[6]	구슬 같은 눈물은 차가워 없어지기 쉬운데,
歌從雍門學,[7]	노래는 옹문을 따라 배웠고
酒是蜀城燒.[8]	술은 촉나라 도성의 소주일세.
柳暗將翻巷,[9]	버드나무 짙어져 장차 골목을 뒤집겠고
荷欹正抱橋,[10]	연꽃 기울어 막 다리를 끌어안았으며,
鈿轅開道入,[11]	보석 장식 수레가 길을 열며 들어가고
金管隔隣調.[12]	쇠 피리가 이웃에서 연주한다.
夢到飛魂急,[13]	꿈에 보이면 날아가는 영혼 다급하고
書成卽席遙.[14]	편지 완성되었지만 자리 함께 해도 요원하기만 한데,
河流銜柱轉,[15]	황하의 물줄기는 기둥에 부딪쳐 맴돌고

海沫近槎飄.[16] 바닷물의 거품은 뗏목 가까이에서 떠오른다.
吳市蠙跠甲,[17] 오 땅에서는 바다거북의 등딱지를 사고
巴賨翡翠翹.[18] 파 땅에서는 비취새의 깃털을 사고는,
他時未知意,[19] 당시에 마음을 알아주지 않을까
重疊贈嬌饒.[20] 거듭해서 미인에게 시도 보냈었지.

주석

1) 碧瓦(벽와) : 푸른빛의 유리 기와로 궁전이나 사원에 흔히 쓰인다.
銜(함) : 머금다.
珠樹(주수) : 구슬 나무. 곤륜산에 있다고 한다.

2) 紅綸(홍륜) : 붉은 천.
綺寮(기료) : 아름다운 무늬를 새긴 창.

3) 無雙(무쌍) : 무쌍하다. 서로 견줄 만한 것이 없을 정도로 뛰어나다.
漢殿鬢(한전빈) : 한나라 궁전의 머리카락.
《한무고사(漢武故事)》 위자부(衛子夫)가 총애를 얻어 머리를 풀자 임금이 그녀의 아름다운 머리카락을 보고 흡족해했다.(子夫得幸, 頭解, 上見其美髮, 悅之.)

4) 楚宮腰(초궁요) : 초나라 궁전의 허리. 《한비자 · 이병(二柄)》에 의하면, 초나라 영왕(靈王)이 허리 가는 여자를 좋아해 나라 안에 굶는 사람이 많았다고 한다.

5) 霧唾(무타) : 안개 같은 침. 입에서 나오는 열기를 가리킨다.
《장자 · 추수(秋水)》 당신은 저 침을 튀기는 자를 보지 못했소? 내뿜으면 큰 것은 구슬 같고 작은 것은 안개 같소이다.(子不見夫唾者乎. 噴則大者如珠, 小者如霧.)

6) 珠啼(주제) : 구슬 같은 눈물.
銷(소) : 없어지다.

7) 雍門(옹문) : 제나라의 성문. 여기서는 뛰어난 가수를 가리킨다.
《열자(列子) · 탕문(湯問)》 예전에 한나라 여인이 동쪽으로 제나라에 갔다가

양식이 떨어져 옹문으로 가서 노래를 팔아 먹을 것을 구했다. 그녀가 떠난 뒤에도 여운이 대들보를 감돌며 사흘 동안 그치지 않아 주변 사람들이 아직 그녀가 떠나지 않았다고 생각할 정도였다.(昔韓娥東之齊, 匱糧, 過雍門鬻歌假食. 旣去, 而餘音繞梁欐三日不絶, 左右以其人弗去.)

8) 蜀城(촉성) : 촉나라 도성. 성도(成都)를 말한다.

燒(소) : 소주.

《국사보(國史補)》권하(卷下) 술로는 검남의 소춘이 있다.(酒則有劍南之燒春.)

9) 暗(암) : 녹음이 짙어지다.

翻巷(번항) : 골목을 뒤집다. 버들가지가 바람에 날리는 모습이 이렇게 보인다는 말이다.

10) 欹(의) : 기울다.

抱橋(포교) : 다리를 끌어안다.

11) 鈿轅(전원) : 금은보석을 박아 장식한 수레.

12) 金管(금관) : 쇠피리.

隔隣(격린) : 이웃.

調(조) : 연주하다.

13) 飛魂(비혼) : 날아가는 영혼.

14) 卽席(즉석) : 자리에 앉다.

遙(요) : 요원하다. 가망이 없음을 말한다.

15) 衝柱(충주) : 기둥에 부딪치다.

《서경 · 우공(禹貢)》 '동쪽으로 저주산에 이르렀다(東至於底柱)'는 구절에 대한 전(傳) 저주는 산 이름이다. 황하가 나뉘어 흘러 산을 감싸 안고 지나가는데, 산이 물에 비친 모습이 마치 기둥 같아 보인다.(底柱, 山名. 河水分流, 包山而過, 山見水中若柱然.)

16) 海沫(해말) : 바닷물의 거품.

槎(사) : 뗏목.

《박물지》 옛말에 은하수는 바다와 통한다고 했다. 근래에 어떤 사람이 바닷가에 살고 있었는데 해마다 8월이면 뗏목이 오가며 기일을 어김이 없었다. 기발한 생각을 가진 누군가가 뗏목 위에 높은 누각을 세우고 양식을 잔뜩 챙겨서 뗏목을 타고 떠났다. 십여 일이 지나서도 아직 해와 달, 별을 볼 수 있었는데, 그 뒤로는 어질어질한 것이 밤낮도 구분할 수 없었다. 떠난 지 십여 일만에 홀연 어느 곳에 이르니 성곽의 모습이 있고 집들이 아주 가지런했으며 멀리서 보니 궁궐 안에 베 짜는 아낙네들이 많았다. 한 사내가 보였는데 소를 끌고 와 물가에서 물을 먹이고 있었다.(舊說云, 天河與海通. 近世有人居海渚者, 年年八月有浮槎去來不失期. 人有奇志, 立飛閣於槎上, 多齎糧, 乘槎而去. 十餘日中, 猶觀星月日辰, 自後芒芒忽忽, 亦不覺晝夜. 去十餘日, 奄至一處, 有城郭狀, 屋舍甚嚴, 遙望宮中多織婦. 見一丈夫, 牽牛渚次飮之.)

飄(표) : 떠오르다.

17) 市(시) : 사다.

蚩䗲甲(치이갑) : 바다거북의 등딱지.

18) 賨(종) : 파(巴) 지역에서 세금의 뜻으로 쓰이는 말. 여기서는 '사다'의 뜻이다.

翡翠翹(비취교) : 비취새의 깃털.

19) 他時(타시) : 당시.

20) 重疊(중첩) : 반복하다.

嬌饒(교요) : 미인.

해설

이 시는 여인에 대한 사랑을 노래한 것이다. 첫 행의 두 글자를 취해 제목으로 삼았으므로 무제시의 일종이라 하겠다. 시의 내용으로 보아 연정의 대상이 된 여인은 귀족의 첩이나 가기(歌妓)로 추정된다. 이 시는 구성상 다섯 단락으로 나뉜다.

제1단락(제1-4구)은 여인의 거처와 자태를 노래한 것이다. 푸른 기와와 붉은 천이 화려함을 더하는 궁전 같은 저택에 사는 여인의 머리카락과 허리가 아름답기 그지없다고 했다. 제2단락(제5-8구)은 여인의 풍모와 기예를 찬미한 것이다. 만면에 향기가 번지지만 때때로 슬픔의 눈물도 흘리는데, 뛰어난 노래 솜씨로 주흥을 돋운다고 했다. 제3단락(제9-12구)은 시인이 여인의 거처를 지켜보는 광경을 묘사한 것이다. 버드나무 녹음이 짙어지고 연꽃이 만발

하는 계절에 수레를 탄 여인이 들어가 쇠피리를 연주한다고 했다. 제4단락(제13-16구)은 여인에게 다가가지 못하는 상황을 설명한 것이다. 꿈에라도 보면 달려 나가기 바쁘고 편지를 써도 전해줄 이 없어 자리를 함께 해도 멀기만 한 자신의 처지가 마치 기둥을 맴도는 황하의 물줄기요 뗏목 옆에 떠오르는 바닷물의 거품처럼 부질없다고 했다. 제5단락(제17-20구)은 여인에게 마음을 전하기 위해 안달하는 모습을 노래한 것이다. 바다거북의 등딱지와 비취새의 깃털을 사주어도 좋아하는 마음을 알아주지 않아 연신 사랑의 시를 써 보낸다고 했다.

이 시는 이상은 시에 자주 보이는 전형적인 염정시다. 이들 염정시가 대부분 그러하듯이 염정의 주인공이 반드시 이상은 본인이라고 단정할 수는 없다. 다만 공개적으로 표명하기 어려운 상황이 있었으리라 짐작할 뿐이다. 또 염정의 정서를 이용해 어떤 다른 생각과 감정을 드러내려는 의도가 있을 가능성도 배제할 수 없다. 청나라 주이준(朱彝尊)이 이런 부류의 시가 보이는 특징에 대해 언급한 바가 있기에 참고삼아 인용한다. "염정의 시어는 이상은 시의 본색인데, 시어를 복잡하게 만든 데에는 돌려 말하려는 뜻도 있는 듯하다.(艷語是義山本色, 而錯互其詞, 似亦諱之之意.)"

072

蝶

나비

葉葉復翻翻,[1]	펄럭펄럭 다시 하느작하느작
斜橋對側門.[2]	비스듬한 다리에서 곁문을 마주한다.
蘆花唯有白,[3]	갈대꽃이 오직 흰색이거늘
柳絮可能溫.[4]	버들솜이 어찌 다시 따뜻해질 수 있겠는가?
西子尋遺殿,[5]	서시가 남은 궁전을 찾고
昭君覓故村.[6]	왕소군이 옛 마을을 찾는 격.
年年芳物盡,[7]	해마다 향기로운 것 사라지고 나면
來別敗蘭蓀.[8]	날아와 시든 창포와 이별하는구나.

주석

1) 葉葉(엽엽) : 펄럭펄럭. 날개가 얇아서 나뭇잎처럼 날아간다는 말이다.
翻翻(번번) : 하느작하느작. 날아가는 모습이다.

2) 側門(측문) : 곁문.

3) 蘆花(노화) : 갈대꽃.

4) 可能(가능) : 어찌 ~할 수 있겠는가.

5) 西子(서자) : 춘추시대 월나라의 미인인 서시(西施).
遺殿(유전) : 유물로 남은 궁전.

6) 昭君(소군) : 한나라 원제(元帝)의 후궁이었다가 흉노에 보내져 다시 돌아오지 못한 여인인 왕소군(王昭君).

故村(고촌) : 옛 마을. 왕소군이 나고 자란 마을인 소군촌(昭君村)이 호북성 흥산현(興山縣)에 있었다.

7) 芳物(방물) : 향기로운 사물. 대개 화초를 가리킨다.

8) 敗(패) : 시들다.

蘭蓀(난손) : 창포(菖蒲). 천남성과의 풀로 향기가 난다. 두 단어로 보아 향초의 일종인 난(蘭)과 손(蓀)이라고 풀이하기도 한다.

해설

이 시는 가을 나비를 빌려 자신의 불행한 신세를 한탄한 것이다. 제1-2구는 가을날 주변을 노니는 나비의 모습을 묘사한 것이다. '비스듬한 다리'와 '곁문'이라는 시어가 쓸쓸한 느낌을 자아낸다. 제3-4구는 이미 가을이 되어 다시 꽃과 풀이 흐드러진 봄날로 돌아갈 수 없다는 것이다. 주위가 온통 흰 것은 갈대꽃 때문이지 버들솜이 날려서가 아니라고 했다. 제5-6구는 서시와 왕소군으로 나비를 비유하고 다시 시인 자신을 비유한 것이다. 나비가 봄을 찾는 것은 서시가 월나라 궁전을 찾고 왕소군이 고향 마을을 찾는 것처럼 부질없다고 했다. 제7-8구는 가을 나비의 서글픈 운명을 말한 것이다. 봄날 향기로운 꽃이 다 사라지고 난 가을에야 시든 창포 곁을 맴돈다고 했다. 청나라 주이준(朱彝尊)은 이 시에 대해 "한 구절도 나비를 노래한 것이 없지만 또 한 구절도 나비가 아닌 것이 없다. 마음으로 느낄 수 있지만 말로는 전달할 수 없으니 이 시는 참으로 기이한 작품(無一句詠蝶, 却無一句不是蝶. 可以意會, 不可以言傳, 此眞奇作.)"이라고 호평했다.

073

蠅蜨雞麝鸞鳳等成篇

파리, 나비, 닭, 사향노루, 난새, 봉황 등으로 시를 짓다

韓蜨翻羅幕,[1]	나비는 비단 장막에서 날고
曹蠅拂綺窓.[2]	파리는 비단 창을 스친다.
鬪鷄迴玉勒,[3]	닭싸움을 하다 말을 몰고 돌아와
融麝暖金釭.[4]	사향을 녹이니 등잔이 따뜻하다.
瑇瑁明書閣,[5]	바다거북 껍질이 서고에서 밝고
琉璃冰酒缸.[6]	유리가 술 단지에서 언다.
畵樓多有主,[7]	화려한 누각에는 주인 있는 이 많아
鸞鳳各雙雙.[8]	난새와 봉황이 각기 쌍쌍이다.

주석

1) 韓蜨(한접) : 한빙(韓憑)의 나비. 한빙은 송(宋) 강왕(康王) 때 사람으로 왕에게 아내를 빼앗기자 자살했다. 한빙 부부가 죽어서 나비가 되었다는 전설이 전해진다. 여기서는 한빙과 무관하게 '나비'의 뜻만 취했다.
翻(번) : 춤추며 날다.
羅幕(나막) : 비단 장막.

2) 曹蠅(조승) : 조불흥(曹不興)의 파리.
장언원(張彦遠), 《역대명화기(歷代名畵記) · 조불흥》 조불흥은 오흥 사람이다.

손권이 병풍에 그림을 그리게 했는데 잘못 붓을 떨어뜨려 흰 바탕에 점이 생기는 바람에 그것을 파리 모양으로 만들었다. 손권이 진짜 파리인 줄 알고 손으로 때려잡았다.(曹不興, 吳興人也. 孫權使畵屛風, 誤落筆點素, 因就成蠅狀. 權疑其眞, 以手彈之.) 여기서는 조불흥과 무관하게 '파리'의 뜻만 취했다.

拂(불) : 스치다.

綺窓(기창) : 비단으로 장식한 창문.

3) 鬪鷄(투계) : 닭싸움. 당나라 때 귀족들이 즐겼던 놀이 가운데 하나이다.

玉勒(옥륵) : 옥으로 장식한 말굴레. 여기서는 말을 가리킨다.

4) 融麝(융사) : 사향을 녹이다. 사향 가루를 등잔 기름에 섞는 것을 말한다.

暖(난) : 따뜻하다.

金釭(금강) : 쇠로 만든 등잔.

5) 瑇瑁(대모) : 바다거북. 껍질로 장식품을 만든다.

書閣(서각) : 서고. 책을 보관하는 곳.

6) 琉璃(유리) : 색깔이 있고 반투명한 옥돌.

冰(빙) : 얼다. 매우 차갑다는 뜻이다.

酒缸(주항) : 술 단지.

7) 畵樓(화루) : 화려하게 꾸민 누각.

8) 鸞鳳(난봉) : 난새와 봉황. 흔히 남녀 한 쌍을 가리킨다.

해설

이 시는 유흥가의 풍경을 묘사한 것이다. 제목에 담긴 의미는 파리, 나비, 닭, 사향노루, 난새, 봉황 등 여섯 가지 동물을 나열하여 시를 지었다는 것으로, 유희적인 요소가 다분하다. 제1-2구는 '화려한 누각', 즉 기루(妓樓)를 묘사한 것이다. 아직 손님이 들기 전이라 나비와 파리가 한가롭게 난다고 했다. 제3-4구는 귀공자들이 찾아온 광경을 말한 것이다. 닭싸움을 즐기던 이들이 말을 몰고 들어오니 사향을 섞은 등잔의 불을 환히 밝힌다고 했다. 제5-6구는 기루의 화려한 모습을 말한 것이다. 서고는 바다거북 껍질로 장식하고 유리 술 단지에 담긴 술이 차갑다고 했다. 제7-8구는 기루에서 남녀가 어울려 노는 모습을 비유적으로 묘사한 것이다. 귀공자들이 기녀와 어울려 쌍쌍이 환락의 시간을 보낸다고 했다. 청나라 정몽성(程夢星)은 이 시에 대해 "평강 북리의 기록(平康北里之志也)"이라고 했다. 당나라 장안의 평강리(平康里)는 성 북쪽에 있어 북리(北里)라고도 불렸는데, 이곳에 기루(妓樓)가 몰려 있었다.

074

韓翃舍人卽事

중서사인 한굉 풍으로 즉흥시를 짓다

萱草含丹粉,[1]	원추리는 붉은색 가루를 머금고
荷花抱綠房.[2]	연꽃은 푸른 방을 안고 있다.
鳥應悲蜀帝,[3]	새는 응당 촉나라 임금처럼 슬퍼하겠고
蟬是怨齊王.[4]	매미는 제나라 왕인 듯 원망하겠지.
通內藏珠府,[5]	구슬을 보관하는 관청에서 내실에 출입하고
應官解玉坊.[6]	옥을 다듬는 작업실에서 관직을 맡았다.
橋南荀令過,[7]	다리 남쪽으로 순욱이 지나가면
十里送衣香.	십 리에 옷의 향기가 퍼졌다지.

주석

1) 萱草(훤초) : 원추리. 망우초(忘憂草). 백합과 비슷한 꽃이 피는 여러해살이 식물이다. 꽃은 붉거나 노랗다.
丹粉(단분) : 붉은색의 가루.

2) 綠房(녹방) : 연방(蓮房). 연꽃의 열매가 들어 있는 송이.

3) 蜀帝(촉제) : 촉나라의 임금. 여기서는 두견새를 가리킨다. 촉왕 두우(杜宇)는 죽어서 그 혼이 두견새가 되었다고 한다.

4) 齊王(제왕) : 제나라 왕.

최표(崔豹), 《고금주(古今注)》 제나라 왕이 뒤에 분을 못 이기고 죽자 시체가 매미로 변하여 뜰의 나무에 올라 맴맴 울었다.(齊王後忿而死, 屍變爲蟬, 登庭樹嘒唳而鳴.)

5) 通內(통내) : 내실에 출입하다. 궁전의 창고를 대내(大內)라고 부른다. 藏珠府(장주부) : 구슬을 보관하는 관청.

6) 應官(응관) : 관직을 맡다.
解玉坊(해옥방) : 옥을 다듬는 작업실.

7) 荀令(순령) : 순욱(荀彧). 한나라 말에 상서령(尙書令)을 지냈다. 그가 앉았던 자리에는 3일 동안 향기가 났다는 말이 전해진다.

해설

이 시는 천보 연간에 과거에 급제해 중서사인(中書舍人)을 지낸 한굉의 시풍을 모방해 즉흥적으로 지은 것이다. 제1-2구는 시간적 배경을 언급한 것이다. 원추리에 붉은 꽃이 피고 연꽃에 연밥이 박힌다고 했으니 여름에서 가을로 넘어가는 때로 보인다. 제3-4구는 서정적 자아의 심리 상태를 표현한 것이다. 촉나라 임금이 변한 두견새나 제나라 왕이 변한 매미처럼 슬프고 원망에 가득 찼다고 했다. 제5-6구는 서정적 자아와 달리 현달한 사람을 언급하여 대비시킨 것이다. 그는 궁전에서 옥과 구슬처럼 귀한 일을 맡았다고 했다. 임금의 조서를 초 잡는 중서사인을 비유한 것이라는 설도 참고할 만하다. 제7-8구는 현달한 사람의 예로 순욱(荀彧)을 든 것이다. 그가 거리를 지나며 향기를 풍기면 현달하지 못한 사람의 근심은 더욱 깊어진다는 뜻이 언외에 숨어 있다. 순욱이 영호도(令狐綯)를 염두에 둔 것인지 단정하기 어려우나, 만약 그렇다면 시제에 굳이 '중서사인'을 포함시킨 것으로 보아 영호도가 중서사인이 된 대중 3년(849)에 지은 시일 가능성이 높다.

075

公子

공자

一盞新羅酒,[1]	잔 가득히 신라 술 마시며
凌晨恐易銷.[2]	이른 새벽에 술기운 쉬이 사라질까 두려워한다.
歸應衝鼓半,	저녁 북소리 한참이나 지나서야 돌아갔다가
去不待笙調.[3]	생황 음 고르는 것도 기다리지 않고 다시 떠난다.
歌好唯愁和,	노래 좋지만 다만 화답하라 할까 근심하고
香穠豈惜飄.	향기 짙어도 어찌 향 날리는 것 아까워하리.
春場鋪艾帳,[4]	봄 사냥터에 가림막을 펴놓고
下馬雉媒嬌.[5]	말에서 내리니 길들인 꿩이 아양을 떤다.

주석

1) 新羅酒(신라주) : 신라에서 빚은 술.
2) 凌晨(능신) : 이른 새벽. 동틀 무렵.
3) 笙調(생조) : 생황의 소리를 고르고 조율하다. 이 구는 공자가 귀가한 후 집에서 연주되는 악기 소리도 듣지 않고 바로 다시 나간다는 의미이다.
4) 春場(춘장) : 봄날 교외에 활쏘기와 사냥을 위해 조성된 공터.
艾帳(애장) : 꿩 사냥을 할 때 풀로 엮어 만든 가림막.
5) 雉媒(치매) : 사냥꾼이 길들인 꿩. 다른 꿩을 호리어 꾀어 들이는 데 쓴다.

해설

이 시는 공자의 무분별하고 무능한 삶을 묘사한 것이다. 제1-2구에서는 공자가 밤에 신라 술을 마시고 새벽에 술기운이 이미 사라질까 걱정한다고 했다. 제3-4구에서는 지난 밤 술자리가 파하고 늦게야 돌아갔다 오늘 아침 생황 소리를 기다리지 않고 또 나갔다고 했다. 이에 대해 청나라 굴복(屈復)은 공자의 "성정이 일정치 않다(性情無常.)"고 했다. 제5-6구에서는 노닐던 곳에서 노래 좋지만 제대로 화답하지 못한다고 하여 재주가 없음을 드러내었고, 향 짙어도 향을 아까워하지 않는 것으로 사치를 나타냈다. 제7-8구에서는 밖으로 나가 꿩 사냥을 하는 것을 썼다.

076

子初全溪作[1]

자초가 전계에서 짓다

全溪不可到,	전계에 이르지 않았는데
況復盡餘醅.[2]	게다가 많던 술까지 또 떨어졌다.
漢苑生春水,	한나라 정원에는 봄물이 흐르고
昆池換劫灰.[3]	곤명지는 겁회가 바뀌어 있다.
戰蒲知雁唼,[4]	부들이 흔들거리니 기러기가 먹이 쪼는 것을 알겠고
皺月覺魚來.[5]	달에 주름이 잡히니 물고기가 온 줄 안다.
清興恭聞命,[6]	맑은 흥취에 젖어 공손히 가르침을 받으며
言詩未敢迴.	시를 이야기하니 감히 돌아가지 못한다.

주석

1) 子初(자초) : 누구인지 알 수 없음.
全溪(전계) : 장안 부근의 지명.
* 근인 장채전은 이 시의 제목에 근거해 자초가 이상은의 시에 화답한 것이라 했다. 이상은의 원시는 일실되었고 다만 이 시만 보존되어 이상은의 작품으로 잘못 알려졌다고 본 것이다.

2) 況復(황부) : 더군다나. 게다가.

醅(배) : 거르지 않은 술.

3) 昆池(곤지) : 곤명지(昆明池).

劫灰(겁회) : 세상이 파멸할 때 일어난다고 하는 큰불의 재. 《고승전(高僧傳)》에 이르기를, 한 무제 때 곤명지를 파보니 밑바닥이 흙은 없고 모두 검은 재만 있었는데 그 당시에는 알지 못하다가 명제(明帝) 때 서역에서 온 축법란(竺法蘭)에게 물으니 지난 세상에서 세계가 불타 없어질 때 생긴 재라고 했다. 이 구는 봄이 와서 계절이 바뀌어 검은 재에서 풀이 돋아남을 말한 것이다.

4) 戰(전) : 동요하다. 흔들리다.

唼(삽) : 쪼아 먹다.

5) 皺月(추월) : 물에 비친 달이 물결 따라 주름이 잡히다.

6) 清興(청흥) : 맑은 흥취.

聞命(문명) : 가르침을 듣다.

해설

이 시는 자초가 전계에서 유람한 일을 읊은 것으로, 풍호와 장채전은 이상은의 작품이 아니라고 의심했다. 제1-2구에서는 아직 전계에 다 이르지도 않았는데 벌써 술이 다 떨어졌으니 연회의 즐거움이 지극함을 추측하게 한다. 제3-4구에서는 봄이 와서 계절이 바뀌어 전계의 물이 넘치고 검은 재와 같았던 대지에 풀이 돋기 시작한 것을 드러냈다. 제5-6구는 전계의 경물을 묘사한 것으로 부들이 핀 강물에서 기러기가 먹이를 먹고 물고기의 자맥질에 강물에 뜬 달에 파문이 인다고 했다. 제7-8구는 아름다운 전계에서 흥취에 젖어 시에 대하여 이야기를 나누느라 돌아가지 못한다고 하여 화답시의 면모를 드러냈다. 전체적으로 졸렬하고 억지로 꾸민 듯하여 이상은의 솜씨 같지 않다.

077

楊本勝說於長安見小男阿衮

양주가 장안에서 어린 아들 곤사를 보았다고 말하다

聞君來日下,[1]	듣자하니 그대 장안에서 오면서
見我最嬌兒.[2]	내가 가장 사랑하는 아들을 보았다지.
漸大啼應數,[3]	점점 나이를 먹으면서 우는 일 응당 잦아지고
長貧學恐遲.[4]	늘 가난하니 배움도 아마 더디리라.
寄人龍種瘦,[5]	남에게 맡긴지라 제왕의 후손이라도 깡마르고
失母鳳雛癡.[6]	어미를 잃은지라 봉황의 새끼라도 아둔해지겠지.
語罷休邊角,[7]	말을 마치니 변방의 화각 소리도 그치고
青燈兩鬢絲.[8]	푸른 등에 비치는 두 가닥 귀밑머리.

주석

1) 日下(일하) : 경사(京師). 여기서는 장안을 가리킨다.
2) 嬌兒(교아) : 사랑하는 아들. 여기서는 이상은의 아들 곤사(衮師)를 가리키며, 당시 나이는 8세였다. 이상은은 장안에서 재주로 내려오면서 급제 동기이자 동서인 한첨(韓瞻)에게 곤사를 맡겼다.
3) 漸大(점대) : 점점 나이를 먹다.
數(삭) : 잦다.
4) 長貧(장빈) : 늘 가난하다.

5) 龍種(용종) : 제왕의 자손. 이상은은 당나라 왕실의 먼 후손이었던 것으로 알려져 있다.
6) 鳳雛(봉추) : 봉황의 새끼.
   癡(치) : 아둔하다. 어리석다.
7) 邊角(변각) : 변방의 화각(畵角). 화각은 대나무 통 모양의 관악기이다.
8) 靑燈(청등) : 푸른빛을 내는 등.
   鬢絲(빈사) : 귀밑머리.

해설

이 시는 시인이 대중 7년(853) 장안에서 동천절도사 막부로 온 사람으로부터 아들인 아곤(阿袞), 즉 곤사(袞師)의 소식을 듣고 지은 것이다. 장안에서 온 양주(楊籌)는 자가 본승(本勝)으로 감찰어사(監察御史)를 지냈다. 제1-2구는 제목을 풀이한 것이다. 양주가 곤사의 소식을 가지고 장안에서 재주 막부로 왔다고 했다. 제3-4구는 곤사의 근황을 묘사한 것이다. 나이를 먹고 철이 들어 세상물정을 알게 되면서 슬픔에 우는 일이 잦아지고, 가난한 형편이라 글공부도 더딜 것이라 걱정했다. 제5-6구는 곤사의 가련한 처지를 동정한 것이다. 남이 맡아 키우니 배불리 먹기 어렵고, 아이를 가르칠 엄마도 일찍 세상을 떠 아둔해지지나 않을까 하는 안타까움을 드러냈다. 제7-8구는 양주와 대화를 나눈 이후의 모습을 묘사한 것이다. 이것저것 곤사의 소식을 캐묻다 보니 어느덧 밤이 깊어 변방의 화각 소리도 그치고, 푸른 등불 아래 하루가 다르게 하얘지는 시인의 귀밑머리만 눈에 띈다고 했다. 제7구에 '말을 마치니'라는 시어가 있으므로 시의 일부분은 시인 또는 양주의 말일 것이나, 내용상 그렇게 파악할 만한 부분이 마땅치 않다는 것이 이 시의 난점이다. 혹자는 3-4구가 시인의 질문이고 5-6구가 그에 대한 양주의 답변이라고 하나 자연스럽지 않다.

078

西溪

서계

悵望西溪水,[1]	슬피 서계의 물을 바라보나니
潺湲奈爾何.[2]	콸콸 흐르는 너를 어찌 할까?
不驚春物少,[3]	봄날의 경물이 적은 것 놀랍지 않으나
只覺夕陽多.	다만 석양이 많다고 느끼게 된다.
色染妖韶柳,[4]	색채는 아름다운 버들을 물들였고
光含窈窕蘿.[5]	빛은 예쁜 등나무 덩굴을 머금었으니,
人間從到海,[6]	인간세상에서는 바다까지 흘러가더라도
天上莫爲河.[7]	하늘에서 은하수가 되지는 말아라.
鳳女彈瑤瑟,[8]	봉녀가 옥 슬을 타는 듯
龍孫撼玉珂.[9]	용손이 옥 굴레를 흔드는 듯,
京華他夜夢,[10]	간밤에 꾼 장안의 꿈
好好寄雲波.[11]	정성스레 물결에 부쳐본다.

주석

1) 悵望(창망) : 슬프게 바라보다.
西溪(서계) : 재주의 동천절도사 막부 서문 밖에 있던 시내.

2) 潺湲(잔원) : 흐르는 물 또는 그 소리.
   奈何(내하) : 어찌 할까?
   爾(이) : 너.
3) 春物(춘물) : 봄날의 경물. 흔히 꽃을 가리킨다.
4) 妖韶(요소) : 아름답다.
5) 窈窕(요조) : 예쁘다.
   蘿(나) : 등나무 덩굴.
6) 人間(인간) : 인간세상.
   從(종) : 설령 ~하더라도.
7) 河(하) : 은하수.
8) 鳳女(봉녀) : 여자에 대한 미칭. 여기서는 시인 자신의 딸을 가리킨다.
   瑤瑟(요슬) : 옥으로 장식한 금슬(琴瑟).
9) 龍孫(용손) : 제왕의 후손. 여기서는 시인 자신의 아들을 가리킨다.
   撼(감) : 흔들다.
   玉珂(옥가) : 말굴레의 옥 장식.
10) 京華(경화) : 경사(京師). 즉 장안을 가리킨다.
11) 雲波(운파) : 구름 모양의 물결.

해설

이 시는 대중 6년(852) 재주(梓州) 막부에서 지은 것으로 보인다. 이상은의 〈유중영에게 화답시를 올리는 글(上河東公和詩啓)〉에 "이전에 한가한 날을 맞아 서계에 주둔했는데, 석양을 아쉬워하며 잠시 짧은 시를 지었다.(前因暇日, 出次西溪, 既惜斜陽, 聊裁短什.)"고 했다. 그 화답시가 바로 이 시라고 생각된다. 이 시는 내용상 세 단락으로 나누어 살펴볼 수 있다.

제1단락(제1-4구)은 저무는 봄을 아쉬워한 것이다. 쉼 없이 흐르는 물처럼 속절없이 봄날은 지나가고 찬란한 석양만이 눈에 든다고 했다. 애써 상실감을 지우려는 시인의 노력이 엿보인다. 제2단락(제5-8구)은 주변 경물을 묘사한 것이다. 계절은 또 바뀌어 여름을 알리려는 때 바다로 흘러가는 서계에게 하늘의 은하수가 되어 견우와 직녀의 만남까지 방해하지는 말라고 당부했다.

제3단락(제9-12구)은 장안에 남겨둔 자식들을 그리워한 것이다. 서계가 콸콸 흐르는 소리는 간밤의 꿈에 딸이 타던 슬 소리와 아들이 흔들던 말굴레 소리를 연상시키기에, 그 물결에 아비의 그리움을 전하고 싶다고 했다.

이 시는 흘러가는 세월을 아쉬워하고 자식들을 그리워하는 마음을 깔끔하게 담아낸 오언배율의 수작으로 여겨진다. 청나라 굴복(屈復)은 이 시를 이렇게 평가했다. "이 시는 유람할 때 구상이 이루어져 전고를 늘어놓을 틈이 없었기에 마침내 상쾌하고 인정이 넘치게 되었다. 잡다하게 끌어 모으는 병폐가 전연 없어 그의 시집 중에서 가장 소중하고 배율에서는 더욱 소중하다. (此詩想成於遊覽之頃, 不暇獺祭, 遂能爽利近情. 全無堆集之病, 在本集中最爲難得, 在排律中更難得也.)"

079

柳下暗記[1]

버들 아래에서 몰래 기록하다

無奈巴南柳,[2]	어쩔 수 없구나, 파산 남쪽 버들이
千條傍吹臺.[3]	수많은 가지를 취대 곁에 드리운 것을.
更將黃映白,[4]	또 누런 버들잎을 흰 버들솜에 비추어 어우러지게 하여
擬作杏花媒.[5]	살구꽃에 중매하려고 했네.

주석

1) 暗記(암기) : 몰래 기록하다. 풍호(馮浩)는 이 시의 창작동기를 밝혔는데, 유벽(柳璧), 즉 유중영(柳仲郢)의 아들이 장안에 들어와 과거에 응시했는데, 이상은이 그를 대신하여 계문(啓文)을 지은 후 이 시를 지어 그것을 기억하고자 했다고 했다.

2) 巴南(파남) : 파군(巴郡)의 남쪽으로 재주(梓州)를 가리킨다. 여기서 파남의 버들은 작자 자신을 비유한다.

3) 吹臺(취대) : 춘추전국시대 진(晉)나라의 음악가 사광(師曠)이 악기를 연주했다는 누대. 양효왕(梁孝王)이 증축했고, 이곳에서 노래에 맞춰 피리를 불었다고 한다. 여기서는 유중영의 막부를 비유한다.

4) 黃映白(황영백) : 누런 버들잎과 흰 버들솜이 비추다. 이 둘이 서로 어울리는 모양을 묘사한 것으로, 글자가 짝을 지어 조화를 이루는 변려문을

비유한 것이다.

5) 杏花媒(행화매) : 살구꽃에 중매하다. 장차 이를 통해 과거에 응시하여 급제할 것을 이른다. 당나라 때 진사시에 급제하면 행원(杏園)에 모였는데 이를 탐화연(探花宴)이라 했다.

해설

이 시는 유중영의 막부에 있으면서 그의 아들의 문장을 대신 작성해주며 받는 비참한 느낌을 토로한 것이다. 각 대상이 비유하는 의미를 이해하지 않으면 그 자체로는 의미가 통하지 않는다. 제1-2구에서는 파산의 남쪽 버들이 취대 옆에 버들가지를 드리운 것을 통해 시인이 유중영에게 의지하여 막부에 있음을 말했다. '어쩔 수 없구나'로 시작하여 시인의 뜻과 관계없이 일이 진행이 되었음을 추측할 수 있다. 제3-4구에서는 버들잎과 버들솜이 어울려 있게 하여 살구꽃에 중매한다고 하여 변려문을 대신 써줘 진사시에 급제하게 한다는 의미를 기탁해 냈다. 인간적인 관계 때문에 원치 않는 일을 해야 하는 괴로운 심정을 비유를 통해 넌지시 드러냈다.

080

妓席

기녀와의 자리

樂府聞桃葉,[1]	악부에서 〈도엽가〉를 들었거니
人前道得無.[2]	사람들 앞이라 말해도 될까?
勸君書小字,[3]	그대에게 권하노니 어릴 적 이름을 쓰더라도
愼莫喚官奴.[4]	조심하여 '관노'라 부르지는 마시게.

주석

1) 桃葉(도엽) : 악부(樂府)에 〈도엽가(桃葉歌)〉가 있다.
《고금악록(古今樂錄)》〈도엽가〉는 진나라 왕자경이 지은 것이다. 도엽은 왕자경의 첩인데 무척 사랑했기에 그녀를 노래한 것이다.(桃葉歌, 晉王子敬所作也. 桃葉, 子敬妾, 緣於篤愛, 所以歌之.)

2) 道(도) : 말하다.
得無(득무) : ~할 수 있을까?

3) 小字(소자) : 어릴 적 이름.

4) 愼(신) : 삼가다. 조심하다.
官奴(관노) : 관청에 소속된 노비. 관기(官妓)를 가리키기도 한다. 여기서는 왕자경의 어릴 적 이름이 관노였기에 이를 활용한 것이다.

해설

이 시는 기녀와 함께 한 연회석에서 즉흥적으로 지은 것이다. 연회석에 참석한 누군가를 왕자경(王子敬)에 빗대고, 그가 좋아하는 관기를 도엽(桃葉)에 빗대어 우스갯소리를 건넨 것이다. 제1-2구는 연회석에서 기녀를 만난 상황을 묘사한 것이다. 〈도엽가〉에 나오는 도엽 같은 기녀와 자리를 함께 했지만, 그녀를 총애하는 왕자경 같은 이가 있어 함부로 가까이 부를 수 없다고 했다. 제3-4구는 동석한 이에게 우스갯소리를 한 것이다. 자신의 어릴 적 이름이 '관노'라도 기녀 앞에서는 조심히 써야 한다고 했다. 기녀가 관기이기 때문에 그 말을 듣고 토라질 수 있다는 것이다.

081

少年

젊은이

外戚平羌第一功,[1]	외척이 강족을 평정한 일등 공신이라
生年二十有重封.	나이 스물에 높은 벼슬에 올랐다.
直登宣室螭頭上,[2]	선실의 용머리 위로 곧장 올라가
橫過甘泉豹尾中.[3]	감천궁 천자의 수레 옆으로 지난다.
別館覺來雲雨夢,	운우지정의 꿈을 꾸다 별관에서 깨어 나오고
後門歸去蕙蘭叢.[4]	향초 더미 있는 후문으로 돌아간다.
灞陵夜獵隨田竇,[5]	파릉의 밤 사냥에서는 전분, 두영 같은 외척을 따르느라
不識寒郊自轉蓬.	싸늘한 교외에서 떠도는 쑥대 같은 인생을 알지 못했다.

주석

1) 平羌(평강) : 강족(羌族)을 평정하다. 강족은 중국 서북쪽의 이민족.
2) 宣室(선실) : 임금이 제사 지내기 위해 재계(齋戒)하는 집으로, 미앙궁(未央宮)의 정전. 한 문제(漢文帝)가 장사(長沙)에 귀양 갔던 가의(賈誼)를 불러들여 선실에서 인견(引見)한 일이 있다.
螭頭(이두) : 대궐 계단이나 섬돌 같은 데 새긴 뿔이 없는 용의 머리.

3) 甘泉(감천) : 감천궁. 진(秦) 시황제가 B.C.220년에 수도 함양(咸陽) 서북쪽 감천산에 지은 이궁(離宮).
豹尾(표미) : 표범 꼬리를 단 것을 꽂아 세워 장식한 수레. 천자나 대장이 탄다. 이 구는 시봉(侍奉)하는 자는 천자의 수레를 옆으로 지나가는 것이 금지되었던 것과 달리 함부로 지나갔음을 이른 것이다.

4) 蕙蘭(혜란) : 난초과(蘭草科)에 딸린 여러해살이풀. 여기서는 희첩(姬妾)을 비유한다. 이 두 구는 젊은이의 황음(荒淫)과 방종을 묘사한 것이다.

5) 灞陵(파릉) : 한 문제(漢文帝)의 묘로 장안 동남쪽에 있다.
田竇(전두) : 전분(田蚡)과 두영(竇嬰). 전분은 한(漢) 나라 효경제(孝景帝)의 황후(皇后) 전씨(田氏)의 동생이고 두영은 문제(文帝) 두황후(竇皇后)의 조카로 권력을 남용하여 불의를 자행한 외척(外戚)이다.

해설

이 시는 관직을 세습한 귀족 자제가 하여 교만하고 사치하며 가난한 선비를 무시한다고 비판한 것이다. 제1-2구에서는 조상이 귀족이라 그 덕으로 젊은 나이에 벼슬을 받았다고 했다. 제3-4구는 그 젊은이의 오만방자한 행동을 묘사한 것이다. 신하가 함부로 들어갈 수 없는 선실에 드나들고 천자의 수레 옆을 지나는 행동을 한다고 했다. 제5-6구는 황음무도한 모습을 묘사한 것이다. 별관에서 운우지정을 나누고 다시 후문의 희첩들에게로 간다고 했다. 제7-8구에서는 외척을 따르며 사냥이나 하느라 곤궁한 선비의 처지 같은 것은 아랑곳하지 않는다고 했다. 절로 지위를 얻은 젊은이의 사치와 황음을 풍자하면서 마지막에 시인의 불우함에 대한 감개를 기탁하고 있다.

082

無題

무제

近知名阿侯,[1] 이름이 아후라는 걸 이제야 알았는데
住處小江流. 사는 곳엔 작은 강이 흐른다지.
腰細不勝舞, 가는 허리는 가무를 견디지 못하고
眉長唯是愁. 긴 눈썹엔 오직 근심뿐.
黃金堪作屋,[2] 황금으로 집을 지을 만한데
何不作重樓? 어찌 이층 누대도 짓지 못하는지?

주석

1) 阿侯(아후) : 고시(古詩)의 나온 이름으로, 옛 미녀인 막수(莫愁)의 딸이라고도 한다.

   양무제(梁武帝), 〈하중지수가(河中之水歌)〉 강물은 동쪽으로 흐르는데 낙양에 막수라는 여자아이가 있었네. 막수는 13살에 비단을 짤 수 있었고, 14살에는 남쪽 밭두렁에서 뽕을 땄지. 15살에 노가에 시집가 16살에 아이를 낳았는데 아후라 했네.(河中之水向東流, 洛陽女兒名莫愁. 莫愁十三能織綺, 十四采桑南陌頭. 十五嫁爲盧家婦, 十六生兒字阿侯.)

2) 黃金(황금) 구 : 〈한무고사(漢武故事)〉에 따르면, 한 무제는 어려서부터 총명했다. 장공주(長公主)가 그를 무릎 위에 앉히고 "너는 여인을 갖고

싶으냐?"고 물으며 좌우의 백여 명의 여인을 가리켰는데 모두 싫다고 했다. 아교(阿嬌)를 가리키며 묻자, 무제는 웃으며 "좋아요. 아교를 얻을 수만 있다면 금으로 집을 지어 머물게 하겠어요."라 했다고 한다.

해설

이 시는 마음속에 둔 한 여인을 위해 아무 것도 해줄 수 없는 자신을 탓한 것이다. 평자에 따라서는 특정인을 빗댄 것으로도 여기지만 확실하지 않다. 제1-2구에서는 그녀의 이름과 살고 있는 거처를 알게 되었음을 말했다. 제3-4구는 그녀의 모습을 상상한 것이다. 가는 허리와 긴 눈썹을 가지고 있지만 춤을 추기에 연약하며 근심이 가득할 것이라 했다. 제5-6구에서는 그런 귀한 사람이어서 황금 집을 지어 모시고 싶지만, 시인은 무력하여 이층 누대도 짓지 못한다고 했다.

이 시는 5언 3운 시로 이상은에게는 〈봄바람(春風)〉, 〈귀공주를 대신하다(代貴公主)〉, 〈대신 주다(代贈)〉를 포함해 모두 4수가 있다. 이러한 형식은 제량체(齊梁體)에 가까운 것으로, 당대에도 여전히 삼운시(三韻詩)가 상당히 많았다.

083

玄微先生[1]

현미선생

仙翁無定數,	신선노인께서는 정해진 횟수 없이
時入一壺藏.[2]	때때로 호리병 속으로 들어가 숨어버리시는데,
夜夜桂露濕,	밤마다 계수나무에 맺힌 이슬 축축하고
村村桃水香.	마을마다 복사꽃 떠가는 시냇물 향기롭다.
醉中抛浩劫,[3]	취하면 영겁의 시간에 몸을 맡기었고
宿處起神光.	머무는 곳은 신비로운 빛이 나는데,
藥裹丹山鳳,[4]	약 주머니 속에는 단산의 봉새가 있고
棋函白石郎.[5]	바둑돌 통에는 흰 바둑돌이 있다.
弄河移砥柱,[6]	황하를 가지고 놀며 저주로 옮겨 흐르게 하고
呑日倚扶桑.[7]	해를 삼키고 부상에 기대며,
龍竹裁輕策,[8]	용죽을 잘라 가벼운 채찍을 만들고
鮫絲熨下裳.[9]	인어가 짠 비단을 다려 치마로 삼는다.
樹栽嗤漢帝,[10]	복숭아나무를 심으려는 한무제를 비웃고
橋板笑秦皇.[11]	돌다리를 만들려는 진시황을 웃음꺼리로 만들 것이니,
徑欲隨關令,[12]	마침내 관문을 지키던 이를 따라

龍沙萬里强.[13] 사막 만 리에서 노닐고자 하리라.

주석

1) 玄微先生(현미선생) : 누구인지 미상이나 도교와 관련된 인물인 듯하다.
2) 入一壺(입일호) : 호리병 속으로 들어가다. 《운급칠첨(雲笈七籤)》에 의하면, 장신(張申)이라는 사람은 밤마다 호리병 속에서 자며 그 안에 천지일월이 있다고 했다고 한다.
3) 浩劫(호겁) : 매우 긴 시간.
4) 丹山鳳(단산봉) : 단산의 봉새. 《한무제내전(漢武帝內傳)》에 따르면 신선의 약 중에 최고는 아홉 빛깔의 봉새의 목이고, 그 다음 약은 몽산(蒙山) 흰 봉새의 살이라 한다.
5) 棋函(기함) : 바둑돌을 담는 통.
白石郞(백석랑) : 흰 돌. 여기서는 흰 돌로 만든 바둑알을 가리킨다.
6) 弄河(농하) : 황하를 가지고 놀다. 《서경잡기(西京雜記)》에 따르면, 회남왕(淮南王)의 방사(方士) 중에는 땅에 그림을 그려 강을 만드는 이가 있었다 한다.
砥柱(저주) : 황하가 급류로 흐르는 곳인 맹진(孟津)의 강 복판에 우뚝 서 있는 돌기둥. 격류 속에 서 있으면서도 우뚝 버티고 있다 함.
7) 呑日(탄일) : 해를 삼키다. 《진고(眞誥)》에 따르면, 명을 길게 하려면 나쁜 기운을 토해내고 해의 정령을 코로 들이마셔야 한다고 했다.
扶桑(부상) : 동쪽 바다 속에 해가 뜨는 곳에 있다고 하는 전설상의 나무.
8) 龍竹(용죽) : 나중에 용이 되었다는 전설상의 대나무지팡이. 《후한서(後漢書)》에 따르면, 호공(壺公)이 대지팡이를 비장방(費長方)에게 주며 타라 했다. 비장방이 지팡이를 타자 순식간에 돌아오게 되었고 지팡이를 언덕에 던지고 나서 보니 용이었다.
輕策(경책) : 가벼운 채찍.
9) 鮫絲(교사) : 교초(鮫綃). 교인(鮫人)이 짜는 명주.
熨(울) : 다림질하다.
10) 栽(재) : 심다.

嗤漢帝(치한제) : 한 무제를 비웃다. 《한무제고사(漢武帝故事)》에 따르면 서왕모가 복숭아를 한 무제에게 주자 무제가 씨를 남겨 심으려 했다. 서왕모가 비웃으며 "이 복숭아는 삼천 년에 한 번 열매를 맺으므로, 아래 세상에는 심지 못한다."고 했다.

11) 笑秦皇(소진황) : 진시황을 비웃다.

《삼제략기(三齊略記)》 시황제가 돌다리를 만들어 바다를 건너 해가 뜨는 곳을 보려 했다.(始皇作石橋, 欲過海看日出處.)

12) 徑(경) : 마침내.

關令(관령) : 관문을 지키는 책임자. 여기서는 주나라를 떠나 은거하려는 노자(老子)에게 청을 하여 5천자의 글을 남기게 한 이를 가리킨다.

13) 龍沙(용사) : 사막.

强(강) : 나머지.

해설

이 시는 현미선생에게 준 것이다. 신선술을 익히려는 그를 묘사하기 위해 도교와 관련된 전고를 대거 사용했다. 제1단락(제1-4구)에서는 현미선생을 호공에 비유하여 호리병 속의 천지를 썼다. 그 안은 계수나무와 복숭아꽃이 있는 선경(仙境)이다. 제2단락(제5-8구)은 신선으로서의 생활을 그려낸 것이다. 한번 취하면 영겁의 시간이 흐르고 거하는 곳에는 신비로운 빛이 나며 약주머니 안에는 단산의 봉황이 있고 바둑돌 통에는 흰 돌이 숨겨져 있다고 했다. 제3단락(제9-12구)은 그의 도행(道行)과 술법을 소개한 것이다. 황하를 가지고 놀며 저주로 흐르게 하고, 부상에 기대어 해를 삼킬 수 있으며, 용죽으로 채찍을 만들어 날아다니고, 인어의 비단을 얻어 치마를 만들 수 있을 정도라고 했다. 제4단락(제13-16구)에서는 그가 반드시 노자와 같이 서쪽 사막으로 나가 신선처럼 노닐 수 있을 것이니, 득선(得仙)에 실패한 진시황와 한무제는 그저 비웃음의 대상이 될 것이라 했다.

응수(應酬)의 작품이란 것을 감안하더라도 전고를 많이 사용했는데, 이상은 특유의 전고 사용의 한 예를 보여주는 작품이라 볼 수 있을 것이다. 평자에 따라 이에 대한 평가가 다르다. 청나라 기윤(紀昀)은 빼어난 곳이 하나도 없이 "졸렬하고 속되다(拙俚)"며 혹평한 반면, 근인 장채전은 전고 사용이 "고아하고 적절하다(雅切)"고 칭찬하며 기윤의 평을 반박했다.

084

藥轉

단약 정련

鬱金堂北畫樓東,[1]	울금향 나는 집의 북쪽 장식한 누각의 동쪽에서
換骨神方上藥通.[2]	뼈를 바꾸는 선계의 처방과 좋은 약으로 순통하게 되었다.
露氣暗連青桂苑,[3]	이슬 기운이 푸른 계수나무 동산에 슬며시 이어지고
風聲偏獵紫蘭叢.[4]	바람 소리가 자주색 난초 무리를 두루 스쳐 지나간다.
長籌未必輸孫皓,[5]	긴 산가지가 반드시 손호만 못하지도 않고
香棗何勞問石崇.[6]	향기로운 대추를 어찌 수고롭게 석숭에게 물을까?
憶思懷人兼得句,[7]	그 일을 생각하고 그 사람 떠올리다 시 구절도 얻어
翠衾歸臥繡簾中.[8]	비취색 이불로 수놓은 발 내리고 돌아와 눕는다.

주석

1) 鬱金堂(울금당) : 향초의 일종인 울금의 향기가 나는 집. 양무제(梁武帝)의 〈하중지수가(河中之水歌)〉에 노(盧)씨의 아내 막수(莫愁)의 거처로

나온다.

畫樓(화루) : 장식이 있는 누각.

2) 換骨(환골) : 뼈를 바꾸다. 도가에 선주(仙酒)나 금단(金丹)을 복용하면 사람의 뼈를 바꾸어 신선세계로 갈 수 있다는 주장이 있다.

神方(신방) : 선계(仙界)의 처방.

上藥(상약) : 상품(上品)의 약.

3) 露氣(노기) : 이슬의 기운.

青桂苑(청계원) : 푸른 계수나무가 자라는 동산. '청계(青桂)'를 향나무의 일종인 청계향(青桂香)으로 보는 설도 있다.

4) 偏(편) : '편(遍)'과 통한다. 두루. '유독'의 뜻으로 풀이하기도 한다.

獵(렵) : 스쳐 지나가다.

紫蘭叢(자란총) : 자주색 난초의 무리. '자란(紫蘭)'은 선계의 궁궐 이름이기도 하다.

《한무내전(漢武內傳)》 문제가 동방삭에게 '이 사람이 누구냐?'고 물으니 동방삭이 이렇게 말했다. '이 사람은 서왕모 자란실의 옥녀로 늘 사명을 전하느라 부상을 왕래하고 영주를 출입합니다.'(帝問東方朔, 此何人. 朔曰, 是西王母紫蘭室玉女, 常傳使命, 往來扶桑, 出入靈州.) 따라서 이 시의 '자란'은 여도사를 지칭하는 것으로 여겨진다.

5) 長籌(장주) : 긴 산가지. 대변을 본 뒤에 뒤처리를 하는 데 쓰이는 측주(厠籌)를 말한다. 병주(屛籌)라고도 부른다.

輸(수) : ~보다 못하다.

孫皓(손호) : 삼국시대 오나라 손권(孫權)의 손자로, 오나라의 마지막 임금.

《법원주림(法苑珠林)》 오나라 때 건업 후원 평지에서 금불상 하나를 얻었는데, 손호는 평소 신앙이 없었기에 측간에 두고 측주를 잡고 있게 했다. 사월초파일에 불상을 씻기면서 결국 머리에 오줌을 누었다. 얼마 후 용종이 생겼고 음부가 특히 심해 고통으로 소리를 질러대며 참을 수 없는 지경이 되었다. 태사가 점을 치더니 이렇게 말했다. '대신성에 잘못을 범한 결과입니다.' 궁궐 내 기녀 가운데 불교를 믿는 이가 이렇게 말했다. '부처님이 대신이온데 폐하께서 일전에 모욕을 주시었습니다. 지금 사정이 급하니 청원을 해보시는 게 어떨지요?' 손호가 그 말을 믿고 베개에 엎드려 귀의하는 데 참회와 사죄가 특히 간절했고, 향을 넣은 더운물로 불상을 씻기며 참회를 간곡히 했더니 어느새 통증이 점차 가라앉았다.(吳時, 於建業後園平地獲金像一軀, 孫皓素未有信, 置於厠處, 令執屛籌. 至四月八日浴佛時, 遂尿頭上. 尋即通腫, 陰處尤劇, 痛楚號叫, 忍不可禁. 太史占曰, 犯大神聖所致. 宮內伎女有信佛者曰, 佛爲大神, 陛下前穢之. 今急, 可請耶. 皓信之, 伏枕皈依, 懺謝尤懇, 以香湯洗像, 慚悔殷重, 隱痛漸愈.)

6) 香棗(향조) : 향기로운 대추. 측간에서 악취를 맡지 않도록 코를 막는 용도로 쓰였다.

何勞(하로) : 어찌 수고롭게 ~할 것인가?

石崇(석숭) : 서진(西晉)의 문인(文人)이자 관리. 항해와 무역으로 큰 부자가 된 후 매우 사치스러운 생활을 하여 후대에 부자의 대명사로 여겨졌다.

《세설신어(世說新語) · 비루(紕漏)》 왕돈이 공주(서진 무제의 딸인 무양공주(舞陽公主))와 막 결혼한 후에 측간에 갔는데, 거기에서 그는 옻칠한 상자에 말린 대추가 가득 담긴 것을 보았다. 이 대추는 원래 코를 막기 위해 둔 것인데 왕돈은 측간에도 과일을 갖다 놓았다고 여기고 모두 먹어치웠다. 그가 측간에서 나오니 시녀가 금을 수놓은 쟁반에 물을 담아 놓고 유리그릇에 콩가루거품(석령(石齡)을 섞어 비누를 만든다)을 담아 놓았다. 왕돈은 그 콩가루거품을 물에 부어서 마시면서 말린 밥이라고 생각했다. 여러 하녀들이 그 광경을 보고 입을 막고 웃지 않는 이가 없었다.(王敦初尙主, 如厠, 見漆箱盛乾棗, 本以塞鼻, 王謂厠上亦下果, 食遂至盡. 旣還, 婢擎金澡盤盛水, 瑠璃盌盛澡豆, 因倒著水中而飮之, 謂是乾飯. 群婢莫不掩口而笑之.)

7) 憶思(억사) : 떠올리다.

懷人(회인) : 사람을 그리워하다.

得句(득구) : 시인이 좋은 구절을 얻는 것을 말한다.

8) 翠衾(취금) : 비취색 이불.

繡簾(수렴) : 수놓은 발.

해설

이 시는 '단약 정련'을 제목으로 삼았으며, 이상은의 시 중에서도 가장 난해한 시 중 하나로 꼽힌다. 그래서 청나라 주이준(朱彝尊) 같은 이는 아예 "제목과 시 모두 이해할 수 없다(題與詩具不可解)"고까지 평했다. 다만 주요 제재가 '선약(仙藥)'과 '측간'이라는 것은 명확하므로, 이를 중심으로 시의 내용을 파악해볼 수는 있을 것이다. 제1-2구는 서술의 대상이 되는 장소와 행위를 소개한 것이다. 향기롭고 화사한 집에서 도가의 명약으로 모종의 나쁜 상황이 호전되었다고 했다. 청나라 풍호(馮浩)는 이 '나쁜 상황'을 '원치 않는 임신'으로 보고, 약을 먹고 낙태시키는 것이라 했다. 또 현대의 어떤 연구자는 '나쁜 상황'을 음위(陰痿)라고 주장하기도 했다. 제3-4구는 집과 누각 주변 환경을 묘사한 것이다. 계수나무 자라는 동산에 가을 이슬이 내리고 난초에 바람이 불어온다고 했다. 현대 학자 유학개(劉學鍇)와 여서성(余恕誠)은 풍호의 관점에 찬동하는 견지에서 이 두 구절이 낙태가 이루어진 은밀한 곳을 암시한다고 풀이했다. '자란'을 서왕모(西王母)와 연결 지어 보면 이 시가 그려내는 대상이 무엇이든 여도사와 관련이 있을 가능성이 높다고 여겨진다. 제5-6구는 측간과 관련된 전고를 나란히 소개한 것이다. 측간의 산가지나 대추가 지체 높은 손호와 석숭 저택의 그것에 비견될 만큼 훌륭하다고 했다. 시인이 '화려한 측간'에서 벌어진 어떤 일을 이야기하려고 한 것은 틀림없다고 하겠다. 낙태설을 주장하는 이들은 측간이 바로 낙태가 이루어진 곳이라고 주장한다. 제7-8구는 측간에 다녀온 이후의 상황을 서술한 것이다. 측간에 얽힌 사건과 인물을 생각하다 시 구절도 얻어 다시 잠자리에 돌아와 누웠다고 했다. 이 두 구절의 주체가 명확하지 않다. '시 구절을 얻는다'는 내용으로 보아 행위의 주체를 시인 자신으로 볼 수도 있다. 그렇다면 어떤 질병(예를 들면 변비)으로 고생하던 시인이 여도사가 먹는 약을 먹고 측간에 가서 잘 해결한 후 편히 잠들었다는 식으로 이 시의 전체 내용을 정리해도 크게 무리가 없으리라 판단된다.

085

岳陽樓[1]

악양루

欲爲平生一散愁,	평생의 시름을 단번에 흩어보고자,
洞庭湖上岳陽樓.	동정호의 악양루에 오른다.
可憐萬里堪乘興,[2]	만 리로 흥을 타고 나갈 수 있어 즐거우니
枉是蛟龍解覆舟![3]	교룡이 배를 뒤집어놓을 수 있다고 겁내랴.

주석

1) 岳陽樓(악양루) : 호남성(湖南省) 악양시 서쪽에 있는 성루로 동정호에 접해 있다.
2) 可憐(가련) : 즐거워하다.
3) 枉(왕) : 억울하다. 원통하다.
覆舟(복주) : 배를 뒤집다.

해설

이 시는 시인이 계주(桂州)로 가는 도중에 동정호가에 있는 악양루에 올라 지은 것으로 보인다. 높은 악양루에 올라 느낀 시원하고 씩씩한 기운을 담아냈다. 제1-2구에서는 시름을 풀고자 동정호가에 있는 악양루에 오른다고 했다. 평생토록 수심에 젖어있었다는 표현은 단번에 흩어졌다는 말과 대비를 이루면서 지금의 심경이 얼마나 가벼운 것인가를 느끼게 해준다. 제3-4구에서는 가벼운 마음으로 흥을 내며 배를 타는 것을 즐기니, 호수에 사는 교룡이 와서 배를 뒤집는다 하더라도 전혀 무섭지 않다고 했다. 이상은의 다른 시 〈형주의 서쪽으로부터 내려가다(荊門西下)〉에서는 동정호의 교룡을 두려워하며 자신의 불안한 심정을 드러내었는데, 이 시에서는 교룡을 두고 상반된 감정을 보여주었다. 이는 동정호를 실제로 건너보니 별것 아니어서 두려워할 필요 없다는 것을 시인이 자각한 것으로 해석된다. 당시 시인은 비록 근심하고 있었지만, 아직 영호도의 분노가 노골적이지 않은 때였기 때문에 이런 작품이 가능했을 것으로 보인다.

086

寄成都高苗二從事

성도의 고·묘 두 종사에게 부치다

家近紅蕖曲水濱,[1] 집이 붉은 연꽃 핀 곡강의 물가와 가까워
全家羅襪起秋塵.[2] 온 가족 비단 버선에 가을 먼지 일겠네.
莫將越客千絲網,[3] 월나라 길손이 천 가닥 그물로
網得西施別贈人.[4] 서시를 그물질해 얻어 다른 이에게 주지 못하게 하오.

주석

1) 紅蕖(홍거) : 붉은 연꽃. 곡강에는 부용지(芙蓉池)가 있었다.
2) 羅襪(나말) : 비단 버선.
조식, 〈낙신부 洛神賦〉 물결을 넘는 사뿐한 발걸음, 비단 버선에 먼지가 이네. (淩波微步, 羅襪生塵.)
3) 越客(월객) : 타향에 사는 월 지방 사람.
千絲網(천사망) : 천 가닥의 실로 짠 촘촘한 그물.
4) 網得(망득) : 그물질해서 잡다.
西施(서시) : 춘추시대 월나라의 미녀. 오나라 왕이 미인계에 빠져 나라가 멸망하자, 오나라 사람들이 서시를 강물에 빠뜨려 죽였다는 이야기가 전해진다.
이상은, 〈경양정 景陽井〉 애달프다 오왕의 궁궐 밖에 흐르는 물, 탁류에 오히

려 서시를 장사지냈구나.(腸斷吳王宮外水, 濁泥猶得葬西施.)

이상은, 〈손박과 위섬의 공작 노래에 화답하다 和孫朴韋蟾孔雀詠〉 서시를 그물질하여 얻자 진나라 길손은 꽃에 미혹되었다.(西施因網得, 秦客被花迷.)

해설

이 시는 제목과 본문의 내용이 잘 맞지 않아 청나라 풍호(馮浩)는 〈병중에 초국리의 이장군을 방문했다 가족들과 곡강으로 놀러가는 길에 마주치다(病中早訪招國李十將軍遇挈家遊曲江)〉 시에 덧붙여 연작시라 보았다. 제1-2구는 가족들과 곡강에서 노니는 모습이다. '비단 버선'이라는 시어를 쓴 것으로 보아 가족에 여인들이 다수 포함되었던 것 같다. 제3-4구는 중매를 서달라는 희망을 전한 것이다. 곡강에서 노닐다 '물에 빠진 서시'를 건져 올리거든 다른 사람 말고 자신에게 소개해달라는 것이다. 세밀하게 맥락을 살피면 곡강에 노닐러 가는 여인 가운데 시인에게 언질을 주었던 이가 있었던 모양이다. 그런데 지금은 시인이 병이 나 만날 여건이 못 되니 그때까지 기다려달라는 말이다. 배필 구하기에 안달이 난 이상은의 심정을 엿볼 수 있는 시이다. 또 '물에 빠진 서시'라는 이상은 시 특유의 이미지가 어떤 상호텍스트성을 보이는 지 확인할 수 있는 좋은 예라 하겠다.

087

岳陽樓[1]

악양루

漢水方城帶百蠻,[2] 한수와 방성산으로 남쪽 오랑캐들을 거느릴 제
四隣誰道亂周班.[3] 사방의 이웃 그 누가 주나라 반열을 어지럽힌다 말하리?
如何一夢高唐雨,[4] 어찌하여 한번 고당의 비를 꿈꾸고는
自此無心入武關.[5] 그로부터 무관으로 들어갈 마음이 사라졌는가?

주석

1) 岳陽樓(악양루) : 호남성(湖南省) 악양시 서쪽에 있는 성루로 동정호에 접해 있다.
2) 漢水(한수) : 장강의 가장 긴 지류로 섬서성 남부 미창산(米倉山)에서 발원하여 호북성을 거쳐 무한(武漢)에서 장강으로 흘러든다. 주요 유역이 초나라 북쪽에 있었다.
   方城(방성) : 산 이름. 지금의 하남성(河南省) 엽현(葉縣) 남쪽에 있다. 《좌전 · 희공(僖公) 4년조》 초나라는 방성산을 성으로 삼고 한수를 해자로 삼았다.(楚國方城以爲城, 漢水以爲池.)
   百蠻(백만) : 남쪽 오랑캐. 남방 소수민족의 총칭.
3) 周班(주반) : 주의 반열. 주나라 왕실에서 작위를 내리는 등급. 이 구는

초나라가 강성하여 사방의 제후들이 감히 초나라가 주나라의 반열을 어지럽힌 것에 대해 이의를 제기하지 못했다는 말이다.

4) 高唐雨(고당우) : 고당의 비. 무산(巫山) 신녀를 가리킨다.

송옥(宋玉), 〈고당부서(高唐賦序)〉 옛날에 선왕께서 고당에서 노닐 적에 한 부인을 꿈에서 보았다. 그 여인이 이르기를 저는 무산의 신녀로, 아침에는 구름이 되었다가 저녁에는 비가 되어 내린다고 했다.(昔者先王嘗遊高唐, 夢見一夫人, 曰, 妾巫山之女也, 旦爲朝雲, 暮爲行雨.)

5) 武關(무관) : 진(秦)나라의 남쪽 관문으로 함양(咸陽)과 통한다.

《사기 · 초세가(楚世家)》 초회왕이 무관으로 들어가자 진에서는 병사들을 매복시켜 배후를 차단했다.(楚懷王入武關, 秦伏兵絶其後.)

해설

이 시는 악양루에 올라 옛 초나라의 땅을 내려다보며 느낀 감회를 담은 것이다. 초나라와 관련된 역사적 사건은 다음과 같다. 초 회왕(懷王)은 진(秦) 소왕(昭王)의 꼬임에 빠져 진나라에 억류되었다가 죽었다. 초나라 백성들이 모두 분통을 터뜨렸지만, 그의 아들인 양왕은 아버지의 원수를 갚기는커녕 진나라에서 부인을 맞아 양국의 평화를 유지했다. 이상은은 악양루에 올라 초 땅의 지세를 살펴보고는, 양왕이 그것을 이용하지 않고 원수를 잊어버린 것은 잘못이라고 비판했다. 제1-2구에서는 초나라의 영토가 매우 넓었고, 당시 주의 봉건적 반열이 엉망이 되어 법도가 문란해졌던 것에 대해 말했다. 제3-4구에서는 고당의 신녀 고사를 빌어 초 양왕이 진나라의 여자를 맞이한 후 복수할 마음이 사라진 것에 대해 질책했다. 이는 당시의 군주가 성색(聲色)에 빠져 임금으로서 응당 지녀야 할 원대한 포부를 갖지 못한 것을 풍자했다고 볼 수도 있다.

088-1

越燕 二首(其一)

제비 2수 1

上國社方見,[1]	경사에서는 사일에 비로소 보았는데
此鄉秋不歸.	이 고장에서는 가을에도 돌아가지 않는구나.
爲矜皇后舞,[2]	황후의 춤 뽐내고 싶어 하나
猶著羽人衣.[3]	아직 도사의 옷을 걸쳤다.
拂水斜文亂,[4]	물을 스치는 비스듬한 무늬 어지럽고
銜花片影微.[5]	꽃을 머금은 조각 그림자 희미하다.
盧家文杏好,[6]	노씨 집의 은행나무 대들보가 좋은지
試近莫愁飛.[7]	막수 가까이 날아가 본다.

주석

1) 上國(상국) : 경사(京師)를 가리킨다.
社(사) : 사일(社日). 토지신에게 제사 지내는 날. 제비는 춘사(春社) 때 왔다가 추사(秋社) 때 돌아간다고 하여 사연(社燕)이라고도 불린다.
2) 矜(긍) : 자랑하다.
皇后舞(황후무) : 황후의 춤. 여기서는 조비연(趙飛燕)의 춤을 말한다.
3) 著(착) : 옷을 입다.
羽人衣(우인의) : 도사의 옷. 깃털로 만든 도사 또는 신선의 옷을 말한다.

8,9품관이 입는 청삼(靑衫)을 가리킨다는 설도 있다.

4) 拂水(불수) : 물을 스치다.

5) 片影(편영) : 조각 그림자. 고독한 모습을 말한다.

6) 盧家(노가) : 노씨의 집.

文杏(문행) : 은행. 흔히 은행나무로 만든 대들보를 가리킨다.

7) 莫愁(막수) : 남제(南齊) 때 낙양(洛陽) 출신의 여인으로, 강동(江東) 지방의 노씨(盧氏) 집안으로 시집왔다고 한다.

해설

이 시는 턱 아래가 자주색이어서 '자연(紫燕)'이라고도 불리는 제비를 노래한 영물시 두 수 가운데 첫째 수이다. 이 '월연'은 몸집이 작고 자주 지저귄다고 한다. 제1-2구는 경사와 '이곳'에서 제비를 보는 정도가 달라졌음을 말한 것이다. 경사에서는 사일이 되어야 보는 정도였으나 '이곳'에서는 사시사철 늘 붙어 다닌다고 했다. 제3-4구는 제비가 날아가는 모습을 묘사한 것이다. 한나라 성제(成帝)의 왕후인 조비연(趙飛燕)처럼 손바닥 위에서 춤추고 싶어하나, 아직은 깃털 옷을 입은 수준이라고 했다. 제5-6구는 제비의 날개 짓을 더욱 자세히 묘사한 것이다. 물을 스치고 꽃을 머금으며 한껏 재주를 부려보지만 어지럽게 느껴질 뿐이어서 감상해주는 이 없이 외롭다고 했다. 제7-8구는 제비의 행보를 이야기한 것이다. 춤을 추어도 호응을 얻지 못하자 노씨 집 막수(莫愁)에게 날아가 들보에 내려앉아 재차 날갯짓을 해보이려 한다고 했다. 첫째 수만으로는 제비의 모습을 묘사해 전달하려는 메시지가 분명하지 않다.

088-2

越燕 二首(其二)

제비 2수 2

將泥紅蓼岸,[1]	진흙을 가져가는 붉은 여뀌의 언덕
得草綠楊村.	풀을 얻는 푸른 버들의 마을.
命侶添新意,[2]	짝을 부르면서는 새로운 생각을 더하지만
安巢復舊痕.[3]	둥지를 안정시킬 때는 예전의 흔적을 되살린다.
去應逢阿母,[4]	가서는 응당 서왕모를 만나보고
來莫害皇孫.[5]	와서는 황손을 해치지 말아라.
記取丹山鳳,[6]	단산의 봉황이
今爲百鳥尊.[7]	이제 모든 새의 우두머리가 되었음을 기억하라.

주석

1) 將(장) : 가져가다.
   紅蓼(홍료) : 수초인 여뀌의 일종으로 꽃이 담홍색을 띤다.
2) 命侶(명려) : 짝을 부르다.
   新意(신의) : 새로운 생각.
3) 安巢(안소) : 둥지를 안정시키다.
4) 阿母(아모) : 서왕모(西王母). 서왕모는 현도아모(玄都阿母)라고도 불렸다.
5) 皇孫(황손) : 임금의 아들. 한나라 성제(成帝) 때 "제비가 날아와 황손을

쪼는구나. 황손이 죽고 나니 제비가 화살을 쪼는구나.(燕飛來, 啄皇孫. 皇孫死, 燕啄矢)"라는 동요가 유행했다고 한다. 조비연이 아들을 낳지 못하자 임신한 후궁들을 해친 것을 두고 나온 말이다.

6) 記取(기취) : 기억하다.

丹山(단산) : 봉황이 난다는 산.

《여씨춘추(呂氏春秋) · 본미(本味)》 유사의 서쪽이자 단산의 남쪽에 봉새의 알이 있어 옥민에서 먹는다.(流沙之西, 丹山之南, 有鳳之丸, 沃民所食.)

7) 尊(존) : 우두머리.

해설

이 시는 제비를 노래한 영물시 두 수 가운데 둘째 수이다. 제1-2구는 제비가 새로 둥지를 꾸미는 모습을 묘사한 것이다. 붉은 여뀌 언덕에서 진흙을 구하고 푸른 버들 마을에서 풀을 찾아 보금자리를 만든다고 했다. 제3-4구는 제비의 습성을 말한 것이다. 새로운 짝을 찾더라도 둥지는 이전 방식대로 만든다고 했다. 제5-6구는 제비가 해를 미칠 수도 있음을 경계한 것이다. 기왕 제비가 '도사의 옷을 걸쳤으니' 겨울을 나기 위해 남쪽으로 가면 서왕모를 만나는 게 좋겠으나, 봄에 다시 돌아와서는 한나라 때의 동요처럼 황손을 쪼지는 말라고 했다. 제7-8구는 제비에게 행동에 신중을 기할 것을 당부한 것이다. 백조(百鳥)의 우두머리로 봉황이 있으니 함부로 젠체하지 말라고 했다.

● 둘째 수의 내용으로 보아 이 시에서 묘사한 제비는 시인 자신이 아닌 누군가로 여겨진다. 첫째 수에서 언급한 '노씨 집'을 단서로 삼을 때, 이 시의 배경을 노홍정(盧弘正)의 서주 막부로 본 풍호(馮浩)의 지적에 수긍이 간다. 제비에 비유된 '그'는 본래 도교(道教) 출신으로 막주(幕主)의 신임을 얻기 위해 꽤나 좌충우돌이었던 듯하다. 막부의 동료를 챙기는 척 하면서 자신의 입지를 강화하려고 애쓴 인물로 묘사되었다. 그 과정에서 이상은을 비롯한 막부의 동료들이 불이익을 당하는 경우도 없지 않아서, 이를 넌지시 경계하고자 이 시를 지은 것으로 추정된다. 제비의 습성과 막부 위험인물의 특징을 결부시켜 풍자적인 의미를 잘 끌어낸 영물시로 평가할 수 있겠다.

089

杜工部蜀中離席

두보(杜甫)를 본뜨다 - 촉에서의 송별연

人生何處不離群,[1]	인생에 어느 곳에선들 무리를 떠나는 일 없으라만
世路干戈惜暫分.[2]	세상이 전쟁 통이라 잠깐의 헤어짐도 안타깝다.
雪嶺未歸天外使,[3]	설령에서는 하늘 밖으로 간 사신 아직 돌아오지 않았고
松州猶駐殿前軍.[4]	송주에서는 여전히 전전군이 주둔하고 있다.
座中醉客延醒客,[5]	술자리 취한 길손은 안 취한 길손을 불러들이고
江上晴雲雜雨雲.[6]	강 위의 맑은 구름이 비구름과 섞인다.
美酒成都堪送老,[7]	맛난 술 있는 성도는 늘그막을 보낼 만한데
當壚仍是卓文君.[8]	목로에는 거기다 탁문군까지 있다.

주석

1) 離群(이군) : 여러 사람을 떠나다.
2) 世路(세로) : 세상의 길. 사람이 살아가면서 겪는 역정.
干戈(간과) : 방패와 창. 흔히 전쟁을 가리킨다.
3) 雪嶺(설령) : 성도(成都) 서쪽의 봉우리인 민산(岷山)을 가리킨다. 최고봉은 해발 4,344m에 이르며, 당나라 때에는 설령이 토번(吐蕃)과의 경계였다.

天外使(천외사) : 하늘 밖으로 간 사신. 설령을 넘어 토번으로 간 사신을 말한다.

4) 松州(송주) : 당대의 주 이름. 지금의 사천성 송반현(松潘縣) 경내이다.
殿前軍(전전군) : 왕실 수비대인 신책군(神策軍).
5) 延(연) : 초청하다. 초대하다.
6) 雨雲(우운) : 비를 내리는 구름.
7) 送老(송로) : 늘그막을 보내다. 여생을 보내다.
8) 當壚(당로) : 술을 파는 목로를 맡다.
《사기 · 사마상여열전》 사마상여는 탁문군(卓文君)과 함께 임공으로 가서는 수레를 죄다 팔고 술집을 사서 술을 팔았다. 그리하여 탁문군으로 하여금 목로를 맡아 술을 팔게 했다. 사마상여 자신은 스스로 잠방이를 입고 시중에서 그릇을 씻었다.(相如與文君俱之臨邛, 盡賣車騎買酒舍酤酒. 而令文君當壚, 相如自著犢鼻褌, 滌器於市中.)
仍是(잉시) : 또 ~이 있다.

해설

이 시는 동천절도사 막부에 있었던 이상은이 대중 6년(852)에 성도의 서천절도사 막부로 출장을 갔다가 돌아오면서 지은 것으로 보인다. 제목의 '이석(離席)'은 이별의 연회석을 말한다. '두공부(杜工部)'라는 말을 제목 앞에 덧붙여 두보(杜甫)의 풍격을 모방했음을 밝혔다. 아마도 두보가 엄무(嚴武)의 검남절도사(劍南節度使) 막부에서 절도참모(節度參謀)를 지냈기 때문에 특별히 그의 시풍을 본뜬 시를 지으려 했던 것 같다.

제1-2구는 이별의 아쉬움을 말한 것이다. 인생에서 이별은 다반사이나 전란으로 어지러운 때라 재회를 기약하기가 어려운 것이 안타깝다고 했다. 갑작스러운 내용으로 시상을 여는 두보의 '돌올(突兀)'을 연상시킨다. 제3-4구는 전란의 상황을 구체적으로 밝힌 것이다. 설령과 송주를 경계로 토번과 군사적으로 대치하고 있는 형세가 심상치 않다고 했다. 이 연은 두보의 〈제장5수(諸將五首)〉 셋째 수의 함련 "창해는 아직 전부 우공에 귀의하지 못했고, 계문의 어디에서 요봉을 다했는가?(滄海未全歸禹貢, 薊門何處盡堯封)"를 연상시킨다. 제5-6구는 연회석의 분위기를 묘사한 것이다. 변덕스러운 날씨처럼 시시각각 변하는 변방의 상황으로 인해 모두 편안히 음주가무를 즐길 수는 없다고 했다. 이 구절은 굴원이 〈어부사(漁父詞)〉에서 "사람들이 모두 취했는데 나만 홀로 멀쩡하다(衆人皆醉我獨醒)"는 말을 연상시킨다. 제7-8구는 무사안일에 빠진 서천 막부의 대응 자세를 꼬집은 것이다. 토번과 맞서 한시도 긴장을 늦출 수 없는 곳인데도 술을 벗 삼아 하루하루를 보내려 한다고 질타했다. 이 또한 '우국상시(憂國傷時)'라는 두보의 정신을 발현한 것이다.

이 시에서 두보 시의 내용과 풍격을 모방하려고 했던 시도는 대체로 성공적이었던 것으로 평가된다. 나라의 안위를 걱정하는 마음 못지않게 '침울(沈鬱)'한 시풍도 잘 드러났기 때문이다. 이 시에 대해 청나라 하작(何焯)은 "이렇게 시상을 엮었으니 참으로 두보의 적자라 하겠다(如此結構, 眞老杜正嫡也.)"고 했고, 굴복(屈復)은 "비록 두보의 심후한 곡절이 없기는 하지만 가락은 매우 흡사하다(雖無工部之深厚曲折, 而聲調頗似之.)"고 했다.

090

隋宮

수궁

紫泉宮殿鎖煙霞,[1]	자천의 궁전은 안개와 노을로 잠겨 있는데
欲取蕪城作帝家.[2]	황폐한 성을 얻어 제왕의 집으로 삼고자 했다.
玉璽不緣歸日角,[3]	옥새가 이마 튀어나온 이에게 돌아갈 운명이 아니었다면,
錦帆應是到天涯.[4]	비단 돛배는 하늘 끝까지 이르렀으리라.
於今腐草無螢火,[5]	이제는 썩은 풀에 반딧불이 없고
終古垂楊有暮鴉.[6]	세월이 흘러 수양버들엔 저녁 까마귀가 있다.
地下若逢陳後主,	지하에서 진후주를 만난다 해도
豈宜重問後庭花.[7]	어찌 다시 〈옥수후정화〉를 물어볼 수 있으랴.

주석

1) 紫泉(자천) : 자연(紫淵). 장안 북쪽에 있는 물 이름. 당 고조의 이름이 이연(李淵)이었으므로 피휘한 것이다.

2) 蕪城(무성) : 황폐한 성. 수나라의 강도(江都). 옛 이름은 광릉(廣陵)인데, 포조(鮑照)의 〈무성부(蕪城賦)〉 이래로 강도의 별칭이 되었다.

3) 日角(일각) : 이마가 해처럼 튀어나온 얼굴형. 관상학적으로 제왕이 될 사람의 모습이라 일컬어지며, 여기서는 당 고조 이연을 가리킨다.

4) 錦帆(금범) : 비단 돛배. 수양제가 타던 용주(龍舟)를 가리킨다.
5) 螢火(형화) : 반딧불이. 《수서》에 따르면 천하에 도적이 일어나고 있었는데도, 수양제는 반딧불이 여러 말을 구해다가 밤에 놀러나가서는 그것을 풀어놓아 그 빛이 산골짜기를 비추었다고 한다. 여기서는 옛날에 썩은 풀이 반딧불이가 된다고 생각했는데, 수양제 때 놀이에 쓰느라 잡아들여 지금은 찾아볼 수 없다는 것을 가리킨다.
6) 垂楊(수양) : 수양버들. 《개하기(開河記)》에 따르면, 수양제가 민간에 버드나무 한 그루가 있으면 비단 한 필을 주겠다고 조서를 내리자 백성들이 다투어 바쳤다고 한다. 또 버드나무를 심도록 명을 내려 수양버들에게 양씨(楊氏) 성을 하사했다고 한다.
7) 後庭花(후정화) : 〈옥수후정화(玉樹後庭花)〉. 진(陳)나라 후주(後主)가 지은 가곡. 음란한 가곡으로 진나라 멸망의 계기가 되었다. 《수유록(隋遺錄)》에 이르기를, 수양제가 강도에서 진후주의 꿈을 꾼 적이 있었는데, 진후주가 총애하는 비인 장려화(張麗華)에게 〈옥수후정화〉 춤을 청했다. 후주가 양제에게 "처음에 전하께서 정치를 하시며 요순의 위에 있다고 말씀드렸으나 오늘 다시 여기서 한가로이 노니시니 지난번에 어찌 그리 심하게 잘못을 탓했습니까?"라 했다. 양제가 홀연히 깨어나 그를 꾸짖었으나 어른거리며 보이지 않았다고 한다. 이 두 구는 수양제가 죽어 다시 진 후주를 만난다면 좋은 뜻으로 장려화의 〈옥수후정화〉를 청하겠느냐라는 뜻이다.

해설

이 시는 수양제의 역사적 사실을 바탕으로 하여 그의 황음함을 비판한 영사시다. 제1-2구는 수양제의 탐욕을 말한 것이다. 수양제가 장안 근처에 궁전이 있었음에도 그것을 버려두고 무성에 황제의 도성을 짓고자 했다고 했다. 제3-4구는 앞 연에서 사실을 제시한 것과 달리 가정법을 사용하여 수양제의 탐욕을 부각시킨 것이다. 당 고조가 나와 왕조를 바꾸지 않았다면 수양제의 탐욕은 끝이 없었을 것이라 했다. 제5-6구는 수양제가 생전에 저질렀던 무도한 행실과 쓸쓸하고 황량한 현실을 대비시킨 것이다. 반딧불이를 온 계곡에 풀어놓아 즐기고 수양버들을 심게 하고 성씨까지 하사했지만, 지금은 풀은 썩고 그저 까마귀만 있게 되었다고 하여 수양제의 제멋대로인 본성을 부각시켰다. 제7-8구는 수양제가 진후주를 다시 만난다면 〈옥수후정화〉 운운할 수 없을 것이라는 말이다. 이는 생전의 황음함 때문에 나라가 망했다는 것을 사후에라도 알게 된다면 분명 후회를 할 것임을 이른 것이다. 진후주와 수양제를 대비시켜 수양제의 황음함과 탐욕을 더욱 부각시키고 있다.

091

二月二日

2월 2일

二月二日江上行,[1]	2월 2일 답청절에 강가를 걷노라니
東風日暖聞吹笙.	봄바람에 날 따스하고 생황 부는 소리 들려온다.
花鬚柳眼各無賴,[2]	꽃술과 버들잎이 각기 마음을 어지럽히고
紫蜨黃蜂俱有情.[3]	자주색 나비와 노란 벌 모두 정이 있다.
萬里憶歸元亮井,[4]	만 리 밖에서 도잠의 우물로 돌아갈 생각하며
三年從事亞夫營.[5]	3년 동안 주아부의 군영에서 일했다.
新灘莫悟遊人意,[6]	새 여울은 나그네의 마음을 헤아리지 못하고
更作風簷夜雨聲.[7]	다시금 바람 부는 처마에 밤비 소리를 낸다.

주석

1) 二月二日(이월이일) : 촉(蜀) 지방의 답청절(踏青節). 일반적인 음력 3월의 답청절보다 한 달 가량 빠르다.

2) 花鬚(화수) : 꽃술. 꽃의 생식기관인 수술과 암술. 수염처럼 생겼다 하여 이렇게 부른다.

柳眼(유안) : 버들잎. 막 돋아난 버들잎이 눈처럼 생겼다 하여 이렇게 부른다.

無賴(무뢰) : 남을 못살게 굴다. 집적거리다. 성나게 하다. 아래 구절의

'유정(有情)'과 관련지어 '무심(無心)'의 뜻으로 풀이하기도 한다.

3) 紫蝶(자접) : 자주색 나비.
   黃蜂(황봉) : 노란 벌. 말벌을 가리킨다.
4) 元亮井(원량정) : 도잠(陶潛)의 우물. '원량'은 도잠의 자(字)이다. 그의 〈귀전원거(歸田園居)〉라는 시에 "우물과 부뚜막 남아 있는 곳에 뽕나무와 대나무 썩은 그루터기 널브러졌다(井竈有遺處, 桑竹殘朽株.)"는 구절이 보인다.
5) 亞夫營(아부영) : 주아부(周亞夫)의 군영. 주아부는 한나라 문제 때의 장군으로, 흉노를 막기 위해 세류(細柳)에 주둔한 그의 군영은 방비가 삼엄하기로 유명했다. 여기서는 유중영(柳仲郢)의 동천절도사 막부를 가리키는 것으로 보인다.
6) 新灘(탄) : 새 여울. 봄에 물이 불어나 강의 모습이 새로워졌다는 말이다.
7) 風簷(풍첨) : 바람 부는 처마.

해설

이 시는 대중 7년(853) 재주(梓州)의 동천절도사 막부에 머무를 때 지은 것이다. 2월 2일 답청절을 맞아 재주 인근을 흐르는 부강(涪江)에 나가 회포를 시에 담았다. 제1-2구는 재주의 봄 풍경을 묘사한 것이다. 강가를 건노라니 생황 소리가 따스한 바람에 실려 온다고 했다. 제3-4구는 동식물을 소재로 시인의 마음을 흔드는 봄의 분위기를 그린 것이다. 약동하는 봄기운에 오히려 서글픈 마음이 드는 처지를 암시했다. 제5-6구는 봄을 즐길 여유가 없는 현재의 처지를 소개한 것이다. 도잠처럼 고향으로 돌아가고 싶은 마음 간절하지만 그러지 못하고 3년째 동천절도사 막부에 머무르고 있다고 했다. 제7-8구는 생기 넘치는 봄 경치와 달리 잔뜩 오그라든 시인의 심사를 밝힌 것이다. 불어난 봄물이 콸콸 흐르는 소리조차 밤에 내리는 빗소리로 들린다고 했다. 시인의 우울한 심리 상태가 여실히 느껴진다.

이 시는 두 가지 점에서 이상은의 칠언율시 가운데 독특한 작품으로 평가된다. 첫째는 일반적인 칠언율시의 평측 격식을 따르지 않은 요체(拗體)라는 사실이다. 첫째 구를 예로 들면 둘째, 넷째, 여섯째 자에 모두 측성을 써서 평측을 교대로 쓰는 상규에서 벗어났다. 둘째는 난해한 전고를 거의 사용하지 않고 백묘(白描)의 수법으로 평이한 느낌을 준다는 점이다.

092
籌筆驛[1]
주필역

魚鳥猶疑畏簡書,[2]	물고기와 새는 여전히 군령을 두려워하는 듯 하고
風雲長爲護儲胥.[3]	바람과 구름이 오래토록 울타리를 지켜주고 있다.
徒令上將揮神筆,[4]	상장군이 신령한 붓 놀린 것도 헛되어
終見降王走傳車.[5]	끝내 항복한 왕은 역참의 수레로 쫓겨 갔다.
管樂有才眞不忝,[6]	관중과 악의의 재주에 부끄럽지 않았는데
關張無命欲何如.[7]	관우와 장비의 운명이 다했으니 어찌하랴?
他年錦里經祠廟,[8]	지난 해 금리의 사묘를 지났는데
梁甫吟成恨有餘.[9]	〈양보음〉은 이루어 졌으나 한은 무궁하다.

주석

1) 籌筆驛(주필역) : 지금의 조천역(朝天驛)으로, 사천성(四川省) 광원시(廣元市) 북쪽에 있다. 촉(蜀)의 제갈량(諸葛亮)이 군대를 여기에 주둔시키고 작전계획을 세웠다.

2) 魚鳥(어조) : 물고기와 새. 편지를 전해주는 전령을 비유한다.
簡書(간서) : 문서. 옛날에는 죽간에 글을 썼으므로 이렇게 이른다. 여기서는 제갈량의 군령을 담은 문서를 가리킨다.

3) 儲胥(저서) : 군영에서 목책이나 대나무 울타리로 만든 경계선
4) 上將(상장) : 상장군. 여기서는 제갈량을 가리킨다.
5) 降王(항왕) : 항복한 왕. 여기서는 후주(後主)인 유선(劉禪)을 말한다.
   傳車(전거) : 고대 역참에서 전용하던 수레. 이 구에서는 유선이 위(魏)에 항복하고 전 가족이 낙양으로 옮겨지게 되었는데 이때 전거(傳車)가 주필역을 지난 것을 이른 것이다.
6) 管樂(관악) : 관중(管仲)과 악의(樂毅). 관중은 춘추시대의 뛰어난 정치가로 제(齊) 환공(桓公)을 보좌하여 패업을 이루었다. 낙의는 전국시대의 군사전문가로 연(燕) 소왕(昭王)을 위해 제(齊)를 무찔렀다. 제갈량은 항상 자신을 관중과 악의에 비겼었다.(《촉지(蜀志)》)
   忝(첨) : 더럽히다. 욕보이다.
7) 關張(관장) : 관우(關羽)와 장비(張飛).
8) 他年(타년) : 지난 해. 이상은이 대중(大中) 5년(851) 겨울에 서천(西川)에 가 무후묘(武侯廟)를 찾았던 것을 가리킨다.
   錦里(금리) : 금관성(錦官城)으로 옛 터가 지금 성도(成都)에 있다.
   祠廟(사묘) : 사당. 여기서는 무후사(武侯祠)를 가리킨다.
9) 梁甫吟(양보음) : 제갈량(諸葛亮)이 남양 융중(南陽隆中)에 은거할 때 부르던 노래 이름. 제(齊)의 태산(太山) 기슭에 있는 양보산(梁甫山) 지방을 노래했는데, 어진 사람이 세상에서 박해받음을 탄식하고 제의 안평중(晏平仲)이 모략으로 세 선비를 죽인 이도살삼사(二桃殺三士) 고사를 언급했다. 여기서는 시인이 지난해에 제갈량의 사당을 돌아보고 〈제갈량 사당의 옛 잣나무(武侯廟古栢)〉를 썼던 일을 가리킨다.

해설

이 시는 대중 9년(855), 시인이 장안으로 돌아가던 중 주필역을 지나다 느껴 쓴 것이다. 제갈량의 지략을 찬양하면서 그가 끝내 공업을 이루어지지 못한 것에 대한 아쉬움을 담아냈다. 제1-2구에서는 원숭이와 새, 바람과 구름을 빌어 제갈량의 신위를 찬양했다. 직접적인 칭송이 아니라 분위기 묘사를

통해 제갈량의 엄격한 군령과 웅재(雄才)를 추측하게 했다. 제3-4구에서는 그런 제갈량의 신령한 솜씨도 헛되이 유비의 강산을 지키지 못했으며 후주는 끝내 투항하고 말았다고 했다. 제5-6구에서는 관중과 악의에 뒤지지 않는 제갈량의 재주를 찬탄하면서 결국 좋은 장군을 잃어 난국을 지탱하기 어렵게 되었음을 한탄했다. 앞 연에서 항복한 군주를 들어 영민한 군주가 없음을 한스럽게 여겼다면, 이 연에서는 보좌할 만한 좋은 장군이 없음을 한으로 여기고 있다. 즉 제업(帝業)을 이루려면 현명한 재상도 필요하지만 영민한 군주와 좋은 장군도 필요함을 역설한 것이다. 제7-8구에서는 시인이 제갈량에 대해 느끼는 한을 직접적으로 드러냈다. 이는 단순히 제갈량 한 사람에 대한 개탄은 아닐 것이다. 당시 만당의 정치는 부패했고 위기는 더욱 심화되어 지략을 갖춘 선비라도 한계에 부딪히며 많은 타격을 받고 있었다. 시인은 이러한 상황 속에 제갈량의 경우를 통해 현실에 대한 풍자와 개탄을 성공적으로 표현해냈다. 따라서 이 시가 두보의 〈촉나라 재상(蜀相)〉과 병칭되며 훌륭한 영사시로 평가되는 것은 당연하다 할 것이다.

093

屛風

병풍

六曲連環接翠帷,[1]	여섯 굽이 이어지며 푸른 휘장까지 닿는데
高樓半夜酒醒時.[2]	높은 누각에서 한밤중에 술에서 깬다.
掩燈遮霧密如此,[3]	등불을 가리고 안개를 막으며 빈틈없기가 이와 같으니
雨落月明俱不知.[4]	비가 내리는지 달이 밝은지 모두 알지 못한다.

주석

1) 六曲(육곡) : 여섯 굽이. 열두 폭 병풍을 접으면 여섯 굽이가 된다.
   連環(연환) : 이어지다.
   翠帷(취유) : 푸른 휘장.
2) 半夜(반야) : 한밤중. 깊은 밤.
   酒醒(주성) : 술에서 깨다.
3) 掩燈(엄등) : 등불을 가리다.
   遮霧(차무) : 안개를 막다.
4) 雨落(우락) : 비가 내리다.

해설

이 시는 열두 폭 병풍을 읊은 영물시다. 제1-2구는 높은 누각의 처소에

놓인 병풍을 묘사한 것이다. 한밤중에 술에서 깨어 주위를 둘러보다 여섯 굽이 병풍이 푸른 휘장까지 이어진 것을 발견했다고 했다. 제3-4구는 병풍이 방 전체를 가린 광경을 묘사한 것이다. 병풍이 빛을 가리고 문틈으로 새어 들어오는 밤안개도 막아, 바깥 상황이 비가 오며 어두운지 아니면 달이 휘영청 떠올라 밝은지 알 수 없다고 했다. 술을 마시고 몽롱한 상태에서 우연히 눈에 들어온 병풍을 소재로 삼아 순간적인 느낌을 가볍게 다룬 것이라고 보면 무난하다. 그러나 역대의 평자 가운데 일부는 이 시에 기탁의 뜻이 담겨 있다고도 했다. 예컨대 청나라 요배겸(姚培謙)이 "이 시는 눈 밝고 귀 밝음을 가리는 자를 향해 쓴 것(此爲蔽明塞聰者發.)"이라고 한 것이 그것이다. 이상은의 시 가운데 〈어지러운 바위(亂石)〉같은 것은 확실히 길을 막아 선 바위를 통해 불온한 세력에 의해 관도(官途)가 막힌 것을 비유한 것으로 보아 무리가 없다. 그에 비하면 이 시는 묵직한 기탁을 담기에는 다소 필치가 가볍게 느껴진다.

094

春日

봄날

欲入盧家白玉堂,	노씨 집 백옥당으로 들어가고자 하여
新春催破舞衣裳.[1]	새봄 되자 춤옷을 마련하라고 재촉했다.
蝶銜花蘂蜂銜粉,	나비는 꽃술을 물고 벌은 꽃가루를 무는데
共助青樓一日忙.[2]	청루에서 함께 도우며 종일 분주하다.

주석

1) 破(파) : 마련하다.

2) 青樓(청루) : 푸른 색칠을 한 누각. 기생집.

해설

이 시는 가무를 하는 소녀가 부잣집에 들어가고자 하여 춤옷을 재촉하는데, 나비와 벌이 분주한 모습을 보고는 청루에서 바쁜 모습을 연상해낸 작품이다. 특별히 어떤 것을 묘사하거나 풍자했다고 보이지는 않는다. 막부에 들어간 선비가 공문 작성에 분주한 모습을 빗댄 것으로 여겨진다.

095

武侯廟古柏

제갈량 사당의 옛 잣나무

蜀相階前柏,[1] 촉나라 승상 사당의 계단 앞 잣나무는
龍蛇捧閟宮.[2] 용이나 뱀처럼 깊은 궁궐을 지키며,
陰成外江畔,[3] 그늘을 외강의 언덕에 드리우고
老向惠陵東.[4] 오래도록 혜릉의 동쪽을 향하고 있다.
大樹思馮異,[5] 큰 나무를 보니 풍이 장군이 생각나고
甘棠憶召公.[6] 팥배나무를 보니 소공이 떠오르는데,
葉凋湘燕雨,[7] 나뭇잎은 상수의 제비 비에 시들고
枝析海鵬風.[8] 가지는 바다의 붕새 바람에 갈라졌다.
玉壘經綸遠,[9] 옥루산에서의 계획이 원대했건만
金刀歷數終.[10] 한나라 왕조의 운명이 다했던 것이니,
誰將出師表,[11] 누가 출사표를 내어
一爲問昭融.[12] 한 번 하늘에 물어보려나?

주석

1) 蜀相(촉상) : 촉의 승상 제갈량(諸葛亮).

2) 捧(봉) : 지키다. 수호하다.

閟宮(비궁) : 깊은 궁궐. 여기서는 유비(劉備)와 제갈량의 사당을 가리킨다.

두보, 〈고백행 古栢行〉 유비와 제갈량이 사당에 함께 있다.(先主武侯同閟宮.)

3) 外江(외강) : 바깥쪽 강. 성도부(成都府)를 기준으로 비강(郫江)을 내강(內江)이라 하고 타강(沱江)과 전강(湔江)을 외강이라 했다.

4) 惠陵(혜릉) : 유비의 능.

5) 馮異(풍이) : 후한 광무제 때의 장군.

《후한서 · 풍이전》 여러 장군들이 나란히 앉아 공을 논할 때 풍이는 홀로 나무 아래에 기대 있었기에 군중에서 그를 '큰 나무 장군'이라 불렀다.(諸將竝坐論功, 異獨屛樹下, 軍中號爲大樹將軍.)

6) 甘棠(감당) : 팥배나무. 〈감당〉은 《시경 · 소남(召南)》의 편명이기도 하다.

召公(소공) : 주나라 선왕(宣王) 때 회이(淮夷)를 토벌한 소목공(召穆公) 호(虎).

《시경 · 소남 · 감당》 무성한 팥배나무, 자르지도 말고 베지도 말지니, 소공이 초막으로 삼았던 곳이다.(蔽芾甘棠, 勿翦勿伐, 召伯所茇.)

7) 凋(조) : 시들다.

湘燕(상연) : 상수(湘水) 유역의 제비.

《상중기(湘中記)》 영릉에 돌제비가 있는데 비바람이 치면 제비처럼 날며 춤추다가 멎으면 돌이 된다.(零陵有石燕, 遇風雨則飛舞如燕, 止則爲石.)

8) 拆(탁) : 갈라지다.

海鵬(해붕) : 바다를 나는 붕새.

9) 玉壘(옥루) : 옥루산. 지금의 사천성 문천현(汶川縣) 경내에 있다.

經綸(경륜) : 정치, 군사 방면의 계획.

10) 金刀(금도) : 유씨(劉氏)의 한(漢) 왕조를 가리킨다.

《한서 · 왕망전(王莽傳)》 유라는 글자는 묘, 금, 도가 합쳐진 것이다.(劉之爲字, 卯金刀也.)

歷數(역수) : 운수. 운명.

두보, 〈영회고적 詠懷古跡〉 다섯째 수 천운이 옮겨가니 한나라의 복도 끝내 되돌릴 수 없었다.(運移漢祚終難復.)

11) 出師表(출사표) : 제갈량이 위나라를 토벌하러 출정할 때 후주(後主)에게

올린 글.

12) 昭融(소융) : 하늘.

《시경 · 대아 · 旣醉(기취)》 매우 밝고 뚜렷하니 높고 밝게 끝내 좋으시겠네.(昭明有融, 高朗令終.)

해설

이 시는 충무후(忠武侯)란 시호가 내려진 제갈량(諸葛亮)의 사당 앞에 우뚝 서 있는 잣나무를 보고 느낀 감회를 읊은 것이다. 《성도기(成都記)》에 따르면 이 두 그루의 잣나무는 제갈량이 손수 심은 것이라 한다. 이 시는 내용상 세 단락으로 나누어 살펴볼 수 있다.

제1단락(제1-4구)은 제목의 의미를 풀이한 것이다. 제갈량의 사당 앞에 심어 둔 잣나무가 오랜 세월 동안 사당을 지키고 있다고 했다. 제2단락(제5-8구)은 잣나무를 보고 떠오른 생각을 이야기한 것이다. 잣나무를 보니 제갈량이 논공행상에 연연하지 않았던 풍이와 백성들로부터 존경을 받았던 소공과 닮은 것 같다고 했다. 그러나 잎이 시들고 가지가 갈라진 모습에서 그간의 풍상(風霜)도 짐작하겠노라고 했다. 제3단락(제9-12구)은 끝내 뜻을 이루지 못했던 제갈량을 추모한 것이다. '천하삼분(天下三分)'의 원대한 계획을 세웠지만 이미 천운이 다한 한나라를 곧추 세우기는 어려웠다고 했다. '회재불우(懷才不遇)'의 전형적 인물인 제갈량을 내세워 시인 자신의 처지를 한탄한 것으로 보인다. 재주(梓州)의 동천절도사(東川節度使) 막부에서 지낼 때 지은 것이 틀림없다.

096

風

바람

撩釵盤孔雀,[1] 비녀를 희롱하며 공작을 돌리고
惱帶拂鴛鴦.[2] 띠를 괴롭히며 원앙을 스친다.
羅薦誰教近,[3] 비단 자리에 누가 가까이 가게 했을까?
齋時鎖洞房.[4] 재계할 때 깊은 방을 잠갔는데.

주석

1) 撩(료) : 희롱하다. 집적거리다.
釵(채) : 비녀.
盤(반) : 돌리다.
孔雀(공작) : 비녀 위에 공작 모양으로 장식되어 있는 것을 말한다.
《자곡자(炙轂子)》 한무제 때 여러 선녀들이 서왕모로부터 내려왔는데, 모두 봉황머리 비녀와 공작 비녀를 꽂고 있었다.(漢武帝時, 諸仙女從王母下降, 皆貫鳳首釵孔雀搔頭.)

2) 惱(뇌) : 괴롭히다.

3) 羅薦(나천) : 비단으로 짠 자리.
《한무내전(漢武內傳)》 무제가 자주색 비단을 땅에 깔고 백화향을 피우며 구름 수레를 기다렸다.(帝以紫羅薦地, 燔百和之香, 以候雲駕.)

4) 齋(재) : 재계하다. 제사를 지내기 위해 몸과 마음을 깨끗이 하는 것을

말한다.

鎖(쇄) : 잠그다.

洞房(동방) : 깊은 방.

해설

이 시는 여도사의 거처로 부는 바람을 묘사한 것이다. 제1-2구는 바람이 여도사의 비녀와 허리띠로 부는 모습을 형상화한 것이다. 바람이 불어 비녀의 공작 모양 장식을 돌리고 허리띠의 원앙 무늬를 스친다고 했다. 제3-4구는 바람이 여도사가 재계하는 깊은 방으로 들어가는 모습을 형상화한 것이다. 재실(齋室)을 잠가도 바람이 스며들어 비단 자리에 분다고 했다. '바람'을 상징으로 이해해 여도사의 거처에 몰래 드나드는 남성으로 볼 수도 있다. 청나라 정몽성(程夢星)이 "이 또한 여도사 부류를 풍자한 것(此亦刺女冠之流也)"이라고 평한 것이 그러하다.

097

卽日

즉흥시

一歲林花卽日休,[1]	한 해의 수풀과 꽃이 오늘 지려 하여
江間亭下悵淹留.[2]	강가의 정자 아래서 슬픔에 머뭇거린다.
重吟細把眞無奈,[3]	거듭 읊조리며 자세히 잡고 본들 진정 어쩔 도리 없고
已落猶開未放愁.[4]	지는 동안에도 또 피어나니 아직 시름을 놓지 못한다.
山色正來銜小苑,[5]	산색이 바야흐로 다가와 작은 뜰을 품고
春陰只欲傍高樓.[6]	봄날의 어스름 그저 높은 누각 곁으로 오고자 한다.
金鞍忽散銀壺漏,[7]	황금 안장이 홀연히 흩어지고 은빛 물시계 소리만
更醉誰家白玉鉤.[8]	다시 뉘 집에서 송구 놀이하며 취해 볼까?

주석

1) 卽日(즉일) : 당일. 오늘.

2) 悵(창) : 슬퍼하다.

淹留(엄류) : 배회하며 차마 떠나지 못하다.

3) 重吟(중음) : 거듭 읊다.
細把(세파) : 붙들고 자세히 감상하다.
無奈(무내) : 어쩔 도리가 없다.
4) 放愁(방수) : 시름을 놓다. 더 이상 근심하지 않는다는 말이다.
5) 銜(함) : 머금다. 품다.
6) 春陰(춘음) : 봄날의 어스름. 봄날 저녁을 가리킨다.
7) 金鞍(금안) : 황금으로 장식을 한 말안장. 여기서는 말을 타고 온 사람을 가리킨다.
壺漏(호루) : 물시계.
8) 白玉鉤(백옥구) : 백옥으로 만든 고리. 술자리에서 두 편으로 나뉘어 고리를 감춘 사람을 맞추는 '송구(送鉤)' 놀이를 가리킨다.

해설

이 시는 봄놀이를 마친 후 느낀 '상춘(傷春)'의 정서를 노래한 것이다. 제목은 본래 '오늘, 당일'이란 뜻인데 실은 '그날 보고들은 것'을 쓴다는 것으로 일종의 즉흥시다. 1-2구는 차마 봄을 떠나보내지 못하는 아쉬움을 피력한 것이다. 오늘이 지나고 나면 더 이상 화사한 꽃과 수풀을 감상하지 못할 것 같아 발걸음이 떨어지지 않는다고 했다. 제3-4구는 마지막으로 봄을 느끼려는 노력을 말한 것이다. 꽃을 붙들고 자세히 보아도 이미 피어 있는 꽃이나 새로 피는 꽃 모두 떨어지고 말 것이 안타깝다고 했다. 제5-6구는 쓸쓸한 봄날 저녁 경치를 묘사한 것이다. 하루가 저물어 저녁이 되듯 한 해의 봄 경치도 그렇게 사라진다고 했다. 제7-8구는 봄을 떠나보내는 아쉬움을 달랠 방도를 찾는 모습을 말한 것이다. 자리를 함께 하던 상춘객들이 돌아가고 나면 허전함이 더욱 심해질 것이라 상춘(傷春)의 심정을 달랠 술자리를 찾는다고 했다.

이 시의 창작 시점은 확실하지 않다. 계주(桂州) 막부에서 지은 것이라고도 하고, 재주(梓州) 막부에서 지은 것이라고 한다. 어느 쪽이든 막부 생활의 외로움과 고단함을 드러낸 것에는 틀림이 없다. 그 적막함을 달래줄 꽃이라도 없으면 사정은 더 열악해질 것이다. 그래서 다음과 같은 청나라 육곤증(陸

昆曾)의 평에 수긍이 간다. “무료한 상황과 느낌은 오래 나그네 생활을 한 사람이 아니면 모른다.(無聊況味, 非久於客中者不知.)”

098

九成宮[1]

구성궁

十二層城閬苑西,[2]	낭원 서쪽의 십 이층 성
平時避暑拂虹霓.	태평한 때 더위 피하려 그 높이가 무지개에 스쳤다.
雲隨夏后雙龍尾,[3]	하후의 두 마리 용 꼬리에는 구름이 따르고
風逐周王八馬蹄.[4]	주왕의 팔준마 말발굽에는 바람이 좇았다.
吳岳曉光連翠巘,[5]	오악의 아침빛은 푸른 봉우리에 이어지고
甘泉晩景上丹梯.[6]	감천수의 저녁 빛은 붉은 계단 위로 걸쳐 있다.
荔枝盧橘沾恩幸,[7]	여지와 노귤에 은총이 더해졌고
鸞鵲天書濕紫泥.[8]	아름다운 천자의 조서에는 붉은 인주로 축축했다.

주석

1) 九成宮(구성궁) : 궁 이름. 봉상부(鳳翔府) 인유현(麟游縣)에 있다. 본래 수나라의 궁이었는데, 폐해졌다 당나라에 들어와 다시 설치하고 이름을 바꾸었다. 이곳은 경치가 빼어난 피서지로, 당 태종이 이곳에 와서 몇 달씩 머물며 피서를 즐겼다.

2) 閬苑(낭원) : 곤륜산(崑崙山)의 꼭대기에 있다는, 신선이 산다는 곳. 여기서는 장안성을 이른다.

3) 夏后(하후) : 하나라 군주. 《산해경(山海經)》에 따르면, 대락(大樂)의 들판에서 하후가 구대(九代)라는 말을 춤추게 하고 두 마리 용을 탔다고 한다.
4) 周王八馬(주왕팔마) : 주 목왕(穆王)의 팔준마(八駿馬). 주 목왕이 여덟 준마를 타고 서쪽으로 가서 서왕모를 만났다. 이 두 구는 황제가 순행할 때 호종하는 이들이 매우 많아 마치 바람과 구름이 좇는 듯하다는 것이다.
5) 吳岳(오악) : 옹주(雍州)에 있는 산.
   巘(헌) : 봉우리.
6) 甘泉(감천) : 감천수(甘泉水). 산 이름으로 볼 수도 있으나 윗 구에서 산에 대해 썼으므로, 여기서는 물 이름으로 보았다.
7) 盧橘(노귤) : 밀감나무와 비슷한 상록 관목. 과실은 신맛과 단맛이 있고 향기가 높으며 식용함. 금감(金柑). 금귤(金橘). 이 구의 여지와 노귤은 모두 여름과일이므로, 구성궁에 바쳐졌다.
   沾(첨) : 더하다, 첨가하다.
   恩幸(은행) : 황제의 은총.
8) 鸞鵲(난작) : 난새와 까치. 글씨가 빼어나고 아름다운 것을 형용하는 데 쓰인다.
   天書(천서) : 천자의 조서.

해설

이 시는 구성궁을 돌아보며 당나라가 태평할 때 성대한 모습을 추억한 것으로, 언외에 현재의 쇠퇴함에 대한 개탄을 기탁하고 있다. 제1-2구는 구성궁의 모습을 묘사한 것으로 12층의 위용이며 태평성시에 왕의 피서지였다고 했다. 제3-4구는 황제가 구성궁에 행차할 때 호종하는 이들이 성대함을 표현한 것이다. 제5-6구는 구성궁 주변 아침과 저녁의 자연경관을 그려냈다. 제7-8구에서는 멀리서 지방의 진귀한 과일이 진헌되어 은혜를 입고, 옥새를 찍은 천자의 조서가 내린 것을 들어 승평할 때의 성대함을 묘사했다. 당 중엽 이후 순행은 폐하여졌으므로, 쇠퇴한 국운에 대한 아쉬움과 감개를 기탁했다고 하겠다.

099

少將

젊은 장군

族亞齊安陸,[1]	가계는 제나라 안륙왕에 버금가고
風高漢武威.[2]	풍도는 한나라 무위장군보다 높은데,
煙波別墅醉,	안개 물결치는 별장에서 취하기도 하고
花月後門歸.	꽃피고 달 비치는 후문에서 돌아가기도 했다.
青海聞傳箭,[3]	청해에서 전하는 전령을 듣고
天山報合圍.[4]	천산에서는 포위되었다고 전해오니,
一朝攜劍起,	어느 날 아침 검을 잡고 일어나
上馬卽如飛.[5]	말에 올라타고 나는 듯 나아간다.

주석

1) 安陸(안륙) : 안륙소왕(安陸昭王) 소면(蕭緬). 소면(454-491)은 남제(南齊) 사람으로 자는 경업(景業)이다. 용모가 맑고 빼어나며 행동거지가 우아했다 한다. 남제 건원(建元) 원년(479)에 안륙후(安陸侯)에 봉해졌다. 이 구는 장군의 신분이 제나라의 안륙후에 비견할 만하다는 뜻으로, 아마도 당나라 종실일 것이다.

2) 武威(무위) : 무위장군(武威將軍) 유상(劉尙). 한나라 광무제(光武帝) 때 종실의 자손으로 익주(益州)의 오랑캐를 토벌한 적이 있다. 이 구는 장군

의 풍도가 한대 종실의 무위장군 유상보다 낫다는 의미이다.

3) 靑海(청해) : 중국 청해군(靑海郡) 동북부에 있는 큰 호수. 그 속의 작은 산에서 준마(駿馬)를 길러냈다.

傳箭(전전) : 군령을 전하는 화살. 전령의 의미로 사용된다.

4) 天山(천산) : 지금 감숙성(甘肅省)의 기련산(祁連山).

合圍(합위) : 에워싸다.

5) 上馬(상마) : 말에 올라타다.

해설

이 시는 한 젊은 장군을 찬미하고 있다. 제1-2구는 가문과 풍도를 언급한 것으로, 당나라의 종실이면서도 높은 풍도로 장군이 되었다고 했다. 제3-4구에서는 별관에서 취하고 후문으로 돌아간다고 하여 평소 그의 풍류를 말했다. 제5-6구에서는 청해와 천산에서 전령이 전해오는 것을 들어 변경에 문제가 있다고 했다. 제7-8구에서는 그러한 문제가 생기면 장군은 결연하게 검을 쥐고 말을 타고 나는 듯 전지로 향한다고 했다.

100

詠史

역사를 노래하다

歷覽前賢國與家,[1] 이전 현자들의 나라를 두루 살피건대
成由勤儉破由奢.[2] 근검으로 성공하고 사치로 패망했다.
何須琥珀方爲枕,[3] 굳이 호박이라야 베개가 될 것이 어디 있겠으며
豈得珍珠始是車.[4] 어찌 진주를 달아야만 수레라 할 것인가?
運去不逢青海馬,[5] 운이 떠나가 청해의 말을 만나지 못하고
力窮難拔蜀山蛇.[6] 힘이 다하니 촉산의 뱀을 잡아 뽑기 어려웠다.
幾人曾預南薰曲,[7] 몇 사람이나 남훈곡을 같이 불러보았던가
終古蒼梧哭翠華.[8] 영원토록 창오산에서 비취새 깃발에 통곡한다.

주석

1) 歷覽(역람) : 두루 살피다. 하나씩 살피다.
前賢(전현) : 전대의 현인.
2) 由(유) : ~으로 말미암다.
勤儉(근검) : 부지런하고 검소함.
奢(사) : 사치.
3) 琥珀(호박) : 나무의 진 따위가 땅속에 묻혀서 굳어진 누런색 광물로 장식품으로 쓰인다.

枕(침) : 베개. 《남사(南史) · 송무제기(宋武帝紀)》에 의하면, 송 무제는 호박 베개가 자상(刺傷)에 좋다는 말을 듣고 여러 장수들에게 부수어 나눠줬다고 한다.

4) 珍珠車(진주거) : 진주를 단 수레. 《사기 · 전경중완세가(田敬仲完世家)》에 의하면, 위(魏) 혜왕(惠王)이 수레에 매달아 앞뒤를 밝히는 진주를 자랑하자 제(齊) 위왕(威王)은 "어진 신하들은 천 리를 밝힌다"고 대꾸했다고 한다.

5) 靑海馬(청해마) : 청해에서 나는 말로 하루에 천 리를 달린다고 한다. 여기서는 나랏일을 맡길 수 있는 인재를 가리킨다.

6) 蜀山蛇(촉산사) : 촉산의 뱀. 《화양국지(華陽國志)》에 의하면, 진(秦) 혜왕(惠王) 때 촉 땅에 사는 다섯 장사가 공주를 아내로 맞으러 가는 길에 뱀을 잡으려다 산이 무너져 깔려 모두 화석이 되었다고 한다. 여기서는 환관 세력을 가리킨다.

7) 預(예) : 참여하다. 여기서는 '함께 듣는다'는 뜻이다.

南薰曲(남훈곡) : 순임금이 다섯 현짜리 비파를 타며 불렀다는 노래.

〈**남훈곡**〉 향기로운 남풍이여, 우리 백성들 노여움을 풀 수 있겠네. 때맞춘 남풍이여, 우리 백성들 재산을 불릴 수 있겠네.(南風之薰兮, 可以解吾民之慍兮. 南風之時兮, 可以阜吾民之財兮.)

8) 終古(종고) : 오래도록.

蒼梧(창오) : 창오산. 순임금을 장사지낸 곳으로, 지금의 호남성 영원현(寧遠縣) 남쪽에 있는 구의산(九疑山)이다. 여기서는 문종이 묻힌 장릉(章陵)을 가리킨다.

翠華(취화) : 비취새의 깃털로 장식한 깃발. 임금이 쓰는 의장(儀仗)이다.

해설

이 시는 역사를 소재로 하는 '영사'의 형식을 빌려 당 문종(文宗)을 애도한 것이다. 문종은 19세 때인 827년 제위에 올라 840년까지 14년간 재위하면서 관료와 환관 사이의 권력투쟁에 휘말려 몰락해가는 나라를 허수아비처럼 지켜보아야 했다. 이 시에서는 그러한 문종의 비참한 운명을 동정하며 국가의 쇠망을 개탄했다. 제1-2구는 나라의 성패를 좌우하는 요점을 설파한 것이다. 역대의 왕조를 두루 살펴보면 근검한 나라는 발전하고 사치스런 나라는 패망한다고 했다. 제3-4구는 근검과 사치의 실례를 든 것이다. '호박'으로 '베개'를 만들기보다는 자상의 치료제로 쓰는 것이 낫고, '진주를 매단 수레'보다는 어진 신하를 얻는 것이 중요하다고 지적했다. 제5-6구는 문종의 노력에도 불구하고 시운이 따르지 않은 아쉬움을 표한 것이다. 당나라의 운이 다했는지 나라의 발전을 유능한 인재가 나오지 않았다고 안타까워했다. 제7-8구는 순임금에 빗대 문종을 애도한 것이다. 문종은 〈여름날 여러 학사들과 구를 엮어(夏日與諸學士聯句)〉에서 유공권(柳公權)의 "향기로운 바람이 남에서 불어오니, 궁전 한 모퉁이에서 얼마간의 서늘함이 생겨난다(薰風自南來, 殿角生微凉.)"는 구절을 칭찬했다고 한다. 그러나 남훈곡에 반영된 애민정신을 널리 실천에 옮기지 못한 채 장릉에 묻히고 말았다.

101

贈白道者[1]

백도사에게 주다

十二樓前再拜辭,[2]	열두 누각 앞에서 거듭 절하며 이별하는데
靈風正滿碧桃枝.	신령한 바람이 푸른 복숭아 가지에 가득.
壺中若是有天地,[3]	만약 병 속에 천지가 있다면
又向壺中傷別離.	또 병 속에서 이별에 마음 상했겠지.

주석

1) 白道者(백도자) : 백씨 성의 도사. 당시 장안에 있던 도사였던 듯하다.
* 이 시는 판본에 따라 〈역사를 노래하다 2수(詠史二首)〉 중 두 번째 시로 실려 있기도 하다.

2) 十二樓(십이루) : 곤륜산(崑崙山) 선인(仙人)의 거처(居處)에 있다는 열둘의 높은 누각.

3) 壺中(호중) : 호리병 속. 《운급칠첨(雲笈七籤)》에 의하면, 장신(張申)이라는 사람은 밤마다 호리병 속에서 자며 그 안에 천지일월(天地日月)이 있다고 했고, 그 덕분에 호공(壺公)이라 불렸고 득도도 할 수 있었다고 했다.

해설

이 시는 백도사와 이별하며 그로 인한 상심을 말한 것이다. 제1-2구는 이별의 장소와 경치를 묘사한 것이다. 십이루는 백도사가 머물렀던 도관(道觀)

을 의미하며, 복숭아 가지에 부는 바람은 선가(仙家)의 이별임을 드러낸 것이다. 제3-4구에서는 호공의 고사를 사용하여 세속과는 다른 호리병 속에서조차도 이별이 없을 수 없으므로, 지금의 이별과 상심을 피할 수 없음을 말했다. 이에 대하여 청나라 주이준은 "기이한 발상(奇想)"이라 칭찬했다.

102-1

無題 二首(其一)

무제 2수 1

昨夜星辰昨夜風,[1]	어제 밤 별 어제 밤 바람
畫樓西畔桂堂東.[2]	단청 누각의 서쪽 계수나무 집 동쪽.
身無彩鳳雙飛翼,[3]	몸엔 채색 봉황처럼 한 쌍의 날개 없어도
心有靈犀一點通.[4]	마음엔 영험한 무소같이 한 점으로 통함이 있었지.
隔座送鉤春酒暖,[5]	자리를 나눠 했던 고리 감추기 놀이에 봄 술 따뜻하고
分曹射覆蠟燈紅.[6]	편을 갈라 했던 석부 놀이에 촛불 등이 빨갰지.
嗟余聽鼓應官去,[7]	아 나는 북소리 듣고 출근하러 떠나니
走馬蘭臺類斷蓬.[8]	말 달려 난대로 가는 모습 끊어진 쑥과 같구나.

주석

1) 星辰(성신) : 별의 통칭.

《서경 · 홍범(洪範)》 별이 뜨고 시원한 바람이 분다.(星有好風.)

2) 畫樓(화루) : 장식이 있는 누각.

畔(반) : ~의 옆.

桂堂(계당) : 계수나무로 기둥을 세운 집.

3) 彩鳳(채봉) : 채색 봉황. 여러 색깔의 깃털이 있는 봉황.
飛翼(비익) : 날개.

4) 靈犀(영서) : 영험한 무소. 《남주이물지(南州異物志)》에 "무소는 신비롭고 기이한 면이 있는데 뿔을 통하여 영묘함을 드러낸다(犀有神異, 表靈以角.)"라고 한 바와 같이 무소는 매우 신령스러운 동물이라고 알려져 있다. 무소의 뿔에는 양쪽으로 통하는 흰 줄의 무늬가 있어 한 쪽 뿔의 끝에서 다른 쪽 뿔의 끝까지 이어주고 있기 때문에, 무소의 뿔을 통천서(通天犀) 또는 영서(靈犀)라고 한다. 이 말은 은연중에 서로 통하는 두 사람의 마음을 비유하는 말로도 자주 쓰인다. 이 연(聯)은 비록 날개가 없어서 함께 날아다니지는 못하지만, 두 사람의 마음은 마치 무소뿔처럼 하나로 이어졌다는 말이다.

5) 隔座(격좌) : 자리를 떨어져 앉다.
送鉤(송구) : 고리 감추기(藏鉤) 놀이. 주처(周處)의 《풍토기(風土記)》에 의하면, 하나의 고리를 여러 사람 중 한 명이 감추면 상대 패에 있는 누구 손에 있는지를 맞추는 놀이라고 한다.

6) 分曹(분조) : 패를 나누다.
射覆(석부) : 놀이의 일종으로 기물 아래 감춘 것이 무엇인지 맞추는 것이다. '석(射)'은 맞힌다는 의미이고 '부(覆)'는 덮는다는 의미이다.
蠟燈(납등) : 촛불 등.

7) 嗟(차) : 탄식하는 소리.
聽鼓(청고) : 북소리를 듣다. 고대에는 북소리로 관리들의 출퇴근 시간을 알렸다.
應官(응관) : 당대의 구어로, 출근한다는 뜻이다.

8) 蘭臺(난대) : 비서성(秘書省). 이상은은 무종(武宗) 회창(會昌) 연간에 비서성정자(秘書省正字)를 지낸 적이 있다.
類(류) : 비슷하다.
斷蓬(전봉) : 끊어진 다북쑥.

해설

이 시는 이상은이 비서성에 재직할 때 지은 염정시다. 이상은이 비서성에 있었던 것은 개성 4년(839), 회창 2년, 회창 6년 세 차례였다. 이 가운데 이 시는 회창 2년에 창작된 것으로 보는 것이 통설이다. 제1-2구는 어젯밤의 연회를 회상한 것이다. 별이 빛나고 바람이 불던 밤에 누각의 서쪽이자 계수나무 집 동쪽인 곳에서 만났다고 했다. 제3-4구는 두 사람의 정분이 생긴 것을 묘사했다. 비록 연회석에서는 친밀한 접촉이 없었지만 마음이 통한 것은 느낄 수 있다고 했다. 제5-6구는 놀이로 즐거운 시간을 보냈다는 것이다. 고리 감추기와 석부 같은 주령(酒令)으로 분위기가 달아오르는 가운데 두 사람의 정분도 싹텄다고 했다. '따뜻한 술'과 '빨간 촛불'은 모두 연애의 감정을 상징한다. 제7-8구는 여인과 헤어져야 하는 아쉬움을 표출한 것이다. 출근 시간을 알리는 북소리에 즐거웠던 연회를 마쳐야 하는 것이 못내 아쉽다고 했다.

이상은의 무제시가 그렇듯이 이 시도 구체적인 창작 배경이 되는 '본사(本事)'는 정확히 알기 어렵다. 유력하게 제시되는 설에 따르면, 왕무원의 저택에서 베풀어진 연회에 참석했다가 그곳에서 만난 여인과 사랑의 감정이 싹트게 되었다는 것이다. 이런 배경보다 중요한 것은 남녀가 처음 만나 서로에게 호감을 느끼는 과정을 아름답게 묘사한 시 그 자체이다. 이상은과 여인은 모두 사라지고 없지만, 그들이 서로에게 느꼈던 감정은 '심유영서일점통(心有靈犀一點通)'이라는 말로 축약되어 영원히 전해진다.

102-2

無題 二首(其二)

무제 2수 2

聞道閶門萼綠華,[1]	창문의 악록화에 대해 듣자하니
昔年相望抵天涯.[2]	지난날 그녀를 보려면 하늘 끝까지 가야 한댔지.
豈知一夜秦樓客,[3]	어찌 알았으리오, 어느 날 밤 진루의 객이
偸看吳王苑內花.[4]	오나라 왕 동산의 꽃을 훔쳐보게 될 줄.

주석

1) 閶門(창문) : 성문 이름. 지금의 강소성 소주시(蘇州市) 서쪽에 있었다. 당나라 때 창문 일대는 관리들이 연회를 베푸는 번화한 곳이었다고 한다.
萼綠華(악록화) : 전설 속의 선녀.

2) 抵(저) : 다다르다.
天涯(천애) : 하늘 끝.

3) 秦樓客(진루객) : 진루의 손님. 《열선전(列仙傳)》에 보이는 소사(蕭史)를 가리킨다. 퉁소를 잘 불었던 소사는 진목공(秦穆公)의 딸 농옥(弄玉)을 아내로 맞았다.

4) 偸看(투간) : 훔쳐보다.
吳王(오왕) : 오나라 왕. 여기서는 부차(夫差)를 말한다.
苑內花(원내화) : 동산의 꽃. 여기서는 서시(西施)를 가리킨다.

해설

이 시는 〈무제 2수〉의 둘째 수로, 첫째 수에 이어 여인과의 만남을 형상화한 것이다. 제1-2구는 여인을 만나기 어려웠던 저간의 사정을 이야기한 것이다. 여인은 부귀한 집의 깊숙한 규방에서 생활하는 까닭에 한번 만나기가 하늘의 선녀를 찾아가는 것만큼이나 어렵다고 했다. 제3-4구는 우연히 여인을 만나게 된 기쁨을 드러낸 것이다. 운이 좋게도 여인의 집에 초대된 기회에 여인과 만날 수 있게 되어 즐거웠다고 했다. 여인을 선녀인 '악록화'로 칭했다는 것을 근거로 이 여인이 원래 여도사(女道士)였다가 가기(歌妓)가 되었다고 보기도 하는데 단정하기 어렵다. 그보다 〈동남(東南)〉 시에도 쓰였던 '진루(秦樓)'라는 시어에 주목한다면, 여인은 왕무원의 딸일 가능성이 더 높아 보인다.

103

漢宮詞

한궁사

青雀西飛竟未迴,[1]	푸른 새가 서쪽으로 날아가서는 끝내 돌아오지 않아
君王長在集靈臺.[2]	임금은 언제까지나 집령대만 지키고 있다.
侍臣最有相如渴,[3]	신하 중에는 사마상여가 가장 목말라 했건만
不賜金莖露一盃.[4]	승로반의 이슬 한 잔을 하사해주지 않았다.

주석

1) 青雀(청작) : 서왕모의 소식을 전한다는 새.

《산해경·대황서경(大荒西經)》 서왕모의 산에는 세 마리 푸른 새가 있는데 붉은 머리에 검은 눈을 가졌다 이름은 대려, 소려, 청조이다.(西有王母之山, 有三青鳥, 赤首黑目, 一名曰大鵹, 一名小鵹, 一名青鳥.)

竟(경) : 끝내.

2) 長(장) : 오래토록. 언제까지나.

集靈臺(집령대) : 한대의 궁전 이름.

《삼보황도(三輔黃圖)》 집령궁 · 집선궁 · 존선전 · 망선대는 모두 무제의 궁관 이름인데 화음현 경계에 있다.(集靈宮 · 集仙宮 · 存仙殿 · 望仙臺, 皆武帝宮觀名, 在華陰縣界.)

3) 相如渴(상여갈) : 사마상여(司馬相如)는 소갈증(消渴症)을 앓았다고 한다.

4) 金莖露(금경로) : 승로반(承露盤)의 이슬. 금경은 승로반을 받치는 구리 기둥을 가리킨다. 한 무제는 구리로 승로반을 만들어 선인에게 이슬을 받게 하여 복용했다.

해설

이 시는 한 무제가 신선을 구하느라 인재를 소홀하게 대한 것을 풍자한 것이다. 제1-2구는 허망한 구선(求仙)에 빠진 어리석음을 풍자한 것이다. 푸른 새가 서쪽으로 날아가 돌아오지 않다는 것은 서왕모가 소식도 없이 오지 않는 것인데도, 왕은 여전히 집령대를 지키고 있다고 했다. 제3-4구는 신선에 정신이 팔려 현자를 구하는 데 소홀한 왕을 비판한 것이다. 오래 집령대에 있었으니 분명 승로반에는 이슬이 듬뿍 있었을 텐데, 한 잔의 이슬도 아까워하여 소갈병 걸린 신하에게 주지 않는다고 했다. 이는 집령대에 있었으나 결국 아무 소득도 없었음을 풍자하는 동시에 왕이 현자를 찾아 대우하는 것에 뜻을 두지 않음도 아울러 비판한 것이다. 또 시인 자신이 벼슬을 구했지만 군왕의 '이슬 한 잔'을 얻지 못한 것에 대한 개탄을 기탁한 것으로도 읽을 수 있다.

104-1

無題 四首(其一)

무제 4수 1

來是空言去絶蹤,	온다던 말 빈말되고 한번 가곤 발길 끊겨
月斜樓上五更鐘.	달은 누대 위에 기우는데 오경의 종소리.
夢爲遠別啼難喚,[1]	꿈에서 먼 이별하여 흐느낌에 불러도 목이 메고
書被催成墨未濃.[2]	독촉 속에 쓰는 편지 먹물조차 흐리다.
蠟照半籠金翡翠,[3]	금 비취 새겨진 등갓에 촛불은 흐릿하고
麝熏微度繡芙蓉.[4]	사향은 연꽃 수놓인 장막에 은은하게 스며든다.
劉郎已恨蓬山遠,[5]	유랑은 봉래산이 멀다고 한탄했는데
更隔蓬山一萬重.[6]	그대 있는 봉래산은 만 겹이나 더 떨어져 있구나.

주석

1) 啼難喚(제난환) : 소리조차 내지 못하고 울다.

2) 墨未濃(묵미농) : 먹물이 진하지 않다. 황급히 편지를 쓰느라 먹도 제대로 갈지 못했다는 말이다.

3) 蠟照(납조) : 촛불.

半籠(반롱) : 빛이 가리어 밝지 않은 모양. '롱(籠)'은 등갓이다.

金翡翠(금비취) : 등갓에 금실로 수놓은 비취새 문양. 이부자리에 수놓은 문양을 가리키는 것으로 보기도 한다.

4) 麝熏(사훈) : 사향(麝香). 사향노루의 배꼽에서 나는 향.
   微度(미도) : 은은히 퍼지는 모양.
   繡芙蓉(수부용) : 침대 휘장에 수놓은 연꽃 문양.
5) 劉郎(유랑) : 한무제(漢武帝) 유철(劉徹). 봉래산으로 방사(方士)를 보내어 불사약을 구했으나 얻지 못했다.
6) 蓬山(봉산) : 봉래산(蓬萊山). 방장산(方丈山), 영주산(瀛洲山)과 더불어 신선이 산다는 삼선산(三仙山) 중의 하나.

해설

이 시는 먼 곳에 있는 임에 대한 그리움을 쓴 것이다. 시는 전체적으로 화자의 의식의 흐름에 따라 서술되고 있는데, 꿈과 현실을 넘나들며 그리움과 절망의 강도를 보다 심화시키고 있다. 제1-2구에서는 이별할 당시 다시 온다는 기약이 있었으나 약속은 지켜지지 않고 결국 빈말이 되었다고 하여 원망이 시 전체의 기조가 되었다. 그리움에 잠 못 이루며 누각을 서성이고 있다고 했다. 제3-4구에서는 꿈속에서조차 헤어지고 작별인사조차 제대로 할 수 없었던 여인의 안타까운 심정과 꿈에 깨어 편지를 쓰는데 너무 급히 써서 마음이 다급함을 보여준다. 제5-6구에서는 꿈에서 깬 후 보이는 규방의 모습을 묘사하고 있다. 어둑어둑한 촛불은 등갓을 반쯤 비추고 사향도 부용 장막에 스미고 있다고 하여 매우 쓸쓸하고 고독한 정경을 그려냈다. 제7-8구에서는 한 무제가 갈구했던 봉래산을 떠올리고 임이 이보다도 훨씬 멀리 떨어져 있음을 말하며 임과의 재회에 대한 절망감을 나타내고 있다.

104-2

無題 四首(其二)

무제 4수 2

颯颯東風細雨來,[1] 봄바람 산들 불고 가랑비가 내리는데
芙蓉塘外有輕雷. 연꽃 핀 연못 밖에서는 은은한 천둥소리.
金蟾囓鏁燒香入,[2] 금 두꺼비 자물쇠를 물어 타오르는 향은 스며 들고
玉虎牽絲汲井迴.[3] 옥 호랑이 두레 줄 끌어당겨 우물물 길어 돌아 오네.
賈氏窺簾韓掾少,[4] 가충의 딸은 주렴 사이로 젊은 한수를 엿보았고
宓妃留枕魏王才.[5] 견후는 베개를 재주 있는 조식에게 남겼지.
春心莫共花爭發, 봄 마음은 꽃과 함께 피어나려 다투지 마라
一寸相思一寸灰.[6] 한 줌의 그리움은 한 줌의 재가 되리니.

주석

1) 颯颯(삽삽) : 바람 부는 소리.
2) 金蟾(금섬) : 금 두꺼비 모양의 향로.
囓(설) : 물다.
鏁(쇄) : 쇄환(鎖環), 즉 쇠사슬. 전(轉)하여 자물쇠를 가리키기도 한다.
3) 玉虎(옥호) : 옥 호랑이 모양의 물 긷는 도구. 이 두 구는 금 두꺼비가

물고 있는 쇠사슬이 비록 단단하나 향기가 스며들 수 있고 우물물이 비록 깊으나 옥호에 줄을 매 길어 올릴 수 있음을 말한 것으로, 사랑하는 이와 만나고 싶어도 만날 수 없는 자신의 처지와 대비하여 말한 것이다.

4) 賈氏(가씨) : 서진(西晉)의 시중(侍中)이었던 가충(賈充)의 딸 가오(賈午)를 가리킨다.

韓掾(한연) : 가충의 관속이었던 한수(韓壽)를 가리킨다. 《세설신어(世說新語) · 혹닉(惑溺)》에 따르면, 한수의 용모가 아름다워 가충이 자신의 관속으로 삼았는데 가충의 딸이 주렴 사이로 한수를 보고는 반하여 그와 정을 통했고, 후에 이를 알아챈 가충이 비밀에 부치고 딸을 한수와 혼인시켰다고 한다.

掾(연) : 관속(官屬).

少(소) : 젊고 아름다운 모습.

5) 宓妃(복비) : 전설상의 복희씨의 딸로, 낙수(洛水)에 빠져 신이 되었다고 한다. 여기서는 조비(曹丕)의 비인 견후(甄后)를 가리킨다. 〈낙신부서(洛神賦序)〉의 주(註)에 따르면, 견후는 견일(甄逸)의 딸로, 처음에는 원소(袁紹)의 며느리였다. 원소가 패한 후, 조식은 견후를 자신의 부인으로 삼고자 했으나 조조(曹操)에 의해 조비의 부인이 되었다. 후에 견후는 조비의 또 다른 부인인 곽후(郭后)의 모함을 받아 자결을 했고, 황초(黃初) 연간에 조식이 왕에 봉해지려 궁에 들어갔을 때 조비는 견후의 베개를 보여주었다. 견후의 유품을 본 조식은 하염없이 눈물을 흘렸고, 그의 마음을 깨달은 조비는 조식에게 베개를 주어 보냈다. 조식이 궁을 떠나 돌아오며 낙수에서 머물 때, 홀연 한 여인이 나타나 말하기를 "저는 본래 군왕께 마음을 기탁했는데 그 마음을 이루지 못했습니다. 이 베개는 제가 시집올 때의 물건으로, 전에는 황제와 함께 했으나 이제는 군왕과 함께 하고자 합니다"라 하고 사라졌다. 이에 조식은 슬픔을 이기지 못하고 〈감견부(感甄賦)〉를 지었는데, 후에 명제(明帝) 조예(曹叡)가 이를 보고 이름을 〈낙신부(洛神賦)〉로 바꾸었다.

魏王(위왕) : 조식(曹植).

6) 一寸(일촌) : 한 마디. 아주 적은 양.

해설

이 시는 임에 대한 여인의 그리움을 담은 것이다. 애정의 실의에 대한 비가(悲歌)이지만, 어떤 평자는 애정의 실의를 빌어 시인의 신세, 정치적 실의를 썼다고 평하기도 한다. 제1-2구는 시간적 배경으로서의 봄날을 묘사한 것이다. 동풍에 날리는 가랑비와 가벼운 천둥소리를 통해 스산하면서도 애잔한 봄날의 분위기를 나타냈다. 제3-4구는 규방 안의 모습을 통해 여인의 적막한 거처와 무력한 자신을 언급한 것이다. 두꺼비 모양의 향로와 호랑이 모양의 두레박과 임을 만나기 위한 어떠한 노력도 할 수 없는 무기력한 자신의 처지를 대비시켰다. 또한 '향(香)'과 '사(絲)'는 '상사(相思)'와 쌍관(雙關)이어서 상사의 괴로움 역시 담고 있다고도 볼 수 있다. 제5-6구는 전고를 사용하여 여인이 동경하고 있는 애정의 모습을 말한 것이다. 가오(賈午)와 견후(甄后)의 애정은 모두 진실하면서도 용감한 것이었다. 가씨는 발 사이로 훔쳐보아 행복을 쟁취했고, 견비는 죽어서도 정을 저버리지 않았다. 여인은 열렬하고 굳센 애정을 간구하고 있음을 알 수 있다. 제7-8구에서도 윗 구를 이어 님을 그리워하지만 만날 수 없어 고통스럽다고 했다. 사랑의 마음이란 타고 타서 결국 한 줌의 재로 변하고 말 정도로 아픈 것이라며 안타까워했다.

104-3

無題 四首(其三)

무제 4수 3

含情春晼晚,[1]	그리움에 젖은 봄날 황혼녘
暫見夜闌干.[2]	밤중 난간에 있는 임이 잠시 보인다.
樓響將登怯,	누대에서 들리는 소리에 오르기가 겁이 나고
簾烘欲過難.[3]	주렴 사이의 불빛에 들어서기 어렵다.
多羞釵上燕,	비녀 위 제비에도 몹시 부끄럽고
眞愧鏡中鸞.	거울 속 난새에게도 진정 창피하다.
歸去橫塘晚,[4]	돌아가는 횡당의 밤,
華星送寶鞍.[5]	샛별만이 아름다운 말안장을 전송한다.

주석

1) 晼晚(원만) : 해가 서쪽으로 지다.

2) 闌干(난간) : 난간(欄干). 난함(欄檻).

3) 烘(홍) : 불. 화톳불. 이 구는 주렴 안에서 시끌벅적하고 불빛이 밝아 그 기운이 주렴 밖으로 새어 나온다는 것을 이른다.

4) 橫塘(횡당) : 소주(蘇州)의 유명한 옛 둑 이름.

5) 華星(화성) : 명성(明星). 샛별. 새벽에 동쪽 하늘에 보이는 금성을 가리킨다.

해설

이 시는 마음속의 임을 만나고자 하지만 닿을 수 없어 아쉬워하는 정을 담은 것이다. 제1-2구에서는 봄날 저녁 상대를 사모하는 정을 억누르기 어려워 임이 머무는 곳에 이르렀는데, 밤빛이 몽롱한 중에 우연히 누대 위의 사람을 힐끗 보았다고 했다. 제3-4구에서는 임이 있는 누대에 사람소리가 시끄럽고 등불도 밝으며 분위기가 떠들썩하지만, 시인은 주저하며 누각에 올라 방으로 들어가길 겁내고 있다고 했다. 제5-6구에서는 보고 싶지만 볼 수 없는 고민을 쓰고 있는데, 자신은 비녀위의 제비나 거울 속의 난새만 못해 그 사람 곁에 있을 수 없음을 말했다. 제7-8구에서는 누각 앞에 우두커니 서 있다 실의하여 슬픔 속에 쓸쓸히 돌아가고 있는 모습을 묘사했다.

104-4

無題 四首(其四)

무제 4수 4

何處哀筝隨急管,	어디에서 빠른 피리소리 맞추어 슬픈 아쟁 소리 들리는가.
櫻花永巷垂楊岸.[1]	앵두꽃 핀 깊은 골목과 버들 늘어진 언덕에서라오.
東家老女嫁不售,	동쪽 집 노처녀 시집가려 해도 가지 못했는데
白日當天三月半.	벌써 해는 중천에 떴고 삼월도 중순이네.
溧陽公主年十四,[2]	율양공주는 열네 살에
清明暖後同牆看.	청명절 따스한 때 담장에 임과 같이 기대어 구경했다지.
歸來展轉到五更,	돌아와 뒤척이며 오경까지 잠 못 이룸에
梁間燕子聞長歎.	들보 사이 제비들만 긴 탄식소리 듣네.

주석

1) 永巷(영항) : 본래 궁중의 긴 복도이지만, 여기서는 민가의 깊은 골목을 가리킨다.

2) 溧陽公主(율양공주) : 양나라 간문제(簡文帝)의 딸. 열네 살에 용모가 아름다워 후경(侯景)이 그를 아내로 맞았는데, 미색에 미혹되었다고 한다.

(《양서(梁書)》)

해설

이 시는 노처녀가 시집을 가지 못해 드는 상심과 외로움을 담은 것이다. 전통적으로 이러한 모티브는 재사(才士)가 때를 만나지 못해 탄식하는 내용을 노래한다. 제1-2구는 노처녀가 사는 곳의 풍경이다. 슬픈 아쟁과 피리 소리가 앵두꽃 핀 골목과 수양 늘어진 강변에서 들리는데, 이는 애를 끊는 처량한 음악소리이며 마음을 심란하게 하는 늦은 봄의 경색이다. 노처녀는 이런 경물에 대해 더욱 우울하며 마음이 아프다. 제3-4구는 그녀가 마음 아픈 이유를 제시한 것이다. 시집을 가지 못한 채 그저 세월만 보내고 있기 때문이라고 했다. 제5-6구는 율양공주의 전고를 사용하여 그녀의 행복을 부각시키고 노처녀의 불행을 표현한 것이다. 열네 살의 율양공주는 황가의 후손으로 미색이 뛰어나 제때 결혼하여 남편과 노닐 수 있었다고 했다. 제7-8구는 노처녀의 고통과 원망을 직서한 것이다. 그녀는 밤늦어서야 돌아와 새벽까지 잠들지 못하나, 이런 아픔을 동정하거나 이해해줄 사람 없이 그저 제비만이 그녀의 탄식을 듣고 있다고 했다.

105

赴職梓潼留別畏之員外同年

재동의 직책으로 나가면서 한첨에게 남기다

佳兆聯翩遇鳳凰,[1]	길조가 이어지면서 봉황을 만났으니
雕文羽帳紫金牀.[2]	무늬 새긴 깃털 휘장에 자주색 황금 침상.
桂花香處同高第,[3]	계수나무 꽃 향기로운 곳에서 함께 급제했다가
柹葉翻時獨悼亡.[4]	감나무 잎 휘날릴 때 홀로 죽은 이를 애도하네.
烏鵲失棲常不定,[5]	까마귀와 까치는 둥지를 잃어 늘 안정되지 못한데
鴛鴦何事自相將.[6]	원앙새는 어쩐 일로 절로 함께 다니는가?
京華庸蜀三千里,[7]	서울에서 사천까지는 삼천 리 길
送到咸陽見夕陽.	배웅하느라 함양에 도착하면 석양을 보겠지.

주석

1) 佳兆(가조) : 길조. 좋은 징조.
   聯翩(연편) : 잇대어 끊이지 않는 모양.
   遇鳳凰(우봉황) : 좋은 배필을 만나 결혼하는 것을 비유한다.
2) 雕文(조문) : 그림이나 무늬로 장식하다.
   羽帳(우장) : 비취 깃으로 장식한 휘장.
3) 高第(고제) : 과거에 급제하다.

4) 柹葉(시엽) : 감나무 잎. 서리를 맞으면 붉어지며, 흔히 가을을 나타내는 데 쓰인다.

《남사(南史) · 유효전(劉歊傳)》 유효가 세상을 뜨기 전인 봄에 누군가 뜰에 감나무를 심었다. 유효가 조카인 엄에게 이렇게 말했다. '나는 이 나무의 열매를 못 볼 것인데, 너는 그것을 알리지 마라.' 유효는 가을에 세상을 떠났다.(歊未死之春, 有人爲其庭中栽柹. 歊謂兄子弇曰, '吾不及見此實, 爾其勿言.' 及秋而亡.)

5) 失棲(실서) : 둥지를 잃다.

6) 相將(상장) : 서로 따르다.

7) 庸蜀(용촉) : 용(庸)과 촉(蜀)은 각각 나라 이름으로 사천(四川) 지역을 가리킨다.

해설

이 시는 시인이 동천절도사(東川節度使) 유중영(柳仲郢)의 초빙으로 절도판관(節度判官)이 되어 재동(梓潼)으로 나가면서 급제 동기이자 동서인 한첨(韓瞻)에게 남긴 것이다. 당시 한첨은 함양(咸陽)까지 시인을 전송하러 갔던 것으로 보인다. 제1-2구는 두 사람이 모두 과거에 급제한 뒤 왕무원(王茂元)의 사위가 되었음을 말한 것이다. 한첨이 먼저 왕무원의 딸과 결혼하고, 뒤이어 시인도 그렇게 되어 신혼의 기쁨을 함께 누렸다고 했다. 제3-4구는 시인의 상처(喪妻)를 말한 것이다. 계수나무로 비유되는 과거에는 같이 급제했으나 시인만 아내를 먼저 떠나보냈다고 했다. 제5-6구는 시인과 한첨의 상반된 상황을 새에 빗댄 것이다. 시인은 둥지를 잃은 까마귀나 까치처럼 떠도는 반면 한첨은 원앙새처럼 아내(처형)와 부부의 즐거움을 누리는 것이 부럽다고 했다. 제7-8구는 배웅하러 나온 한첨에게 멀리 나오지 말라고 한 것이다. 경사(京師)에서 사천까지는 3천 리나 되는 먼 길이라 함양(咸陽)까지만 가도 하루가 저문다고 했다. "해는 저무는데 만 리 길이니 슬프지 않을 수 있겠는가?(夕陽萬里, 能無愴然.)"라 평한 청나라 육곤증(陸崑曾)의 말이 인상적이다.

106

桂林路中作

계림의 길에서 짓다

地暖無秋色,	따뜻한 지방이라 가을 색 없는데
江晴有暮暉.[1]	개인 강에 석양이 물든다.
空餘蟬嘒嘒,[2]	하릴없이 남은 매미가 맴맴거리며
猶向客依依.[3]	아직도 길손 향해 아쉬워한다.
村小犬相護,	작은 마을에서 개가 서로 지켜주는데
沙平僧獨歸.	너른 모래펄에 스님 홀로 돌아간다.
欲成西北望,	서북쪽으로의 바람을 이루려 했더니
又見鷓鴣飛.[4]	다시 날아가는 자고새가 눈에 드는구나.

주석

1) 暮暉(모휘) : 석양.
2) 嘒嘒(혜혜) : 매미가 우는 소리.
3) 依依(의의) : 헤어지기 서운한 모양.
4) 鷓鴣(자고) : 자고새. 주로 중국 남쪽지방에 서식하는 텃새로 꿩과 비슷하게 생겼다. 보통 고향을 그리는 데 자주 등장하는 새이다.

해설

이 시는 시인이 계림에서 나그네로 지내면서 보고 느낀 것을 담은 것이다. 제1-2구에서는 가을이 왔으나 따뜻한 곳이라 고향의 가을과는 다른 풍광임을 말하면서 향수를 일으키고 있다. 제3-4구에서는 가을을 맞은 매미가 계절이 바뀌는 것에 대한 아쉬움을 드러내었는데, 여기서 등장한 '길손'도 역시 아쉬운 마음이 있음이 읽혀진다. 제5-6구에서는 제2구의 '개인 강'을 이어 강가 마을의 한가로운 모습을 묘사했다. 제7-8는 시인이 여전히 고향에 대해 짙은 그리움을 가지고 있음을 내비친 것이다. 어지러운 서북쪽을 근심하면서 그곳에서 공을 이루고자 하는 바람도 있지만, 고향 그리움을 뜻하는 자고새가 눈에 들어온다고 했다.

107

無題

무제

照梁初有情,[1]	들보를 비추는 듯 처음에는 정겨웠고
出水舊知名.[2]	물에서 나온 연꽃처럼 벌써 이름 알고 있었지.
裙衩芙蓉小,[3]	치마에 수놓인 연꽃들 자그마하고
釵茸翡翠輕.[4]	비녀의 비취새 날렵하여라.
錦長書鄭重,[5]	비단에 쓴 긴 편지 은근도 하고
眉細恨分明.	가는 눈썹에 어린 한 분명도 하다.
莫近彈棊局,[6]	바둑판 가까이 하지 마소
中心最不平.	바둑판 중심이 제일 평평치 못하니.

주석

1) 照梁(조량) : 들보를 비추다.

송옥(宋玉), 〈신녀부 神女賦〉 그녀가 나타나자 흰 해가 막 떠서 들보를 비추는 듯 환했다.(其始來也, 耀乎如白日初出照玉梁.)

2) 出水(출수) : 물에서 솟아나오다.

조식(曹植), 〈낙신부 洛神賦〉 밝은 것이 마치 부용꽃이 맑은 물에서 나오는 것 같다.(灼若芙蕖出淥波.) 이 두 구는 모두 아름다운 여성의 자태를 이른 것이다.

3) 裙衩(군차) : 치마.

4) 釵茸(채용) : 비녀 끝이 꽃으로 장식된 비녀.

5) 錦書(금서) : 비단 편지. 전진(前秦) 여성인 소혜(蘇蕙)가 변방 사막으로 떠난 남편 두도(竇滔)를 생각하며 지은 〈회문선도시(回文旋圖詩)〉를 이른다. 여기서는 진실한 사랑을 담은 서신을 가리킨다.
鄭重(정중) : 친절하고 은근함.

6) 彈碁局(탄기국) : 바둑 두는 바둑판. '탄기'는 바둑돌을 튕겨서 바둑돌을 떨어뜨리는 놀이인 듯하다. 《몽계필담(夢溪筆談)》에 따르면, 이 바둑판은 사방 2척이고 중심이 봉긋하며 꼭대기는 작은 호리병 같고 네 귀퉁이는 솟아 있다고 한다.

해설

이 시는 아름다운 여인이 뭔가 '불평'함 때문에 실의에 빠져 있음을 담아낸 것이다. 평자에 따라 이견이 있긴 하나 대체로 이 여인은 시인 자신을 빗댄 것으로 본다. 시 전반부에서는 여인의 아름다운 자태를 말하고 있다. 제1-2구는 전고를 사용하여 여인의 고운 자태를 형용한 것이다. 그녀는 정도 있고 명성도 일찍이 높았다고 했다. 제3-4구에서는 그녀의 옷매무새와 장식을 묘사했다. 이 두 연은 시인 자신의 재주를 말한 것으로 해석할 수 있다. 후반부에서는 애정을 잃은 슬픔에 대해 말하고 있다. 제5-6구는 은근한 정을 쓴 비단 편지와 한이 어린 눈썹으로 원망의 마음을 드러낸 것이다. 이는 시인의 정치상의 실의나 조우에 대한 슬픔을 기탁했다고 하겠다. 제7-8구에서는 중심이 높은 바둑판이라 "평평치 못하다"며, 시인의 내심이 평안하지 못하고 슬픔에 차 있음을 빗대어 말했다.

108-1

蜨 三首(其一)

나비 3수 1

初來小苑中,	처음 작은 정원으로 와서
稍與瑣闈通.[1]	살짝 궁궐에 드나들었지.
遠恐芳塵斷,[2]	멀리 향기로운 먼지가 끊길까 두려워하고
輕憂艷雪融.[3]	아름다운 눈이 녹을까 가볍게 근심한다.
只知防皓露,[4]	다만 흰 이슬을 막을 줄만 알아
不覺逆尖風.[5]	찬바람 맞을 것 깨닫지 못했건만,
迴首雙飛燕,	고개 돌려보니 쌍쌍이 나는 제비
乘時入綺櫳.[6]	때를 타서 비단 창문으로 날아든다.

주석

1) 瑣闈(쇄위) : 연쇄 도안을 새긴 궁중의 옆문. 흔히 궁궐을 가리킨다.
2) 芳塵(방진) : 향기로운 먼지. 여기서는 낙화를 가리킨다.
3) 艷雪(염설) : 아름다운 눈. 여기서는 나비 날개의 인편(鱗片)을 가리킨다. 인편은 나비의 색상을 결정하고 방수 작용을 한다.
4) 皓露(호로) : 흰 이슬.
5) 尖風(첨풍) : 살을 에는 찬바람.
6) 乘時(승시) : 기회를 타다.

綺櫳(기롱) : 비단 창문.

해설

이 시는 나비를 읊은 영물시다. 제1-2구는 궁궐의 나비를 묘사한 것이다. 나비가 작은 정원을 거쳐 궁궐까지 날아갔다고 했다. 제3-4구는 나비의 근심 걱정을 서술한 것이다. 나풀나풀 자유롭게 날아다니는 것이 아니라 꽃이 다져서 먹이가 사라질까, 인편이 떨어져 자신의 아름다움이 사라질까 전전긍긍한다고 했다. 제5-6구는 미처 예기치 못했던 타격을 언급한 것이다. 이슬을 맞지 않을 궁리만 하다가 뜻하지 않게 찬바람을 맞아 고생한다고 했다. 제7-8구는 제비와의 대비를 통해 상대적 박탈감이라는 주제를 드러낸 것이다. 자신이 바람을 맞아 멀어지는 사이 제비는 좋은 기회를 잡아 비단 창문 안으로 들어갔다고 했다.

이 시를 이해하는 관건은 결국 나비의 우의(寓意)를 따져보는 일일 터이다. 요행히 궁궐로 날아들었다가 제비처럼 때를 보아 비단 창문 안에 들지 못하고 바람을 맞고 나가떨어진 나비 말이다. 이런 이미지는 스포트라이트를 받을 수 있는 무대 위까지는 올랐으나, 미처 실력을 발휘해볼 틈도 없이 사라지게 된 배우를 연상시킨다. 이상은의 일생 자체가 그렇기에 꼭 비서성에 들어갔다가 홍농현위로 밀려난 일을 담은 시라고 고집할 것은 아니다.

108-2

蜨 三首(其二)

나비 3수 2

長眉畵了繡簾開,	긴 눈썹 그리고는 수놓은 발 열어젖히니
碧玉行收白玉臺.[1]	벽옥이 백옥 경대를 정돈한다.
爲問翠釵釵上鳳,	비취 비녀 위의 봉새에게 물어보아도
不知香頸爲誰迴.	누굴 위해 향긋한 목을 돌릴지 모를 일이다.

주석

1) 碧玉(벽옥) : 여인 이름. 《악부시집(樂府詩集)》에 따르면 송(宋) 여남왕(汝南王)의 첩이 벽옥이었는데, 여남왕은 〈벽옥가(碧玉歌)〉를 지었다. 여기서는 시녀를 가리킨다.
白玉臺(백옥대) : 백옥으로 만든 경대.

해설

이 시는 여인이 아침에 화장을 막 마치고 모습을 비춰보며 자신을 아껴주는 이가 없음을 탄식한 것이다. 제1-2구는 아침을 시작하는 광경을 묘사한 것이다. 화장을 마치고 나면 시녀가 경대를 정리한다고 했다. 제3-4구는 아쉬운 마음을 토로한 것이다. 예쁘게 단장한 후 비녀 위의 봉새에게 물어보아도 봐줄 이가 없다고 했다.

108-3

蜨 三首(其三)

나비 3수 2

壽陽公主嫁時粧,[1]	수양공주 시집갈 때의 화장인
八字宮眉捧額黃.[2]	팔자 모양의 궁정 눈썹이 노란 이마를 받든 모양.
見我佯羞頻照影,[3]	나를 보고 부끄러워하며 찡그리는 모습인 듯
不知身屬冶遊郎.[4]	이 몸이 난봉꾼인 줄 모르는 걸까.

주석

1) 壽陽公主(수양공주) : 송 무제(宋武帝)의 딸. 하루는 궁전의 처마 밑에 누워있는데 매화가 이마 위로 떨어져 떼어지지 않았다. 사흘이 지나서야 떨어지니 궁녀들이 그것을 보고 다투어 따라 화장을 하여 '매화장(梅花粧)'이라는 것이 생겼다.(《잡오행서(雜五行書)》)

2) 八字眉(팔자미) : 팔자 모양의 눈썹.
額黃(액황) : 이마를 노랗게 칠하는 화장법. 육조시대에 유행했는데 당대에도 여전히 있었다.

3) 佯(양) : 거짓.
頻(빈) : 찡그리다.
照影(조영) : 모습.

4) 冶遊郎(야유랑) : 주색에 빠져 방탕하게 노는 사람.

해설

이 시는 아름답게 화장한 이의 애교에 가볍게 농을 치며 응수하는 내용을 담은 것이다. 제1-2구에서는 수양공주의 매화장 고사를 이용하여 여인이 아름답게 화장했음을 말했다. 제3-4구에서는 그 아름다운 자태가 수줍어하는 듯하다고 하면서 시인 자신이 난봉꾼임을 밝혔다.

대체로 두 번째와 세 번째 시는 희롱하는 어조로 보아 모두 기녀에게 주는 시 같다. 특히 두 번째 시에서의 경박한 말투는 읊고 있는 대상의 신분이 매우 낮았음을 추측하게 한다. 이에 대해 청나라 풍호(馮浩)는 이 시가 "시어는 쉽게 이해가 되지만 매우 천박하여 명성과 지위에 걸맞지 않다(語易解而尖薄已甚, 宜其名位不達矣.)"며 비난했다.

109-1

無題 二首(其一)

무제 2수 1

八歲偸照鏡,[1]	여덟 살 때 몰래 거울을 보며
長眉已能畫.[2]	긴 눈썹 이미 그릴 수 있었어요.
十歲去踏青,[3]	열 살 땐 답청을 나가느라
芙蓉作裙衩.[4]	연꽃으로 치마를 만들었지요.
十二學彈箏,[5]	열두 살 땐 쟁 타는 법을 배워
銀甲不曾卸.[6]	은 깍지를 풀어본 적 없었어요.
十四藏六親,[7]	열네 살 땐 친척을 피해 숨었으니
懸知猶未嫁.[8]	아직 시집가지 않은 걸 짐작했기 때문이지요.
十五泣春風,	열다섯 살 땐 봄바람에 울며
背面鞦韆下.[9]	그네 아래에서 얼굴 돌렸어요.

주석

1) 偸(투) : 몰래.
   照鏡(조경) : 거울에 비춰보다.
2) 長眉(장미) : 가늘고 긴 눈썹.
3) 踏靑(답청) : 청명절을 전후해 교외로 나들이를 갔던 풍습.

4) 芙蓉(부용) : 연꽃.
   裙衩(군차) : 치마.
5) 彈箏(탄쟁) : 쟁을 타다. 쟁은 진(秦)나라 때 만들어졌다는 현악기로, 본래 5현이었다가 13현으로 늘어났다.
6) 銀甲(은갑) : 쟁을 탈 때 쓰는 뼈로 만든 손톱.
   卸(사) : 풀다.
7) 藏(장) : 숨다. 남자 친척을 피해 숨었다는 말이다.
   六親(육친) : 가까운 친척.
8) 懸知(현지) : 추측하다.
9) 背面(배면) : 얼굴을 돌리다. 외면하다.
   鞦韆(추천) : 그네.

해설

이 시는 이상은의 '무제' 시 가운데 가장 일찍 창작된 것으로 알려져 있는 것이다. 동한 말기의 악부시인 〈공작동남비(孔雀東南飛)〉에서 여주인공이 "열세 살에 베를 짜고, 열네 살에 재봉을 배우고, 열다섯 살에 공후를 타고, 열여섯 살에 시서를 암송하고, 열일곱 살에 아내가 되었다(十三能織素, 十四學裁衣, 十五彈箜篌, 十六誦詩書. 十七爲君婦.)"고 한 표현을 빌려 자신을 소녀에 비유했다. 모두 다섯 연으로 이루어진 이 시는 매 연마다 나이에 따른 소녀의 변화를 서술했다. 여덟 살 때부터 줄곧 시집가기 위한 준비를 착실히 했지만, 열다섯 살이 되도록 배필을 만나지 못해 슬퍼한다는 이야기이다. 이는 이상은이 남다른 재주를 품고도 알아주는 이를 만나지 못해 노심초사하는 심정을 담은 것으로 풀이된다.

109-2

無題 二首(其二)

무제 2수 2

幽人不倦賞,[1]	은자인 그대는 감상에 싫증내지 않으니
秋暑貴招邀.[2]	가을 더위에 초청해야 하겠건만.
竹碧轉悵望,[3]	대나무 푸르러질수록 슬피 바라보고
池清尤寂寥.[4]	연못 맑으니 더욱 쓸쓸하다오.
露花終裛濕,[5]	이슬 내린 꽃은 끝내 촉촉이 젖는데
風蝶强嬌饒.[6]	바람 속의 나비는 괜히 예쁜 척.
此地如攜手,[7]	이곳에서 만약 손잡고 다닌다면
兼君不自聊.[8]	그대도 무료해질 터인지라…….

주석

1) 幽人(유인) : 숨어 지내는 사람. 은자.
   倦賞(권상) : 감상에 싫증내다.
2) 貴(귀) : ~하고자 하다. ~할 필요가 있다.
   招邀(초요) : 초청하다.
3) 悵望(창망) : 슬피 바라보다.
4) 尤(우) : 더욱.
   寂寥(적료) : 쓸쓸하다.

5) 裛濕(읍습) : 물기에 젖다.
6) 蜨(접) : 나비.
强(강) : 억지로.
嬌饒(교요) : 부드럽고 아름답다.
7) 如(여) : 만약.
攜手(휴수) : 손을 잡다.
8) 不自聊(부자료) : 스스로 흥밋거리를 찾지 못하다.

해설

이 시는 다른 판본에는 〈실제(失題)〉라 되어 있는데, 본래 제목이 있다가 일실된 것이다. 벗에게 보내는 형식이지만 실제로는 시인의 무료한 심정을 토로하는 데 초점이 맞춰져 있다. 제1-2구는 벗을 초청해 초가을 늦더위를 함께 하려 했음을 이야기했다. 그러나 뒤의 내용을 보면 결국 벗을 부르지는 않은 것을 알 수 있다. 제3-4구는 대나무와 연못으로 더위를 피하는 모습이다. 더위는 피할망정 슬프고 쓸쓸한 느낌은 떨치지 못한다. 제5-6구는 꽃과 나비를 보아도 흥이 나지 않는 무료함이다. 제7-8구에서 시인은 비로소 왜 벗을 초청해 늦더위 피서를 함께 하지 않았는지 이유를 밝힌다. 까닭 모를 시인의 우울함을 벗에게까지 전하고 싶지 않다는 것이다. 정확한 창작 시기는 알려져 있지 않으나, '이유를 알 수 없는 우울함(melancholy)'을 피력한 것으로 보아 필시 젊은 날의 시작(詩作)으로 여겨진다.

110

王十二兄與畏之員外相訪見招小飮時予以悼亡日近不去因寄

처남 왕십이와 원외랑 한외지가 나를 방문하여 작은 술자리에 초대했으나 당시 나는 상처한 지 얼마 안 되어 가지 않기로 했기에 부치다

謝傳門庭舊末行,[1]	사안의 집안에서 말석을 차지한 지 오래지만
今朝歌管屬檀郎.[2]	오늘 아침의 노래와 음악은 단랑의 것이라오.
更無人處簾垂地,[3]	그 아무도 없는 곳에 주렴만 땅에 드리워져 있고
欲拂塵時簟竟牀.[4]	먼지 털어내려는 때 대자리 침상에 깔려 있었소.
嵇氏幼男猶可憫,[5]	혜강의 어린 아들 아직도 가련한데
左家嬌女豈能忘.[6]	좌사의 예쁜 딸 어찌 잊을 수 있을까?
秋霖腹疾俱難遣,[7]	가을장마와 복통은 모두 떨치기 어려운데
萬里西風夜正長.	만 리에 부는 서풍에 밤은 마냥 길기만 하다오.

주석

1) 謝傳(사부) : 사태부(謝太傅). 사후에 태부에 추증된 진나라 사안(謝安)을 말한다. 여기서는 왕무원을 비유한다.
門庭(문정) : 가문.
末行(말항) : 아랫자리. 뒷 열. 이상은은 왕무원의 여러 사위들 중 막내였다.

2) 歌管(가관) : 노래하고 음악을 연주하다.
 檀郞(단랑) : 본래 진나라 반악(潘岳)을 가리키는 말이나 당대에는 사위의 뜻으로 자주 쓰였다. 여기서는 한첨(韓瞻)을 가리킨다.
3) 更(갱) : 결코. 절대. 정도를 나타낸다.
4) 拂塵(불진) : 먼지를 떨다.
 경상(竟牀) : 침상에 깔다.
 반악, 〈도망시 3수(悼亡詩 三首)〉 둘째 수 잠 못 이루고 뒤척이다 잠자리를 보니, 긴 대자리 깔았던 침상 휑하구려. 빈 침상에 가벼운 먼지만 쌓이고, 허전한 방에 슬픈 바람이 밀려드오.(輾轉眄枕席, 長簟竟牀空. 牀空委淸塵, 室虛來悲風.)
5) 嵇氏(혜씨) : 죽림칠현의 한 사람인 혜강(嵇康). 그의 아들 혜소(嵇紹)는 열 살 때 고아가 되었다.
6) 左家(좌가) : 서진의 문인인 좌사(左思).
 嬌女(교녀) : 예쁜 딸. 좌사가 〈교녀(嬌女)〉 시에서 "우리 집에 예쁜 딸이 있으니 달덩이처럼 아주 뽀얗고 깨끗하다네(吾家有嬌女, 皎皎頗白皙.)" 라고 노래한 뒤로, 아름답고 사랑스런 소녀의 뜻으로 쓰였다.
7) 秋霖(추림) : 가을장마.
 腹疾(복질) : 복통. 장마 때의 복통은 '육질(六疾)'의 하나로 일컬어진다. 여기서는 마음의 병을 가리킨다.

해설

이 시는 대중 5년(851) 가을 이상은이 상처한 지 얼마 지나지 않았을 때 손윗 처남인 왕씨와 동서인 한첨(韓瞻)이 찾아와 술자리에 초대한 것을 완곡하게 거절한 것이다. 제1-2구는 제목의 뜻을 요약한 것이다. 첫째 구는 처남 왕씨와 관련되고 둘째 구는 동서 한첨과 관련된다. 아내를 떠나보내고 마음이 좋지 않아 술자리에 가고 싶은 생각이 없음을 언외에 내비쳤다. 제3-4구는 아내가 떠난 뒤의 쓸쓸한 모습을 묘사한 것이다. 반악의 〈도망시〉의 의경을 빌려 주렴과 대자리가 주인을 잃은 채 덩그러니 빈 방에 놓여 있다고 했다. 제5-6구는 엄마를 잃은 자식들을 걱정한 것이다. 아들딸이 아직 어려 늘 곁에서 위로하고 보살펴주어야 한다고 했다. 제7-8구는 시인 자신의 슬픔을 토로한 것이다. 가을비가 추적추적 내리는 때 복통을 앓는데다 아내에 대한 그리움으로 더욱 잠을 이루지 못하는 고통을 호소했다. 첫째 연을 제외한 나머지 세 연이 모두 세상을 떠난 아내를 추모하는 내용이어서 도망시(悼亡詩)라 해도 안 될 것이 없다. 청나라 장겸의(張謙宜)는 "도망시를 이와 같은 말로 지으니 진정 피눈물이 구슬과 같다고 하겠다(悼亡作如此語, 眞乃血淚如珠.)"며 이 시의 진정성을 높이 평가했다.

111

隋宮[1]

수궁

乘輿南遊不戒嚴,[2] 마음 내키면 남쪽을 유람하고 경계치 않았으니
九重誰省諫書函.[3] 구중 황궁에 누군들 간서함을 살피겠는가?
春風擧國裁宮錦,[4] 봄바람 불자 온 나라에서는 궁전의 비단을 마름하여
半作障泥半作帆.[5] 반은 말다래를 만들었고 반은 돛을 만들었다.

주석

* 〔원주〕: (제목이) 수제라 되어 있기도 하다.(一云隋堤.)

1) 隋宮(수궁) : 수양제가 강도(江都, 지금의 강소성 양주)에 건립한 행궁(行宮)을 이른다.
2) 南遊(남유) : 남쪽을 유람하다. 수나라 양제(煬帝)는 대업(大業) 원년 8월, 6년 3월, 12년 7월에 강도(江都)를 유람했고 각지를 유람하여 재위 14년 동안 수도에 머문 것은 1년이 채 되지 않는다.
   戒嚴(계엄) : 경계를 엄중히 함. 본래 왕이 외출하면 계엄을 내려야 하나, 수양제는 이를 무시하고 준비하지 않았다.
3) 九重(구중) : 구중궁궐. 황궁.
   省(성) : 살피다. 알다. 《수서(隋書)》에 따르면, 양제가 강도에 유람하려 하자 도적이 횡행하여 순행에 적당하지 않다 하는 간서가 있었으나, 모

두 피살되고 말았다. 여기서는 수양제가 성격이 강하고 무능하여 신하의 말을 듣지 않은 것을 가리킨다.

4) 宮錦(궁금) : 궁전에서 쓰는 비단.

5) 障泥(장니) : 말다래. 말다래는 말위에 진흙 묻는 것을 방지하기 위해 덧씌우는 것이다.

해설

이 시는 수양제의 황음함을 비판한 영사시다. 제1-2구는 수양제의 무도함을 말한 것이다. 흥이 내키면 유람을 떠나면서 신하들의 간언을 묵살해버리기 일쑤라고 했다. 제3-4구는 유람의 구체적인 내용을 소개한 것이다. 온 나라에서 귀한 비단을 마름하여 돛을 만들고 말다래를 만드는 것을 들어 방대한 유람과 거대한 소모의 규모를 보여주었다. 나라를 돌보지 않고 황음과 낭비를 일삼던 수양제를 비판하기 위해 한 측면만을 부각시켰다. 이로써 주제를 선명히 하면서도 그 안에 날카로운 풍자의 뜻을 담은 수작으로 꼽힌다.

112

落花

낙화

高閣客竟去,[1]	높은 누각의 상춘객들 다 떠나가고
小園花亂飛.[2]	작은 정원의 꽃잎이 어지러이 날린다.
參差連曲陌,[3]	여기저기 굽은 길에 떨어지다가
迢遞送斜暉.[4]	아득하게 석양을 전송한다.
腸斷未忍掃,[5]	애간장이 끊어져서 차마 쓸지 못하고
眼穿仍欲歸.[6]	뚫어져라 쳐다봐도 역시 돌아가려 한다.
芳心向春盡,[7]	꽃다운 마음은 봄 따라 사라지고
所得是沾衣.[8]	얻은 것이라곤 눈물 젖은 옷뿐.

주석

1) 竟(경) : 모두.

2) 亂飛(난비) : 어지러이 날다.

3) 參差(참치) : 어지러운 모양. 꽃잎이 마구 날리는 모양을 가리킨다.
曲陌(곡맥) : 굽은 길.

4) 迢遞(초체) : 아득히 먼 모양.
斜暉(사휘) : 석양.

5) 未忍(미인) : 차마 ~하지 못하다.

6) 眼穿(안천) : 뚫어지게 바라보다. 여기서는 은근하고 간절하게 바라는 마음을 나타낸다.
   仍(잉) : 여전히.
   欲歸(욕귀) : 꽃, 즉 봄이 돌아가려 한다는 뜻이다.
7) 芳心(방심) : 꽃처럼 고운 시인 자신의 마음을 가리킨다.
   向春盡(향춘진) : 봄이 끝나가는 정경을 대하다.
8) 沾衣(첨의) : 옷을 적시다. 상심하여 눈물을 흘리는 것을 이른다.

해설

이 시는 흩날리는 꽃잎을 노래하면서 개인의 신세에 대한 개탄을 기탁한 것이다. 제1-2구는 손님을 머물게 하지 못하듯 봄을 머물게 하지 못한다는 것이다. 특히 상춘객이 '모두' 떠나가고 꽃잎이 '어지러이' 흩날리는 장면에서는 지는 꽃을 안타까워하는 화자의 심리가 잘 드러나 있다. 제3-4구는 떨어지는 꽃잎을 더욱 생동적으로 묘사한 것이다. 이리저리 흩어진 꽃잎은 굽은 길까지 날아가는 것도 있고 마치 석양을 전송하기라도 하듯 아주 멀리 날아가는 것도 있다고 했다. 제5-6구에서는 이런 모습을 보는 시인의 안타까운 마음을 노래한 것이다. 가는 봄이 아쉬워 차마 떨어진 꽃잎을 쓸어버리지도 못하고 그저 뚫어져라 쳐다보기만 하는데 그래도 봄은 저물어 간다고 했다. 제7-8구는 낙화에 퇴락한 신세를 기탁하여 애상과 감개를 담은 것이다. 봄이 감에 따라 꽃이 다 져버리면 시인에게는 눈물짓는 서글픔만이 남는다고 했다.

113

月

달

池上與橋邊,	연못가와 다리 주변
難忘復可憐.	잊을 수 없고 또 아름답구나.
簾開最明夜,	발 걷은 것은 가장 밝은 밤이어서고
簟卷已涼天.[1]	대자리 말아 둔 것은 이미 서늘해진 날씨 때문.
流處水花急,[2]	달빛 흐르는 곳에 물방울이 분주하고
吐時雲葉鮮.[3]	달빛 토해낼 때 구름 조각 선명한데,
姮娥無粉黛,[4]	항아는 분과 먹 없이도
只是逞嬋娟.[5]	다만 아름다움을 뽐내고 있다.

주석

1) 簟(점) : 대자리.
   凉天(양천) : 서늘해진 날씨.
2) 流處(유처) : 흐르는 곳. 달빛이 어른거리는 곳을 말한다.
   水花(수화) : 사방으로 튀는 물방울 또는 솟아오르는 물거품.
3) 吐時(토시) : 토해내는 때. 달빛이 환할 때를 말한다.
   雲葉(운엽) : 구름 조각.
4) 항아(姮娥) : 중국 신화에 보이는 달의 여신. 《회남자(淮南子) · 남명훈

(覽冥訓)》에 따르면, 예(羿)가 서왕모(西王母)에게 불사약(不死藥)을 청해 얻었으나 예의 아내인 항아가 이를 훔쳐 달로 달아났다고 한다.

粉黛(분대) : 얼굴에 바르는 분과 눈썹을 그리는 먹.

5) 逞(영) : 과시하다. 뽐내다.

嬋娟(선연) : 아름다움.

해설

이 시는 가을 달의 아름다움을 묘사한 것이다. 제1-2구는 달빛의 아름다움에 대한 감탄으로 시상을 연 것이다. 연못과 다리를 환하게 비추는 달빛이 잊을 수 없을 만큼 곱다고 했다. 제3-4구는 달과 가을에 대해 말했는데 달빛 밝은 밤이라 발을 걷고, 날씨가 서늘해져 대자리를 말아두었다고 했다. 제5-6구는 달빛이 비치는 연못에 물결이 일렁이고, 누각 위로 떠가는 구름 조각이 선명하다고 했다. 제7-8구는 달의 여신인 항아(姮娥)에 빗대어 달의 아름다움을 칭송한 것이다. 영롱한 달은 분을 바르거나 눈썹먹을 칠하지 않아도 어여쁜 항아의 얼굴과도 같다고 했다. 청나라 풍호(馮浩)와 근인 장채전(張采田)은 이 시를 염정시(艷情詩)로 보았으나 뚜렷한 근거가 있다고 할 것은 아니다. 한편 청나라 육명고(陸鳴皐)는 이 시를 평하여 "자연스러우면서 맑고 아름답다. 두보에게 달을 노래한 시가 비록 많지만 전혀 이에 미치지 못한다(天然淸麗, 老杜詠月雖多, 殊未及此.)"고 했다. 과찬이 아닌가 한다.

114

贈宗魯筇竹杖[1]

종로에게 공죽장을 주다

大夏資輕策,[2]	대하에서 가벼운 대나무를 가져다
全溪贈所思.[3]	전계에서 그리운 이에게 준다.
靜憐穿樹遠,	고요히 아끼며 멀리 숲을 건너오고
滑想過苔遲.	이리저리 생각하며 천천히 이끼를 지나오겠지.
鶴怨朝還望,	학이 원망하면 아침에 돌아올 바람 가져보고
僧閒暮有期.	스님 한가하면 저녁에 약속을 한다.
風流眞底事,[4]	풍류는 진정 무슨 일로
常欲傍清羸.[5]	늘 야위어 허약한 이 곁에만 있으려 하나.

주석

1) 宗魯(종로) : 누구인지 알 수 없다.
筇竹杖(공죽장) : 공죽으로 만든 지팡이. 공죽은 사천성 공도현(邛都縣)에서 나는, 지팡이를 만들기에 좋은 대나무를 말한다.

2) 大夏(대하) : 한대(漢代)의 서역(西域) 지방의 한 나라. 규수(嬀水) 곧 아무 강 남쪽에 있어, 남시성(藍市城)에 도읍했다고 한다. 《한서》에 따르면 장건(張騫)이 대하에 이르러 공죽장을 보았다고 한다.
資(자) : 취하다. 쓰다.

策(책) : 대나무. 대쪽. 여기서는 공죽장을 가리킨다.

3) 全溪(전계) : 장안성 교외의 지명.

4) 底(저) : 어찌. 무슨.

5) 淸羸(청리) : 야위어 허약하다. 여기서는 종로를 가리킨다.

해설

이 시는 종로에게 촉 땅의 특산품인 공죽으로 만든 지팡이를 주며 쓴 것이다. 제1-2구는 제목 그대로 대하의 질 좋은 대나무 지팡이를 가져다 전계에 있는 종로에게 주었다는 것이다. 제3-4구는 종로가 지팡이를 짚고 숲을 건너오고 이끼를 지나오는 모습을 상상한 것이다. 제5-6구는 지팡이 때문에 외출이 잦아지는 상황을 그렸다. 지팡이를 짚고 한번 나가면 돌아올 줄 모르다가 학이 원망을 해서야 돌아올 생각을 하고, 스님이 한가하면 또 저녁 약속을 잡는다고 했다. 제7-8구는 지팡이를 주는 뜻을 말한 것이다. 지팡이 주인인 종로가 볼품은 없어도 풍류가 있어, 지팡이가 늘 주인과 있고 싶을 것이라 했다.

115

垂柳

수양버들

娉婷小苑中,[1]	아름답게 작은 동산에서
婀娜曲池東.[2]	부드럽게 곡강지 동쪽에서,
朝珮皆垂地,[3]	조회 때의 인수 모두 땅에 늘어뜨리고
仙衣盡帶風.[4]	신선의 옷 다 바람에 날리네.
七賢寧占竹,[5]	칠현은 차라리 대나무를 차지했고
三品且饒松.[6]	삼품 벼슬은 잠시 소나무에 양보했네.
腸斷靈和殿,[7]	가슴 아프구나, 영화전이여
先皇玉座空.[8]	선황의 옥좌가 비었으니.

주석

1) 娉婷(빙정) : 자태가 아름다운 모양.

2) 婀娜(아나) : 자태가 부드럽고 아름답다.
曲池(곡지) : 곡강지.

3) 朝珮(조패) : 조회 때 차는 인수(印綬). 인수는 벼슬에 임명될 때 임금에게서 받는 신분이나 벼슬의 등급을 나타내는 관인(官印)을 몸에 차기 위한 끈이다.
垂地(수지) : 땅에 늘어뜨리다.

4) 仙衣(선의) : 신선의 옷.
5) 七賢(칠현) : 죽림칠현.
6) 三品(삼품) : 소림사(少林寺)에 측천무후가 3품 벼슬을 내린 소나무가 있었다고 한다.
饒(요) : 양보하다.
7) 靈和殿(영화전) : 남조 제나라 때의 궁전 이름. 《남사(南史)·장서전(張緖傳)》에 의하면, 제 무제(武帝)는 촉에서 보내온 버드나무를 영화전 앞에 심으면서 그 풍류가 한창 때의 장서를 닮았다며 회상에 잠겼다고 한다.
8) 先皇(선황) : 전대의 군주. 여기서는 문종을 가리킨다.

해설

이 시는 자신을 수양버들에 빗대 지은 영물시다. 제1-2구는 수양버들의 자태를 묘사한 것이다. 두 구절은 일종의 호문(互文)으로, 작은 동산에서나 곡강지 동쪽에서나 늘 아름답고 부드러웠다는 것이다. 제3-4구는 수양버들을 인수(印綬)와 도사의 옷에 비유한 것이다. 궁궐에서는 인수처럼 가지를 늘어뜨리고 도관(道觀)에서는 도사의 옷처럼 바람에 나부꼈다고 했다. 이는 시인 자신이 과거에 급제하여 궁궐에서 조회를 할 때나 또는 그 전후에 도관에 머무를 때 여전히 생기발랄한 모습이었다는 말로 이해된다. 제5-6구는 대나무, 소나무와 비교하여 수양버들의 성격을 드러낸 것이다. 일곱 현자들은 수양버들보다 대나무 숲을 선호했고, 3품 벼슬도 소나무가 차지했다며 처신의 어려움을 호소했다. 은거와 출사(出仕) 모두 여의치 않았다는 말이다. 제7-8구는 제 무제의 전고를 통해 수양버들의 처지를 동정한 것이다. 제 무제가 아꼈던 신하인 장서(張緖)의 풍류를 잊지 못해 수양버들을 보며 그를 떠올렸다는 내용을 곱씹어보면, 당 문종이 세상을 떠난 후에 시인이 자신을 출사의 길에 들어서게 해주었던 문종을 추모한 시라는 느낌이 든다.

116

曲池

곡강지

日下繁香不自持,[1]	태양 아래 짙은 향기에 자제하지 못하는데
月中流艶與誰期.[2]	달 속 흐르는 아름다움에 누구와 기약한 걸까?
迎憂急鼓疎鐘斷,[3]	급한 북소리, 성긴 종소리 멈출 때 근심할 것 예측하고
分隔休燈滅燭時.[4]	등불과 촛불 끄는 때 헤어질 것 짐작하네.
張蓋欲判江灩灩,[5]	덮개를 펼치고 떠나려 하니 강물이 출렁출렁
迴頭更望柳絲絲.[6]	고개 돌려 다시 바라보니 버들이 한들한들.
從來此地黃昏散,[7]	예로부터 이곳에선 황혼이면 흩어졌으니
未信河梁是別離.[8]	다리가 이별의 장소라는 말 믿지 못하겠네.

주석

1) 日下(일하) : 경사(京師). '대낮'을 뜻한다는 설도 있다.
繁香(번향) : 짙은 향기.
自持(자지) : 자제하다.

2) 流艶(유염) : 흐르는 아름다움. 달빛을 가리키며 아름다운 여인을 암시한다.
期(기) : 기약하다. 만나기로 약속하다.

3) 迎(영) : 예측하다. 추산하다.

急鼓(급고) : 급한 북소리. 당나라 때에는 북을 800번 치고 성문을 닫았다. 따라서 여기서는 날이 저물었음을 알리는 북소리를 가리킨다.
疎鐘(소종) : 성긴 종소리. 이따금씩 들리는 종소리를 말한다.
斷(단) : 끊기다. 멈추다.
4) 分(분) : 예측하다. 짐작하다.
隔(격) : 떨어지다. 헤어지다.
休燈滅燭(휴등멸촉) : 등과 촛불을 끄다. 날이 밝았음을 말한다.
5) 張蓋(장개) : 수레 덮개를 펼치다. 덮개를 '돛'으로 풀이하는 설도 있다.
判(판) : 나누다. 떠나다.
灩灩(염염) : 출렁거리다.
6) 絲絲(사사) : 실처럼 가늘다.
7) 散(산) : 흩어지다.
8) 河梁(하량) : 다리. 흔히 송별하는 장소를 가리킨다.
이릉(李陵), 〈소무와 이별하며 別蘇武詩〉 손잡고 다리 위에 오르니, 나그네는 날 저무는데 어디로 가려오?(攜手上河梁, 遊子暮何之.)

해설

이 시는 곡강지(曲江地)를 공간적 배경으로 하는 염정시다. 제1-2구는 시인이 연석(宴席)에서 만난 여인에 마음을 빼앗긴 모습을 노래한 것이다. 여인의 짙은 향기에 뛰는 가슴을 주체하지 못하는 참에 아름다운 여인이 다른 누군가와 선약이라도 있을까 조바심이 난다고 했다. 제3-4구는 마음이 분주해진 시인의 걱정을 묘사한 것이다. 곧 북소리, 종소리와 함께 날이 저물고 등불과 촛불 끄면서 연석이 파하여 뿔뿔이 흩어질 것이 안타깝다고 했다. 제5-6구는 연회가 끝난 후 각자 제 갈 길을 가며 아쉬워하는 모습을 담은 것이다. 수레를 타고 떠나려 하니 곡강지의 강물이 출렁거리고, 차마 떨어지지 않는 발걸음에 고개 돌려보니 이별을 상징하는 버드나무만 눈에 든다고 했다. 제7-8구는 이별의 아픔을 비교의 수사법을 빌려 나타낸 것이다. 이릉(李陵)이 소무(蘇武)와 헤어진 뒤로 다리가 이별의 장소라고들 하나 황혼의 곡강지만큼 헤어지는 아픔이 크지는 않을 것이라 했다.

청나라 육곤증(陸崑曾)은 이 시에 대한 평어에서 이렇게 말했다. "이곳은 필시 기녀의 집으로 거처가 곡강지 옆에 있었는데, 이상은이 우연히 그곳에 갔다가 마침내 이에 기탁해 시를 지었던 것이다.(此必狹邪之家, 居傍曲池, 義山偶至其地, 而遂託之命篇耳.)" 이 시의 대체적인 분위기를 파악하는 데 참고할 만하다고 여겨진다.

117-1
代應 二首(其一)
대신 응답하다 2수 1

溝水分流西復東,[1] 개울물 나누어져 흐르니 서쪽으로 또 동쪽으로
九秋霜月五更風.[2] 가을의 서리 맞은 달과 오경에 부는 바람.
離鸞別鳳今何在,[3] 이별한 난새와 봉새는 지금 어디에 있는가?
十二玉樓空更空.[4] 열두 개 옥 누각은 텅 비고 또 비었다.

주석

1) 溝水(구수) 구 : 개울물이 동서로 나뉘어 흐른다는 것으로 흔히 남녀의 이별을 비유한다.

탁문군(卓文君), 〈백두음 白頭吟〉 하얗기는 산 위의 눈, 밝기는 구름 사이의 달. 당신께서 두 마음 가졌다고 하여 그래서 결별하러 왔어요. 오늘 술잔 기울이며 만나지만 내일 아침 개울가에서 헤어져야 해. 타박타박 궁궐 밖 개울가를 걸으면 개울물은 동서로 흐를 테지요.(皚如山上雪, 皎若雲間月. 聞君有兩意, 故來相決絕. 今日斗酒會, 明日溝水頭. 躞蹀御溝上, 溝水東西流.)

2) 九秋(구추) : 가을.

霜月(상월) : 서리 맞은 달. 차가운 밤의 달을 말한다.

3) 離鸞別鳳(이란별봉) : 이별한 난새와 봉새. 난새와 봉새는 흔히 남녀 한 쌍을 가리킨다.

이하(李賀), 〈상비 湘妃〉 이별한 난새와 봉새는 안개 낀 오동나무 속에 있고,

무산의 구름과 촉 땅의 비가 멀리서 서로 통한다.(離鸞別鳳煙梧中, 巫雲蜀雨遙相通.)

4) 十二玉樓(십이옥루) : 신선의 거처로 알려진 곤륜산(崑崙山)에는 열두 개의 옥 누각이 있다고 한다.

해설

이 시는 증답시(贈答詩)의 변체로 대신 응답하는 형식을 취한 두 수 가운데 첫째 수로 이별을 슬퍼한 것이다. 청나라 굴복(屈復)의 설명에 따르면 "시를 지어 누군가에 부쳐도 응답을 할 수 없어 스스로 지어 대신했기에 '대신 응답하다'라 한 것(有詩寄人而不能答, 自作代之, 故曰代應.)"이라고 했다. 제1-2구는 눈앞의 경물을 묘사하며 과거의 이별을 회상한 것이다. 동서로 나뉘어 흐르는 개울물로 이별을 상징하고, 가을밤의 달과 바람으로 쓸쓸한 분위기를 자아냈다. 제3-4구는 이별한 뒤의 현재 상황을 언급한 것이다. 이별한 남녀는 어디에 머무는지 서로 알지 못한 채 지난날 만났던 옥 누각은 텅 비었을 뿐이라고 했다. '옥 누각'이 흔히 도관(道觀)을 상징한다는 점을 되새겨본다면, 남녀 한 쌍 가운데 여자 쪽은 신분이 여도사일 것으로 추정된다. 청나라 요배겸(姚培謙)은 이 시에 대해 "이 시는 정인이 한번 떠나 돌아오지 않는 서운함을 말한 것(此言情人一去不來之憾.)"이라고 요약했다.

117-2
代應 二首(其二)

대신 응답하다 2수 2

昨夜雙鉤敗,[1] 어젯밤엔 쌍구에서 지더니
今朝百草輸.[2] 오늘 아침엔 백초를 잃었다.
關西狂小吏,[3] 관문 서쪽의 정신 나간 말단 관리
唯喝遶牀盧.[4] 오로지 평상을 돌며 '노야' 하고 소리 지른다.

주석

1) 雙鉤(쌍구) : 장구(藏鉤). 옥고리를 손에 감추면 상대방이 어느 손에 감추었는지 맞추는 놀이다.

2) 百草(백초) : 풀 밟기 놀이.

종름(宗懍), 《형초세시기(荊楚歲時記)》 5월 5일은 욕란절이라 한다. 사민이 모두 풀을 밟는 놀이를 하며, 쑥을 뜯어 사람을 만들어 출입문 위에 걸어 독기를 막는다. 창포를 잘게 썰거나 가루를 내어 술에 띄운다.(五月五日, 謂之浴蘭節. 四民竝蹋百草之戲, 採艾以爲人, 懸門戶上, 以禳毒氣. 以菖蒲或鏤或屑以泛酒.)

輸(수) : 잃다.

3) 關西(관서) : 관문 서쪽. 함곡관(函谷關) 또는 동관(潼關) 서쪽 지역을 가리킨다.

小吏(소리) : 말단 관리.

4) 喝(갈) : 소리 지르다.

遶牀(요상) : 평상 주위를 돌다.

《진서 · 유의전(劉毅傳)》 나중에 동부에 저포꾼을 모아 크게 놀았는데 한 판에 판돈이 수백만에 이르렀다. 다른 이들은 모두 검은 '독'에 그쳤고 다만 유유와 유의가 다음 차례에 있었다. 유의의 차례에 주사위를 던져 '치'를 얻자 크게 기뻐하며 옷을 걷어 올리고 평상 주위를 돌며 좌중의 사람들에게 소리치기를 "노를 못한 것이 아니라 안한 것일 뿐."이라고 했다. 유유가 이를 못마땅해 하며 다섯 개의 주사위를 오래 주무르며 말했다. "노형, 제가 한번 응대해드리리다." 던지고 나자 네 개는 모두 검정이었고 하나는 데굴데굴 구르면서 정해지지 않았는데, 유유가 큰 소리로 기합을 넣자 바로 '노'가 되었다.(後於東府聚摴蒱大擲, 一判應至數百萬. 餘人竝黑犢以還, 唯劉裕及毅在後. 毅次擲得雉, 大喜, 褰衣繞床, 叫謂同坐曰, 非不能盧, 不事此耳. 裕惡之, 因挼五木久之, 曰, 老兄試爲卿答. 旣而四子俱黑, 其一子轉躍未定, 裕厲聲喝之, 卽成盧焉.) 저포에서는 '노', '치', '독'의 순으로 좋은 사위로 친다.

盧(노) : 주사위놀이의 일종인 저포의 사위 가운데 하나. 위가 검고 아래가 흰 주사위 다섯 개를 던져 모두 검은 쪽이 나오면 이를 '노'라 하고 가장 좋은 사위로 친다.

해설

이 시는 증답시(贈答詩)의 변체로 대신 응답하는 형식을 취한 두 수 가운데 둘째 수로 도박에 빠진 남자의 부인을 대신해 쓴 것이다. 제1-2구는 놀이에서의 불운으로 마음속의 번민을 대신한 것이다. 쌍구놀이와 풀 밟기 놀이에 모두 져서 속이 쓰리다고 했다. 제3-4구는 도박에 빠져 자신을 돌아보지 않는 남편을 원망한 것이다. 관문 서쪽 지방의 말단관리인 그는 저포에 열중하느라 아내에게 무관심하다고 했다. 둘째 수도 요배겸의 평을 인용한다. "이 시는 앞 수의 의미를 이어받아 그가 다시 자신을 생각해주지 않음을 말한 것이다.(此言承前意來, 言其無復念己也.)"

118

席上作

연석에서 짓다

淡雲輕雨拂高唐,[1] 엷은 구름 가벼운 비 고당을 스치는데
玉殿秋來夜正長. 옥전에 가을이 오니 밤이 막 길어졌다.
料得也應憐宋玉,[2] 추측컨대 응당 송옥을 좋아하겠지
一生唯事楚襄王. 일생 동안 오로지 초 양왕을 섬겼으니.

주석

* 〔원주〕: 내가 계주의 종사였을 때 옛 막부의 정아 공이 가기를 내어 내게 고당의 시를 지으라 하셨다.(予爲桂州從事, 故府鄭公出家妓, 令賦高唐詩.)

1) 淡雲(담운) 구 : 이 구는 송옥(宋玉)의 〈고당부(高唐賦)〉에서 연원한 것으로, 이 작품은 초나라 양왕(襄王)이 송옥과 함께 운몽택(雲夢澤)에서 놀 때 양왕의 '운우(雲雨)' 이야기를 발단으로 지은 것이다. 옛날 양왕의 부친인 회왕(懷王)이 고당에서 놀 때, 낮잠을 자는 꿈속에 나타난 무산(巫山)의 신녀(神女)와 동침한 일과 고당의 모습 등을 서술했다. '운우'라는 말이 남녀의 정교(情交)를 뜻하는 말로 쓰이게 된 것은 이 부에 "꿈에 한 부인을 만났는데 그녀가 말하기를, 첩은 무산의 여자로서 이 고당의 객인데, 듣자하니 군자께서 고당에 머무르신다 하오니 원컨대 침석(枕席)을 권하게 하여 주소서 하여 왕이 이를 허락했다. 자리에서 떠날 때

이르기를 첩은 무산의 양(陽), 고구(高丘)의 저(岨)에 있어 아침에는 행운(行雲)이 되고 저녁에는 행우(行雨)가 되어 아침저녁으로 양대(陽臺) 밑에 있겠습니다."라고 읊은 데서 유래되었다.

2) 料得(요득) : 추측하다. 짐작하다.

해설

이 시는 연석(宴席)에서 즉흥적으로 지은 것이다. 고당(高唐) 신녀 고사를 이용하여 가기를 신녀에 비유하고 자신을 송옥에 비유하는 등 유희적 성격이 강하게 느껴진다. 제1-2구는 술자리 모습을 묘사한 것이다. 고당에 운우가 뿌려지는 묘사는 원주에서 제시한 '고당의 시'와 연관되며, 가을이 와서 밤이 길어지니 시를 읊기 좋은 때라고 했다. 제3-4구에서는 송옥이 초 양왕을 일생동안 섬겨서 신녀가 그런 송옥을 좋아할 것이라 했다. 송옥은 시인 자신을 비유하고, 초 양왕은 정아(鄭亞)를 비유하며, 신녀는 가기(家妓)를 비유한다. 가기와 막료는 비록 신분이 다르지만 부주(府主)를 섬긴다는 측면에서는 동일하다. 그런 의미에서 제3구의 '추측컨대'는 하늘 끝에서 영락하여 떠돌아다니는 사람으로서 가기나 시인이 같은 처지임을 나타낸다고 볼 수 있으므로, 시인의 서글픔이 담겨 있다고 하겠다.

119-1

訪隱者不遇成二絶(其一)

은자를 찾아갔지만 만나지 못하고 지은 두 절구 1

秋水悠悠浸野扉,[1]	가을 물 아득히 흘러 시골 사립문에 스미는데
夢中來數覺來稀.	꿈속에서는 자주 왔지만 깨어서는 올 수 없었다.
玄蟬去盡黃葉落,[2]	가을매미 모두 사라지고 누렇게 낙엽 지는데
一樹冬青人未歸.[3]	한 그루 상록수에 사람은 돌아오지 않는다.

주석

1) 野扉(야비) : 시골 사립문.
2) 玄蟬(현선) : 가을 매미.
3) 冬靑(동청) : 사철나무. 상록수.

해설

이 시는 은자를 만나러 갔으나 은자가 돌아오지 않는 상황을 묘사한 것이다. 제1-2구는 은자를 평소에 깊이 그리워했음을 드러낸 것이다. 은자의 거처를 묘사하며 꿈속에서 자주 보았던 곳이나 실제로는 오지 못했던 곳이라고 했다. 제3-4구에서는 가을이 깊어 가는데 출타한 은자는 돌아오지 않았다고 했다. 마지막 구에서 '상록수'를 들어 은자의 품성을 넌지시 암시했다.

119-2

訪隱者不遇成二絶(其二)

은자를 찾아갔지만 만나지 못하고 지은 두 절구 2

城郭休過識者稀,	성곽을 지나지 않아 아는 이 드문데
哀猿啼處有柴扉.[1]	원숭이 슬피 우는 곳에 사립문이 있다.
滄江白石樵漁路,[2]	푸른 강물과 흰 바위는 나무꾼과 어부의 길
日暮歸來雨滿衣.	해질 무렵 돌아오는데 비에 옷을 흠뻑 적셨다.

주석

1) 柴扉(시비) : 사립문.
2) 樵漁(초어) : 나무꾼과 어부.

해설

이 시는 은자의 평소 모습을 묘사하면서 돌아오는 정경을 그린 것이다. 제1-2구는 은자의 거처를 소개한 것이다. 은자가 성곽에 출입하지 않고 속세와 멀리하여 결국 아는 사람도 드물게 되었으며, 그가 사는 곳은 원숭이가 우는 깊은 산속이라고 했다. 제3-4구는 시인이 은자가 돌아오는 정경을 상상한 것이다. 은자가 나무꾼과 어부의 길을 통해 해질 무렵 비에 젖은 모습으로 돌아오리라 했다. 청나라 하작(何焯)은 마지막 세 글자에 시인이 차마 떠나지 못하는 마음이 잘 표현되었다고 보았다.

120

破鏡

깨진 거울

玉匣淸光不復持,[1]	옥 경갑의 맑은 빛 더 이상 간직하지 못하는 것은
菱花散亂月輪虧.[2]	마름꽃 흩어지고 둥근 달 이지러졌기 때문.
秦臺一照山雞後,[3]	진나라 거울로 산닭을 한번 비춘 뒤가
便是孤鸞罷舞時.[4]	바로 외로운 난새가 춤추기를 멈추었던 때라지.

주석

1) 玉匣(옥갑) : 옥으로 장식한 상자. 여기서는 경갑(鏡匣)을 가리킨다.
持(지) : 간직하다. 유지하다.

2) 菱花(능화) : 마름꽃. 여기서는 능화경(菱花鏡), 즉 거울을 가리킨다. 옛날에는 구리로 거울을 만들었는데, 햇빛이 비치면 빛이 나면서 그림자가 마름꽃 같다 하여 이렇게 부른다.
散亂(산란) : 흩어지다.
月輪(월륜) : 둥근달. 여기서는 달처럼 둥근 물체를 비유한다.

3) 秦臺(진대) : 진나라의 거울. 여기서 '대'는 경대(鏡臺)를 가리킨다. 진시황에게 네모난 거울이 있었는데 사람을 비추면 선악을 알 수 있었다고 한다.
《서경잡기(西京雜記)》권3 고조가 막 함양궁에 들어가니 네모난 거울이 있었는데, 너비는 네 자이고 높이는 다섯 자 아홉 마디였다. 안과 밖이 밝았고, 사람이 그냥 와서 비춰보면 모습이 거꾸로 보이지만 손으로 가슴을 문지르며 오면 창자, 위, 오장이 거칠 것 없이 뚜렷하게 보였다.(高祖初入咸陽宮……有方鏡, 廣四尺, 高五尺九寸. 表裏有明, 人直來照之, 影則倒見, 以手捫心而來, 則見腸胃五臟, 歷然無硋.)

山雞(산계) : 산닭. 생김새는 꿩과 비슷하고 붉은색 깃털에 검은 반점이 있으며 꼬리가 길다.

《이원(異苑)》 산닭은 자신의 깃털을 아꼈고 물에 비춰지면 춤을 추었다. 위 무제 때 남쪽 지방에서 이것을 바쳤는데, 공자 창서가 명을 내려 그 앞에 큰 거울을 두게 하니 산닭이 모습을 비춰보고 춤을 추며 그칠 줄 모르다 결국 탈진해 죽었다.(山雞愛其毛羽, 映水則舞. 魏武時南方獻之, 公子蒼舒令置大鏡其前, 雞鑑形而舞, 不知止, 遂乏死.)

4) 孤鸞(고란) : 외로운 난새.

罷舞(파무) : 춤추기를 멈추다.

범태(范泰), 〈난조시서(鸞鳥詩序)〉 옛날 계빈국의 왕이 준묘산에 그물을 놓아 난새 한 마리를 잡았다. 왕은 그 난새를 매우 아꼈다. 울게 하고 싶었으나 그러지 못하자 금으로 둥지를 장식하고 온갖 맛난 모이를 주었다. 그러나 이를 보고 더욱 슬퍼하며 3년 동안 울지 않았다. 그의 부인이 '새는 자신과 같은 종류의 새를 보면 운다는 말을 들었는데 거울을 매달아 비추이면 어떠냐'고 했다. 왕이 부인의 의견을 따라 거울을 달자 난새는 그 모습을 보고 슬프게 울었는데, 슬픈 울음소리가 하늘을 찌르며 한 차례 진동한 후에야 그쳤다.(昔罽賓王結罝峻卯之山, 獲一鸞鳥. 王甚愛之. 欲其鳴而不致也, 乃飾以金樊, 饗以珍羞. 對之愈戚, 三年不鳴. 其夫人曰, 嘗聞鳥見其類而後鳴, 何不懸鏡以映之. 王從其意, 鸞覩形悲鳴, 哀響沖霄, 一奮而絶.)

해설

이 시는 깨진 거울을 소재로 관계(官界)에서 배척당했던 지난날의 억울함을 기탁한 것으로 보인다. 제1-2구는 깨진 거울의 모습을 묘사한 것이다. 옥경갑 위의 둥그런 거울이 깨져 마름꽃 그림자가 사라지고 맑은 빛을 더 이상

볼 수 없게 되었다고 했다. 제3-4구는 거울이 제 역할을 못하게 된 사연을 비유적으로 언급한 것이다. 난새를 비추어야 할 거울이 산닭을 비추었다는 것은 훌륭한 인재 대신 범용(凡庸)한 인물이 요직에 기용되었다는 의미로 해석된다. 청나라 풍호(馮浩)의 지적대로 흔히 인재 선발을 '형감(衡鑑)', 즉 저울대와 거울에 비유하는 것이 상례이다. 따라서 굴복(屈復)이나 기윤(紀昀)의 견해대로 도망시(悼亡詩)로 이 시를 이해할 것은 아니다. 이 시의 근간을 이루는 '난새'와 '산닭'의 대비 구조가 이상은의 〈난새와 봉새(鸞鳳)〉 시와 거의 일치하기 때문이다. 근인 장채전(張采田)은 이 시의 배경을 이렇게 설명했다. "이 시는 막 진사에 급제하고 박학굉사과(博學宏詞科)에 응시했다가 떨어진 것을 빗댄 말이다.(此初登進士第, 應宏博不中選之寓言也.)" 이상은은 개성 2년(837) 과거에 급제하고 이듬해 박학굉사과에 응시했으나 낙제한 바 있다. 이 시가 낙제 직후에 지은 것인지는 분명하지 않으나, 장채전의 배경 설명이 대체로 근리하다고 여겨진다.

121

無題

무제

紫府仙人號寶燈,[1] 자부선인의 호는 보등
雲漿未飮結成氷.[2] 운장은 아직 마시지 못했는데 얼어버렸다.
如何雪月交光夜, 눈과 달이 빛을 나누는 밤에
更在瑤臺十二層.[3] 어찌하여 아직 십이층 요대에 있는가?

주석

1) 紫府仙人(자부선인) : 여선(女仙) 이름. 자부는 선인들의 거처를 이른다. 본래 《포박자(抱朴子)》에 온갖 신을 부를 수 있었던 자부선생(紫府先生)이 나오지만, 여기서는 여선을 가리킨다.
2) 雲漿(운장) : 운액(雲液), 유하(流霞)라고도 하며 선주(仙酒)를 비유한다.
3) 瑤臺(요대) : 옥으로 된 누대. 신선의 거처를 가리키며, 종종 아름다운 누대를 비유할 때 쓰인다.

해설

이 시는 자부선인으로 표현된 여인을 그리워한 것이다. 그 선녀에 기탁된 대상이 시인의 아내인지, 영호도인지, 마음에 두고 있던 여도사인지 알 수 없어 다른 무제시와 마찬가지로 의미가 모호하다. 제1-2구에서는 자부선인에게로 가서 함께 술을 마시고자 하지만 이미 얼어버렸고, 그녀 역시 자취를 찾을 수 없다고 했다. 제3-4구는 종적이 묘연했던 그녀가 밤중에 높은 12층 요대에 있다고 하여, 바라볼 수 있으나 닿을 수 없는, 갈망하고 추구해보지만 결코 손에 잡을 수 없는 어떤 느낌을 담고 있다. 구체적인 인물이나 사건이 아니라 시인의 느낌과 인상을 집중적으로 묘사하고 있어 의미가 애매하다.

122

贈庾十二朱版[1]

유십이에게 주판을 주다

固漆投膠不可開,[2]	견고한 옻칠을 아교에다 넣어 뗄 수 없는 사이
贈君珍重抵瓊瑰.[3]	그대에게 옥돌만큼 진귀한 것을 주노라.
君王曉坐金鑾殿,[4]	군왕께서는 새벽에 금란전에 앉아
只待相如草詔來.[5]	그저 사마상여가 조서의 초를 잡아오길 기다리신다.

주석

* 〔원주〕: 당시 유도위는 한림원에 있어서 붉은 수판을 사용했다.(時庾在翰林, 朱書版也.)

1) 庾十二(유십이) : 항렬이 열 두 번째인 유씨. 이 사람은 아마 유도울(庾道蔚)인 듯싶다. 《구당서》에 따르면 그가 대중 3년(849) 9월에 한림학사가 되었다고 한다.

   朱版(주판) : 붉은 색의 수판(手版). 수판은 홀(笏)로, 벼슬아치가 조복(朝服)을 입고 임금께 뵐 때 오른손에 쥐던 패를 이른다.

2) 漆膠(칠교) : 옻칠과 아교. 이는 끈끈하여 서로 떨어질 수 없는 사이를 말할 때 주로 쓰인다. 여기서는 시인과 유십이와의 관계가 매우 친밀함을 이른다.

3) 瓊瑰(경괴) : 옥돌.

《시경 · 진풍(秦風) · 위양(渭陽)》 무엇으로 선물을 드릴까, 아름다운 옥돌과 패옥이라네.(何以贈之, 瓊瑰玉佩.) 여기서는 주판을 가리킨다.

4) 金鑾殿(금란전) : 궁전 이름. 한림원 맞은편에 있었다고 한다.
5) 相如(상여) : 사마상여(司馬相如). 일찍이 사마상여는 시초(視草) 즉 조서를 기초하는 일을 했다. 여기서는 유십이를 가리킨다.
   草詔(초조) : 조서의 초를 잡다. 한림학사들은 궁중에서 조칙의 초를 잡았다.

해설

이 시는 유십이에게 주판을 주면서 함께 보낸 것이다. 제1-2구에서는 유십이에게 주판을 주며 자신과 그와의 관계가 옻칠과 아교처럼 매우 친밀함을 말했다. 주판을 주는 마음을 은근히 표현하고 있다. 제3-4구에서는 유십이의 신분이 한림학사임을 드러내면서 그의 문재(文才)가 사마상여 못지않고 중요한 내직(內職)에 있음을 말했다. 동시에 군주에게 사랑과 믿음을 받고 있음을 부러워하는 시인의 시선도 느껴진다.

123

李花

자두 꽃

李徑獨來數,	자두나무 오솔길 혼자서 오길 여러 번
愁情相與懸.	근심스런 정이 자두 꽃과 함께 매달려 있는데,
自明無月夜,	달 없는 밤에도 스스로 빛나고
强笑欲風天.	바람 부는 날에도 억지로 웃는다.
減粉與園籜,[1]	분을 줄여 정원의 대나무에게 주고
分香沾渚蓮.[2]	향기를 덜어 모래섬의 연꽃에게 더하니,
徐妃久已嫁,[3]	오래 전에 시집 온 서비가
猶自玉爲鈿.[4]	여전히 옥비녀로 치장하는 듯하다.

주석

1) 籜(탁) : 대껍질. 여기서는 새로 난 대나무를 이른다. 새 대나무는 표면에 흰 분이 있다.

2) 沾(첨) : 더하다. 첨가하다.
渚(저) : 물가. 모래섬.

3) 徐妃(서비) : 남조 양(梁) 원제(元帝) 소역(蕭繹)의 비로, 이름은 소패(昭佩). 《남사(南史)》에 따르면, 그녀와 사통했던 기계강(暨季江)이 그녀를 두고 '비록 늙었지만 여전히 다정하다.'며 탄식했다고 한다.

4) 鈿(전) : 비녀. 서비가 출가하던 날 밤, 눈이 내려 휘장이 모두 희게 되어 그녀가 특히 흰색을 좋아하게 되었다고 한다. 여기서 옥으로 비녀를 삼아 치장한다는 것은 자두 꽃의 흰 색을 이른 것이다.

해설

이 시는 자두 꽃 묘사를 통해 시인의 자부심과 개탄을 담아낸 것이다. 제1-2구에서는 자두나무 심어진 오솔길을 여러 번 거닐며 자두 꽃을 보고 근심에 잠긴다고 했다. 그 이유가 다음 연에 제시되어 있다. 제3-4구는 자두 꽃의 아름다운 자태를 말한 것이다. 어두움 가운데 스스로 빛나고 바람 부는 어려운 때에도 웃고 있다고 하여 감상해줄 이 없어도 절로 아름답다고 했다. 이는 시인 자신을 빗댄 것으로, 재능이 있지만 그것을 알아줄 이를 만나지 못한 것을 의미한다. 제5-6구는 앞 연을 이어 자두 꽃의 흰 분과 향기를 형용한 것이다. 대나무나 연꽃에 나누어준다며 매우 뛰어난 자질을 가지고 있다고 했다. 이 역시 자신의 재주에 대한 자부심을 드러낸 것이다. 제7-8구는 서비의 전고를 사용한 것이다. 자두 꽃이 희고 깨끗하며 다정하고 아름답다고 했는데, 여기에는 시인의 개탄이 기탁되어 있다. 시인이 오래 전부터 막부에서 다른 사람을 섬겼으나 제대로 인정받지 못해 불우했고, 그럼에도 시인은 '여전히' 자부심을 품고 있음을 알 수 있다.

124

柳

버드나무

曾逐東風拂舞筵,[1] 일찍이 동풍을 따라 연회석을 스칠 때
樂遊春苑斷腸天.[2] 낙유원의 봄에는 넋을 잃을 하늘.
如何肯到清秋日,[3] 어떻게 맑은 가을날이 되어
已帶斜陽又帶蟬. 석양을 띠고 또 매미를 띨 수 있을까?

주석

1) 拂(불) : 스치다.
   舞筵(무연) : 춤출 때 바닥에 까는 자리. 여기서는 연회석을 가리킨다.
2) 樂遊苑(낙유원) : 당나라 때 장안의 명승지. 전망이 좋아 행락지로 인기가 있었던 곳이다.
   斷腸(단장) : 넋을 잃다. 여기서는 매우 즐겁다는 뜻이다.
3) 肯(긍) : ~할 수 있다.
   清秋(청추) : 맑고 상쾌한 가을.

해설

이 시는 봄과 가을에 처지가 극명히 달라지는 버드나무를 빌려 인생의 감개를 기탁한 것이다. 제1-2구는 봄날 버드나무의 의기양양한 모습을 묘사한 것이다. 낙유원과 같이 인파가 몰리는 명승지의 연회석에서 한들한들 춤

을 추며 사랑을 듬뿍 받는다고 했다. 제3-4구는 가을날 버드나무의 쓸쓸하기 짝이 없는 모습을 묘사한 것이다. 처량하게 석양을 받을 뿐만 아니라 애처로운 매미 소리마저 들어야 한다고 했다. 이러한 운명의 버드나무는 곧 사람에도 그대로 적용할 수 있기에, 청나라 요배겸(姚培謙)은 "득의했던 사람이 실의하게 되었을 때의 괴로운 모습이 이와 같다(得意人到失意時苦況如是)"고 했다.

125

三月十日流杯亭

3월 10일 유배정에서

身屬中軍少得歸,[1] 몸이 막부에 속하니 돌아가기 어려워
木蘭花盡失春期.[2] 목련꽃 지면서 봄날도 잃어버렸다.
偸隨柳絮到城外,[3] 몰래 버들솜 따라 성 밖에 이르러
行過水西聞子規.[4] 물가 서쪽을 지나다 소쩍새 소리를 듣는다.

주석

1) 中軍(중군) : 주장(主將) 또는 지휘부. 여기서는 유중영(柳仲郢)의 재주(梓州) 막부를 가리킨다.
2) 木蘭花(목란화) : 목련꽃. 목련은 쌍떡잎식물 미나리아재비목 목련과의 낙엽교목이다.
   春期(춘기) : 봄철. 봄날.
3) 偸(투) : 몰래.
   柳絮(유서) : 버들솜.
4) 子規(자규) : 소쩍새. 소쩍새가 우는 소리는 '돌아가는 게 낫다(不如歸去)' 처럼 들린다고 한다.

해설

이 시는 대중 6년(852) 재주(梓州) 막부에서 지은 것이다. 당시 이상은은

재주 막부에서 판관(判官)과 서기(書記)를 겸직하며 분주한 나날을 보내고 있었다. 제1-2구는 막부의 업무가 바빠 봄 경치를 감상할 시간이 없었다는 것이다. 막주(幕主)인 유중영을 따라 야외에서 진행되는 전술 훈련에 참여하다 보니 어느덧 목련꽃도 지고 봄이 다 가고 말았다고 했다. 제3-4구는 성 밖에서 가버린 봄을 아쉬워한 것이다. 몰래 성 밖으로 나가 봄의 뒤끝을 잡아 보려 했지만, '돌아가는 게 낫다'는 소쩍새 울음소리만 들었다고 했다. 바쁘고 힘든 막부 생활을 마치고 돌아가고 싶은 마음을 소쩍새를 빌려 넌지시 밝힌 함축미가 돋보인다.

126-1

過招國李家南園 二首(其一)[1]

초국리 이가의 남원을 지나다 2수 1

潘岳無妻客爲愁,	반악처럼 아내 없이 객은 근심에 차 있는데
新人來坐舊妝樓.	새 사람 와서 옛 장루에 앉아 있었지.
春風猶自疑聯句,[2]	봄바람은 여전한데 시구를 엮던 것 생각하니
雪絮相和飛不休.	버들솜 같은 눈 사이좋게 계속 흩날린다.

주석

1) 招國(초국) : 초국리(招國里). 장안성 동쪽에 있던 마을이다.
2) 猶自(유자) : 여전하다.

해설

이 시는 재주 막부에서 장안으로 돌아온 뒤에 지은 것으로, 죽은 부인을 그리워하는 도망시(悼亡詩)다. 제1-2구에서는 반악과 같이 아내를 잃고 슬픔에 잠긴 객, 즉 시인 자신에 대해 말하면서 옛날 이곳 남원에서 성혼(成婚)했던 일을 떠올렸다. 제3-4구에서는 경물은 그대로이나 예전에 시를 지으며 함께 보냈던 일을 추억하며 아내를 잃은 슬픔을 부각시켰다.

126-2

過招國李家南園 二首(其二)[1]

초국리 이가의 남원을 지나다 2수 2

長亭歲盡雪如波,[2]	장정에서 세월 저물고 눈은 물결치듯 내리는데
此去秦關路幾多.	여기서 진관까지 가는 길 얼마나 될까?
惟有夢中相近分,	오직 꿈속에서나 서로 가까이 할 연분이거늘
臥來無睡欲如何.	누워도 잠들지 못하니 어쩌자는 걸까?

주석

1) 長亭(장정) : 먼 길 떠나는 사람을 전송하던 곳.
2) 秦關(진관) : 지금의 섬서성 낙천현(洛川縣) 진관향(秦關鄉)으로, 중요한 요새 중 하나이다.

해설

이 시는 아내가 없는 외로움을 담은 것이다. 제1-2구에서는 한 해가 저물고 눈 오는 날 시인이 진관을 나가 행역 가는 것에 대해 썼다. 제3-4구에서는 꿈속에서나 만날 수 있는 상대지만, 잠들지 못하니 꿈도 꿀 수 없는 외로운 나그네의 심정을 토로했다.

127-1

留贈畏之 三首(其一)

한첨에게 남기다 3수 1

淸時無事奏明光,[1]	맑은 시절이라 명광전에 아뢸 만한 일이 없고
不遣當關報早霜.[2]	문지기에게 아침 서리 내릴 때 알리도록 하지도 않네.
中禁詞臣尋引領,[3]	궁궐에서 글 짓는 신하가 곧 목을 빼어 바라보면
左川歸客自迴腸.[4]	동천에서 돌아가고픈 나그네는 절로 창자가 뒤틀리겠지.
郎君下筆驚鸚鵡,[5]	동랑이 붓을 대어 앵무를 놀라게 하고
侍女吹笙弄鳳凰.[6]	시녀가 생을 불어 봉황을 희롱하리라.
空記大羅天上事,[7]	부질없이 대라 하늘 위에서의 일을 떠올려보노니
衆仙同日詠霓裳.[8]	여러 신선들이 같은 날 〈예상우의곡〉을 불렀었지.

주석

* 〔원주〕: 이때는 장차 재동으로 가려 할 때로, 조정에서 돌아온 한첨을 만나 지은 것이다.(時將赴職梓潼遇韓朝迴作.)

1) 明光(명광) : 명광전(明光殿). 한나라의 궁전 이름이다.

2) 當關(당관) : 문지기.

3) 中禁詞臣(중금사신) : 한림학사(翰林學士), 지제고(知制誥), 동평장사(同平章事)와 같은 내직(內職)을 가리킨다.
   引領(인령) : 목을 빼고 바라봄.
4) 左川(좌천) : 동천(東川). 재주(梓州)의 동천절도사 막부를 가리킨다.
   迴腸(회장) : 창자가 뒤틀리다.
5) 郎君(낭군) : 한첨(韓瞻)의 아들인 한악(韓偓, 844-?). 한악의 어릴 때 자(字)가 동랑(冬郎)이었다. 그는 재주 막부로 가는 이상은을 전송하는 자리에서 즉흥적으로 시를 지어 좌중을 놀라게 했다.
   鸚鵡(앵무) : 앵무새.
   《후한서 · 예형전(禰衡傳)》 황조가 크게 빈객들을 불러 모았다. 앵무새를 바친 사람이 있어 예형이 붓을 잡고 부를 지었는데, 글에 고칠 데가 없었고 문사가 지극히 아름다웠다.(黃祖大會賓客. 人有獻鸚鵡者, 衡攬筆作賦, 文無加點, 辭采甚麗.)
6) 侍女(시녀) : 여기서는 한첨의 아내 왕씨(王氏)를 가리킨다.
   《한무내전》 서왕모가 시녀인 동쌍성에게 명해 운화생을 불게 했다.(王母命侍女董雙成吹雲和之笙.)
7) 大羅天(대라천) : 하늘의 가장 높은 곳.
8) 霓裳(예상) : 예상우의곡(霓裳羽衣曲). 여기서는 개성 2년(837) 시인과 한첨이 함께 과거에 급제했던 일을 가리킨다.
   《당척언(唐摭言)》 개성 2년에 시랑 고개가 과거를 주관했는데, 은혜롭게 내린 시제가 '예상우의곡'이었다.(開成二年, 高侍郎鍇主文, 恩賜詩題霓裳羽衣曲.)

해설

이 시는 시인이 재주 막부로 갈 때 과거급제 동기인 한첨(韓瞻)에게 남긴 것이다. 제1-2구는 근래에 태평한 시절을 맞이했다는 것이다. 딱히 군주에게 보고할 일이 없어 관리들이 편히 지낸다고 했다. 이러한 때에 경직(京職)을 얻지 못하고 막부로 가야 하는 신세에 대한 불만이 행간에 있다. 제3-4구는 한첨과 시인의 대조적인 상황을 말한 것이다. 한첨이 내직(內職)에 있으면서 시인을 기다리는 동안 동천절도사 막부의 시인은 귀향을 꿈꾸며 괴로워할 것이라고 했다. 제5-6구는 한첨이 장안에서 가족과 단란한 한때를 보내는 장면을 그려본 것이다. 한첨의 아들 한악(韓偓)은 글재주가 뛰어나 앞날이 유망하고 부인 왕씨는 정성껏 한첨을 내조하리라 하며 이들을 부러워했다. 시인은 아내와 사별한데다 어린 자식과도 생이별을 해야 하는 처지였기에 더욱 한첨 가족이 부럽고 가슴이 아팠을 것이다. 제7-8구는 함께 기쁨을 누렸던 지난날을 돌이켜본 것이다. 십여 년 전에는 한첨과 시인이 급제 동기로서 영광스런 출발선에 같이 서 있었으나, 현재는 요직을 꿈꾸는 한첨과 막부를 전전하는 시인으로 천양지차를 보이고 있다는 한탄이 엿보인다.

127-2

留贈畏之 三首(其二)

한첨에게 남기다 3수 2

待得郞來月已低,	임 오시기 기다리다 달은 이미 기우는데
寒暄不道醉如泥.[1]	몹시 취하여 인사말도 못했지요.
五更又欲向何處,	오경 새벽녘에 또 어디로 가시나요?
騎馬出門烏夜啼.	말 타고 문 나서니 밤 까마귀 우네요.

주석

1) 寒暄(한훤) : 춥고 더움을 묻는 인사말.

해설

이 시와 다음 시는 사부총간(四部叢刊)과 석계우(席啓寓)가 간행한 《당시백명가전집(唐詩百名家全集)》의 《이상은시집(李商隱詩集)》본에는 〈무제(無題)〉로 되어 있다. 그 외의 판본에는 모두 이 제목으로 되어 있지만, 실제 내용을 살펴보면 재주 막부와 별 연관이 없어 보인다.

이 시는 여인이 임을 기다리는 정경을 쓴 것이다. 제1-2구에서 여인은 밤 늦도록 임을 기다리는데 정작 그는 흠뻑 취해 인사말조차 나누지 못한다 했다. 제3-4구에서는 날이 밝자마자 임은 말을 타고 나가자 남은 여인은 우수에 젖어 까마귀 우는 소리만 듣는다고 했다. 여인의 섬세한 심리를 민가적인 흥취로 그려냈다.

127-3

留贈畏之 三首(其三)

한첨에게 남기다 3수 3

戶外重陰暗不開,	집밖의 짙은 그늘에 어두워 해조차 보이지 않는데
含羞迎夜復臨臺.	부끄러움 머금고 밤을 맞으며 다시 누대에 오른다.
瀟湘浪上有煙景,[1]	소상강 물결 위에는 아름다운 경치 있건만
安得好風吹汝來.	어떻게 좋은 바람을 불게 해 그대를 오게 할까?

주석

1) 瀟湘(소상) : 호남성(湖南省) 동정호(洞庭湖)의 남쪽에 있는 소수(瀟水)와 상강(湘江)을 아울러 이르는 말. 그 부근(附近)에는 경치(景致)가 아름다운 소상(瀟湘) 팔경이 있다.

해설

이 시는 여인이 임을 기다리는 모습을 담은 것이다. 제1-2구의 경치는 여인의 우울한 심정을 부각시켜 준다. 어둑어둑하여 해조차 보이지 않는 가운데 여인은 임을 기다리려 누대에 오른다. 밤에 누대에 오르는 것을 부끄러워했는데, 이는 사람들이 자신의 속마음을 알까봐 두려워 한 것이다. 그러나 그녀는 간절했으므로 부끄러움과 두려움을 누르고 누대에 오른다. 제3-4구는 황혼에 보는 소상강의 아름다운 절경이 그리움을 일으키게 하여 좋은 바람이 불어 임을 데려 올 것을 꿈꾸었다. 풍호는 이상은이 영호도(令狐綯)를 만나고자 했으나 원한이 깊어 결국 그럴 수가 없었던 것을 이 시의 배경으로 들었는데, 참고할 만하다.

128

爲有

있기에

爲有雲屛無限嬌,[1]	운모 병풍 있기에 한없이 아름다운데
鳳城寒盡怕春宵.[2]	경성에 추위 다 지나가도 봄밤이 두려워라.
無端嫁得金龜婿,[3]	뜻밖에도 귀한 남편에게 시집갔더니
辜負香衾事早朝.[4]	비단 이불 저버리고 아침 조회만 가는구나.

주석

1) 爲(위) : ~ 때문에.
雲屛(운병) : 운모 병풍. 《서경잡기(西京雜記)》에 따르면 조비연(趙飛燕)이 황후가 되자 여동생인 조소의(趙昭儀)에게 운모 병풍과 유리 병풍을 보냈다고 한다.
嬌(교) : 아름답다.

2) 鳳城(봉성) : 진(秦)나라의 수도였던 함양(咸陽)을 단봉성(丹鳳城)이라 한 데서 흔히 경사를 가리킨다.
怕(파) : 두려워하다.
春宵(춘소) : 봄날 밤.

3) 無端(무단) : 뜻밖에. '어쩔 도리가 없다'는 뜻으로 풀이하기도 한다.
嫁得(가득) : 시집가다.
金龜婿(금귀서) : 금거북 남편. 신분이 귀한 남편을 가리킨다. 《구당서 ·

여복지(輿服志)》에 따르면 정3품 이상의 관원은 거북이 부절을 담고 금으로 장식한 귀대(龜帶)를 찼다고 한다.

4) 辜負(고부) : 저버리다. 어기다.
   香衾(향금) : 향기로운 이불.
   事早朝(사조조) : 아침 조회를 일삼다.

해설

이 시는 첫머리 두 글자로 제목을 삼은 일종의 무제시로, 규원(閨怨)을 노래한 것이다. 제1-2구는 규원의 주체인 화자를 소개한 것이다. 운모 병풍으로 장식한 화려한 방이지만 여인은 봄날 밤을 맞이하기가 두렵다고 했다. 제3-4구는 규원의 구체적인 이유를 말한 것이다. 지체 높은 사람을 남편으로 맞이해 좋아했지만, 뜻밖에도 남편은 늘 조회에 참석하느라 바빠서 오붓한 시간을 가질 겨를이 없다고 했다. 누구나 부귀공명을 추구하지만 그 부귀공명이 도리어 자신을 괴롭게 할 줄은 모른다는 주제를 담고 있다는 점에서 왕창령(王昌齡)의 시 〈규원(閨怨)〉과 나란히 볼 만한 시라고 여겨진다. "규방의 젊은 아낙 근심을 알지 못해, 봄날 곱게 단장하고 비취빛 누각에 올랐네. 문득 길가에 버들 빛을 보다가, 공명을 찾으라고 남편 내보낸 것 후회하네. (閨中少婦不知愁, 春日凝妝上翠樓. 忽見陌頭楊柳色, 悔教夫婿覓封侯.)"

129

無題

무제

相見時難別亦難,[1]	서로 만나기도 어려웠는데 이별은 더욱 어려워라.
東風無力百花殘.	봄바람도 힘없어 온갖 꽃들도 다 시드네.
春蠶到死絲方盡,	봄누에는 죽어서야 실이 다하며
蠟炬成灰淚始乾.	촛불은 재가 되어서야 눈물 겨우 마른다오.
曉鏡但愁雲鬢改,[2]	아침 거울에 귀밑머리 변했음을 근심할 것이며
夜吟應覺月光寒.	밤에 읊조리며 달빛이 차가움을 느끼겠지.
蓬山此去無多路,[3]	봉래산 여기서 멀리 떨어진 길 아니니
青鳥殷勤爲探看.[4]	파랑새야 나를 위해 잘 알아봐 주렴.

주석

1) 相見時難(상견시난) : 만나기 어렵다.

조비(曹丕), 〈연가행 燕歌行〉 이별하는 날 어찌 쉽겠는가, 만날 날 어렵도다.(別日何易會日難.)

2) 曉鏡(효경) : 아침에 거울에 비추어보다.

雲鬢(운빈) : 젊은 여인의 짙고 풍성한 머리.

改(개) : 변하다. 여기서는 젊음이 사라진다는 의미이다.

3) 蓬山(봉산) : 봉래산(蓬萊山). 동해에 있다는 전설상의 삼신산(三神山)중의 하나.

4) 青鳥(청조) : 신화에 나오는 삼족오(三足烏)로 서왕모(西王母)의 사자(使者)였다고 한다. 여기서는 사랑의 전달자 역할을 한다.
殷勤(은근) : 진심으로. 열심히. 잘.

해설

이 시는 여인이 이별 후에 느끼는 그리움을 담은 것이다. 다른 무제시와 마찬가지로 기탁하고 있는 내용이 무엇인지 불분명하여 영호도에게 진정한 것이라 하기도 하고, 유력자에게 조정의 벼슬을 구하는 것이라는 등 여러 이견이 제시된 바 있다. 여기서는 사랑을 잃은 여인의 비가(悲歌)로 보았다. 제1-2구에서는 만나기도, 이별도 어려운 상황임을 제시한 후 무력하고 생기가 없는 때라 하여 시 전체를 무거운 분위기로 이끌었다. 제3-4구에서는 봄누에와 촛불을 통해 죽어서야 그리움과 슬픔이 끝이 난다고 하여 애정의 영원히 지속될 것임을 말했다. '사(絲)'는 그리움이란 뜻의 '사(思)'와 쌍관어로 읽힌다. 제5-6구에서는 여인은 고독함에 노쇠할 것을 근심하면서 혼자 밤을 보내며 외로움을 절실히 느끼게 된다고 했다. 제7-8구는 결국 소식 없는 임을 찾아 나서는 것이다. 신선이 산다는 봉래산에 임이 있을 것이라 상상하며 파랑새에게 만남을 부탁한다고 했다. 여기서 신선 전고를 사용하여 임을 묘사한 것은 대상을 신비화하는 효과를 거두는 동시에 현실에서는 도저히 만날 수 없다는 사실을 부각시키려는 의도가 있다고 할 것이다.

130-1

碧城 三首(其一)

푸른 성 3수 1

碧城十二曲闌干,[1]	푸른 성 열둘의 구부러진 난간
犀辟塵埃玉辟寒.[2]	무소뿔로 먼지를 피하고 옥으로 추위를 피한다.
閬苑有書多附鶴,[3]	낭원에는 학 편에 부쳐온 편지가 많고
女牀無樹不棲鸞.[4]	여상산에는 난새가 살지 않는 나무가 없다.
星沈海底當窓見,[5]	별이 바다 속으로 가라앉으면 창가로 다가가 보고
雨過河源隔座看.[6]	비가 은하수의 근원을 지나면 자리 건너편에서 주시한다.
若是曉珠明又定,[7]	만약 새벽 구슬처럼 밝고 또 고정되어 있다면
一生長對水精盤.[8]	일생 동안 영원히 수정 쟁반과 마주할 텐데.

주석

1) 碧城(벽성) : 도교에서 원시천존(元始天尊)이 기거한다고 알려진 곳. 흔히 도관을 가리킨다.

《태평어람(太平御覽)》권674에 인용된 《상청경(上淸經)》 원시천존은 자주색 구름의 누각에 살며 푸른 노을을 성으로 삼았다.(元始天尊居紫雲之閣, 碧霞爲城.)

十二(십이) : 성이 많음을 나타낸다. 누각 또는 난간의 수로 보기도 한다.

闌干(난간) : 난간(欄干).

2) 犀(서) : 무소뿔. 무소뿔로 장식하면 먼지가 끼지 않는다고 한다.

임방, 《술이기(述異記)》 각진서(먼지를 물리치는 무소)는 바다동물이다. 그런데 그 뿔은 먼지를 피해서 방석에 놓아두면 먼지가 쌓이지 않는다.(却塵犀, 海獸也. 然其角辟塵, 致之於座, 塵埃不入.)

辟(피) : 피하다. '避(피)'자와 같은 뜻이다.

塵埃(진애) : 먼지.

玉辟寒(옥피한) : 옥으로 한기를 없앤다는 말이다.

《천보유사(天寶遺事)》 영왕에게 따뜻한 옥 술잔이 있었다.(寧王有暖玉盃.)

3) 閬苑(낭원) : 곤륜산(昆侖山) 정상에 있다는 낭풍산(閬風山)의 동산. 여기서는 도관을 가리킨다.

書(서) : 서신. 편지.

附鶴(부학) : 학 편에 부치다. 신선들은 학을 이용해 편지를 부친다고 알려져 있다.

4) 女牀(여상) : 산 이름.

《산해경 · 서차이경(西次二經)》 서남쪽으로 300리를 가면 여상산이라는 곳인데 남쪽에서는 붉은 구리가, 북쪽에서는 석열이 많이 나며 짐승으로는 호랑이, 표범, 무소, 외뿔소가 많이 산다. 이곳의 어떤 새는 생김새가 꿩 같은데 오색의 무늬가 있다. 이름을 난조라고 하며 이것이 나타나면 천하가 태평해진다.(西南三百里, 曰女牀之山, 其陽多赤銅, 其陰多石涅, 其獸多虎豹犀兕. 有鳥焉, 其狀如翟而五采文, 名曰鸞鳥, 見則天下安寧.)

棲鸞(서란) : 난새가 살다.

5) 沈(침) : 가라앉다.

海底(해저) : 바다 속. '별이 바다 속으로 가라앉는다'는 것은 말 그대로 유성이 떨어지는 것이라고도 하고 새벽을 가리키는 것으로 보기도 한다.

當窗(당창) : 창가로 다가가다.

6) 河源(하원) : 은하수의 근원.

隔座(격좌) : 자리 건너편.

7) 若是(약시) : 만약 ~이라면.

曉珠(효주) : 새벽 구슬. 흔히 해를 비유한다. 이슬을 가리킨다고 보는 설도 있다.

8) 水精盤(수정반) : 투명한 옥쟁반. 흔히 달을 비유한다.

해설

이 시는 도관을 가리키는 '푸른 성'으로 시제를 삼은 세 수 가운데 첫째 수이다. 첫머리 두 글자를 시제로 취한 일종의 무제시이다. 평자에 따라 이 시를 풀이하는 서로 다른 견해가 여럿 있다. 여도사의 애정을 읊은 시로 보기도 하고, 양귀비(楊貴妃)가 도관에 들어간 모습을 노래한 것으로 보기도 하고, 당 무종(武宗)의 구선(求仙) 행각을 풍자한 시로 보기도 한다. 여기서는 가장 널리 호응을 얻고 있는 첫 번째 설에 따라 이 시를 이해하고자 한다. 제1-2구는 도관의 환경을 두루 언급한 것이다. 많은 시에서 도관의 쓸쓸한 모습을 노래한 것과 달리 여기서는 도관이 화려하고 깨끗하고 따뜻한 곳이라고 했다. 염정의 장소라는 암시로 풀이된다. 제3-4구는 도관에서 서로 연락을 주고받으며 많은 만남이 이루어진다는 사실을 묘사한 것이다. 산 이름인 '여상(女牀)'은 중의적인 의미로, '여인의 침상'도 아울러 가리킨다고 여겨진다. 그렇다면 '난새'는 필경 남성의 상징일 것이다. 도관에서 남녀의 밀회가 끊이지 않는다는 뜻이다. 제5-6구는 새벽의 정경을 노래한 것이다. '비'가 운우지정을 상징한다고 할 때 뜨거운 만남을 가진 남녀가 함께 맞이한 새벽을 묘사한 것으로 이해할 수 있다. '별'이나 '은하수'가 견우와 직녀를 연상시키면서 천상에 있는 도관을 환상적으로 꾸며주었다. 제7-8구는 여인을 '새벽 구슬'에 비유한 것이다. 아침이 되어도 구슬이 여전히 밝고 사라지지 않는다면 수정쟁반에 담아 영원히 간직하겠다고 했다. 여도사의 신분인 여인이 새벽이 되면 어쩔 수 없이 떠나야 하는 아쉬움을 토로한 것으로 보인다.

130-2

碧城 三首(其二)

푸른 성 3수 2

對影聞聲已可憐,[1]	그림자 마주하고 소리만 들어도 벌써 사랑스러우니
玉池荷葉正田田.[2]	아름다운 연못엔 연잎이 바야흐로 두둥실.
不逢蕭史休迴首,[3]	소사를 만난 게 아니라면 고개를 돌리지 말고
莫見洪崖又拍肩.[4]	홍애 선생 보거든 다시 어깨를 치지 마오.
紫鳳放嬌銜楚珮,[5]	자주색 봉황이 교태를 드러내며 초 땅의 패옥을 품자
赤鱗狂舞撥湘絃.[6]	붉은색 물고기는 미친 듯 춤추며 상비의 슬을 뜯었지.
鄂君悵望舟中夜,[7]	악군은 배 안에서 밤 풍경을 구슬피 바라보며
繡被焚香獨自眠.[8]	수놓은 이불에서 향 피우고 홀로 잠든다.

주석

1) 可憐(가련) : 사랑스럽다.

2) 玉池(옥지) : 연못의 미칭(美稱). 도교에서 입을 비유하는 말로도 쓴다.
荷葉(하엽) : 연잎.
田田(전전) : 잎이 물 위에 떠 있는 모습.

3) 簫史(소사) : 춘추시대 진 목공 때 사람으로 퉁소를 잘 불었다고 한다. 《열선전(列仙傳)》에 따르면 진(秦)나라 목공(穆公)의 딸 농옥(弄玉)이 그를 좋아하여 결혼하고 날마다 퉁소로 봉황의 울음소리를 흉내 내니 어느 날 봉황이 날아왔다고 한다. 여기서는 화자 자신을 가리킨다.

休(휴) : ~하지 마라.

迴首(회수) : 고개를 돌리다.

4) 洪崖(홍애) : 홍애선생. 전설 속의 신선으로 황제(黃帝)의 신하인 영륜(伶倫)을 부르는 말이다.

《신선전(神仙傳)》 위숙경이 몇몇 사람과 내기를 하자 그 아들이 물었다. '저번에 함께 내기를 한 분은 누구십니까?' 위숙경이 홍애 선생이라고 대답했다.(衛叔卿與數人博, 其子問, 向與博者爲誰? 叔卿曰, 是洪崖先生.) 여기서는 화자 이외의 다른 남성을 가리킨다.

拍肩(박견) : 어깨를 가볍게 치다. 호의나 친근감을 나타내는 동작이다.

곽박(郭璞), 〈유선시 遊仙詩〉 셋째 수 왼손으로 부구공(浮丘公)의 소매를 잡고, 오른손으로 홍애 선생의 어깨를 친다.(左挹浮丘袖, 右拍洪崖肩.)

5) 紫鳳(자봉) : 전설상의 신조(神鳥)로, '악작(鸑鷟)'이라고도 부른다. 오색의 깃털 가운데 자주색이 두드러진다. 여기서는 여인을 비유한다.

放嬌(방교) : 교태를 드러내다.

銜(함) : 품다.

楚珮(초패) : 초 땅의 패옥. 초나라 사람의 장신구를 가리킨다. 《열선전(列仙傳)》에 의하면, 강비(江妃)의 두 딸이 물가에 놀러 나왔다가 정교보(鄭交甫)를 만나 패옥을 끌러 주었다고 한다.

6) 赤鱗(적린) : 붉은색 물고기. 여기서는 남성을 비유한다.

狂舞(광무) : 미친 듯 춤을 추다.

《열자·탕문(湯問)》 호파가 금을 뜯으니 새가 춤추고 물고기가 뛰었다.(瓠巴鼓琴, 而鳥舞魚躍.)

撥(발) : 악기를 타다.

湘絃(상현) : 상비(湘妃)가 타던 슬(瑟).

《초사(楚辭)·원유(遠遊)》 상수의 신에게 슬을 타게 하고, 바다와 황하의 신에게 춤을 추게 한다.(使湘靈鼓瑟兮, 令海若舞馮夷.)

7) 鄂君(악군) : 초나라 회왕(懷王)의 아들인 악군 자석(子晳). 미남으로 알려져 있다.

《설원(說苑) · 선설(善說)》 악군 자석이 말했다. '나는 월나라 노래를 모르니 그대가 날 위해 초나라 말로 옮겨주시오.' 이에 월나라 말 통역을 불러 초나라 말로 옮겼다. '오늘밤은 어떤 밤인가? 강에 배를 띄워 흘러간다. 오늘은 어떤 날인가? 왕자님과 배를 함께 타게 되었구나. 부끄러워하며 정을 품으니 비난이나 치욕도 생각하지 않으리라. 마음속으로 얼마나 애를 태우며 그치지 않았던가, 왕자님을 만나기를. 산에는 나무가 있고 나무에는 가지가 있으며, 마음속으로 그대를 생각하건만 그대는 모르는구나.' 그러자 악군 자석이 긴 소매를 휘날리며 다가가 그를 안아주고 비단 이불을 가져다 덮어주었다.(鄂君子晳曰, 吾不知越歌, 子試爲我楚說之. 於是乃召越譯, 乃楚說之曰, 今夕何夕, 搴中洲流, 今日何日兮, 得與王子同舟. 蒙羞被好兮, 不訾詬恥. 心幾頑而不絶兮, 知得王子. 山有木兮木有枝, 心說君兮君不知. 於是鄂君子晳乃揄脩袂, 行而擁之, 擧繡被而覆之.)

悵望(창망) : 슬퍼하며 바라보다.

8) 繡被(수피) : 수를 놓은 비단 이불.

焚香(분향) : 향을 사르다.

해설

이 시는 도관을 가리키는 '푸른 성'으로 시제를 삼은 세 수 가운데 둘째 수이다. 지난날의 아름다운 추억과 현재의 고독감을 대비시켰다. 제1-2구는 처음 만났던 장면을 회상한 것이다. 그림자와 목소리만 보고 들어도 사랑스런 여인과 만나 연못의 물고기가 연잎 사이를 노닐 듯 즐거웠다고 했다. 제3-4구는 여인에게 당부의 말을 전한 것이다. 화자 말고는 쳐다보지 말고 다른 남자는 친하게 지내지 말라고 했다. 제5-6구는 남녀가 운우지정을 나누는 모습을 묘사한 것이다. 여인이 교태를 드러내자 화자가 미친 듯 춤을 추었다고 했다. 여기까지는 과거의 만남을 떠올린 것이다. 제7-8구는 현재의 고독한 모습을 그린 것이다. 이제 비단 이불을 덮어줄 여인이 곁에 없기에 배 안에서 밤 풍경을 쓸쓸히 바라보다 홀로 향을 피우고 잠을 청한다고 했다.

130-3

碧城 三首(其三)

푸른 성 3수 3

七夕來時先有期,[1]	칠석에 올 때 먼저 기약이 있었건만
洞房簾箔至今垂.[2]	침실엔 발이 아직도 내려져 있다.
玉輪顧兎初生魄,[3]	옥 수레바퀴의 토끼에 처음 그림자 생기고
鐵網珊瑚未有枝.[4]	쇠 그물의 산호에 아직 가지가 없다.
檢與神方教駐景,[5]	신선의 처방을 점검하여 얼굴빛을 머무르도록 하고
收將鳳紙寫相思.[6]	봉황의 종이를 거두어 사랑의 그리움을 쓴다.
武皇內傳分明在,[7]	한무제의 내전이 분명히 있으니
莫道人間總不知.[8]	인간세상에서 아무도 모른다 말하지 마라.

주석

1) 七夕(칠석) : 음력 7월 7일. 견우(牽牛)와 직녀(織女)가 은하수를 건너 만난다는 날이다.
   先(선) : 먼저. 사전에.
   期(기) : 기약. 만나자는 약속을 말한다.
2) 洞房(동방) : 깊숙한 데 있는 방. 전하여 부인의 방이나 침실을 가리킨다.
   簾箔(염박) : 발. 흔히 대나무나 갈대로 엮는다.

垂(수) : 내리다. 드리우다.

3) 玉輪(옥륜) : 옥 수레바퀴. 달을 지칭하는 말이다.
顧兎(고토) : 달에 산다는 토끼의 별칭.
魄(백) : 달의 그림자 부분. 달은 16일부터 그림자가 생긴다.

4) 鐵網(철망) : 산호 채취에 쓰는 쇠 그물.
《본초(本草)》 어민들이 먼저 쇠 그물을 물속에 빠뜨리면 중앙을 관통하여 (산호가) 자라며 그물에 줄을 달아 그것을 꺼낸다. 때를 놓쳐 거두지 않으면 (산호가) 썩는다.(海人先作鐵網沉水底, 貫中而生, 絞網出之. 失時不取則腐.)
珊瑚(산호) : 바다에 서식하는 무척추동물로 색깔이 아름다워 보물로 여겼다.

5) 檢與(검여) : 점검하고 주다.
神方(신방) : 신선의 처방. 신선술.
駐景(주경) : 얼굴빛을 머무르게 하다. 홍안(紅顔)을 유지해 늙지 않도록 한다는 말이다.

6) 鳳紙(봉지) : 궁궐에서 조서를 쓰는 종이. 상단에 봉황 문양이 있다. 도가(道家)에서도 이 종이를 사용했다.

7) 武皇內傳(무황내전) : 《한무내전(漢武內傳)》. 무황, 즉 한무제(漢武帝)를 중심으로 신선술에 대하여 쓴 책이다.

8) 莫道(막도) : 말하지 마라.
人間(인간) : 인간세상.
總不知(총부지) : 아무도 모르다. 전혀 모르다.

해설

이 시는 도관을 가리키는 '푸른 성'으로 시제를 삼은 세 수 가운데 둘째 수이다. 여기서는 남성을 기다리는 여인의 고독감을 노래했다. 제1-2구는 만남을 약속한 날에도 임이 오지 않는다고 이야기한 것이다. 견우와 직녀의 만남처럼 기일을 정했으나 임이 오지 않아 침실의 발이 아직 내려져 있다고 했다. 제3-4구는 이제 막 연분을 맺은 때라 조바심을 내고 있음을 형상화한 것이다. 갓 싹트기 시작한 연정(戀情)이라 달이 아직 둥글지 않은 것과 같고 산호에 가지가 없는 것과 같다고 했다. 제5-6구는 청춘과 사랑을 잃지 않으려 노력하는 모습을 묘사한 것이다. 불로장생술을 익혀 홍안(紅顔)을 유지하면서 봉황 무늬의 종이에 연서(戀書)를 쓴다고 했다. 제7-8구는 굳이 연정을 비밀에 부칠 필요가 없다는 생각을 전한 것이다. 《한무내전》과 같은 도가의 책에 서왕모(西王母)와 한무제의 만남이 똑똑히 기록되어 있는 것처럼 도관(道觀)에서의 사랑도 공공연하게 이야기할 수 있다고 했다.

● 혹자는 이 시를 두고 시인 자신의 체험을 담은 것이라고도 주장한다. 이상은이 옥양산(玉陽山)에서 수도할 때 만났던 송화양(宋華陽)이라는 여도사와의 연애담을 노래했다는 것이다. 그러나 이를 확증할 만한 자료가 있는 것은 아니므로 참고만 하는 것이 좋겠다. 이는 시인 자신이 아닌 누구를 그 대상으로 찾아본다 해도 마찬가지일 것이다. 이런 관점에서 청나라 굴복(屈復)도 다음과 같은 평어를 남겼다. "시에 소서가 있는 것은 설명할 수 있지만 없는 것은 억지로 설명할 수 없다. 이상은의 무제시 여러 작품은 사람들이 모두 남녀가 원망하고 사모한 말이라는 것을 알면서 유독 〈푸른 성 세 수〉에 대해서만 혹자는 당 현종을 지목하고 혹자는 오랑캐에게 시집간 공주라고 풀이하니 어째서인가? 무릇 이런 부류의 독자들은 다만 시에 반드시 기탁이 있다고만 생각하기 때문이다. 마땅히 시를 가지고 논의해야지 만약 반드시 사실로 실증해보겠다고 한다면 천착이 된다.(詩有小序者可解, 無者不可强解. 玉谿無題諸作, 人皆知爲男女怨慕之詞, 獨碧城三首, 或指明皇, 或解嫁虜公主, 何也? 凡此類讀者但知其必有寄託而已. 當就詩論議, 若必求其事以實之, 則鑿矣.)"

131-1

對雪 二首(其一)

눈을 맞이하다 2수 1

寒氣先侵玉女扉,[1]	차가운 기운이 먼저 선녀의 창문으로 파고들더니
清光旋透省郎闈.[2]	맑은 빛이 이윽고 낭관의 문으로 스며든다.
梅華大庾嶺頭發,[3]	매화가 대유령에서 피어나는 듯
柳絮章臺街裏飛.[4]	버들솜이 장대가에서 날리는 듯.
欲舞定隨曹植馬,[5]	춤을 추려는 것이면 틀림없이 조식의 말을 따를 터이고
有情應濕謝莊衣.[6]	감정이 있다면 응당 사장의 옷을 적시리라.
龍山萬里無多遠,[7]	용산 만 리도 그리 멀다 여기지 않았으니
留待行人二月歸.	나그네가 2월에 돌아올 때까지 머물러 주렴.

주석

* [원주] : 당시 동쪽으로 가고자 했다.(時欲之東.)

1) 寒氣(한기) : 차가운 기운.
玉女扉(옥녀비) : 선녀가 그려진 문과 창문. 여기서 선녀는 규방의 여인을 가리킨다.

2) 旋(선) : 이윽고. 뒤이어.

省郞(성랑) : 여러 성의 관리.

闈(위) : 대궐의 작은 문.

3) 梅華(매화) : 매화(梅花). 여기서는 함박눈을 가리킨다.

大庾嶺(대유령) : 장강과 주강(珠江) 유역의 분수령을 이루는 다섯 고개인 오령(五嶺)의 하나. 한무제가 유씨 성의 장군에게 명하여 이곳에 성을 쌓은 데서 그 이름이 유래한다. 매화가 많이 피어 '매령(梅嶺)'이라고도 불린다. 지금의 강서성 대여현(大余縣)과 광동성 남웅현(南雄縣)의 경계에 있는 교통의 요충지이다.

4) 章臺街(장대가) : 한나라 때 장안의 거리 이름.

5) 定(정) : 반드시.

曹植馬(조식마) : 조식의 말. 조식의 시 〈백마편(白馬篇)〉을 염두에 두고 한 말이다. 〈백마편〉은 백마를 타고 전장으로 떠나는 이를 격려하는 내용을 담고 있다.

6) 謝莊衣(사장의) : 사장의 옷.

《송서(宋書)·부서지하(符瑞志下)》 대명 5년 정월 무오일 원단에 싸라기눈이 궁전 뜨락에 내렸다. 당시 우장군 사장이 궁전을 내려가니 눈이 옷에 떨어졌다. 돌아와 보고하니 임금이 상서롭게 여겼다. 이에 공경들이 함께 〈화설〉시를 지었다.(大明五年正月戊午元日, 花雪降殿庭. 時右衛將軍謝莊下殿, 雪集衣. 還白, 上以爲瑞. 於是公卿竝作花雪詩.)

7) 龍山(용산) : 지금의 산서성 혼원현(渾源縣) 서남쪽에 있는 산이다.

포조(鮑照), 〈유정의 풍격을 배운 시 學劉公幹體〉 다섯 수 가운데 셋째 수 오랑캐 바람이 북녘의 눈을 불어와, 천 리 용산을 넘는다.(胡風吹朔雪, 千里度龍山.)

해설

이 시는 눈을 맞이하고 쓴 두 수 가운데 첫째 수이다. 이상은은 원주(原註)에서 "당시 동쪽으로 가고자 했다."고 밝혔는데, 여러 정황으로 보아 대중 3년(849) 시인이 노홍정(盧弘正)의 초빙을 받고 지금의 강소성 서주(徐州)에 주둔하고 있던 무녕군절도사(武寧軍節度使) 막부로 가려고 할 때 지은 것으로 보인다. 제1-2구는 눈이 내린 시점 전후의 모습을 묘사한 것이다. 눈이 내리기 전 찬 바람이 불어오더니 눈이 내리자 하얀 빛이 문으로 스며들었다고 했다. '선녀'와 '낭관'을 나란히 언급한 것으로 보아, 이별을 앞둔 부부의 정회를 다루려 한 것으로 여겨진다. 제3-4구는 하얗게 눈이 날리는 모습을 매화와 버들솜에 견주어 표현한 것이다. 눈이 대유령에 피는 매화와 장대가에 날리는 버들솜과 같다고 했다. 대유령은 영남(嶺南)으로 가는 길목이고 장대가는 장안에 있으니, 외지로 떠나는 '낭관'과 장안에서 그를 배웅하는 '선녀'를 암시하는 공간 설정이라고 하겠다. 제5-6구는 전고를 써서 눈과 연결지은 것이다. 바람에 휘날리는 하얀 눈은 백마가 뛰노는 듯하고, 상서로움을 전하려 사장의 옷에 떨어지는 것 같다고 했다. 전고의 내용과 관련지어 보면, 목숨을 아끼지 않고 변방으로 떠났던 〈백마편〉의 용사와 같은 마음으로 막부로 가려 하건대 때마침 내리는 눈이 서설(瑞雪)인 듯 하다는 것이다. 제7-8구는 눈에 전하는 말을 빌려 배웅하는 '선녀'에게 당부의 말을 남긴 것이다. 눈이 기왕 용산으로부터 만 리를 멀다 하지 않고 찾아왔으니, 길 떠나는 나그네가 2월에 다시 돌아올 때까지 녹지 말고 머물러 있어 달라고 했다. 이는 곧 그 동안 어려움 속에서도 '낭군'을 믿고 기다려온 '선녀'에게 고생스럽더라도 조금만 더 참아달라고 부탁한 것이다.

131-2

對雪 二首(其二)

눈을 맞이하다 2수 2

旋撲珠簾過粉牆,[1]	얼마 후 구슬발을 치고 흰 담을 지나며
輕於柳絮重於霜.	버들솜보다 가볍다가 서리보다 무거워진다.
已隨江令誇瓊樹,[2]	강총을 따라 옥나무에서 뽐내다가
又入盧家妒玉堂.[3]	다시 노씨 집에 들어가니 백옥당이 시샘한다.
侵夜可能爭桂魄,[4]	밤으로 접어들면 어찌 달과 다툴 수 있겠는가
忍寒應欲試梅粧.[5]	추위를 참으며 응당 매화장을 시험하겠지.
關河凍合東西路,[6]	산과 내의 동서로 뻗은 길 얼어붙었는데
腸斷班騅送陸郎.[7]	애달프게 반추마 탄 육랑을 전송한다.

주석

1) 旋(선) : 얼마 후. '천천히'로 풀이하기도 한다.
   撲(복) : 치다.
   粉牆(분장) : 하얗게 칠한 담.
2) 江令(강령) : 진나라 때 상서령을 지낸 강총(江總).
   瓊樹(경수) : 옥 나무. 여기서는 흰 눈으로 덮인 나무를 가리킨다.
   진후주(陳後主), 〈옥수후정화 玉樹後庭花〉 구슬 달은 밤마다 둥글고, 옥 나무는 아침마다 새롭다.(璧月夜夜滿, 瓊樹朝朝新.)

3) 盧家(노가) : 노씨의 집. 고악부(古樂府)에 낙양의 여인 막수가 부잣집인 노씨네로 시집갔다는 노래가 전한다.
   白玉堂(백옥당) : 본래 신선의 거처를 가리키나, 부잣집을 비유하기도 한다.
4) 侵夜(침야) : 밤으로 접어들다.
   可(가) : 어찌.
   桂魂(계혼) : 달. 계백(桂魄)과 같은 말이다.
5) 梅粧(매장) : 매화장(梅花粧)의 약칭. 매화장은 이마에 매화를 그려 넣는 화장법으로 남조 송나라의 수양(壽陽) 공주로부터 시작되었다고 한다.
6) 關河(관하) : 산과 내.
   凍合(동합) : 얼어붙다.
7) 班騅(반추) : 청색과 백색의 털이 섞인 준마.
   陸郎(육랑) : 진후주의 총신 육유(陸瑜).

   《악부시집(樂府詩集)·청상곡사(淸商曲辭)·명하동곡(明下童曲)》 진훤(陳暄)과 공범(孔范)은 적색과 백색 털이 섞인 말을 뽐내고, 육유는 청색과 백색 털이 섞인 말을 탔네. 활 연습장 입구를 어슬렁거리고 문을 바라보며 돌아가려 하지 않네.(陳孔驕赭白, 陸郎乘斑騅. 徘徊射堂頭, 望門不欲歸.)

해설

이 시는 눈을 맞이하고 쓴 두 수 가운데 둘째 수이다. 제1-2구는 눈이 내리는 모습을 상세하게 묘사한 것이다. 눈발이 날리며 발을 때리고 담을 넘는데, 버들솜 같이 가볍게 내리던 눈이 어느덧 서리보다 무겁게 쌓였다고 했다. 제3-4구는 첫째 수 첫째 연의 내용을 재차 부연한 것이다. 여기서의 강총(江總)과 막수(莫愁)는 각각 첫째 수의 '낭관'과 '선녀'에 대응된다. 이와 더불어 '옥나무'와 '백옥당'을 통해 눈의 하얀 색깔을 도드라지게 한 것이다. 제5-6구는 눈의 빛과 모양을 묘사한 것이다. 달이 비치는 밤이면 눈빛이 달빛과 경쟁하듯 밝게 빛나고, 꽃잎처럼 나풀거리는 모습은 매화인가 싶다고 했다. 제7-8구는 눈이 내리는 가운데 길을 떠나야 하는 나그네를 전송하는 광경을 그린 것이다. 눈이 내린 겨울날 동쪽으로 가는 길은 모두 얼어붙어 미끄럽기만 하여, 전송하는 '선녀'는 말을 타고 떠나는 '낭관'의 모습에 마음이 아프다고 했다.

● 청나라 주학령(朱鶴齡)과 요배겸(姚培謙) 등은 이 시에 대해 "눈을 맞이하여 떠도는 감회를 기탁한 것(對雪而寄漂迫之感也.)"이라 했다. 그런데 두 수의 시를 자세히 살펴보면 시인이 어떤 정서를 강하게 드러내려 했던 것 같지는 않다. 동쪽으로 길을 떠나려 할 때 마침 눈이 내리는 것을 보고 서설(瑞雪)이 되어주기를 기대하는 마음과 길이 얼어붙을까 걱정하는 마음이 교차하는 가운데 아내와 작별의 인사를 나누었던 정도가 아닐까 싶다.

132
蜂
벌

小苑華池爛熳通,[1] 작은 정원과 화려한 연못을 마음껏 오가며
後門前檻思無窮.[2] 뒷문으로 앞 난간으로 생각이 끝이 없다.
宓妃腰細纔勝露,[3] 복비는 허리가 가늘어 겨우 이슬을 이겨냈고
趙后身輕欲倚風.[4] 조비연은 몸이 가벼워 바람에 나풀거릴 듯 했다.
紅壁寂寥崖蜜盡,[5] 붉은 담장은 쓸쓸히 석청도 다 없어지고
碧簷迢遞霧巢空.[6] 푸른 처마 멀리 안개 서린 둥지 비었다.
靑陵粉蝶休離恨,[7] 청릉의 꽃나비야 이별의 한을 삭여라
長定相逢二月中.[8] 길이 2월의 만남을 기약하고 있으니.

주석

1) 爛熳(난만) : 자유롭게. 마음껏.
2) 前檻(전함) : 앞 난간.
3) 宓妃(복비) : 낙수의 여신.

조식(曹植), <낙신부(洛神賦)> 서문 황초 3년에 나는 경사에 들어갔다가 다시 낙수를 건넜다. 옛날 사람들 말에 이 낙수의 신은 이름이 복비라고 한다. (黃初三年, 余朝京師, 還濟洛川. 古人有言, 斯水之神, 名曰宓妃.)

4) 趙后(조후) : 한나라 성제의 왕후인 조비연(趙飛燕).

《삼보황도(三輔黃圖)》 성제와 조비연이 태액지에서 놀 때 쇠줄로 물 위의 화려한 배를 묶어놓았다. 매번 가벼운 바람이라도 불 때면 조비연은 거의 바람에 날려 물에 빠질 지경이라 성제는 비취색 실로 조비연의 옷자락을 묶어두었다. 지금도 태액지에는 아직 피풍대가 남아 있다.(成帝與趙飛燕戲於太液池, 以金鎖纜雲舟於波上. 每輕風時至, 飛燕殆欲隨風入水, 帝以翠縷結飛燕之裾. 今太液池尙有避風臺.)

倚風(의풍) : 바람에 이리저리 흔들리다.

5) 紅壁(홍벽) : 붉은 담장.

寂寥(적료) : 쓸쓸하다.

崖蜜(애밀) : 석밀(石蜜). 석청(石淸). 꿀벌이 돌 사이에 모아둔 꿀.

6) 碧簷(벽첨) : 푸른 처마.

迢遞(초체) : 멀다.

7) 靑陵(청릉) : 청릉대(靑陵臺).

《수신기(搜神記)》 송나라 강왕의 사인 한빙이 예쁜 아내를 얻었는데 강왕이 그녀를 빼앗았다. 한빙이 원망하자 강왕은 그를 구금했고 한빙은 마침내 자살했다. 그의 아내가 몰래 그의 옷을 썩혔다. 강왕이 그녀와 함께 누대에 올랐는데, 그녀가 누대 아래로 스스로 몸을 던지기에 신하들이 잡았으나 옷자락이 손에 잡히지 않아 죽었다. 허리띠에 남긴 유서에서 시신을 한빙과 합장해주기를 원했다. 강왕이 진노하여 두 무덤에 서로 바라보게 나누어 묻고는 이렇게 말했다. '너희 부부가 서로 사랑하여 무덤을 합칠 수 있다면 내 막지 않겠다.' 이윽고 무늬가 있는 가래나무가 두 무덤 끝에 자라더니 열흘 만에 무덤을 뒤덮고 줄기가 휘어 서로 가까이 가면서 뿌리는 아래서 만나고 가지는 위에서 뒤엉켰다. 또 원앙새 암수 한 마리씩 항상 나무 위에 살면서 머리를 맞대고 슬피 울었다. 송나라 사람들이 이를 슬퍼하며 그 나무를 상사수라 불렀다.(宋康王舍人韓憑娶妻美, 康王奪之. 憑怨, 王囚之, 憑遂自殺. 妻乃陰腐其衣. 王與之登臺, 自投臺下, 左右攬之, 衣不中手而死. 遺書於帶曰, 願以屍與憑合葬. 王怒, 使埋之二塚相望, 曰, 爾夫婦相愛, 能使塚合, 則吾弗阻也. 宿昔便有文梓生於二冢之端, 旬日而盈抱, 屈體相就, 根交於下, 枝錯於上. 又有鴛鴦雌雄各一, 恒棲樹上, 交頸悲鳴. 宋人哀之, 號其木曰相思樹.)

粉蝶(분접) : 나비. 한빙 부부는 죽어서 나비가 되었다고 한다.
8) 定(정) : 기약하다.

해설

이 시는 벌을 노래한 영물시로, 여성을 상징하는 벌의 이미지를 빌어 이별한 여성을 그리워하며 재회를 기약한 것으로 보인다. 제1-2구는 벌이 날아다니는 이곳저곳을 말한 것이다. 작은 정원, 화려한 연못, 뒷문, 앞 난간 등을 오간다고 했다. 제3-4구는 벌의 생김새로부터 여인의 모습을 연상한 것이다. 벌은 복비나 조비연처럼 허리가 가늘고 몸이 가벼워 이슬과 바람에도 힘겨워한다고 했다. 제5-6구는 벌이 자취를 감춘 상태를 말한 것이다. 벌이 모아두었던 석청이 사라지고 벌집도 비었다고 했다. 제7-8구는 벌과 나비의 이별과 재회를 말한 것이다. 나비는 모습을 감춘 벌이 못내 그리운 듯한데, 내년 봄이면 다시 만날 수 있으니 그때까지 기다려보라고 했다.

여기에 등장한 나비는 이상은의 〈청릉대(靑陵臺)〉라는 시에 보이는 "나비가 된 한빙이 마음대로 다른 가지의 꽃에 날아오르더라도 이상하게 여기지 마오(莫訝韓憑爲蛺蝶, 等閑飛上別枝花.)"라는 구절을 참고할 때 남성의 상징으로 이해할 수 있다. 따라서 이 시는 사랑하는 여인을 떠나보낸 아픔과 재회의 희망을 노래한 것으로 보아 충분하다. 여러 평자들이 이 시를 막부 생활과 연관지어 풀이하려고 한 것은 견강부회에 가깝다고 여겨진다.

133

公子

공자

外戚封侯自有恩, 외척으로 제후에 봉해져 절로 은혜를 입어
平明通籍九華門.[1] 이른 아침 궁문 출입을 허락받는다.
金唐公主年應小,[2] 금당공주가 아직 나이가 어린지라
二十君王未許婚. 스무 살이건만 군왕께서 혼인 허락을 안 해준다.

주석

1) 平明(평명) : 아침 해가 뜨는 시각. 해가 돋아 밝아올 무렵.
通籍(통적) : 궁문 출입을 허락받는 일. 두 자 길이의 죽첩(竹牒)에 나이, 성명, 얼굴 모양 등을 기록하여 궁문에 달아두고 대조한 후 들어가게 했다. 여기서는 조정의 관직을 얻었다는 말이다.
九華門(구화문) : 한나라 궁정에 있던 문. 궁문(宮門)의 통칭으로 쓰인다.
2) 金唐公主(금당공주) : 금당공주(金堂公主). 당나라 목종(穆宗)의 딸로 곽중공(郭仲恭)에게 시집갔다.

해설

이 시는 부귀함을 타고 난 공자를 노래한 것이다. 제1-2구는 공자의 출신 때문에 쉽게 관직을 얻었다는 것이다. 출신이 외척이어서 나이 어릴 때 제후로 봉해지고 관직에 나아가 조정을 출입하게 되었다고 했다. 제3-4구는 공자

가 이미 공주의 짝이 될 사위로 뽑혔다는 것이다. 그러나 공주가 나이가 어린 까닭에 공자의 나이가 이미 스물이 되었지만 혼인을 하지 못하고 있다고 했다. 이 시가 의미하는 것이 무엇인지는 분명치 않다. 다만 공자는 나면서부터 부귀하여 책을 읽을 필요도 없었던 반면, 시인은 십여 년간 고생을 해도 곤궁에서 벗어나지 못하는 현실에 대한 개탄을 담은 것이라는 청나라 굴복(屈復)의 견해를 참고할 만하다.

134

賦得雞

닭을 노래하다

稻粱猶足活諸雛,[1]	벼와 기장이 병아리들 먹여 살리기에 오히려 풍족한데도
妬敵專場好自娛.[2]	적을 시기하고 마당을 차지하며 스스로 즐기기 좋아한다.
可要五更驚穩夢,[3]	어찌 새벽에 단꿈에서 깨어
不辭風雪爲陽烏.[4]	삼족오를 위해 눈보라를 마다않으랴.

주석

1) 稻粱(도량) : 벼와 기장. 곡물의 총칭.
   雛(추) : 병아리.
2) 妬敵(투적) : 적을 시기하다.
   專場(전장) : 마당을 차지하다.
3) 可要(가요) : 어찌 ~하기를 바라겠는가?
   穩夢(온몽) : 단꿈.
4) 陽烏(양오) : 삼족오(三足烏). 해 속에 산다는 발이 셋인 까마귀. 여기서는 해를 가리킨다.

해설

이 시는 닭을 소재로 한 것이다. 시제에 보이는 '부득(賦得)'은 본래 예전에 창작된 시 구절을 제목으로 삼아 시를 짓는 것이었는데, 이후 응제시(應制詩), 영물시, 즉흥시 등을 가리키기도 했다. 제1-2구는 욕심 많은 닭의 습성을 말한 것이다. 닭은 마당에 널린 모이가 병아리들 먹이기에 풍족한데도 만족할 줄 모르고 마당을 독차지할 기회만 엿본다고 했다. 제3-4구는 표리부동한 닭의 본심을 말한 것이다. 닭이 눈이 오나 비가 오나 하루도 거르지 않고 새벽에 해가 떠오르는 것을 알리며 부지런한 척 하지만 속내는 그렇지 않다고 했다. 《한시외전(韓詩外傳)》권2에는 노(魯)나라 전요(田饒)의 말을 빌려 닭에 문(文)·무(武)·용(勇)·인(仁)·신(信)의 오덕(五德)이 있다고 했다. 그러므로 이 시에서 닭의 습성을 굳이 비판적 시각에서 바라보려는 것은 달리 의도가 있다는 얘기이다. 이에 대한 여러 가지 설이 있으나 당나라 조정에 충성하는 척 하면서 실제로는 세력 확장에 골몰하는 번진(藩鎭)을 비판하려 했다는 주장이 간명해 보인다.

135

明神[1]

명철한 신령

明神司過豈能寃,[2]	명철한 신령이 죄과를 관장하니 어찌 원통하리오.
暗室由來有禍門.[3]	후미진 곳은 예로부터 화를 불러 온다 했다.
莫爲無人欺一物,	사람이 없다고 한 가지 사물도 속이지 말지니
他時須慮石能言.[4]	훗날 돌이 말할 수 있을까 염려스럽다.

주석

1) 明神(명신) : 신의 존칭. 위엄과 덕이 있는 신.
2) 司(사) : 맡다. 살피다.
3) 暗室(암실) : 으슥하고 후미진 곳.
4) 石能言(석능언) : 돌이 말을 할 수 있다.
《좌전(左傳) · 소공(昭公) 8년조》 돌이 진나라 위유에게 말을 했다. 사광이 '돌은 말을 할 수 없는 것이니 아마도 그를 빌어 말한 것이리라.'라 했다.(石言於晉魏楡, 師廣曰, 石不能言, 或馮焉.)

해설

이 시는 신이 명철하게 죄과를 관장하므로 숨어서 속이는 짓을 하지 말아야 한다는 견해를 담은 것이다. 시인이 무엇을 염두에 두고 이런 말을 한 것인지에 대해서는 역대로 의견이 분분하나, 대체로 대중(大中) 연간 초에 우당(牛黨)의 백민중(白敏中) 등이 이른바 오상(吳湘) 소송사건을 빌어 이덕유(李德裕)의 정치집단을 타격한 일을 다루고 있다고 보는 견해가 우세하다. 오상 소송사건은 이당(李黨)의 우두머리였던 이덕유가 조주사마(潮洲司馬)로 폄적되는 것으로 결말 지어졌다. 시인은 권력자가 당파싸움을 하고 남몰래 작당하여 속이는 일 같은 것을 대단히 혐오하여 이 시를 통해 그 생각을 드러냈다.

제1-2구는 속이는 자에게 경고한 것이다. 명철한 신령이 죄를 관장하니 결코 원통함이 없으며, 후미진 곳에서 속이는 일은 아무도 모르겠지 생각하겠지만 하늘의 이치는 분명하므로 끝내 그로 인해 화를 자초할 것이라고 했다. 제3-4구 역시 경고의 말을 던진 것이다. 아는 사람이 없다고 속일 수 있다고 생각하지 말 것이니, 돌도 말을 할 수 있어 언제든 속이려는 마음이 드러날 수 있음을 알아야 한다고 했다. 이 시는 시인의 의론(議論)으로만 이루어져, 청나라 기윤(紀昀)은 "시의 맛이 전혀 없다(全無詩味)"고 혹평했다.

136

辛未七夕

신미년 칠석

恐是仙家好別離,[1]	아마도 신선들이 이별을 좋아하여
故教迢遞作佳期.[2]	일부러 멀찍이 아름다운 기약을 정했나 보다.
由來碧落銀河畔,[3]	언제나 푸른 하늘의 은하수 물가
可要金風玉露時.[4]	어찌 꼭 가을바람 불고 옥 이슬 내릴 때여야 하나?
清漏漸移相望久,[5]	맑은 물시계 더디도 흘러 기다린 지 오래
微雲未接過來遲.[6]	희미한 구름 아직 이어지지 않아 건너오는 것 더디다.
豈能無意酬烏鵲,[7]	어찌 까마귀와 까치에게 보답할 생각하지 않고
唯與蜘蛛乞巧絲.[8]	오직 거미에게 길쌈 재주의 실만 바라는가.

주석

1) 恐是(공시) : 아마도.
 仙家(선가) : 신선.
2) 迢遞(초체) : 아주 멀다.
 佳期(가기) : 아름다운 기약. 남녀가 만나는 기약을 말한다.
3) 由來(유래) : 언제나. 예로부터.

碧落(벽락) : 푸른 하늘.

4) 可要(가요) : 어찌 ~해야 하는가.

金風(금풍) : 가을바람.

玉露(옥로) : 옥구슬 같은 이슬.

5) 漏(누) : 구리로 만든 물시계.

移(이) : 시간이 흐르다.

6) 微雲(미운) : 옅은 구름. 직녀가 은하수를 건너려면 반드시 옅은 구름이 있어야 한다고 한다.

7) 酬(수) : 보답하다.

8) 與(여) : ~에게. '주다'는 뜻으로 보기도 한다.

蜘蛛(지주) : 거미.

乞巧(걸교) : 음력 7월 7일(또는 6일) 밤 부녀자들이 직녀성에 길쌈 솜씨를 기원하는 것을 말한다.

> 종름(宗懍), 《형초세시기(荊楚歲時記)》 7월 7일은 견우와 직녀가 만나는 밤이다. ……이날 밤 인가의 부녀자들이 오색실을 엮어 칠공의 바늘로 바느질한다. 혹은 금, 은, 황동으로 바늘을 만들고 궤연(영궤를 설치해 놓는 곳), 주포(술과 말린 고기), 과과(오이, 참외, 수박 따위의 과실)를 마당 안에 진설하고 손재주를 빈다. 과(瓜) 위에 거미줄 치는 일이 있으면 부응한 것으로 여긴다. (七月七日爲牽牛織女聚會之夜. ……是夕, 人家婦女結綵縷, 穿七孔鍼, 或以金銀鍮石爲鍼, 陳瓜菓於庭中以乞巧, 有喜子網於瓜上則以爲符應.)

해설

이 시는 신미년(辛未年) 즉 대중 5년(851) 칠석 때 감회를 쓴 것이다. 제1-2구는 인간사에서 숙명처럼 짧은 만남과 긴 이별이 존재하는 이유를 따져본 것이다. 시인은 아마도 인간의 운명을 관장하는 신선들이 이별을 좋아해 그런 것이 아닐까라고 했다. 제3-4구는 앞에서의 추정을 뒷받침하는 사례를 든 것이다. 일 년 내내 헤어져 있다가 가을의 문턱인 칠석이 되어야 겨우 만날 수 있는 견우와 직녀가 바로 그렇다고 했다. 제5-6구는 만남을 위한 안타까운 기다림을 묘사한 것이다. 직녀가 건너올 은하수가 이어지기까지 시간이 너무 더디게 흐른다고 했다. 제7-8구는 칠석의 풍습을 소개한 것이다. 견우와 직녀의 힘든 만남이 성사되도록 애쓴 까마귀와 까치의 공을 칭송하기보다 직녀의 길쌈 솜씨를 얻기만 바라는 풍습을 이해할 수 없다고 했다.

시인은 이 해 봄에 아내 왕씨와 사별하고 처음 칠석을 맞았다. 따라서 이 시에 명확히 아내를 추모하는 표현이 없더라도 도망(悼亡)의 정서가 짙게 깔려 있다고 보는 것이 자연스럽다. 인간의 이별을 좋아하는 심술궂은 신선이 아내 왕씨를 하늘나라로 데려가 시인에게 영원한 이별의 아픔을 준 원망의 마음이 배어 있다.

137

壬申七夕

임신년 칠석

已駕七香車,[1]	이미 칠향거를 몰아
心心待曉霞.[2]	마음을 다해 새벽노을을 기다린다.
風輕唯響珮,[3]	바람은 가벼워 오직 패옥을 울리고
日薄不嫣花.[4]	햇빛은 희미해 꽃을 시들게 하지 않는다.
桂嫩傳香遠,[5]	부드러운 계수나무는 멀리 향기를 전하고
榆高送影斜.[6]	높은 느릅나무는 비낀 그림자를 보내온다.
成都過卜肆,[7]	성도에서 점치는 집을 지나며
曾妬識靈槎.[8]	신령스런 뗏목에 대해 아는 것을 질투했었지.

주석

1) 七香車(칠향거) : 여러 향료를 바른 수레. 또는 여러 종류의 향목으로 만든 수레. 흔히 화려한 수레를 가리킨다.
2) 心心(심심) : 마음을 다하다. 정성을 다한다는 말이다.
3) 珮(패) : 패옥.
4) 嫣(언) : 본래 예쁘다는 뜻이나 여기서는 '蔫(언, 시들다)'의 의미로 쓰였다. 시들다.
5) 桂(계) : 계수나무. 여기서는 달을 가리킨다.

嫩(눈) : 부드럽다. 여기서는 초이레의 달이라 아직 둥글지 않다는 말이다.

6) 楡(유) : 느릅나무. 여기서는 별을 가리킨다.

7) 卜肆(복사) : 점치는 가게. 《한서》에 따르면, 엄군평(嚴君平)은 성도(成都)의 시장에서 점을 쳐서 생활했다고 한다.

8) 靈槎(영사) : 신령스런 뗏목. 장화(張華)의 《박물지(博物志)》에 소개된, 은하수를 건널 수 있다는 뗏목을 말한다.

종름, 《형초세시기》 한무제가 장건에게 대하에 사신으로 가서 황하의 근원을 찾게 했다. 뗏목을 타고 달을 지나 어느 곳에 이르자 주부처럼 생긴 성곽을 보았는데, 실내에 한 여인이 무엇인가를 짜고 있었다. 또 한 사내가 소를 몰아 강에서 물을 먹이고 있는 것도 보았다. 장건이 '여기가 어딥니까?'라고 묻자 '엄군평에게 물어 보십시오'라 했다. 직녀는 베틀을 괴고 있던 돌을 가져다 장건에게 주었고 장건은 돌아왔다. 나중에 촉에 이르러 엄군평에게 물어보니, 엄군평이 '모년 모월 객성이 견우직녀성을 침범했다'고 했다. 베틀을 받치던 돌을 동방삭이 알고 있었다.(漢武帝令張騫使大夏, 尋河源, 乘槎經月而至一處, 見城郭如州府, 室內有一女織, 又見一丈夫牽牛飮河. 騫問曰, 此是何處? 答曰, 可問嚴君平. 織女取搘機石與騫俱還. 後至蜀問君平, 君平曰, 某年某月客星犯牛女. 搘機石爲東方朔所識.)

해설

이 시는 임신년(壬申年) 즉 대중 6년(852) 칠석 때 감회를 쓴 것이다. 제1-2구는 칠석 날 새벽 만남을 준비하는 모습을 묘사한 것이다. 직녀가 설레는 마음으로 만남의 장소를 향해 칠향거를 몰아 새벽이 밝아오기를 기다린다고 했다. 제3-4구는 새벽의 주변 경물을 묘사한 것이다. 바람이 가볍게 불어와 패옥을 울리고 꽃이 시들지 않을 정도로 햇빛도 희미하다고 했다. 제5-6구는 견우와 직녀의 만남을 암시한 것이다. 초이레 즉 칠석의 달이 뜰 때 두 별이 만난다고 했다. 제7-8구는 견우와 직녀의 만남을 부러워하는 심사를 피력한 것이다. 신령스런 뗏목을 타고 달을 지나던 장건(張騫)에게 직녀가 베틀을 받치던 돌을 주었던 일을 성도(成都)에서 점을 치던 엄군평(嚴君平)이 알고 있었다는 고사를 인용해 아름다운 기약을 꿰뚫는 능력에 감탄했다.

이 시에 담긴 시인의 의도를 정확하게 파악하기 어렵다. 현대의 주석가들은 견우와 직녀의 만남을 떠올리며 부인 왕씨와의 사별을 슬퍼한 작품으로 보는 이가 많다. 이상은이 칠석을 제재로 한 시가 모두 다섯 수 있는데, 이들 시의 주지가 대개 그러한 까닭이다. 그러나 이 시에 쓴 전고가 앞에서 살펴본 〈바다의 나그네(海客)〉 시에서 사용한 '장건의 뗏목' 고사와 정확히 일치한다는 점에서 상호텍스트성을 고려할 필요성도 충분해 보인다. 만약 그렇다면 이 시도 이상은이 유중영(柳仲郢)의 막부에 재직하면서 영호도(令狐綯)의 눈치를 살핀 것으로 풀이할 수 있다. 또 청나라 요배겸(姚培謙)은 이 시를 두고 "득의한 이를 부러워한 말(羨得意者之詞)"이라는 평어를 남겼다. 이런 각도에서 보면, 시인이 칠석을 맞아 견우와 직녀의 해후와 같은 '득의지사(得意之事)'가 자신에게도 있을 지 궁금해 하는 심리를 표출한 작품으로 이해할 수 있을 것이다.

138

壬申閏秋題贈烏鵲

임신년 윤달 칠월에 지어 까마귀와 까치에게 주다

繞樹無依月正高,[1]	나무를 에워싸도 의지할 데 없고 달만 한참 높은데
鄴城新淚濺雲袍.[2]	업성에서 새 눈물을 구름 도포에 뿌린다.
幾年始得逢秋閏,[3]	몇 년만에 비로소 윤달 칠월을 만났더냐?
兩度塡河莫告勞.[4]	두 번 은하수를 잇는다고 힘들다 마라.

주석

1) 繞樹(요수) : 나무를 에워싸다.

조조(曹操), 〈단가행 短歌行〉 달 밝고 별 드문데 까마귀와 까치가 남쪽으로 날아간다. 나무를 에워싸고 세 바퀴를 돌아보지만 어떤 가지에 의지해야 하나?(月明星稀, 烏鵲南飛. 繞樹三匝, 何枝可依?)

2) 鄴城(업성) : 위 무제 조조가 도읍한 곳. 옛 터가 지금의 하북성 임장현(臨漳縣) 일대에 있다. 여기서는 업성에서 조조 휘하에 있었던 건안칠자(建安七子)에 시인 자신을 빗댄 것이다.

新淚(신루) : 새로 흘린 눈물. 얼마 전에 상처(喪妻)한 일을 암시하는 것으로 보인다.

濺(천) : 뿌리다.

雲袍(운포) : 구름 도포. 채색 구름 도안으로 장식한 관복을 말한다.

3) 秋閏(추윤) : 제목에 보이는 '윤추(閏秋)'와 같은 말로, 윤달 칠월을 가리킨다.
4) 塡河(전하) : 은하수를 잇다. 칠석에 까마귀와 까치가 다리를 만들어 견우와 직녀를 만나게 해주는 일을 가리킨다.
   告勞(고로) : 수고로움을 호소하다.

해설

이 시는 임신년(壬申年) 즉 대중 6년(852) 윤칠월 칠석에 까마귀와 까치에게 부치는 형식을 빌려 자신의 심사를 토로한 것이다. 제1-2구는 막부에서 외로이 지내는 괴로움을 호소한 것이다. 칠석에 견우와 직녀의 만남을 성사시키는 까마귀와 까치를 조조(曹操)의 〈단가행(短歌行)〉과 연결 지은 것이 이해의 핵심이다. 즉 '칠석' → '까마귀와 까치' → '나무' → '의지하다'의 순으로 연상이 진행되면서 업성의 건안칠자처럼 유중영(柳仲郢)의 막부에 머물고 있는 자신의 처지를 동정하고 상처(喪妻)의 아픔을 되새겼다. 제3-4구는 까마귀와 까치에게 주는 말을 서술한 것이다. 몇 년 만에 칠월에 윤달이 들어 한 해에 칠석이 두 번이고 그 덕분에 견우와 직녀가 한 번 더 만날 수 있으니, 다리를 놓아주느라 힘들다고 불평하지 말라고 했다. 시인 특유의 비약식 연상이 잘 발휘된 작품으로 평가된다.

139

端居[1]

한거

遠書歸夢兩悠悠,[2]	먼 곳으로부터의 편지, 돌아가는 꿈 둘 다 아득하고
只有空牀敵素秋.[3]	다만 빈 침상만이 가을을 대적하고 있네.
階下青苔與紅樹,	섬돌 아래엔 푸른 이끼와 붉은 나무
雨中寥落月中愁.	빗속의 쓸쓸함과 달빛 속의 수심.

주석

1) 端居(단거) : 한거.
2) 悠悠(유유) : 아득한 모양.
3) 素秋(소추) : 가을. 가을은 오행상 금(金)에 속하고 금은 흰색인 까닭에 이렇게 부른다.
敵(적) : 대적하다. 상대하다.

해설

이 시는 시인이 타향에서 떠돌고 있을 때 지은 것으로, 아마도 계주의 막부 시절인 듯하다. 외지에 머물며 외로움 속에 처자를 그리워하는 내용으로 이루어져 있다. 제1-2구에서는 기다리는 편지도 오지 않고 돌아가는 꿈조차 꾸어지지 않은 때 빈 침상을 지키고 있는 시인에 대해 썼다. 가을은 본래 차갑고 적막하고 처량한 느낌을 주는 계절인데, 빈 침상에서 '대적하고' 있자니 그 외로움이 더욱 절절하다. 이 '대적하다(敵)'는 것은 '대하다'라는 뜻 외에 빈 침상에서 혼자 자야만 하는 사람이 가을의 차가움과 외로움을 견디기 어려운데도 기를 쓰고 견디고 있음을 의미한다. 따라서 시인의 감정이 응축된 글자라 하겠다. 제3-4구는 바깥의 경물을 묘사한 것이다. 섬돌의 푸른 이끼는 오가는 사람이 없는 적막함을 드러내며, 붉은 단풍은 푸른 이끼와 색채로 대비를 이루면서 쓸쓸하고 서늘한 가을의 한 모습을 단적으로 보여준다. 또한 비와 달은 쓸쓸함과 수심을 증폭시키는 기능을 하는데, 시인은 비가 오나 혹은 달이 뜨나 잠 못 이루며 정원을 서성이며 멀리 떨어져 있는 이들을 그리워했음을 짐작하게 한다.

140
夜半
한밤중

三更三點萬家眠,[1] 삼 경 삼 점, 모든 인가가 잠든 깊은 밤
露欲爲霜月墮煙. 이슬은 서리가 되려 하고 달은 밤안개 속으로 진다.
鬪鼠上床蝙蝠出, 투닥거리는 쥐는 침상에 오르고 박쥐는 출몰하는데
玉琴時動倚窓絃.[2] 창에 의지한 채 옥 금의 현을 때때로 울려본다.

주석

1) 三更(삼경) : 하룻밤을 다섯으로 나눈 셋째 부분. 곧 밤 11시부터 새벽 1시까지의 시간.
點(점) : 경을 셋으로 나눈 시간. 40분가량 된다.
2) 玉琴(옥금) : 옥으로 장식된 거문고.

해설

이 시는 근심하는 이가 깊은 밤 잠 못 이루는 장면을 쓴 것이다. 제1-2구는 깊은 밤의 모습으로 서리가 지고 달도 지는 고요한 밤을 묘사했다. 제3-4구는 깊은 밤 오직 움직이는 것은 쥐와 박쥐뿐이나 그 가운데 잠 못 드는 이가 거문고를 뜯고 있다고 했다. 한밤중의 정적, 서리와 이슬의 차가움, 안개의

몽롱함, 쥐와 박쥐의 활동, 옥 금을 울려보는 것 모두 창에 기댄 이의 내심의 투영으로, 고독과 불안, 수심의 정감을 부각시키고 있다. 근인 장채전은 이에 대해 "시에서 경물만 썼지만 근심의 정황이 말 밖으로 절로 드러난다(詩祇寫景, 而愁況自見言外.)"고 칭찬했다.

141

玉山

옥산

玉山高與閬風齊,[1]	옥산은 높아 낭풍산과 나란하고
玉水清流不貯泥.[2]	옥수의 맑은 물결은 진흙을 쌓아두지 않는다.
何處更求迴日馭,[3]	어디서 돌아간 해몰이꾼을 다시 찾을까?
此中兼有上天梯.[4]	여기엔 겸하여 하늘에 오르는 사다리도 있다.
珠容百斛龍休睡,[5]	구슬이 백 곡이니 용이 쉬며 잠들겠고
桐拂千尋鳳要棲.[6]	오동나무 천 심 높이이니 봉황이 머물겠구나.
聞道神仙有才子,[7]	신선에게 재주 있는 사람이 있다고 들었으니
赤簫吹罷好相攜.[8]	붉은 피리 다 불고 나면 사이좋게 손잡고 가리라.

주석

1) 玉山(옥산) : 서왕모가 산다는 산.
閬風(낭풍) : 낭풍산(閬風山). 신선이 산다는 산으로 곤륜산(崑崙山)의 최고봉이다.

2) 玉水(옥수) : 백옥이 많이 난다는 물.
貯(저) : 쌓다.

3) 日馭(일어) : 해 수레를 모는 신.

4) 上天梯(상천제) : 하늘에 오르는 사다리. 어떤 목적에 이르는 수단이나

방법을 비유한다.

5) 容(용) : 용량.

斛(곡) : 10말.

龍休睡(용휴수) : 용이 쉬며 잠들다.

《장자 · 열어구(列禦寇)》 천금의 구슬은 반드시 구중의 깊은 연못에서 사는 흑룡의 턱 아래에 있는 것이다. 네가 그러한 구슬을 얻을 수 있었다면 반드시 그 흑룡이 잠들었을 때를 만난 때문이다.(夫千金之珠, 必在九重之淵. 而驪龍頷下, 子能得珠者, 必遭其睡也.)

6) 拂(불) : ~에 이르다.

尋(심) : 8척.

7) 才子(재자) : 덕망과 재주를 겸비한 사람.

8) 赤簫(적소) : 붉은 피리.

相攜(상휴) : 짝을 이루다.

해설

이 시는 시제인 '옥산(玉山)'의 의미에 대한 이해를 둘러싸고 이견이 분분한 작품이다. 이상은이 도를 배웠던 '옥양산(玉陽山)'이라는 설, 왕무원의 막부를 가리킨다는 설, 비서성(秘書省)을 가리킨다는 설 등이 있다. 제1-2구는 옥산과 옥수를 소개한 것이다. 옥산은 곤륜산만큼 높고 옥수는 티 없이 맑다고 했다. 제3-4구는 마천루(摩天樓)와도 같은 옥산의 이미지를 형상화한 것이다. 해의 수레가 막혀 돌아갈 만큼 높을 뿐만 아니라 하늘에 오를 사다리까지 마련되어 있다고 했다. 제5-6구는 옥산의 옥구슬과 오동나무를 자랑한 것이다. 용이 편히 쉴 만큼 옥이 풍부하게 나고 봉황이 머물러도 좋을 만큼 오동나무가 높이 자랐다고 했다. 제7-8구는 소사(蕭史)와 농옥(弄玉)의 이야기에 바탕을 둔 것이다. 옥산에 소사와 같은 재주꾼이 있어 농옥과 함께 선계로 올라갈 것이라는 말이다.

'용'과 '봉황'으로 남녀를 비유하는 것이 이상은 시에서의 상용수법이고 소사와 농옥의 고사 역시 애정과 관련된 것이므로, 비서성 운운하는 주장은 받아들이기 어렵다. 또 전체적인 필치가 가벼워 시인 자신의 절실한 심정을 담은 것이라고도 여겨지지 않는다. 따라서 옥양산에서 도를 공부할 때 도관(道觀)에서 보고 들은 남녀의 애정 관계를 소재로 취한 작품으로 이해하는 것이 좋겠다.

142
張惡子廟
장악자의 사당

下馬捧椒漿,[1]	말에서 내려 산초 술을 받들고
迎神白玉堂.[2]	백옥당에서 신을 맞이한다.
如何鐵如意,[3]	어찌하여 무쇠 여의봉을
獨自與姚萇.[4]	유독 요장에게만 주었던가?

주석

1) 椒漿(초장) : 산초 열매로 즙을 낸 음료.
《초사 · 구가(九歌) · 동황태일(東皇太一)》 제육을 혜초로 싸 난초 깔고, 계주와 초장 차려 바치노라.(蕙肴蒸便難藉, 奠桂酒兮椒漿.)
2) 白玉堂(백옥당) : 본래는 신선의 거처를 뜻하며, 부유한 저택을 가리키기도 한다.
3) 鐵如意(철여의) : 무쇠 여의봉. 쇠로 만든 몽둥이.
4) 姚萇(요장) : 육조 시대 장안에 도읍했던 후진(後秦)의 군주로 강족(羌族) 출신이다.
《재동화서(梓潼化書) · 제칠십오화(第七十五化)》 건흥 말년의 유생으로 사애란 사람이 장궤의 주부가 되었다. 장중화가 직위를 계승한 뒤, 석계룡이 장군 마추를 보내 침범해오자 사애에게 천 명의 군사로 격퇴하게 했다. 마추는 단기로 밤에 달아났다. 그리고는 관중으로 가서 요장과 친구가 되었다. 그러나 세속에 있기가 싫증 나 촉봉으로 돌아가고 싶어지자 요장과 이렇게 약속했다. '만약 부귀해지더라도 서로 잊지 마세나.' 나중에 요장은 용양장군이 되어 촉에 사신으로 와 봉산에 이르러서는 나를 방문하여 나는 예로써 그를 대접하고 무쇠 여의봉을 빌려주며 기원하여 말했다. '이것을 휘두르면 병사를 모을 수 있네.' 요장이 내 말을 의심하기에 나는 그를 위하여 한 번 휘두르니 창과 방패, 전마(戰馬) 만여 마리가 평평한 언덕에 늘어섰다. 지금의 시병패가 그것이다.(建興末作儒士, 稱謝艾, 爲張軌主簿. 張重華嗣位, 石季龍使將痲秋侵寇, 命艾以千人擊之. 秋單騎宵遁. 繼而往關中與姚萇爲友. 然厭處凡世, 思歸蜀峰, 約萇曰, 苟富貴, 無相忘. 後萇以龍驤將軍使蜀, 至鳳山訪予, 予禮待之, 假以鐵如意, 祝之曰, 麾之可致兵. 萇疑予, 予爲之一麾, 戈盾戎馬萬餘列之平坡. 今試兵壩是也.)

해설

이 시는 재동현(梓潼縣)에 있던 장악자(張惡子)의 사당을 읊은 것이다. 따라서 재주(梓州)의 동천절도사(東川節度使) 막부로 갈 때 지은 것으로 보인다. 장악자는 촉 지방에서 신격화된 인물로 자신을 찾아온 요장(姚萇)에게 무주공산인 장안으로 들어가 제위에 오르라고 권했다고 한다. 제1-2구는 장악자의 사당으로 들어간 일을 말한 것이다. 사당의 제당(祭堂)에서 술을 올렸다고 했다. 제3-4구는 장악자가 오호십육국(五胡十六國)의 하나인 후진(後秦)의 건국을 도왔던 사적을 회상한 것이다. 당시 중원을 어지럽히던 다섯 오랑캐인 강족(羌族)에게 무쇠 여의봉을 주어 힘을 보탠 것을 힐난한 것으로 풀이된다. 청나라 굴복(屈復)의 평처럼 "현명한 자와 어리석은 자를 분별하지 못하는데 어찌 그 신이 영험하다고 하겠는가?(賢愚不辨, 安見其神之靈乎.)"라는 것이다. 또 현대 학자 왕달진(王達津)이 이 시가 실제로는 번진들에게 군권을 맡겼던 당 왕조를 비판한 것이라 한 것도 참고할 만하다.

143

雨

비

摵摵度瓜園,[1]	쏴아 쏴아 오이 밭을 지나서
依依傍竹軒.[2]	머뭇머뭇 대나무 집 곁으로 온다.
秋池不自冷,	가을의 연못은 절로 차가워지지 않고
風葉共成喧.[3]	바람 맞은 나뭇잎은 함께 소리를 낸다.
窓迥有時見,[4]	창문이 멀어도 때때로 보이고
簷高相續翻.[5]	처마가 높아 잇달아 튕긴다.
侵宵送書雁,[6]	저녁 무렵 편지를 전하는 기러기
應爲稻粱恩.[7]	응당 벼와 기장의 은혜 때문이리라.

주석

1) 摵摵(색색) : 비가 내리는 소리.
   瓜園(과원) : 오이 밭.
2) 依依(의의) : 머뭇거리다.
   竹軒(죽헌) : 대나무로 만든 집.
3) 喧(훤) : 시끄럽다.
4) 迥(형) : 멀다.
5) 簷(첨) : 처마.

相續(상속) : 연이어. 잇달아.

翻(번) : 뒤집히다. 여기서는 빗방울이 처마에서 튕기는 것을 말한다.

6) 侵宵(침소) : 저녁 무렵.

送書雁(송서안) : 편지를 전하는 기러기. 《한서 · 소무전(蘇武傳)》에서 유래한 말로, 흉노에 사신으로 갔다 억류된 소무가 기러기의 발에 편지를 묶어 한나라로 보내 자신의 억류 사실을 알렸다고 한다.

7) 稻粱(도량) : 벼와 기장. 곡식을 총칭한다. 유신(庾信)의 〈술을 내려주신 조왕께 받들어 감사하다(奉報趙王惠酒)〉 시에 "곡식을 얻어먹은 기러기, 언제 은혜에 보답할 수 있을지 모르겠습니다(未知稻粱雁, 何時能報恩.)" 라는 구절이 보인다. 또 두보의 〈왕명부에게 다시 편지를 쓰다(重簡王明府)〉 시에 "그대 기러기 울음소리 들으셨습니까? 곡식 구하기 어려울까 두려워서랍니다(君聽鴻雁響, 恐致稻粱難.)"라는 구절도 보인다.

해설

이 시는 비가 내리는 어느 가을날의 심정을 노래한 것이다. 막부에 임직할 때 지은 것으로 여겨진다. 제1-2구는 비가 집 가까이 다가오는 모습을 묘사한 것이다. 오이와 대나무처럼 빗소리를 포착하기 쉬운 사물을 빌려 비가 내리는 때의 청각적 이미지를 잘 형상화했다. 제3-4구는 비가 내릴 때 변화하는 주변의 모습을 함축적으로 묘사한 것이다. 비로 인해 연못이 차가워지고 나뭇잎이 더 시끄러워진다고 했다. 촉각과 청각의 감각적 이미지가 돋보여 역대로 가구(佳句)라는 칭송을 받았다. 제5-6구는 시인이 처소에서 그칠 줄 모르고 내리는 비를 바라본 것이다. 창문 먼발치로 빗줄기가 보이더니 점점 굵어져 이따금 빗방울이 처마에 튀면서 통통거린다고 했다. 한편으로 하염없이 내리는 비를 응시할 뿐인 시인의 고독한 심사도 엿볼 수 있다. 제7-8구는 기러기를 등장시켜 시인의 처지를 하소연한 것이다. 기러기가 빗줄기를 뚫고 날아가는 것은 먹이를 구하기 때문이라고 했다. 이는 생계를 위해 어쩔 수 없이 막부에 머물고 있는 시인의 답답한 심사를 표출한 것이다. 청나라 기윤(紀昀)은 이 마지막 연을 높이 평가하며 이렇게 말했다. "'비'에서 붙지도 떨어지지도 않으면서 신묘하고 흔적이 없으니 대단히 뛰어난 결말법이다.(於雨

字不粘不脫, 有神無迹, 絶好結法.)”

현대 학자 유학개(劉學鍇) · 여서성(余恕誠)의 《이상은시가집해(李商隱詩歌集解)》에서는 이 시가 소재로 다룬 기러기를 계주(桂州)에서는 보기 어렵다는 이유를 들어 서주(徐州) 또는 재주(梓州) 막부에서 지었을 것이라 했다. 그러나 황세중(黃世中)은 《유찬이상은시전주소해(類纂李商隱詩箋注疏解)》에서 기러기는 중국 남부에서도 관찰되므로 계주를 제외할 이유로 볼 수 없고 오히려 제3연의 묘사를 보아 계주 막부에서 지었을 가능성이 더 높다는 반론을 펼쳤다.

144

菊

국화

暗暗淡淡紫,[1]	흐리흐릿한 자주색
融融冶冶黃.[2]	예쁘고 산뜻한 노란색.
陶令籬邊色,[3]	도연명 울타리 가의 색깔
羅含宅裏香.[4]	나함 집 안의 향기.
幾時禁重露,[5]	언제 진한 이슬을 이겨냈던가?
實是怯殘陽.[6]	실로 이에 석양을 두려워한다.
願泛金鸚鵡,[7]	원컨대 금앵무 잔에 띄워
昇君白玉堂.[8]	그대의 백옥당에 올렸으면.

주석

1) 暗淡(암담) : 밝지 않다. 산뜻하지 않다.
2) 融冶(융야) : 밝고 산뜻하다.
3) 陶令(도령) : 팽택현령(彭澤縣令)을 지낸 도잠(陶潛).
4) 羅含(나함) : 진(晉)나라 뇌양(耒陽) 사람. 《진서 · 나함전》에 의하면, 나함이 벼슬에서 물러나 고향으로 돌아오니 정원에 난초와 국화가 가득 피어 있었다고 한다.
5) 禁(금) : 이기다. 견디다.

6) 怯(겁) : 두려워하다.
   殘陽(잔양) : 석양.
7) 金鸚鵡(금앵무) : 술잔 이름.
8) 白玉堂(백옥당) : 신선의 거처. 부귀한 사람의 저택을 비유하기도 한다.

해설

이 시는 국화에 시인 자신을 빗댄 것이다. 제1-2구는 국화의 색깔을 드러낸 것이다. 어떤 국화는 색깔이 흐릿한 자주색이고 또 어떤 국화는 산뜻한 노란색이라고 했다. 첩자(疊字)를 연달아 쓴 것이 특이하다. 제3-4구는 전고를 써서 시인과 국화를 나타낸 것이다. 도잠과 나함은 모두 관직을 그만둔 후에 국화를 가까이한 사람들이므로, 이 시를 지을 당시 시인의 처지와 관련이 있어 보인다. 제5-6구는 국화가 쓸쓸한 느낌을 자아낸다는 것이다. 아침에는 진한 이슬을 맞아야 하고 저녁에는 해가 지는 것이 두렵다고 했다. 제7-8구는 입조(入朝)의 바람을 기탁한 것이다. 금앵무 잔에 띄워져 백옥당에 오르고 싶은 마음이지 끝내 '울타리 가'에서 시들고 싶지는 않다는 말이다. 기탁한 뜻이 노골적이어서 함축적인 맛이 부족해 보인다.

145

牡丹

모란

錦幃初卷衛夫人,[1] 비단 휘장 막 걷어 올리니 위부인 드러나고
繡被猶堆越鄂君.[2] 수놓인 이불은 아직 월나라 악군을 감싸고 있다.
垂手亂翻雕玉佩,[3] 수수무를 추듯 패옥이 어지러이 흔들리고,
折腰爭舞鬱金裙.[4] 절요무를 추듯 울금 치마 다투어 휘날린다.
石家蠟燭何曾剪,[5] 석숭의 촛불처럼 촛불 심지 자를 필요 없고
荀令香爐可待熏.[6] 순령의 향로 기다려 향을 쪼일 필요 없으리라.
我是夢中傳彩筆,[7] 나는 꿈속에서 오색 붓을 전해 받았으니
欲書花葉寄朝雲.[8] 모란 꽃잎에 글을 써서 신녀에게 띄워볼까 한다.

주석

1) 錦幃(금위) : 비단 휘장.
衛夫人(위부인) : 위(衛) 영공(靈公)의 부인 남자(男子). 이 구는 모란꽃의 모습을 형용한 것이다.
* 〔원주〕:《전략(典略)》, "공자께서 비단 휘장 뒤에 있는 남자를 만났다.(夫子見男子在錦幃之中.)"

2) 越鄂君(월악군) : 월나라 악군. 여기서 월나라라 한 것은 오류이다.《설원(說苑)》에 따르면, 본래 악군(鄂君)과 자석(子晳)은 초나라 지방관으로

어느 날 배를 띄우고 놀았다. 노를 젓고 있던 월인(越人)이 인사하며 노래하기를 "마음의 번뇌 얼마인가? 끊어지지 않으니 왕자를 알게 되었네. 산에는 나무가 있고 나무에는 가지 있으니 마음속으로 그대 기쁘게 하나 그대 알지 못하네."라 하니, 악군이 긴 소매를 끌며 가서 그를 안으면서 비단 이불을 들어 그를 덮었다. 이 구는 모란의 잎을 형용한 것이다.

3) 垂手(수수) : 수수무(垂手舞). 두 손을 앞에 모으고 몸을 앞으로 굽혔다 폈다 하고 몸을 뒤로 제치고 굽혔다 폈다 하는 동작. 이 구는 모란의 잎을 형용한 것이다.

4) 折腰(절요) : 절요무(折腰舞). 허리를 구부리며 추는 춤. 《서경잡기(西京雜記)》에 따르면, 척부인(戚夫人)이 소매를 날리며 허리를 구부리는 춤을 잘 추었다고 한다.

鬱金裙(울금군) : 울금으로 염색한 치마. 울금은 향초로, 여인들 옷을 염색하는데 쓰였다. 염색하고 나면 울금향이 은은하게 남아 있었다. 이 구는 모란꽃을 형용한 것이다.

5) 石家(석가) : 석숭(石崇)의 댁. 중국 서진(西晉) 시대의 문인(文人)이자 관리로 항해와 무역으로 큰 부자가 되어 매우 사치스러운 생활을 하여 후대에 부자의 대명사로 여겨짐. 《세설신어(世說新語)》에 따르면, 석숭은 촛불로 땔나무를 대신했다 한다.

6) 荀令(순령) : 순령군(荀令君). 그가 앉았던 곳에는 삼일 동안 향기가 났다고 한다.

7) 彩筆(채필) : 오색 붓. 《남사(南史)》에 따르면, 강엄(江淹)이 꿈에서 한 남자를 보았는데 곽박(郭璞)이라 자칭하면서 이르기를 "경에게 내 붓이 몇 년간 있었는데, 이제는 돌려주시오."하자 강엄이 품속에서 오색 붓을 찾아 주었다. 이후로 시를 지을 때 좋은 구절이 떠오르지 않았다고 한다.

8) 朝雲(조운) : 아침구름. 무산(巫山) 신녀(神女)가 아침에 구름이 된다는 고사가 있다. 여기서는 아리따운 여인을 가리키는 듯하다.

해설

이 시는 화려하면서도 향기로운 모란을 읊은 영물시로, 꽃을 빌어 아름다운 여인을 묘사한 것으로 보인다. 각 구마다 전고를 쓰고 있어 이상은 특유의 영물시 작법을 드러낸 작품이다. 앞 세 연은 모란의 화려하고 아름다운 자태와 향기를 읊고 있다. 제1-2구는 모란의 자태를 묘사한 것이다. 모란이 비단 휘장 막 연 위부인과 같고 비단 이불 속의 월인과 같다면서, 푸른 잎이 풍성하고 아름다운 붉은 꽃을 감싸고 있는 듯하다고 했다. 제3-4구는 봄바람에 모란꽃과 가지가 흔들리는 모습을 형용한 것이다. 수수모와 절요무를 추는 여인의 흔들리는 패옥과 휘날리는 치마로 그 모습을 비유했다. 제5-6구는 석숭과 순령의 고사를 활용한 것이다. 모란이 사치스러울 정도로 화려하고 짙은 향을 가지고 있다고 했다. 마지막 연인 제7-8구는 시인이 아름다운 모란을 대하고 있자니 무산의 신녀가 연상된다는 것이다. 그래서 자신의 오색 붓을 빌려 꽃잎에 써서 감정을 전달하고 싶다고 했다.

각 구마다 전고를 써 청나라 주이준(朱彝尊) 같은 이는 "잔뜩 쌓아두기만 하고 맛이 없으며 졸렬하고 시법이 없으니 영물시 가운데 최하급이다(堆而無味, 拙而無法, 詠物之最下者.)"라고 혹평했지만, 많은 평자들은 다양한 전고가 빚어내는 여러 이미지와 의미의 다채로움에 더 주목하여 전고 사용이 매우 교묘하다며 칭찬했다. 기윤(紀昀)이 각 전고가 한 기운으로 관통하고 있다 하면서 "전고를 사용한 자취가 보이지 않으니 대단히 큰 신령스런 힘이다(不見用事之迹, 絶大神力.)"라 한 것이 대표적인 평이다.

146

北樓[1]

북루

春物豈相干,[2]	봄날의 경물과 어찌 관련이 있겠는가?
人生只强歡.	인생은 그저 억지로 즐거워하는 것.
花猶曾歛夕,[3]	꽃은 오히려 저녁이면 자태를 숨기고
酒竟不知寒.	술을 두고도 꽃샘추위는 느끼지 못한다.
異域東風濕,[4]	낯선 땅에서는 봄바람이 축축한데
中華上象寬.[5]	중원의 세상은 넓기만 하겠지.
北樓堪北望,	북루에서 북쪽을 바라볼 수 있어
輕命倚危闌.	목숨도 가볍게 여긴 채 높은 난간에 기댄다.

주석

1) 北樓(북루) : 어떤 누각을 이르는지 정확하지 않으나 시 내용을 보건대 아마도 계림에 있는 누각일 것이다.

2) 春物(춘물) : 봄날의 경물. 흔히 꽃송이를 가리킨다.
相干(상간) : 서로 연관되다. 계림은 더운 지방이라 계절의 변화가 뚜렷하지 않아 명색은 봄이라 하나 실제로는 계절이 바뀌었다는 것이 별로 느껴지지 않는다는 말이다.

3) 歛(렴) : '렴(斂)'과 같은 뜻. 거두다. 이곳에서는 꽃이 피는 것이 봄에

보이는 특별한 일이 아니고 그저 꽃이 변화하는 것은 아침에 피었다 저녁에 지는 꽃뿐이다. 이것을 보고 시인은 억지로 계절의 변화를 느끼려 하고 있다는 것이다.

4) 濕(습) : 축축하다

5) 中華(중화) : 중원

上象(상상) : 천하. 세상.

해설

이 시는 계림에 있는 시인이 봄을 맞아 낯선 기후를 감지하고 향수에 젖어 중원 땅에 대한 그리움을 토로한 것이다. 북루가 어디인지 확정하긴 어려우나 시의 내용으로 보아 계림에 있는 누각일 것이다. 제1-2구에서 시인은 북루에 올라 계절의 변화를 느끼고자 했으나 익숙했던 봄날의 경물과는 차이가 있어 억지로 즐거움을 찾고 있다. 제3-4구는 남방의 봄을 구체적으로 묘사한 것이다. 늘 따뜻하고 꽃이 피어있는 기후라 그저 아침에 피었다 저녁에 지는 꽃에서 변화를 느낄 뿐이고, 봄에 느끼는 한기도 느낄 수 없어 술이 무색할 정도라고 했다. 제5-6구의 앞 구는 봄바람이 부는 이역의 봄은 축축하다고 하여 앞 두 연의 내용을 받았고, 뒷 구에서는 넓은 중원 땅을 언급하여 다음 연에서의 시인의 그리움에 복선을 깔았다. 제7-8구에서는 중원 땅이 조금이라도 보일까 북쪽 누각에 올라 높은 난간에 기댄다고 했다. 이는 시인이 타향에서 외로움에 젖어 마음이 매우 울적하며 가족과 친지가 있는 곳을 간절히 그리워하고 있음을 드러낸 것이다.

147

擬沈下賢

심아지(沈亞之)를 본뜨다

千二百輕鸞,[1]	천 이백 마리 가벼운 난새 같은 여인
春衫瘦著寬.[2]	가냘퍼서 봄 저고리 품이 크네.
倚風行稍急,[3]	바람에 흔들려 대열은 점점 빨라지며
含雪語應寒.[4]	눈을 머금은 노랫말은 응당 차가우리라.
帶火遺金斗,[5]	불을 넣은 다리미를 버리고
兼珠碎玉盤,[6]	구슬을 담은 옥쟁반을 부술 정도이나,
河陽看花過,[7]	하양에서 꽃구경하며 지나가면서도
曾不問潘安.[8]	이제까지 반악에 대해 물은 적이 없었네.

주석

1) 千二百(천이백) : 숫자가 매우 많음을 나타낸다.

《포박자(抱朴子)·미지(微旨)》 속인들은 황제가 천이백 여인들로써 승천했다는 말을 듣고 황제가 단순히 이런 일로 장생에 이르렀다고 한다.(而俗人聞黃帝以千二百女昇天, 便謂黃帝單以此事致長生.)

輕鸞(경란) : 가볍게 나는 난새. 흔히 선녀를 비유하며, 여기서는 무희(舞姬)를 가리킨다.

2) 春衫(춘삼) : 봄에 입는 저고리.

瘦(수) : 마르다. 여위다.
著(착) : 입다.
寬(관) : 넓다. 품이 크다.

3) 倚風(의풍) : 바람에 흔들리다. '바람을 일으키다'라고 풀이하는 설도 있다.
行(항) : 대열. 춤추는 대열을 가리킨다.
稍(초) : 점점.

4) 含雪(함설) : 눈을 머금다. 수준 높은 노래를 부르는 것을 비유한다.
송옥(宋玉), 〈대왕초문 對楚王問〉 그가 〈양춘〉과 〈백설〉을 부르자 나라 안에서 따라 부르는 자가 수십 명에 불과했다.(其爲陽春白雪, 國中屬而和者不過數十人而已.)

5) 遺(유) : 버리다.
金斗(금두) : 다리미. '술잔'으로 보는 설도 있다.

6) 兼珠(겸주) : 구슬을 겸하다. 구슬을 담았다는 말이다.
玉盤(옥반) : 옥쟁반.

7) 河陽(하양) : 하양현(河陽縣). 지금의 하남성(河南省) 맹주시(孟州市) 부근. 반악(潘岳)이 하양령일 때 복숭아나무 자두나무만 심었고, 후에 유신(庾信)이 〈춘부(春賦)〉에서 "하양현은 온통 꽃(河陽一縣幷是花.)"이라 했다.
看花(간화) : 꽃을 보다. 여기서는 '꽃을 감상한다'는 뜻이다.

8) 曾不(증불) : 이제껏 ~한 적이 없다.
潘安(반안) : 반안인(潘安仁). 자가 안인(安仁)인 반악(潘岳)을 가리킨다.

해설

이 시는 심아지(沈亞之)의 시를 본떠 지은 염정시다. 심아지는 자가 하현(下賢)이고 원화(元和) 10년(815) 과거에 급제한 후 전중시어사(殿中侍御史) 등의 관직을 역임했다. 시명(詩名)이 널리 알려졌으나, 현전하는 시는 채 30수가 되지 않는다. 제1-2구는 여러 여인들의 아름다운 모습을 묘사한 것이다. 여인들은 모두 몸이 여위어 입은 옷이 헐렁하다고 했다. 제3-4구는 여인들의 춤과 노래를 형용한 것이다. 무희의 대열은 바람에 날릴 듯 경쾌하게 움직이고 그들이 부르는 노래는 〈백설(白雪)〉처럼 듣기 좋다고 했다. 제5-6구는 여인들이 총애를 받고 있는 상황을 말한 것이다. 다리미와 옥쟁반을 버리고 부수면서도 아까워하지 않는다고 했다. 제7-8구는 여인들이 시인에게 관심을 보이지 않음을 나타낸 것이다. 꽃(여인)을 구경하며 지나가도 반악(시인)에게 말을 걸지 않았다고 했다.

148

蝶

나비

飛來繡戶陰,[1] 수놓은 문의 그늘로 날아와
穿過畫樓深.[2] 그림 그려진 방 깊은 곳으로 통과한다.
重傅秦臺粉,[3] 진나라 누대의 분을 두껍게 바르고
輕塗漢殿金.[4] 한나라 궁전의 금을 가볍게 칠했다.
相兼唯柳絮,[5] 함께 어울리는 것은 오직 버들솜
所得是花心.[6] 얻은 것은 꽃술.
可要淩孤客,[7] 그런데도 외로운 나그네를 못 살게 굴려고
邀爲子夜吟.[8] 초청해 〈자야가〉를 부르게 하는구나.

주석

1) 繡戶(수호) : 화려하게 장식한 문. 대개 아녀자의 방을 가리킨다.
2) 畫樓(화루) : 화려하게 장식한 방.
3) 傅粉(부분) : 분을 바르다.
秦臺(진대) : 진나라 누대.
최표(崔豹), 《고금주(古今注)》 소사와 진목공이 첫 번째 비설단을 제련하여 농옥에게 주어 바르게 했으니, 지금의 수은 지분(脂粉)이 이것이다.(蕭史與秦穆公鍊飛雪丹第一轉, 與弄玉塗之, 今水銀膩粉是也.)

4) 塗金(도금) : 금을 칠하다. 도금하다.

漢殿(한전) : 한나라 궁전.

《한서 · 외척전》 (조비연의 여동생이) 소의가 되어 소양사에 기거했는데, 그곳의 정원은 붉은색이었고 궁전 위에 옻칠을 했으며 문지방은 모두 구리를 씌우고 황금으로 칠했다.(爲昭儀, 居昭陽舍, 其中庭彤朱, 而殿上髹漆, 切皆銅沓黃金塗.)

5) 相兼(상겸) : 함께 어울리다. 가까이 지낸다는 말이다.

柳絮(유서) : 버들솜. '서(絮)'는 '서(緖)'와 해음(諧音)을 이룬다.

6) 花心(화심) : 꽃술. 중의적으로 '꽃의 마음'을 가리키기도 한다.

7) 可(가) : 그런데도. 도리어. '어찌'의 뜻으로 보기도 한다.

凌(능) : 업신여기다. 못 살게 굴다.

孤客(고객) : 외로운 나그네. 타지에서 홀로 지내는 이를 말한다.

8) 邀(요) : 부르다. 초청하다.

子夜(자야) : 〈자야가(子夜歌)〉.

양무제(梁武帝), 〈자야사시가(子夜四時歌)〉 중 〈춘가사수(春歌四首)〉의 넷째 수 꽃 핀 둔덕에서 나비 쌍쌍이 날고, 버드나무 제방에서 새가 갖은 소리를 낸다. 아름다운 이 오는 것 보이지 않으니, 부질없이 마음만 끊어진다.(花塢蝶雙飛, 柳堤鳥百舌. 不見佳人來, 徒勞心斷絶.)

해설

이 시는 나비를 빌려 기녀를 가까이 하는 이를 풍자한 것이다. 제1-2구는 나비가 아녀자의 방을 찾아 들어가는 모습을 묘사한 것이다. 화려한 장식이 있는 문을 지나 방으로 들어간다고 했다. 제3-4구는 나비가 한껏 치장한 모습을 묘사한 것이다. 분을 바르고 금을 칠했다고 하여 풍류가 넘치는 자태를 포착했다. 제5-6구는 나비가 버들솜이나 꽃술과 어울리는 광경을 그린 것이다. '버들'과 '꽃'은 기녀를 비유하고 '솜(緖)'과 '술(心)'은 중의적으로 '마음'을 뜻하니, 곧 어떤 이가 기녀들과 죽이 맞아 놀아난다는 말이다. 제7-8구는 외로운 나그네의 심사를 어지럽힌다는 핀잔의 뜻을 전한 것이다. 공연히 외로운 나그네에게까지 날아와 〈자야가〉를 부르게 하여 근심을 불러일으킨다고 역정을 냈다. "이 또한 남녀의 놀이 때문에 지은 것이니, 시어의 뜻이 매우 분명하다(此亦爲冶遊而作, 語意甚明.)"는 청나라 정몽성(程夢星)의 평이 간명해 보인다.

149

飮席代官妓贈兩從事

술자리에서 관기를 대신하여 두 종사에게 주다

新人橋上着春衫,[1]	다리 위의 새사람 봄 저고리 입었고
舊主江邊側帽簷.[2]	강변의 옛 주인 모자 차양을 비스듬히 했다.
願得化爲紅綬帶,[3]	원컨대 붉은 인끈이 되어
許敎雙鳳一時銜.	두 봉새에게 한꺼번에 물렸으면.

주석

1) 春衫(춘삼) : 봄에 입는 홑옷. 봄 저고리를 입었다는 것은 젊고 풍류가 있는 젊은이임을 이른다.

2) * 〔원주〕 : 수나라 독고신은 행동거지에 풍류가 있었는데, 한번은 바람이 불어 모자 차양이 비스듬해지자 그것을 보는 이가 길을 가득 메울 정도였다.(隋獨孤信擧止風流, 曾風吹帽簷側, 觀者賽路.)

3) 紅綬帶(홍수대) : 붉은 띠. 관인(官印) 등을 매는 데 쓰였던 인끈.

해설

이 시는 술자리에서 관기를 대신하여 두 종사에게 장난삼아 준 것이다. 제1-2구에서는 기녀의 입장에서 새 사람을 맞이하고 옛 사람을 보낸 것을 이른다. 이 둘 모두 젊고 풍류가 넘친다고 묘사했다. 이 두 사람은 시인의 막부 동료일 수도 있고, 단순히 새로 알게 된 사람과 예부터 알던 사람이라

볼 수도 있다. 제3-4구에서는 기녀가 붉은 인끈이 되어 '두 봉새'에게 동시에 물릴 것을 원했다. 두 봉새는 아마도 두 종사를 가리킬 것이다. 해학적이면서도 외설에 가까워 술자리의 질편한 분위기를 전해준다.

150

代魏宮私贈

위나라 궁녀를 대신해 몰래 주다

來時西館阻佳期,[1]	오셨을 때는 서관에서 아름다운 기약 막혔고
去後漳河隔夢思.[2]	가신 뒤에는 장하가 꿈에 그리는 것도 방해했지요.
知有宓妃無限意,[3]	복비의 끝없는 마음이 있음을 알아주기만 한다면
春松秋菊可同時.[4]	봄 소나무와 가을 국화도 시절을 함께 할 수 있을 겁니다.

주석

* 〔원주〕: 황초 3년(222) 이미 생사가 갈렸는데 추후에 '꼭 시기가 같아야 하겠는가'라는 뜻을 대신했으니 또한 〈자야오가〉의 변종(變種)이다.(黃初三年, 已隔存歿, 追代其意, 何必同時, 亦廣子夜吳歌之流變.)

1) 西館(서관) : 조식(曹植)의 저택.

《삼국지·위지(魏志)·진사왕전(陳思王傳)》 황초 2년 조식은 안양후로 작위가 내려갔다가 견성후로 바뀌어 봉해졌다. 황초 4년 입조했으나 문제(文帝)는 그를 꾸짖고 서관에 머물게 하여 입조를 허락하지 않자 〈책궁〉 시를 올렸다.(黃初二年, 植貶爵安鄕侯, 改封鄄城侯. 四年來朝, 帝責之, 置西館, 未許朝, 上責躬詩.)

阻(조) : 막다.

佳期(가기) : 아름다운 기약. 견후(甄后)와 만나는 것을 가리킨다.

2) 漳河(장하) : 북장수(北漳水). 산서성에서 발원하여 위하(衛河)로 흘러드는 강으로, 위나라의 도성인 업성(鄴城)이 장하의 북쪽에 있었다.

隔(격) : 떨어지게 하다. 방해하다.

夢思(몽사) : 꿈속에서의 그리움.

3) 宓妃(복비) : 낙수의 여신. 여기서는 견후(甄后)를 가리킨다. 견후는 본래 원소(袁紹)의 며느리였는데 원소가 패한 후 조식이 견후를 자신의 부인으로 삼고자 했으나 조조(曹操)에 의해 조비의 부인이 되었다. 후에 견후는 조비의 또 다른 부인인 곽후(郭后)의 모함을 받아 자결했고, 황초(黃初) 연간에 조식이 왕에 봉해지려 궁에 들어갔을 때 조비가 견후의 베개를 보여주었다.

無限意(무한의) : 끝없이 사모하는 마음.

4) 春松秋菊(춘송추국) : 봄 소나무와 가을 국화.

조식, 〈낙신부 洛神賦〉 흐드러진 가을 국화와 멋들어진 봄 소나무.(榮曜秋菊, 華茂春松.)

可(가) : ~할 수 있다.

해설

이 시는 위나라의 궁녀를 대신하여 조식(曹植)에게 견후(甄后)의 마음을 전하며 그를 위로한 것이다. 제1-2구는 조식과 견후의 이루어지지 못한 만남을 이야기한 것이다. 조식이 입궁했을 때는 서관에 머무르라는 조비(曹丕)의 명으로 견후를 만나지 못했고, 떠난 뒤에는 다시 장하가 두 사람을 갈라놓았다고 했다. 제3-4구는 진정 서로 사랑한다면 그 어떤 제약도 문제가 되지 않는다는 견후의 생각을 전한 것이다. 봄 소나무와 가을 국화처럼 계절이 다르다고 해도 마음으로 통할 수 있다고 했다.

이 시의 배경이 되는 조식의 사적은 사실(史實)과 상이한 부분이 있어 논란이 일기도 했다. 청나라 등정정(鄧廷楨)은 그 부분을 이렇게 정리했다. "〈낙신부〉는 황초 3년에 창작되었는데 그때는 조비가 즉위한 지 이미 오래되었으니 어찌 시에서 말한 바와 같겠는가? 사서에서 이상은이 박람강기하다고 칭송했는데 어찌 이를 몰랐겠는가? 대체로 시인이 감정을 표현하느라 화려하게 꾸미고 기탁하는 바가 있어 그렇게 말한 것이니 꼭 실사구시할 필요가 없다.(洛神賦作於黃初三年, 時丕卽位已久, 安得如詩所云耶? 史稱李商隱博聞彊記, 豈不知此? 蓋詩人緣情綺靡, 有託而言, 政不必實事求是也.)"

151

代元城吳令暗爲答

원성령 오질(吳質)을 대신해 몰래 답하다

背闕歸藩路欲分,[1]	이궐산 등지고 번국으로 돌아갈 제 길은 갈라지려 하는데
水邊風日半西曛.[2]	강가에 바람 불고 햇빛 내리쬐며 서쪽은 반쯤 어스름.
荊王枕上元無夢,[3]	형왕의 머리맡에는 원래 꿈이 없었으니
莫枉陽臺一片雲.[4]	잘못 양대의 한 조각 구름이 되지 마오.

주석

1) 背闕(배궐) : 이궐산(伊闕山)을 등지다. 이궐산은 낙양 남쪽에 있다. '闕'을 대궐로 풀이하는 설도 있다.
歸藩(귀번) : 번국(藩國)으로 돌아가다. 조식이 봉해진 견성(甄城)을 가리킨다. 견성은 낙양 동북쪽에 있었다.
조식, 〈낙신부〉 나는 경사 지역으로부터 동쪽 번국으로 돌아갔다. 이궐산을 등지고 환원산을 넘었으며, 통곡을 지나고 경산에 올랐다.(余從京域, 言歸東藩. 背伊闕, 越轘轅, 經通谷, 陵景山.)

2) 水邊(수변) : 강가. 여기서는 낙수를 가리킨다.
風日(풍일) : 바람이 불고 햇빛이 내리쬐다.
曛(훈) : 어스름하다.

3) 荊王(형왕) : 형 지방의 왕. 초나라 회왕(懷王)을 말하며, 여기서는 진사왕(陳思王) 조식을 가리킨다.

枕上(침상) : 머리맡.

元(원) : 원래.

無夢(무몽) : 꿈을 꾸지 않다.

4) 枉(왕) : 잘못 되다. 억울하게 되다.

陽臺一片雲(양대일편운) : 양대의 한 조각 구름.

송옥(宋玉), 〈고당부(高唐賦)〉 서문 (무산의 신녀가) 아침에는 구름이 되고 저녁에는 지나가는 비가 되어 아침저녁으로 양대의 아래에 있겠다.(旦爲朝雲, 暮爲行雨, 朝朝暮暮, 陽臺之下.)

해설

이 시는 앞의 시 〈위나라 궁녀를 대신해 몰래 주다(代魏宮私贈)〉의 자매편격으로, 시인이 다시 원성령(元城令) 오질(吳質)을 대신해 위나라 궁녀에게 몰래 답한다는 내용을 담고 있다. 오질은 뛰어난 글재주로 조비(曹丕)에게 인정을 받았던 사람이며 조식과도 교분이 두터웠다. 제1-2구는 조식이 낙양을 떠날 때의 광경을 묘사한 것이다. 〈낙신부〉의 표현을 빌려 해가 뉘엿뉘엿할 때 이궐산을 등지고 견성(甄城)으로 향했다고 했다. 제3-4구는 '무산 신녀' 고사를 빌려 앞의 시에 비친 견후의 뜻을 완곡하게 거절한 것이다. 조식은 초나라 회왕과 달리 무산 신녀를 꿈에 만난 적이 없으니, 견후도 양대의 구름이 되어 나타날 필요가 없다고 했다.

여기서도 알 수 있듯이 〈위나라 궁녀를 대신해 몰래 주어(代魏宮私贈)〉와 〈원성령 오질을 대신해 몰래 답하여(代元城吳令暗爲答)〉 두 수는 조식과 견후의 이야기를 정면으로 다룬 영사시가 아니다. 조식과 견후로 대칭(代稱)된 남녀 한 쌍의 고백과 거절을 담고 있는 염정시다. 그러나 그것이 시인의 직접적 체험인지 제삼자의 이야기인지 확인할 길은 없다.

152

牡丹

모란

壓徑復緣溝,[1]	좁은 길에 가득하고 또 도랑을 따라 피어있는 모란
當窓又映樓.	창문을 대하고 또 누대를 비추고 있는데,
終銷一國破,[2]	결국 경국지색의 값어치라
不啻萬金求.[3]	만금도 아깝다하지 않고 구한다.
鸞鳳戲三島,[4]	난새와 봉황이 노니는 삼신산과
神仙居十洲.[5]	신선들이 머무는 십주에서는,
應憐萱草淡,[6]	담담한 원추리를 아낄 것이니
却得號忘憂.	이는 근심을 잊게 한다고 불리기 때문이리.

주석

1) 徑(경) : 좁은 길.
   溝(구) : 도랑.
2) 銷(소) : 값어치가 있다. 값하다.
3) 不啻(불시) : ~에 그치지 않다.
   萬金求(만금구) : 만금을 들여 구하다. 이조(李肇)의 《국사보(國史補)》에 따르면 당나라 때 모란을 숭상하던 풍습이 삼십여 년이나 지속되어 늦봄 모란이 필 때면 그것을 완상하느라 북새통을 이루었다. 모란을 심어 이익을 구하려 했으므로 한 그루에 수만금에 이르는 모란도 있었다.

4) 三島(삼도) : 신선이 산다는 세 섬, 곧 삼신산(三神山). 봉래(蓬萊), 방장(方丈), 영주(瀛洲)를 이른다.

5) 十洲(십주) : 고대 전설에 신선이 산다는 10개 섬으로 곧, 조주(祖洲), 영주(瀛洲), 현주(玄洲), 염주(炎洲), 장주(長洲), 원주(元洲), 유주(流洲), 생주(生洲), 봉린주(鳳麟洲), 취굴주(聚窟洲)를 이른다.

6) 萱草(훤초) : 망우초(忘憂草). 원추리.

해설

이 시는 모란과 원추리를 대비시켜 화려한 것을 좇는 세태에 대한 비판과 시인 자신에 대한 자부심을 기탁한 것이다. 제1-2구는 무성하게 핀 모란의 모습을 묘사한 것이다. 길을 막고 도랑을 따라 피었으며 창을 대하고 누각을 비추고 있다고 했다. 제3-4구는 모란의 자태를 형용한 것이다. 부귀하고 아름다워 경국지색에 비견할 만한 까닭에 사람들이 금전을 아까워하지 않고 구하고 있다고 했다. 화려한 겉모습에 열광하는 세속의 세태를 묘사했다고 하겠다. 제5-6구는 선계의 모습을 상상한 것이다. 난새와 봉황이 날아다니고 신선이 머무는 곳이라 하여 앞 연의 세속과 대비되는 곳을 상정했다. 제7-8구는 원추리를 아끼는 이유를 밝힌 것이다. 선계에서 아름다운 모란을 중히 여기지 않고 대신 담박한 원추리를 아끼는 것은 근심을 잊을 수 있기 때문이라고 했다. 시인은 모란과 원추리를 대비하여 속된 아름다움을 중시하는 세태를 개탄하면서, 담박한 원추리로 시인 자신을 비유하여 자신의 아름다운 자질은 오직 신선세상에서나 아낄 것임을 말했다.

153

百果嘲櫻桃[1]

온갖 과일이 앵도를 조롱하다

珠實雖先熟,[2]	구슬 같은 열매 비록 먼저 익는다 하여도
瓊莩縱早開.[3]	옥 같은 씨앗 껍질이 설령 먼저 벌어진다 하여도
流鶯猶故在,[4]	꾀꼬리가 아직 그대로 있으니
爭得諱含來?[5]	어찌 먹잇감이 되는 일을 피할 수 있겠는가?

주석

1) 百果(백과) : 온갖 과일.

2) 先熟(선숙) : 먼저 익는다.

양(梁) 선제(宣帝), 〈앵도부 櫻桃賦〉 오직 앵도나무는 다른 과일보다 먼저 꽃이 피운다.(惟櫻桃之爲樹, 先百果而含榮.)

3) 莩(부) : 갈대청. 갈대 줄기의 얇고 흰 막. 여기서는 씨앗의 외피를 가리킨다.

4) 流鶯(유앵) : 이리저리 떠도는 꾀꼬리.

5) 諱含(휘함) : 먹잇감이 되는 것을 피하다.

《여씨춘추(呂氏春秋) · 중하기(仲夏紀)》 음력 5월에 앵도에 부끄러워한다.(仲夏之月, 羞含桃.)에 대한 주 함도는 앵도로, 꾀꼬리가 품고 먹어 함도라 이른다.(含桃, 櫻桃也, 鶯鳥所含食, 故言含桃.) 여기서는 앵두가 일찍 열리지만 꾀꼬리에 의해 함(含) 즉, 먹잇감이 되는 것을 이른 것이다.

해설

이 시는 모든 과일이 앵도를 조롱하는 내용을 담은 것이다. 모든 과일은 여러 희첩(姬妾)을 비유하고, 앵도는 총애 받는 여인을 비유한 것으로 보인다. 제1-2구에서는 앵도가 일찍 열매를 맺고 씨앗이 먼저 터지는 성질을 말했다. 이는 총애 받는 희첩이 일찍 자식을 본 것을 빗댄 것이다. 제3-4구에서는 꾀꼬리가 있어 먹잇감이 될 위험이 있다고 했다. 이는 지금 은총을 받지만 본래 고귀한 신분이 아닌지라 언제라도 불행한 일을 당할 수 있음을 이른 것이다. 첩 중에 아들을 두어 총애를 받게 되자 다른 여러 첩들이 불평한 것을 이런 조롱의 언사로 표현했다.

154

櫻桃答

앵도가 답하다

衆果莫相誚,[1]	온갖 과일들이여, 나를 나무라지 마시게
天生名品高.[2]	하늘이 나의 명성과 품격을 고귀하게 낳아주신 거라오.
何因古樂府,[3]	무슨 연유로 옛 악부에
惟有鄭櫻桃?[4]	오직 정앵도만 있었겠소?

주석

1) 誚(초) : 꾸짖다. 책망하다.
2) 名品(명품) : 명성과 품격.
3) 古樂府(고악부) : 옛 악부. 당(唐)의 이기(李頎)가 지은 〈정앵도가(鄭櫻桃歌)〉를 이른다. 정앵도가 미색으로 총애를 받아 후궁이 된 고사를 읊고 있다.
4) 鄭櫻桃(정앵도) : 정앵도(?-349)는 후조(後趙) 양국(襄國, 지금의 하북성 형태시(邢台市)) 사람으로, 후조의 무제(武帝) 석호(石虎)의 셋째 부인이 되었다가 나중에 황후에 봉해졌다. 배우 출신이어서 미색을 갖추고 있어 석호의 총애를 받았다.

해설

이 시는 앞 시에서 앵도를 조롱한 데 대한 답으로, 앵도의 자부심을 드러낸 것이다. 제1-2구에서는 과일들에게 자신은 하늘이 낸 고귀한 명성과 품격을 지니고 있다며 자부했다. 제3-4구에서는 악부 〈정앵도가〉를 증거로 들어 자신이 총애를 받을 수밖에 없는 특별한 존재라 하며 득의한 어조로 마무리했다.

155

曉坐

새벽에 앉아

後閤罷朝眠,	뒷 누각에서 아침 잠 깨었는데
前墀思黯然.[1]	앞 섬돌에서 그리움으로 슬픔에 잠긴다.
梅應未假雪,	매화는 눈을 빌리지 않아도 희고
柳自不勝煙.	버들은 안개를 이기지 못할 정도로 약하다.
淚續淺深綆,[2]	눈물은 계속 흘러 깊게 드리운 두레박 줄 같고
腸危高下絃.[3]	애간장은 위태로워 높이 맨 줄과 같다.
紅顏無定所,	젊은 시절 정처 없이 떠돌았는데
得失在當年.[4]	지금은 무엇을 얻고 잃었는지?

주석

* 〔원주〕: 뒤쪽 전각이라 되어 있기도 하다.(一云後閣.)

1) 墀(서) : 지대 뜰(지대 위의 땅). 섬돌.
   黯然(암연) : 슬프고 침울함.
2) 綆(경) : 두레박 줄. 여기서는 눈물이 길게 흐른다는 의미이다.
3) 絃(현) : 줄. 여기서는 애가 높이 맨 줄처럼 곧 끊어질 듯하다는 의미이다.
4) 得失(득실) : 얻고 잃음.
   當年(당년) : 이 해. 지금을 뜻한다. 여기서는 지금 무엇을 얻었고 무엇을 잃었는지 알지 못했다는 의미이다.

해설

이 시는 새벽에 일어나 옛날을 추억한 후 신세를 개탄하며 쓴 것이다. 제1-2구에서는 새벽에 일어나 슬픔에 젖어 옛 날을 떠올리고 있다. '암연(黯然)'이 시 전체의 감정적 기저를 이룬다. 제3-4구에서는 매화가 희고 버들이 유약한 모습을 묘사했는데, 이는 마치 시인을 빗댄 듯하다. 누구의 힘을 빌리지 않아도 바탕이 아름다우나 실은 유약하다는 뜻이 함축되어 있다. 제5-6구에서는 그런 생각에 눈물이 하염없이 길게 흐르고 애간장은 끊어질 듯 아프다고 했다. 제7-8구는 일생의 조우를 개괄한 것이다. 젊어서 정처 없이 떠돌았는데 지금은 무엇을 얻고 잃었는지 알지도 못하겠다며 처량한 신세임을 밝혔다. 청나라 풍호는 이 시가 전체적으로 '처완(悽惋)'하다고 평했다.

156

詠史

영사

北湖南埭水漫漫,[1]	북쪽 호수와 남쪽 둑의 물은 질펀한데
一片降旗百尺竿.[2]	한 조각 항복의 깃발이 백 척 장대 위에 걸려 있었다.
三百年間同曉夢,[3]	삼백 년간이 새벽꿈과 같으니
鍾山何處有龍盤.[4]	종산 어디에 용이 서려 있는가?

주석

1) 北湖(북호) : 북쪽 호수. 현무호(玄武湖)를 이른다.
   南埭(남태) : 남쪽 둑. 계명태(雞鳴埭)를 이른다. 지금의 남경시 교외에 옛 터가 있다. 현무호와 계명태는 남조의 제왕들이 연회를 베풀며 노닐었던 곳이자, 수군(水軍)이 훈련을 하던 곳이었다. 현무호의 물이 도랑을 통해 진회하(秦淮河)로 들어가는데 도랑 위를 계명태라고 한다.
2) 降旗(항기) : 항복하는 표시로 드는 깃발.
3) 三百年間(삼백년간) : 삼백 년 동안. 남조의 동진(東晉)에서 진(陳)이 망할 때까지 약 270년간을 이른다.
4) 鍾山(종산) : 자금산(紫金山). 남경(南京)에 있는 산이다.
   龍盤(용반) : 용이 서려 있음.
   장발(張勃), 《오록(吳錄)》 유비가 일찍이 제갈량으로 하여금 경사로 가게 했는데, 말릉의 산과 언덕을 보고는 감탄하여 말했다. '종산에는 용이 서려 있고 석두성에는 호랑이가 웅크리고 있으니, 제왕의 집터로다.'(劉備曾使諸葛亮至京, 因覩秣陵山阜, 乃嘆曰, 鍾山龍盤, 石頭虎踞, 帝王之宅也.)

해설

이 시는 금릉(金陵)에 도읍을 세운 왕조와 그들의 흥폐에 대한 감개를 쓴 영사시다. 제1-2구에서는 현무호와 계명태를 들었는데, 이곳은 남조 군주들이 자주 연회를 베풀며 노닐던 곳이고, 그들은 여기에다 항복을 표시하는 깃발을 내걸기도 했다. 옛 유적에 물만 질펀한 것은 세월의 무심함과 아득함을 아득한 느낌을 준다. 제3-4구에서는 왕조의 흥망은 삼백 년 동안 반복되었음을 말했다. 금릉은 제왕의 집터라 찬탄되는 곳이어서 왕업을 이루면서도 이 모든 것이 새벽꿈과 같이 순식간에 사라졌다고 했다. 금릉의 지세의 유리함도 믿을 것이 못되고 제갈량과 같은 이가 나온다 해도 정권이 부패하면 모든 것이 헛되다는 것을 이른 것으로, 시인의 의론이 겉으로 드러나지 않았어도 그의 의도를 충분히 전달하고 있다.

157

一片

한 조각

一片非煙隔九枝,[1]	한 조각 상서로운 구름 구지등 너머 감돌고
蓬巒仙仗儼雲旗.[2]	봉래 선인의 의장과 구름무늬 깃발은 장중하다.
天泉水暖龍吟細,[3]	천천지의 물 따스한데 용의 울음소리 가냘프고
露畹春多鳳舞遲.[4]	이슬 내린 들판에 봄 가득한데 봉황의 춤 더디다.
楡莢散來星斗轉,[5]	느릅 꼬투리 흩어지듯 북두칠성도 돌고
桂華尋去月輪移.	계화가 찾아가듯 달도 자리를 옮긴다.
人間桑海朝朝變,	인간 세상에서는 아침마다 뽕밭이 바다 되니
莫遣佳期更後期.	좋은 기약을 훗날로 미루지 말기를.

주석

1) 非煙(비연) : 상서로운 구름.

《손씨서응도(孫氏瑞應圖)》 기운도 아니고 연기도 아니며 오색이 왕성한 것을 경사스러운 구름이라 한다.(非氣非煙, 五色絪縕, 謂之慶雲.)

九枝(구지) : 등 이름으로 한 가지에 아홉 줄기가 달린 것을 말한다.

2) 蓬巒(봉만) : 봉래산(蓬萊山).

雲旗(운기) : 구름무늬를 수놓은 깃발. 여기서는 선가(仙家)의 의장(儀仗)

을 가리킨다.

3) 天泉(천천) : 천천지(天泉池). 못 이름.

4) 畹(원) : 스무 이랑. 밭 이십 묘.

5) 楡莢(유래) : 느릅나무의 열매로 음력 2월에 열려 3월에 떨어진다.

해설

이 시는 인간세상이 자주 변해 좋은 기약을 붙잡기 어려운 것에 대한 아쉬움을 담은 것이다. 첫 구의 두 글자를 제목으로 삼은 무제시의 일종이다. 제1-4구는 '좋은 기약'을 구체적으로 묘사한 것이다. 한 조각 상서로운 구름과 기운이 구지등을 감돌고, 봉래산의 선경과 신선의 의장이 펼쳐져 있다. 천천지의 물은 따뜻하고 용은 가냘프게 운다. 이슬 내린 들판에는 봄기운이 짙고 봉새는 느릿느릿 춤을 춘다. 이러한 정경은 천상의 모습이지만 인간세상에서의 화려하고 귀한 모습임을 암시하고 있다. 좋은 기약이란 바로 발탁, 기용되는 기회를 가리키므로, 용과 봉황은 조정에 모인 인재로 볼 수도 있다. 제5-6구는 별과 달이 움직이어 시간이 빠르게 지나간다는 의미로 마지막 연의 뜻을 열어주었다. 제7-8구에서는 세월이 빨리 흐르고 변화도 무쌍하므로 좋은 기회는 놓치지 말아야 한다고 했다. 아마도 당시의 정국이 빠르게 변했기 때문에 시인은 좋은 기회가 만나기 어렵다고 느꼈던 것 같다. 그래서 청나라 풍호는 이 시를 이상은이 영호도(令狐綯)에게 자신을 끌어줄 것을 진정(陳情)할 때 지은 작품으로 보았다.

158

日射

햇살

日射紗窓風撼扉,[1] 햇살은 깁창을 내리쬐고 바람은 사립문 흔드는데
香羅拭手春事違.[2] 향기로운 비단에 손 씻으니 봄빛과 어긋났다.
迴廊四合掩寂寞,[3] 회랑이 사방을 둘러 적막함으로 덮인 곳에서
碧鸚鵡對紅薔薇.[4] 푸른 앵무새가 붉은 장미를 마주하고 있다.

주석

1) 射(사) : 내리쬐다.
紗窓(사창) : 깁으로 바른 창. '깁(紗)'은 명주실로 거칠게 짠 무늬 없는 비단이다.
撼(감) : 흔들다.
扉(비) : 사립문.
2) 香羅(향라) : 향기로운 비단.
拭手(식수) : 손을 씻다.
春事(춘사) : 봄빛. 흔히 봄놀이 또는 춘정(春情)을 비유한다.
違(위) : 어긋나다.
3) 迴廊(회랑) : 방을 둘러싼 마루.
四合(사합) : 사방에서 두르다.

掩寂寞(엄적막) : 적막함으로 덮다.

4) 碧鸚鵡(벽앵무) : 푸른 빛깔의 앵무새.

紅薔薇(홍장미) : 붉은 장미.

해설

이 시는 첫머리 두 글자로 제목을 삼은 일종의 무제시로, 규원(閨怨)을 노래한 것이다. 제1-2구는 규방 안팎의 풍경을 묘사한 것이다. 햇살이 따사롭고 바람이 살랑살랑 부는 봄날 여인은 손을 씻고 단장을 하지만, 즐거운 일 없이 또 하루를 보낼 뿐이라고 했다. 제3-4구는 규방 주변의 쓸쓸하고 무료한 모습을 통해 화자의 심사를 표현한 것이다. 사방을 두른 회랑을 거닐면 그리운 임 대신 앵무새와 장미만 눈에 들어온다고 했다. 역대의 평자들은 제4구의 표현이 오묘하다고들 했다. 예컨대 청나라 육명고(陸鳴皐)는 이렇게 말했다. "꽃과 새가 서로 마주하는 사이에 마음이 상한 사람이 그 안에 있다.(花鳥相對間, 有傷情人在內.)"

159

題鵝

거위에 제하다

眠沙臥水自成群,	모래 위에 잠들고 물가에 누우며 절로 무리를 이루고
曲岸殘陽極浦雲.[1]	굽이진 강 언덕에 지는 석양이 갯벌의 구름까지 다다르네.
那解將心憐孔翠,[2]	어찌 공작과 비취새를 이해하는 마음을 지닐 수 있으랴.
羈雌長共故雄分.	갇힌 암컷이 옛 수컷과 늘 헤어져 있던 것을.

주석

1) 殘陽(잔양) : 석양

2) 那(나) : 어찌.

解(해) : ~할 수 있다.

孔翠(공취) : 공작과 비취새.

해설

이 시는 거위 그림에 붙인 제화시(題畵詩)로 보인다. 평범한 이를 거위에 빗대고 비범한 이를 공작과 비취새에 빗대어, 시인 자신의 비범한 포부를 기탁했다. 제1-2구는 거위 떼와 부근의 경색을 묘사한 것이다. 평범하면서도 아무 근심 없는 거위의 모습과 석양이 지는 풍경을 제시하여, 저물어가는 시대에 마음이 편할 수만은 없는 작가의 심정을 넌지시 드러냈다. 제3-4구는 거위가 근본적으로 공작과 비취의 고아한 정조를 이해하지 못한다는 것이다. 공작이나 비취새는 암수가 서로 이별하는 고통을 당하는 까닭에 아무 근심 걱정 없이 한가한 거위보다 못한 듯 보인다고 했다. 그러나 본래 지사(志士)나 재주 있는 이들이란 항시 근심 걱정하며 시대에 대한 책임을 감당하는 이들이기 때문에 그런 아픔을 인내한다는 것이다. 두 종류의 새를 대비하여 천박하고 진취적이지 못한 자들에 대한 비판도 겸했다.

160

華淸宮

화청궁

朝元閣迥羽衣新,[1]	멀리 조원각에서 들리는 예상우의곡 새로운데
首按昭陽第一人.[2]	박자에 맞추어 춤을 춘 이는 소양궁의 제일가는 미녀.
當日不來高處舞,	당시 높은 누각에서 춤을 추지 않았다면
可能天下有胡塵.	어찌 천하에 오랑캐의 먼지가 날렸겠는가?

주석

1) 朝元閣(조원각) : 섬서성 서안시 임동구(臨潼區) 여산(驪山)에 있는 전각.
羽衣(우의) : 예상우의(霓裳羽衣). 당나라 때 만들어진 무곡(舞曲) 이름. 현종(玄宗)이 중추절에 황궁에서 방사(方士) 나공원(羅公遠)과 함께 달구경을 하다가 나공원이 도술을 부려 만든 달나라 궁전 광한궁(廣寒宮)에 들어가 아름다운 음악을 배경으로 선녀들이 춤추는 장면을 구경했는데, 그것을 기억해두었다가 나중에 궁중의 악사들에게 예상우의곡을 만들어 양귀비(楊貴妃)에게 선녀의 차림새로 춤을 추게 했다고 한다.

2) 首按(수안) : 먼저 박자에 맞추다. 여기서는 음악의 리듬에 맞추어 춤을 추는 것을 이른다.
昭陽(소양) : 소양궁. 한대의 궁 이름. 여기서는 조비연(趙飛燕)을 가리킨다.

해설

이 시는 양귀비 때문에 나라가 어지러워진 것을 읊은 영사시다. 제1-2구에서는 조원각에서 예상우의무를 추는 양귀비를 묘사하면서 조비연에 빗대어 가장 아름다운 미인이라 했다. 제3-4구에서는 양귀비가 누각에서 춤을 춰 왕을 미혹했기 때문에 오랑캐인 안녹산(安祿山)의 침입을 받아 나라가 혼란하게 되었다고 했다. 다른 〈화청궁〉(華淸恩幸)시 보다 더욱 직설적이라 여운이 부족하여, 청나라 풍호(馮浩)는 이상은이 지은 것 같지 않다고 의심했다.

161

梓潼望長卿山至巴西復懷譙秀

재동에서 장경산을 바라보고 파서에 이르러 다시 초수를 생각하다

梓潼不見馬相如,[1]	재동에서 사마상여를 만나지 못하여
更欲南行問酒壚.[2]	더 남쪽으로 가 술을 파는 목로를 물어보려 했다.
行到巴西覓譙秀,[3]	파서에 이르러 초수를 찾았으나
巴西唯是有寒蕪.[4]	파서에는 오직 추운 날의 잡초뿐이었다.

주석

1) 梓潼(재동) : 재동현(梓潼縣). 촉도(蜀道)의 남쪽에 위치해 있다.
馬相如(마상여) : 서한의 문인인 사마상여(司馬相如). 자(字)는 장경(長卿)이다.
《방여승람(方輿勝覽)》 장경산은 재동현 치소의 서남쪽에 있으며 옛 이름은 신산이었다. 당 현종이 촉으로 행차하다 산에 사마상여가 책을 읽던 굴이 있는 것을 보고 장경산으로 이름을 바꾸었다.(長卿山在梓潼縣治西南, 舊名神山. 唐明皇行蜀, 見山有司馬相如讀書之窟, 因改名長卿山.)

2) 酒壚(주로) : 술을 파는 목로.
《사기 · 사마상여열전》 사마상여는 탁문군(卓文君)과 함께 임공으로 가서는 수레를 죄다 팔고 술집을 사서 술을 팔았다. 그리하여 탁문군으로 하여금 목로에 앉아 술을 팔게 했다. 사마상여 자신은 스스로 잠방이를 입고 저자에서 그릇을 씻었다.(相如與文君俱之臨邛, 盡賣車騎買酒舍酤酒. 而令文君當壚, 相如

自著犢鼻褌, 滌器於市中.)

3) 巴西(파서) : 파군(巴郡)의 서부.

초주(譙周), 《파기(巴記)》 유장이 파군을 나누어 영녕을 파동군으로 삼고, 점강을 파군으로 삼고, 낭중을 파서군으로 삼았으니, 이를 삼파라 한다.(劉璋分巴, 以永寧爲巴東郡, 墊江爲巴郡, 閬中爲巴西郡, 是謂三巴.) 이 시에서는 지금의 사천성 면양시(綿陽市) 일대를 가리킨다.

譙秀(초수) : 서진(西晉) 시대 파서 출신의 인물로 덕망이 높아 여러 차례 조정에 천거되었으나 나아가지 않았다.

손성(孫盛), 《진양추(晉陽秋)》 이웅이 촉을 찬탈하여 수레를 보내 초수를 초빙했으나 응하지 않았다. 환온이 촉을 평정한 뒤 전장에서 돌아와 표를 올려 초수를 천거했다.(李雄盜蜀, 安車徵秀, 不應. 桓溫平蜀, 返役, 上表薦之.)

4) 寒蕪(한무) : 늦가을 추위에 핀 잡초.

해설

이 시는 지금의 사천성 삼태현(三台縣)에 있던 동천절도사(東川節度使) 막부로 갈 때 지은 것이다. 시인의 여정은 지금의 재동현(梓潼縣)에서 면양시(綿陽市) 동쪽을 지나 삼태현으로 갔던 것으로 추정된다. 재동과 파서를 지나면서 그 지역과 관련된 인물을 소재로 삼았다. 제1-2구는 재동에서 사마상여에 관한 내용을 담은 것이다. 재동의 장경산에서 사마상여를 만나지 못해 그가 탁문군과 함께 술집을 운영했다는 성도(成都)까지 내려가 보고 싶다고 했다. 제3-4구는 파서에서 초수에 관한 내용을 담은 것이다. 파서에서 초수를 찾아보았으나 그곳은 잡초만 무성하다고 했다.

이 시에서 말하는 '사마상여'와 '초수'는 당연히 과거의 역사적 인물이 아니라 그들이 누렸던 대우를 가리킨다. 현종이 사마상여를 기려 산 이름에 그의 자(字)를 붙인 것이나 환온이 표를 올려 초수를 천거한 것과 같은 대우 말이다. 따라서 '사마상여'와 '초수'를 찾지 못했다는 것은 시인이 재동과 파서에서 자신의 재주를 알아보고 조정에 천거해줄 만한 사람을 만날 수 없었다는 뜻이다.

162

齊宮詞

제나라 궁정의 노래

永壽兵來夜不扃,[1]	영수전에 병사 들어온 밤 문이 닫혀 있지 않았기에
金蓮無復印中庭.[2]	금빛 연꽃을 다시는 가운데 뜰에 새기지 못했다.
梁臺歌管三更罷,[3]	양나라 궁성의 노래 가락은 삼경이 되어서야 그쳤으니
猶自風搖九子鈴.[4]	여전히 아홉 개 방울이 바람 따라 흔들렸다.

주석

1) 永壽(영수) : 영수전(永壽殿). 제 폐제(齊廢帝)가 반비(潘妃)를 위해 지어준 전각.
扃(경) : 닫다. 《남사(南史)》에 따르면 소연(蕭衍)의 군사가 궁에 이르자 왕진국(王珍國) 등이 문을 열어주었다. 이날 밤 임금은 그것도 모르고 노래하며 즐기고 있다가 병사가 오는 소리를 듣고 급히 나가면서 칼에 맞아 쓰러졌다.

2) 金蓮(금련) : 금빛 연꽃. 《남사(南史)》에 따르면 제 폐제 동혼후(東昏侯)가 금으로 연꽃을 만들어 땅에 뿌리고 반비(潘妃)로 하여금 그 위를 지나가게 하면서 말하기를 "이것이 걸음마다 연꽃이 생겨난다는 것이다."라 했다.

中庭(중정) : 건물과 건물 사이에 있는 마당.

3) 梁臺(양대) : 양나라 궁성.

4) 九子鈴(구자령) : 아홉 개 방울. 궁전이나 사찰의 처마, 휘장 위에 걸어두는 장식품으로, 금이나 옥 등으로 만든 방울. 여기서는 양나라가 제나라를 멸망시키고 얻은 전리품을 가리킨다.

해설

이 시는 제나라의 망국에 대해 쓴 영사시로, 황음함이야말로 군주가 경계해야 할 중요한 것으로 꼽고 있다. 제1-2구는 제나라가 망하던 날 밤을 집중적으로 묘사한 것이다. 제 폐제는 반비를 총애하여 황음함을 일삼다가 영원(永元) 3년(501), 옹주자사(雍州刺史) 소연(蕭衍)에 의해 목숨을 잃었는데, 제나라가 망하게 되는 상황을 압축적으로 제시하면서 제 폐제가 죽음에 이르러서도 자신의 과오를 깨닫지 못하는 상황이었다고 했다. 제3-4구는 다시 제나라를 멸망시킨 양나라를 언급한 것이다. 아홉 개의 방울인 구자령은 본래 장엄사(莊嚴寺)에 있었는데, 반비의 궁전을 장식하기 위해 빼앗은 것이다. 양대는 바로 얼마 전에 제폐제와 반비가 즐겼던 제궁(齊宮)으로, 궁전의 주인만 바뀌었을 뿐 그 외에는 달라진 것 없이 방울소리가 여전하다고 했다. 마지막 구에서 '여전히'라 하여서 황음한 생활을 위해 무도한 행위가 계속되고 있음을 암시했다.

163

十一月中旬至扶風界見梅花

11월 중순 부풍의 경계에 이르러 매화를 보다

匝路亭亭艶,[1]	에두르는 길에 우뚝 솟아 아름답고
非時裛裛香.[2]	제철도 아닌데 풀풀 향기 난다.
素娥唯與月,[3]	항아는 오직 달과 함께 하고
青女不饒霜.[4]	청녀는 서리를 내림에 너그럽지 않다.
贈遠虛盈手,[5]	먼 곳에 드리려 부질없이 손에 가득하나
傷離適斷腸.[6]	이별을 슬퍼하니 그저 마음만 아프다.
爲誰成早秀,[7]	누구를 위해 일찍 피어났나?
不待作年芳.[8]	아름다운 봄이 되기를 기다리지 않고.

주석

1) 匝路(잡로) : 에두르는 길.
   亭亭(정정) : 우뚝 선 모습.
2) 非時(비시) : 제철이 아니다. 계절에 맞지 않다.
   裛裛(읍읍) : 향기가 풍기는 모습.
3) 素娥(소아) : 불사약을 훔쳐 달로 달아난 항아(姮娥). 달의 색이 하얗기 때문에 이렇게 부른다.
4) 青女(청녀) : 서리와 눈을 주관하는 여신.

不饒霜(불요상) : 서리를 내림에 너그럽지 않다. 서리를 많이 내린다는 말이다.

5) 贈遠(증원) : 먼 곳에 보내드리다. 《형주기(荊州記)》에 의하면, 육개(陸凱)가 강남에서 장안에 있는 범엽(范曄)에게 매화 한 가지를 부쳤다고 한다.

盈手(영수) : 손에 가득하다.

6) 傷離(상리) : 이별을 슬퍼하다.

適(적) : 그저. 다만.

7) 早秀(조수) : 일찍 꽃피우다.

8) 年芳(연방) : 아름다운 봄빛.

해설

이 시는 11월 중순에 부풍(扶風)의 경계에서 일찍 핀 매화를 보고 쓴 영물시다. 부풍은 당대에 봉상부(鳳翔府)에 속한 곳으로 지덕(至德) 연간에는 서경(西京)으로 불렸다. 이상은이 경원절도사 막부를 오갈 때 지은 것으로 보인다. 제1-2구는 제철에 맞지 않게 핀 매화로 시상을 이끌어낸 것이다. 봄에 피어야 할 매화가 한겨울인 11월 중순에 피어 향기를 풍긴다고 했다. 제3-4구는 흰 빛깔의 달과 서리가 매화에게 주는 의미를 언급했다. 이들은 모두 같은 색채를 띠어 매화와 어울리는 듯 보이지만, 달빛은 저 스스로 밝아 매화를 빛내주지 못하고 서리는 꽃을 시들게 할 위협적 존재라고 했다. 이는 청나라 기윤(紀昀)이 "그것을 사랑하는 것은 허상이어서 득됨이 없고, 그것을 질투하는 것은 실물이어서 손해됨이 있다(愛之者虛而無益, 妒之者實而有損.)"고 적확하게 설명한 바 있다. 제5-6구는 매화가 피었다고 해서 한 가지를 멀리 보내기는 어렵다는 것이다. 매화를 먼 곳에 보내는 것은 곧 자신이 이별의 슬픈 상황에 처해 있음을 확인하는 일이라 견디기 어렵다. 제철에 피지 않은 매화라면 더욱 그러할 것이다. 제7-8구는 시기상조의 안타까움이다. 꽃을 피우는 것은 화초의 본성이자 가장 아름다운 결실이나 때를 맞추지 못해 감상해주는 이가 없다면 무용지물일 뿐이라는 것이다. 이같은 발상은 〈회중의 모란이 비를 맞아 떨어지다(回中牡丹爲雨所敗)〉에서도 잘 드러났던 것처럼 이상은 시의 중심 모티브를 형성한다. 영물의 대상과 작자의 감정 사이의 거리를 잘 유지해 영물시의 수작으로 손색이 없다.

164
青陵臺
청릉대

青陵臺畔日光斜,[1]	청릉대 옆으로 햇빛이 비끼는데
萬古貞魂倚暮霞.[2]	오랜 세월의 정령 저녁노을에 기대 있다.
莫訝韓憑爲蛺蝶,[3]	이상하게 여기지 말지니, 나비가 된 한빙이
等閑飛上別枝花.[4]	마음대로 다른 가지의 꽃에 날아오르더라도.

주석

1) 青陵臺(청릉대) : 《일통지(一統志)》에서는 개봉부 봉구현(封丘縣)에 있다고 했다.
2) 貞魂(정혼) : 정령(貞靈). 지조가 곧은 사람의 넋.
3) 韓憑(한빙) : 송(宋) 강왕(康王) 때 사람으로, 왕에게 아내를 빼앗기자 자살했다.
   蛺蝶(협접) : 나비. 한빙 부부가 죽어서 나비가 되었다는 전설이 전해진다.
4) 等閑(등한) : 마음대로.

해설

이 시는 청릉대에 오른 감회를 노래한 것이다. 아마도 대중 4년(850) 서주 막부로 가는 길에 개봉(開封)을 지나면서 청릉대에 올랐던 것이 아닌가 한다. 제1-2구는 석양이 질 무렵 청릉대의 모습을 묘사한 것이다. 노을이 하늘을 수놓는 저녁에 시인은 청릉대에 올라 전국시대 송나라 한빙 부부의 슬픈 이야기를 떠올리며 그들의 정령을 추모하노라고 했다. 제3-4구는 나비가 된 한빙의 처지를 변호한 것이다. 그 어떤 과거의 사연이 있더라도 현재를 무시할 수 없다면, 또 그렇게 현재의 처지에 맞게 살아갈 뿐이라고 했다. 한빙은 강왕에게 아내를 빼앗기고 나서 스스로 목숨을 끊을 만큼 지조와 강단이 있는 인물이었으나, 나비가 된 이상 꿀을 찾아 여기저기 꽃가지를 전전하지 않으면 안 된다.

이상은의 〈금슬(錦瑟)〉 시 등에서처럼 그의 시에서 나비나 벌은 곧잘 '이루지 못한 한'을 의미하는 경우가 많다. 그 못다 이룬 꿈 때문에 이곳저곳을 분주하게 돌아다니니 때로는 아등바등 살아가는 것처럼 보일 수밖에 없다는 것이다. 이런 시적 비유를 단순히 부부 관계나 당파의 문제로 한정지어 시인과 부인 왕씨 사이의 정조라든지 우당과 이당 사이에서의 갈등으로 치환하는 것은 이 시에 대한 올바른 이해로 보기 어렵다.

165

東還

동쪽으로 돌아가다

自有仙才自不知,[1]	본디 신선의 자질이 있으면서도 스스로 알지 못한 채
十年長夢采華芝.[2]	십 년 동안 늘 영지 캐는 꿈을 꾸었다.
秋風動地黃雲暮,	가을바람 땅을 흔들고 저녁 구름 누렇게 물드는데
歸去嵩陽尋舊師.[3]	숭산의 남쪽으로 돌아가 옛 스승을 찾아야지.

주석

1) 仙才(선재) : 신선이 될 자질.
2) 華芝(화지) : 영지. 이것을 복용하면 장생할 수 있다고 한다.
3) 嵩陽(숭양) : 숭산의 남쪽. 여기서는 정주를 가리킨다. 이상은은 장안에서 돌아온 직후 제원(濟源)으로 거처를 옮겼다.
舊師(구사) : 옛 스승. 여기서는 제원 옥양산(玉陽山)의 도사를 가리킨다.

해설

이 시는 이상은이 태화 9년(835)에 치른 과거에서 낙방하고 동쪽인 정주(鄭州)로 돌아가서 지은 것이다. 제1-2구는 과거에 급제하지 못한 실망감을 드러낸 것이다. 과거에 합격해 나랏일에 참여하기보다는 도교를 배워 신선이 될 자질이 있다고 자신을 분석하면서, 지난 10년 동안 꿈에 영지를 캔 것이 그것을 증명한다고 자조 섞인 푸념을 늘어놓았다. 제3-4구는 가을바람 불어오고 뉘엿뉘엿 해 저무는 쓸쓸한 때 어머니가 계시는 정주로 돌아가는 모습을 그린 것이다. 이제야 자신의 재능이 도교에 있음을 깨닫고 옥양산으로 돌아간다는 것이지만, 과거에 낙방한 자의 불가피한 선택에 다름 아니다. 청나라 전란방(田蘭芳)이 "이 시는 과거에서 뜻을 얻지 못했다는 내용의 작품이지만 저속한 흠이 있다(此不得志於科擧之作, 然失之俚.)"고 한 평이 요령을 얻은 것으로 보인다.

166

酬崔八早梅有贈兼示之作[1]

최팔이 〈이른 매화〉를 보내며 나에게 보여주기에 수창하여 짓다

知訪寒梅過野塘,[2]	매화를 찾으려 들판의 둑을 지나는데
久留金勒爲迴腸.[3]	말이 오래 머물러 이 때문에 애 끊었던 것 알겠네.
謝郎衣袖初翻雪,[4]	사장의 옷소매에 막 눈이 날렸고
荀令熏爐更換香.[5]	순욱의 향로에 다시 향 바꾸었지.
何處拂胸資蝶粉,[6]	어디서 접분으로 가슴 털며
幾時塗額藉蜂黃?[7]	언제야 봉황으로 이마에 바르는가?
維摩一室雖多病,	유마힐이 집에서 비록 병 많이 앓고 있으나
亦要天花作道場.[8]	하늘의 꽃 찾으면 그곳이 도량이 되리.

주석

1) 崔八(최팔) : 누구인지 미상이다.
早梅(조매) : 일찍 핀 매화
2) 寒梅(한매) : 겨울에 핀 매화
3) 金勒(금륵) : 금속으로 만든 굴레. 말을 가리킨다.
迴腸(회장) : 애끊는다. 여기서는 그리움이 깊어 마음이 아픔을 이른다.
4) 謝郞(사랑) : 사장(謝莊). 《송서(宋書) · 서부지(符瑞志)》에 따르면, 대명

(大明) 5년 정월 무오(戊午) 원일(元日)에 눈송이가 궁전 뜰에 내렸다. 이때 우위장군(右衛將軍) 사장(謝莊)이 전각에 왔는데 눈이 옷에 쌓여 온통 희었다. 임금은 이를 보고 상서럽다고 여겼고 공경 대신들이 눈을 읊는 시를 지었다. 여기서는 최팔이 감상한 매화를 두고 눈에 비유한 것이다.

5) 荀令(순령) : 순욱(荀彧, 163-212). 후한(後漢) 말기의 정치가이다. 자는 문약(文若). 시호는 경(敬). 습착치(習鑿齒)의 〈양양기(襄陽記)〉에 따르면, 순욱이 머무는 자리에는 사흘간 향기가 지속된다고 했다. 여기서는 최팔이 감상한 매화의 향기를 가리킨다.

6) 蜨粉(접분) : 나비의 분. 당나라 궁전에서 유행했던 화장법이다. 여기서는 매화의 꽃잎을 가리키는 듯하다.

7) 蜂黃(봉황) : 이마를 노랗게 칠하는 화장법이다. 화황(花黃), 액황(額黃)이라고도 한다. 여기서는 매화의 꽃술을 가리키는 듯하다.

8) * 〔원주〕: 이때 나는 혜상 상인의 강법을 듣고 있었는데 최씨의 시구에 '범왕궁 땅에 나함의 집, 때때로 법문을 들으러 오는 것을 허락했네.'가 있었다.(時余在惠上上人講下, 故崔落句有梵王宮地羅含宅, 賴許時時聽法來.)

維摩(유마) : 유마힐(維摩詰). 《유마경》의 주인공. 세존이 십대제자와 보살들에게 유마의 병문안을 가도록 권하나 이들은 지난날 유마에게 훈계받은 경험을 말하면서 문병을 사양하는데, 마지막으로 문수보살이 세존의 청을 받들어 병문안을 가서 유마의 설법을 듣는 형식으로 전개됨. 《유마경(維摩經)》에 따르면, 유마힐이 병이 있는 사람으로 현신해 병든 몸으로 널리 설법했다. 부처가 문수사리에게 '너는 유마힐을 문병하거라'라 했다. 이때 유마힐의 집에는 한 천녀(天女)가 있었는데, 천인들이 설법 듣는 것을 보고 그 몸을 나타내어 하늘의 꽃을 보살과 대제자 위에 흩어지게 했다. 보살들에게 이른 꽃은 떨어졌으나 대제자에게 이른 꽃은 붙어서 떨어지지 않았다. 번뇌와 습관을 다 없애지 못하면 꽃이 몸에 붙었고 그것을 다 없앤 자에게는 꽃이 붙지 않았다고 했다.

道場(도량) : 부처와 보살이 머무는 신성한 곳.

해설

이 시는 최팔이 〈이른 매화〉를 누구에게 주면서 이상은에게도 보이자, 이에 수창한 것이다. 최팔이 읊은 시의 대상이 누구인지는 정확하지 않으나, 내용으로 보아 아마도 여성인 듯하다. 제1-2구는 최팔 시의 내용을 밝힌 것이다. 최씨가 매화를 찾아 들판의 둑을 지났고 말이 그곳에 오래 머뭇거려 마음 아팠다고 했다. 다음 두 연은 매화에 관한 묘사를 주로 하고 있다. 제3-4구는 사장과 순욱의 전고를 사용하여 매화의 색과 향기를 읊은 것이다. 이 두 사람은 최씨를 비유하는데, 꽃에 오래 머물러 색과 향이 물들었다는 말이다. 제5-6구에서는 매화가 개화한 정도를 말한 것이다. '어디서' '언제야'라는 의문구를 사용하여, 매화가 막 피기 시작하여 꽃가루가 아직 누렇지도 않고 꽃잎도 다 피지 못했다고 했다. 제7-8서는 최씨의 시에 수창하며 시인 자신의 말을 담은 것이다. 시인은 비록 집에서 병을 앓고 있지만, '하늘의 꽃'을 찾게 된다면 유마힐처럼 그곳이 도량이 될 것이라 했다. '하늘의 꽃'은 《유마경》에 나오는 '천녀'로, 최씨가 읊었던 바로 그 여성인 듯하다. 이상은은 자신도 그런 여성이 있다면 지금 이곳이 바로 부처가 머무는 신성한 곳이 된다고 말했으니, 매우 해학적인 어조이다.

167

春風

봄바람

春風雖自好,	봄바람 비록 좋다고 하지만
春物太昌昌.[1]	봄꽃은 심하게 무성하네.
若教春有意,	만약 봄에 생각이 있게 한다면
唯遣一枝芳.	오직 한 가지만 꽃피우게 하리라.
我意殊春意,	나의 생각이 봄 생각과 다른지라
先春已斷腸.	봄보다 먼저 이미 애끊어지니.

주석

1) 春物(춘물) : 봄의 경물. 꽃.
昌昌(창창) : 번성한 모양. 창성한 모양.

해설

이 시는 봄바람에 만물이 한꺼번에 무성해지는 것을 보고 느낀 애상을 담은 것이다. 제1-2구는 봄날의 특징을 말한 것이다. 봄바람이 따스해 만물에 기운을 북돋지만, 모든 꽃이 심하게 무성해져버린다고 했다. 꽃이 한꺼번에 무성했다 바로 져버린다며 그에 대한 아쉬움을 드러냈다. 제3-4구는 독특한 상상을 펼친 것이다. 만약 봄이 생각을 할 수 있다면 오직 가지 하나만 피어나게 하겠다고 했다. 한꺼번에 경쟁적으로 무성해지는 것이 아니라 차례차례 펴서 봄빛을 오래가게 했으면 하는 바람이다. 제5-6구는 다시 현실로 돌아온 것이다. 바람은 이루어질 수 없고 봄은 시인의 생각과 어긋나므로 봄빛이 채 닿지 못할 때 먼저 꽃이 질 것을 근심해 봄보다 먼저 마음 상한다 했다. 청나라 요배겸(姚培謙)은 벼슬길이 어긋난 것을 비유한 것으로 보았지만, 무엇을 의미하는지 분명하지 않다는 것이 중론이다.

168

蜀桐

촉의 오동나무

玉壘高桐拂玉繩,[1]	옥루산의 키 큰 오동은 옥승에 스치며
上含霏霧下含氷.[2]	위로는 안개를 머금고 아래로는 얼음을 품었다.
枉教紫鳳無棲處,[3]	공연히 자봉이 깃들 곳 없애서
斲作秋琴彈壞陵.[4]	추금으로 깎아 〈괴릉〉을 연주하게 한다.

주석

1) 玉壘(옥루) : 옥루산. 사천성(四川省) 이현(理縣) 동남쪽에 있다. 일반적으로 성도(成都)를 대신하는 말로 쓰인다.
玉繩(옥승) : 별의 이름. 옥형(玉衡), 곧 북두(北斗) 제5성의 북쪽에 있는 천을(天乙) · 태을(太乙)의 두 별을 가리킨다.

2) 霏霧(비무) : 안개.

3) 枉(왕) : 공연히. 헛되이.
紫鳳(자봉) : 전설상의 신조(神鳥)로, 길한 것을 상징한다.

4) 斲(착) : 깎다.
壞陵(괴릉) : 한나라 채옹(蔡邕)이 지은 《금조(琴操)》에 있는 12곡 중 하나로, 백아(伯牙)가 지었다고 전해진다.

해설

이 시는 촉 땅에 있는 오동나무로 만든 거문고를 대하고 든 감정을 쓴 영물시다. 제1-2구는 오동나무의 큰 키를 묘사한 것이다. 키가 커서 별에 닿을 정도이며 안개와 얼음을 품고 있다고 하여 의연한 품성까지 드러냈다. 제3-4구는 오동나무가 단순히 악기의 재료가 되는 데 대한 아쉬움을 토로한 것이다. 오동나무가 거문고로 만들어져 백아의 〈괴릉〉곡을 연주하고 있는데, 오동나무는 질이 좋아 악기로 만들어지면 음색이 아름답다. 그러나 오동은 봉황이 깃드는 동량지재(棟梁之材)이기에 시인은 '공연히'라는 말을 써서 그저 악기로 만들어지는 것을 안타까워했다. 따라서 이 시는 시인이 자신을 촉 땅의 오동나무로 보아 큰 뜻을 펼칠 수 없는 현실을 개탄하는 것이라 해석할 수 있겠다.

169

漢宮

한나라 궁궐

通靈夜醮達淸晨,[1]	통령대에서의 밤 제사 새벽까지 이어지는데
承露盤晞甲帳春.[2]	승로반은 말라 있고 갑장은 봄과 같다.
王母西歸方朔去,[3]	서왕모는 서쪽으로 돌아가고 동방삭은 떠났으니
更須重見李夫人.[4]	곧이어 이부인을 다시 만나야 하리.

주석

1) 通靈(통령) : 통령대(通靈臺).

왕포(王褒), 〈운양기(雲陽記)〉 구익부인이 감천궁에 이르러 죽었는데 염을 하게 되자 시신의 향기가 10리나 풍겼다. 무제가 애도하여 감청궁에 통령대를 지었다. 푸른새 한 마리가 그 위를 왔다갔다 했다.(鉤弋夫人從至甘泉而卒, 旣殯, 尸香聞十里. 帝哀悼, 乃起通靈臺於甘泉宮. 有一靑鳥集其上往來.)

醮(초) : 제사 지내다.

2) 晞(희) : 마르다. 말리다.

甲帳(갑장) : 한무제가 만든 장막.

〈한무고사(漢武故事)〉 임금께서 유리 주옥 명월야광주를 천하의 진귀한 것과 섞어서 치장을 하여 갑장을 만들었고, 그 다음은 을장을 만들었는데, 갑장에는 신을 거하게 했고 을장에는 자신이 거했다.(上以琉璃珠玉明月夜光雜錯天下珍寶爲甲帳, 其次爲乙帳. 甲以居神, 乙以自居.) 갑장이 봄처럼 따뜻하다는 것은 신선은 없고 금은보화가 내뿜는 열기만 있다는 의미이다.

3) 方朔去(방삭거) : 동방삭이 떠나다.

〈한무제내전(漢武帝內傳)〉 그 후에 동방삭이 어느 날 아침 용을 타고 날아가니 당시 사람들이 그가 서쪽에서 북으로 올라가는 것을 보았다. 천천히 안개가 몰려와 그것을 덮어버려 어디로 가는지 알지 못했다. 원수 2년에 황제가 붕어했다.(其後東方朔一旦乘龍飛去, 同時衆人見從西北上, 冉冉大霧覆之, 不知所適. 至元狩二年帝崩.)

4) 李夫人(이부인) : 한무제 때 사람으로 창가(倡家) 출신이다. 형제들이 모두 음악에 정통하여 악무를 직업으로 삼았었다. 이씨가 봉해진 부인은 황후 다음의 위치였다. 한무제의 다섯째 아들인 유박(劉髆)을 낳아 후에 효무황후(孝武皇后)로 추봉(追封)되었다. 《한서(漢書)》에 따르면, 이부인이 죽고 난 후 무제는 그녀를 잊지 못해 방사(方士)를 시켜 그녀의 혼을 부르게 했고 그 이후 상사의 정이 더욱 깊어졌다고 한다.

해설

이 시는 한무제의 신선과 여색에 빠졌던 사실을 읊은 영사시로서, 비슷한 길을 걸었던 무종(武宗)에 대한 풍자의 의미를 기탁하고 있다. 제1-2구는 한무제가 구익부인(鉤弋夫人)을 위해 들인 노력을 소개한 것이다. 통령대를 만들어 제사를 지내는 것으로 모자라 승로반을 설치하여 신선을 구하고 있다고 했다. 그러나 그런 노력해도 이슬이 없고 갑장도 비어 있으니 모든 것이 다 허망하다고 지적했다. 제3구도 마찬가지 상황이다. 서왕모도 오지 않고 동방삭도 떠나버렸으니 신선을 구할 방법이 없다는 것이다. 결국 제4구에서는 죽음을 피할 수 없고 다시 지하에서 이부인을 다시 만날 수밖에 없다고 결론지었다. 장생과 여색에 대한 욕망은 모두 헛것이라는 풍자가 신랄하다.

170

判春

봄을 품평하다

一桃復一李,	한 송이 복사꽃과 한 송이 자두 꽃
井上占年芳.[1]	우물가에서 봄날의 향기로움을 차지했다.
笑處如臨鏡,[2]	웃을 때는 거울에 비춰보는 듯하고
窺時不隱牆.[3]	훔쳐볼 때도 담장에 숨지 않았다.
敢言西子短,[4]	어찌 감히 서시의 단점을 말할 것이며
誰覺宓妃長.[5]	누가 복비의 장점을 알아챌 것이랴.
珠玉終相類,[6]	진주와 옥은 결국 서로 비슷해서
同名作夜光.[7]	함께 야광이라 부른다.

주석

1) 井上(정상) : 우물가.

고악부(古樂府) 복숭아나무가 덮개 없는 우물가에서 자라고, 자두나무가 복숭아나무 곁에서 자란다.(桃生露井上, 李樹生桃旁.)

占(점) : 차지하다.

年芳(연방) : 봄날의 향기로움. 아름다운 봄빛.

2) 笑處(소처) : 웃을 때. 꽃이 필 때를 말한다.

臨鏡(임경) : 거울에 다가가다. 거울에 비춰보다. 미인이 거울을 보고 웃는 것 같다는 말이다.

3) 窺(규) : 몰래 훔쳐보다.

송옥, 〈등도자호색부 登徒子好色賦〉 이 여인이 담장을 딛고 삼 년간 신을 훔쳐 보았습니다.(此女登牆窺臣三年.)

隱牆(은장) : 담장에 숨다. 부끄러워한다는 뜻이다.

5) 敢(감) : 감히. 과감하게. 여기서는 반문의 어기로 쓰였다.

西子(서자) : 서시(西施). 춘추시대 월나라의 미녀.

短(단) : 단점.

6) 宓妃(복비) : 낙수(洛水)의 여신.

長(장점) : 장점.

7) 珠玉(주옥) : 진주와 옥.

終(종) : 결국. 끝내.

相類(상류) : 서로 비슷하다.

8) 名(명) : ~라 이름 붙이다. ~라 부르다.

夜光(야광) : 야광주(夜光珠). 밤에 빛을 내는 구슬.

해설

이 시는 쌍벽을 이루는 두 여인의 아름다움을 찬미한 것이다. 제목의 '判(판)'은 '품평하다'의 뜻이고, '春(춘)'은 여인을 비유한다. 여인은 아마도 연회석에 참석한 가기(歌妓)일 것으로 짐작된다. 제1-2구는 두 여인을 꽃에 빗댄 것이다. 우물가에 핀 복사꽃과 자두꽃 같이 아름다움을 뽐낸다고 했다. 제3-4구는 여인들의 자태를 묘사한 것이다. 활짝 웃는 모습이 어여쁘고 스스럼없이 좌중을 응시한다고 했다. 제5-6구는 여인들의 아름다움을 말한 것이다. 두 사람이 각각 서시(西施)와 복비(宓妃)와도 같아서 모두 아름답기 그지없다고 했다. 제7-8구는 두 여인을 품평한 것이다. 진주나 옥을 다 야광이라 부르듯 우열을 가릴 수 없다고 했다. "이 시는 기녀에 대한 품평(此煙花月旦也)"이라고 한 청나라 정몽성(程夢星)의 평이 간결하다.

171

促漏

가까운 물시계

促漏遙鐘動靜聞,[1]	가까운 물시계와 먼 종소리 쉼 없이 들려오는데
報章重疊杳難分.[2]	답신이 여러 겹 아득하여 구분하기 어렵구나.
舞鸞鏡匣收殘黛,[3]	춤추는 난새는 경대 상자로 남은 눈썹먹을 거두고
睡鴨香鑪換夕熏.[4]	잠들었던 오리는 향로에 저녁 향을 바꾼다.
歸去定知還向月,[5]	돌아가면 틀림없이 재차 달을 향하리란 것 알겠거니와
夢來何處更爲雲.[6]	꿈에 오면 어디서 다시 구름이 될까?
南塘漸暖蒲堪結,[7]	남쪽 연못 점차 따뜻해져 부들을 짤 만하고
兩兩鴛鴦護水紋.[8]	쌍쌍의 원앙새가 물결을 지키는구나.

주석

1) 促漏(촉루) : 가까이에 있는 물시계. '소리가 촉급하게 들리는 물시계'로 풀이하는 설도 있다.
   遙鐘(요종) : 멀리서 들려오는 종소리.
   動靜(동정) : 움직임과 휴식. 쉼 없이 이어진다는 말이다.

2) 報章(보장) : 답신(答信). 본래 베틀 북이 오가며(報) 무늬(章)를 짠다는 뜻에서 나온 말이다.
 重疊(중첩) : 겹치다.
 杳難分(묘난분) : 아득하여 구분하기 어렵다. 뒤죽박죽이어서 정리하기 어렵다는 말이다.
3) 舞鸞(무란) : 춤추던 난새. 난새는 기쁠 때 춤을 춘다고 한다. 여기서 난새는 경대 상자에 장식된 문양을 가리킨다.
 鏡匣(경갑) : 경대 상자. 화장품 등을 담아두는 상자로 대개 거울 받침대가 달려 있다.
 殘黛(잔대) : 남은 눈썹먹.
4) 睡鴨(수압) : 잠들었던 오리. 구리로 만든 향로의 일종으로, 모양이 잠든 오리와 같다 하여 붙여진 이름이다.
 香鑪(향로) : 향을 피우는 작은 화로.
 夕熏(석훈) : 저녁 연기. 저녁에 피우는 향을 가리킨다.
5) 定(정) : 틀림없이.
 向月(향월) : 달을 향하다. 달을 향해 그리움을 호소한다는 말이다.
6) 爲雲(위운) : 구름이 되다.
 송옥, 〈고당부〉 서문 아침에는 구름이 되고 저녁에는 지나가는 비가 되어 아침 저녁으로 양대의 아래에 있겠다.(旦爲朝雲, 暮爲行雨, 朝朝暮暮, 陽臺之下.)
7) 南塘(남당) : 남쪽 연못. 장안성 동쪽 진창방(晉昌坊)에 있었던 자은사(慈恩寺)의 남지(南池)를 가리킨다고도 한다.
 漸暖(점난) : 점차 따뜻해지다.
 蒲(포) : 부들. 잎과 줄기로 자리나 부채를 만든다.
 堪(감) : ~할 만하다.
8) 兩兩(양량) : 쌍쌍이.
 鴛鴦(원앙) : 원앙새.
 護(호) : 지키다. 차지하다.
 水紋(수문) : 물결.

해설

이 시는 첫머리 두 글자로 제목을 삼은 일종의 무제시로, 여자가 남자를 그리워하는 내용을 담은 것이다. 제1-2구는 밤에 잠 못 이루며 남자를 그리워하는 모습을 말한 것이다. 깊은 밤을 알리는 물시계와 종소리를 들으며 뒤죽박죽이 된 상자에서 편지를 찾는다고 했다. 제3-4구는 여자의 무료한 하루를 묘사한 것이다. 경대 상자에 필요 없는 눈썹먹을 정리하다가 저녁이 되면 향로에 새 향을 피운다고 했다. 제5-6구는 남자의 모습을 떠올리며 재회를 꿈꾸는 것이다. 돌아간 남자도 화자를 그리워할 것이 분명하나, 구름이 된들 꿈속 어디로 찾아가야 만날 수 있을지 모르겠다고 했다. 제7-8구는 쌍쌍이 노니는 원앙새를 부러워하는 심경을 나타낸 것이다. 부들을 짤 만큼 따뜻해진 날씨에 원앙새는 남쪽 연못에서 쌍쌍이 노니는데, 자신은 독수공방하는 것이 슬프다고 했다.

이 시에 대한 제가의 평을 살펴보면, 먼저 원나라 학천정(郝天挺)은 "이 시는 깊은 궁궐에서 원망하는 여인이 새들도 오히려 배필이 있는 건만 못하다고 한탄한 것(此篇擬深宮怨女, 恨不如禽鳥猶有匹也.)"이라 하여 이 시를 궁원시(宮怨詩)로 이해하고자 했고, 청나라 주이준(朱彝尊)은 "규방의 그리움으로 이해하면 얼마나 명료한데 꼭 궁원이라고 하는 것인가?(作閨思解何其明了, 而必曰宮怨也.)"라 하여 화자를 꼭 궁녀로 한정할 것은 아니라고 했다. 한편 청나라 왕명성(王鳴盛)은 "다른 사람의 득의함을 부러워하며 자신의 고독함을 마음 아파한 것이다(羨他人之得意, 傷己之孤獨.)"라 했다. 이 시의 우의(寓意)를 파악하는 데 유용하다.

172

江東[1]

강동

驚魚撥剌燕翩翩,[2]	놀란 물고기 첨벙거리고 제비는 훨훨 나는데
獨自江東上釣船.	홀로 강동에서 낚싯배에 오르네.
今日春光太漂蕩,[3]	오늘따라 봄빛이 지나치게 두둥실 흐르니
謝家輕絮沈郎錢.[4]	사도온의 버들솜과 심충의 엽전일세.

주석

1) 江東(강동) : 《사기 · 항우본기(項羽本紀)》에 따르면, 오(吳)지역을 말한다. 강좌(江左)라고도 이른다.

2) 撥剌(발랄) : 물고기 꼬리가 물을 차는 소리.
翩翩(편편) : 가볍게 나부끼거나 훨훨 나는 모양.

3) 漂蕩(표탕) : 둥둥 떠다님. 이리저리 흘러 다님.

4) 謝家輕絮(사가경서) : 사도온(謝道韞)의 가벼운 버들솜. 사도온은 동진(東晉)의 여성으로, 어려서 하늘에서 눈이 내리자 숙부 사안(謝安)이 무엇과 비슷하냐고 물었는데, 조카 사랑(謝朗)은 "소금을 공중에 흩뿌리는 것과 비슷합니다(撒鹽空中差可擬)"라고 대답했고 사도온은 "그것보다도 버드나무 가지가 바람에 불려 춤을 추며 나는 듯합니다(未若柳絮因風起)"라고 하자 사안이 크게 기뻐했다고 한다.
沈郎錢(심랑전) : 심충(沈充)의 엽전. 《진서(晉書)》에 따르면 오흥(吳興)

의 심충이 작은 엽전을 만들었는데 그것을 '심랑전'이라 불렀다. 한대에는 엽전을 유협전(楡莢錢)이라 불렀다. 이 구는 시인이 버들솜과 느릅나무 열매를 본 것을 의미한다.

해설

이 시는 대중 11년(857) 즈음에 시인이 강동을 유랑하면서 느낀 객수를 담은 것이다. 제1-2구에서는 봄빛이 좋아 물고기 노닐고 제비 날아다닐 때 홀로 배에 올라 낚시를 한다고 했다. 제3-4구에서는 봄날 배를 타고 두둥실 떠가며 버들솜과 느릅나무 열매를 본 것을 썼다. 혼자 배에 오르는 외로움과 느릅나무 열매를 보고 돈을 떠올리는 빈곤함에 시인이 어려움을 겪고 있음을 알 수 있다. 또한 제1구의 생기발랄함과 자신을 대비시켜 시인의 외로움과 무료함을 더욱 부각시켰다.

173

讀任彦昇碑

임방의 묘비명을 읽다

任昉當年有美名,[1]	임방에게는 당시에 아름다운 이름이 있었고
可憐才調最縱橫.[2]	뛰어난 재주는 가장 거칠 것 없었다.
梁臺初建應惆悵,[3]	양나라 대성이 처음 지어질 때 응당 슬퍼했으리라
不得蕭公作騎兵.[4]	양무제를 기병참군으로 삼지 못했으니.

주석

1) 任昉(임방) : 남조 제량(齊梁) 교체기(460-508)의 문인이다.

《남사(南史) · 임방전》 임방은 자가 언승으로 글을 잘 지어 당시에는 따라갈 무리가 없었고, 특히 붓글씨에 뛰어나 왕공 중에 그에게 상주문을 부탁하지 않는 이가 없었다. 제나라 영원 연간 말에 사도우장사가 되었다. 양무제가 패자(霸者)의 관부를 처음 열고 표기기실참군으로 삼았다. 무제가 등극한 뒤로 어사중승, 비서감을 역임하고 신안태수로 나갔다 죽었다.(任昉字彦昇, 能屬文, 當時無輩, 尤長爲筆, 王公表奏無不請焉. 齊永元末爲司徒右長史. 梁武帝霸府初開, 以爲驃騎記室參軍. 武帝踐阼, 歷官御史中丞 · 秘書監, 出爲新安太守, 卒.)

當年(당년) : 그때. 그 당시.

2) 可憐(가련) : 훌륭하다. 뛰어나다.

才調(재조) : 재기(才氣). 대개 문학적 재주를 가리킨다.

縱橫(종횡) : 거칠 것이 없다. 웅건하고 분방하다.

3) 梁臺(양대) : 양나라의 대성(臺城). 양나라의 궁궐을 말한다.

4) 蕭公(소공) : 양무제(梁武帝) 소연(蕭衍, 464-549).

《남사(南史)·임방전》 무제가 경릉왕의 서쪽 저택에서 임방을 만나 조용히 임방에게 말했다. '내가 삼부에 오르면, 마땅히 그대를 기실참군으로 삼을 것이요.' 임방도 무제에게 농담 삼아 말했다. '내가 만약 삼사에 오르면, 마땅히 경을 기병참군으로 삼을 것이요.'(武帝與昉遇竟陵王西邸, 從容謂昉曰, 我登三府, 當以卿爲記室. 昉亦戲帝曰, 我若登三事, 當以卿爲騎兵.)

해설

이 시는 남조의 문인인 임방(任昉)의 묘비명을 읽고 감회를 노래한 것이다. 제1-2구는 임방의 명성을 소개한 것이다. 그가 상주문을 잘 짓는 능력을 인정받아 고급관리들에게 널리 이름이 알려졌다고 했다. 제3-4구는 양무제 소연과의 가상적인 일화를 통해 임방의 자부심을 보여준 것이다. 자신의 뛰어난 재주를 믿었던 임방이 기병참군으로 삼겠다고 했던 당대의 실력자 소연이 제위에 오르자 실망했다고 했는데, 물론 이는 시인이 꾸며낸 허구의 이야기이다. 청나라 정몽성(程夢星) 등은 이 시가 대중 4년(850) 재상의 지위에 오른 영호도(令狐綯)를 겨냥한 것이라 했는데, 근거 없는 억측이라 여겨진다. 이상은도 임방 못지않게 상주문에 능했으나, 임방이 양무제 아래에서 요직을 두루 거친 것과 달리 그는 여기저기 막부를 전전하는 신세를 면치 못했다. 이런 현실에 대한 불만이 임방의 일생을 다룬 묘비명을 읽은 뒤에 자연스럽게 표출된 것으로 보아야 할 것이다.

174
荷花
연꽃

都無色可竝,	색이 없더라도 견줄 만한 것들 있지만
不奈此香何.	이 향기는 어쩔 수 없네.
瑤席乘凉設,[1]	시원한 바람 쐬려 옥 자리를 펼친 것
金羈落晩過.[2]	황금 굴레 한 말을 타고 황혼 무렵에 찾아왔을 때였네.
迴衾燈照綺,	비단 이불에 등불 밝혀 비추는 듯
渡襪水沾羅.[3]	물을 건너는 버선이 젖은 듯한데,
預想前秋別,	미리 생각하노니, 가을이 오기 전에 헤어져
離居夢櫂歌.[4]	이별의 자리에서 뱃노래 듣는 꿈을 꾸겠지.

주석

1) 瑤席(요석) : 옥으로 장식한 자리.
乘凉(승량) : (더운 날 그늘진 곳에서) 시원한 바람을 쏘이며 쉬다.
2) 金羈(금기) : 금으로 장식한 말굴레.
落晩(낙만) : 해 지는 저녁.
3) 襪(말) : 버선.
조식, 〈낙신부〉 물 위를 걷는 듯한 사뿐사뿐 발걸음, 비단 버선에 먼지 이네.

(淩波微步, 羅襪生塵.)

4) 櫂歌(도가) : 뱃노래. 노 저으며 부르는 노래. 《남사(南史)》에 따르면 양간(羊侃)이 음률에 뛰어나 스스로 〈채련(采蓮)〉, 〈도가(櫂歌)〉 두 곡을 지었는데, 매우 새로운 정취가 있었다고 한다.

해설

이 시는 연꽃에 대한 시이지만, 무엇을 읊고 있는지는 평자마다 분분하다. 청나라 정몽성(程夢星)은 술자리를 추억하여 쓴 작품으로 보았고, 풍호(馮浩)는 염정(艷情)을 담은 것으로 보았다. 여기서는 연꽃이 미인을 빗댄 것이라 보아 술자리에서 지은 것으로 추정했다. 제1-2구에서는 연꽃이 색과 향을 모두 지니고 있다고 하여 어여쁜 자태와 향기를 갖춘 여인을 비유했다. 제3-4구에서는 황혼녘 금 굴레를 한 말을 타고 찾아와 자리를 깔고 시원함을 즐긴다 했는데, 이는 미인을 찾아와 시원한 곳에서 만나는 모습을 그린 것이기도 하다. 제5-6구에서는 등이 비단 이불을 비추고 물에 젖은 비단 버선을 들어 연꽃과 연잎을 묘사했는데, 이는 낙수의 신녀처럼 아리따운 여인과 함께 물가에 있음을 이른 것이다. 제7-8구에서는 가을이 오기 전 연꽃이 떨어져 이별하게 될 것이고, 그렇게 되면 꿈에서 오늘 들었던 뱃노래를 기억할 것이라 했다. 이는 미인과 헤어지면 오늘의 만남을 꿈에서 다시 보며 그녀를 그리워할 것이라 추측한 것이다.

175

五松驛[1]

오송역

獨下長亭念過秦,[2] 홀로 장정 아래에서 〈과진론〉을 읽는데
五松不見見輿薪. 오송(五松)은 보이지 않고 지고 가는 땔나무
　만 보인다.
只應旣斬斯高後,[3] 이미 이사와 조고가 주살된 뒤라
尋被樵人用斧斤. 이윽고 나무꾼에게 도끼질을 당했던 것이리라.

주석

1) 五松驛(오송역) : 역정(驛亭) 이름으로, 장안(長安) 동쪽에 있었다. 오송(五松)은 오대부송(五大夫松)을 말한다. 진시황이 태산(泰山)에 올라갔을 때 그 밑에서 비바람을 피했던 소나무를 오대부(五大夫)에 봉한 고사에서 유래했다.
2) 長亭(장정) : 먼 길 떠나는 사람을 전송하던 곳.
過秦(과진) : 가의(賈誼)가 쓴 〈과진론(過秦論)〉. 〈과진론〉은 진나라 멸망의 원인을 분석하여 한 왕조가 정권을 공고히 할 수 있도록 귀감을 제공하려고 창작했다. 날카로운 필치와 절실한 논리에 거침없는 기세까지 갖춘 명문으로 알려져 있다.
3) 斯高(사고) : 이사(李斯)와 조고(趙高). 이사(?-B.C.208)는 진나라의 정치가. 법가 사상을 이용하여 여러 나라를 병합했다. 시황제의 승상(丞相)으

로서 군현제의 실시, 문자 · 도량형의 통일 등 통일 제국의 확립에 공헌했다. 시황제가 죽은 뒤, 이세(二世) 황제를 옹립하고 권력을 잡았으나 조고의 참소로 실각하여 처형되었다. 조고는 진(秦) 나라 때의 환관이다. 시황제(始皇帝)가 죽자 승상(丞相) 이사(李斯)와 공모하여 조서(詔書)를 고쳐서 장자인 부소(扶蘇)를 자살하게 하고, 막내아들인 호해(胡亥)를 이세 황제(二世皇帝)로 삼았다. 뒤에 승상 이사(李斯)를 죽이고 스스로 승상이 되어 온갖 횡포한 짓을 저질렀다.

해설

대중(大中) 원년(847) 3월, 시인은 계주(桂州)로 가면서 오송역을 지났는데, 이 시는 이곳에서 느낀 감개를 옛 고사를 이용하여 풀어낸 것이다. 제1-2구는 오송역에서 〈과진론〉을 읽는 중에 본 땔나무 더미를 묘사한 것이다. 오송역은 진령(秦嶺)과 멀지 않고 그곳은 관중(關中) 땅 옛 진나라 영토였으므로, '과진(過秦)'은 가의의 〈과진론〉 외에도 "진나라 땅을 지난다"는 뜻도 겸하는 것으로 보인다. 오송역의 정경을 말하면서 〈과진론〉을 들어 후반부에서 진나라의 역사로 자연스럽게 전환시켰다. 제3-4구는 이사와 조고, 그리고 소나무의 운명을 소개한 것이다. 이사와 조고가 처형되고 난 후 오송역에 있었던 다섯 그루의 소나무 역시 베어졌다고 했다. 두 간신을 주살한 것과 소나무를 벤 것을 나란히 두어 '벤다'는 동작으로 서로 다른 시공을 연관시킴으로써 전반부에서 보였던 땔나무 더미에서 간신과 나라의 흥망을 연상시켰던 수법을 재현했다. 당시 정국은 이당(李黨)이 세력을 잃고 폄적되는 등 혼란하였으므로, 시인이 우국의 정서와 함께 경계의 메시지를 이 시에 담고자 한 것으로 풀이된다.

176

灞岸

파수의 강안

山東今歲點行頻,[1]	산동에서는 올해 징발이 잦았으니
幾處冤魂哭虜塵.[2]	몇 군데서 원통한 혼이 오랑캐의 먼지에 통곡했을까?
灞水橋邊倚華表,[3]	파수의 다리 옆에서 돌기둥에 기대 있는데
平時二月有東巡.[4]	평상시에는 2월이면 동쪽으로의 행차가 있었다.

주석

1) 山東(산동) : 함곡관(函谷關) 동쪽.
   點行(점항) : 징발하다.
2) 虜塵(노진): 오랑캐의 먼지. 외적이나 반란군의 침입을 말한다.
3) 灞水橋(파수교) : 파교. 장안에서 파수를 건너 동쪽으로 가는 교량이다.
   華表(화표) : 대형 건축물 앞에 세우는 장식용 돌기둥.
4) 東巡(동순) : 동쪽으로 순행하다. 당나라 때 해마다 2월이면 군주가 동도인 낙양(洛陽)으로 순행을 나가곤 했다.

해설

이 시는 파수의 다리에서 시사(時事)에 느낀 바가 있어 지은 것이다. 제1-2구는 당시의 심대한 사회적 문제를 지적한 것이다. 함곡관 동쪽에서 회흘(回紇) 등의 침입으로 끊임없이 전투가 벌어져 군사를 징발하는 일이 잦아지고 그만큼 희생자도 늘어났다는 것이다. 제3-4구는 태평시절을 회상한 것이다. 나라에 아무 일 없이 평온했던 시절 파교는 군사가 출정하는 곳이 아니라 군주가 동도 낙양으로 순행하는 행렬이 늘어서는 곳이라고 했다. 금석(今昔)의 대비를 통해 어지러운 세태를 우려하는 시인의 침통한 심사가 잘 드러났다. 회흘이 대거 남침해왔던 회창(會昌) 2년(842) 무렵에 창작된 것으로 보인다.

177-1

送臻師 二首(其一)

진사를 보내다 2수 1

昔去靈山非拂席,[1]	예전에 영산을 떠날 때엔 자리를 털며 대우하지 못했는데
今來滄海欲求珠.[2]	오늘 너른 바다에 와 구슬을 구하려 하시네.
楞伽頂上淸凉地,[3]	능가산 꼭대기 맑고 시원한 곳에서
善眼僊人憶我無.[4]	선안 선인께서는 나를 떠올리시겠는가?

주석

1) 靈山(영산) : 석가(釋迦)가 염화시중(拈華示衆) 했던 곳. 여기서는 진사가 수양한 사찰을 가리키는 듯하다.
拂席(불석) : 자리를 털다. 존경을 표시한다.

2) 求珠(구주) : 구슬을 구하다. 득도하는 것을 비유한다. 《유마경(維摩經)》에 "너른 바다 밑까지 들어가지 않으면 귀한 구슬을 얻지 못한다(不下巨海, 不能得無價寶珠.)"고 했는데, 번뇌의 바다에 들어가지 않으면 득도할 수 없다는 뜻이다.

3) 楞伽(능가) : 능가산. 부처가 남해의 능가산 꼭대기에 머물며 대혜보살(大慧菩薩)을 상대로 가르쳤고 이를 모은 책이 《능가경》이다. 여기서는 진사가 머물며 불도를 닦을 곳이다.

4) 善眼僊人(선안선인) : 불경에 나온 선인으로, 여기서는 '진사(臻師)'를 비

유한 것이다.

《능가경(楞伽經)》 대혜보살이 부처님께 말씀드렸다. '세존이시여, 왜 세존께서는 대중 가운데서 널리 말씀하시기를, 내가 곧 과거의 모든 부처였다고 하시며, 갖가지로 태어났었으니, 나는 그때 만타전륜성왕이었고, 여섯 개의 상아를 가진 큰 코끼리였고, 앵무새였고, 석제환인(釋提桓因)이었고, 선안선인(善眼仙人)이었다고 말씀하시는 등, 이와 같은 백천 가지 생애에 대해 경에서 말씀하셨습니까?(大慧菩薩白佛言, 世尊於大衆中唱如是言, 我是過去一切佛, 及種種受生, (我)爾時作曼陀轉輪聖王, 六牙大象及鸚鵡鳥, 釋提桓因, 善眼仙人, 如是等百千生經說.)

해설

이 시는 진사와 이별하며 쓴 것으로 진사의 자취와 헤어짐의 아쉬움을 담고 있다. 제1-2구에서는 진사가 옛날에 영산을 떠날 때 시인이 제대로 공경하며 보내지 못했는데, 지금 불도에 더욱 매진하기 위해 시인과 헤어져 떠나게 되었다고 했다. 제3-4구에서는 진사가 여기서 헤어져 떠나가면 자신을 그리워할 것인가를 물음으로써 이별의 아쉬움을 드러냈다.

177-2
送臻師 二首(其二)

진사를 보내다 2수 2

苦海迷途去未因,[1]	고해에서 길을 잃어 벗어나려 해도 인연이 없었는데
東方過此幾微塵.[2]	동쪽에서 여기를 지나 먼지를 얼마나 뒤집어써야 할까.
何當百億蓮花上,	언제나 백억 송이의 연꽃에서
一一蓮花見佛身.[3]	연꽃 송이 하나마다 부처를 볼 수 있을까?

주석

1) 苦海(고해) : 괴로움의 바다. 이 세상.
迷途(미도) : 정확한 방향을 잃다. 길을 잘못 들다.
去未因(거미인) : 떠나려는데 인연이 닿지 않다. 이 구는 인생은 괴로움의 바다에서 길을 잃은 것과 같아 벗어나려 해도 쉽지 않다는 말이다.
2) 微塵(미진) : 아주 작은 티끌이나 먼지. 마음에 일어나는 미세한 번뇌를 비유하는 데 쓰인다. 이 구는 진사가 이곳을 지나 서방 정토로 갈 때까지 많은 번뇌를 거치게 된다는 말이다.
3) 蓮花見佛身(연화견불신) : 연꽃에서 부처를 보다.
《범망경(梵網經)》 한 꽃마다 백억의 세계요, 한 세계마다 석가모니불이다. 각각 보리수에 앉아서 일시에 성불하신다.(一華百億國, 一國一釋迦, 各坐菩提樹,

一時成佛道.)

해설

이 시는 진사가 괴로운 인생에서 벗어나 숱한 어려움을 거친 후 성불하게 될 것을 기원했다. 제1-2구는 고해인 인간세상은 벗어나려 해도 쉽지 않고, 불토(佛土)로 가려 해도 수많은 번뇌와 난관이 있다고 했다. 중생은 고해에서 헤어나기가 어렵지만 진사는 번뇌와 거친 노정을 거쳐 불토에 닿을 수 있다는 것이다. 제3-4구는 연꽃마다 석가모니불이라는 불교 고사를 들어 진사가 득도하여 성불할 것을 기대한 것이다.

178
七夕
칠석

鸞扇斜分鳳幄開,[1]	난새 부채 비스듬히 나뉘고 봉새 휘장이 걷히며
星橋橫過鵲飛迴.[2]	작교를 횡단해 지나가니 까치 날아 돌아오네.
爭將世上無期別,[3]	어떻게 세상의 기약 없는 이별을
換得年年一度來.[4]	해마다 한 번 오는 것으로 바꿀 수 있을까?

주석

1) 鸞扇(난선) : 난새 부채. 깃털 부채를 가리킨다.
   斜分(사분) : 비스듬히 나뉘다. 좌우 양쪽의 부채를 천천히 걷는다는 말이다.
   鳳幄(봉악) : 봉새가 그려진 휘장.
2) 星橋(성교) : 칠석에 까치가 만든다는 작교(鵲橋).
3) 爭(쟁) : 어떻게. 어찌.
   無期別(무기별) : 기약 없는 이별. 사별(死別)을 가리킨다.
4) 換得(환득) : 바꾸다. 교환하다.
   一度(일도) : 한 번.

해설

이 시는 칠석을 맞아 사별한 아내를 그리워한 것이다. 제1-2구는 칠석 날

직녀가 작교를 건너는 모습을 묘사한 것이다. 부채를 좌우로 걷고 휘장을 올리면 직녀가 나와 까치가 만든 작교를 건너고, 직녀가 다리를 다 건너 견우를 만나면 까치가 날아 돌아온다고 했다. 제3-4구는 칠석에 한 번이라도 만날 수 있는 견우와 직녀가 오히려 부럽다고 한 것이다. 시인의 아내가 먼저 세상을 뜨고 한 후에 맞이한 '기약 없는 이별'을 어떻게든 칠석 날 하루라도 만날 수 있도록 바꿀 수는 없는지 안타까워했다. 청나라 굴복(屈復)은 이 시에 대해 이런 평어를 남겼다. "인간세상에서는 한번 이별하면 다시 만날 기약이 없기에 천상에서처럼 일 년에 한 번의 만남이라도 얻어 보려 하나 그럴 수 없다는 것이다.(人間一別, 再見無期, 欲求如天上一年一度相逢, 不可得也.)"

179

謝先輩防記念拙詩甚多異日偶有此寄[1]

동기인 사방이 나의 시를 매우 많이 암송했는데, 어느 날 우연히 이 시를 지어 보내다

曉用雲添句,	아침에는 구름으로 시구를 만들고
寒將雪命篇.	추우면 눈을 가지고 작품을 짓는데,
良辰多自感,[2]	좋은 시절이면 늘 스스로 느끼는 바가 있으니
作者豈皆然.	작자라고 어찌 모두 그러하겠는가.
熟寢初同鶴,[3]	깊이 자면서도 학처럼 있으려 했고
含嘶欲竝蟬.[4]	울음을 삼키면서도 매미처럼 울어대고자 했는데,
題時長不展,[5]	시를 지을 때에는 늘 마음속을 다 펴내지 못했고
得處定應偏.[6]	뭔가를 얻게 되어도 꼭 한쪽으로 치우치게 되었다.
南浦無窮樹,	남쪽 나루에서 끝없는 나무를 대하고
西樓不住煙.	서쪽 누대에서 흐르는 안개를 보며 시상을 떠올리다,
改成人寂寂,	이로부터 외롭고 쓸쓸한 이를 만들어내어
寄與路綿綿.	끝없는 길에 끝에 있는 이에게 주었다.

星勢寒垂地,	차가운 밤 별의 기세는 땅으로 드리우고
河聲曉上天.	새벽 은하수 소리가 하늘로 올라갈 제,
夫君自有恨,[7]	그대에게 한이 있어서
聊借此中傳.[8]	저의 시를 빌려 전하셨구려.

주석

1) 先輩(선배) : 진사 시험에 함께 합격한 사람을 부르는 호칭.
記念(기념) : 암기하여 읊다.
2) 良辰(양신) : 좋은 시절.
3) 熟寢(숙침) : 깊이 잠이 들다. 이 구는 깊이 잠을 자면서도 한 발을 들고 자는 학처럼 긴장을 풀지 않고 시구를 찾으려 했다는 것을 이른다.
4) 含嘶(함시) : 울음을 삼키다. 이 구는 시를 짓는 것이 매우 힘들지만 매미처럼 늘 읊기를 바라였다는 것을 이른다.
5) 題時(제시) : 시를 지을 때.
6) 得處(득처) : 무엇인가를 얻는 곳. 여기서는 시를 지을 때 득의한 것을 얻는 것을 이른다.
7) 夫君(부군) : 남자에 대한 존칭. 여기서는 사방을 가리킨다.
8) 聊(요) : 힘입다.

해설

이 시는 동기인 사방이 이상은의 시를 자주 암송하자, 이에 시인 자신의 시가 창작에 대하여 고백한 것이다. 제1단락(제1-4구)은 눈앞의 경물에 흥을 일으켜 시를 짓게 되었다는 것이다. 아침저녁이나 계절의 변화에 느낌이 생겨 창작을 하게 되는데 이는 작자마다 다르다고 했다. 제2단락(제5-8구)은 좋은 시구를 얻기 위한 노력과 어려움을 겸손한 어조로 말한 것이다. 늘 골똘하게 생각하고 애써 힘들게 읊지만, 마음속의 것을 다 펴내지도 못하고 혹 득의한 구절이 생각난다 하더라도 어느 한쪽으로 치우쳐 만족하기 어렵다고 했다. 제3단락(제9-12구)은 남쪽 나루나 서쪽 누대에서의 경치를 보고 시상을 떠올려 이별의 작품을 써 주었다는 것이다. 제4단락(제13-14구)은 시를 지은 후 눈앞의 경치를 묘사한 것이다. 시를 짓기 시작해서 끝날 때까지 상당한 시간이 흘렀다고 했다. 제5단락(제15-16구)은 시를 전한 이유를 밝힌 것이다. 동기인 사방에게 근심과 한이 있어서 자신의 시를 매우 많이 암송하여 자신의 그 한을 전하려 한 것이라 했다. 이는 시인이 시를 통해 자신이 품은 한을 전하려 했음을 언외에 드러낸 것이다. 이 시를 통해 이상은이 시를 지을 때 엄숙하고 성실한 태도를 지녔으며 사물에 감정과 한을 기탁했음을 알 수 있다.

180-1

馬嵬二首(其一)

마외 2수 1

冀馬燕犀動地來,[1]	북방의 전마와 연나라 무소뿔 갑옷이 천지를 뒤흔드니
自埋紅粉自成灰.[2]	스스로 아리따운 여인을 묻고 스스로 재가 되었다.
君王若道能傾國,[3]	여인이 나라를 기울게 할 수 있음을 임금이 알았다면
玉輦何由過馬嵬.[4]	옥 수레가 어떻게 마외를 지나게 되었겠는가?

주석

1) 冀馬(기마) : 기주(冀州) 북쪽에서 나는 말.
燕犀(연서) : 연 지방의 서갑(犀甲), 즉 무소뿔로 만든 갑옷.

2) 紅粉(홍분) : 여인이 화장할 때 쓰는 연지와 분. 흔히 미녀를 가리킨다. 《국사보(國史補)》에 의하면, 현종이 촉으로 몽진하다 마외 역참에 이르렀을 때 양귀비를 불당의 배나무 앞에서 목매달아 죽게 했다고 한다. 또 《태진외전(太眞外傳)》에 의하면, 양귀비가 죽자 서쪽 교외 밖 1리 쯤 되는 곳의 길 북쪽 구덩이에 묻었다고 한다.

3) 道(도) : 알다.
傾國(경국) : 나라를 기울이다. 나라를 위태롭게 하다.

4) 玉輦(옥련) : 옥으로 장식한 천자의 수레.
馬嵬(마외) : 마외파(馬嵬坡). 지금의 섬서성 흥평시(興平市)에 있다.

해설

이 시는 세칭 '마외지변(馬嵬之變)'으로 불리는 역사적 사건을 읊은 영사(詠史) 연작시 가운데 첫째 수이다. 천보 15년(756) 안녹산이 동관을 함락시키자 현종은 촉(蜀)으로 피난을 떠났다. 당군(唐軍) 내부의 불만과 반발이 위험 수위에 이르자 금군대장 진현례(陳玄禮)는 마외에 이르러 양국충(楊國忠)을 죽이고 양귀비의 자진(自盡)을 요구했다. 마외는 장안 서쪽에 있어 이상은이 경원절도사 막부를 오갈 때 지은 것이 아닌가 한다. 첫째 수는 칠언절구로 이루어져 있다. 제1-2구는 안녹산의 난에 이은 마외지변을 서술했다. 동북방에서 세력을 키우던 안녹산이 반란을 일으키자 현종은 촉으로 몽진하던 길에 민심의 이반을 막기 위해 어쩔 수 없이 양귀비를 자진하게 했다는 것이다. 제3-4구는 무능한 현종에 대한 비판이다. 미인을 지칭하는 '경국지색(傾國之色)'이라는 말의 교훈적 의미를 현종이 더 일찍 깨달았다면 황망하게 촉으로 달아나는 일은 미연에 방지할 수 있었을 것이라고 했다. 이상은은 영사시에서 대담한 비판과 풍자를 꺼리지 않았는데, 속이 후련한 느낌을 주기도 하지만 때로는 그 표현이 지나치게 노골적이어서 시적인 함축미와 여운이 부족한 흠이 있다. 이 시는 그런 영사시의 전형적인 예로 지적된다.

180-2

馬嵬二首(其二)

마외 2수 2

海外徒聞更九州,[1]	바다 밖에 또 구주가 있다고 들은 말도 헛되이
他生未卜此生休.[2]	내세의 삶은 점칠 수 없고 현재의 삶은 끝났다.
空聞虎旅傳宵柝,[3]	금군이 치는 딱따기 소리만 들려오고
無復雞人報曉籌.[4]	새벽을 알리는 계인은 다시없다.
此日六軍同駐馬,[5]	이날엔 모든 군사들이 함께 말을 멈추었지만
當時七夕笑牽牛.[6]	당시엔 칠석에 견우를 비웃었었다.
如何四紀爲天子,[7]	어찌하여 40여 년 천자로 있었으면서도
不及盧家有莫愁.[8]	막수가 시집갔던 노씨 집만도 못한가?

주석

1) 구주(九州) : 대구주(大九州).
   * 〔원주〕: 추연은 구주 밖에 다시 구주가 있다고 했다.(鄒衍云九州之外復有九州.)

2) 他生(타생) : 내세. 다음 세상.
   此生(차생) : 현재의 삶.

3) 虎旅(호려) : 금군(禁軍).
   宵柝(소탁) : 밤에 경보를 알리는 딱따기.

4) 雞人(계인) : 궁중에서 날이 밝는 것을 알려 잠을 깨우는 일을 맡은 사람.
   曉籌(효주) : 새벽의 시각.
   왕유(王維), 〈가사인의 이른 아침 대명궁이라는 작품에 화답하여 和賈舍人早朝大明宮之作〉 진홍색 두건을 쓴 계인이 새벽 시각을 알려온다.(絳幘雞人送曉籌.)
5) 此日(차일) : 이날. 마외지변이 일어났던 천보 15년 6월 14일을 말한다.
   六軍(육군) : 당나라의 금군(禁軍). 《신당서 · 백관지(百官志)》에 의하면, 좌우의 용무군(龍武軍), 신무군(神武軍), 신책군(神策軍)을 육군이라 불렀다고 한다.
6) 當時(당시) : 현종과 양귀비가 영원히 부부로 해로하기를 약속했던 천보 10년(751) 7월 7일을 말한다.
   笑牽牛(소견우) : 견우를 비웃다. 견우가 직녀와 늘 함께 하지 못하고 칠석 하루만 만날 수 있었던 것을 비웃었다는 말이다. '笑'를 '부러워하다'는 뜻으로 풀이하는 설도 있다.
7) 四紀(사기) : '기(紀)'는 12년이므로 '사기(四紀)'는 48년이다. 현종의 재위 기간이 45년(712-756)이므로 대략수를 말한 것이다.
8) 莫愁(막수) : 남제(南齊) 때 낙양(洛陽) 출신의 여인으로, 강동(江東) 지방의 노씨(盧氏) 집안으로 시집왔다고 한다.

해설

이 시는 '마외지변'을 읊은 영사 연작시의 둘째 수로서 칠언율시로 이루어져 있다. 앞의 세 연에서 천보 15년(756) 당시의 현재와 천보 10년(751)의 과거를 오가며 위아래 구절 사이에 극명한 대비를 이루는 것이 특징이다. 제1-2구는 '과거'와 '현재'의 순서로 현종과 양귀비의 파국을 서술한 것이다. 두 사람은 내세에서도 영원히 함께 할 것을 서약했지만 양귀비가 먼저 죽음으로써 그것은 알 수 없는 일이 되었으니 산산조각 난 현실을 직시해야 할 것이라고 질타했다. 제3-4구는 '현재'와 '과거'의 청각적 이미지로 급변한 상황을 묘사한 것이다. 피난길에 오른 지금은 금군의 딱따기 소리만 들릴 뿐 양귀비와 동침하고 난 새벽에 시간을 알리던 궁궐 계인의 소리는 사라졌다고 했다. 제5-6구 역시 '현재'와 '과거'의 순서로 상황의 변화를 대비시킨 것이다. 지금은 금군이 행군을 멈추고 양귀비의 자진을 요구하는 절박한 위기에 처했지만 당시 칠석에는 견우와 직녀의 불행한 운명을 비웃었다고 했다. '육(六)'과 '칠(七)', '말(馬)'과 '소(牛)'의 정교한 대구가 인구에 회자되는 연이다. 제7-8구도 '천자'와 '평민'의 대비를 통해 현종의 무능함을 비판한 것이다. 현종은 천자라는 지고지상의 위치에 있으면서도 양귀비를 평민에 시집간 막수만큼도 지켜주지 못했다고 했다.

첫째 수만큼 직설적으로 현종을 질타해 청나라의 심덕잠(沈德潛)이나 기윤(紀昀)같은 도덕주의적 평자들은 함축미의 부족을 지적했다. 그러나 대비수법의 묘미가 잘 드러난 점은 분명 주목할 만한 이 시의 특장이다. 다만 제1구의 '도문(徒聞)'과 제3구의 '공문(空聞)'이 의미상 심하게 중복된 것은 아쉬움을 남긴다.

181

可嘆

탄식

幸會東城宴未迴,[1]	성 동쪽에서 뵈었는데 연회에서 돌아오지 않으니
年華憂共水相催.[2]	세월이 물과 함께 재촉할까 걱정이로다.
梁家宅裏秦宮入,[3]	양기의 집으로는 진궁이 들어왔고
趙后樓中赤鳳來.[4]	조비연의 누각으로는 적봉이 왔지.
冰簟且眠金鏤枕,[5]	얼음 같은 대자리에서 금실 수놓은 베개로 잠들고
瓊筵不醉玉交杯.[6]	화려한 연회에서는 옥으로 만든 교배에도 취하지 않는다.
宓妃愁坐芝田館,[7]	복비는 지전의 관사에 근심스레 앉아 있고
用盡陳王八斗才.[8]	조식은 여덟 말 재주를 다 써버린다.

주석

1) 幸會(행회) : 영광스럽게 만나다.
東城(동성) : 장안성 동쪽. 여기서는 장안성 동남쪽에 있었던 곡강지(曲江池)를 가리키는 것으로 보인다.

2) 年華(연화) : 세월.

共水催(공수최) : 물과 함께 재촉하다. 세월이 물처럼 빨리 흐른다는 말이다.

3) 梁家宅(양가택) : 양기(梁冀)의 저택. 양기는 후한 때 환제(桓帝)를 옹립한 외척 권신이다.

秦宮(진궁) : 인명.

《후한서 · 양기전(梁冀傳)》 양기가 집의 하인인 진궁을 신임하여 관직이 태창령에 이르렀으며, 양기의 아내인 손수의 처소에도 드나들 수 있었다. 손수는 진궁을 보고는 시녀들을 물러가게 하고 일을 의논한다고 핑계 삼아 그와 사통했다.(冀愛監奴秦宮, 官至太倉令, 得出入妻孫壽所. 壽見宮, 輒屛御者, 託以言事, 因與私焉.)

4) 趙后(조후) : 한나라 성제(成帝)의 황후였던 조비연(趙飛燕).

赤鳳(적봉) : 인명. 흔히 정부(情夫)를 가리킨다.

〈비연외전(飛燕外傳)〉 조비연이 사통하는 궁인 연적봉은 힘이 세고 몸도 빨라 능히 관각을 넘어 조소의(조비연의 여동생)와도 사통했다. 조비연이 조소의에게 붉은 봉황이 누구를 위해 날아왔냐고 물으니, 조소의가 붉은 봉황이 언니를 위해 날아왔지 어찌 다른 사람을 위해 왔겠냐고 했다.(后所通宮奴燕赤鳳, 雄捷能超觀閣, 兼通昭儀. ……后謂昭儀曰, 赤鳳爲誰來. 昭儀曰, 赤鳳自爲姉來, 寧爲他人乎.)

5) 冰簟(빙점) : 얼음처럼 시원한 대자리.

金鏤枕(금루침) : 금실로 수놓은 베개.

6) 瓊筵(경연) : 화려한 연회.

交杯(교배) : 옛날 혼례식에서 신랑과 신부가 같은 잔으로 술을 나누어 마시던 것.

7) 宓妃(복비) : 전설상의 복희씨의 딸로, 낙수(洛水)에 빠져 신이 되었다고 한다. 여기서는 조비(曹丕)의 비인 견후(甄后)를 가리킨다. 〈낙신부서(洛神賦序)〉의 주(註)에 따르면, 견후는 견일(甄逸)의 딸로, 처음에는 원소(袁紹)의 며느리였다. 원소가 패한 후, 조식은 견후를 자신의 부인으로 삼고자 했으나 조조(曹操)에 의해 조비의 부인이 되었다. 후에 견후는 조비의 또 다른 부인인 곽후(郭后)의 모함을 받아 자결을 했고, 황초(黃

初) 연간에 조식이 왕에 봉해지려 궁에 들어갔을 때 조비는 견후의 베개를 보여주었다. 견후의 유품을 본 조식은 하염없이 눈물을 흘렸고, 그의 마음을 깨달은 조비는 조식에게 베개를 주어 보냈다. 조식이 궁을 떠나 돌아오며 낙수에서 머물 때, 홀연 한 여인이 나타나 말하기를 "저는 본래 군왕께 마음을 기탁했는데 그 마음을 이루지 못했습니다. 이 베개는 제가 시집올 때의 물건으로, 전에는 황제와 함께 했으나 이제는 군왕과 함께 하고자 합니다"라 하고 사라졌다. 이에 조식은 슬픔을 이기지 못하고 〈감견부(感甄賦)〉를 지었는데, 후에 명제(明帝) 조예(曹叡)가 이를 보고 이름을 〈낙신부(洛神賦)〉로 바꾸었다.

芝田(지전) : 신선이 영지를 재배하는 곳. 낙양(洛陽) 인근의 지명이기도 하다.

조식, <낙신부> 지전에서 말을 먹인다.(秣駟乎芝田.)

館(관) : 관사(館舍).

최융(崔融), 〈하지초표(賀芝草表)〉 영험한 약초가 밭을 이루었기에 잠시 복비의 관사에 견주어봅니다.(靈草成田, 聊比宓妃之館.)

8) 陳王(진왕) : 조식(曹植). 시호가 '사(思)'인 까닭에 흔히 '진사왕(陳思王)'이라 부른다.

八斗才(팔두재) : 여덟 말의 재주.

《만화곡(萬花谷)·재덕류(才德類)》 사령운이 이렇게 말했다. "천하의 재주가 모두 한 섬이라면 조식이 혼자 여덟 말을 얻고 내가 한 말을 얻었으며 예로부터 지금까지 한 말을 함께 쓰고 있다.(謝靈運云, 天下才共一石, 曹子建獨得八斗, 我得一斗, 自古及今共用一斗.)

해설

이 시는 전반과 후반으로 나누어 두 부류의 사통(私通)을 읊은 것이다. 전반부 제1-2구는 독수공방하는 귀부인의 심정을 서술한 것이다. 남편이 연회에서 돌아오지 않고 세월만 흐르는 것이 안타깝다고 했다. 제3-4구는 귀부인이 정부(情夫)와 사통한 사례를 든 것이다. 양기의 부인과 조비연이 각각 진궁과 적봉이라는 정부를 두었다고 했다. 후반부 제5-6구는 정인(情人)과 함께 하지 못하는 여인을 묘사한 것이다. 차가운 방에서 홀로 잠자리에 들고 연회 자리에서도 즐거움을 느끼기 어렵다고 했다. 제7-8구는 복비, 즉 견후와 조식의 이루어지지 않은 사랑을 이야기한 것이다. 견후는 조식과 맺어지지 못한 채 자결했고, 조식도 슬픈 마음을 〈낙신부〉에 담았을 뿐이라고 했다.

이상은 대체로 청나라 주학령(朱鶴齡)의 견해를 따른 것이다. 그는 이 시에 대한 평어에서 "진궁과 적봉으로 당시의 일을 풍자한 것이다. 조식과 복비는 감정을 나누었으되 난잡하지 않았으니, 작자는 아마도 이로써 자신을 빗대려 한 것일까?(秦宮赤鳳, 以刺當時之事. 陳思之於宓妃, 情通而不及亂, 作者殆以自況歟.)"라고 했다. 현대 학자인 황세중(黃世中)은 제1-2구와 제7-8구가 연회에서 짝을 찾지 못한 시인의 탄식이고, 제5-8구는 대조적으로 눈이 맞은 남녀의 대담한 애정행각이라고 보았다. 이러한 견해도 일리가 있다고 여겨진다.

182-1

望喜驛別嘉陵江水二絶(其一)

망희역에서 가릉강의 물과 이별하며 쓴 절구 2수 1

嘉陵江水此東流,[1]	가릉강의 물이 여기서부터 동쪽으로 흐르기에
望喜樓中憶閬州.[2]	망희역 누각에서 낭주를 생각한다.
若到閬州還赴海,	만약 낭주에 이르렀다 다시 바다로 간다면
閬州應更有高樓.	낭주에는 응당 다시 높은 누대가 있으리.

주석

1) 嘉陵江(가릉강) : 장강 상류의 지류. 진령(秦嶺)에서 발원하여 광원(廣元)을 지나 중경(重慶)에서 장강으로 합류된다. 전체 길이는 1,119km에 달한다. 낭수(閬水)로도 불린다.

2) 望喜樓(망희루) : 망희역의 누각. 망희역은 지금의 사천성 광원시(廣元市) 경내에 있었던 역참이다.
閬州(낭주) : 지금의 사천성 낭중시(閬中市). 가릉강의 중류에 있으며, 가릉강이 낭주의 삼면을 에워싸며 흐른다.

해설

이 시는 지금의 사천성 광원시(廣元市) 경내에 있었던 역참인 망희역에서 가릉강과 헤어지며 지은 절구 두 수 가운데 첫째 수이다. 제1-2구는 가릉강이 흘러가는 방향을 이야기한 것이다. 진령(秦嶺)에서 발원한 가릉강이 망희역에서 동쪽으로 방향을 틀어 낭주로 향한다고 했다. 제3-4구는 가릉강이 흘러가다 거쳐 가는 낭주를 상상해본 것이다. 낭주에도 광원의 망희역과 같은 높은 누각이 있어 바다로 흘러가는 가릉강을 전송할 것이라고 했다. 머무름이 없이 흘러만 가는 가릉강에 자신의 처지를 투영한 것으로 이해할 수 있다. 세 구절에서 연속해서 '낭주(閬州)'를 반복해서 쓴 것은 다른 시에서 잘 찾아보기 어려운 수법이다.

182-2

望喜驛別嘉陵江水二絶(其二)

망희역에서 가릉강의 물과 이별하며 쓴 절구 2수 2

千里嘉陵江水色,	천 리 가릉강의 물빛
含煙帶月碧於藍.[1]	안개를 머금고 달빛을 띠어 남초보다 푸르다.
今朝相送東流後,	오늘 아침 동쪽으로 흐르는 것을 전송한 뒤에도
猶自驅車更向南.[2]	여전히 수레를 몰아 다시 남쪽으로 향하겠지.

주석

1) 含煙(함연) : 안개나 운무의 기운을 띠다.
   帶月(대월) : 달빛을 받다.
2) 猶自(유자) : 여전히.
   向南(향남) : 남쪽으로 향하다.

해설

이 시는 이 시는 지금의 사천성 광원시(廣元市) 경내에 있었던 역참인 망희역에서 가릉강과 헤어지며 지은 절구 두 수 가운데 둘째 수이다. 제1-2구는 가릉강의 푸른 물빛을 묘사한 것이다. 물안개와 달빛이 가릉강의 물빛을 더 아름답게 꾸며준다고 했다. 이 구절은 두보의 〈낭수가(閬水歌)〉에 보이는 "가릉강 물빛은 무엇과 같은가, 푸른 눈썹먹과 옥이 서로 의지하는 듯 하여라(嘉陵江色何所似, 石黛碧玉相因依.)"라는 대목을 연상시킨다. 제3-4구는 가릉강과 이별한 뒤의 시인의 여정을 말한 것이다. 망희역에서 이별하면 가릉강은 낭주로 흐르고 시인은 더 남쪽으로 내려간다고 했다. 방향이 다르기에 어쩔 수 없이 헤어져 다시 볼 수 없다는 아쉬움이 묻어난다.

망희역은 지금의 광원시 남쪽에 있으니 이 시는 시인이 재주(梓州)의 동천절도사(東川節度使) 막부로 가던 길에 지은 것 같다. 여정 상 한중(漢中) 쪽에서 가릉강을 따라 광원까지 왔다가 동쪽(지도상으로는 남쪽)으로 방향을 틀어 낭주로 가는 가릉강과 작별하고 남쪽(지도상으로는 남서쪽)인 재동(梓潼)까지 간 것으로 보인다.

183

別薛巖賓

설암빈과 이별하다

曙爽行將拂,[1] 새벽은 상쾌하게 장차 밝아오고
晨清坐欲凌.[2] 아침의 맑음이 막 다가오는데,
別離眞不那,[3] 이별은 진정 어찌할 수 없지만
風物正相仍.[4] 풍광과 경물은 그냥 그대로이다.
漫水任誰照,[5] 정처 없는 물은 멋대로 누구를 비추나?
衰花淺自矜.[6] 시든 꽃은 옅어도 자부심이 있건만,
還將兩袖淚, 다시 양 소매에 눈물 흘리며
同向一窗燈. 함께 창의 등불을 향한다.
桂樹乖眞隱,[7] 계수나무로 진짜 은거를 저버렸으니
芸香是小懲.[8] 운향은 작은 징벌,
清規無以況,[9] 맑은 절조를 표현할 방법이 없으니
且用玉壺冰.[10] 잠시 옥 호리병의 얼음이라 해두자.

주석

1) 拂曙(불서) : 날이 밝아오다.
行將(행장) : 장차.

2) 坐(좌) : 마침. 바야흐로.
凌(능) : 다가오다.
3) 不那(불나) : 어찌 할 도리가 없다.
4) 相仍(상잉) : 예전 그대로이다.
5) 漫水(만수) : 제멋대로 흐르는 물.
任(임) : 임의로. 아무렇게나.
6) 淺(천) : 색깔이 엷다.
自矜(자긍) : 자부하다. 스스로 과시하다.
7) 桂樹(계수) : 계수나무. 과거 급제를 암시한다.
乖(괴) : 저버리다.
眞隱(진은) : 진정한 은거.
8) 芸香(운향) : 향초의 일종. 잎을 책 속에 놓으면 좀을 먹지 않는다고 한다. 흔히 비서성을 가리킨다.
小懲(소징) : 작은 징벌. 《역경 · 계사하(繫辭下)》에 나온 말이다.
9) 淸規(청규) : 훌륭한 규범. 청렴한 지조. 여기에서는 우정을 말한다.
況(황) : 나타내다. 표현하다.
10) 玉壺冰(옥호빙) : 옥 호리병 안의 얼음. 고결하고 청렴한 것을 비유한다.

해설

이 시는 이상은이 설암빈(薛巖賓)이라는 인물과 이별하며 써준 것이다. 여러 정황으로 보아 비서성(秘書省)의 동료인 것으로 생각된다. 제1-2구는 상쾌한 아침이 밝아오는 모습이다. 제3-4구는 '물시인비(物是人非)'의 감상이다. 경물은 예나 지금이나 변함이 없건만 사람의 상황은 시시각각 달라져 또 다시 이별을 맞이했다는 것이다. 제5-8구는 이별을 앞두고 경물에 무심해지는 사람의 마음을 서술했다. 물도 꽃도 눈에 들지 않고 오직 이별만이 아쉬워 눈물이 앞을 가린다고 했다. 제9-10구는 이 시의 배경을 이해할 만한 단서이다. 과거에 급제한 뒤에 '작은 징벌'을 받았다고 했기에, 이를 '박학굉사과 낙제' 또는 비서성 교서랑(校書郎) 임용 뒤의 '홍농현위(弘農縣尉) 전근'으로 풀이할 수 있기 때문이다. 이 가운데 이별과 더 어울리는 것은 후자라고 판단된다. 제11-12구는 우정을 고이 간직하자는 다짐이다. 옥 호리병 안의 얼음처럼 고결한 두 사람의 마음이 영원히 변치 않기를 기원했다.

이상은은 개성 4년(839) 박학굉사과에 급제하여 정9품 벼슬인 비서성 교서랑에 임명되었다. 그러나 몇 달이 지나지 않아 홍농현위로 전근하라는 명을 받았다. 궁궐 안 비서성을 떠나 근무조건이 열악한 외직(外職)을 맡아야 하는 일이었기에 결코 달갑지 않았다. 어쩌면 설암빈도 똑같은 명을 받고 동병상련하는 처지였는지도 모른다. 결국 이상은은 홍농현위로 부임한 후 그 직위에 만족하지 못하고 사표를 던졌다.

184

富平少侯

나이 어린 부평후

七國三邊未到憂,[1]	일곱 나라와 세 변방에 근심이 미치지 않는
十三身襲富平侯.[2]	열세 살 나이에 세습한 부평후.
不收金彈抛林外,[3]	황금 탄환을 줍지 않고 숲 밖에 버리면서도
却惜銀牀在井頭.[4]	도리어 우물 위의 은 시렁은 아까워했다.
綵樹轉燈珠錯落,[5]	나무를 물들이며 에워싼 등불은 구슬이 반짝이는 듯
繡檀廻枕玉雕鎪.[6]	박달나무에 수를 놓아 둘러친 베개는 옥을 새겨 놓은 듯.
當關不報侵晨客,[7]	문지기는 새벽에 찾아온 손님을 보고하지 않았으니
新得佳人字莫愁.[8]	새로 얻은 아름다운 여인의 자는 막수였다.

주석

1) 七國(칠국) : 경제 때 반란을 일으켰던 일곱 나라로, 오(吳), 교서(膠西), 초(楚), 조(趙), 제남(濟南), 치천(菑川), 교동(膠東)을 가리킨다. 여기서는 당시의 번진(藩鎭)을 비유한 것이다.
三邊(삼변) : 전국시대 흉노와 접경했던 연(燕), 조(趙), 진(秦)의 세 나라.

여기서는 당시 당나라 변방을 위협했던 토번(吐蕃), 회흘(回鶻), 당항(黨項) 등을 가리킨다.

2) 襲(습) : 세습하다.
富平侯(부평후) : 한대(漢代) 장안세(張安世)의 손자인 장방(張放). 장방은 어려서 작위를 계승하고, 한 성제(成帝)의 총애를 받았다. 부평현(富平縣)은 지금의 섬서(陝西)성 서안(西安)시 북쪽에 있다.

3) 金彈(금탄) : 황금으로 만든 탄환. 《서경잡기(西京雜記)》에 의하면 한 무제의 총신이었던 한언(韓嫣)은 황금으로 탄환을 만들어 쏘았기에 아이들이 탄환을 줍고자 그들을 뒤따랐다고 한다.
抛(포) : 던지다. 버리다.

4) 銀牀(은상) : 우물 위의 활차 틀.

5) 綵樹(채수) : 비단 나무. 나무에 등을 걸어 비단처럼 보인다는 말이다.
錯落(착락) : 반짝거리다.

6) 雕鎪(조수) : 새기다.

7) 當關(당관) : 문지기.
侵晨客(침신객) : 이른 새벽에 찾아온 손님. 여기서는 조회하는 관리들을 가리킨다.

8) 莫愁(막수) : 남제(南齊) 때 낙양(洛陽) 출신의 여인으로, 강동(江東) 지방의 노씨(盧氏) 집안으로 시집왔다고 한다.

해설

이 시는 당나라 경종(敬宗)을 풍자한 것이다. 방탕했던 군주인 한 성제가 스스로 '부평후 집안 사람'이라고 자처한 것을 빌어 16세에 제위에 오른 경종이 사치하고 여색에 빠진 것을 비판했다. 제1-2구는 부평후라는 작위를 세습한 장방을 언급한 것이다. 장방은 나이가 어려 국가의 중대사에는 관심이 없었다고 했다. 제3-4구는 사리 분별에 서투른 아이러니한 모습을 대조적으로 보여준 것이다. 사냥을 하며 황금으로 만든 탄환은 버리고 다니면서 은으로 만든 우물 덮개는 아까워한다고 꼬집었다. 제5-6구는 사치스러운 생활에 주목한 것이다. 나무마다 등을 달아 환히 불을 밝히고 베개와 같은 침구류도

고급으로 갖추었다고 했다. 제7-8구는 여색에 빠져 정사를 등한히 하는 모습을 그린 것이다. 사치와 향락에 빠져 나라를 망치는 혼군(昏君)의 이미지를 눈에 선하게 그려냈다.

185

腸

애

有懷非惜恨,[1]	마음이 있어 애석해하고 원망하지는 않지만
不奈寸腸何.[2]	이 한 치의 애는 어쩔 수 없네.
即席迴彌久,[3]	그 자리에서 꼬이는 것도 오래 되었지만
前時斷固多.[4]	이전에 끊어진 것도 본래 많았다.
熱應翻急燒,[5]	뜨거움은 급한 불로 펄펄 끓는 듯하고
冷欲徹微波.	차가움은 잔물결이 뚫고 지나는 듯.
隔樹澌澌雨,[6]	나무 너머로 부슬부슬 비 내리고
通池點點荷.[7]	연못 가득 점점이 흩어진 연꽃.
倦程山向背,[8]	마주하고 등진 산에 여정은 지쳐 가는데
望國闕嵯峨.[9]	장안을 바라보니 궁궐은 웅장하다.
故念飛書及,[10]	전부터 생각하던 이에게서 편지 날아왔으니
新歡借夢過.[11]	새로이 좋아한 이는 꿈에서나 찾아가야지.
染筠休伴淚,[12]	대나무 물들이는 눈물을 짝하지 말고
繞雪莫追歌.[13]	〈백설가〉도 부르지 말라.
擬問陽臺事,[14]	양대의 일은 물어보려 해도

年深楚語訛.[15]　　시간이 흘러 초나라 말도 제대로 못 하네.

주석

1) 惜恨(석한) : 애석해하고 원망하다.
不奈何(불내하) : 어쩔 수 없다.
2) 寸腸(촌장) : 한 치의 창자. 마음을 가리킨다.
3) 卽席(즉석) : 그 자리에서. 당장.
彌久(미구) : 오래 되다.
4) 前時(전시) : 종전. 이전.
5) 翻(번) : 펄펄 끓다. 여기서는 사람의 마음을 형용하는데 쓰였다.
燒(소) : 태우다.
6) 澌澌(시시) : 가랑비가 내리는 소리
7) 點點(점점) : 점점이 흩어져 있는 모양
8) 倦程(권정) : 여정에 지치다.
向背(향배) : 마주하거나 등지다.

나함(羅含), 《상중기(湘中記)》 형산은 가까이 보면 진을 친 구름과 같은데 상강을 따라 천리나 이어져 있으며 봉우리들이 수없이 마주하거나 등지고 있어서 다시 볼 수 없다.(衡山近望如陣雲, 沿湘千里, 九向九背, 乃不復見.)

9) 國(국) : 경국(京國), 즉 장안을 가리킨다.
嵯峨(차아) : 높고 험준한 모양. 여기서는 궁궐이 웅장함을 말한다.
10) 故念(고념) : 예전에 그리워하던 사람.
11) 新歡(신환) : 새로 좋아하는 사람.
12) 染筠(염균) : 대나무를 물들이다. 순(舜)임금의 두 비인 아황(娥皇)과 여영(女英)의 눈물이 대나무에 물들었다는 고사이다. 《술이기(述異記)》에 따르면, 순임금의 부인이 순임금이 죽자 통곡했는데 그 눈물이 대나무를 적셔 반점이 생겼다고 한다.
13) 繞雪(요설) : 〈백설(白雪)〉의 노래를 부르다. 두보(杜甫), 〈백대 형제의 산속 거처 벽에 제하다(題柏大兄弟山居屋壁)〉, "슬픈 현은 백설가를 연주하네.(哀弦繞白雪.)"

14) 陽臺(양대) : 송옥(宋玉)의 〈고당부(高唐賦)〉에 초 회왕(懷王)이 고당에서 놀 때, 낮잠을 자는 꿈속에 나타난 무산(巫山)의 신녀(神女)와 동침한 내용이 있다. 왕이 꿈에 한 부인을 보았는데 그녀가 말하기를, 첩은 무산의 여자로서 이 고당의 객인데, 듣자하니 군자께서 고당에 머무신다 하오니 원컨대 침석(枕席)을 권하게 하여 주소서라 했고 왕이 이를 허락했다. 자리에서 떠날 때 이르기를 "첩은 무산의 양(陽), 고구(高丘)의 저(岨)에 있어 아침에는 행운(行雲)이 되고 저녁에는 행우(行雨)가 되어 아침저녁으로 양대(陽臺) 밑에 있을 것입니다."라 했다.

15) 楚語(초어) : 초 지방의 방언.

해설

이 시는 대중 2년 계관(桂管)에서 북쪽으로 돌아갈 때 장안에 가까이 왔을 때 쓴 것이다. 제목을 보면 '장(腸)' 즉 애끊는 마음에 대해 천착한 시로 보이지만, 이것은 앞 6구에서 집중적으로 다루었고 나머지는 경물이나 그렇게 된 앞뒤 정황을 제시하고 있다. 여기에서 언급된 마음 아프게 한 대상은 영호도(令狐綯)로 보는 게 일반적이다. 제1-2구는 마음속에 울적한 수심과 한이 많으나 감히 쏟아놓을 수 없어 창자가 끊어질 듯한 고통이 있음을 말했다. 제3-4구에서는 지금 일을 당했을 때에도 장이 꼬이듯 괴롭지만, 예전부터 이미 애가 끊어질 듯한 고통을 겪고 있었다고 하여 수심과 우울이 하루 이틀이 아님을 말했다. 제5-6구에서는 애가 뜨거워 질 때는 마치 끓는 듯 아프고, 차가울 때에는 마치 한파에 얼음이 어는 듯하다 하여 여러 복잡한 심경과 감정을 드러냈다. 제7-8구는 길에서 본 경물을 쓴 것이고, 제9-10구는 행로를 쓴 것이다. 장안이 이미 가까워지자 껄끄러운 대상인 영호도와의 문제도 더욱 압박하게 되고, 이것이 바로 애가 타는 현실적인 배경이다. 제11-12구에서는 예전부터 알아왔던 영호도에게 서신이 온 것과 새로 알게 된 정아(鄭亞)는 꿈에서나 만날 수 있음을 말했다. 이때 정아는 이미 폄적되어 있었으므로 그렇게 이른 것이다. 이것 역시 애가 꼬이는 이유이다. 제13-14구에서는 새로 알게 된 사람의 조우 때문에 마음 상해하지도 말고, 그가 부르는 노래에 화답하지도 말라고 했다. 이는 예전부터 알았던 사람을 의식한 것으로, 그는 이런 상황을 이해해주지 못할 것이라는 것을 암시한다. 제15-16구에서는 양대 고사를 사용하여 자신이 고사 속의 신녀(神女)와 같이 스스로를 내세우고자 하나, 세월이 오래 되어 말조차 통하지 않게 되니 자신의 마음이 통하기 어렵게 되었음을 말했다. 전체적으로 보았을 때, 이 시는 시인이 장안에 들어가기 전에 영호도와의 관계를 떠올리고는 그동안 겪었던 괴로움과 앞으로의 고통을 '애가 꼬이고' '애가 끊어진다'는 것으로 압축하여 보여주었다.

186

贈宇文中丞

어사중승 우문정(宇文鼎)에게 드리다

欲構中天正急材,[1]	중천의 누대를 지으려 마침 재목이 급하다 하셨는데
自緣煙水戀平臺.[2]	저는 안개와 물을 따라 평대를 좋아합니다.
人間只有嵇延祖,[3]	인간세상에서는 오직 혜소(嵇紹)가
最望山公啓事來.[4]	산도(山濤)의 상주가 올라가기를 가장 바란답니다.

주석

1) 構(구) : 짓다.
中天(중천) : 중천대(中天臺). 주 목왕(周穆王)이 종남산(終南山) 위에 지은 궁궐을 말한다. 요순시절을 '중천지세'라 하므로 '欲構中天'은 군주가 나라가 다스려지기를 바란다는 뜻도 담고 있다.

2) 自(자) : 자신.
平臺(평대) : 양효왕(梁孝王)이 만든 궁궐로, 옛터는 지금의 하남성 상구(商丘)에 있다.

3) 人間(인간) : 인간세상.
嵇延祖(혜연조) : 혜강(嵇康)의 아들인 혜소(嵇紹). 연조는 그의 자(字)이다. 혜강이 죽은 뒤 산도(山濤)가 진 무제에게 그를 비서랑으로 추천했다.

4) * 〔원주〕: 우문정 공이 죽은 친구인 장씨를 애석해 했기에 이 구절이 나왔다.(公感嘆亡友張君, 故有此句.)

望(망) : 바라다.

山公啓事(산공계사) : '산공'은 산도(山濤)를 가리킨다. 죽림칠현의 한 사람으로 후에 이부상서(吏部尙書)의 직위에 올랐다. '계사'는 사정을 진술하는 상주문이다. 산도는 10여 년 동안 관리 선발을 맡아 결원이 생길 때마다 후보자의 프로필을 작성해 임금께 올렸는데 이를 '산공계사'라 불렀다.

해설

이 시는 어사중승 우문정의 초청을 완곡히 거절하면서 대신 그의 친구의 아들을 추천한 것이다. 우문정은 영호초가 천평군절도사로 부임한 해에 어사중승이 되었던 사람이다. 그가 이상은을 천거할 의사가 있었던 모양인데, 당시 이상은은 이미 영호초의 막료가 된 시점이라 그의 제의에 감사하면서 대신 다른 사람을 추천했다. 제1-2구는 우문정이 조정에서 필요한 인재를 찾아 이상은을 추천하려 했으나, 그가 이미 영호초의 막료가 되어 응할 수 없다는 내용이다. 제3-4구는 산도가 혜강의 아들인 혜소를 발탁했던 전고를 빌려, 우문정의 친구인 장씨의 아들을 대신 추천한 것이다. 서신을 대신하는 실용적인 목적에서 쓴 것이지만, 칠언절구의 짧은 형식 속에 전고를 능숙하게 구사하면서 '거절'과 '추천'의 두 가지 전달사항을 잘 담았다는 점을 눈여겨 볼만 하다.

187

曉起

새벽에 일어나

擬盃當曉起,[1] 새벽을 맞아 일어나 잔을 들고
呵鏡可微寒.[2] 거울에 입김을 불어보니 조금 추운 듯.
隔箔山櫻熟,[3] 주렴 너머 산벚나무 익어가고
褰帷桂燭殘.[4] 걷어 올린 휘장 안으로 촛불 사그러드네.
書長爲報晩, 글이 길어져 대답하기 늦어지고
夢好更尋難. 꿈이 아름다워 다시 꾸기 어렵네.
影響輸雙蝶,[5] 우리 사이는 저 쌍으로 나는 나비보다 못하니
偏過舊畹蘭.[6] 옛 난초 밭을 날아 지나고 있네.

주석

1) 擬(의) : 들다. 풍호(馮浩)는 이 글자가 의심스럽다고 했는데, 뜻이 잘 연결되지 않아 일단 '잡는다, 들다'는 의미로 풀었다.
2) 呵(가) : 불다. 내뿜다.
3) 山櫻(산앵) : 산벚나무.
4) 褰帷(건유) : 걷어 올린 휘장.
桂燭(계촉) : 계고(桂膏)로 만든 초. 초에 대한 범칭.
5) 影響(영향) : 형체에 따른 그림자와 소리에 따른 울림 같은 것으로, 여기

서는 밀접한 관계를 의미함.

輸(수) : 지다.

6) 偏(편) : 나부끼다.

畹(원) : 밭 면적 단위.

해설

이 시는 새벽에 일어나 적막한 가운데 옛 일을 떠올리며 이별을 슬퍼함을 쓴 것이다. 제1-2구에서 새벽에 일어나 조금 한기를 느끼는 것은 임의 부재를 뜻한다. 제3-4구는 방의 안과 밖이 모두 고즈넉하다는 것으로, 주인공이 외로움 가운데 있음을 알 수 있다. 제5-6구에서는 님을 그리워하는 모습을 묘사했다. 할 말을 쓰자니 길어서 답이 늦어지게 되었고 꿈에서라도 보면 좋았는데 좀처럼 다시 꾸어지지 않는다고 아쉬워했다. 제7-8구에서는 나비 한 쌍이 옛 난초 밭을 날아다니지만, 자신은 임과 떨어져 있어 나비만 못하다고 했다. 이 시에 달리 기탁이 있는지는 단정하기 어렵다.

188
閨情
규방 여인의 마음

紅露花房白蜜脾,[1] 붉음을 드러낸 꽃부리와 하얀 벌통
黃蜂紫蜨兩參差.[2] 노란 벌과 자주색 나비 서로 엇갈린다.
春窓一覺風流夢,[3] 봄날 창가에서 한번 풍류 넘치는 꿈을 깨도
却是同袍不得知.[4] 도리어 한 이불 속 사람은 알지 못한다.

주석

1) 紅露(홍로) : 붉음을 드러내다.
花房(화방) : 꽃부리. 꽃술.
蜜脾(밀비) : 벌통. 벌집.
2) 黃蜂(황봉) : 노란 벌.
紫蜨(자접) : 자주색 나비.
參差(참치) : 엇갈리다. 벌은 벌통을 찾고 나비는 꽃을 찾기에 이렇게 말한 것이다.
3) 覺(교) : (잠을 자고) 깨다.
風流夢(풍류몽) : 풍류가 넘치는 꿈. '풍류'는 멋스럽고 풍치가 있는 일을 말하며, 흔히 남녀 간의 애정사를 가리킨다.
4) 却是(각시) : 도리어.
同袍(동포) : 부부, 형제, 친구 등을 두루 가리킨다.

不得知(부득지) : 알지 못하다. '지(知)'를 '배필'의 뜻으로 보아 '배필을 얻지 못한다'고 풀이하는 설도 있다.

해설

이 시는 '동상이몽(同床異夢)'으로 인해 상심하는 여인을 노래한 규원시다. 제1-2구는 부류마다 각기 좋아하는 대상이 있음을 말한 것이다. 벌은 벌통을 찾고 나비는 꽃을 찾는다고 했는데, 이는 이상은이 〈유지(柳枝)〉 다섯 수 중 첫째 수에서 "꽃부리와 벌통에 벌 수컷과 호랑나비 암컷(花房與蜜脾, 蜂雄蛺蝶雌.)"이라고 한 것과 동일한 모티브이다. 이 시에서 시인은 벌과 나비가 '시절'은 함께하지만 '부류'가 같지는 않다고 했다. 제3-4구는 한 이불 속 남녀가 마음이 제각각임을 말한 것이다. '몸'은 함께 있지만 '마음'은 제각각이라고 했다.

189

月夕

달밤

草下陰蟲葉上霜,[1]	풀 밑의 귀뚜라미와 나뭇잎 위의 서리
朱闌迢遞壓湖光.[2]	붉은 난간 높게 솟아 호수의 빛을 뒤덮네.
兎寒蟾冷桂花白,[3]	토끼 춥고 두꺼비 차갑고 계수나무 꽃 하얀
此夜嫦娥應斷腸.[4]	이 밤에 항아는 응당 가슴이 미어지리라.

주석

1) 陰蟲(음충) : 귀뚜라미와 같은 가을벌레.
2) 朱闌(주란) : 붉은 난간.
 迢遞(초체) : 높은 모습.
 壓(압): 뒤덮다.
3) 兎(토) : 달에 산다는 옥토끼.
 蟾(섬) : 달에 산다는 두꺼비.
4) 嫦娥(항아) : 달의 여신.

해설

이 시는 그리워하는 여인을 노래한 것이다. 제1-2구는 계절의 배경과 더불어 여인의 거처를 소개한 것이다. 귀뚜라미 울고 서리가 내리는 가을에 호숫가에 우뚝 선 여인의 누각이 있다고 했다. 제3-4구는 차가운 달빛을 통해 여인의 쓸쓸한 마음을 묘사한 것이다. 달에 산다는 토끼와 두꺼비, 그리고 계수나무에서 모두 한기가 느껴지는 때 월궁의 항아도 수심을 이기지 못할 것이라 했다. 여기서의 항아는 시인이 그리워하는 여도사 부류의 여인임에 틀림없기에 시의 의미도 비교적 명쾌하나, 반면에 함축과 여운의 맛은 부족한 편이다. 청나라 정몽성(程夢星)은 이 시를 평하여 "자신이 슬피 바라보노라 말하지 않고 도리어 다른 사람의 쓸쓸함을 떠올려 운필의 오묘함을 잘 얻었다(不言己之悵望, 轉憶人之寂寥, 最得用筆之妙.)"고 했다.

190

杏花

살구꽃

上國昔相値,[1]	옛날 장안에서 만났을 때
亭亭如欲言.[2]	꼿꼿하게 서서 무언가를 말하려 했지.
異鄕今暫賞,	타향에서 지금 잠시 완상하며
脈脈豈無恩?[3]	말없이 바라보자니 어찌 정이 없겠는가?
援少風多力,[4]	울타리 성겨 세찬 바람 맞고
牆高月有痕.	담 높아 달빛은 흔적만 있는데
爲含無限意,	무한한 정을 품고 있기에
遂對不勝繁.	이기지도 못할 무성한 꽃잎 피웠다.
仙子玉京路,[5]	선계의 서울로 가는 길의 신선의 풍모요
佳人金谷園.[6]	금곡원의 아리따운 이의 자태인데
幾時辭碧落?[7]	언제 푸른 하늘에서 이별하여 내려와
誰伴過黃昏?	뉘와 함께 황혼을 지내리오?
鏡拂鉛華膩,[8]	거울 대하면 매끄러운 분가루 스치는 듯
爐藏桂燼溫.	화로 대하면 따스한 계수나무 심지 감춘 듯한데
終應催竹葉,[9]	결국에는 응당 죽엽주를 마시며

先擬詠桃根.[10]	먼저 〈도근〉가를 읊어 보리라.
莫學啼成血,	피울음 우는 것 본뜨지 말게나
從教夢寄魂.	그저 꿈속에서라도 혼백을 부쳐보는데,
吳王采香徑,[11]	오왕의 채향경으로
失路入煙村.	가는 길을 잃고 안개 자욱한 마을로 떨어져 내린다.

주석

1) 上國(상국) : 수도. 장안을 이른다.
 值(치) : 만나다.
2) 亭亭(정정) : 우뚝 솟아 있는 모양.
3) 脈脈(맥맥) : 말없이 정을 전하는 모양.
 恩(은) : 인정. 사랑.
4) 援(원) : 지키다. 여기서는 꽃 둘레로 쳐진 울타리를 이른다.
5) 玉京(옥경) : 하늘 위에 옥황상제(玉皇上帝)가 산다는 서울. 신선의 거처를 이른다.
6) 佳人(가인) : 어여쁜 사람. 여기서는 석숭(石崇)의 애첩인 녹주(綠珠)를 이른다.
 金谷園(금곡원) : 진(晉) 나라 석숭(石崇)의 별장 이름. 하남성(河南省) 낙양현(洛陽縣) 서쪽 금수(金水)가 흐르는 골짜기에 있었다. 석숭이 이곳에서 자주 잔치를 베풀며 참석자들에게 시를 짓게 했는데, 짓지 못하면 그 벌로 술 서 말을 마시게 했음. 이 두 구는 살구꽃이 신선 같기도 하고 미인 같기도 함을 이른 것이다.
7) 碧落(벽락) : 벽공(碧空). 푸른 하늘. 도가(道家)에서 동방(東方) 제일천(第一天)에 푸른빛 안개가 충만해 있는 곳이라 함.
8) 鉛華(연화) : 여자들의 얼굴을 단장하는 데 바르는 흰 가루. 여기서는 살구꽃의 색을 이른 것이다.
9) 竹葉(죽엽) : 대나무 잎. 여기서는 대나무 잎으로 담근 술을 이른다.
10) 桃根(도근) : 〈도엽가(桃葉歌)〉, 여기서는 시를 이른다. 악부 〈도엽가(桃

葉歌)〉에 '도근'을 다룬 내용이 있다. 이 두 구는 시인이 살구꽃을 벗 삼아 여기서 술을 마시고 시를 읊으려 한다는 의미이다.

11) 采香徑(채향경) : 강소성(江蘇省) 소주시(蘇州市) 서남쪽 영암산(靈巖山)에 있는 고적. 오왕이 미인을 보내 산에서 향을 채집하게 했다고 하여 이름이 붙여졌다. 여기서는 아름다운 경치를 이른다.

해설

이 시는 살구꽃을 읊음으로써 시인의 불우함과 적막에 대한 개탄을 기탁하고 있다. 대상을 구체적으로 묘사한 후 정감을 드러내는 전형적 영물시가 아니라, 시인의 내심과 감정 기탁이 주가 되고 있어 시의가 모호한 측면이 있다. 제1-2구에서는 예전에 살구꽃을 대했을 때를 기억한 것으로 그때 살구나무는 꼿꼿한 채 시인에게 무엇을 말하려는 듯하다고 했다. 도도한 자태와 정감이 있어 무엇을 호소하려는 모습은 시인과 다르지 않다. 제3-4구에서는 지금 다시 살구꽃을 만난 것을 썼는데, 옛날과 마찬가지로 정이 있다고 했다. 제5-6구에서는 살구꽃의 울타리가 성겨 바람을 견디지 못해 꽃이 떨어지게 되고, 담이 높아 달빛이 흐려 아름다운 색을 드러내지 못한다고 했다. 이는 시인 자신이 영락하여 세상에 제대로 드러나지 못함을 비유한 것이다. 제7-8구에서는 살구꽃이 무한한 정을 품고 있어 이기지도 못할 꽃잎을 잔뜩 피워낸 것을 들어 시인 자신의 원망의 정이 무한함을 기탁했다. 제9-10구에서는 신선의 풍모와 빼어난 자태를 지닌 살구꽃을 묘사했고, 제11-12구에서는 살구꽃이 신선의 하늘에서 인간세상으로 떨어졌는데, 고독하게 홀로 처하여 함께 벗 해줄 이가 없음을 말했다. 이는 앞의 '장안', '타향'과 호응하는 것으로, 옛날과 달라진 현재의 모습과 쓸쓸함에 대한 감개를 기탁하고 있다. 제13-14구에서는 살구꽃의 흰 색과 온화한 향기를 묘사했고, 제15-16구에서는 적막하고 쓸쓸한 황혼녘 술을 마시고 시 짓는 일을 벗 삼는 살구꽃을 그려냈다. 이 네 구 역시 시인의 재능이 아름답지만 알아주는 이 없어 외로이 지내는 모습을 빗댄 것이다. 제17-18구에서는 살구꽃의 색을 떠올려 두견화의 피울음 고사를 사용하여 그렇게 한 맺혀 운다면 붉은 색이 다 없어질 것이라 했고, 꿈에서라도 넋을 보내 정을 전하고자 한다고 하여 스스로를 위로했다.

시인 자신의 원망과 슬픔과 함께 함께 마음을 나눠줄 사람이 없는 것에 대한 자상(自傷)을 비유한 것으로, 그저 꿈에서야 위로받을 수 있는 처지임을 말했다. 제19-20구에서는 살구꽃이 아름다운 경치를 찾다가 길을 잃어 안개 낀 마을로 날아 떨어지는 것을 묘사하여 시인의 실의와 보잘 것 없는 신세에 대한 개탄을 기탁해냈다.

191

燈

등

皎潔終無倦,[1]	밝고 정결한 것 끝내 게을리 하지 않고
煎熬亦自求.[2]	달이고 볶는 것 또한 스스로 구한 것,
花時隨酒遠,	꽃 필 때는 술따라 멀어지고
雨後背窓休.	비 온 뒤엔 창을 등지고 쉰다.
冷暗黃茅驛,[3]	차갑고 어두운 황모역에도
暄明紫桂樓.[4]	따뜻하고 밝은 자계루에도,
錦囊名畫揜,[5]	비단 주머니에 명화를 접어 넣을 때에도
玉局敗碁收.[6]	옥 바둑판에서 패한 바둑돌 거둘 때에도.
何處無佳夢,	어딘들 단꿈이 없을 것이며
誰人不隱憂?[7]	뉘라서 잠을 이룰 수 있겠는가?
影隨簾押轉,	그림자는 발 누르개를 따라 돌고
光信簟文流.	빛은 대자리 무늬대로 흐른다.
客自勝潘岳,[8]	본디 반악보다 나은 손께서
儂今定莫愁.[9]	이제 막수 같은 이를 아내로 맞기로 했다니,
固應留半焰,[10]	필히 반쪽 불꽃을 남겨
迴照下幃羞.	휘장을 내리는 부끄러움을 되비쳐야 하리라.

주석

1) 皎潔(교결) : 밝고 깨끗하다.
2) 煎熬(전오) : 달이고 볶다. 초조하여 마음 고생하는 것을 비유한다.
3) 黃茅(황모) : 황모초. 영남 지역에서는 가을이 되면 황모초가 시들고 장기(瘴氣, 축축하고 더운 땅에서 생기는 독기)가 발생한다.
4) 暄(훤) : 따뜻하다.
5) 錦囊(금낭) : 비단주머니. 시의 원고나 기밀문서를 보관하는 데 쓰였다.
 揜(엄) : 감추다. 가리다.
6) 玉局(옥국) : 바둑판의 미칭. 이 두 구는 등불이 비단 주머니 속에 접어 넣은 명화를 비추고, 바둑판의 패한 바둑돌을 거두는 것을 비춘다는 의미이다.
7) 隱憂(은우) : 깊은 근심. 여기서는 잠을 이루지 못함을 이른다. 이 두 구는 등이 잠을 자며 꿈을 꾸는 이도 비추고 잠을 이루지 못하는 이도 비춘다는 뜻이다.
8) 潘岳(반악) : 중국 서진(西晉)의 문인. 그는 용모가 수려해 옥으로 만든 사람이라는 평을 들었다.
9) 莫愁(막수) : 악부에 나오는 미녀 이름.

 소연(蕭衍), 〈하중지수가(河中之水歌)〉 강물은 동쪽으로 흐르는데 낙양에 막수라는 아가씨가 있네. ……15세에 노랑에게 시집을 가서 16세에 아후라는 아이를 낳았네.(河中之水向東流, 洛陽女兒名莫愁, ……十五嫁爲盧郞婦, 十六生兒字阿侯.)

10) 焰(염) : 불꽃.

 양(梁) 기소유(紀少瑜), 〈잔등 殘燈〉 오직 불꽃 한두 점을 남겨 겨우 비단 저고리 벗네.(惟餘一兩焰, 纔得解羅衣.)

 下幃(하위) : 휘장을 내리다.

해설

이 시는 등불의 모습과 그 등불이 비추는 대상을 묘사한 것이다. 시인이 기탁하고자 한 내용이나 대상에 대해서는 평자들의 의견이 분분하지만, 대체로 등불은 바로 시인 자신을 비유한다고 본다. 제1-2구에서는 등불 자체에 대해 묘사했다. '밝고 정결'한 등불의 모습은 시인의 품격을 비유하고, '달이고 볶는' 모습은 자신의 조우와 내심의 고통을 비유한다. '스스로 구한 것'은 지금의 조우가 스스로 자초한 것임을 이른 것이다. 그 이하는 등불이 비추는 대상에 대한 묘사로 이루어져 있다. 제3-6구는 시기와 장소 두 측면에서 등불이 비추는 대상을 말했다. 꽃이 필 때나 비가 올 때, 차갑고 어두운 곳과 밝고 따뜻한 곳에 비추는 등불을 들어 언제 어디나 등불이 비추고, 그것을 게을리 하지 않는다고 했다. 이 네 구는 시인이 거처하고 있는 계림의 막부의 정경으로도 볼 수 있다. 제7-8구에서는 등불이 명화가 감추어진 비단 주머니와 바둑알이 거두어진 바둑판을 비추고 있다고 했다. 평자에 따라서는 이 두 구절을 막부를 그만 두게 된 시인의 상황을 비유한 것으로 보기도 한다. 제9-10구는 등불이 좋은 꿈을 꾸는 자도 비추고 잠을 청하지 못하는 자도 비춘다고 하여 누구나 비추고 있음을 묘사했는데, 이 또한 막부를 그만 두었을 때 다른 동료의 정황을 비유한 것으로 보기도 한다. 제11-12구는 '단꿈'을 이어 말한 것으로 창문의 발과 대자리를 비추고 있다고 했다. 제13-16구에서는 송옥보다 잘난 주인이 막수만큼 아름다운 이를 맞아들이니 등불은 그 광경을 부질없이 비추고 있다고 했다. 등불의 입장에서 그러한 광경을 바라볼 수밖에 없으므로 감당하기 어렵다는 말이다. 이 구절은 계주의 막부에서 나온 후 다른 이들의 모습만 묵묵히 바라볼 수밖에 없는 시인의 불안한 심정을 기탁한 것으로 볼 수 있겠다.

192

清河

맑은 강

舟小迴仍數,[1]	작은 배 타고 돌아온 것 자주 여러 번이었고
樓危凭亦頻.	높은 누대에 올라 기대었던 것도 빈번했었지.
燕來從及社,[2]	제비는 예부터 춘사 무렵이면 날아왔고
蝶舞太侵晨.	나비는 본래 이른 새벽이면 춤을 추었네.
絳雪除煩後,[3]	단약으로 번뇌를 없애고
霜梅取味新.[4]	절인 매실로는 입맛을 새롭게 하지만,
年華無一事,	꽃다운 시절에도 별 일이 없으니
只是自傷春.	그저 홀로 봄을 슬퍼하네.

주석

1) 仍(잉) : 자주. 누차.
2) 社(사) : 춘사(春社). 춘사는 중춘(仲春)에 토신(土神)에게 농사의 순조로움을 비는 제사.
3) 絳雪(강설) : 단약(丹藥)의 이름.
4) 霜梅(상매) : 백매(白梅). 익어서 떨어질 무렵의 매실을 소금에 절인 것.

해설

이 시는 봄날 배를 타며 들었던 감개와 슬픔을 담은 것이다. 풍호는 과거 시험에 낙방하고 돌아오면서 지은 것이라 하고, 요배겸은 도망시(悼亡詩)로 보았는데 둘 다 근거는 없다. 제1-2구에서는 자주 작은 배를 타고 돌아오고 누대에 올라 기대었다고 하여 별 소득 없이 무료하게 지내는 일이 많았음을 말했다. 제3-4구는 봄날의 생기 있는 경물을 묘사하고 있다. 제비는 춘사 무렵이면 돌아와 힘차게 날고, 나비는 새벽부터 춤을 추며 날아다닌다. 제5-6구는 앞의 생동적인 경물과는 달리 번뇌에 시달리고 입맛이 없는 시인이 등장하고 있다. 단약과 절인 매실로 달래보지만 근본적인 해결책은 아니다. 제7-8구에서는 화려한 봄이자 인생의 가장 아름다운 젊은 때 아무 일 없는 스스로를 돌아보며 화려한 봄이, 청춘이 가고 있음을 슬퍼했다.

193

襪

버선

嘗聞宓妃襪,[1]	일찍이 복비의 버선에 대해 들었거니
渡水欲生塵.[2]	물을 건너도 먼지가 인다 했지.
好借嫦娥著,[3]	항아가 신도록 빌려줘도 좋겠네
清秋蹋月輪.[4]	맑은 가을에 둥근달을 밟도록.

주석

1) 宓妃(복비) : 복희씨(伏羲氏)의 딸로 낙수(洛水)에 익사하여 낙수의 여신이 되었다고 한다. '宓'은 '伏'과 통한다.
襪(말) : 버선.

2) 生塵(생진) : 먼지가 일다. 땅을 딛는 것처럼 젖지 않는다는 말이다.
조식, 〈낙신부〉 물을 건너는 사뿐한 발걸음, 비단 버선에 먼지가 이네.(陵波微步, 羅襪生塵.)

3) 嫦娥(항아) : 달의 여신.
著(착) : 신다.

4) 蹋(답) : 밟다.
月輪(월륜) : 둥근달.

해설

이 시는 복비의 버선을 노래한 영물시다. 제1-2구는 조식의 〈낙신부〉에 묘사된 복비의 버선을 소개한 것이다. 이 버선을 신고 물을 건너면 땅 위에서 걷는 것처럼 먼지가 일고 물에 젖지 않는다고 했다. 제3-4구는 복비의 버선을 항아에게 빌려주자는 기발한 발상을 표현한 것이다. 월궁에 사는 항아가 이 버선을 신으면 은하수라도 가뿐히 건널 수 있지 않겠느냐고 했다. 이상은 시에 등장하는 항아는 대체로 여도사를 지칭하고, 그러한 시의 주된 내용은 여도사의 적막한 생활을 동정하는 것이다. 이 시에서도 행동에 많은 제약이 따르는 여도사가 신비한 버선을 신고 보다 운신이 자유로워지기를 바라는 마음을 드러냈다. 시인이 그렇게 자유로워진 여도사와의 밀회를 꿈꾸고 있는지는 단정할 수 없다.

194

追代盧家人嘲堂內

추후에 노씨를 대신하여 집안에 있는 이를 놀리다

道却橫波字,[1] ‘횡파’라는 글자를 말하더라도
人前莫謾羞.[2] 사람들 앞에선 짐짓 부끄러워하지 마라.
只應同楚水,[3] 그저 마땅히 초나라 물처럼
長短入淮流.[4] 길든 짧든 회수로 흘러들어야지.

주석

1) 道却(도각) : ~라고 말하다.
   橫波(횡파) : 횡류(橫流). 옆으로 꿰져 흐르는 물. 흔히 여인이 곁눈질하는 것을 비유한다.
2) 謾(만) : 짐짓. 거짓으로.
   羞(수) : 부끄러워하다.
3) 只應(지응) : 다만 ~해야 마땅하다.
   楚水(초수) : 초나라 땅을 흐르는 물.
4) 淮流(회류) : 회수(淮水). 여기서 ‘회(淮)’는 쌍관어로 ‘懷(회)’, 즉 품을 의미한다.

해설

이 시는 노씨(盧氏)를 대신하여 막수(莫愁)를 놀린 것이다. 노씨가 동시대인이 아닌 육조(六朝) 사람이기에 '추후(追)'라는 말을 덧붙였고, '집안에 있는 이'는 울금당(鬱金堂)에 기거했다는 막수를 가리킨다. 여기서 노씨와 막수는 달리 가리키는 바가 있음에 틀림없다. 아마도 노씨는 연회의 주인이고, 막수는 그의 가기(歌妓)일 것이다. 제1-2구는 연회에서의 언행을 말한 것이다. 연회의 손님들이 '곁눈질 한다'고 놀리더라도 일부러 부끄러운 척 하지말라고 했다. 제3-4구는 가기를 놀린 것이다. 크고 작은 초나라 땅의 하천이 모두 회수로 흘러들 듯 손님들의 품으로 뛰어들어야 마땅하지 않겠느냐고 했다. 남조 민가인 〈자야가(子夜歌)〉의 풍미가 느껴지는 시다.

195

代應

대신 응답하다

本來銀漢是紅牆,[1] 본래 은하수가 붉은 담장이 되었는지
隔得盧家白玉堂.[2] 노씨 집 백옥당과 떨어져 있네.
誰與王昌報消息,[3] 누가 왕창에게 소식을 전해
盡知三十六鴛鴦.[4] 서른여섯 마리 원앙새를 모두 알게 할까?

주석

1) 銀漢(은한) : 은하수.
紅牆(홍장) : 붉은 담장.
2) 隔得(격득) : 떨어져 있다. '득(得)'은 보어로 동작의 지속을 나타낸다.
盧家(노가) : 노씨의 집. 고악부(古樂府)에 낙양의 여인 막수(莫愁)가 부잣집인 노씨네로 시집갔다는 노래가 전한다.
白玉堂(백옥당) : 본래 신선의 거처를 가리키나, 부잣집을 비유하기도 한다. 여기서는 막수가 기거하는 집을 가리킨다.
3) 與(여) : ~에게.
王昌(왕창) : 당대의 여러 시에 왕창이라는 이름이 보이지만 그가 누구인지는 미상이다. 아마도 특정한 사람을 지칭한 것이 아니라 대체로 풍류가 넘치는 사람의 대명사로 쓰였던 듯하다.
4) 盡知(진지) : 모두 알다.

三十六鴛鴦(삼십육원앙) : 서른여섯 마리의 원앙새. 고악부, 〈상봉행(相逢行)〉, "문에 들어섰을 때 왼쪽을 바라보니 그저 쌍쌍의 원앙새만 보였네. 원앙새는 일흔두 마리, 늘어서서 절로 줄을 지었네.(入門時左顧, 但見雙鴛鴦. 鴛鴦七十二, 羅列自成行.)" 일흔두 마리 가운데 암컷 서른여섯 마리만 말한 것이다. 근인 소설림(蘇雪林)은 이와 달리 고악부에서 말한 '일흔두 마리'를 이 시에서 '서른여섯 쌍'으로 활용한 것이라 했다.

해설

이 시는 노씨에게 시집간 막수를 대신해서 쓴 것이다. 〈추후에 노씨를 대신하여 집안에 있는 이를 놀리다(追代盧家人嘲堂內)〉 시와 마찬가지로 여기서의 막수는 가기(歌妓) 등의 여인을 가리키는 것으로 보인다. 이해하기에 따라서 부잣집의 애첩, 여도사 또는 궁녀 등으로 다양하게 해석될 여지가 있다. 제1-2구는 외부와 격리된 여인의 거처를 이야기한 것이다. 붉은 담장으로 둘러싸여 마치 은하수를 사이에 둔 견우와 직녀 신세라고 했다. 제3-4구는 풍류남인 왕창(王昌)에게 백옥당의 소식을 알리고자 한 것이다. 백옥당에는 수컷 원앙새를 기다리는 암컷이 서른여섯 마리나 있다고 했다. 원앙새 한 마리가 여인 한 명을 비유하는 것으로 이해할 수 있으나, 그보다는 막수로 지칭된 여인이 왕창을 기다리는 마음이 그만큼 크다는 말이리라 여겨진다. 이런 의미에서 볼 때 일각에서 이 시를 부잣집의 축첩이나 여도사 또는 궁녀의 집단 일탈을 비판한 쪽으로 해석하는 것은 본래의 시의(詩意)와 상당한 거리가 있다.

196-1

離亭賦得折楊柳[1] 二首(其一)

이별의 주연에서 〈절양류〉를 쓰다 2수 1

暫憑樽酒送無憀,[2]	잠시 술을 빌어 의지할 데 없는 그대를 보내나니
莫損愁眉與細腰.[3]	우수어린 눈썹과 가는 허리 상하지 말게.
人世死前唯有別,	인간세상에서 괴로운 것은 죽기 전 오직 이별뿐인데
春風爭擬惜長條.	봄바람이여, 어찌 긴 가지를 아까와 하는가?

주석

1) 離亭(이정) : 이별의 주연(酒宴)을 베푼 좌석.
   賦得(부득) : ~에 대해 쓰다. 옛 사람의 시구나 성어를 시 제목으로 할 때 제목 앞에 이 두 글자를 붙인다. 주로 시첩시(試帖詩)에 많이 썼는데, 후대에는 연회나 전별 등에서 시를 지을 때 많이 사용했다.
   折楊柳(절양류) : 곡명(曲名). 한대 장건(張騫)이 서역에서 들어온 곡에 이연년(李延年)이 새 가락을 붙여 만든 곡이라 알려져 있음. 옛 가사는 대개 규방에서 수자리 간 병사를 그리워하는 정을 읊고 있는데, 성당 이후에는 나그네를 송별하는 내용이 다수를 차지한다.
2) 憀(료) : 의지하다. 의뢰하다.
3) 愁眉(수미) : 근심어린 눈썹.
   細腰(세요) : 가는 허리. 눈썹과 허리는 버들잎과 줄기를 가리킨다. 또한 이별에 아파하는, 버들잎 같은 눈썹, 버들가지 같은 가는 허리를 지닌 여인을 빗댄 것으로 볼 수도 있다.

해설

이 시는 버들을 통해 이별의 슬픔을 담고 있다. 버들은 이별의 아쉬움이라는 의미와 함께 이별하는 사람을 의미하는데, 이 시에서는 양자가 잘 어우러져 있다. 특별히, 첫 번째 시는 떠나는 사람 입장에서 말한 것이다. 제1-2구에서는 이별의 술자리에서 잔을 나누며 이별을 하는데, 아쉬움 때문에 눈썹과 가는 허리 손상하지 말라 했다. 버들(이별하는 사람)이 정에 연연하며 이별에 아쉬워하는 정을 그려냈다. 제3-4구에서는 인간세상에서 죽음 외에 괴로운 것은 이별밖에 없으니, 이별하는 이에게 긴 가지 꺾어주는 것을 아까워 말라 했다. 버들(이별하는 사람)이 이별에 몸과 마음이 상하는 다정함을 기탁해냈다.

196-2

離亭賦得折楊柳[1] 二首(其二)

이별의 주연에서 〈절양류〉를 쓰다 2수 2

含煙惹霧每依依,[1]	안개를 품어 숨기고서는 매번 차마 떨어지지 못하고
萬緖千條拂落暉.[2]	수천수만 가지들 석양을 스치네.
爲報行人休盡折,	행인들에게 이르노니 모조리 꺾지는 말게
半留相送半迎歸.	반은 남겨 송별하고 반은 돌아오는 사람 맞이해야 하니.

주석

1) 惹霧(야무) : 안개를 이끌다. 여기서는 버들에 안개가 자욱한 것을 이른다.
   依依(의의) : 아쉬워하는 모양. 섭섭해 하는 모양.
2) 落暉(낙휘) : 다 져가는 저녁 햇발.

해설

이 시 역시 버들을 통해 이별을 아쉬워하는 내용이다. 제1-2구에서는 버들이 안개를 품고 해 지는 노을에 서 있는 정경을 그려냈다. 제3-4구에서는 버들의 말투로 차마 떨어지지 못하고 이별을 아쉬워하니, 반은 꺾어 송별하는 이에게 주고, 나머지 반은 훗날 돌아올 이를 위해 남겨두라 했다.

197
寄永道士[1]
영도사에게 부치다

共上雲山獨下遲,	함께 구름 낀 산에 올랐는데 그대 혼자만 더디 내려왔고
陽臺白道細如絲.[2]	양대에 이르는 흰 길은 실과 같이 가늘었지.
君今併倚三珠樹,[3]	그대는 지금 삼주수에 의지하고 있으니
不記人間落葉時.	인간세상에서 낙엽 질 때는 기억하지 말게나.

주석

1) 永道士(영도사) : 누구인지 확실하지 않다. 아마도 시인이 옥양산(玉陽山)에서 신선술을 배울 때의 사귀었던 벗인 듯하다.

2) 陽臺(양대) : 본래는 무산(巫山) 무협(巫峽)의 지명이나 여기서는 왕옥산(王屋山)을 이른다. 왕옥산을 신선의 별천지로 여겨 양대로 불렀다 한다.

3) 三珠樹(삼주수) : 신화에 나오는 나무. 《산해경(山海經)》, "삼주수는 염화국 북쪽에 있는데, 적수 가에서 자란다. 나무 모양은 측백나무와 같고 잎은 모두 진주다.(三珠樹在厭火國北, 生赤水上, 樹如柏, 葉皆爲珠.)" 여기서는 〈달밤에 송화양 자매에게 거듭 부치다(月夜重寄宋華陽姊妹)〉시에서 언급한 '삼영(三英)'이라는 다른 여도사를 가리키는 것으로 보인다.

해설

이 시는 옛 시절을 추억하며 벗이 처한 지금 상황을 제시한 후 시인 자신의 감개를 기탁한 작품이다. 제1-2구는 왕옥산의 가늘고 긴 오솔길이 있는 정경을 추억한 것이다. 영도사와 시인은 옛날에 함께 산에서 신선의 도를 배웠는데, 자신은 먼저 내려오고 영도사는 더 오래 머물다 내려왔다고 했다. 제3-4구에서는 영도사의 여도사와 친밀한 관계를 언급하면서 속세의 불우함과 외로움은 개의치 말라 했다. 앞 구는 다소 희롱의 어조가 있지만 마지막 구에서는 시인 자신의 상황을 암시하여 감개를 기탁해낸 뜻이 있다. 이에 대해 청나라 기윤(紀昀)은 "담담히 말하지만 기탁된 감개는 특히 깊다(淡語而寄慨殊深)"고 평했다.

198

華州周大夫宴席

화주 주대부의 연회석

郡齋何用酒如泉,[1]	군청에서 술이 샘과 같을 필요가 무엔가?
飮德先時已醉眠.[2]	덕을 마시기 전에 이미 취해 잠들겠네.
若共門人推禮分,[3]	만약 문하 사람들과 더불어 예우를 따져본다면
戴崇爭得及彭宣.[4]	대숭이 어찌 팽선에 미칠 수 있으리오?

주석

1) 郡齋(군재) : 군수가 기거하는 곳. 군청.

2) 飮德(음덕) : 덕을 마시다. 은택을 입는다는 말이다.
《시경 · 대아 · 기취(旣醉)》 술에 이미 취했고, 덕에 이미 배불렀네.(旣醉以酒, 旣飽以德.)
先時(선시) : 이전.

3) 推(추) : 따지다.
禮分(예분) : 예우.

4) 戴崇(대숭) : 《한서 · 장우전(張禹傳)》에 의하면, 장우는 뛰어난 제자인 대숭과 팽선 가운데 내심 대숭을 좋아하고 팽선과는 다소 거리를 두었다고 한다.
爭得(쟁) : 어찌 ~할 수 있겠는가.
彭宣(팽선) : 여기서는 시인 자신을 가리킨다.

해설

이 시는 화주자사(華州刺史) 주지(周墀)의 연회석에서 지은 것이다. 주지는 개성 3년(838) 이상은이 박학굉사과에 응시했을 때 한림학사로 주고관(主考官)을 맡았던 인물이다. 당시 주지는 이상은을 합격시켰으나 중서성의 권력자가 최종 합격자 명단에서 배제한 바 있다. 이상은은 개성 5년(840) 말 그의 화주 막부에 가담했다. 주지를 '대부'라 칭한 것은 그가 조산대부(朝散大夫)이기 때문이다. 제1-2구는 주지의 은덕을 칭송한 것이다. 연회석에 술이 가득 준비되었지만, 박학굉사과 시험 때 입은 은덕만으로도 이미 분에 넘친다고 했다. 제3-4구는 먼저 막부에 들어와 있던 동료들에게 건네는 해학이다. 그들에 대한 주지의 애정이 한나라 때 장우가 대승을 좋아한 전고와 같아 보이지만, 실제로는 팽선인 자신을 더 아낀다는 것이다. 이를 두고 주지에 대한 섭섭함을 토로한 것이라고 풀이하기도 하나 연회석에 어울리지 않는 말이다. 의탁할 곳을 찾던 시인을 맞이해 준 주지에 대해 감사를 표한 내용으로 보아야 옳다.

199

荊山

형산

壓河連華勢孱顔,[1]	황하에 다가가 화산과 이어지는 그 기세 험준하여
鳥沒雲歸一望間.[2]	새 사라지고 구름 돌아오는 것이 한번 바라보는 사이다.
楊僕移關三百里,[3]	양복이 삼백 리나 관문을 옮긴 것이
可能全是爲荊山.	어찌 전부 형산 때문이었겠는가?

주석

1) 壓河(압하) : 황하에 다가가다. 황하와 지리적으로 가깝다는 말이다.
   連華(연화) : 화산과 이어지다.
   孱顔(잔안) : 가파르다.
2) 鳥沒雲歸(조몰운귀) : 새가 사라지고 구름이 돌아오다. 두보의 〈망악(望岳)〉, "가슴을 씻어내며 층층의 구름 피어오르고, 눈을 부릅뜨니 돌아가는 새 들어온다.(蕩胸生層雲, 決眥入歸鳥.)"의 시의(詩意)를 이용한 것이다.
3) 楊僕(양복) : 한무제 때의 장군.
   移關(이관) : 관문을 옮기다. 《한서 · 무제기(武帝紀)》에 의하면, 원정(元鼎) 3년(B.C.114) 홍농현에 있던 함곡관을 신안(新安)으로 옮겼다고 하며, 응소(應劭)의 주에 양복이 관문 밖에 거주하는 것을 부끄럽게 여겨

관문을 옮기게 해달라는 글을 올렸다고 한다.

해설

이 시는 형산에 얽힌 양복(楊僕)의 고사를 소재로 한 것이다. 중국 여러 곳에 형산이라는 이름의 산이 있는데, 여기서는 지금의 하남성 영보시(靈寶市) 문향(閿鄕)의 형산을 가리킨다. 제1-2구는 형산의 형세를 묘사한 것이다. 형산의 지리적으로 황하에 인접하여 화산과 이어지는 위치에 있어 풍광이 뛰어나다고 했다. 제3-4구는 관문을 옮긴 양복의 고사를 소개한 것이다. 양복이 형산 위쪽의 함곡관을 더 동쪽으로 옮겨 달라 청원한 것은 아름다운 풍광의 형산을 관문 안에 두려는 의도에서만은 아니라고 했다. 그보다는 관문 밖에 사는 것이 부끄러워했기 때문이라는 것이다. 여기서 이 시를 지은 의도가 명확히 드러난다. 홍농이 함곡관 안에 있기는 하지만, 당나라 때 '관내'의 기준은 함곡관이 아니라 동관이었다. 그런데 반두관(盤豆館)에서 지은 시에서 보았던 것처럼 이상은은 이미 동관을 지나왔다. 양복이 그토록 꺼려했던 '관문 밖에 사는 사람'이 된 것이다. 동관이라도 옮기고 싶은 것이 그의 심정이었으리라. "권세와 이익에 대한 생각이 무겁고 산수에 대한 생각이 가벼운 것은 고금이 매한가지(勢利之念重, 山水之念輕, 古今同然也.)"라 한 청나라 굴복(屈復)의 평이 요점을 찌른다.

200

次陝州先寄源從事

섬주에 머물며 먼저 원종사에게 부치다

離思羈愁日欲晡,[1]	이별의 생각과 나그네 수심에 날은 저무는데
東周西雍此分途.[2]	동쪽 주공의 땅과 옹주가 여기서 갈립니다.
迴鑾佛寺高多少,[3]	천자가 수레를 돌리고 지은 불사는 얼마나 높을까요?
望盡黃河一曲無.[4]	황하 한 굽이가 다 보일까요?

주석

1) 羈愁(기수) : 나그네의 수심.
   晡(포) : 저녁 무렵.
2) 東周(동주) : 동쪽 주공(周公)의 땅. 《공양전(公羊傳)》에 의하면, 주나라 때 홍농군 섬현(陝縣)을 경계로 동쪽은 주공이 다스리고 서쪽은 소공(召公)이 다스렸다고 한다.
   西雍(서옹) : 서쪽 옹주(雍州) 땅. 옹주는 옛날 9주의 하나로 지금의 섬서성과 감숙성 일대를 가리킨다.
   分途(분도) : 길이 갈리다. 길이 나뉘다.
3) 迴鑾(회란) : 천자의 수레를 돌리다. 당나라 대종 때 토번(吐蕃)의 침입으로 임금이 섬주까지 피신했다가 돌아간 것을 말한다.
   佛寺(불사) : 절. 대종은 무사히 장안으로 돌아간 것을 기념해 섬주에

절을 세웠다.

4) 一曲(일곡) : 한 굽이. 황하는 바다에 이를 때까지 아홉 굽이가 있다고 한다.

해설

이 시는 홍농현위에 부임하는 길에 섬주에 머물며 먼저 원종사에게 부친 것이다. 한시의 제목에서 '먼저 부치다(先寄)'라는 말은 가고자 하는 목적지에 있는 사람에게 부치는 경우를 가리킨다. 섬주는 섬괵관찰사(陝虢觀察使)의 치소(治所)가 있는 곳이며, 원종사는 관찰사 막부에 근무하는 종사관으로 여겨진다. 제1-2구는 제목의 '머물다(次)'와 '섬주'를 나타낸 것이다. 가던 길에 날이 저물어 부득불 하루 묵어가야 했고, 그곳이 곧 섬주였다는 말이다. 제3-4구는 원종사에게 '먼저 부치는' 내용이다. 내일 동이 트면 대종이 섬주에 세웠다는 절에 올라 황하 한 굽이를 굽어보겠다고 하면서, 원종사의 성인 '원(源)'이 황하의 근원을 뜻한다는 점에 착안하여 원종사 당신까지 보일지 모르겠다고 했다. 결국 어서 보고 싶다는 그리움을 전한 것이다. 이 시에서 이런 취지 밖에 다른 함축과 상징을 찾으려 한다면 지나친 천착(穿鑿)일 가능성이 크다.

201

過鄭廣文舊居

광문관 박사 정건의 옛집을 찾아가다

宋玉平生恨有餘,[1] 송옥은 일생에 한이 많아

遠循三楚弔三閭.[2] 멀리 초나라 지역을 돌아다니며 굴원을 조문했다.

可憐留著臨江宅,[3] 안타깝게 임강의 저택을 남겨놓게 되자

異代應教庾信居.[4] 후대에 응당 유신더러 살게 한 것이리라.

주석

1) 宋玉(송옥) : 전국시대 초나라의 문인.
有餘(유여) : 매우 많다.

2) 循(순) : 돌아다니다. 순시하다.
三楚(삼초) : 전국시대 초나라 지역. 초나라는 땅이 넓어 서초(西楚), 동초(東楚), 남초(南楚)로 나누어 불렀으며 이를 총칭하여 삼초라 했다.
三閭(삼려) : 삼려는 초나라에서 세 왕족인 소(昭), 굴(屈), 경(景)씨를 관장했던 직책이다. 여기서는 삼려대부(三閭大夫)를 지낸 굴원(屈原)을 가리킨다.

3) 可憐(가련) : 안타깝다.
臨江宅(임강택) : 임강의 저택. 임강은 항우(項羽)가 초나라의 장군 공교(共敎)에게 분봉(分封)한 곳으로 강릉(江陵)을 도읍으로 했다. 여기서는

강릉의 송옥 저택을 가리킨다.

4) 異代(이대) : 후세. 후대.

庾信(유신) : 남북조 시대의 문인으로 자는 자산(子山)이다. 남조의 양(梁)나라에서 벼슬을 하던 중 서위(西魏)에 사신으로 갔다 억류되어 북조에서도 벼슬을 했다. 유신은 후경(侯景)의 난으로 건강(建康)에서 강릉(江陵)으로 돌아와 송옥의 고택에 머무른 적이 있었다.

유신, 〈애강남부 哀江南賦〉 송옥의 집에서 잡초를 베고, 임강왕의 관청에 길을 냈다.(誅茅宋玉之宅, 穿徑臨江之府.)

해설

이 시는 현종 때 광문관(廣文館) 박사(博士)를 지낸 정건(鄭虔)의 옛집을 찾아간 소감을 노래한 것이다. 정건은 시, 글씨, 그림에 모두 능해 '정건삼절(鄭虔三絶)'이라 일컬어졌던 당대의 재주꾼이었다. 그러나 안사의 난 이후에 사사로이 국사를 편찬한다는 무고로 인해 태주사호참군(台州司戶參軍)으로 좌천되어 불행한 말년을 보냈다. 그의 저택은 장안 곡강 부근에 있었다.

제1-2구는 송옥을 빌려 자신의 재주와 처지를 동시에 나타낸 것이다. 송옥은 이상은이 〈송옥(宋玉)〉 시에서 언급한 것처럼 출중한 재주에 비해 관도가 순탄치 않았던 인물이다. 그래서 그의 불우함을 헤아려 줄만한 굴원을 조문하러 초나라 지역을 두루 돌아다녔다고 했다. 이는 시인이 정아(鄭亞)를 따라 계주(桂州)에 다녀왔던 것과 연관 지어 생각할 필요가 있다. 제3-4구는 송옥이 강릉(江陵)에 남긴 저택을 정건의 옛집과 연관시킨 것이다. 유신이 송옥의 저택을 물려받았다는 내용을 서술한 데서 짐작컨대 시인이 정건의 장안 옛집에 잠시 기거하게 되었던 것이 아닌가 한다. 결국 이 시는 정건보다 송옥에 초점을 두어야 핵심에 접근할 수 있을 것으로 판단된다. 청나라 풍호(馮浩)가 "자부와 탄식이 모두 언외에 담겼다(自譽自歎, 皆寓言外.)"는 말이 적확해 보인다.

202

東下三旬苦於風土馬上戲作

동쪽으로 내려가는 30일 동안 바람에 날리는 흙먼지에 고생하다 말 위에서 장난삼아 짓다

路遶函關東復東,[1]	길은 함곡관을 둘러 동으로 다시 동으로
身騎征馬逐驚蓬.[2]	이 몸은 먼 길 가는 말을 타고 놀란 다북쑥을 따르네.
天池遼闊誰相待,[3]	바다 드넓은 곳에서 누가 날 기다리기에
日日虛乘九萬風.[4]	매일 허공에서 9만 리 가는 바람을 타는가?

주석

1) 遶(요) : 두르다.
函關(함관) : 함곡관. 진(秦) 땅의 동쪽 경계이다.

2) 征馬(정마) : 먼 길을 가는 말.
驚蓬(경봉) : 급히 날아가는 다북쑥. 여기서는 떠도는 모습을 비유한다.

3) 天池(천지) : 바다.
《장자 · 소요유(逍遙遊)》 남쪽의 큰 바다가 천지이다.(南冥者, 天池也.)
遼闊(요활) : 드넓다.

4) 虛乘(허승) : 허공에서 타다. 여기서는 다북쑥이 바람에 날리는 모습을 가리킨다.
九萬風(구만풍) : 9만 리를 날아가는 바람.

《장자 · 소요유》 붕새가 남쪽의 큰 바다로 옮겨갈 때에는 물을 차는 것이 3천 리요, 회오리바람을 타고 올라가는 것이 9만 리이다.(鵬之徙於南冥也, 水擊三千里, 摶扶搖而上者九萬里.)

해설

이 시는 대중 3년(849) 노홍정(盧弘正)의 초빙을 받아 서주(徐州) 무녕군절도사(武寧軍節度使) 막부의 절도판관(節度判官)으로 가느라 장안에서 동쪽으로 내려가는 길에 지은 것이다. 이상은은 태화 8년(834) 노홍정이 소응현령(昭應縣令)으로 있을 때 그를 찾아간 인연이 있었다. 중국의 북방에는 겨울에 자주 바람에 흙먼지가 날리는데, 이상은도 이 때문에 가는 길 내내 고생했던 것으로 보인다.

제1-2구는 동쪽으로 가는 여정을 말한 것이다. 장안에서 서주에 가려면 계속 동쪽으로 천 리가 넘는 길을 가야 하는데다 막부에 의지하는 신세이기에 '놀란 다북쑥'과 흡사하다고 했다. 제3-4구는 장난기가 담긴 자조(自嘲)의 내용을 섞어 그를 초빙해준 노홍정에 감사하는 마음도 표현한 것이다. 바다에 가까운 서주에서 어떤 대단한 사람이 나를 기다리기에 흙먼지에 고생하며 천 리 길도 마다않고 가야 하느냐고 했다. 아마도 이상은이 막주(幕主)인 노홍정과 막역한 사이여서 '장난삼아 짓다'라 한 것으로 판단된다. 또 다시 막부를 전전해야 하는 자신의 처지에 대한 한탄과 그래도 잊지 않고 불러주는 노홍정의 후의에 대한 사례의 의미가 적절히 혼합된 작품이라 하겠다. 청나라 기윤(紀昀)이 "우연히 장난삼아 지은 것이니, 또한 시라고 논할 것이 아니다(偶然戲筆, 亦不以詩論.)"라 평한 것은 이 시를 찬찬히 뜯어보지 않고 성급하게 한 말이다.

203
莫愁
막수

雪中梅下與誰期,[1] 눈 내릴 때 매화 아래에서 만나자 뉘와 약속했던가?
梅雪相兼一萬枝.[2] 매화와 눈은 만 가지에서 서로 만났건만.
若是石城無艇子,[3] 석성에 나룻배가 없다면
莫愁還自有愁時.[4] 막수에게도 다시 근심이 생길 터.

주석

1) 期(기) : 약속하다. 기약하다.
2) 兼(겸) : 합쳐지다.
3) 若是(약시) : 만약 ~라면.
石城(석성) : 막수의 출신지.
艇子(정자) : 나룻배.
4) 莫愁(막수) : 악부시에 등장하는 여인의 이름.
《구당서 · 음악지(音樂志)》 석성에 막수라는 이름의 여인이 있었는데 노래를 잘 불렀다. 〈석성악〉의 화답가에 다시 막수의 소리가 중복되니 옛 노래는 이러하다. "막수는 어디에 있나? 막수는 석성의 서쪽에 있네. 나룻배에서 두 상앗대를 저어, 막수를 보내오려 서두르네."(石城有女子名莫愁, 善歌謠. 石城樂和中復有莫愁聲, 故歌云, 莫愁在何處, 莫愁石城西, 艇子打兩槳, 催送莫愁來.)

還自(환자) : 다시.

有愁(유수) : 근심이 생기다. '근심이 없다'는 의미의 '막수(莫愁)'를 뒤집어 활용한 것이다.

해설

이 시는 마음에 둔 남자와의 만남을 기다리고 있는 여인의 심정을 형상화한 것이다. 제1-2구는 만남을 약속한 시공간을 이야기한 것이다. 눈이 내리는 날 매화 아래에서 만나자고 약속했는데, 지금이 바로 그때라고 했다. 제3-4구는 남자를 기다리는 여인의 초조한 마음을 '막수'를 빌려 흥미롭게 표현한 것이다. 임을 태우고 올 나룻배가 도착하지 않으니 근심이 없어 막수라 불리던 여인에게 근심이 생길 지경이라고 했다. 청나라 요배겸(姚培謙)이 이 시의 내용과 특징을 잘 요약했다. "이 시는 정인을 그리워하나 만나지 못하는 것이다. 다만 '막수' 두 글자에 대한 번안이 절묘하다.(此懷所思而不得見也. 只就莫愁二字翻得妙.)"

204
夢令狐學士[1]
영호 학사를 꿈꾸다

山驛荒凉白竹扉,[2]	산 속 황량한 역참의 하얀 대나무 사립문
殘燈向曉夢清暉.[3]	등불 가물거리는 새벽녘에 맑은 빛의 얼굴을 꿈꾸네.
右銀臺路雪三尺,[4]	우은대문 길에 눈이 석 자인데
鳳詔裁成當直歸.[5]	조서를 지어 완성하고 당직에서 돌아오시네.

주석

1) 令狐學士(영호학사) : 한림학사 영호도(令狐綯). 영호도는 대중(大中) 2년(848) 2월 고공낭중(考功郎中) 겸 한림학사(翰林學士)에 임명되었다.
2) 山驛(산역) : 산 속의 역참.
   竹扉(죽비) : 대나무를 엮어 만든 문.
3) 殘燈(잔등) : 꺼져가는 등불.
   向曉(향효) : 새벽녘.
   清暉(청휘) : 맑은 빛. 얼굴을 비유한다.
4) 右銀臺(우은대) : 우은대문(右銀臺門). 우은대문 옆에 한림원이 있었던 까닭에 흔히 이로써 한림원을 지칭한다.
5) 鳳詔(봉조) : 조서.
   當直(당직) : 숙직하다.

해설

이 시는 대중 2년 장안으로 돌아가는 중에 눈을 만나 역참에 머물며 영호도를 꿈꾼 후 쓴 것이다. 시는 현실과 꿈속의 상황이 대조되어 있는데, 이는 시인과 영호도의 처지와도 연관이 있다. 제1-2구에서는 눈을 만나 황량한 역참에서 밤을 보내게 되었는데 잠을 이루지 못하다 새벽녘에 얼핏 잠이 들어 영호도를 꿈꾸게 되었음을 말했다. 한겨울의 흰 대나무 사립문은 시인의 처량한 신세를 더욱 두드러지게 한다. 제3-4구에서는 꿈 내용일 수도, 꿈을 깬 후의 상상일 수도 있다. 영호도가 있는 한림원 앞에도 눈이 많이 내렸고 조서를 짓느라 밤새 당직을 한 그가 돌아오는 모습을 묘사했다. 시인과 영호도, 현실과 꿈의 대조를 통해 처량한 신세로 인한 개탄과 슬픔을 담아냈다.

205

涉洛川

낙수를 건너다

通谷陽林不見人,[1]	통곡과 양림에 사람 보이지 않는데
我來遺恨古時春.[2]	내가 와보니 옛날의 봄에 한이 남는다.
宓妃漫結無窮恨,[3]	복비가 헛되이 끝없는 한을 맺었던 것은
不爲君王殺灌均.[4]	군왕을 위해 관균을 죽이지 않았기 때문.

주석

1) 通谷(통곡) : 낙양성 남쪽 50리 되는 곳에 있는 골짜기.

조식, 〈낙신부〉 통곡을 지나고 경산에 올랐다.(經通谷, 陵景山.)

陽林(양림) : 낙양 근처의 지명.

조식, 〈낙신부〉 양림에서 편안히 쉬다 낙수에서 사방을 둘러본다.(容與乎陽林, 流眄乎洛川.)

2) 遺恨(유한) : 여한이 남다.

古時春(고시춘) : 옛날의 봄. 조식이 살던 위나라 때를 가리킨다.

3) 宓妃(복비) : 낙수의 여신. 여기서는 견후(甄后)를 가리킨다.

漫(만) : 다만. 헛되이.

4) 君王(군왕) : 제왕(諸王)의 존칭. 여기서는 조식을 가리킨다.

灌均(관균) : 삼국시대 위나라의 관리로 감국알자(監國謁者)라는 벼슬을 지냈다. 조비로부터 조식의 거동을 감찰하라는 지시를 받았다.

* 〔원주〕: 관균은 조식의 전첨(문서를 처리하는 관리)이었는데, 여러 왕들을 문제에게 화합하게 하는 자였다.(灌均陳王之典籤, 諧諸王於文帝者.)

해설

이 시는 낙천(洛川), 즉 낙수(洛水)를 건너며 조식(曹植)과 그의 〈낙신부(洛神賦)〉를 떠올린 회고시다. 제1-2구는 조식이 견성(鄄城)으로 돌아가며 지났던 곳에 당도한 시인이 감회를 피력한 것이다. 조비(曹丕) 측근들의 참언으로 제위에 오르지 못하고 번국(藩國)을 떠돌아야 했던 그의 운명에 비애를 느낀다고 했다. 제3-4구는 조식 주변의 인물을 들어 조식의 불운을 형상화한 것이다. 견후와 같은 조식 주변의 사람들이 참언을 일삼는 관균을 제때 제거했다면 '끝없는 한'을 미연에 방지할 수 있었을 것이라 했다. "견후는 참언으로 죽고, 조식은 참언으로 폐위되었다.(甄以讒死, 植以讒廢.)"는 청나라 요배겸(姚培謙)의 지적대로 이 시의 주된 의도는 참언의 폐해를 고발하는 것이라 여겨진다. 더불어 시인 자신의 불행한 처지를 하소연하려는 생각도 행간에 드러나 있다.

206
有感
느낀 바가 있어

中路因循我所長,[1]	길 한가운데서 느긋한 것은 나의 장기
古來才命兩相妨.[2]	예부터 재주와 운명은 서로 방해가 된다지.
勸君莫强安蛇足,[3]	그대에게 이르노니 억지로 사족을 그리지 말게
一盞芳醪不得嘗.[4]	맛있는 술 한 잔 마시지 못하리니.

주석

1) 因循(인순) : 머뭇거리고 선뜻 내키지 않음. 여기서는 느긋하고 한가하다는 의미로 쓰였다.
2) 才命(재명) : 재능과 운명.
3) 蛇足(사족) : 뱀 다리. 쓸 데 없는 것을 이름. 《전국책(戰國策)》에 나오는 고사이다. 초나라에 제사를 지낸 후 하인들이 술을 얻게 되었다. 술의 양이 썩 많지 않아 뱀을 먼저 그리는 사람에게 술을 주기로 했다. 얼마 후 한 사람이 먼저 그렸다며 술병을 챙기자, 다른 사람이 "당신이 그린 뱀에는 다리가 있으니 어찌 뱀이라 할 수 있겠소? 그러니 내가 가장 먼저 그린 것이오."라며 가로챘다.
4) 芳醪(방요) : 맛이 좋은 막걸리.

해설

이 시는 재주는 있지만 벼슬길이 여의치 못했던 신세를 돌아보며 자조와 위로를 담고 있다. 제1-2구에서는 길에서 내달리지 않고 느긋한 것이 시인이 잘 하는 것이라 했는데, 이는 재주와 운명이 서로 방해되는 법이기 때문이라 했다. 자신의 재주에 대한 자부심과 함께 여의치 못한 운명에 대한 자조적인 태도가 엿보인다. 제3-4구에서는 사족 고사를 사용하여, 억지로 쓸 데 없는 짓을 하지 말고 자연스럽게 순리를 따르라 조언했다. 사실 시인은 제2구의 이치를 믿지 못하고 운명에 몸부림쳤으며 끝내 한 잔 술도 맛보지 못한 결말에 이르고야 말았다. 시인의 어쩔 수 없는 개탄은 격분의 반어적 표현으로 봐야 한다. 겉으로 달관한 듯 활달한 어조이나, 이면에는 불만과 억울함이 내포되어 있다. 청나라 풍호는 특정한 사건을 두고 쓴 것이라 했지만, 그보다는 인생에서 겪는 보편적인 상황을 쓴 것으로 보는 것이 좋겠다.

207

宮妓[1]

궁정의 가기

珠箔輕明拂玉墀,[2]	구슬발은 가벼이 반짝이며 옥 층계에 스치는데
披香新殿鬪腰支.[3]	피향전 새 궁전에서는 가는 허리를 다투며 춤을 춘다.
不須看盡魚龍戲,[4]	어룡희를 끝까지 다 보아서는 안 되나니
終遣君王怒偃師.[5]	결국 군왕은 언사에게 성을 내기 때문이지.

주석

1) 宮妓(궁기) : 궁정 안에 있는 가기(歌妓). 가무에 능하다.
2) 玉墀(옥지) : 옥석(玉石)으로 만든 층계를 이르는 말로, 궁전을 가리킴.
3) 披香(피향) : 궁전 이름. 《장안지(長安志)》에 따르면 미앙궁(未央宮) 안에 피향전이 있었다 한다.
   腰支(요지) : 요지(腰肢), 허리. 이 구는 아리따운 몸매를 자랑하며 춤을 추는 궁기를 묘사한 것이다.
4) 魚龍戲(어룡희) : 백희(百戲)의 일종으로 물고기와 용 분장을 하고 공연을 한다. 서역에서 들어온 것인데 한 무제가 즐겼다고 한다.
5) 偃師(언사) : 광대인형을 만든 장인. 《열자(列子) · 탕문(湯問)》에 따르면, 주 목왕(穆王)이 곤륜산의 서왕모(西王母)를 만나고 돌아오는 길에 언사

(偃師)라는 한 유능한 장인을 만났다. 언사는 사람을 닮은 인형을 만드는 이로, 광대 인형을 만들어 바쳤는데 이 인형은 춤도 추고 노래도 부르고 사람과 똑같은 행동을 했다. 그러더니 참람하게도 황제의 후궁에게 윙크를 하는 등 유혹하려 했다. 대노한 황제는 언사가 진짜 사람을 데리고 와서 자신을 속인 줄 알고 그를 죽이려 했다. 놀란 언사가 급급히 인형을 해체해 보이니 가죽 · 나무 · 아교 · 물감 등으로 만든 진짜 인형이었다.

해설

이 시의 제목에서는 궁정의 가기를 언급했으나 실제 내용은 '언사' 전고를 사용하여 막후에서 권력을 휘두르는 권신에 대한 풍자의 뜻을 담고 있다. 제1-2구에서는 궁정 안에서 가기들이 가무를 추는 장면을 묘사했다. 구슬발이 옥 층계에 가벼이 스치는 모습은 가기의 가벼운 몸놀림을 연상케 하며, '가는 허리를 다툰다'는 것은 춤추는 자태뿐 아니라 아름다움을 겨루고 총애를 얻으려는 심리상태까지 전달하는 표현이다. 제3-4구에서는 풍자의 뜻이 기탁되어 있는데, '어룡희' 즉 가기들의 즐거이 춤추는 모습을 다 보아서는 안 된다고 했다. '언사'와 같은 존재에게 왕의 노여움이 미칠 것이기 때문이다. 언사는 기교를 부리다 끝에 화를 자초하게 되는 권신을 비유하는데, 이들의 좋은 시절이 계속되지 않고 끝내 화를 당할 수 있음을 충고했다.

제목과 달리 시에서 말하고자 하는 것이 분명치 않다. 정치적 다툼의 희생자였던 시인이 궁정의 느슨한 법도와 붕당간의 심한 알력을 풍자한 시라는 것이 평자들의 대체적인 견해다. 청나라 기윤(紀昀)은 "기탁과 풍자가 깊으며 함축의 묘미가 있다(託諷甚深, 妙於蘊藉.)"며, 이 시의 의미를 깊이 있게 읽어내기도 했다.

208

宮詞

궁인의 말

君恩如水向東流,	임금의 은총이란 동쪽을 향해 흐르는 물과 같아서
得寵憂移失寵愁.	총애를 얻은 이는 옮겨갈까 걱정하고 총애를 잃은 이는 근심하네.
莫向尊前奏花落,[1]	술동이 앞에 두고 〈매화락〉을 연주하지 말게
凉風只在殿西頭.[2]	서늘한 바람은 다만 궁전 서쪽에 있으니.

주석

1) 花落(화락) : 곡명(曲名). 악부(樂府) 횡취곡(橫吹曲)에 있는 〈매화락(梅花落)〉.

2) 凉風(양풍) : 서늘한 바람. 여기서는 가을바람을 가리키며, 이 구절은 가을부채의 신세를 연상하게 하여 총애를 잃은 슬픔을 함축하고 있다.

해설

이 시는 임금의 총애를 잃은 궁녀의 말을 빌려 그들의 비참한 운명에 대해 말하고 있다. 제1-2구는 임금의 은총은 물과 같이 멈추지 않고 흘러가는 것이어서 그것을 얻으면 다른 이에게로 옮겨가거나 잃어버릴까 근심한다고 했다. 제3-4구는 총애를 잃은 이가 총애 받는 이에게 주는 말로 이루어져 있다.

'매화락'은 두 가지 의미를 담고 있다. 총애 받는 이가 임금 앞에서 연주하는 악곡을 의미하기도 하지만, 결국 꽃이 떨어지듯 즐거운 시절이 지나고 영락하게 될 것임을 나타내기도 한다. 마지막 구에서는 서늘한 가을바람이 멀지 않다고 하여 머지않아 자신과 같이 '떨어진 꽃' 신세가 될 것임을 암시했다. 근인 장채전은 붕당간의 정치적 알력 때문에 시인 자신이 해를 입었고, 이 때문에 이 시를 지어 관료에게 충고하고자 한 뜻이 있다고 했는데 참고할 만하다.

209-1

代贈 二首(其一)

대신 드리다 2수 1

樓上黃昏欲望休,[1]	누각에서 해 저물녘에 바라보려다 그만두고
玉梯橫絶月如鉤.[2]	옥 사다리로 건너가다 보니 달은 고리 같다.
芭蕉不展丁香結,[3]	파초는 펼쳐지지 않고 정향은 꽃망울 맺힌 채
同向春風各自愁.	모두 봄바람 향해 각자 근심한다.

주석

1) 欲望休(욕망휴) : 멀리 바라보려다가 다시 그만두다.

2) 玉梯(옥제) : 옥으로 만든 사다리. '옥루(玉樓)', 즉 화려한 누각으로 보는 설도 있다.

橫絶(횡절) : 건너가다. 횡단하다. 옥 사다리로 누각의 여러 층이 이어진 것을 말한다. '가운데가 끊어졌다'는 뜻으로 풀이하는 설도 있다.

月如鉤(월여구) : 달이 고리 모양이다. '월중구(月中鉤)'로 된 판본도 있다. 달이 둥글면 '단원(團圓)'이라 하여 만남을 연상하는데 현재는 고리 모양이니 그렇지 못하다는 뜻이다.

3) 芭蕉(파초) : 잎이 넓은 다년생 식물.

不展(부전) : 펼쳐지지 않다.

丁香(정향) : 정향나무의 꽃봉오리. 못처럼 생기고 향이 있다고 하여 이렇게 부른다.

結(결) : 벌어지지 않은 꽃망울. 흔히 '정향의 꽃망울'을 써서 근심으로 놓이지 않는 마음을 비유한다.

해설

이 시는 '대언체(代言體)'로 이별의 근심을 노래한 두 수 가운데 첫째 수이다. 제1-2구는 누각 주변의 경치를 대하는 화자를 노래한 것이다. 해 저물녘의 경치를 바라볼까 하다가 그만두고 옆으로 가다가 고리 같이 생긴 달의 모습을 보았다고 했다. 이별한 화자의 불편한 심기를 암시적으로 전달했다. 제3-4구는 화초를 빌려 이별한 양쪽의 근심을 묘사한 것이다. 잎이 펼쳐지지 않은 파초와 꽃망울이 벌어지지 않은 정향은 각기 이별의 근심에 휩싸인 남녀를 비유한다. 이들은 하나같이 봄바람을 향해 근심하고 있다고 했다. '봄바람'이 사랑의 훈풍을 상징함은 물론이다. 청나라 굴복(屈復)은 이 시에 대해 "바라보아도 보이지 않으니 차라리 그만두는 게 낫다. 두 곳에서 근심을 품고 있으니 바라본들 무엇하랴(望而不見, 不如且休. 兩地含愁, 安用望爲.)"라고 평했다. 화자의 의중을 잘 헤아렸다고 생각된다.

209-2

代贈 二首(其二)

대신 드리다 2수 2

東南日出照高樓,[1] 동남쪽에 해가 떠올라 높은 누각을 비추는데
樓上離人唱石州.[2] 누각 위에선 이별한 이가 〈석주〉 노래를 부른다.
總把春山掃眉黛,[3] 설령 봄 산을 붙들어 눈썹을 그린다 해도
不知供得幾多愁.[4] 얼마나 많은 근심을 해소해줄까?

주석

1) 東南(동남) 구 : 악부시 〈맥상상(陌上桑)〉에서 "해가 동남쪽 모퉁이에서 떠올라 우리 진씨의 누각을 비추네. 진씨에게 예쁜 딸이 있어 그 이름을 나부라 했네(日出東南隅, 照我秦氏樓. 秦氏有好女, 自名爲羅敷.)"라 했던 구절을 사용한 것이다.
2) 石州(석주) : 악부의 곡조 이름.
《악부시집(樂府詩集) · 석주》 그대가 멀리 변방으로 떠나간 뒤에 종일 비단 휘장에서 홀로 잠듭니다. 꽃을 보면 마음 더욱 쓰라리고 거울을 들면 눈물이 샘처럼 흐릅니다. 한번 그대와 이별한 후로 눈물이 자주 두 뺨을 타고 내렸지요. 언제나 미친 오랑캐를 섬멸하여 더 지체하는 일 없어질까요?(自從君去遠巡邊, 終日羅幃獨自眠. 看花情轉切, 攬鏡淚如泉. 一自離君後, 啼多雙臉穿. 何時狂虜滅, 免得更留連.)
3) 總(총) : 설령. '종(縱)'과 같은 의미로 쓰였다.

把(파) : 잡다.

春山(춘산) : 봄 산. 봄에는 산색이 짙푸른 까닭에 흔히 여인의 아름다운 눈썹을 비유한다.

掃眉黛(소미대) : 눈썹을 검푸르게 그리다. '대(黛)'는 검푸른 색 안료를 가리킨다.

4) 供得(공득) : 해소해주다.

幾多(기다) : 얼마나 많은.

해설

이 시는 '대언체(代言體)'로 이별의 근심을 노래한 두 수 가운데 둘째 수이다. 제1-2구는 악부시의 모티브를 빌려 여인의 처지를 설명한 것이다. 〈맥상상(陌上桑)〉의 나부(羅敷)와 같은 여인은 〈석주〉에서처럼 누군가를 떠나보내고 슬픔에 잠겨 있다고 했다. 제3-4구는 근심의 깊이를 비유적으로 묘사한 것이다. 임과 이별한 아픔이 너무 큰 까닭에 봄 산을 눈썹먹 삼아 화장을 하며 마음을 달래려 해도 별다른 효험이 없다고 했다. 청나라 육명고(陸鳴皐)는 이 시를 평하여 "결어는 우연히 쓰게 된 표현인데 마침내 사인(詞人)들의 모범이 되고 말았다(結語偶然拈到, 遂爲詞家作俑.)"고 했다. 여인의 심사를 표출한 이상은의 시가 화간사(花間詞)에 미친 영향을 잘 지적했다. 대언체의 성격과 시의 내용으로 볼 때 시인이 대리한 서정적 자아는 여염집의 아낙네보다는 기루(妓樓)의 여인일 것으로 여겨진다.

210

楚吟[1]

초나라 노래

山上離宮宮上樓,[2]	산 위의 이궁, 궁궐 위의 누각
樓前宮畔暮江流.[3]	누각 앞 궁궐 곁으로 저녁 무렵 강이 흘러간다.
楚天長短黃昏雨,[4]	초나라 하늘에는 계속해서 황혼에 비가 오니
宋玉無愁亦自愁.	송옥은 근심 없어도 또한 절로 근심스럽다.

주석

1) 楚吟(초음) : 초사의 애절한 노래.
2) 離宮(이궁) : 이궁. 임금이 행차 시에 머무는 궁궐. 여기서는 강릉(江陵)의 초나라 이궁을 가리키는 것으로 보인다. 초나라의 수도인 영(郢)은 지금의 호북성 형주시 동북쪽 8km 지점의 기남성(紀南城)이었다.
3) 畔(반) : 옆. 곁.
4) 長短(장단) : 어쨌든. 계속해서.

해설

이 시는 대중(大中) 2년 가을 계림에서 나와 돌아가던 중 강릉(江陵)에 들렀을 때 지은 것이다. 제1-2구에서는 시인 앞에 펼쳐진 경물을 서술했다. 저녁 무렵 산 위에 있는 이궁과 누각, 그 밑으로는 강물이 흐른다고 했다. 제3-4구는 경물과 정감을 융합한 것이다. 황혼 무렵에 줄곧 비가 내려 자아내는 처량한 분위기가 슬픈 감정을 절로 이끌어내, 예전 초나라의 시인이었던 송옥이 근심이 없었어도 절로 근심이 생길 정도라고 했다. 처량한 신세로 순탄치 못한 벼슬길을 가고 있는 시인의 입장에서는 이러한 경물이 슬픔과 근심을 끝이 없게 하는 것이다.

211

瑤池

요지

瑤池阿母綺窗開,[1]	요지의 서왕모는 비단 창문 열어 놓았는데
黃竹歌聲動地哀.[2]	〈황죽가〉 노래 소리 땅을 흔드는 듯 구슬프네.
八駿日行三萬里,[3]	여덟 준마는 하루에 삼만 리를 달린다던데
穆王何事不重來.	목왕은 어이하여 다시 오지 않는 걸까.

주석

1) 瑤池(요지) : 곤륜산에 있다는 못. 《목천자전(穆天子傳)》에 따르면 주나라 목왕(穆王)이 여기서 서왕모(西王母)를 만나 3년 후에 다시 볼 것을 기약했다고 한다.
   阿母(아모) : 서왕모. 서왕모는 현도아모(玄都阿母)라고도 불렸다.
2) 黃竹歌(황죽가) : 주 목왕이 황죽(黃竹)이 자라있는 길을 가다가 큰 눈보라를 만나 얼어 죽는 백성이 생기자 〈황죽시(黃竹詩)〉 3장을 지어 그들을 애도했다고 한다.(《목천자전》 권5)
3) 八駿(팔준) : 여덟 준마. 주 목왕이 타고 다녔다는 날랜 말.

해설

이 시는 주 목왕의 신선고사를 통해 신선술에 빠지는 어리석음을 풍자한 것이다. 제1-2구는 신선세계의 아름다운 풍광과 인간세상의 처량한 정경을 강렬하게 대비시켰다. 이 두 구는 선경이 아름답다고 하나 노래를 지은 이는 이미 이 세상에 없으니, 신선을 추구하는 것이 허망하다는 풍자다. 동시에 〈황죽가〉의 의미를 사용하여, 백성이 고통 받고 있는데도 통치자가 엉뚱하게 장생불사를 추구하는 행태를 비판하는 뜻도 담았다. 제3-4구는 목왕이 다시 오지 않는 데 대해 서왕모가 의문을 제기한 것이다. 형태상 의문구로 되어 있지만, 실상은 목왕이 이 세상 사람이 아니기 때문에 오지 못하는 것이다. 따라서 신선인 서왕모조차 목왕의 죽음을 막을 수 없으니, 장생불사를 추구한다는 것이 매우 어리석은 짓이라는 것을 알 수 있다. 이 두 구절의 함의가 상당히 깊다고 하겠다.

212

柳

버드나무

爲有橋邊拂面香,[1]	다리 옆에 있기에 얼굴을 스치는 향기
何曾自敢占流光.[2]	언제 스스로 봄빛을 차지하려 하던가.
後庭玉樹承恩澤,[3]	뒤뜰의 옥 나무는 은택을 입어
不信年華有斷腸.[4]	아름다운 시절에도 아픔이 있다는 것을 믿지 않는구나.

주석

1) 拂面(불면) : 얼굴을 스치다.
2) 敢(감) : ~하고자 하다.
   流光(유광) : 흐르거나 반짝이는 빛. 여기서는 봄빛을 가리킨다.
3) 玉樹(옥수) : 옥 나무. 홰나무의 별칭이다. 남조 진후주(陳後主)가 지은 노래에 〈옥수후정화(玉樹後庭花)〉가 있다. 이 노래는 장귀비(張貴妃)와 공귀빈(孔貴賓)의 아름다움을 칭송한 것이 주요 내용이다.
4) 年華(연화) : 시절의 아름다운 경물.

해설

이 시는 버드나무를 노래한 영물시다. 이상은의 영물시는 대체로 사물을 빌어 시인 자신의 애잔한 정서를 드러내는 것이 많은데 이 시도 예외는 아니다. 제1-2구는 다리 옆에 서 있는 버드나무에서 향기가 풍기는 모습을 묘사한 것이다. 계절에 향기를 더해주면서도 어떤 혜택을 누리지는 못한다고 했다. 제3-4구는 뒤뜰에서 자라는 홰나무를 들어 버드나무와 대비시킨 것이다. 주인의 살뜰한 보호를 받는 홰나무는 아름다운 시절에 버드나무가 아픔을 느낀다는 것을 이해하지 못한다고 했다. 뒤뜰의 홰나무는 한창 임금의 은총을 받고 있는 비빈(妃嬪)을 암시하고, 이는 다시 뜻을 펴지 못하는 문인을 비유하는 것이 확연하다. 버드나무에 향기가 있다고 한 것은 재주가 출중한 것을 나타낸다. 따라서 이 시는 결국 '회재불우(懷才不遇)'의 답답하고 억울한 심정을 버드나무를 빌려 표출한 것이라 하겠다. 청나라 굴복(屈復)은 "득의한 사람은 실의의 슬픔을 모른다(得意之人不知失意之悲)"고 촌평했다.

213

寄在朝鄭曹獨孤李四同年[1]

조정에 있는 정무휴(鄭茂休)・조확(曹確)・독고운(獨孤雲)・이정언(李定言) 동년들에게 부치다

昔歲陪遊舊跡多,[2]	옛날에 귀한 이 모시고 고적을 유람했던 적 많았는데
風光今日兩蹉跎.[3]	그 풍경은 오늘날 모두 지나가 버렸다.
不因醉本蘭亭在,	만약 취한 책인 《난정집》이 남아 있지 않았다면
兼忘當年舊永和.[4]	그때가 옛 영화(永和) 연간이라는 것도 잊으리라.

주석

1) 同年(동년) : 같은 때의 과거에 급제하여 방목(榜目)에 같이 참여(參與)한 사람.
2) 陪遊(배유) : 지위가 높은 사람을 모시고 노닐다.
3) 蹉跎(차타) : 때를 놓치다, 일을 이루지 못하고 세월을 보내다.
4) 不因(불인) 2구 : 《진서(晉書)》에 따르면 왕희지(王羲之)가 영화(永和) 9년(353) 3월 3일 회계(會稽) 산음(山陰)의 난정(蘭亭)에서 당대의 명사 41인과 함께 부정한 것을 씻어내는 의식인 불계(祓禊) 행사를 가진 다음, 술을 마시며 시를 짓고 연회를 한 적이 있다. 이때 지은 시들을 모아

《난정집(蘭亭集)》을 만들었다. 이 시에서 《난정집》은 동년의 이름이 적힌 책을 이른다. 즉 이 두 구는 만약 동년의 이름을 적은 명부가 남아 있지 않았다면 아마 당시 함께 과거에 급제한 옛 일도 모두 잊었을 것이라는 의미이다.

해설

이 시는 조정에 있는 네 동년에게 예전에 함께 했던 추억을 떠올리며 안부를 물은 것이다. 제1-2구는 과거의 추억을 회상한 것이다. 옛날 상관을 모시고 유적지를 다녔지만 어느새 세월이 많이 지났다고 했다. 제3-4구는 현재의 적조함을 아쉬워한 것이다. 《난정집》이 만들어졌던 문사들의 흥겨운 연회 고사를 들어, 예전에는 함께 과거에 급제한 인연으로 돈독한 정을 나누는 사이였으나 지금은 서로 적조하여 명부가 없으면 이름을 기억하기 어려울 정도라 했다. 동년들은 조정에 있고 시인은 그렇지 못해 다소 슬픔이 느껴질 수 있으나, 비교적 담담하게 친구들을 떠올리며 안부를 묻고 있다.

제목 찾아보기

[다]

[라]

[마]

구절 찾아보기

[나]

[다]

[바]

[사]

[아]

[자]

[타]

[파]

[하]

| 저자소개 |

이상은李商隱(813?-858)

자는 의산(義山)이고 호는 옥계생(玉溪生), 번남생(樊南生)이다. 원적은 회주(懷州) 하내(河內)이고 정주(鄭州) 형양(滎陽)에서 태어났으며 만당(晩唐)의 저명한 시인이다. 그는 일찍이 과거에 급제하였으나 당쟁에 휘말려 일생 뜻을 펼치지 못하였고 쓸쓸히 병사하였다.

그는 시적 아름다움을 추구하여, 기발한 구상, 화려한 수사, 섬세한 시어, 상징과 암시를 사용하여 알듯 모를 듯한 몽롱한 분위기를 구사하여 시가 창작에 독특한 성취를 거두었다. 특히 애정시와 무제시 등에서 개성을 발휘하였는데, 난해하다는 평도 있으나 천년이 넘도록 인구에 회자되며 후대 많은 작가에게 영향을 주었다.

| 역자소개 |

이지운李智芸

이화여자대학교 중어중문학과를 졸업하고 서울대학교 대학원에서 문학박사 학위를 취득하였다. 당시를 비롯한 중국의 고전 시문학을 번역하고 연구하고 있다. 저역서로 『전통시기 중국문인의 애정표현연구』, 『세계의 고전을 읽는다-동양문학편』(공저), 『이청조사선』, 『온정균사선』, 『당시삼백수』(공역), 『송시화고』(공역), 『사령운 사혜련 시』(공역) 등이 있으며, 주요논문으로 〈모호한 아름다움, 몽롱미-이상은 시의 난해함에 대한 시론〉, 〈이상은 영물시 시론〉, 〈당대 여성시인의 글쓰기-이야, 설도, 어현기를 중심으로〉, 〈심의수의 도녀시 연구〉 등 다수가 있다.

김준연金俊淵

서울대학교 중어중문학과를 졸업하고 동 대학원에서 박사학위를 받았다. 현재 고려대 중어중문학과 교수로 재직하고 있으며, 중국어문연구회 수석편집이사 등을 역임하였다. 두보와 이상은의 시를 중심으로 당시(唐詩)를 연구하고 가르치고 있다. 연구 논문으로 〈이상은 오언절구론〉, 〈이상은 칠언율시에 쓰인 동물 이미지 연구〉, 〈이상은 재주막부 시기 시 연구〉, 〈당대 시인의 사회연결망 분석〉 등이 있고, 저서로 『사불휴, 두보의 삶과 문학』(공저, 서울대학교출판문화원), 『중국, 당시의 나라』(궁리) 등 다수가 있다.

한국연구재단
학술명저번역총서
[동 양 편] 618

이의산시집 李義山詩集 ㊤

초판 인쇄 2018년 1월 15일
초판 발행 2018년 1월 25일

저 자 | 이상은
역 자 | 이지운·김준연
펴 낸 이 | 하운근
펴 낸 곳 | 學古房

주 소 | 경기도 고양시 덕양구 통일로 140 삼송테크노밸리 A동 B224
전 화 | (02)353-9908 편집부(02)356-9903
팩 스 | (02)6959-8234
홈페이지 | http://hakgobang.co.kr/
전자우편 | hakgobang@naver.com, hakgobang@chol.com
등록번호 | 제311-1994-000001호

ISBN 978-89-6071-727-5 94820
978-89-6071-287-4 (세트)

값 : 50,000원

■ 이 책은 2014년도 정부재원(교육부)으로 한국연구재단의 지원을 받아 연구되었음(NRF-2014S1A5A7035587).
This work was supported by National Research Foundation of Korea Grant funded by the Korean Government(NRF-2014S1A5A7035587).

이 도서의 국립중앙도서관 출판예정도서목록(CIP)은 서지정보유통지원시스템 홈페이지(http://seoji.nl.go.kr)와 국가자료공동목록시스템(http://www.nl.go.kr/kolisnet)에서 이용하실 수 있습니다. (CIP제어번호 : CIP2018001394)

■ 파본은 교환해 드립니다.